花城

上

张兵 著

西苑出版社
XIYUAN PUBLISHING HOUSE
·北京·

图书在版编目（CIP）数据

花·城 / 张兵著. -- 北京 : 西苑出版社有限公司,
2025. 4. -- ISBN 978-7-5151-1087-5

Ⅰ. I247.5

中国国家版本馆CIP数据核字第2025W81J54号

花·城

HUA - CHENG

作　　者　张　兵
责任编辑　张礼文
责任校对　李凯丽
责任印制　李仕杰
开　　本　710毫米 × 1000毫米　1/16
印　　张　42.25
字　　数　548千字
版　　次　2025年4月第1版
印　　次　2025年4月第1次印刷
印　　刷　小森印刷（北京）有限公司
书　　号　ISBN 978-7-5151-1087-5
定　　价　99.00元（全二册）

出版发行　**西苑出版社有限公司**
北京市朝阳区利泽东二路3号　邮编：100102
发 行 部　(010) 84254364
编 辑 部　(010) 64210080
总 编 室　(010) 88636419
电子邮箱　xiyuanpub@163.com
法律顾问　北京植德律师事务所　17600603461

你把美好的未来许给了他们。现在呢，他们得到了什么？

谨以此书，献给那段激情燃烧的岁月！

——作者　题记

在内心深处构筑情感大厦（代序）

在张兵的长篇小说《花·城》即将出版之际，我有幸先行拜读了这部书稿。我读完书稿最后一句话，掩卷深思，心中感慨良多，有许多话不得不说。

《花·城》以临水县城市化开发建设为背景，生动地描绘出在改革开放洪流中的社会众生相。在主人公江行舟与他的同事取得城市化建设巨大成就过程中，见证了世人在利益面前展现出来的善良与丑恶。他们在上级领导和广大人民群众的支持下，以超乎常人的胆识、坚忍不拔的毅力、吃苦耐劳的精神、忍辱负重的艰辛、破釜沉舟的决心，克服了许多常人难以想象的困难，终于将贫穷、落后、破旧的县城，建设成高楼林立、花团锦簇的现代化中等城市，创造了临水县历史发展进程中的诸多奇迹。

这部小说，分为上下两部，约五十万字，称其为“鸿篇巨制”也不为过。二十世纪末期，城市化的疾风骤雨来得太快、太猛，让大多数人感到手足无措，一时间无所适从。江行舟与他的同事知难而上，在十几年内，把一个个存在诸多历史遗留问题的棚户区变成花园社区，让脏乱差的无人区高楼大厦林立。任何成就都不是唾手而得的，任何繁华都不是一蹴而就的。张兵用自己朴实的笔，蘸着骨髓里的善良，书写了这段伟大历史岁月中，一群基层干部平凡而伟大的故事。从这种意义上来说，《花·城》无疑是一部记录历史的现实主义力作。

对于文学作品而言，“源于生活，高于生活”是一项不可动摇的创作原则；作者的思想深度和文学高度，必须充分地在字里行间展现。

二者在《花·城》这部作品中，均得到了充分体现。

先说源于生活。书中的故事情节，在现实生活中几乎触手可及；书中的大小人物，在我们身边都有迹可循。这种真实，不仅引导读者找到过去或者当下的自己，还能触及读者尘封内心深处的经历或过往。因为真实，所以《花·城》才具有无与伦比的亲和力和感染力。

《花·城》的上部，主要以临水县城市化建设为背景、人物身份转型为主线。众所周知，城市化是我国改革开放后，时代的滚滚洪流冲击了传统的城乡分割“二元结构”，实现人口大迁移、社会大变革、城乡大变化。在二十世纪九十年代中后期，临水县委、县政府，为了尽快改变“小马拉大车”的落后状况，以整治城乡环境为突破口，以“县域城镇化”为目标，加快大改革、大开放、大开发、大建设步伐，以此促进全县人民摆脱贫困，尽快尽早地过上小康生活。为了实现这个目标，临水县委、县政府抽调精兵强将，组建城区开发建设指挥部和城区开发建设总公司。业内声誉良好、工作业绩突出、晋升潜力巨大的司法干部江行舟，服从组织安排，调任城区开发建设指挥部办公室主任，兼任城区开发建设总公司总经理，主持、协调、推动城区开发建设指挥部的日常工作。面对一无资金、二无人手、三无群众基础的窘境，江同舟不计个人得失，毅然决然地挑起这副最重的担子，啃起这块最硬的骨头，接下这个最“烫手的山芋”。

城区开发建设过程中，县政府和群众的诉求不同，各种矛盾错综复杂，且没有成熟的城区开发建设经验和路径可循，江行舟和同事们基本是“摸着石头过河”。为了蹚过这条不知道深浅的河，有石头可摸他们要过，没有石头可摸他们也要过。在直面难题、解决难题的过程中，江行舟始终站在第一线，冲在最前面，甘愿做热锅上的蚂蚁，在艰难困苦的磨砺中，不断攻坚克难、开拓进取，把一个个“问题清单”转化成“成绩清单”，向临水县人民交上了一份满分的答卷，创造了永载临水县发展史册的光辉业绩。

城区开发建设，是涉及布局、规划、设计、拆迁、补偿、建设、安置等一系专业性、政策性很强的系统工程，更涉及千家万户的利益。江行舟作为长期从事司法工作的基层干部，对这些专业知识、法规政策几乎一无所知，妥妥的一个门外汉。但是，他主动向书本学习，向专家学习，在解决问题中学习，在学习中解决问题。不管遇到什么问题，他从来不回避、不推脱、不掩盖，深入调查研究，寻找解决问题的最佳途径和办法。

因此，在重大的历史背景下，面临社会和历史转折的暴风骤雨，江行舟把自己的命运和城区开发建设的命运融为一体，甘愿承受陌生旅途中的艰辛，在那段激情燃烧的岁月里，谱写又新又美的乐章。

江行舟坚信，“刀在石上磨，人在事上练”“嫩竹做不了扁担，软肩挑不起重担”“担当大任，做中流砥柱，既要德配其位，也要才配其位”。他作为受党教育培养多年的干部，始终不忘初心，把人生的奋斗目标汇入时代洪流，“学到的是真功夫，提高的是大境界”。

《花·城》的下部，描写江行舟下海创业的传奇故事。

江行舟等人通过十几年的艰苦努力，像变魔法似的，把临水县县城建设成现代化中等城市，以致广大人民群众能充分享受城市化带来的丰厚红利，进而使临水县成为改革开放的成功典范，全国各地领导干部纷纷到临水县观摩学习。

在临水县推进城市化的进程中，江行舟是冲锋陷阵的旗手、攻城拔寨的高手、打破坚冰的能手。在临水县发生巨大变化的光环背后，深深地镌刻着江行舟等人的脚印。这些脚印，有成就，有喜悦，也有痛苦、无奈和委屈；有人民群众的认可和赞许，也有市井小人的挖坑使绊、造谣污蔑。对此，他们一笑而过，只求无愧于心。

受命于危难之际，成功于自我淬炼之后，踌躇满志、准备大干一番的江行舟，在一场始料未及的改制中退居二线，沦落为他亲手创建的花城看客。

人生最大的痛苦是什么？除了贫穷和疾病，大抵就是突然遭遇无力改变的游戏规则。花开花落，四季轮回；潮起潮落，云卷云舒；人生的走向就是如此不可预期。是怨天尤人，接受世间的错待，还是回眸一笑，开辟崭新的人生战场？何去何从，成为江行舟不得不做的一道人生选择题。

这厢无人问津的弃子，也许就是那边价值连城的金子。

到临水县投资的企业家纷纷向江行舟抛出橄榄枝，邀请他一起创业。江行舟化身“打工人”，进而成为深受老板信任和尊重的高级管理人才。

为了友情，江行舟放弃高薪工作，接手朋友扔下的“烂摊子”，做有名无实的“维持会长”，不料却陷入纠纷中，受到极不公正的倾轧。心灰意冷之际，他回到临水县二次创业，与几个朋友共同打拼，终于事业有成，为职场和商场生涯画上圆满的句号。同时，他与亲人消除误解，营造幸福美满的家庭。

可以说，《花·城》中描绘的临水县城市化建设过程，也是经济欠发达地区城市化进程的缩影和写照，把这部小说当作一部城市化建设发展史阅读也未尝不可。当我们享受城市化建设带来的红利时，请不要忘记，当初曾有一大批像江行舟这样的人，为您所在城市的发展默默付出艰苦卓绝的努力。

再说高于生活。文学作品，不是现实生活的照相机和复印机，它是对现实生活的再思考和再提炼。人们在现实生活中能看到的，是高楼大厦，花团锦簇；无法看到的，是一群人在时代大发展需要面前甘愿牺牲、负重前行。他们忍受着所服务人群的误解和错待，拒绝着各种利益的诱惑，直面着人性另一面的残酷。

《花·城》中的每个角色，都具有一定的典型意义。他们或者代表现实生活中的“这一个”，或者代表现实生活中的“那一群”。从“看山是山，看水是水”到“看山不是山，看水不是水”，必然经历一个从量变到质变的复杂过程。《花·城》除了它的历史价值和文学价值之外，更重要的是它的思想价值。它能让我们更加客观、冷静地思考社会和人生，在荣辱得失间如何做出正确取舍。

在艺术上，《花·城》的可贵之处在于塑造了一系列鲜活立体的人物形象。例如，崇尚实干、不尚空谈的县委副书记、城区开发建设指挥部副总指挥冯续来；诙谐幽默、精明能干的城建局副局长金春生；老于世故、工于心计的县委办主任丁永建，等等。即使是一些次要人物，也刻画得栩栩如生，呼之欲出。

在这里，我重点谈一谈《花·城》中着墨较多的冯续来和江行舟。

县委副书记冯续来，军人出身，长期在基层工作，非常熟悉群众的所思所想，解决群众问题得心应手。他深知群众与政府的矛盾或者群众与群众的矛盾大多缘于利益，本质上仍是人民内部矛盾。所以，他特别讲究工作的方式方法，通过平心静气地摆事实、讲道理，寻找满足双方诉求和利益的平衡点，做到以理服人，而不是以势压人，从而使每个问题都能得以圆满解决。例如，他处理招商引资工作中出现的群体事件，既有担当，又有艺术水平。

在成功处理招商引资中出现的群体事件后，冯续来回到临水县，江行舟等人要为他接风洗尘，他却说“累了，我只想休息”。他知道，眼前的麻烦虽然解决了，但对他的仕途而言，却存在难以预知的风险。看似轻描淡写的一句话，实际上道出了基层干部的辛苦与心酸。

县委强推干部改制时，冯续来把江行舟带到省城，向江行舟透露干部改制内容，化解江行舟可能遇到的尴尬。事情虽小，却足以显现冯续来为人之厚道，心地之善良。

江行舟是《花·城》的男一号，也是作者着力塑造的核心人物。出身普通农民家庭、良好的家风传承，使他成长为有志气、有骨气、有底线、有原则的人。他勤奋好学，严于律己，勇于向命运挑战，从一名临时工变成大学生、政府机关干部。他在司法部门工作时，兢兢业业，公正执法，赢得“黑脸包公”的美誉。

他在毫无准备的情况下，被调到城区开发建设指挥部，在陌生的行业从零开始，依然负重前行。面对各种纠纷和诱惑，他秉公办事，不徇私情，始终做到“一碗水端平”。

茫茫书海，如果不是某种原因“对上眼”，很多好书可能会与我们失之交臂。如果张兵不是我的老同志、老朋友，他呕心沥血创作的《花·城》，我很可能不会读到。当我读完这部书稿后，难以抑制地感叹不已。一部《花·城》，就是一堵内心和世界的防火墙。纵然我们在人生路上走得磕磕绊绊，伤痕累累，来自外界的各种戾气也无法侵袭内心那片纯净自由的天地。

遍历人世间的得与失，输和赢，我们曾拥有过、幸福过，自然也要接受失去和伤痛。世界上没有所谓的来日方长，也不会有永久的幸福美满。花城百花争艳，越来越美，当年建设花城的人却伤痕累累。这是岁月给他们的勋章。留下它、记住它，才能真正地学会如何爱自己、爱别人。

读完张兵的《花·城》，我由衷地赞叹，这部书，有味道，值得读，因为我们都能从书中找到已经迷失多年的自己。

张兵是亦师亦友、共事多年的同事，我们曾在一起度过一段攻坚克难、波澜壮阔的岁月。

是不是因为张兵是我的“知己加兄弟”，以致我偏爱《花·城》？我扪心自问，确实有因人识文、因人而读出书里书外更多内涵的因素——这里有我们永远不能忘怀的共同岁月，有我们永远刻骨铭心的深厚情谊和永远也抹不掉的挚爱。

多年的风雨历程，见证张兵是有情有义、敢爱敢恨的人。即便他退休多年，很多人遇到问题，依旧习惯性地向他寻求帮助。特殊的工作经历，丰富的知识技能储备，使他成为一个“货源充足的仓库”，供人免费提取使用。最近几年，他默默地从自己的“仓库”里取出一本书——《花·城》——用洋洋洒洒的近五十万字，描绘出基层干部在特殊年代的特殊心路历程。

《花·城》中没有扣人心弦的情节，没有炉火纯青的写作技巧，甚至没有任何煽情的渲染。张兵就像坐在我们对面，如长兄一般，平心静气地讲述如何做人、做事，如何成长、成熟。他的话，如临河的涓涓细流，润泽了被世事尘封多年的内心深处。

《花·城》，花香四溢，跨越历史和现实，直抵我们的灵魂深处，不由得让我们反复阅读、品味。

《花·城》，独树一帜，独领风骚，浇筑了张兵的心血和智慧，朴素而又深刻，再现临水县县城化茧成蝶、浴火重生的发展进程，充分展示了张兵的大视野、大境界、大手笔。

《花·城》，始于花乡的基因，洋溢着朴素的花乡情怀，向外界阐释花乡的历史和现在，对花乡的重塑具有不可估量的影响。

《花·城》，是一代基层干部无私奉献的折射，是一部农家子弟凤凰涅槃的奋斗史，深刻诠释了贫穷落后县城之所以能出现巨大变化的前因后果。

《花·城》，如同一部鲜活的人性教科书，自始至终树立着一个热血沸腾的大写“人”字，引导我们深刻地认识社会、感悟人生。

《花·城》，在历史的某个节点，为我们构筑一座坚实的情感大厦，激励着更多的“后生”接续向前，登上人生的巅峰。

陈士明

2025 年 3 月 6 日夜

陈士明　江苏省沭阳县人大常委会原主任

花·城（上）·目录

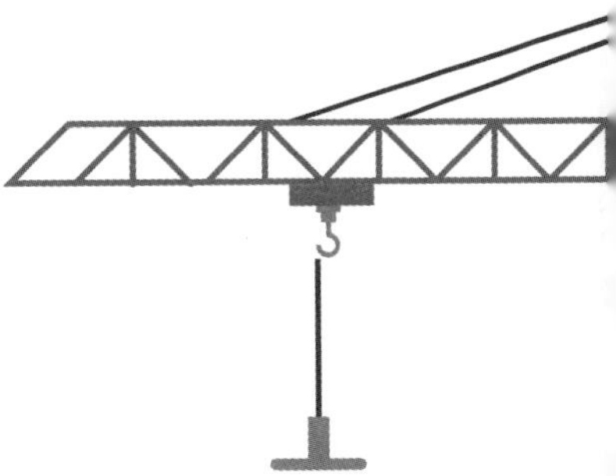

第一章

抽调到指挥部上班

快到下班时，法院院长文清扬匆匆走进副院长江行舟的办公室，对正在看材料的江行舟招招手说："老江，你过来一下。"他说完转身就走。

江行舟连忙站起身，跟随文清扬来到院长办公室，还没坐下，就笑着问道："什么事啊，搞得这么神秘？"

文清扬一脸严肃地指了指沙发："坐。"

江行舟看了文清扬一眼，便坐在沙发上。文清扬端起茶杯，喝了两口水，然后放下茶杯，也来到江行舟身边坐下，绷着脸，对江行舟说道："时间紧，我跟你长话短说。"

江行舟伸直了腰，默默点点头，等待文清扬下文。

文清扬说："就在刚才，县委奚书记打来电话，县政府要加快城市化进程，大搞城区开发建设，准备成立'城区开发建设指挥部'（编者按：下文中，为了方便阅读或表述，"城区开发建设指挥部"简称为"指挥部"）这样一个临时机构，从各部委办局抽调一批人来搞这个事。你不仅是重要人选，还要担任指挥部的负责人，牵头各方，协调统筹这项工作。要求你现在就和原来的业务脱钩，去指挥部那边上班。奚书记还说，让我立即通知你去他办公室，他要和你谈话。说实话，我从内心里不想放你走。你是我们院里主管刑事案件的副院长，刑事审判这一块业务全靠你负责、把关，你这一走，那几个副院长都是搞民事的，对刑事这一块业务不熟悉。我跟奚书记说，你一直是搞案子的，对城市建设这块业务也不懂。全县人才多的是，请奚书记另外物色人选行不行。如果一定要从我们这边抽调人，除了江行舟，其他人随便抽调，抽调谁都可以。听我这么一说，奚书记非常不高兴，批评我思想保守，不顾大局，搞小团体主义。最后，他几乎是下了死命令，要求我们必须按照县委、县政府的决定办事，必须与县委、县政府保持高度一致。”

听罢文清扬一番话，江行舟一时不知如何回答才好。他知道文清扬在方方面面对自己都十分信任，文清扬这么说，也是为他好。想想他在文清扬的领导下开展工作，很舒心。但从个人前途这方面来考虑，利弊得失很难取舍。因为坐机关的人都知道，一般来说，被抽调搞临时工作就等于被边缘化了。现在抽调他去搞这样一个风险很大的临时工作，还是在奚书记的眼皮底下，怕是凶多吉少。文清扬不想放他走，可以理解。他想走，但又不方便说，真是一个进退两难的选择。怎么办呢?

见江行舟犹豫不决，文清扬也不说话，目光一直停留在江行舟的脸上，等着江行舟表态。江行舟自然明白文清扬的意思，于是仔细想了想，然后望着文清扬，安慰道：“奚书记的脾气，你不是不知道，他向来都是一言九鼎，无人敢犯颜直谏的。你也不必为我的事跟他闹得不愉快。要不这样，我先去看看，蹚蹚底，看他怎么说，回来我再向你汇报。”

文清扬点点头，说：“这样也好。你去吧，能推就推；实在推不掉，你也不要跟他硬顶。”

“文院长放心。”江行舟笑着应道，“有你这句话垫底，我心里就有数了！”

县委大院是老建筑。追溯历史，明清时期的县衙门就在这里，地址一直没变，只是规模要比现在小得多。新中国成立后，县委、县政府也设在这里，虽然房子越建越多，但因经济原因，只有两座办公楼，院子里面还有不少砖瓦平房。两栋楼，都是六层，县委、县政府、县人大、县政协，一部分部委办局，还有工、青、妇等群团组织，都在这里办公。

县法院的办公地点不在这个大院里，在县城南面，开车的话，到这里大约需要十分钟。和文清扬分手后，江行舟把材料锁进抽屉，又把办公室的门锁上，才前往县委。

江行舟从来没有去过奚书记办公室，以前只去过他的好朋友、县委办公室主任丁永建办公室。第一次来见奚书记，他的心里还是有点儿发怵。

江行舟与奚书记没有直接接触过，他对奚书记的了解，都是远距离的、间接的、朦胧的。根据江行舟掌握的信息，奚书记给人的整体印象是，可敬但不可亲，可远而不可近。

江行舟先来到县委办公室，见他的朋友丁永建，想打探一下口风。

谁知丁永建见到江行舟，只是站起身来，礼节性地点了点头，淡淡地说“奚书记在等你”，然后就让秘书把江行舟带到奚书记办公室外间，交给奚书记的跟办秘书余彬。余彬站起身跟江行舟打招呼：“奚书记在等你。请你稍等，我跟奚书记说一下。”

余彬没有敲门，直接推开套间的门又关上，很快就出来，也没关门，对江行舟说道：“江院长，请你进去吧！”

江行舟把目光迅速投向门里。正对着门的，是奚书记的办公桌。办公桌后面是一排书架，上面整整齐齐摆满了书。此时的奚书记，在办公桌后面正襟危坐，目光如炬，像一只老鹰站在山巅上，俯视着山脚下的一切。江行舟的心不禁抖了一下，体型一下子缩小了一圈。

进去之后，江行舟冲奚书记点点头，说道：“奚书记好！”

奚书记笑了笑，轻声说道：“来，这边坐。”说罢，他便站起来，走到靠走廊的沙发边，对江行舟道，“坐吧！”

江行舟在奚书记对面的沙发右端坐下。余彬端来茶水，放在江行舟面前的茶几上，就退出房间，轻轻把门带上。

这时江行舟才注意到，沙发左端还坐着一个人——县委副书记冯续来。冯续来是当地土生土长的干部，分管城建城管业务。冯续来的爱人姚大姐和江行舟曾是一个厂的同事，和江行舟比较熟。冯续来向江行舟点点头，江行舟也向他点点头，笑了笑，算是互相打过招呼了。

奚书记见江行舟有点局促，便微笑着问道：“行舟同志，我们是第一次见面吧？”

江行舟答道：“是，像这样面对面说话可能是第一次，但我已经多次见过您了。”

奚书记仔细打量江行舟：“是吗？我怎么不记得？”

江行舟道：“开会经常见，电视上天天见。去年周末义务劳动，您推车，我还帮您铲土装车呢！”

“是吗？瞧我这记性！”奚书记和江行舟都笑起来。坐在一旁的冯续来也笑了：“原来你们还是老相识！”

笑声让气氛立刻融洽不少。谁知奚书记忽然收起笑容，正色道：“行舟同志，我和冯书记今天找你来，是因为县委、县政府研究决定，要加快城市化进程，以城市化带动现代化。过去我们搞小城镇建设，对我们县域经济的拉动起到了一定作用，但是拉动力不足。只有中心城市崛起，才能促进农村劳动力转移。这几年，我们县每年都有近二十万农村人到南方打工，这对全国城市化和经济发展是好事，但大量农村劳动力外流，造成我们县的农村空心化，我们的县域经济发展内生动力不足。我们必须迅速把我们的注意力转移到中心城市的开发建设上来，投入极大的力量搞城区开发建设。着力打造县域经济中心，富集有效资源，拉动经济社会发展。这是我们当前改革发展的抓手，事关全局，要作为一场攻坚战来打。因此，县委、县政府决定——”说到这里，为了加强表达的分量，他停顿一下，端起茶杯喝了一口水，直视江行舟，目光犀利。江行舟抬起头，迎着奚书记的目光，没有回避。

奚书记放下茶杯，接着说道：“县委、县政府决定，成立城区开发建设指挥部，由徐以宁县长挂帅，任总指挥；冯书记任常务副总指挥，主持日常工作；你任指挥部办公室主任，指挥部所有的相关事务，由你具体负责处理。各部委办局一把手作为指挥部成员。这是行政性指挥机构，也是临时机构。要使这个机构真正有权威、能办事，还必须成立相应的实体办事机构。我们还打算成立一个既有行政驱动力，又有经济效能的实实在在的办事机构，充分整合相关部门权力，办好这件大事。这个机构就是‘城区开发建设总公司’（编者按：下文中，为了方便阅读或表述，“城区开发建设总公司”简称为“总公司”），你任总经理。你是组织部门挑选出来的，你要好好干。我已经和你们法院文院长说过了，你抓紧时间把手里的工作妥善移交，到指挥部上班，再给你配几个副手。指挥部和总公司这一大摊子，统统由冯书记负总责，我和徐县长给你们当后勤部部长，你们有困难找我们。”

江行舟正在考虑如何回应时，冯续来说道：“这是县委、县政府的决定，你还有什么价钱好讲的？你必须无条件服从，尽心尽力把工作干好！”

见两位领导决心已定，没有任何商量的余地，江行舟便说道："两位领导，我不是不服从，只是城建开发建设这项工作我从来没干过，怕干不好，辜负领导的信任。"

"不会可以学嘛，主要是责任心和工作激情，这很重要。"冯续来说。

事已至此，江行舟只好硬着头皮表态："我保证服从领导的安排，努力干好工作！"

见奚书记端起茶杯，冯续来起身对江行舟说道："走吧，你还指望奚书记招待我们啊？"说罢，他便起身离开奚书记的办公室。

出了县委大院，江行舟要回家。冯续来道："回什么家？已经下班了，你跟我去，我叫老太婆弄两个菜，我们喝两杯。"

见冯续来盛情邀请，江行舟也就欣然接受，也想借这个机会和新领导沟通交流一下，做到心中有底，于是他就给家里打电话说，晚上不回家吃饭。他又给文清扬打电话，简单汇报了一下情况。文清扬说："你先回家休息，明天上班再说！"

第二章
领导要求和朋友之托

其实，江行舟对于今天奚书记要找他谈话的事情，是有充分思想准备的。

两天前，县委办公室主任丁永建打电话约他，到县委招待所的一个房间里见面。他们见了面，江行舟问："你到底要说什么事情？装神弄鬼神神秘秘的！"

"我也是没有办法。"丁永建苦着脸应道，"老大，你不知道，奚书记整天盯着我，一天到晚不知有多少事要我办！他一眼看不到我就发火，骂我两句都算是轻的。我根本就没有上下班一说！星期天？节假日？根本没有那回事！有时半夜三更，我正睡觉，他打电话给我，让我跟他去处理事情。去年，二虞路更新改造，凌晨1点半，我和他一起去二虞路检查，用手电筒照，发现哪里不平整，就说是质量问题，就要追究责任。那天他还把冯书记骂一顿。"

说到这里，丁永建停下来，竖着耳朵听门外有没有人经过，然后才接着说道："那天冯书记1点钟刚睡下，奚书记2点半就给冯书记打电话，问冯书记在干什么。冯书记一头雾水地说睡觉，他就把冯书记骂了一顿，要冯书记第二天亲自去现场，处理质量有瑕疵的工程的负责人，他要听汇报。这种高强度工作，随时到来的压力，我就是铁人，二十四小时不睡觉，也经不住他这样摆弄啊！我简直都要崩溃了……"

江行舟安慰道："不行就急流勇退嘛！"

丁永建道："老大，你太天真了！急流勇退，我退得了吗？在领导身边工作，千万要注意，领导安排你到哪里，那是他的事；他要是没有安排你走，你自己提出要走，领导就会有想法，认为你有二心，从此对你不再信任，甚至会把你换掉。不过，说实话，奚书记对我还是很信任的，我们私下关系也很好。我不抱怨，苦就苦一点，还是有盼头的，先这样干着吧！这事你不要跟任何人说，万一传出去，后果很严重的。今天把你约到县委招待所，也是没办法，我不知道奚书记什么时候找我，哪里也不敢去。现在他在县委招待所接待省里领导，插这个空，我跟你说一件很重要的事。”

江行舟有点紧张，急忙问道：“什么事这么重要，难道还与我有关？”

丁永建瞄了江行舟一眼，说：“最近县委、县政府的领导正在研究，准备出台一项大措施，就是大搞城区开发建设。要抽调精兵强将，成立专门机构来办这件事。奚书记对出台这个措施考虑了很久，现在终于决定上马。看来奚书记决心很大，势在必行，志在必得。”

江行舟意识到抽调干部可能与他或者丁永建有关，就插上一句：“这事与我们有关吗？”

丁永建说：“看样子，奚书记可能想让我来牵这个头。”

江行舟问：“他跟你说了？”

“没有直说，就是问了一些事情。我感觉他有这个意思。你看我能不能去？”

江行舟说：“我哪知道你们这些人想什么啊！依我看你不去为好。你一走，你现在的位子就没有了呀！不过，奚书记对你这么好，估计也不会亏待你的。”

“你还不笨！”丁永建道，“我也担心一旦去搞开发，做那种风口浪尖上的工作，肯定整天疲于奔命。现在说是兼职，可我一旦上去就下不来。我现在的工作，短期兼顾可以，但奚书记工作节奏那么快，不可能让这种情况继续下去的，很快就会有人来接替我。那时我怎么办？以后我与奚书记见一面都难，彼此渐行渐远，感情也就淡了，他还会像现在这样在乎我吗？用不了多长时间，他肯定会晋升。他调走了，我能找谁去？”

江行舟道：“那你就跟他说，你不想去不就行了嘛！县委、县政府干部那么多，也不是非你不可啊！”

丁永建说：“我刚才还说你不笨，你到底还是笨。‘不去’这种话我能说出来吗？我跟奚书记关系再好，也是上下级关系，我不知道自己几斤几两乱说一通，要倒霉的！”

江行舟问："那怎么办？就随他安排？"

"当然不能随他安排。"丁永建说，"必须找一个合适的人选代替我才行。不过这个人选很难找，必须要符合两个条件：第一，这个人确实有能力把这个担子挑起来；第二，奚书记要认可。"

江行舟道："谁能入得了奚书记的法眼？干部虽然很多，但能不能干事，奚书记心里能不清楚？"

丁永建说："人选我已经考虑得差不多了，就是不知道这个人愿不愿意干。"

江行舟问："谁？"

"远在天边，近在眼前。"丁永建说。

"我？"江行舟有点惊讶，"你是不是搞错了？凭什么是我呀？"

丁永建说："就凭你在检察院工作过，现在又是法院主管刑事案件的副院长。你在检察院负责反贪工作多年，办过不少大案要案，黑脸包公名声在外，临水县的干部还是怕你的。至于能力就更不用说了。"

江行舟想了想，问道："我不是你们圈子里的人，奚书记怎么能接受？"

丁永建说："你在检察院和法院那个小天地里待得太久了，思维僵化，需要出来透透气。"

江行舟心想："你不想干的工作推荐我干？再说了，搞开发建设这种工作，我也不懂啊，也不一定能干好，我别打不着黄鼠狼惹一身骚。"

见江行舟犹犹豫豫拿不定主意，丁永建就知道江行舟心里想什么，便说道："老大，平时看你还可以，今天怎么这样婆婆妈妈的，没出息。你不是整天想要干大事嘛，你想想，一个小小的临水县，能有多少大事给你干？现在有机会干大事了，你又犹豫不决，不是叶公好龙是什么？你先去干起来，干出成绩，奚书记也会看到的。你在法院的确是风不打头雨不打脸的安逸。但是，我敢判定，你将来退休了，肯定会后悔的！干不干？死活一口气，你痛快点！干，我马上请一位老领导出面，他认识你，对你评价不低。由他出面推荐你，奚书记会同意的。如果你不愿意，也不用勉强，我再重新考虑人选。"

江行舟抬起头笑了笑："算了，我干！我不能把你这个多年的好朋友得罪了。不过，我把丑话说在前面，如果我遇到过不去的坎，你不能袖手旁观。"

"废话！"丁永建道，"你有没有过不去的坎，我还能不知道？"

既然他们把话已经说到这里，剩下的就是等待了。

在与奚书记谈话的第二天，江行舟上班后，就先来到文清扬办公室，打算向文清扬汇报昨天他与奚书记谈话的具体内容。文清扬还没到，江行舟就回到自己的办公室，一边处理昨天没处理完的工作，一边耐心等待文清扬。

文清扬虽是转业军人出身，但他在部队是政工干部，长得又白净，看上去很文弱的样子，做事也是慢条斯理。其实这只是表象。他性格坚毅，做事雷厉风行，刀剁水洗，工作作风强硬，在全市乃至全省法院系统都是出了名的狠角色。

对于自己将要被抽调的事情，江行舟事先并没有向文清扬提起过，毕竟那只是一种可能，并没有确定。再说了，文清扬对江行舟一直很不错，工作上支持，生活上关心。这次挽留江行舟，无论从哪个方面来说，文清扬都是真心实意，没有一点虚与委蛇的意思。想到这里，江行舟的内心里不禁生出了一些愧疚。

江行舟正在看材料，刑庭庭长老秦进来了，说要汇报案子。江行舟对老秦说："我现在有点事，你先回去等一会儿，到时候我通知你。"

又过了一会儿，文清扬出现在走廊里。他见江行舟的办公室门开着，就走进来。江行舟赶忙起身说道："文院长来了？我还是去你办公室吧！"

文清扬转身走向自己办公室。江行舟关上自己办公室的门，随文清扬去他办公室。

江行舟把奚书记找他谈话的过程详细说了一遍，强调奚书记根本没有征求他的意见，直接宣布决定，调子定得很高，不听他解释，他也没有办法解释。他说自己不懂城区开发建设业务，奚书记说主要看他的态度。

"既然这样，那就算了。"文清扬听罢江行舟的汇报，无可奈何地说道，"我们也不能跟县委、县政府领导对抗，你去就去吧。我就是担心你手里这一摊子工作怎么办。你走之后，谁能把它挑起来。除你以外，那几个副手，根本不懂刑事审判业务。你是老检察，到法院来又主管这一块，精通业务，心也比较细，你管这一摊子工作我根本不用操心。你这一走，我心里还真有点不好受。咱们负责的都是人命关天的大事情，容不得有半点马虎的！"

见文清扬放心不下，江行舟便劝慰道："院长，你也不用担心，法院的工作我先兼顾着，大不了我就辛苦点儿，多来回跑跑，多加几个班。接替我的人选，恐怕你还是要多加考虑的。我这一走，怕是一两年都回不来，你肯定等不了的。培养年轻人嘛！这个棒总是要交下去，是不是？”

文清扬说：“关于这个问题，我以前没怎么考虑。昨天夜里，我才开始想这个问题。我来这里工作已经一年多，干部也没有大动，看来是要通盘考虑了，做好布局，分步实施。你有没有发现什么好苗子，怎么用好他们，能否跟我说说？”

江行舟对法院的情况非常了解，既然文清扬征求他的意见，他也没有必要藏着掖着，于是开诚布公地回答道：“院里有两个刑事诉讼方面的好苗子可以培养，现在你可以先把他们用起来，让他们在岗位上接受实战锻炼。”

文清扬问：“是不是刑庭的应敢和乙胜？”

“是。”江行舟回答道，“既然你也这么认为，那就太好了！下次研究干部问题时，我来提，你表态，一锤定音！”

他俩正说着话，江行舟的手机铃声响起。他掏出手机一看号码，小声对文清扬说：“是冯书记打来的。”

“你接吧。”文清扬轻轻叹了口气，说道，“翅膀硬了总是要飞的！”

听文清扬这么说，江行舟的心里真是五味杂陈，不知道说什么好，只觉得心里酸酸的。他舍不得自己干了十几年的老本行，也舍不得文清扬这样的好领导，但是，组织的召唤不可违，个人的前途也不能不考虑。他很纠结，四十大几的人了，才第一次有了一种“人在江湖，身不由己”的切身感受……

冯续来在办公室等待江行舟。

冯续来的办公室在三楼，和奚书记办公室在一个楼层，不过是在走廊的最西边，而且只有一间。其办公室的布置，比奚书记办公室更简陋，只有一张办公桌、一个文件柜和一组沙发。秘书是各位县委副书记共用的，有事临时派，不过基本固定，就是叶壮。叶壮是工民建专业本科生，前年才从县建筑设计院调到县委办公室。

冯续来心里有点急，刚和江行舟见面，连一句客套话都没有，就直截了当地问：“交接工作都安排好了？”

“哪有那么容易！”江行舟道，“没有人接我手里的烂摊子。”

“那几个副职都是干什么的？想晋升时，本事不知有多大！叫干事时，都往后退！”冯续来有点生气，甚至还爆了一句粗口。

“他们也不全像你说的那样。”江行舟解释道，“我手里的活儿，他们以前没干过。来法院也不是他们自己要来的，都是组织上调过来的，不能全怪他们。我先对付着干几天，兼着。”

冯续来说：“不说这个了，我们先商量一下——”

冯续来刚要进入正题，秘书叶壮走进来，对冯续来说：“余沟镇胡书记要向您汇报工作。他说具体事情您知道。”

冯续来道：“我现在有事，叫他下午来。”

叶壮出去后，冯续来说：“我们把门关上，谁也不见。”

冯续来刚要关门，丁永建进来说：“冯书记，奚书记请您过去一趟。”

冯续来对江行舟说：“你等一下，我马上就来。”

过了十来分钟，冯续来就回来了，对江行舟说道：“还是这事。奚书记这人，就是买个尿壶不过夜！要我和你抓紧时间商量，搭建总公司的领导班子，抽调人员，落实办公地点，落实经费。县财政先拿钱，等以后能自理再说。还有，就是让县委办公室抓紧时间起草个文件，以县委、县政府名义下发，题目是《关于加快城市化建设的若干意见》。”

奚书记的工作作风就是这样，粗像粗，细像细。

冯续来说：“这里干扰太多，我们无法静下心来谈事。走，我们去县委招待所，找个房间，好好议一议。”

于是，他们来到县委招待所，让服务员在贵宾区开了一个商务间。房间里有一张小桌子、两把椅子，还有沙发。冯续来叫服务员拎壶开水来，别的不用管了。

他还再三叮嘱服务员：“无论谁找我，你都不要告诉他我在这里。我有事会叫你。”

服务员答应一声，转身带上门走了。

冯续来对江行舟道：“我说，你记。”

冯续来便一二三四地开始说。说到动情处，他就站起身来，在房间里来回踱步。他说话的声音很大，像做报告，又像吵架，不知道的人，还以为房间里发生了什么事情。他们初步议定了几件事，加起来总共六条。其中第一条关于人员配备的问题，他们就产生了不同看法。

冯续来的意见是，由江行舟担任指挥部办公室主任兼总公司总经理，这是上面决定的，无须研究；至于副总经理，由县政府办公室、财政局、城建局和国土局等职能部门主管业务的副职担任。

江行舟一听，马上放下手中的笔，说道："我这个职务，是奚书记和你敲定的，我想来得来，不想来也得来，没有法子。但是，你抽调那些单位主管业务的副职，我看有点不现实——他们都是所在单位的顶梁柱，你硬抽调，怎么可能？！即便他们能来，也只能做个兼职副总，不可能完全脱离所在单位工作岗位的。"

"那不中！"冯续来斩钉截铁地说道，"我不管他们是什么柱子，只要上了名单就得来！纸上无名是闲人。你现在体谅他们，到时候他们不体谅你。今天这个事，明天那个事，事情一多，他们干脆就不来了。你要批评他们，他们还满嘴道理，反正是兼职，你能拿他们怎样？现在我明知他们不可能完全脱离所在单位，也要他们全职到这里来上班。他们要是不来，就会觉得心虚；他们要是跟我请假，我高兴就同意；要是不高兴，我还可以不同意。主动权在我手里！你不能心慈手软，没用！慈不掌兵。"

江行舟不得不承认，姜还是老的辣。

他们决定从相关部门抽调的人选是：城建局副局长金春生；国土局副局长向海平；财政局副局长吴德君；政府办副主任许小平。

第二条，人员分工。江行舟负责全面工作，许小平负责协调。其他三人按各自所在单位负责的业务分工，负责总公司的相应工作。

第三条，内设机构和人员。江行舟对开发建设是外行，提不出具体意见；冯续来虽然分管城建城管工作多年，但也是大而化之，具体情况也不太清楚，等总公司领导成员都到位后，听取他们意见后再做决定。

第四条，办公经费。根据现在的情况，只能从县财政出，等以后有条件自力更生再说。抽调的人员工资由所在单位发放，总公司可以发一点补助费、加班费，但不能多，多了发不起，别人也会说闲话。冯续来准备先跟财政局的吴德君谈谈这个事，让他拿出具体意见。

第五条，办公地点。这个问题目前有点难。县委、县政府这边，一个萝卜一个坑，没有多余的房子。即使能挤出几间房子，恐怕也不够用。最大的麻烦是，总公司工作开展起来以后，每天各种人员出出进进，吵吵嚷嚷，会很乱，放在政府大院里不合适，必须另外找地方。

第六条，总公司的具体工作方向和内容。江行舟说不出一二三来，冯续来也说不出，只能说大概方向：老城区改造；县政府量体裁衣，根据财力做几个示范项目；招商引资；等等。但仓促之间，这些想法都不够成熟，不能作为正式工作内容实施，还需要进一步酝酿、消化、磨合，真正成熟了才能付诸实施。

务虚会就这样结束了，也到了中午下班时间。冯续来安排江行舟在县委招待所吃工作餐，县委招待所所长老魏作陪。

冯续来怕耽误老魏工作，便对老魏说："你忙你的，我们吃饭不用你管。"

"那哪儿成啊？"老魏满脸堆笑，"冯书记来了，我们招待所蓬荜生辉呀！"

他们刚坐下，外地来了参观团，前台打电话催老魏过去。老魏起身说句"对不起"，便匆匆地走了。走出老远，他还回过头来，双手作揖，向冯续来表达歉意。

冯续来对江行舟说道："你看见没？老魏就是男版的阿庆嫂！"

接下来的工作，就是把他们今天议定的事情一项一项地落实。俗话说，凡事怕具体。真要把事情干起来，绝不会像今天他们在县委招待所房间里说得那么热闹、轻松。但无论如何，江行舟的两只手已经插进面缸，想收回来，那是绝无可能了！

第三章

大 会 小 会

第二天下午，冯续来打电话叫江行舟过来，和他一起去物色办公场地。因为考虑到将来的工作与城建局联系较多，特别是总公司的工作会与城建局正常工作有很多交叉，抽调过来的人两边工作要兼顾，办公地点离城建局近一点会比较方便，能节约时间，效率也会高一点。所以，第一方案是选在城建局附近。

城建局局长鲁青云是个非常圆滑的人，八面玲珑。他对县委、县政府搞城区开发建设的计划是知情的。冯续来给他打电话说办公用房的事，他满口答应："冯书记考虑得对，我完全同意你的想法。城建局欢迎冯书记来指导工作！房子现在就有两处，就是怕冯书记不满意。条件所限，请冯书记谅解。"

冯续来道："青云，不要瞎客气！房子在哪里，我马上去看。你在办公室等我，我到了给你打电话。"

鲁青云说："好，好，我在办公室等你电话。"

城建局在县委大院东南方向，开车十几分钟就到了。鲁青云在楼下等着。他见冯续来来了，急忙迎上去，热情地拉着冯续来的手，使劲握住，还使劲抖了两下，说道："请冯书记上楼，到我办公室先喝杯茶。房子跑不了，等会儿我给你们带路！"

冯续来摆摆手，对鲁青云说："大家都很忙，今天我就不上去了。你先带我们去看房子。"

鲁青云说："冯书记和江院长来了，不上去坐坐，我心里过意不去。"

冯续来道："没事，走，抓紧时间！"

"第一个地点就是这里。"鲁青云转过身指了指城建局办公楼，"一层是我们局档案室、仓库还有厕所。冯书记要是不嫌条件差，我现在就安排人把里面的东西搬走。"

冯续来一看就不满意，嫌地方太小不够用。将来总公司设在这里，来办事的人会很多，整天出出进进，人仰马翻，太吵。冯续来也没说没看好，只说看看另外一处房子再定。

接着，鲁青云又领着他们去城南看了另一处房子。

这处房子，冯续来第一眼就看中了。这里原来是县多种经营局下属的园林公司。该公司前几年改制，房产收归县财政局，现在是城建局下属的园林处办公室，距离城建局和县政府都比较远，比较安静，环境也很好。办公楼前面有一个花园，花园中间有一个水池，水池中间有太湖石堆砌的假山。旁边有一条曲径，蜿蜒伸向树丛深处。东南角还有一个凉亭。这时正是春天，花园里好多花都开着，绿肥红瘦，争奇斗艳，令人赏心悦目。

冯续来看过之后，不经意地对江行舟说道："这个地方还能将就。"

江行舟笑了笑，点头应道："环境不错，房子也够用，主要是安静，不打扰别人，也不被别人打扰。"

"我们搬过来，园林处的人怎么办？"冯续来问鲁青云。

"好办。"鲁青云答道，"总共七八个人，我给他们另外找一个地方。只要冯书记满意，我就放心了！"

冯续来说："那就这样，劳你费心，谢谢！"

说罢，冯续来让鲁青云离开，他还要再仔细看看，确定怎么改造一下，以适应即将开展的大规模工作。

几天后，县委、县政府在影剧院召开全县干部大会。会议由徐以宁县长主持，冯续来宣读《关于加快城市化进程，实施城区开发建设，实现全县经济腾飞的决定》文件。在这次大会上，宣布成立城区开发建设指挥部、总公司。指挥部和总公司的领导成员名单，就是冯续来和江行舟共同议定的人选，现公之于众，算是组织落实了。

奚书记在大会上做了重要讲话。

他的讲话慷慨激昂，旁征博引，从国际到国内，从理论到实际，从意义到方法，讲得头头是道，与会人员听得热血沸腾。

那天的会议，江行舟也参加了。会上还发生了一个小插曲，非常有意思。一个人睡觉，被奚书记看到了，叫他站着听到散会，成为临水县人尽皆知的桥段。

江行舟知道自己是被抬上去了，今后的前途和命运如何，他心里却一点底儿都没有，只是感到有点困惑和担心。事到如今，退路是没有了。至于冲过冲不过，他不知道，只能硬着头皮冲起来再说。

自从江行舟参加工作以来，不管在哪里，他一直都是这样做的，似乎也不用多虑。但他心里隐隐约约有一种说不清楚的感觉。这种感觉好像是某种愿望，他已经很长时间没有体验了，像是年轻时经常有的那种冲动。这种感觉让他觉得很新鲜，也很舒服。他想，既然组织已经决定了，他就不能装熊，必须好好干一场，证明给大家看、给奚书记看，更要证明给自己看——我江行舟到底是骡子是马，拉出来遛遛便知。

会议结束后，冯续来给江行舟打电话："下午3点钟，在县委招待所小会议室开会。参会人就是那几个总公司副总。我已经让许小平通知了，晚上我招待大家。我和徐县长联系一下，看他有没有时间参加，以示关心和重视。我们今后的工作还要靠他支持，感情上先热络一下，打打铺垫。"他要江行舟考虑一下，会上要说哪几件事，捋一捋，最好打好草稿，不要在开会时忘了。

江行舟一一答应下来。

下午2点半，江行舟就到了县委招待所小会议室。他要先到会场，看看会务准备得怎么样，如果觉得哪里不合适，还有时间补救。

会议室在一个小四合院里。这个小四合院，以前是临水县大地主家的房产。新中国成立前，那家人不知跑到哪里了；新中国成立后的几十年里，那家人也没有回来。因此，这里的房屋就变成了公产。随着时间推移，大部分房子都拆掉了，建了两栋现代样式的六层楼。只有这个古色古香的小四合院还保留着，做内部招待用，并隔成大大小小七八个会议室。

为冯续来准备的会议室，可以坐二十来个人，江行舟觉得有点大。算来算去不到十个人，人太少，空了不好看。江行舟叫服务员换一间小一点的会议室，能坐下十个人就行。服务员向魏所长打电话请示。魏所长说按江行舟的指示办。

快到下午3点，大家前脚赶后脚都到了。这几年，在奚书记的严厉整治和督促下，干部工作作风比以前有了根本改变。“8点开会9点到，10点才来做报告”的会风早已成为历史。县城就这么大点儿地方，大家低头不见抬头见，来参会的人互相都非常熟悉，彼此也不用太客气，招呼一声，就各自坐在沙发上。

冯续来在大家身上扫视一遍，大家也齐刷刷地看向他。他先笑了笑，然后大声说道：“我们都是熟人，从今往后，就要在一个锅里抹勺子，成一家人了。县委、县政府把这么重要的工作交给我们，我个人诚惶诚恐。虽说还不至于如履薄冰、夜不成寐，但说实在的，这副担子着实不轻啊！我们每个人都必须清楚自己肩上担子的分量，身上任务的轻重，决不能麻木不仁、优哉游哉不当回事！所以，我必须先跟大家拎拎耳朵！”

大家互相对对眼神，收起笑容。看来冯续来要动真格的了，一个个伸伸腰，挺直腰板。

冯续来继续说道：“徐县长今天有事来不了，我们就先开会，会后向他汇报。城市化是个大题目，理论问题我们说不清，那是奚书记的事，我们就是干事的，就谈怎么干，怎么能干好就妥了！我们的基本任务就是多建房子，建好房子，对吧？建房子谁不会呀？要是有钱，你要什么样的房子，我就给你建什么样的房子。关键是现在县政府没有钱！招商引资？说得轻巧！你这里有什么吸引力？要交通没交通，要资源没资源，人家凭什么要到你这里来？巧媳妇难为无米之炊，但现在形势逼着我们无米也要做饭。奚书记跟我说，‘我要有钱，还找你们干什么’。你说这不叫把人难为死吗？现在说这些有用吗？奚书记会听你诉苦？我们不要想那些不切实际的，没有退路，开弓没有回头箭，只能硬着头皮上。没有条件，创造条件也要上！”

冯续来一口气抛出一串问号，一个比一个重，压得与会人员动弹不得。他喝了口水，继续说道：“从今天开始，在座的各位就是一根绳上的蚂蚱，谁也别想跑，跑也跑不掉！我们必须团结起来，动脑筋想办法，挖窟打洞也要把这件大事干好。不过，话又说回来，这件大事干好了，既是完成县委、县政府交给我们的任务，也是利国利民的大好事。我们都是临水县当地人，也算是造福桑梓啊！不求流芳百世，只求心安理得。”

冯续来是从基层一步一步地干起来的，实践经验丰富，抓工作不尚空谈，重在落实。刚才他的一番话，没有一句大道理，都是实打实的干货，入情入理，语重心长。参会的人都深有感触，频频点头。

冯续来话音刚落，城建局副局长金春生快人快语，就率先发言：“冯书记，你刚才说的这些话，我们都懂——领导的决定还能不服从吗？我们到哪里都得干活儿。反正我表态，一切行动听指挥！冯书记指到哪里，我打到哪里！你说冬瓜能做碓臼子，我拿过来就揣！”

大家都知道金春生和冯续来是老乡、同学，关系比较好。彼此说话比较随便，冯续来也从不跟他计较。有人开了头，下面大家就一个接一个发言，气氛慢慢热烈起来。

吴德君说：“我是财政局的，任务比较简单，就是花钱嘛！钱又不是我家的，只要领导同意，我就照办！”

“德君不要耍滑头！”冯续来道，“谁是领导？你就是领导！调你来，就是要你给总公司做后勤保障的。我要用钱就找你！不过，我也不会没有原则地乱花钱，县财政局没有钱我不知道啊？不该花的钱，是不可能瞎花的，你放心。但是，该花的钱还是要花的，我心里有数。当然了，我也不会为难你，你能当家的立即办；有为难的，你跟我说，该找谁，我去找，不要你去找。不会把你打到夹板墙里，叫你不好做人。”

吴德君苦笑一下，说道：“感谢冯书记体谅我们具体办事人的苦衷！只要在我权限范围内的，我保证立竿见影；如有困难，我会向你汇报，给你当好参谋助手。”

“这还差不多！”冯续来笑道。

国土局副局长向海平是部队副团长转业，军政干部，说话比较直，就一句话，“保证完成任务！”

他说完，大家就笑。

冯续来接着说道：“城区开发建设是新工作，我们以前都没有干过，现在还说不出子丑寅卯，还需要一个学习、消化过程。大家回去先想想点子。三个臭皮匠，顶个诸葛亮，改天我们再议。春生要多拿主意，因为我们这么多人都不懂行，只有你懂。我知道你在城建局是当家花旦，这里也主要靠你。”

金春生连忙说道：“城建局目前就是个小木匠，安安砸砸还行，就是没有大料。我还是那句话，尽心尽力，冯书记交代的事，我一定努力干好。但是，我能力有限，要是你不满意，尽管批评指正！”

冯续来笑了笑，指了金春生一下，又接着说道：“当务之急的几件事，需要现在就办。行舟，你说说！”

于是，江行舟就把他和冯续来商量的方案说了一遍，涉及办公地点、抽调人员、经费保障，等等。

冯续来等江行舟说完，补充道：“办公地点问题已经落实，我还比较满意，环境不错，就是稍微偏僻一点。那里办公室里没有厕所，不方便。我和行舟商量过了，准备把办公楼改造一下，在办公室内建个厕所。把现在办公室后面的露天厕所扒掉，建成停车场。这件事，春生抽空去看看，还有哪里需要改造的，一并改造，但不要大动。德君算算需要多少钱，形成书面报告找我签字。关于调人的问题，会计肯定由财政局指派，德君看着办。国土局来个人就行。他们就是来了解情况，回去快点办手续。指挥部和总公司的主要成员是城建局的，内部分工太多太细，我也说不清，春生看着办，该调谁就调谁。一定要调起作用的人，不要滥竽充数。先少调一点人，等以后业务量大了，再增加人手，不要一下子弄那么多人。”

冯续来最后说：“今天强调一下纪律。既然我们另起炉灶过日子，就是一户人家。国有国法，家有家规，没有规矩不成方圆。所有调来的人，都要与原单位脱钩，专心搞开发建设！”

一听这话，大家全愣住了，一齐望向冯续来，好像没明白什么意思。冯续来装作没看见，用力咳嗽一声，说：“大家是不是以为我说错了？我跟你们讲，没错！就是要你们与原单位脱钩。县委、县政府文件你们没有看过吗？上面是不是写得清清楚楚明明白白？你们是全职搞开发建设的。不过，我这个人还是通情达理的。如果你原单位工作确实离不开你，离开你地球就不转了，你就跟我说，我们再商量；没有特殊情况，你们一律到这里上班。新办公地点搞好之前，我已经和县委招待所魏所长说过了，请他安排两间办公室，我们暂时先到那里上班。等新办公地点弄好了，我们就搬过去。”

冯续来这一番话，说得大家心里有些忐忑，也不知是真是假、水深水浅。虽然他们刚才都表了态，现在听说“要与原单位脱钩，专心搞开发建设”，还宣布了纪律，才知道是动真格的。因此，每个人便在心里打起自己的小算盘，考虑该如何抉择，如何跟冯续来表达。空气变得沉闷起来，大部分人不再说话。冯续来若无其事地侃侃而谈，讲述下一步工作该从哪几个方面去做。

大家都有些心不在焉。

冯续来看看手表，说：“今天我们城区开发建设总公司第一次办公会就开到这里。政府办的许副主任把会议记录拿给大家签字确认。”

冯续来签字后说：“今天晚上招待大家的酒席，是徐县长亲自安排的。徐县长说他到市里谈事情，尽量赶回来参加，好好给大家敬杯酒。时间也差不多了，现在我们就到餐厅去。”

吴德君说他晚上要参加一个亲戚家的小孩婚礼。冯续来说：“你不能走，马上给你老婆打电话，让她去。没有集体观念，总公司还有凝聚力吗？”

吴德君笑了笑，说：“好，好，我马上打电话。”

其他人都不敢再说什么，跟着冯续来去餐厅。

刚到餐厅，大家还没落座，县委办主任丁永建来了，把冯续来拉到一边，耳语几句。

冯续来转身对大家说：“奚书记和徐县长今天回不来了，委托丁主任代表他们给各位敬酒。大家感谢！”

大家热烈鼓掌后，冯续来坐在主陪位子，主宾、副主宾位子大家互相谦让，谁也不愿意坐。一是大家身份差不多，很难分出高低尊卑；二是大家知道冯续来酒量大，更会派酒，有时还会不讲道理，硬派你喝。

大家推来推去难以就座。冯续来说：“看不出来，你们还都是谦谦君子啊！我看这样吧，行舟在法院，虽然他和大家也熟悉，但接触相对少一点，今天他就坐我右手边；春生年龄稍大，坐我左手边；永建坐我对面，担任副主陪。其他人随便坐，太讲究就累了。”

江行舟说：“还是让丁主任坐你右手边，我坐那里不合适。”

丁永建道：“恭敬不如从命。冯书记让你坐你就坐，再这么客气就虚伪了。”

江行舟只好坐在冯续来右手边，其他人就按照冯续来的安排就座。

按县政府规定，接待酒一律用本地的临水大曲。冯续来对服务员说："你去跟魏所长说，把我上次从我家里拿来招待部队老首长剩下的两瓶茅台酒拿过来。"

不一会儿，服务员就把十年前出产的飞天茅台酒拿来了。大家情绪立刻高涨起来。冯续来笑着说道："对不起各位！只有这两瓶酒，喝完就没有了。谁要还想喝，就喝临水大曲。"说罢，他还用"夹生普通话"高声念了两句临水大曲的广告词，"临水大曲酒，冰心在玉壶！"

这顿酒，大家喝得很热闹，也很尽兴。冯续来喝得有点高，但他死死拉住金春生，较上劲了。结果，金春生喝醉了，走路直打晃。

第二天上午，冯续来陆续接到财政局、国土局、城建局的局长打来的电话，内容基本差不多——诉苦求情。

财政局的刘局长说："冯书记啊，德君实在是离不开。我整天到处开会，应付上头和外头，家里业务全指望他呢。你要是把他调走，财政局怕是要关门歇业了！"

冯续来道："财政局的工作确实重要，但是我这一摊子怎么办呢？我这里虽说是临时机构，但它的重要性就不用我说了吧？"

刘局长说："我知道你们指挥部重要，大会上县委书记、县长都说了。照理说我不应该跟领导讲价钱，这不是实在没办法了嘛！冯书记，你老人家无论如何也得照顾照顾我，要不我真没办法！"

冯续来沉思良久，才对刘局长道："你刚才说的也是实情，我也很为难，都是我们县政府的工作，都要兼顾。我看这样，叫德君辛苦点儿，两头跑跑。他每周星期五来一天，处理总公司的事情，参加周会。总公司的后勤保障就全靠你了，你必须要保证服务到位。不过，你放心，我也自有分寸，不会叫你为难的。"

国土局陈局长说："海平同志分管局里主要业务，还真走不开，请书记大人给予照顾。"

冯续来告诉陈局长："可以照顾，叫向海平每周星期五到指挥部上一天班。其余时间，要是指挥部这边有事，向海平必须保证及时到场。"

陈局长认为这已经是最好的结果，便满口答应："一定一定！你尽管放心！"

城建局鲁局长说："春生局长在城建局是中流砥柱，主营业务都是他负责的，他要不在，没有人能替代他。能不能让他两边兼顾一下，反正两边的业务也差不多。"

冯续来道："好啊，他要能兼顾是好事。不过我跟你说，我这边业务全指望他呢。你知道，我这边其他人都是外行，如果他来迟到慢，影响我这边工作，这个责任我是担不起的，县委书记、县长将来要追责，我就说你不支持！丑话我可是先说在前面了。"

鲁局长连忙说道："我跟春生局长说，让他以指挥部那边工作为主。我这边他就辛苦一点，兼顾一下。指挥部的工作要是耽误了，我可是吃罪不起啊！"

冯续来到底是老领导，经验丰富，办事有松有紧。他知道，再好的事情，都需要人来办。好事不一定能办好，也不一定好办。归根结底，得有一帮得力的人齐心协力，才能办成一件大事！

第四章

工作两头兼顾

城区开发建设动员大会结束第二天，《临水报》以整版篇幅，对大会内容进行了报道；奚书记的重要讲话全文刊登在头版醒目位置。“城区开发建设”，这个全县人民完全陌生的词语，一下子妇孺皆知。接着报社又连连发文，进行深度跟踪报道。关于县委、县政府要大搞城区开发建设的舆论逐渐热起来。

随着宣传力度加大，江行舟也迅速蹿红，成为全县各界的名人，差不多是家喻户晓。这几天只要江行舟见到熟人，对方就会向他打听城区开发建设的事。多半是好奇，还有人向他推荐工程队、推销钢材水泥。他不能不回答，也不能清楚地回答，只能含糊其词地应付几句就匆匆告辞。

江行舟觉得自己已陷入左右为难的困境。一边是越来越大的舆论压力，推着他往前走；一边是法院的工作暂时推不掉，还要兼着，几乎每天都有一大堆事情要他处理。大部分事情他可以通过电话遥控指挥，但案件汇报他必须亲自听，那可都是关系到当事人命运和利益的大事，容不得有半点马虎。

老秦打电话通知江行舟，有个受贿的案子准备开庭，问江行舟什么时间方便听汇报。江行舟回答说：“我先联系县委陆书记。因为县政府有规定，凡是去年反腐败集中行动的案子，在起诉审判前，要一律先向陆书记汇报，由陆书记把关。我先请示陆书记，看他什么时候有时间听汇报。等他定下来之后，我再通知你。”

挂断老秦的电话，江行舟马上给陆书记打电话，问他什么时候方便听汇报。陆书记说明天下午3点，在他办公室。江行舟就让老秦通知案件主审法官，明天下午 2 点 45 分，在县委、县政府大门前与他会合。

第二天下午，江行舟和老秦，还有案件主审法官朱伟、书记员小方等一行人准时会合后，一起去陆书记办公室，把案件向陆书记详细汇报。

这些特殊时期搞的案件，由于当时时间紧、任务重，案件侦查质量不高，法院不断退查，令纪委和检察院很被动。汇报案件前，陆书记跟江行舟交底，这批案件情况比较特殊，你们只要把握“两个基本”，就是基本事实清楚，基本证据确凿就可以判。奚书记跟相关领导都打过招呼，你们就大胆地判，有什么事情由奚书记担着。江行舟心里清楚，这么做尽管有点人治之嫌，但案件把握“两个基本”也没有错。

汇报完案情，江行舟刚回到法院，冯续来就把电话打过来，叫江行舟现在就去他办公室。

江行舟说：“行，我马上到。”

冯续来见到江行舟就问：“你刚才是不是又来向陆书记汇报案子啊？”

江行舟还没来得及回答，冯续来又说：“你不要跟我解释，解释我也不听。我严肃地跟你说，你赶快把法院那边的业务脱手，交给别人干。我就不信，法院离开你就不判案子了！今天上午，奚书记看见我，问我有没有困难。你以为他真是问我有没有困难，要帮我解决啊？根本不是！他这是展示领导艺术，变相催我们加快进度。开始抽鞭子了，我们不能稀里糊涂，麻木不仁，假装没事人一样。”

被冯续来没头没脑地训了一通，江行舟感到满肚子委屈，但还没法说。因为法院那边，文清扬说的全是实情。江行舟心里也清楚，眼下法院那边真没有人能接下他分管的这一摊子业务。他想解释，冯续来又不听。不过，他也理解冯续来的处境。奚书记的眼睛像刀子一样，整天划着冯续来的头皮和后背，没有感觉是不可能的。归根结底，指挥部和总公司一大摊子事情，都压在冯续来身上，冯续来不闹出点动静来，没有办法向奚书记交代。就算冯续来是县委副书记，但也没有三头六臂，更不能一个人包打天下。现在这种情况，冯续来必须死死地抓住江行舟。到了这个紧要关头，江行舟还心挂两头，不能全力以赴，冯续来能不着急吗？江行舟知道，现在到了他必须表明态度的时候了，不能再顾东顾西，便发了狠，说道：“请冯书记放心，从明天起，我每天准时到你面前报到。你叫我干什么，我就干什么，中不中？”

“中不中，看行动。”冯续来面无表情，盯着江行舟说道。

冯续来说罢，让江行舟立即通知金春生、吴德君，现在就到总公司办公楼改造现场，他和江行舟马上就过去；他又让驾驶员把车开到大门口，然后和江行舟一起下楼。

电话里，金春生说他正好就在总公司办公楼改造现场。

冯续来笑着对江行舟说：“你别听金春生瞎炫，这家伙还不知在哪儿转大魂呢，鬼吹！”

财政局的吴德君说，他正在参加徐县长的会办会，去不了。

冯续来对江行舟说：“让他忙，我们走！”

冯续来这次还真冤枉金春生了。金春生不仅在总公司办公楼改造现场，还和工头一起查看工程施工情况。

那天开会，冯续来说金春生搞建筑在行，要经常到工地指导工作，监督好工程质量。金春生果然照办，有事没事就来转一圈。工头和金春生熟悉，说，“老首长放心，我一定把好质量关，你不用常来”。

金春生说：“我还不知道你们做工程的毛窍！个个偷工减料，看都看不住。你少跟我套近乎，我什么时候要来就来，只要让我发现你吊诡，就叫你返工，损失是你自己的！”

工头知道金春生的厉害，不敢掉以轻心，整天盯着工人干活儿，生怕被金春生抓住把柄，到那时不但挨骂，还要贴本钱。

冯续来来到总公司办公楼改造现场，听完金春生的汇报后，心里十分高兴，夸赞道：“你的思想觉悟比过去提高不少，应该表扬！”

金春生又开始吹牛：“我们这些人，是能看出死活点子的！冯书记把鸡毛给我，我就得当令箭扛着，当作头等大事办得的的当当！对不对？”

“你死得远远的，啰里巴嗦的！”冯续来笑着对金春生说道，“你赶快带我们去看看，要是真好，再表扬你也不迟。”

办公楼后面的露天厕所已经拆了，停车场已经铺平，建筑垃圾做的基础已经压实，上面撒了一层细石。金春生说准备后天浇筑混凝土。当时，临水县还没有商品混凝土，要自己用搅拌机搅拌。为了加快进度，金春生叫工头安排两台搅拌机，多安排几个人。为了控制好质量，金春生已经安排质监站派专人现场跟踪监督。

跟在金春生身后的工头对冯续来说：“金局长安排过了，明天我再把基础整平，后天保证能浇筑混凝土，领导只管放心。”

冯续来问混凝土准备浇筑多厚，工头说十二厘米。金春生马上接过话茬儿，对工头说道：“我不是叫你改铺十五厘米吗？怎么又缩水了？你还想欺骗我们领导啊？我跟你说，我们领导可不是好骗的主儿。他是建筑老行家，你不要自作聪明找日得！”

冯续来在工地上转了一圈，回来说：“我们到这里办公，虽然是临时借用，也不能凑合。停车场既然建了，就要把它建好，将来交还给人家也好说话。工程质量是百年大计，千万不能马虎。春生比我更懂行，这里平时没有多少重型车辆，地面的混凝土浇筑十五厘米也够用了。我想还是浇筑十六厘米比较好，说不定哪天有个冒失鬼来一下，也不会出问题。”

金春生道：“这样也好，更保险一点。”

园林处的人都搬走了，办公楼里里外外都比较脏乱，还没有打扫。冯续来说：“暂时不用打扫。等改造工程全部结束，我们搬来之前彻底打扫一下。”

办公楼一楼的地基是混凝土浇筑的，等混凝土凝固期到了就可以砌墙。每间办公室大概十几平方米。楼内两边的房间大一点。至于将来如何使用，看情况再定。

冯续来说：“我就不要单独办公室了，和行舟合用顶头那间大的，平时开个小会也能将就用。要开全体会议就挤挤，或者站在走廊听也行，就这样的条件嘛。大家是来做事的，不是来享受的。春生，你们几个副总，一人一间，从东往西排。财务室要装防盗门，安全第一嘛。”

办公楼前面的花园还没有整理，几天没人打理，就有点荒芜的感觉。金春生说：“做园林工程我是外行，不敢乱弄。”

冯续来道：“你跟园林处负责人说说，他们虽然搬走了，但这个花园还是他们的，我们没法管，也管不了，还是由他们负责日常养护和正常管理，该浇水浇水，该修剪修剪，该打药打药，该打扫打扫，还像以前一样。他们要是偷奸耍滑弄不好，我找鲁青云剃他们秃头！”

金春生说："冯书记用人也太辣靠了，给人留条活路嘛。现在园林处日子不好过，你再去挤他们身上仅有的那点油水，估计他们就要上吊了。"

冯续来道："他们现在没有活路，是吧？你跟他们说，将来城区开发建设搞起来，到处都需要绿化、美化。到时候，他们数钱把手指头数断可不要找我！"

金春生不知咕哝一句什么，冯续来朝他斜睨了一下，没再说什么。临走时，冯续来叮嘱金春生，一要加强质量监督；二要加快进度，越快越好。

后来，冯续来给财政局吴德君打电话，叮嘱他在经费上给园林处补一点，毕竟园林处贴不起这笔钱。

回去的路上，冯续来对江行舟说："我明天上午要开县常委会，你下午到我办公室，商量下一步的工作。"

第二天上午，江行舟找到文清扬，汇报陆书记关于案件处理的指示。文清扬说奚书记已经跟他说了，只能执行，没有什么价钱好讲，案件质量还是要把好关，在"两个基本"上下功夫。江行舟把昨天冯续来说的那套话跟文清扬讲了一遍后，补充道，冯续来被奚书记逼得下不了蛋，一着急就来逼勒他，整天拉着他不撒手。他又不能说不去。

最后，江行舟咂咂嘴，欲言又止。

文清扬笑了笑："你不说我也知道你很为难。奚书记压冯书记，冯书记必须把你拉住。你两边都不好弄。最近我一直在考虑解决方案，等我考虑成熟后，再把你找来商量。"

江行舟道："我马上要到冯书记那里去，要不他又要催我了。"

江行舟到了县委办，打字员小林告诉他，冯续来正在开县委常委会。

江行舟忽然想到，昨天冯续来已经跟他说，今天上午要开县委常委会，他这些天忙昏了头，把冯续来的话忘了，于是就离开了。

这些天，江行舟确实被冯续来弄蒙圈了，生怕忘记什么事，再被冯续来剋一通。

路上，江行舟一直在想，自己刚从法院出来，就不回去了。不如利用这点时间，到城区走走看看。自己虽说在这座县城里学习、工作、生活了这么多年，平时总是来去匆匆，对周边环境了解得并不是很清楚，工作能力与城区开发建设的工作要求还差得远，很多东西必须尽快熟悉，不能总当门外汉。他给金春生打电话，问金春生有没有时间。要是有时间的话，想请金春生陪同他到城区看看。

金春生说他正在规划办，让江行舟过去接他。

规划办是城建局下属单位，在一栋三层小楼里办公。江行舟叫驾驶员把轿车开到规划办楼下。金春生在楼上看到了江行舟的轿车，就下来问江行舟："上去喝杯水再走？"

江行舟说："不了，下次我再来拜访。"

金春生坐在副驾驶位子，问江行舟："你想看什么地方？"

江行舟说："我在临水县城也算老住户了，天天在街上走，却熟视无睹，对城区情况基本不清楚。现在奚书记让我搞城区开发建设，我不能懵里懵懂一笔糊涂账，必须搞清楚。你是老城建，城区的情况全在你心里。你带我到哪里，我就看哪里。你还得给我介绍一下历史啊、现状啊，越详细越好。"

"好，我尽力。"金春生答应道。

在金春生带领下，轿车从城区最东边，就是刚通车不久的高速公路开始，沿中心大道向西进城。中心大道是为城区连接高速公路专门修的。路宽一百二十米，四车道，两旁是绿化带、慢车道、人行道、二十米建筑红线控制区，然后才是建筑物。中心大道左右两边建筑物的实际距离是一百六十米，看起来非常宽阔，有大城市的气派。

金春生向江行舟介绍，当初修这条中心大道时，曾有人提出，用不着这么宽。县政府没有钱，不要太浪费了。

奚书记力排众议，对大家说，"这条路是临水县接入全国交通大动脉的主要接口，是连接临水县和外面世界最重要的桥梁和纽带。要想富先修路。临水县虽然还有其他出口，但都在乡镇，其重要性与中心大道相比不可同日而语。我们要用发展的眼光看待今天要做的工作。随着社会发展，这条路将发挥越来越大的作用。我可以预言，即便把这条路修这么宽，二十年后也会有人批评我们这些人鼠目寸光"。最后，通过全县干部群众自行筹资、向上级争取等多种渠道凑钱，才把这条中心大道修好。

"这事我知道。"江行舟说道，"我也是被扣了工资的。总共就那点工资，月月挨扣。当时我都不理解，县政府修路，扣我个人钱，这叫怎么回事！所以我心里有点不高兴。现在我想通了。实践证明，奚书记是对的。现在就看出这条路的巨大作用了。当初奚书记的决定是有前瞻性的，也是对的。”

临水县老城区仅有十来平方公里，全县总人口将近两百万，但城区人口却只有十来万，城市建设发展缓慢，市容市貌破败凋零。奚书记来临水县任职后，强力推进城区治理工作，群策群力修了几条路，城区面貌才稍有改观，但距离现代化城市的要求还相去甚远。陈旧落后仍是城区的主色调。

轿车开得比较慢，他们一边看一边交流。到主城区东头，旧称牛行街——过去是大牲口交易集市，现在已经是城区的边缘了。从这里向南向北，穿过牛行街的马路也是去年修的，名为“北京路”。北京路向南接入国道，向北延伸到通北河大堤。县城南边的临河是临水县的母亲河，因临水筑城故名为临水县。

金春生问江行舟：“我们向南还是向北？”

“随便。”江行舟答道。

金春生说，向南要穿过城区，人多，路不好走；向北需要从临水县中学旁边经过。江行舟说临水县中学是他的母校。金春生一听，顿时来了兴趣，问：“我们还是校友，你是哪一届的？”

江行舟回答：“我是六八届高中生。”

金春生说：“你比我晚好几届了。一九六六年，你高一，我在省建筑学校大专班读二年级，一九六八年提前毕业，分配到县建筑设计院。你呢？毕业后插队了吗？”

江行舟笑着答道：“我没有那种资格，我是农村户口，叫回乡知青。”

金春生又问：“你是哪个公社的？”

江行舟说：“花湖公社。”

金春生道：“花湖公社是好地方啊，花木之乡！我有个亲戚也是花湖公社的，叫什么名字我忘了，应该是我家属的叔伯舅舅，我回去问问她，看你认不认得。”

江行舟说：“虽然花湖公社是我老家，但我二十岁就离开老家到县城工作，算起来也快三十年了，平时又很少回去。你说这个人，我不一定认得，你不要失望！”

轿车继续向前行驶。临水县中学向北，道路变窄，房子变差，完全是一副落后的农村景象。轿车一直行驶到通北河大堤下，沿大堤向西，然后转向南。一路上颠颠簸簸，好不容易才回到县政府大门口。金春生问江行舟还要不要继续向南。江行舟说：“今天就算了吧！那边情况我也知道，跟刚才我们看到的差不多，不看了。我们去办公室工地看看吧！”

总公司办公楼改造工程还在进行，停车场已经浇筑完混凝土，现在是凝固期。金春生说：“看来没有半个月搬不了家，急也没用。”

江行舟对金春生说道：“你看，我们这个班子搭起来了，很快就能搬过来办公，但是我们调过来那么多人干什么啊？冯书记整天催来催去，可是我们要干什么、怎么干，都没搞清楚。城区开发建设我是外行，既不清楚又不好意思问。你和冯书记是不是清楚？如果你们清楚，能不能先敲点给我尝尝？”

“敲点给我尝尝”是临水县土话，意思是“能否先透露点儿消息给我听听。”

“敲不了。”金春生道，“县政府既然兴师动众成立城区开发建设指挥部，肯定有大动作。具体是什么大动作，都在奚书记、徐县长、冯书记心里。这块宝他们还没有放出来，冯书记心里肯定是的的当当。你也不用急，以后有你累和烦的时候。我只知道我们城建局的老城区改造方案做了一个又一个，奚书记都不满意。到底怎么弄，我也说不清楚。”

“我心里有数了。”江行舟笑了笑。

第五章
统一思想认识

星期五下午，在县委招待所小会议室，城区开发建设总公司召开第二次工作会议。

会议由冯续来主持。江行舟、金春生、向海平、吴德君、许小平等总公司负责人全部出席。

冯续来说："以后每星期五下午，作为总公司工作例会时间。如有特殊情况，我会提前通知大家。你们个人没有很特殊的情况，不准请假。

"上次会议是务虚，从今天开始要务实了。我们今天商量一下，总公司要干什么，怎么干。不为难大家，我先说说我的想法，说得不对的地方，请大家批评；说得不到的地方，请大家补充。"

大家见冯书记一脸严肃，都不敢掉以轻心，掏出本子和笔准备记录。冯续来对大家说道："你们先不要记，这是我根据奚书记和徐县长的要求，结合我自己了解的情况，还有我这几年分管城建工作的体会，先行提出的个人想法。很粗浅，不成体系。等大家充分讨论后，形成基本方案再记也不迟。"

于是大家放下手里的笔和本子，聚精会神地听冯续来讲。

冯续来清了清嗓子，喝了口水，然后才不紧不慢说道："我们搞城区开发建设的目的，是为了提高我县城市化率，增加城市人口比例。目前我县城市化率不到百分之二十，我们将要采取有力措施，加快进度，争取在五年内，把我县城市化率增至百分之三十，十年内增至百分之四十，十五年内增至百分之五十，二十年内增至百分之六十。现在美国城市化率是百分之七十多，英国城市化率是百分之九十多。国情不同，不能攀比。我们也不需要那么多的城市人口，大城市有大城市病，现在西方已经出现‘负城市化’现象。我们不要走弯路，要两条腿走路。我们的乡村也要建设好，要比城市环境更好、更宜居，到那时，你想在哪里生活就在哪里生活！

“城市化是个复杂、系统工程。要吸引农民进城，首先要解决他们的衣食住行问题，孩子就学问题，看病问题，文化娱乐问题，和由此带来的交通问题、社会管理问题，等等。这就必然带来产业转移问题和发展问题。没有收入，进城的农民靠什么生活？房地产业具有强大的产业支撑力，关联产业多，从建筑本身需要的钢筋、水泥、砂石等建材，到建筑施工机械，配套的门窗、地板砖、家具等室内装修装饰用品。我粗略算了一下，房地产可以拉动的产业起码有二十几个，就是一个产业集群。建筑需要大量农民工，对于农村劳动力转移是最直接、最有效的平台。过去，我们鼓励农民到南方务工，进行剩余劳动力转移；现在，如果我们自己搞城市建设，农民就可以在家门口找到工作，就不需要背井离乡跑到南方去了。这样，既节约农民生活成本，又拉动我县的城市化进程。这是我们必须清醒看到的问题所在，也是我们县委、县政府决定要搞城区开发建设的根本动因。在座各位必须清楚，只有知道为什么干，才能知道如何干。下面我说说如何干。

“先梳理一下建设和开发的关系。其实建设和开发有关联，但不完全是一回事。建设的侧重点是建，是盖房子，按图施工；开发的侧重点是创造、改造，画新的蓝图，是创造性建设。结合我县的实际情况，老城区面积不到十平方公里，建筑低矮破旧，整体布局杂乱无章。按照现代城市要求，老城区需要重新规划，要全部拆掉重新建设。大家觉得这可不可能？”

大家一听，好家伙！老城区要全部拆掉重新建设？这得是多大动静？需要多少人力、物力和财力？大家你看看我，我看看你，有的咂嘴，有的摇头，都感到不可思议。

金春生说道：“冯书记，你说的情况我也知道，老城区改造势在必行，但改造需要大量资金，也需要时间。现在县财政不可能一下子拿出几十亿资金来办这个事。没有钱，谈什么都是空谈。”

冯续来道：“老城区改造没有钱，大家都认为办不成对吧？我也认为是这样的。那我再说开发。要在一张白纸上画图，设计师脑洞大开，什么好看就画什么，哪样现代就画哪样，有多少钱禁住烧？这更是无底洞，多少钱也填不满。那么问题来了，刚才我说的这些不都是废话嘛，还真不是废话！我告诉你们，事是死的，人是活的，办法是人想出来的。我们自己没有钱，可以让别人花这笔钱嘛！老城区改造，新城区开发，都让他们来花钱！”

大家交头接耳，表示怀疑，纷纷在心里暗想：“难道世上还真有这样傻的人，跑到临水县花这笔钱？”大家看看冯续来的表情，又不像开玩笑，于是就停止议论，听冯续来说下去。

冯续来接着说：“我知道你们心里想什么。你们认为我今天是信口雌黄胡说八道，天下哪有这样的傻瓜笨蛋，为别人花这笔钱，是吧？我告诉你们，这些人都不是笨蛋，他们要比我们聪明得多。他们是一批走南闯北的老板，算得比谁都精。下面重点来了，如何才能把这些老板吸引过来，让他们心甘情愿地为我们花这笔钱呢？就看我们怎么做了！这是一篇大文章，我们要是写好了，我们的问题也就解决了。这篇文章的题目就叫《招商引资，筑巢引凤》。”

招商引资？什么意思？这个词很陌生，“招引”应该不是什么好词，比如招蜂引蝶、招猫逗狗，总感觉有点味道不正。

看大家的神色，冯续来就知道大家不理解。他说：“商人就像蜜蜂，天生就是要采花酿蜜的。你这里有花，他就会来；没有花，打死他也不来。商人来了，资金也就来了。没有红小豆引不来白鸽子，没有鲜花就引不来蜜蜂蝴蝶。关键词又来了，我们手里有没有红小豆，有没有花，这花香不香？艳不艳？这才是问题的关键。

“喷香水的假花没有用，蜜蜂蝴蝶离老远就闻出来了，骗不了它们。一定要是真花，真香真艳，蜜蜂蝴蝶才能过来。我们手里有没有花？有啊！我们手里没有钱，但是有土地，有高速公路，有铁路，最重要的是我们有县委、县政府招商引资的优惠政策！有一大批亲商爱商的招商队伍！有一百八十万热切希望改变命运努力奋斗的临水县人民！这些都是招商引资的推动力！”

大家开始听出点门道，但还是不明就里。

冯续来对大家说：“县委常委会才开过，奚书记思想超前，提出要在全县大搞招商引资，把它作为我县经济发展的抓手。机关干部带头，人人都要积极参与到招商引资活动中来。人人头上有任务，个个肩上有担子。凡是县财政供养人员，都要承担招商引资任务，完成的给予奖励；有重大贡献的要重奖，奖得让人眼红，奖得让人心跳！完不成招商引资任务的要处罚！要在全县形成‘以招商引资为荣’的舆论氛围，制造政策洼地。只要项目好，要多少土地就给多少土地。土地可以不要钱，给报批费用就行。税收也可以减免，县政府收的规费可以少收、不收。”

大家又躁动起来，纷纷说道：“土地不要钱，什么都不要钱，那我们图什么啊？我们不是亏大发了吗？”

向海平是土地局干部，对土地经营管理在行。他这时说话了：“土地是我们的，他们搬不走，永远都在我们这里。外商只是项目需要才用地，我们并没有损失什么。我们得到的好处是项目，好项目可以给我们带来就业、税收，拉动消费。”

他看了看大家，见大家都在全神贯注地听他说，便接着说道：“这个政策是可以调整的，土地也不可能一直不要钱，那是不可再生的宝贵资源。奚书记前天在我们局做调研，和我们讲了这个道理。现在我们还没有起步，要让利给外商，他们觉得有利可图才会来，有舍才会有得。”

听到这里，冯续来一拍桌子，说：“对！海平说得对！就是这个意思！我们不能还是鼠目寸光的小农经济思维，要打开格局。外商发财我们才能发财，一损俱损，一荣俱荣。”

他继续说道：“关于招商引资的事，今天我先给大家吹吹风，马上还要召开全县干部大会，要轰轰烈烈地搞全民招商。按照现在的情况，部门林立，各自为政，要搞招商引资，外商来了怎么办？跑一个手续要盖十几个几十个公章，半年也办不完。你把外商招来，你这里这么麻烦，叫外商怎么干事情？奚书记的意思是，要让我们指挥部牵这个头，打破各部门之间的藩篱，简化办事流程，畅通办事渠道，把外商引得来、留得住、干得好，确保招商引资产生真实效果。大家对此要有思想准备。我们会很辛苦的，到时不要叫苦叫累。”

大家都笑起来，好像指挥部的大门现在就被外商围得水泄不通似的，指挥部的人日夜连轴转都忙不过来，银行都要搬到指挥部来办公了。

见大家的情绪渐渐高涨，冯续来趁热打铁，继续说道：“招商引资需要一个过程，需要一定时间才能见到效果，现在我们不可能什么也不干，就等招商引资出效果，等外商上门送钱我们再干活儿。我们还是要先动起来，边干活儿边等。我们现在有什么活儿必须要干呢？第一，为大开发做好准备。我是说老城区改造，我们连航测图都没有，老城区现状都不清楚，怎么改造？春生最清楚，几年前我就叫你联系过，你那个同学说，航测的飞机是雇的，费用没法节省，测绘局可以不赚钱，只收成本费。当时他们要多少钱？时间长我记不清了。”

“三十八万。”金春生答道，“我口干舌燥地跟同学磨了多少天嘴皮子，好不容易把费用降下来，你跟县委领导汇报，县委领导轻飘飘一句‘没钱’，这事就黄了，弄得我老同学心里不舒坦，我以后都不好意思和同学见面说话了。”

冯续来说：“现在这件事不办不行了，现在就要办。春生再刷刷脸，马上跟你的同学联系，请他帮帮忙。首先要把这件事办好，其次是费用能少收点儿就少收点儿。”

金春生道：“中，我再拿我这张老脸去碰碰运气。”

“还有就是城区规划。”冯续来道，“原来省委工作队来我县扶贫时，曾委托东大靳院长做过总体规划。过去这么多年了，总体规划可能需要修改完善，控制性详规要重新搞。我联系靳院长，到时候，春生和行舟陪我一起去；第二，就是当前工作。我考虑一下，可以借鉴我们搞小城镇建设的经验，先发动群众自拆自建。选好地块，我们统一规划，免费提供图纸，不收一切行政性费用。先搞一两处试试水，效果好就推广。我目前能想到的就这些。大家有什么好的意见或建议，都可以说说，畅所欲言。”

吴德君是管财政的，他就关心用钱。县政府本来就穷，他担心这样搞，会入不敷出，难以为继。他说奚书记在财政局、地税局调研时讲过，外商交税，地方留成搞倒二八，我们只收二成，把八成让给外商。我觉得，个别的可以，要是都这样，恐怕有问题。

向海平说：“土地局的工作好办。外商来了，我们保证搞好接待服务，办理报批手续时尽量给他们提供方便。费用按县政府要求收取，没有问题。”

金春生说：“我这里更好办。冯书记把我的工作都安排好了，我就按照冯书记的要求办。遇到问题多请示、多汇报。”

江行舟说：“刚才冯书记讲的话，对于我来说，都很新鲜。我回去再好好想想，消化消化。我暂时还提不出什么意见。领导怎么安排，我就怎么干；在以后的工作中向各位学习。”

冯续来挥挥手：“今天这个会议就开到这里。大家做好自己的事情，有什么好的想法，我们再商量。散会！”

第六章
母亲摔伤住院

螺丝越拧越紧。江行舟正在为城区开发建设各项准备工作紧张忙碌的时候，忽然接到三弟江同舟的电话，他母亲摔了一跤，腿不能动了，不知是不是骨头摔断了，问他怎么办。

原来，江行舟的母亲不和江行舟住在一起，和他三弟江同舟住在花湖镇老家。江行舟告诉江同舟："叫妈不要乱动，我马上回去看看。"

接着，他就打电话给爱人王莉，说他马上回趟老家，把母亲接到临水县人民医院检查。他又给冯续来打电话请假，说家里有点急事，必须回去一趟。接着他给文清扬打电话，也说家里有事，需要请假。最后他才给司机小吴打电话，让小吴送自己去老家。

江行舟老家在县城西北的花湖镇，离县城二十多公里。那里的花卉苗木产业名满天下，是个人杰地灵的好地方。

江行舟坐在车上，看着车窗外的村庄、树木、庄稼。春已暮，大地一片葱茏，满眼都是翠绿色和金黄色，在阳光下来回变幻。

"哎呀，都快一年没有回来了！"江行舟暗自慨叹。

从县城到花湖镇是水泥路，前几年大搞乡镇建设，原来的街道拓宽至三十米，铺成了水泥路面。街道两旁老房子全拆光了，建成楼房。因是自拆自建，经济条件好的人家建三层楼，条件差的建两层楼。胡玉栓和弟弟胡玉柱家一直做花木生意，是当地有名的"万元户"。他们建了五层楼。其他人家建房图纸都是县政府统一免费提供的，胡氏兄弟的建房图纸是他们自己找人设计、报送县规划局审查批准的。街道呈十字形，中间是个街心花园，还有一个小型雕塑。

江行舟的车从东向西穿过街心花园，经过镇政府所在地，再向西大约两公里，就到了他的老家——花湖镇余西村。

余西村旁边有一条从南向北流的河，江行舟家正好在这条河的转弯处。河不宽，也不深，却常年流水潺潺。有了这条河的滋养，余西村就成了一块得天独厚的风水宝地。

在一片绿树丛中，有一个农家小院，就是江行舟的家。五间正房，坐北朝南。东西各有两间偏屋，东边是做饭的灶屋，也是吃饭的地方。农村人没有城里人讲究，也就是放一张简易的木桌，几张高高低低的板凳，够一家人坐着吃饭就行。院子里有鸡窝、狗窝，鸡鸭在院子里漫不经心地觅食，一条黄狗趴在大门后面打盹。

江行舟进了屋子，见母亲躺在床上，双目微闭，神色还比较正常。于是他走到床边，轻轻问了一声："妈，你怎么啦？"

母亲睁开眼："行舟回来了？"

江行舟把床上的被子往里推了推，坐在母亲身边。江同舟和镇卫生院的医生都在，他们互相客气地打了招呼。母亲看看江行舟，说道："我就是跌了一下，没有什么大事。"

江行舟问道："妈，你怎么摔的？"

"早上鸡跑出去了，我去追。"母亲道，"被门后的凳子绊了一下，我就摔倒了。人老了，脚下没根。你那么忙，回来干什么？"

江行舟没有回答母亲的问话，而是问医生："我妈什么情况？"

医生说："初步诊断可能是左腿胫骨骨折，还需要进行影像学检查确认。我们卫生院条件有限，建议到县人民医院治疗比较好。"

江行舟点点头，问江同舟："江火呢？"

"不在家，出去了。"

"去哪里了？"

"不知道。"江同舟答道，"听说他和朋友到南方考察。"

"哦！"江同舟不想再提他儿子江火的事情，便对江同舟说道，"这样，我把妈带到县人民医院，家里的事情你安排好。”江同舟点头答应。

事情安排妥当后，江行舟才对母亲说：“妈，镇卫生院条件有限，你跟我到县人民医院查一下，看看你的腿到底是什么情况。”

母亲道：“我的腿没有什么问题，你不要费力瞎折腾。”

“你不用管，我会安排好的。”江行舟说，“你的腿骨折不能动，坐小车不行，我马上联系救护车，你可以躺着。”

江行舟说罢，便掏出手机给县人民医院院长佟建东打电话，请他派救护车过来。佟建东简单询问了一下情况，答应马上安排骨科医生随救护车一起过来。

联系好救护车，江行舟便对母亲说道：“妈，这次你去县人民医院，估计要住几天，你正好全身检查一下。你都好多年没有做过体检了。”

母亲说：“我能吃能喝的，就是有什么病我也不怕。我都七十多了，死也死着了。”

“妈，你不要瞎说！”江行舟道，“你身体好着呢，我们希望你能活到一百岁！”

“活一百岁就好啊？把儿孙都拖累死啊？我才不想活那么大岁数呢！”

江同舟接过话茬儿：“妈，你说错了。现在小青年谈对象，专门打听对象家里老人情况，有没有家族病史，老人过多大寿限，要是老人过大寿，对象都好谈。”

江行舟问母亲：“妈，你听见没有？你就好好的，开开心心的，争取活到一百岁。”

母亲听罢高兴地笑起来。

江行舟对镇卫生院的医生说：“谢谢你给我妈治病，等一下我就把她带到县人民医院去，你若有事就回去吧！”

“好的。”医生说，“我们卫生院人手少。今天我上白班，我到这里来，病人来了找不到医生又该着急了。江院长，下次有机会到我们那里坐坐。”

“好，好，谢谢！”江行舟一直把医生送到大路上。

江行舟回来后，把母亲的换洗衣服、洗漱用品整理好，放在手提箱里，准备带走。其间，他又问江同舟地里的花苗长得怎么样，今年种了多少花苗，市场行情如何。

江同舟回答："现在花木行情很好。我栽了五亩地柏，靠路边又栽了几十棵十二厘米的大树，主要是大叶女贞。过去镇政府不准许老百姓种花木，理由是影响种粮面积。现在镇政府鼓励农民搞多种经营，种植多种经济作物。我们老百姓，跟镇政府指示走呗，镇政府说怎弄就怎弄！"

"政策是根据国家形势不断调整的。"江行舟道，"花木是花湖镇的优势产业，现在又赶上国家大发展，城市建设需要大量花木。你不要担心，能种多少就种多少，肯定不吃亏。"

"现在花木行情很好。"江同舟说，"我想办法把原来准备种玉米的茬口腾出来，再多栽一些花苗。"

"这样做就对了。"江行舟道，"这次时间来不及了，要不我还想到你地里去看看呢。"

江同舟说："你有空就去吧，又不是外人，客气什么！"

大家正拉着闲呱，救护车就到了。

江行舟连忙跑出去。救护车上下来四个人，都穿着白大褂。一个男的，高个子，脖子上挂着听诊器，看样子是医生。江行舟迎上前去，说道："谢谢你们！乡下路不好走吧？"

医生模样的人笑了笑，指指一个年轻人说："我们有向导。小祝是你们这里的人，院长专门派他带我们过来的，一点时间也没耽搁。"

江行舟就问小祝是哪个村的。小祝回答道："我也是余西村人，我家在后庄，离这里很近。江院长，你是名人，我认识你，你不认识我。"

医生自报家门，说他姓胡，并对大家说："我们别光顾说话了，抓紧时间看看病人。"

江行舟在前面带路，把大家领进院里。他在院里喊了一声："妈，医生来了！"

母亲在屋里应了一声。江行舟就和胡医生一起来到母亲床前。江行舟对胡医生说："不好意思啊，家里条件有限，请你给我妈看看吧！"

胡医生说："我也是农村人，家里条件也这样，没什么不好意思的。"

见江行舟母亲硬撑着想坐起来，胡医生忙摆手道："不用起来，您就躺着，我看看您哪儿疼。”他边说边揭开被子。江行舟母亲指指左脚踝上边说：“就是这里疼。我被板凳绊了一下跌倒了。人老了，腿脚不灵便了。”

胡医生轻轻摸了摸江行舟母亲指的地方，江行舟母亲“哎哟”一声。胡医生又摸摸其他地方，江行舟母亲皱皱眉头，没出声。胡医生拿出听诊器听诊，用血压仪量量血压，又询问江行舟母亲吃饭睡觉、大小便等情况。

初步检查之后，胡医生对江行舟说：“江院长，老人家的情况基本弄清楚了。我初步判断，是左腿胫骨骨折。老人家年纪大了，骨质疏松，容易发生这样的事情。没事，问题不大，打上石膏，休息几天就好了。我们回去给老人家拍个片子，确诊后再议。”

江行舟说：“好，就按你的意见办。谢谢你！”

江行舟母亲还没有到医院，胡医生就打电话把病房安排好了。

江行舟母亲先去影像科做 X 光检查，检查结果下午才能出来，江行舟母亲就到病房住下来。病房里有两张床，江行舟母亲住一张，另一张空着。胡医生对江行舟说：“医院条件不好，没有单独病房。反正现在病人不是太多，老人家先一个人住着，要是以后病人多了，再安排其他病人住。”

江行舟道：“我妈也不是什么大病，两个人住也不要紧的，你们不要为难。”

随后，胡医生又安排江行舟母亲做血压、大小便、血常规等检查、检验。

下午，江行舟母亲的 X 光检查结果出来了，左腿胫骨骨折，和胡医生诊断一样。还好，没有错位。当时要是乱动，导致茬口错位就需要手术治疗。如果那样，花钱不说，人要多受不少罪。现在只需要打上石膏固定，卧床休息就行。左小腿现在红肿，要吃些药，挂几天吊瓶，消炎止痛。反正已经住院了，既来之则安之，一切服从医生的安排。

既然江行舟母亲没有什么大问题，大家也就放心了。

只有一件事比较麻烦。江行舟母亲卧床不能动，饮食起居、大小便、吃药打针谁来照顾？江行舟知道自己工作忙，不可能整天在医院陪母亲。他爱人王莉是财政局出纳，也比较忙，短时间找别人代班可以，时间长了不行。他二女儿江浸月马上就要高考了，需要照顾，也离不开人。

江行舟想来想去，家里其他人，都各有各的难处。每家都有一本难念的经，平时说说敞亮话还行，真遇到事了，不知道谁能主动站出来为他分忧解难。

从下午开始，陆陆续续来了不少亲戚。江火媳妇刘芬，江行舟的大舅妈、小姨都来了。病房里挤满了人，水果、营养品堆了一大堆。

江行舟对大家说："我妈这次骨折给我们提了个醒。老年人行动一定要小心，走路要慢。年轻人摔一跤不要紧，老年人骨头脆，经不起摔的。有的人摔跤以后，一辈子都下不了床。我妈这次算是侥幸，没有什么大碍，"他又嘱咐母亲，"你以后一定要注意。你出院后，就不要回花湖镇了，到我家去，我家里条件还是好一点，起码路是平的。"

"我以后会注意的，你们都放心。"母亲道，"行舟，你的心意我领了，但是我不想去你家。我住不惯，整天闷在一个小屋里，还不把我憋出病了呀？我还是在老家住心里踏实。老家生活条件虽然不如你家，但我住了几十年，习惯了，你就不要劝我了。"

江行舟继续劝道："妈，我都跟你说过无数次了，你就是太固执。人是一熟三宝，到哪里住习惯了就适应了，还不是一样？我家里确实很方便的，最起码上厕所方便吧？老家的露天厕所，用起来真的不方便。"

"行舟说得对。"大舅妈也劝江行舟母亲，"他大姑，你应该听行舟的。你到行舟那里住多好啊，什么都比农村强。行舟这孩子，既有本事又孝顺，你有福不享——不知你是怎么想的！"

大家七嘴八舌地议论着，但意见一致，都赞成江行舟母亲去江行舟家里。

江行舟小姨说："我要是有这样有出息的儿子，他不让我去，我自己也得搬到他家，他撵都撵不走。"

江行舟母亲摇摇头："你们都不要劝了，这些道理我都懂。行舟整天忙，哪有时间陪我？我在他家也帮不上他什么忙，还给他添乱。我在老家，还能帮同舟干点活儿。重活儿我干不了，能干多少干多少，心里踏实。行舟那里，我是一定不会去的。"

江行舟听母亲这么说，无奈地摇摇头，说道："行，听你的。等你以后想去再去吧！"

今天大家难得聚在一起，就互相问起各家的情况，基本都是一言难尽，每家都有一本难念的经。

中国农村是地道的乡土社会，亲戚关系是主要的联系纽带。虽说彼此住的地方距离都不算远，但也是各有各的情况，各有各的生活状态，平时见面的机会也不是很多，无非是亲戚间有什么红白喜事、大事小情才能聚到一起。见面时难免聊聊各家鸡毛蒜皮的事，借着这些机会，亲戚间的感情得以维系。有时会加深感情，有时也会因身份地位不同，多说少说，言高语低，产生不愉快。但以后，亲戚们又会借助下一次聚会，说说聊聊，消除误会，和好如初。

下午快要下班的时候，江行舟对来看望母亲的亲戚说："我们是一家人，一家人不说两家话，我就不说客气话了，谢谢你们！时间也不早了，到花湖镇的班车快发车了。这次我就不请你们去我家了，下次欢迎你们到我家玩。"

大家纷纷站起来往外走，江行舟的小姨和他儿媳妇刘芬却没有站起来。江行舟问："你们是不是还有什么事？"

刘芬说："我今晚不回去了，我留在这里照顾奶奶。"

江行舟的小姨也说不回去，要留在医院照顾她大姐。

在母亲的兄弟姐妹中，母亲和小姨感情最好。小姨的孩子都大了，不在她身边，没有什么负担，她留在医院照顾母亲应该可以。

江行舟认为刘芬的孩子还小，江火又东跑西颠不顾家，虽说她留在医院照顾奶奶责无旁贷，但是她家的情况不允许，于是他便对刘芬说："照顾你奶奶，有我和你小姨奶就行了，你就回去吧！"

小姨对江行舟说："我家里没有什么大事，留在这里没有问题。我来之前，已经跟你小姨夫说过了，我晚上不回去。"

江行舟道："小姨留在医院，你们老姊妹说说话也很好。刘芬，你家里离不开你，你必须回去，明天也不要来了。这里没有什么问题，你把孩子照顾好就行了。江火就那样，你不要跟他一般见识。"

刘芬说她把家里的事已经安排好了，她妈妈会帮助她带孩子。江行舟拗不过她，就答应了。

大家走后，江行舟去了一趟法院，处理一些工作，直到晚上 9 点多钟才回家。

王莉下班后，待女儿江浸月放学回来就赶到医院，见江行舟母亲情况还好，就坐下来和小姨说话。

小姨非常热情，连声问王莉："浸月还要上晚自习啊？学习成绩怎么样？什么时候考大学？"

王莉说："浸月明年考大学，现在是冲刺阶段，天天要熬到晚上十一二点。家长心疼也没办法，她现在不拼，考不上大学将来怎么办？所以，她只能吃点苦。不吃苦中苦，哪来甜中甜？"

王莉随后问起小姨家的情况。小姨说："我比你婆婆小八岁，今年刚好六十岁。我身体还好，能吃能喝的。就是你小姨夫身体不太好，他也没什么大病，就是身体单薄，不能干重活儿，家里的重活儿都是我干。不过，家里也没多少重活儿，三个孩子都结婚了，大女儿大学毕业后在外省工作，对象也是那里人，都有孩子了，很好，不用我操心。我的两个儿子，你见过的，怀志和壮志兄弟俩，他们也都很好。各人过各人的日子，谁需要我帮忙，我就去帮忙。这样也好，不攀不比，也没有什么意见。"

这时，江行舟母亲接过话茬儿："你小姨就是死要面子活受罪。怀志就不叫人省心，和江火一起，整天不务正业，还赌钱。"

这时，刘芬插话："奶奶，你就不要说了。怀志挺好的，不像你说的那样。江火只是爱玩，也做事也顾家，真没有什么的。"

见孙媳妇护着自己丈夫，江行舟母亲就不再说什么。

小姨说："孩子的事我们还是少管，儿孙自有儿孙福。孩子大了，我们不要咸吃萝卜淡操心，留着老命多活几年吧。大姐，你更不要瞎烦心。"

第七章
同舟盆景技艺有了长足进步

江火听到奶奶摔伤的消息，心里很着急。别看他平时吊儿郎当，对谁都爱搭不理的样子，但一家人中就数他对奶奶好。他觉得自己是奶奶一手带大的，母亲去世后，要不是奶奶处处护着他，他早被爸爸江行舟收拾死了。虽说奶奶也经常数落他，他听了心里也烦，却觉得奶奶是为他好。

他告诉刘芬，他和几个朋友在外省考察苗木市场，叫刘芬跟奶奶说，不要怪他，过两天他就回去照顾奶奶。

刘芬把江火的话告诉江行舟，江行舟点点头说知道了。刘芬知道江行舟根本不相信江火说的话，认为江火又说骗人的谎话。她觉得他们父子之间隔阂很深，一两句话根本说不清，就没有再解释。

第二天早上上班，佟建东就带领一帮医生来给江行舟母亲会诊。各科医生互相传看病历，询问情况。内科医生说，血压有点不太稳定，要注意饮食，不要多虑，心态很重要。其他医生没有说什么。最后，佟建东对江行舟说："老人家的病情比较稳定，今天应该能把石膏打上。石膏打上了，伤口不移位，恢复个把星期，就可以出院。"

下午的时候，江行舟接到冯续来的电话，他要来医院探视。江行舟说母亲没有什么大碍，叫他不要来了，但他坚持要来。江行舟只好同意，在病房等他。

不多时，江行舟就听到冯续来的声音，连忙迎出去，看见冯续来带着金春生、吴德君、向海平走过来。

当大家知道江行舟母亲病情并不严重，也就轻松起来，说说笑笑地进入病房，来到江行舟母亲病床前。

江行舟向母亲介绍，这是县委冯书记，这位局长是谁，那位局长是谁，都是他的好朋友，今天特意来看望你的。母亲笑笑说："感谢，感谢！你们都忙，我没有什么大病，还劳驾你们来看望我，实在不好意思！"

冯续来说："您是长辈，我们应该来看望您。行舟没跟我们说您住院，我们还是听佟院长说的。您年纪大了，怕摔倒，出来进去要注意。不过，您没有什么大碍，住几天院就好了。"

江行舟对冯续来说："现在指挥部处在紧要关头，大家都很忙，我家里却出了这种事，出不上力还添乱……"

他的话还没说完，金春生就笑呵呵地接话茬儿："忙，天天忙，哪天不忙？再忙也不能不要父母吧？"

冯续来对江行舟道："别的事你不用管，把老人家的病治好才是大事，等指挥部真有特殊情况再说。"

下午，文清扬带着老秦等法院一帮人，也来医院看望江行舟母亲。文清扬对江行舟说："你先安心照顾老人家，案件能拖就拖几天，不能拖你就辛苦点儿。总之，一切以你方便为准。"

老秦说："有事时，我会随时和江院长联系。"

接着，一些亲戚、庄邻，听说江行舟母亲住院，也都陆陆续续来到病房看望。江行舟母亲在老家几十年，与乡亲们处得很好，人缘不错。

江行舟见来的人很多，在病房里吵吵嚷嚷，不但影响医院环境，也影响母亲休息，但也无法阻止这些人来看望母亲。他想了一下，跟佟建东说："病房里还有一张病床，请你安排一个病人进来。来看望我母亲的人见病房里有其他病人，说话声音就不会太大，待的时间就会短一些。这样对医院也好，对我母亲也好。"

佟建东无奈，只好让骨科医生安排一个病人住进来，吵嚷现象果然有所好转。亲朋好友见病房里还有其他病人，便说几句话就走了，江行舟母亲也能够多睡一会儿了。

江行舟母亲打上石膏以后，医生叫她把腿架高一点。以后就是打点滴消炎，不需要其他治疗。

那段时间，江行舟每天的大部分时间都在医院，王莉变着法子做些可口的饭菜送到医院。江行舟的母亲和小姨都夸王莉不声不响挺会照顾人。其间，江行舟也会抽空出去一下，处理公事私事。

江火直到奶奶入院第四天才来，还买了一大堆营养品。江火像江行舟一样，高大帅气，穿着时髦。他进来就给江行舟小姨一个大大的拥抱，还说外国人流行这种礼节。江行舟小姨高兴地笑起来，嘴里却说："这么大的人了，还没有一点正形。"

江火又去抱奶奶，奶奶也十分高兴。江火说："我现在长大了，不能整天不务正业就知道玩，要做事，要做大事。"

江行舟小姨问江火："你能做什么大事？"

"嘿，你们可不能门缝里看我，把我看扁了。"江火说，"我这几天和几个朋友到南方考察花木市场。要不然，我早就来看望奶奶了！我已经看准了，花木这一块，一定大有可为，你们就等着看我发大财吧！"

江行舟小姨笑道："好啊，我就在家里坐等我这个大外孙给我送块金砖来。"

江行舟母亲说："你就买块老豆腐垫在脚底下，慢慢等吧！"

老姊妹俩开心地笑起来。

江火是江行舟前妻所生。江行舟前妻去世早，江行舟因为工作忙，照顾不了江火，所以，江火一直跟着奶奶长大，因此他跟奶奶亲近，跟江行舟不怎么亲近。

江行舟回来了，见大家这么高兴，就问："什么事这么开心啊？"

江火见江行舟进来，也不打招呼，把脸转过去，笑容也没了。江行舟小姨对江行舟说："江火来了，我和你妈高兴。"

江行舟说："那好啊！"他又问江火，"出去考察得怎么样？"

"不怎么样。"江火冷冷地答道。

"不怎么样是什么样啊？"江行舟知道江火不想和他说话，心里也有股怒气，就偏要问。江火不想搭理江行舟，气哼哼地看着别处。江行舟也就不再说什么，便坐下和母亲说点闲话。

江行舟临走前，对江火说："中午你去家里吃饭吧。"江火说不去。江行舟也就不再说什么，扭头走了。

江行舟走后，江行舟小姨就数落江火："乖乖啊，你刚才对你爸那样态度可不对啊！他是你爸，你有什么话不能好好说吗？"

江火道："小姨奶，你看他刚才盛气凌人的样子，有什么了不起的？我也不求他！"

江行舟母亲见状，便开始数落江火："孙子，我知道你心里有疙瘩。你认为你妈的死，你爸有责任，以致这些年你处处跟你爸作对。你爸无论怎样跟你解释，你就是不听。一家人老是这样也不行。孙子，你也不小了，听奶奶的话，找时间跟你爸好好谈谈，听话啊！"

江火愤愤地说："我不想听他卖狗皮膏药！"

江行舟接到法院的电话通知，让他回去听案情汇报。

他来到办公室，忽然感觉房间里缺些什么，但又说不清缺什么，就是感觉特别冷清。窗台上的两盆花，因为长时间没浇水、花朵已经凋零，叶子也都干枯了。他感到很惋惜，也很无奈。早知道这样，还不如不养它们。

听完案情汇报，江行舟来到文清扬办公室。

文清扬告诉江行舟，上次准备从市院调个人过来补江行舟的位置，不料那个人家里突然出现点意外情况，一时半会儿来不了了。法院这边的事，江行舟还得兼顾起来。

江行舟说没有问题，请院长放心。

从文清扬办公室出来，江行舟就给冯续来打电话。冯续来说他在办公室，金春生也在，你有时间就过来一下。江行舟说："好，我马上就到。"

江行舟来到冯续来办公室，金春生正在向冯续来汇报工作。冯续来见到江行舟，问道："老母亲身体怎样了？"

江行舟答道："她病情稳定，打上石膏慢慢养着呗！"

冯续来笑了笑，点点头，说道："东大靳院长的电话我已经打过了，他同意帮我们搞城区规划。以前的规划也是他们做的，他们把原来的资料找出来，制定一个切实可行的方案后，再和我们商量具体实施的事项。靳院长叫我等他电话，估计这两天就会有消息。春生正准备汇报落实航测的事，你来得正好，一起听听。”

金春生便开始介绍联系航测的情况。

金春生有个老同学，在省测绘院任技术总监。以前临水县政府准备请他搞航测，后来嫌报价有点高，县财政没有钱，然后就不了了之。这次金春生又给他打电话，他有点不太高兴，说你们县政府净干这种半吊子事，不想烦这个神。

金春生好说歹说，老同学才勉强答应，并说他们真的不想从这笔小生意上赚什么钱，只收成本费五十万元。金春生又跟老同学哭穷，老同学说没办法再少了。后来，老同学给金春生出了个主意，让金春生组织有测绘基础的人，协助他做辅助工作。因为飞机测过之后，还要进行人工核对修正。这个工作量非常大。要是他从省城带人来做，人工费用、生活成本都会比较高；要是金春生能把人工核对这一块成本担下来，他只派两个工程师指导具体工作，报价可以再降十万元。

金春生接受了老同学的建议后，又仗着自己跟老同学关系不错，厚着脸皮跟老同学磨，最后磨到三十八万元，一分钱也不能再少了。金春生说老同学一直就是犟种，同学中间也就跟他关系还算不错，换成其他人，屌都不屌！

冯续来说：“这个事就不要再提了。因为两万块钱，春生跟老同学磨半天，老脸都当废纸卖了！春生，你给你同学回个话，感谢他对我们工作的理解和支持。你约一下，什么时候请他把合同带来，没有问题就抓紧时间把合同签了。”

金春生说行。

冯续来又问：“春生，总公司办公楼改造工程进行得怎么样了？”

“我昨天还在那里呢。”金春生道，“我看差不多了，你抽时间验收一下，什么地方需要改，马上改。”

江行舟问冯续来：“冯书记，我们什么时候去看看？”

冯续来道：“现在就去。我们必须抓紧时间搬家，不能再拖了！”

金春生一听，就叫起屈来：“哎呀，我的书记诶！说话要有凭据啊！办公室改造工期可不是我拖的。这种工程是要保证质量的。你要快也可以啊，半个月的工期，我十天也能完成。但要是那样，你又要日得我，说我瞎糊弄。反正领导嘴大，说什么都对！”

冯续来笑道："你就喜欢听好话。好话能当年过啊？"

总公司办公楼改造工程确实如金春生所说，进行得差不多了。办公楼后边的停车场水泥地面很平整，正在洒水养护。水泥颜色比较深，看样子水泥质量应该没问题。办公楼后边的房子都建好了，水泥墙面已经发白，有人正向墙上喷水养护。房内粉刷工程已经结束，也打扫干净了，感觉还不错。

冯续来问金春生："下一步干什么？"

"卫生间装马桶、洗手盆，办公室安装网线、照明设备。但是这些东西是要花钱的，还有买什么档次的，我做不了主。"金春生说。

冯续来立即给吴德君打电话，叫他马上跟金春生对接，尽快落实经费。

冯续来又问金春生调人的事处理得怎么样了。金春生说，他考虑了一个方案，抽时间让冯续来过目。冯续来说："我不看，你和行舟商量，你们定。"

看完工地，江行舟又来到医院。母亲输液已结束，情绪很好，正和小姨聊天。

骨科医生安排进来的女病人，五十多岁，家住城郊，种蔬菜的，在附近农贸市场租了一个摊位，自产自销。她到地里干活儿，不小心摔了一跤，把趾骨摔裂了，也需要打石膏，然后卧床休息。她说她叫梅林。她名字里的"林"本来是王字旁的"琳"，后来村里搞人口普查，登记的人图省事，把王字旁丢掉了，变成了现在的"林"。

梅林很会说话，也喜欢说话，家长里短说个不停。江行舟母亲和小姨有时候会插上一句半句，大部分时间就听她说。

在病房伺候梅林的人不固定，先是烟瘾很大且干瘦的老公。她老公不爱讲话，在女病房很不自在，一会儿出去抽烟，一会儿下楼转转。晚上，有时是她女儿，有时是她儿媳。她们来去匆匆，说话高腔大嗓，走路风风火火。她们的关系好像也不怎么好，别别扭扭的，有时为一点小事就吵起来，闹得病房里的气氛有些尴尬。

江行舟发现了这个问题，但因为是他让骨科医生安排人住进病房的，没想到住进来这样的人。现在他也不好提出换病房，再说母亲住不了几天就出院了，忍忍吧！他悄悄跟母亲和小姨表达了这个意思，她们都会意地点点头，表示尽量不跟梅林啰唆。

江同舟从花湖镇到县人民医院看望母亲。他家里还有一大摊子事情需要他处理。本来江行舟不让他来的，他偏要来。母亲住院，他一定要来探望，做大哥的江行舟也不能硬拦着，只好让他来。

因为母亲和小姨平时与江同舟在一起时间长，感情上比江行舟要更近一些。所以，江同舟的到来，她们倍感高兴，聊得非常开心。

江同舟品行不错，从小就非常懂事。

他比江行舟小五岁，小时候得过小儿麻痹症，走路不太得劲儿，腿一甩一甩的，也干不了重活儿。但是他很聪明，念书也很用功，只是因为那时家里经济条件不好，供不起他们兄妹四人读书，父母就跟他商量，让他不要读书了。因为即便他读书，将来也不能怎么样，就算能出去做事，他身体这样，做父母的也不放心。

江同舟听从父母的话，初中毕业就辍学了。江同舟看到邻居把地里的小刺松、地柏、黄杨什么的，修修剪剪，用铅丝绑绑扎扎，往花盆里一栽，就做成了一个非常好看的盆景，一盆能卖几块钱。苗子要是大一点，造型好一点的，一盆能卖几十块钱。他就跟母亲说，他也想学做盆景。做盆景好歹是门手艺，能挣钱，母亲当然支持。于是，他就跟本村一个远房舅舅说了这个想法。舅舅同意收他做徒弟，教他做盆景。

江行舟学了一年多，舅舅那点手艺他全学会了，就想回家自己做。舅舅也觉得他完全可以自己干了，同意他出师。

江同舟毕竟读过书，知道盆景这一行学问深得很，他跟舅舅学的那点技能只不过是皮毛而已。他要想做得更好，就必须学更多的知识。他叫江行舟买些介绍盆景的书。江行舟二话不说，托人从省城的书店买回来一大堆关于盆景欣赏、制作的书。他照葫芦画瓢，一样一样、一点一滴地参照那些书学，以致他的盆景技艺有了长足进步，在当地也渐渐有了名气，还有人慕名前来，专门买他制作的盆景。

邻村有个姑娘，叫陈影，想跟江同舟学做盆景。江同舟说："我也是三脚猫功夫，一直在边学边做，当不了你师傅。你要想学，我们可以一起学，不懂的地方一起商量吧！"

陈影高中毕业，长得高高大大，白白净净，梳着一根长长的大辫子，见人就笑，是个很讨人喜欢的女孩子。

江同舟把所有关于盆景的书交给陈影，让她拿回家看看。

过了一个星期，陈影把书还给江同舟。江同舟问她："这么快就看完了？"

陈影点点头，说："走马观花地看了一点。原来我只是觉得盆景好看，没想到其中还有那么多学问。我很喜欢这一行。我也想好了，以后就跟你学。"

江同舟道："不是你跟我学，是我们一起学。"

陈影说："随你怎么说，我就是要学。"

后来，他们一起看书，一起学习，一起研究，一起到地里选苗。江同舟腿脚不便，陈影就骑自行车载着江同舟去镇上买花盆、营养土、铅丝等制作盆景材料。

他们整天形影不离。时间一长，村里就有人说闲话："江同舟和陈影是不是谈恋爱了？陈影那么漂亮，怎么可能嫁给一个残障人？"

第八章

花木之乡历史源远流长

江同舟整天和陈影在一起，形影不离。母亲看在眼里，嘴上不说，心里还是有个七大八的。尽管她也听到一些闲话，但心里还是盼望这门亲事能成。一天，母亲悄悄问江同舟：“儿子，你和陈影谈恋爱的事，到底是真的还是假的？”

江同舟脸一红，讷讷地说道：“妈，你不要听他们瞎说。我们只是在一起学习做盆景。我喜欢盆景，她也喜欢，我们在一起研究怎样把盆景做好，没谈恋爱。你不要跟在他们屁股后面乱说乱讲。陈影还是黄花大姑娘，要是让她知道就不好了。”

母亲心里跟明镜似的，孩子羞口，不好意思说。所以，再有人问，她就解释说没有这事。事情就是这样，不解释还好，越解释别人越不相信。没有这事她就不用解释了呀，是不是这个理？江同舟一家人就不再解释，随你怎么想，你爱说就说。

江同舟与陈影谈恋爱的消息不胫而走，最后才传到陈影父母耳朵里。陈影母亲问陈影这事到底真假，陈影也说是没影的事，他们都喜欢制作盆景，在一起学习而已，不要听别人胡言乱语。陈影母亲不放心，说陈影是大姑娘，这种闲话多了对陈影影响不好，不能再跟江同舟学制作盆景了。陈影说：“我干什么事情，我自己不能做主，还要听别人的吗？”她把头一扭就走了，依旧到江同舟那里去。

渐渐地，说闲话的人就少了。

过了大半年，有一天，陈影忽然对江同舟说："我可能怀孕了。"

江同舟的脸一下子红到了脖子根儿，惊讶地问："真的？哪有这么巧啊？"

陈影也红着脸说："常在河边走，哪有不湿鞋的呀！"

"那怎么办呀？"江同舟一时没了主意。

陈影倒是干脆，直截了当地问江同舟："我就问你一句话，你跟我好，是真心还是假意？"

江同舟立刻拍着胸脯发誓："我对你要是有一点假意，天打五雷轰！"

陈影连忙捂住江同舟的嘴，对他说："不要赌咒发誓，没有用，你只要真心对我好就行了。验证的方法很简单，我们明天就去镇政府把结婚证领了。你敢不敢？"说着，她的两只大猫眼直视着江同舟。

江同舟这时也拿出了男子汉气概，说话掷地有声："我肯定没问题！"

稍微停顿了一下，江同舟的语气显得有点软："我这种条件，就怕你爸你妈不同意。我们要不要先征求一下他们的意见？"

陈影平和却又坚定地说："征求他们什么意见？我们自己的事，我们自己做主！我爸我妈没文化，耳根子软，人家说什么他们就信什么。我要是跟他们说了，他们说三道四不同意，反而不好办。我们直接把结婚证领了，生米做成熟饭再说！"

"你爸你妈要是生气了怎么办？往后我和他们不好见面！"江同舟还是有点担心。

陈影道："他们要生气也就是当时说几句气话，过后就好了，不会真跟我划清界限的。不过，你父母那里你去说，你父母要是反对我就找你！"

见陈影如此果断，江同舟顿时来了精神，底气十足地说道："我妈那里我去说，包她同意！她一直喜欢你！"

第二天上午，江同舟和陈影到镇政府领了结婚证。江同舟全家人闻讯欢天喜地，陈影父母却在陈影摊牌后大发雷霆，气得七窍生烟，牙咬得咯吱响。陈影母亲大骂陈影是白眼狼，辛辛苦苦养了二十多年，一声招呼都不打，就跟人跑了！从今以后，再也不认陈影这个坏种！陈影好哄歹哄，陈影母亲就是不肯原谅陈影的先斩后奏行为。

陈影是个机灵人，连忙到处搬救兵。大姨小舅妈，连隔壁王奶奶都来劝陈影母亲："孩子大了，就随她去吧！女大不能留，留来留去结冤仇。同舟那孩子不错，长得还挺帅的，腿脚不利索也不算什么大毛病。再说了，他大哥在城里当大官，他还有一门好手艺，将来也是发财的料。听说他们一家人的品性都很好，你闺女嫁过去不会受罪的……"

经过大家左劝右劝，陈影母亲最后长叹一口气，说："我也是瞎操心。只要死丫头自己愿意，日子过孬过好，她将来不要后悔，不要怪我们做老的没帮她掌好眼就行了。"

陈影未婚先孕，处理办法当然是要一个"快"字诀。孩子月份越大，外面的议论就越多。外人不知道这事，但自家人知道，尽量加快举行婚礼的节奏。

结婚必然需要房子，新建是来不及了，只能把老房子修补一下，重新粉刷，买几样家具。这些工作都是江行舟操办的。陈影的陪嫁是自行车和缝纫机，也是江行舟帮他们搞的票。

尽管时间有点紧迫，但婚礼还算风光，陈影家人也很满意。

结婚后，江同舟小夫妻俩就在家里二亩自留地上打主意。地里全部栽种地柏、黄杨，小部分留下自己做盆景，大部分拿到市场上售卖，小日子过得还不错。

二十世纪八十年代初，农村实行联产承包责任制，把原来村集体土地都分给农民耕种。农民的生产积极性空前高涨，焕发出从未有过的生产热情。当年粮食大丰收，一下子就解决了农民的温饱问题。江同舟和母亲商量，这些责任田到底怎么使用。母亲反问他："你打算怎么使用？"

江同舟胸有成竹地说："我们家一共分了十八亩责任田，不能都种粮食作物，要留一部分栽种花木。花木的经济效益比粮食要高。但也不能全栽种花木，一家人要吃饭，不能到街上买粮食吃。平衡一下，一半种粮食，一半栽种花木比较好。"

母亲认为江同舟所言有道理，比较符合他们家的实际情况。

花湖镇的花木产业是传统产业，历史悠久。一是自然条件非常好。这里距离中国南北地理分界线不远，水源充足。前些年大清河受污染，水质不好，后来又治理好了；二是这里很少遇到大灾大难，常年风调雨顺。土质属于冲积平原的沙土和黏土相结合的壤土性质，非常适合花木生长；三是和人文历史有关系。

据说在明朝中期，这里出了一个大官，在老家盖了一个很大很豪华的宅院。大官非常喜欢江南园林，就从南方请来一批园林工匠，给他修建、管理花园。花园里奇花异草，亭台楼阁，山山水水，美不胜收。后来他儿子、孙子相继都做了大官，这个花园也就越修越大，越修越好。这些从南方来的花匠回不了南方，就在此地结婚生子，扎下根来。因此，园林手艺也就在当地慢慢传开了，栽花种草就成了当地人的传统。有钱人家养名贵的花，普通人家就养普通的花。其实，花木本来没有什么高低贵贱、好与不好之分，就是物以稀为贵，看你喜欢什么花罢了。萝卜青菜，各有所爱。

花木作为产业来说，一直有人做这种生意。农民在自己家门前屋后栽点花种点草，除了自己欣赏，也有人拿去售卖，以此维持家里的柴米油盐。到了二十世纪七八十年代，有人头脑灵活，把小刺柏做成盆景，用大帆布包着，坐火车到山东、河北、天津、北京，甚至到东北售卖，生意还不错，就是路途遥远，苗木死亡率高，人也辛苦，所以干这种事的人不多。

直到二十世纪九十年代，改革大潮席卷而来，大大促进了城市的发展和繁荣，各行各业都得到飞速发展。城市在迅速扩大，国家开始重视城市绿化，还大搞花园式工厂、花园式学校，等等。临水县的花木产业也随着城市化这股浪潮扬帆远航。

江同舟家的花木生意随着市场行情见好，也一天天火爆起来。唯一遗憾的是，他家的土地太少，不够用。

他开始寻找新的出路。

第九章
外地客商来了

江行舟母亲在医院住了整整十天，终于出院。医嘱是回家休息治疗，主要是休息，治疗就是打石膏的腿不要乱动，根据需要换药。

江行舟母亲早就跟江行舟说想回家。她认为，在医院花钱费钞的，不打针不挂水，就是吃点药，回家吃药也是一样的。江行舟建议母亲在医院多住两天，不要急着回家，万一骨头弄错位就麻烦了。其实，江行舟就是想让母亲借机多休息几天，平常要她休息是不可能的。

江行舟叫来车，把母亲和小姨送回去，他陪同。车后备厢装了一把他从县民政局借来的轮椅，准备给母亲使用。他对母亲说："你不能老是躺在床上，每天都要出来晒晒太阳，活动活动。"

小姨已经离家十天。江行舟对小姨说："这些天我妈住院，您全程照顾，没日没夜的，真的很辛苦。"

小姨说："一家人不说两家话。我服侍我大姐，又不是服侍别人，你不需要这么客气。"

江行舟道："您出来这么多天了，家里也有一大摊子事，等一下我先把您送回家。我妈这边我另外安排人照顾，您就不用管了。"

小姨说："行，我过两天再来看望大姐。"

江行舟把小姨送回家，从车上拎下小姨喜欢吃的营养品。小姨不要。江行舟说："您就不要客气了！这些都是亲戚朋友送给我妈的，我妈也吃不完，您吃也是应该的嘛！"

小姨见江行舟执意赠送，也就接受了。

到老家后，江同舟对江行舟说："大哥，妈在家养伤，有我和陈影照顾，你去忙你的。"

江行舟说："小妹前天给我打电话说，她最近休假，想回家看看妈。我觉得妈没有什么大问题，就没有告诉她。她说要回来，我才跟她说妈摔伤了，她一听就急了，明天就回来。我想也好，她大学毕业后到广州工作十几年了，很少回来。妈也老了，让她回来好好伺候妈几天，要不她将来后悔。"

江同舟听说小妹要回来，非常高兴，就问母亲知道不知道这件事。母亲说："知道，你大哥已经跟我说了。小舟这丫头心大，很少回老家，要是平时不提起她，我都忘记她的模样了。这一提起来，我还真想这个死丫头了！"她说着就用衣袖擦眼角。

江行舟又问母亲："二弟方舟呢？要不要告诉他一声？他那种情况，也很烦心，我不想告诉他，等以后有机会我向他解释一下就是了。"

提起江方舟，母亲直叹气，并说江方舟命苦，从小当兵，转业留在外地，日子又过得不舒心。江行舟和江同舟就安慰母亲："方舟就是家里不太安静，事业还是很成功的，你不用担心。"

把母亲安顿好，江行舟就回县城了，那里还有两摊子事情等着他处理。

他先来到总公司办公楼改造工地。工地安安静静，只有几个工人打扫卫生。后加建的厕所外墙涂料都涂好了，跟主楼一样，也是米黄色，很雅淡。室内的安装工程已经结束。马桶、脸盆、网线、照明灯具均已安装到位，就是卫生打扫得比较粗糙。

江行舟觉得比较满意，看来可以搬家了。

他打电话问金春生最近情况。金春生说城建局里原来他分管的工作，还有些扯皮的事，最近他都在处理这些事。听冯续来说，东大靳院长可能一两天就会来，把一揽子方案带过来商量。航测的事也就在最近展开，前期准备工作也已经做得差不多了。

江行舟又问起抽调人员的事。金春生说，城建局的名单他弄好了，其他部门的名单他没弄。

江行舟又打电话给财政局的吴德君，问抽调会计的事。吴德君说他早就落实好了。出纳是倪莉，她丈夫要从乡党委调到县政府办公室。她爸找到冯续来，想把她调到县城。财政局暂时没有空缺，冯续来便让她到总公司工作。总账会计是江行舟的学生秦科，为人很老实，业务也不错，在财政局工作十几年了，好不容易晋升行财股副股长。这次他把秦科带出来，换个环境，等总公司解散以后，看能不能向上走一步。

江行舟说："秦科就是太老实了，在你手下工作，怎么使用就靠你了。"

吴德君说："主要还是靠他自己，我们当然希望他好。"

下午，江行舟打电话向冯续来汇报，他母亲已出院回老家了，他现在可以正常工作。冯续来说："那好，我现在在县委招待所接待外地客商，你也过来听一听吧！"

江行舟说马上过去。

客商是福建全城人。他听一个朋友说，应天北部有一个县在搞招商引资，条件蛮优厚的，就和朋友过来看看。他是搞实业的，主要是生产鞋子。现在他想搞宾馆餐饮业，看看这里营商环境怎么样。

江行舟到了县委招待所，冯续来向客商介绍江行舟："这是城区开发建设总公司总经理江行舟。"他没有介绍江行舟法院副院长的身份，怕客商有顾忌。他接着又要向江行舟介绍客商。客商赶忙做自我介绍，他叫郑阿龙，叫他阿龙就可以了。

阿龙二十多岁，个子不高，高额头，凹眼，脖子上戴一条粗大金项链，穿着花哨的夹克衫。

江行舟冲郑阿龙笑了笑，很客气地说道："欢迎郑老板来临水县考察！"他说罢就在冯续来身边坐下。

冯续来向江行舟介绍他和阿龙商谈的内容。他已经向阿龙介绍了临水县招商引资的政策，包括土地可以协议出让，零地价，只收报批费用。税收方面，地税地方留成部分，政府视项目情况给予让利百分之五十至百分之八十。项目正常运营以后，税收可以实行"五免三减半"的政策，就是项目正常运营的前五年，地方税收留成部分全部免收，以后三年减半征收。各种行政性收费都可以减或免。阿龙表示，他准备在临水县城建一个五星级宾馆，做第一个吃螃蟹的人。具体地块，冯续来说他刚才带阿龙在城区转了一圈，阿龙还没有确定，还想再仔细看看，与朋友商量之后再定。

待冯续来说完，阿龙又补充道，建宾馆选址最重要，要是选在煞地上，要家破人亡的。即便现在选好了，他还要请他们那里最厉害的风水大师看看，风水大师说行才行。

阿龙还特别强调："这不是迷信，是科学。"

冯续来说："心中有信念就好，踏实。阿龙，今天晚上，我和江总请你吃饭。你先回房间休息，等会儿我让服务员去请你。"

阿龙和朋友起身回房间休息。

江行舟留下来，继续与冯续来商量事情。

冯续来对江行舟说："这几天我压力很大，奚书记年轻，精力充沛，想干事能干事，是好事，但也不能操之过急。操之过急，欲速则不达，甚至适得其反。现在全民大招商，机关干部三分之一外出招商，三分之一下基层，三分之一在机关值班。纪委专门成立督查办跟踪督查。大家都感到压力很大。"

冯续来喝口水，继续说道："现在奚书记又提出产权制度改革，把所有国有的、集体的企业全部改制，能卖不租，能租不股（股份制），以卖为主。还要把医院、学校也改制。这事又压给我，我也不好推辞。我在想，企业改制问题不大，反正现在的企业经营状况都不好，大部分已经破产或濒临破产，职工思想上也有准备，改制就改制吧！在改制过程中要注意政策公平性，防止国有资产和集体资产流失，防止发生群体性事件。处理这些事，我心里还是有数的，问题不大。

"我担心的是医院和学校改制，会改出麻烦的。社会公共事业是社会稳定的保障。这样乱改，跟国家政策宗旨相违背，我担心会出事。奚书记根本不在乎我的担心，还拿谁谁谁的话堵塞我，让我要大胆地试、大胆地闯。我还能说什么？他布置给我的任务，我还要尽心尽力去完成。真出了什么问题，只能我担着，不能推给他。"

江行舟知道领导之间的关系是非常微妙的，他只能听，不能发表什么意见，连附和都不能附和，只能偶尔点点头。

冯续来叮嘱江行舟："这里只有我们俩，我刚才说的话，你知道就行了。"

江行舟应道："请冯书记放心。这种话我不可能向其他任何人说的。"

"我知道你的为人。要不然，我也不会跟你说这些话。"冯续来有点激动，接着说道，"我现在哪敢随便讲话？不知道什么人就会把我说的话告诉有关领导，甚至把他自己说的话都变成我说的话，到哪里去对证？我从来不信邪，但在现实面前也只能低头，还是要多干事，少说话，防止祸从口出。"

江行舟道："冯书记，你说的情况我也知道。知人知面不知心，小人难防，但一定要防，谨言慎行以防飞来横祸。"

冯续来叹口气，说："算了，不聊这个了。我们只能做到无愧于心！"接着，他们又开始谈工作。

冯续来的意见是，东大靳院长来，他亲自陪同并主谈；江行舟、金春生、向海平和吴德君都参加，以便熟悉情况，及时处理问题；金春生负责航测具体事务。抽调人员协助的事，要把城建局局长鲁青云请来，一起商量，听取他的意见，不要搞成两张皮，定下来就办。办公用品抓紧购买，直接送到办公室，一步到位，不要来回折腾。

这次靳院长来，还有一件事要谈，就是奚书记向冯续来交代过，委托东大设计青少年活动中心。

再有，上次议过的今年工作安排，准备学习小城镇建设经验，在城区选两块地方，搞自拆自建，先热热身。这两天江行舟和金春生抽空到城区转转，看设在哪里合适。

晚上，冯续来出面招待阿龙一行人。他叫江行舟打电话通知总公司几个副总都过来。结果只有金春生来了，另外几个人都有事。冯续来说，他们不来，也算请过他们一回，记账！

第十章

城区规划和航测图

靳院长临近中午才到临水县委招待所。他带来一个团队，一共五人，三男两女；一辆面包车，几箱资料，还有电脑。

江行舟和冯续来、金春生提前在县委招待所恭候。靳院长四十岁出头，皮肤白净，身材瘦瘦的，戴一副金丝眼镜，一副知识分子模样。他们互相寒暄后，就来到会议室。

冯续来首先介绍了江行舟的身份，除了城区开发建设指挥部办公室主任、总公司总经理，还把他的法院副院长身份也说了。靳院长说："冯书记把法院院长都请出来了，看来你们真想大干一场了！欢迎江院长加入我们的队伍！"

"向靳院长学习，今后请多指教！"江行舟道。

金春生和靳院长熟悉，就简单客气一下。

靳院长的团队成员，都是他的学生，两个博士，已经毕业，现在在博士后工作站做他的助手；两个硕士是重点培养的博士苗子，一个是研究岩土工程的，一个是研究结构的。

靳院长开始讲述他这次接受临水县委、县政府委托，进行城区规划设计的想法和打算。

靳院长说："二十世纪九十年代初，省委、省政府派工作队到临水县扶贫，当时就委托我们东大建筑工程学院搞城区规划，包括总规和局部控制性详规。我那时还在攻读博士学位，参加了这个项目，了解一些当时的情况。可惜当时临水县的经济条件确实不允许，没有按我们的规划实施。七八年过去了，临水县县城发生了很大的变化，以前的规划肯定要修改的。”

冯续来说：“当时省委、省政府确实对我们寄予很大希望，但是我们自身努力不够。很遗憾，那么好的规划没有实施，白白浪费了靳院长的心血。已经过去那么多年，即便当时的规划再好，现在也肯定不能用了。现在只能根据目前情况和时代要求重新做规划。从总体规划到局部控制性详规，都要重新做。这不是我个人意见，奚书记、徐县长也是这个意见，靳院长尽管放心做。”

靳院长说：“好，我知道了。第二个问题，就是收费问题。冯书记应该知道，东大的科研经费是很少的，只能通过我们搞对外服务，收取一点服务费，补贴科研经费。没有办法，现在大学都这样，请冯书记理解，我也会向奚书记解释的。至于多少，要等项目确定以后，根据总体工作量，对照收费标准算一下。不过，冯书记放心，你们这里的经济条件我也清楚，在我力所能及的范围内，肯定给予最大限度的优惠。”

“第三——”靳院长接着说道，“根据我们手里的资料，对临水县县城的总体规划做了一个示意性方案，并制成了展板。这次我也带来了，请你们过目。结合这个方案，你们提意见可能会更有的放矢，切合实际一点，我们沟通起来也会更方便一点，时间上也能更充裕一点。”

“可以，可以，这样最好。”冯续来表示赞同。

靳院长说：“我们还需要整理一下展板，请冯书记安排一个地方，我们搞好了你再去看。”

冯续来道：“我马上叫招待所所长安排地方，辛苦你们了。我再联系奚书记、徐县长，如果他们有时间，请他们一起来看。这可是大事情，他们对这件事情一直都是很关心的。”

中午，冯续来陪靳院长一行人在县委招待所吃工作餐，并约好晚上设宴招待，奚书记答应参加，江行舟和金春生作陪。

奚书记出身知识分子家庭，比较自律，平时接待客人，他都很少喝酒。其实他的酒量还是不错的。江行舟以为奚书记酒量不佳，没想到这次来陪靳院长，奚书记竟然喝了不少酒。

奚书记原来在省教委工作，与本省的各大高校联系较多，与靳院长比较熟悉，共同话题不少；老朋友见面，加上酒精作用，他们都很兴奋。

奚书记谈起临水县的未来蓝图，充满自信和自豪。

奚书记对靳院长说："有了社会各界朋友的支持和帮助，才会有临水县今天的成绩。希望你们对临水县的工作多多支持。临水县的困难是暂时的，临水县的明天一定会更美好！今天你们雪中送炭，临水县人民都会感谢你们的！"

奚书记一番话，说得既官方又得体。靳院长听后，连声道："我们心里有数！"

那天宴会的气氛很热烈，不少人都喝醉了。靳院长的团队，第一次感受到了临水县人民的热情，也领教了临水县干部的酒量。

第二天上午，靳院长联系冯续来，问他下午有没有时间看展板。冯续来说有时间，但他要联系奚书记和徐县长，问他们参不参加。

过了一会儿，冯续来打电话对靳院长说，奚书记要接待市委领导，委托徐县长参加。

下午2点多钟，众人来到县委招待所看城区总体规划图。十几张展板，全是五颜六色的图表和数字。各种形式的分区，用各种颜色表示。说实在的，这个展板信息量太大，看得众人头晕眼花，一时间还真说不出子丑寅卯来，就都说不错，请靳院长回去仔细斟酌。他们是外行，相信专家，一切都拜托靳院长。

靳院长说："因时间关系，这套展板做得很粗糙，我们回去会进一步研究资料，重新做总体规划。做好了，就请你们审阅。"他转向冯续来，"我们可能还需要一些资料，冯书记能不能提供？"

江行舟暗想："几张展板，就把我们看得头晕眼花，但靳院长还说做得很粗糙。专业的人办专业的事，不服不行！要想胜任现在的这份工作，自己还得好好补充很多知识。"

"当然可以。"冯续来转身对金春生说，"这件事，春生对接一下。靳院长需要什么资料，我们尽量满足。"

靳院长说："我回去以后，草拟一份合同，发过来给你们看。你们认可后，我就过来签字。"

冯续来说："可以。你把合同也发给春生。"

"好的。"靳院长应道。

看完展板后，冯续来约靳院长晚上再喝两杯，昨天晚上没有喝尽兴。靳院长说他马上回去，院里还有很多事情要处理，以后机会多多，便告辞了。

事情就是这样，没事时天天没事，有事时往往会扎堆。这不，靳院长走后，只隔了一天，省测绘局航测队就到了。领队是金春生的同学马明远，大家都叫他马总。

马总这次来，主要是为航测做前期准备工作，要跟临水县气象局联系，根据天气条件，确定航测的具体时间。还要与协助人员对接一下，并看看协助人员的仪器设备。

金春生马上向冯续来汇报此事。冯续来说："我今天有事，你和行舟接待他们。晚上我在县委招待所给他们接风，你们作陪。你们就不要像客人一样，还得我一个个去请，要有点主人翁的样子！"

江行舟和金春生分头行动。金春生回城建局，安排房管处测绘队与马总对接。陪马总去县气象局之前，江行舟给气象局茅局长打电话，麻烦他接待一下。茅局长非常热情，说他在局里恭候。

气象局在离城区大约两公里的地方，远离尘嚣。两栋两层小楼，一个很大的院子，院子里安装各种观测仪器设备，遍植花草树木，非常清雅幽静，俨然一派世外桃源的景象。

茅局长果然在办公室等候他们，连茶水都泡好了。大家坐下后，江行舟首先介绍马总，然后介绍茅局长，并说茅局长是省气象学院研究生，年轻有为。

茅局长说："江院长现在是城区开发建设总公司的老总，县委奚书记钦点的大将。我也是城区开发建设指挥部的成员。不过说实话，今天这个领导小组，明天那个指挥部，这种临时机构太多了，兼职也太多了。说是以示重视不假，但我觉得都是花架子，并没有实际意义。江院长不要误会，我们是老朋友，我就是瞎说，你不要见怪。对城区开发建设指挥部的工作，我还是非常重视的。你需要我干什么，尽管讲，我保证全力以赴，尽心尽力！"

江行舟笑着对茅局长说："感谢老弟支持我的工作，改日请老弟喝酒！"

这时，外面进来一位年轻人，进门就问："茅局长找我？我刚才到机房去了，什么事？"

茅局长向江行舟和马总介绍年轻人："这是我们局资料室的王大勇同志。

马总需要什么资料，由他负责提供。”他又对王大勇说，“这两位领导是来调阅有关航测天气资料的。你和马总对接一下，他需要什么，只要我们能提供的，全力支持。”

王大勇和马总出去了，江行舟留在茅局长办公室。

江行舟端起茶杯，喝了两口茶，对茅局长说道：“这里环境太漂亮了，你们过的真是神仙的日子。”

茅局长道：“这是工作需要，必须安静。就是离城区太远，有诸多不便。你们住在城中心，干什么事都方便。真像钱锺书在《围城》里说的那样，城里的人想出去，城外的人想进来；缺什么想什么，人没有满足的。”

他们正东扯西拉说着闲话，马总和王大勇进来了。

王大勇说：“按照马总的要求，我查了一下最近的气象云图。一个星期以后，我县天气将有十天左右的稳定期。到6月中旬，天气可能会进入一段较长时间的不稳定期。也就是说，他们要进行航测，最好抓住这个窗口期比较好。”

马总道：“我回去后，争取在这个时间段安排航测。”

王大勇说：“天气变化情况，我会随时向马总通报。”

茅局长问：“马总还有什么问题没有？”

马总说没有了。江行舟便起身说了一番感谢的话，然后和茅局长告别。

金春生在城建局测绘队办公室等待江行舟和马总。测绘队是房管处下属单位，企业性质，财务自收自支。这次配合省航测队工作，测绘队人员工资是要县财政局发放的。冯续来已经跟徐县长说过了。徐县长说：“你当家，你说怎么办就怎么办。以后这种事，你就不要跟我说了，直接交给德君办。有职就要有权，要不然事情没法办。”

测绘队一共十二个人，这次抽调十个人，只留两个人应付日常工作。马总查看了测绘队的测绘仪器设备，感觉非常简陋，貌似多少年没有更新了。马总要测绘队提供一张现有仪器设备清单，他回去对照一下。如果航测需要某种设备，但测绘队没有，他便从省测绘局带过来；如果协助人员不会用，到时现场培训。

晚上在县委招待所吃饭前，冯续来和马总把航测的委托协议签了。

酒宴开始前，冯续来问总公司的搬家准备工作进行得如何，江行舟说差不多了；又问总公司办公室的桌椅板凳、文件柜等办公用品到位没有，吴德君说到位了。最后冯续来交代他们：“明天上午9点钟，我们到总公司办公楼改造工地集合。有关具体事情再确定一下，抓紧时间把家搬了。家安了，心也就安了。”

前期工作做好了，真正落实就非常简单了。一个上午，总公司的打扫卫生工作都结束了。相关人员按事先排好的名单、房间就位。

总公司办公室是这样安排的：江行舟的办公室在三楼东头大间。本来冯续来要和江行舟用一间，后来又觉得太挤，来人不能没地方坐，就和政府办的许小平副主任合用一间。反正他们来得次数少，不要单间。金春生说城建局过来的人最多，都安排在二楼，他来当这个家长，他的办公室选用二楼东头大间。吴德君的办公室在三楼第二间，与向海平的办公室相邻。三楼西头那间，留给总公司办公室主任使用。至于主任人选，待定。

三楼房间定下来，剩下的就是其他楼层的事情了。

一楼的东头大间是会议室；第二间是财务室，一个出纳，一个总账会计，都是财政局派来的。总账会计是秦科，江行舟的学生。秦科见到江行舟，热情地执弟子礼打招呼。江行舟对秦科说：“今天人多，又乱，改天我们好好聊聊。”

国土局的人一间，驾驶员一间，还有两间暂空，等以后来人多了再安排。冯续来见大家基本就位，有了总公司的样子，就对大家说道：“现在事情不多，大家先熟悉一下环境和同事。每个人把原单位的工作交接好，轻装上阵。”接着，他在新办公室召开第一次总公司工作会议，商量下一步工作，主要是明确一下分工：

规划跟进，冯续来负责，江行舟协助。

航测工作，金春生负责，江行舟协助。

冯续来说，委托东大设计青少年活动中心的事，奚书记跟他再三强调，一定要办的。这是临水县的形象工程，也是百年大计。这次他之所以没有跟勒院长提这件事，主要是怕冲击规划主题。奚书记让他把握时机，跟靳院长交代这个事。

冯续来特别强调：“上面几件事都好办。现在关键的问题是，城区开发建设指挥部成立以后，第一仗怎么打，能不能打出形象，打出威风，让领导放心、群众认可、我们自己满意。这很重要，关系到我们今后何去何从。要是第一炮打哑了，即便奚书记和徐县长不批评我们，我们的脸也没地方放。我们对不起领导，更对不起自己。我们风风光光出来，灰头土脸回去，丢不丢人？我感觉自己的压力不小。我是这样想的。我们接下来的工作分三步走：第一步，学习小城镇建设经验，先选两个地方，搞自拆自建。目的是积累经验，造声势，把指挥部牌子打出去；第二步，指挥部自己干，搞几个示范工程。具体怎么做，我还没有想好，我们可以一起商量；第三步，通过招商引资，全面开花，形成大开发的局面。招商引资不是一蹴而就的事情，要有一个漫长的过程。外商要逐步了解我们、认识我们、认可我们。外商来了还得留得住。我们不能急功近利，把外商骗进来，又关门打狗。这样做，即便外商来了还可以走，而且再也不来了，还告诉他的朋友也不要来，招商引资就会失败。所以，我们招商引资，必须真心实意，亲商爱商，优惠政策也必须切实可行，真正能够落地。凡是不能兑现的，我们就不要乱许愿。

“不过，我们实行全民招商，覆盖面大，能人会有的，来投资的人多了，知名度就慢慢扩大了，项目也会慢慢多起来，其中有一些项目就会成功。逐步积累，我们苦心打造的洼地效应就会显现。到那时，招商引资工作就好做了。我们不去找他，他也会自己找我们。所以，招商引资这一块工作，我们把它放在后面，但也不排除会有惊喜出现。

“归根结底一句话，当务之急是选地块，发动群众自拆自建，把声势造起来。这就是我说的第一仗。这一仗必须打好。上次我跟行舟、春生都说了，你们先在城区周边转转看看，选两个地方，不要在一起。一东一西或一南一北，这样影响力会大一点。不要在主城区，这种建筑档次不会很高，将来随着城市发展，有可能二次拆迁，要尽量避免造成社会财富浪费。”

既然冯续来已经开始正式布置工作，江行舟和金春生也好像找到了下一步工作的着力点，便应道：“我们马上办！”

江行舟又说：“我有个建议，想向冯书记和各位领导汇报一下。”

冯续来说：“什么事，你尽管说。”

江行舟道：“现在，抽调过来的人暂时没有具体工作，正好可以组织他们学习，好好培训一下，使他们统一思想，更新观念，找准位置，增强大局意识、服务意识，为下一步开展工作做准备。因为抽调的人来自多个单位，需要有一个统一的认知，才能把这个窗口事情干好。他们还要根据各部门基本职能，简化、优化项目受理办理流程。然后我们综合考虑，制定出一套切合实际又统一便民的办事规则，打破部门之间的藩篱，彻底解决各自为政和服务态度生、冷、硬的群众反映强烈的问题。只有这样，无论是招商引资还是正常工作，都会有规矩可循。”

“行舟这个主意很好。”冯续来说，“我们从上到下一大帮人，都要弄明白为什么、干什么和怎么干的问题。这个问题不解决，将来会有大麻烦。行舟，你和大家商量一下，看看怎么学习、怎么培训。你们都要上去讲一讲，我要有时间也来讲课。”

第十一章

冯书记的特殊使命

马总来了，航测飞机也来了。

5 月的天是晴朗的天，航测飞机在蓝天白云下飞得不高，有时还能听到航测飞机的轰鸣声。银光闪闪的航测飞机引起临水县老百姓驻足观望，纷纷猜测。航测结束后，马总派来的两名工程师开始准备实测，对航测的结果进行修正和补充。

金春生与马总派来的两名工程师见面后，马上安排县房管处测绘队和他们对接，当天就开始工作。

这项工作很辛苦，要跑遍老城区的大街小巷，用仪器一一测量，记录测量数据，再与航测结果进行比对，发现不相符的地方，还要进行修改。因为时间紧，无论是两名工程师，还是协助他们工作的测绘队队员，都很辛苦。

天气渐渐热起来。在户外工作，满面灰尘，浑身是汗。前后半个月，他们没有休息，才把全部工作做完。金春生一刻也没有消停，始终在现场跟踪服务，搞好后勤保障工作。他叫人买来矿泉水、时令水果；又跟冯续来说，给测绘队成员，每人每天发二十元补助。测绘队队员觉得很开心。不仅是他们拿到补助，最重要的是他们能跟两名工程师学到测绘的高水平操作技能，这是平时他们花多少钱也买不来的。

临水县终于有了自己的城区航测图。这对以后城区开发建设意义重大。这种重大意义在随后的工作中会逐步显现出来。

冯续来已经好几天没有打电话指示了，耳朵里一下子清静下来，让江行舟等人竟然有点不适应。仔细想想，又好像不太正常，冯续来一定是有什么重要事情没跟他们讲。他们就给冯续来打电话，冯续来要么不接，要么接通就挂断。有一次，江行舟又给冯续来打电话，冯续来接了，但是电话里竟传来非常嘈杂的吵闹声。没讲两句话，冯续来便道："我忙，暂时不要找我。"

大家猜测什么事能让冯续来突然消失。大家分析后认为，可能是因为沈集乡教师因为无法完成招商引资的任务集体上访，闹得比较厉害。听说不少媒体派记者来了。冯续来可能去处理这件事情了——他认识的人多，奚书记一定是派他救火去了。

大家猜得没错，还真是这件事。

临水县开展全民招商活动，中小学老师也都分派到任务，并与奖惩挂钩。大部分老师平时只是埋头教书，社会上没有什么人脉关系；就算有点人脉关系，也没有什么资源可以提供，所以根本就不可能招来什么商，引来什么资。老师们着急又无计可施。于是，有些老师就提出，把他们的想法和诉求写信给县教育局领导。联名信呈上去了，如石沉大海。但乡里、镇里领导还是催他们完成招商任务。老师们又商量，县教育局是不敢管这件事的，只有向上级反映，引起上级领导重视，才能解决问题。

于是，老师们又把联名信的抬头改成省委、省政府、国家信访局，还派出代表到京城上访。这下子，果然引起了上级领导重视，纷纷派人过问此事。有的新闻媒体消息灵通，立刻派记者来明察暗访，获得了不少不利于临水县委、县政府的证据。

临水县委、县政府的领导压力非常大，分管教育的副县长出面也做不好老师们的思想工作。有关部门打电话催问处理结果，要是处理不力，他们就派人来调查处理。这事拖不下去了，看来只有派出"消防队队长"冯续来"救火"。

冯续来临危受命，到京城与老师代表展开深入沟通与协商。

冯续来在电话里，把老师代表的意见如实向奚书记做了汇报。

冯续来说："这件事已经没有回旋余地，只能立刻解决，否则后果会更加严重。"奚书记征求冯续来的意见。冯续来说："老师代表的诉求是合理的，应该答应。我们招商引资的政策确实有点过激，不符合实际情况，需要进行必要的调整。"

奚书记立刻召开县委常委会，听取了常务副县长关于招商引资工作进展情况的汇报。县委常委们充分肯定了招商引资工作取得的成绩，同时也发现了不少问题。例如给机关普通工作人员，特别是教师、医生等摊派招商引资任务，超出了他们的实际承受能力，必须改进。

县委常委会决定，对招商引资政策做出重大调整：取消对机关底层工作人员的招商引资任务考核，鼓励有条件、有能力的人招商引资，对确有成绩的人，给予奖励；各机关、乡镇一把手是招商引资第一责任人，其招商引资成绩列入年底目标任务考核；成立招商引资专门班子，组织招商引资专业队伍；挑选能人，专门从事招商引资工作。

县委常委会的决定以传真方式发给冯续来，冯续来第一时间通知老师代表。老师代表如释重负，高高兴兴地和冯续来返回临水县。

县委、县政府向上级行文，报告老师上访群体性事件的处理结果，并表示一定认真吸取教训，切实改进工作。又通过县委宣传部向媒体打招呼，感谢媒体关心理解，才把这场危机化解。

冯续来这次不辱使命，化解了县委、县政府的危机，应该算是有功之臣，江行舟等人要给冯续来接风。冯续来却说，“累了，我只想休息”。

其实，冯续来对县委、县政府强行摊派招商引资任务的负面结果早有预料。招商引资这个决定是对的，对临水县的经济发展具有重要的里程碑意义，但在具体实施上，有操之过急之嫌。把那么多的人都轰出去招商引资，貌似人多力量大，其实是脱离实际的。

冯续来给奚书记提的建议，无疑是正确的。事情要想处理好，只能如此。但奚书记内心里却是极不情愿的。其实奚书记希望冯续来能想出一个好办法，把那几个老师代表说服了，体体面面地把这件事解决好。至于招商引资政策，以后慢慢调整就是了。所以，对于冯续来的建议，奚书记是不想听更不想办，最后是不得不听，不得不办。

老师代表上访事件解决后，冯续来知道自己不但没功，反而有过。江行舟等人对此完全不知情，冯续来也无法向他们解释，只好说自己累了，要休息。不过他真觉得自己累了，需要好好睡一觉。

冯续来处理老师代表上访事件的几天里，金春生基本在忙航测的事。江行舟找来一大堆关于城市化、城区开发建设的理论文章，日夜恶补，现买现卖，给抽调来的干部进行岗前培训。多亏他有当老师的那点功底，东拉西扯讲了两天，再也讲不下去了，就叫他们自学。对照学习材料，结合本职工作，自己制订自己在指挥部的工作计划。

指挥部的工作红火没几天，就有点疲软了。

在此期间，江行舟还让刚调到指挥部的驾驶员小钟，开着县委淘汰下来的桑塔纳——现在成了指挥部专用车，当然，主要是江行舟乘坐——在城区周围转了好几圈。根据冯续来的思路，目前的工作重点在城乡接合部。他初步选了两个地方，一个在城区西南，离城中心比较远，但交通还算方便。那里有一个农贸市场，比较破败。周围住了不少商户，都以经营农产品为主。江行舟到农贸市场里转了几圈，又和商户聊了聊，问问生意怎样，对现在的情况满意不满意。看样子，商户们的经营状况还可以，只是对目前的农贸市场脏乱差的环境意见比较大，认为村委会只收管理费，不提供服务，希望县政府管一管。江行舟想，如果把农贸市场拆了，在这里规划农贸一条街，让这些商户自拆自建，搞成农副产品销售市场，不仅能提升农贸市场的档次，还能减少原来农贸市场带来的污染和不良影响。这样对商户也是一举多得的好事情。规范经营，收入增加，商户应该愿意。自拆自建要有一个产业支撑，这是内生动力。

另一个地方在城中心东北方向，离几所学校比较近，人口密集。可以在那里规划一条小吃街，为学生服务，生意应该不错，住户也会受益。他走马观花地看了一圈，心里有了个初步想法。

江行舟准备好预案，想找机会向冯续来详细汇报。

第十二章
前途的选择

星期天，江行舟回了一趟老家，看望从广州回来的妹妹小舟。

在兄妹四人中，妹妹小舟是最小的，也是全家人都疼爱的宝贝疙瘩。在外面，绝对没有人敢欺负她，因此也养成了她刁蛮任性的性格，稍不如意，便撒泼耍横。父母惯着她，哥哥们让着她。要是江行舟说她“没有公主命，却得了公主病”，她便用双拳捶江行舟的头。

如今，小舟虽已年近不惑，却仍像小姑娘一样，扎个高马尾，穿一袭碎花长裙、一双白色“恨天高”皮鞋，把本就身材高挑的她，衬托得像一个长腿模特。江行舟刚进院门，就看见她推着轮椅在院子里走，与母亲说话，便大叫一声“公主回来啦？”

小舟见是大哥江行舟喊她，便哈哈大笑起来。

江行舟从上到下仔细打量小舟。小舟有些不好意思，问江行舟：“你看什么呢？”

江行舟故作正经地说：“哎呀，我看你比上次回来老了不少，腰也没有以前细了，脸上皱纹也出来了，原来公主也会老啊！”

小舟笑着说道：“本公主要撕烂你这张破嘴，看你还敢胡说！本公主可是吃过长生不老药的，青春永驻。”

江行舟说：“你那不叫青春永驻，那叫打不死的妖精！”

母亲见兄妹还像小时候一样打闹，心里很高兴，嘴上却说道：“你们都是这么大的人了，怎么还像小孩子一样！”

江行舟对小舟道："来，还是我来推吧，不要把你的脚崴了！"

小舟把轮椅交给江行舟。江行舟接过轮椅把手，问母亲："要不要出去转转？"

"不用。"母亲说，"我已经转了好一阵子了，回屋吧。"

于是，江行舟就把母亲推回屋里，扶母亲上床休息。

江同舟两口子听说江行舟回来了，赶紧从花地赶回家。江行舟问江同舟："你们的盆景搞得怎么样了？上次我就准备去花地看看，没来得及。正好，这次我和妹妹一起到你的花地看看吧！"

于是，江同舟坐陈影的三轮车、江行舟和江小舟步行，奔向江同舟的花地。一路上，江行舟不停地跟乡亲们打招呼。出了村，他们就看见江同舟的花地。

江同舟的花地与别人家的花地明显不同。别人家的花地都是一片一片的，要栽种什么全部栽种什么，面积比较大，品种单一。江同舟的花地，则是一畦一畦的，规格、品种分得很细。比如黄杨，就按大中小分成十来畦，大归大，小归小。那些地柏、真柏，也都分得很清楚。江同舟说，这样栽种主要是为了做盆景方便。根据需要，随时伸手就可以挖出来，不用到处找，缺苗也好补。

江行舟便夸讲江同舟做事用心、仔细，一定能干成事情。

在花地尽头，江同舟还建了一个简易的钢架大棚，作为他做盆景的工作室。大棚里有一张长条工作台。旁边有两张椅子。工作台上有两盆还没有完工的黄杨半成品盆景。地上放着花盆、营养土、工具等。有四五盆盆景已经做好了，放在角落里，可能是还没来得及送走。

江行舟拿起已经做好的盆景仔细端详："同舟做的盆景还真不错，有模有样！这是什么风格流派？"

江同舟答道："我是自学的，哪有什么风格流派！"

"要想成为优秀的园艺师，必须要认真学习，最好能自成一家。"江行舟道，"不过这很难现实。即使你不能自成一家，起码也要按照现代有代表性的风格流派做。老是随心所欲地做，时间长了就乱套了，最终一事无成。"

江同舟点头称是，并说道："我也知道自己是野路子，但是我在农村，找不到正经师傅，只能自己慢慢摸索。"

江行舟说："你要是真想学，过几天我给你找个师傅。他是国家二级园艺师，全省有名的海派盆景制作大师。”

“那再好不过了。”江同舟道，“大哥，你放心，只要我拜了正经师傅，一定认真学，保证不给你丢脸。”

看到江同舟工作这么辛苦，江行舟心里有诸多不忍。想到自己是家中老大，平时总是强调自己工作忙，没能帮上弟弟妹妹什么忙，自己真的忙到这种程度了吗？他心里泛起淡淡的愧疚之情。但看到江同舟身残志坚，还能这么认真做事，他在心里又生出些许欣慰。

唉，在一个家庭里，做大哥的，只要心里还有这个家，还有永远割不断的亲情，还有敢于担当的良知，那种与生俱来的责任感就永远不会磨灭。

中午，江行舟安排全家人到镇上聚餐，就当给小舟接风。在花乡酒家，一家人围桌而坐，非常热闹。江行舟又开车把小姨接来，小姨夫身体不好没有来。江火本来不想来，但小舟一定要他来，他只好捏着鼻子来了。他媳妇陈芬，还有孩子都来了。

江行舟站起身来，端着酒杯说：“今天我们全家人欢聚一堂，我非常高兴。我提议，我们共同举杯，敬妈一杯，祝她老人家健康长寿！”

大家都站起来，举起酒杯。江行舟带头一饮而尽，大家也都把酒杯里的酒喝干，不能喝酒的也意思一下。

然后，大家开始分别敬酒。江行舟要江同舟、小舟和他一起给母亲敬酒，然后又敬小姨。按照临水县的规矩，晚辈给长辈敬酒时，要走到长辈身后，端着酒杯请长辈喝。长辈有酒量的，晚辈端几杯就喝几杯；没有酒量的，也可以端起杯意思一下，并不要求喝干。这是临水县流传已久的老规矩。大概是过去比较贫穷，酒桌上的酒有限，要让长辈先喝好。说起来，这也是一种传统美德。

酒桌上的气氛十分热烈，只有江火情绪不高。但碍于面子，江火还是站起来，给他的几位长辈敬酒。这时，小舟发现母亲用餐巾纸擦眼泪，感到很诧异，悄悄问母亲，什么事情让她不高兴。母亲说：“我没有不高兴，就是看到一家人都到齐了，就差你二哥方舟。”

小舟松了一口气，说道：“我还以为什么大事呢，原来您是想我二哥了。好办，我现在就给他打电话，叫他立即回来。”

母亲说："我好长时间没有你二哥的消息了，的确有点想他。他在外地，千里迢迢的，哪能说回来就回来？"

江行舟道："方舟忙，路又远，我没告诉他。吃完饭，我给他打电话，叫他有时间回来一趟！"

老二江方舟，十六岁在县城读书时参军。他在部队提干，又娶了一个首长的女儿，后来就留在外地工作。这么多年，他忙忙碌碌，精力都放在事业上了，很少回老家。母亲之所以不放心他，是因为他家里老是叽叽咕咕的。夫妻原生家庭地位差距造成的鸿沟，在日复一日的撕裂中，难以愈合，且越来越大，一度闹到要离婚的地步，也影响了孩子的学习成绩，弄得家里一地鸡毛。

好在江方舟从部队转业后自己开公司，赚了点钱，事业小有成就。

好长时间没见，江行舟也有点想江方舟了。

文清扬给江行舟打电话，让他回去一趟。

江行舟不敢拖延，很快来到文清扬办公室。刚坐下，文清扬就对他说："明天市院宗院长要过来，检查我们上半年的工作。总体来说，他对我们的工作还是肯定的，评价不错。"

江行舟道："我们的工作一直是全市法院系统的表率。你调任后，业务上不用说了，又搞了一些制度创新，大家积极性很高，宗院长应该满意。"

文清扬说："最近，其他几个县的兄弟单位也都很努力，我们不能松懈。"

"一定。"江行舟道。

文清扬又说："这次宗院长准备把你调到市院政治处工作。他让我先征求你的意见，看你愿不愿意。市院领导对你的印象不错，叫我先给你透露一下，你要有个思想准备。"

对于要调到市院的事，江行舟并没有思想准备，一时不知道如何回答。

文清扬说："目前市院政治处主任还是科级，可能很快升格成副处级，我觉得你能去。不管怎样，把职级问题解决了就好办，以后这样的机会不会很多。"

江行舟对文清扬说："感谢文院长和市院领导对我的关心、培养！这个事情来得比较突然，请容我再好好想想。因为这牵涉方方面面的事情。我二女儿明年高考。这些事怎么办？我要回家跟老婆商量一下，现在不能确定。"

“行！”文清扬说，“这个事情对你个人和家庭来说都是大事，你回去跟王莉好好商量商量，明天我们再议。你不用急，也不要有思想负担。去还是不去市院，你自己考虑清楚，将来不后悔就行。”

接着，文清扬又跟江行舟说起选人接班的事情。看来不能老是这样拖着，时间长了要影响工作，必须尽快解决。

文清扬说：“实在不行，就先叫老秦把你分管的业务承担起来，主要负责案件质量把关，平时汇报案件你就不用参加了。如果需要你签字走流程，叫老秦跟你单独汇报。这样你就可以从这些烦琐的事务中摆脱出来，安心做你的工作。但是，重要的事情，比如党组开会，你还是要回来参加的，到时我会通知你。”

江行舟道：“我看可以。老秦这个人确实不错，就是年龄稍微大了一点。其实也不算很大，五十岁出头，正是干事的年龄。”

文清扬说：“明天宗院长来，我把老秦接替你工作的事向他汇报，争取他的支持。”

江行舟说：“我想宗院长肯定会支持的。”

晚上下班，江行舟把朋友的应酬推掉了，想跟王莉说去市院工作的事。

吃过晚饭，王莉一会儿拿抹布到处擦，一会儿又拿拖把拖地，一直不停地收拾屋子。江行舟跟在王莉屁股后面，一会儿递这个，一会儿递那个，像个小工。

王莉见状觉得很奇怪，问道：“你今晚不加班了？难得！这么勤快，太阳从西边出来啦？不过，事情反常必有妖。老实交代，你到底想干什么？”

江行舟说：“妖什么妖？老腰！我确实有事想跟你说，但是你这样忙来忙去的，我没法跟你说。”

王莉朝江行舟斜了一眼，坐到沙发上，把手放在膝盖上，挺直腰道：“说吧！”

江行舟挨着王莉坐下，王莉连忙往旁边挪了挪。

江行舟问：“你干吗？我身上有火啊，怕烧着你？”

王莉说：“在我没有搞清楚你要说什么之前，请你离我远点儿。”

江行舟非但没有离王莉远点儿，还一把搂住她的腰，笑嘻嘻地说：“我就离你近点儿！”

王莉咯咯地笑起来，说道：“少跟我嘻嘻哈哈地套近乎……”

江行舟赶紧说起他可能去市院工作的事。王莉问："怎么又要你去市院？前年你不是已经回绝了嘛，现在怎么又提这事？什么意思？"

前年，由于区划调整，新组建的市检察院从各县区抽调人员，准备安排江行舟到市检察院担任法纪处处长。那时，江行舟还在县检察院任副检察长。征求意见时，江行舟借口说两个孩子马上要考大学，家里还有七十多岁的老母亲，走不了。实际上，他认为法纪处的业务，多属于边缘业务，去了也没多少事干，白耽误时间。他在县检察院，忙是忙点儿，可是生活过得很充实。这次市院调他，明显是提拔重用。政治处主任有职有权，位置是很不错的。在一般人看来，这种安排是市院领导非常信任的表现，求之不得。而江行舟却认为市院政治处也是闲职部门，说起来好听，其实无非是整天围着领导屁股后面转，完全是浪费生命。再者说，他已经四十大几的人了，干不了几年，就得退居二线，还是要叶落归根回临水县法院。如此折腾，就为了提一级半级，实在没有什么意思。指挥部虽然是临时机构，但他负责的工作却是实实在在的，要是真能为家乡建设做点事，留下一点痕迹，对他的职业生涯也算是一种交代。

说实话，他现在左右为难，难以取舍。

江行舟谈了自己的想法。王莉道："好啊，你自己想清楚了，我从来没有拖过你的后腿。这些年，你整天忙得脚不点地，我和孩子没有给你添过麻烦。你说向东我们就向东，你说向西我们就向西，完全服从你。现在，你要是想到市院工作，我也不反对。但是，我把丑话说在前面，江浸月明年考大学，肯定不能跟你去，我也去不了，要去只能你自己去。"

江行舟说："明天我就要给宗院长回话，到底去还是不去，必须要有明确态度。这是领导尊重我，才来征求我的意见。"

王莉道："这些事你问我也是白问，我哪里知道你们系统的事情？你要问明天穿什么衣服，吃什么饭，我可以立马告诉你。你不是还有好朋友嘛，看看他怎么说。当初可是他把你推出去的。"

"谁？你说老丁啊？他也是一片好心，你怎么能说他把我推出去的呢？"江行舟连忙辩解。

王莉提醒江行舟："这种事情就应该征求老丁的意见。他是老江湖，处理这方面的事情得心应手。"

于是，江行舟就给丁永建打电话。

电话接通，丁永建开口便问："好家伙！你现在是大忙人了，怎么想起来给我打电话？你是不是打错了？"

江行舟道："老丁，你不要拿我瞎撮趣，我有正经事跟你说。"

丁永建问："电话里方不方便讲？"

江行舟犹豫一下，答道："最好是当面讲。"

丁永建说："你现在到县委招待所来。我在这里陪客人，你到了给我打电话。"

江行舟立刻起身前往县委招待所。他到达县委招待所之后，丁永建叫服务员开一个房间。看来丁永健喝了不少酒，脸红红的。

江行舟道："你还有事，我长话短说。"于是，他就把自己面临调任市法院的事情简单说了一遍。

丁永建问江行舟想去还是不想去。

江行舟说："各有利弊，我就是拿不定主意才来找你的。你处理这方面事情比我有经验，请你帮我参谋参谋。"

丁永建说："这个问题，首先肯定是好事情，毕竟是提拔重用，说明市法院领导对你还是信任的，对你来说也是一次不可多得的机会。正常情况下，毫无疑问你应该去，但是你现在的情况比较复杂。如果你没有调到指挥部，你走就是了；但是你刚到指挥部就要走，奚书记怎么想，会不会同意？我不知道。如果奚书记同意，你走了也没有问题；要是奚书记不同意，你自己要走，就有问题了。奚书记用人不是乱用的，把你调到指挥部，他也是经过一番考量的。具体细节我以后再说。奚书记很快就会到市里当市长、市委书记，你就是到市法院又能怎么样？我看这件事现在应该这样办。明天你就跟宗院长说，感谢领导关心，你的去留服从领导决定。市法院院长一定会跟奚书记交换意见的，到时候就知道奚书记对你的真实态度了。他要留你，今后肯定会重用你，你就不用巴巴拉拉去市法院了；他要是同意你走，你就一点也不要犹豫，赶快滚蛋！这说明他对你原来的看法没有改变，你以后再怎么努力工作也没有意义。"

江行舟说："我知道了。"

第二天，江行舟来到文清扬办公室。文清扬问他考虑得怎么样了，去还是不去。江行舟说他很为难，市院领导对他如此信任，他要是不去，不是脑子有毛病，就是不识抬举。要是他想走，奚书记会怎么想？他担心因为这点小事，弄得奚书记不高兴就没有意思了。

文清扬追问江行舟："你就说到底想去还是不想去！"

江行舟答道："我现在只能跟各位领导说，感谢领导关心，我的去与留是你们领导考虑的事，我服从领导安排。请你理解我的处境和为难之处。"

文清扬说："我知道了，你的意思我会向宗院长委婉表达的，你放心好了。"

宗院长因为有事，没到临水县来。文清扬在电话里把江行舟的想法向宗院长汇报了，江行舟非常感谢市院领导关心，他也很愿意到市院工作。但是，现在他被调到城区开发建设指挥部负责城区开发建设工作，奚书记很重视这件事，他一时半会儿也走不开。究竟怎么办，他服从领导决定。

宗院长说他过几天专门来向奚书记汇报这件事。

奚书记是市委常委兼临水县委书记，市法院的领导向奚书记汇报工作也没有错。

临水县古属楚地，自西汉立县，后历经朝代更迭，县域区划也几经变更，至明代方得固定。县城原为土城，东西南各有一门，为防北边的水患，北门未开。土城周围有护城河，护城河与大清河支流临河相接，终年有水。临河水入城时在城区拐了几个弯，河水潺潺，岸上杨柳依依，成为一大风景。奚书记初来临水县时，河道已被垃圾填满，沿岸有很多鸡舍猪圈、露天厕所、随意搭建的棚屋，还有花花绿绿的塑料纸迎风招展。奚书记先从整治环境入手，带领机关干部义务劳动，清理了数万吨垃圾，终于使河水变清、岸变靓。后来又通过集资捐款、义务劳动、向上争取资金等精准施策，在县境内和城区修了几条柏油马路，城区面貌才稍有改观。

但是，长期以来，临水县的欠账太多，城区面貌并没有得到根本性改变。这次，奚书记决心从推进城市化的高度入手，彻底改变城区的格局和面貌。这个艰巨的任务，就落在了城区开发建设指挥部头上。这一点，冯续来很清楚，江行舟等人也都清楚，但每个人肩上担子的分量不一样，承受的压力自然也就不一样。

第十三章
组织群众自拆自建

在城区开发建设指挥部，冯续来是事实上的总指挥，徐县长不过是挂个名，奚书记是决策人，不是具体执行人。具体执行人是冯续来和他领导下的指挥部和总公司这帮人。

城区开发建设只是一个目标、一个模糊的轮廓，到底是什么样子，谁也说不清楚。至于如何实现这个目标，更是无人知晓，完全靠冯续来等人自己动脑筋想办法，发挥主观能动性，进行创造性劳动才能完成，主要担子还是压在冯续来和江行舟肩上。按照冯续来的话来说就是“既然当这龟，就要驮这碑。”

这是历史的选择，光荣而又艰巨。

这时候，江行舟总是想起自己小时候，扔砖头砸伤白鼻子演员的往事，可笑却又自豪。

他十一二岁的时候，大概上小学四年级。当时的农村，文化生活十分贫乏。有一个戏班子到他们村里演戏，看戏的老百姓人山人海。他记不清戏文的名字，却知道台上那个头戴乌纱帽、涂着白鼻子跳来跳去的芝麻官，是欺压老百姓的坏家伙，于是便捡起地上的小砖块，向“白鼻子”扔去，正好砸中“白鼻子”头上的乌纱帽，当时“白鼻子”头上就出血了。一时间戏场秩序大乱。戏班子班主见是一个熊孩子恶作剧，只得作罢。他被父亲狠狠揍了一顿，但他始终不服。他认为贪官该打，坏人该死。

这种观念在江行舟儿时的心里深深扎下了根。

江行舟清楚地意识到，自己现在已没有退路，必须拿出十二分勇气，开拓进取，勇毅前行，积极配合冯续来，带领自己的团队，创造性地去完成县委、县政府交给自己的任务，去规划蓝图，落实蓝图，拿出一片老百姓能够看得见摸得着的、实实在在的高楼大厦、宽阔马路和美丽公园来。这是开拓者的宿命，旅途注定充满荆棘，等待他的结果可能不是奖状、奖杯，而是质疑、责难，或者是遍体鳞伤。

成功不成功，关键是看第一炮打得响不响。根据冯续来的意见，第一炮是发动群众自拆自建。这个难度其实也不小。老百姓要是看不到实实在在的好处，你叫他们把自家好端端的房子拆掉，再花钱重建，你就是说破大天，怕是也没用。所以，选一个合适的地点，制定一套有吸引力的切实可行的政策和方案，就显得尤为重要。

江行舟前几天一个人出去看过地形踩过点，心里有点数。冯续来再带领他们去考察、选址时，江行舟就向冯续来和金春生推荐了两个地方。

冯续来对农贸市场比较感兴趣，认为可以列入备选方案，下一步再深入了解考察，充分论证可行性，然后再定。对小吃街，他觉得把这么好的黄金地段拿来搞自拆自建，实在太可惜了。他说他还没有考虑成熟，看能不能下一步搞示范工程时，在这里搞个文化一条街。从临水中学向西，直到县实验幼儿园，中间还要经过两所小学。东西长度大概有一千五百米的样子。把城区零零星星经营文化类产品的商家全部集中起来，建成文化特色一条街，这样才是物尽其用。这个方案，下一步也要进行仔细考察论证，慎重决策，不能出现拍脑袋工程。要确保搞一处，成功一处。

他们又转了一个上午，选了几个地块，随行的规划办的小霍把他们的意见都一一记录下来，回去查资料，提供进一步论证的意见。

法院那边，文清扬反馈说，市院的宗院长已经见过奚书记，谈了江行舟的事。奚书记也很客气地表示，临水县地方小，人才匮乏，他想把城区搞一搞，江行舟是大家公认的最佳人选。他对江行舟的感觉还不错，想委以江行舟重任。一旦把江行舟调往市法院，等于临阵换将贻误战机，还浪费时间，请宗院长支持地方工作。不过，他会对江行舟负责的。江行舟到指挥部工作时间不长，让江行舟再干一段时间，取得一点成绩，他再跟江行舟商量去留问题。宗院长说，看来奚书记对江行舟的印象还不错，就叫江行舟先留在指挥部，以后看情况再说。

听完文清扬的介绍，江行舟说道：“我真的非常感谢你和宗院长。我先在指挥部干吧。以后有什么情况，我会及时向你和宗院长汇报的。”

后来，冯续来也跟江行舟说：“奚书记叫我跟你打声招呼，他没有同意你去市法院，主要缘于指挥部的工作需要，你要正确对待，好好工作。既然奚书记不让你走，下一步肯定要重用你。我早就总结过，用人和买东西是一个道理。一个东西，要是没有人买，大家都不买。有一个人买了，其他人马上也来买，好像不买就要吃亏一样。一争一抢，你就香亮起来了。用现在的新名词来说，叫‘马太效应’。”

江行舟道：“这些事也不是我能考虑的，领导怎么决定怎么好，我把自己的本职工作做好就行了。”

冯续来说：“我心中有数。”

自拆自建地块选址问题，经过多次现场踏勘，规划办对照靳院长留下来的规划方案草图，提出选址初步意见。冯续来召集大家反复讨论研究，最后才把方案定下来。

一个是农贸市场方案。在东大的规划方案中，这里是城市生活区。如果具体位置与将来的详规有冲突，规划可以做局部调整。

另一个地点在城区北侧，那里离通北河太近，未来城市发展方向势必向东向南，这里不会二次拆迁。准备依托这里的农村公共汽车总站，在这里规划一个市场。目前，在公共汽车总站周边已经形成了一个小市场，集小吃、购物、运输于一体，人气很旺，比较繁华。因为这里已经是一个比较成熟的市场，规划的新市场建成后，估计原来的那些老商户都会愿意留在这里继续经营。人性多半恋熟难移，在一个地方待久了，就不想去其他地方。

紧张的前期工作开始了。

第一是规划、设计建筑图纸。规划方案已经讨论过多次，审批就是走流程。主要工作是设计图纸。县里目前只有一个建筑设计院，就是城建局下属的临水县建筑设计院，是一个自收自支的事业单位，县财政不拨款，全靠设计人员承揽社会上的设计业务维持运营。这次县政府搞产业调整，决定将临水县建筑设计院转为民营，现有的有形资产和无形资产一并打包对外出售。

临水县建筑设计院现任院长汪杰带领几个业务骨干报名购买，如果没有其他人出来竞争，就采取资产评估、协议出让的方法，把临水县建筑设计院出让给汪杰团队。

就在这时，临水县建筑设计院里一个叫葛雨的副院长站出来，带领另外几个设计师要求公平竞争，参与购买。县政府决定采取公开挂牌、竞价拍卖的办法，处理临水县建筑设计院的资产。

冯续来问金春生，要不要等拍卖会结束后，再委托竞得人设计，这样可能稳妥些。金春生说："没开拍我就知道结果，葛雨肯定能拍到。"

冯续来问为什么。金春生说："葛雨后面有人撑腰，葛雨就是站在台前的傀儡。汪杰哪有钱？"

冯续来便问谁是葛雨的出资人。金春生摇摇头说："我也只是听说一点，具体谁出资，我马上就会知道。但是，葛雨组建的团队实力不行，人少，工种都配不齐。虽然以后可以招人，但需要时间。临水县建筑设计院主要技术骨干都在汪杰这边，工种齐全，安上锅就能做饭。"

冯续来问江行舟："你的意思呢？"

江行舟道："依我看，不要等竞拍结果出来，现在就委托汪杰团队设计。因为他目前正处在困难时刻，现在我们找他设计，就是对他的无形支持，他会非常感激我们。他不但做事格外卖力，设计费也会优惠，时间也会抓紧。我们要是等到拍卖会结束，他拍到了，再去找他，他的心态就不一样了。如果他拍不到，他的团队成员不可能给葛雨打工，势必要成立新的设计院。还是这帮人，还做这个事，只不过是换了个名字，关我们什么事！"

冯续来对江行舟说："就这样定了，你去跟汪杰说。他要是同意，立刻安排人干。不要等，关键是抢时间。"

第二是土地问题。两块地的性质都是农业用地，要改为商业用地，需要办理转办手续。转办手续由省国土厅审批。冯续来就把这个任务交给向海平，要他抓紧时间把方案拿出来，抓紧时间报送省国土厅审批。

第三是统一思想。统一谁的思想？村组干部的思想。他们要是不支持，这件事想都不用想，根本干不成。他们整天生活在那些自拆自建的对象当中，对自拆自建对象的情况了如指掌。他们的一举一动，也会左右自拆自建对象的想法。所以，首先要把村组干部思想工作做通了，由他们去做自拆自建对象的思想工作，才会有效果，才能事半功倍，否则就是盲人骑瞎马，白白辛苦。

一天，冯续来在县委招待所设宴招待临城镇吕书记、杨镇长，请县城建局和国土局局长作陪。江行舟、金春生和向海平等人都参加。

宴会开始前，冯续来先做简短致辞。他说："奚书记、徐县长把城区开发建设的重担压在我身上，过去只是嘴上喊喊口号，现在就要真刀真枪地干了。县财政拿不出钱，怎么办？先借鉴小城镇建设的经验，搞点自拆自建积累经验。工作难度可想而知，所以请临城镇的吕书记、杨镇长先吃螃蟹，做点牺牲，支持这两个地方的开发建设，协助我们指挥部工作。具体事情，我们下一步还要商量。现在我们的任务是喝酒，大家都多喝点，一醉方休！"

冯续来是土生土长的本土干部，资格老，威望高，虽然只是县委副书记，但上上下下没有人敢不买他的账。吕书记和杨镇长见冯续来发话了，连忙站起身，恭恭敬敬地说道："冯书记言重了！这些工作都是我们应该做的。需要我们怎么做，冯书记指哪我们打哪，绝不含糊！"

这么重要的问题，冯续来几句话就搞定了，大家不禁兴奋起来，一起吆喝，"好，喝酒喝酒！"

第四是组织力量。

冯续来叫江行舟拿个方案。江行舟早已胸有成竹，把心里想好的方案向冯续来汇报："我们可以成立一个临时现场指挥小组，把相关单位负责人招集到一起，发生什么事情可以现场解决，确保快速高效。具体人选是，临城镇派一名副镇长或副书记；两个地块上的村支部书记、村主任；国土局、城建局、城管大队、派出所等单位派出的精干业务人员。只要这些人各司其职，就能确保行动成功。两个地块不要一起动手，第一块弄到差不多时再弄第二块，防止突发情况，应对不及。指挥部十几个人全部上，如果人手还不够，那时再想办法。"

冯续来说："中！先这样准备着，根据情况随时调整。到时候，你就当现场总指挥！"

"行，我保证完成任务！"江行舟一口答应下来。他对此项工作心里有底。

因为应对、处理突发事件，他还是有经验的，且已做好心理准备。

在这个关键时刻，金春生却请假了，他老婆范爱莲生病住院。范爱莲是老病胎子，一年到头打针吃药，有时还会出现小状况，他总是使尽浑身解数把她安顿好。病人是不容易伺候的，但他却能让他老婆渡过一个又一个难关，十几年还好好地活着，也真难为他了。

江行舟得到消息后，第一时间赶到县人民医院肾内科病房。金春生正在陪范爱莲挂吊瓶。范爱莲面色苍白，双目紧闭，可能是睡觉或是养神。女儿金琳琳也在。金琳琳是县人民医院护士。当初她做这样的职业选择，主要也是出于能更好地照顾范爱莲。从卫校毕业后，她入职县人民医院，需要县委书记和县长批准。县委书记、县长作为特殊情况予以照顾，她才入职县人民医院。

金琳琳和江行舟打了招呼。金春生对金琳琳说："琳琳，你去上班吧，你妈上午的吊瓶马上挂完了，我在这里盯 着就行。有什么事我就去找吕主任。"

金琳琳走后，金春生对江行舟说："这孩子这些年被她妈的病拖累得不轻。她从十四五岁开始，放学后就帮我照顾她妈。她当护士也是为了照顾她妈。现在她二十六岁了，谈了几个对象，都嫌她妈有病未成。她倒是无所谓，说一辈子不出嫁，在家服侍她妈。唉，我有时想想这些事也发愁。"

范爱莲好像醒了，弄出窸窸窣窣的响声。金春生马上住嘴，走到病床前，看看吊瓶里的水还有多少。范爱莲没有再动，也许是又睡着了，也许是听到金春生说的话，不想让他再说了，所以故意弄出一点响声提醒他。

金春生懂得她的意思，便小声对江行舟说道："我们出去聊吧。"

在走廊里，江行舟问范爱莲是什么病。金春生说："十几年前，有一次她突然发高烧，服用什么药也不退烧，死亡通知书都下达了。最后我把她转到省人民医院，专家会诊后，说是一种罕见的病，叫肌皮炎。病在皮肤夹层里，不容易发现。看病这种活儿，真是一级医院一级水平。她这个病被耽误了，但是县人民医院医生也尽心尽力了，我也不好怪罪他们。这种病诊断困难，但只要确诊，治疗倒是容易。她在省人民医院住了半个月，又转到县人民医院，按照省人民医院提供的治疗方案继续治疗十几天就出院了。她虽然出院了，但高烧导致她所有脏器受损，肾脏最严重，还得了糖尿病，每天要注射胰岛素、吃药。估计以后还得透析。现在她生活还能自理，自己可以洗脸刷牙、穿衣吃饭，做饭、做家务就不行了。不过我也习惯了，家务不要她做。我跟她说，她照顾好自己的身体，就是对家里最大的贡献。”

江行舟咂咂嘴，感叹道：“春生，没想到你这么不容易。”

金春生说：“我这些年已经习惯了。最初几年，孩子小，我工作又忙，确实照应不过来。我妈到我家帮我照顾她一段时间。后来孩子长大了，都很懂事，抽空帮我。再说，我妈年纪也大了，我就叫我妈回去了，家里的事情就由我负责。”

江行舟说：“这样下去能行吗？你现在的工作还是很忙的。”

金春生道：“对付着慢慢往前走吧，到什么时候说什么话。”

江行舟猛然觉得，金春生真是不简单。别看他平时大大咧咧、嘻嘻哈哈，什么都不在乎的样子，其实他是感情很丰富的人，尤其对老婆孩子，还是挺负责的。现在这样的男人越来越少了。

江行舟不由得从内心里对金春生产生一种敬佩之情。他问金春生有没有什么困难需要帮忙，金春生说没有什么困难。等老婆的病情稍有好转，他就去上班，一定会竭尽全力把工作干好。

江行舟离开医院，转道去了指挥部办公室。到那里一看，人不多，他就问怎么回事。有人告诉他，这里的工作还没理出头绪，抽调来的人多半还兼着原单位的业务。这里工作不多，他们就回原单位了。

江行舟点点头，说：“我知道了。”

这种状况，江行舟很担心。他担心时间长了，大家就疲沓了。“一鼓作气，再而衰，三而竭”的道理，他懂。他要尽快把工作向前推动，只有紧张繁忙的工作，才能把这些人凝聚在一起；只有在工作中互相配合、相互需要，才会形成战斗力，指挥部才能成为一个特别能战斗的集体。

江行舟给汪杰打电话，询问委托他设计的图纸进行到什么环节了。汪杰说已经安排下去了，他很感谢指挥部领导的信任，他们一定努力设计出令指挥部领导满意的图纸。

江行舟又问他：“县建筑设计院拍卖的事进行得怎样了？”

汪杰回答：“反正我们做了两手准备，能拍到最好，拍不到也没关系，我们有底线。超过底线我们就放弃，谁想要谁要。”

江行舟问："如果拍不到，你们打算怎么办？"

汪杰说："老天爷饿不死瞎家雀儿，到时候再说。我们也有两只手，还怕找不到饭吃？不管怎样，我都要感谢冯书记和您的支持！今后还要请你们继续关照。"

"好的。"江行舟道，"请你催催图纸的事。时间尽量快一点，领导催得急。"

汪杰说："我们加加班，早点把图纸拿出来。"

关于土地的事，向海平告诉江行舟："农业用地转为商业用地，要报批的不止是使用的两块地，而是区域地块整体要调整，要报批区域用地性质转办方案。还有审批费用问题，临水县是贫困县，审批费用可以享受优惠，这些手续都要办，也都需要时间。他们正在努力，天天加班。"

向海平的父亲是军人，他从小在军区大院长大，后来当兵，干到副团级，转业到地方降级使用，在县国土局任副局长，副科级。他讲一口标准的普通话，说话办事还保留着军人作风。

正当江行舟等人紧锣密鼓准备大干的时候，福建的阿龙又来了。

第十四章
宾馆项目考察

这次，除了合伙人，阿龙还带来一位风水大师。

阿龙带着风水大师在城区转了几圈，重点介绍了他上次初步选好的地块，请风水大师帮他拿主意。风水大师掏出随身携带的罗盘，在那块地上摆来摆去，又围着地块转了几圈。阿龙见风水大师微皱双眉，不言不语，心里便有些忐忑，又不敢问，就掏出香烟猛抽。最后，风水大师停下脚步，对着阿龙轻轻咳嗽一声。阿龙忙问："怎么样？行不行？"

风水大师点点头，不紧不慢地说道："这块地真是风水宝地呀！你看——"他指指地块周边，"东边是一条河，是青龙；白虎在哪里？你看，就是西边的乱葬岗。一般人都认为它不吉利，错，它是阴宅。将来我们建的房子是阳宅，阳宅压阴宅，是好事啊！先人积的阴德，全给了我们后人享受了，多好！"

阿龙讷讷地说道："我对这块地哪里都满意，就是对那片乱葬岗犯嘀咕，怕不吉利。大师这样说，我就放心了，这块地我要定了。"

风水大师哈哈大笑，高声说道："要！一定要，必须要，就要它！"

"阿龙，可爱的郑总，欢迎欢迎！"冯续来在县委招待所见到阿龙，高腔大嗓喊起来。阿龙老远就伸出双手，小跑着迎上来："哎呀，亲爱的领导，我想死你了！"

两人握手后，冯续来拍拍阿龙鼓起来的小肚子，说："又发福了。"阿龙说："没办法啊，领导。好吃的太多，把我给喂胖啰！"

冯续来也笑着说："悠着点儿，年轻人。"

在会议室，大家随便坐在沙发上，喝水聊天。冯续来先问阿龙家里的生意怎么样。

阿龙说："很好，原来的厂子太小了，产能跟不上。我和我爸商量过了，准备再建一个新厂。老厂我爸经营，新厂我管理，现在正在筹备。"冯续来说："你把新厂放到我们这里，我保证给你最大的优惠，怎样？"

阿龙说："这个事情我现在还没有考虑。临水县政府给的优惠政策，我完全相信，但你们这里基础设施不行。制造行业，产供销要紧密配合，其中哪个环节出问题，都会影响整条产业链。我们生产鞋子需要各种原料和配件，少一样也不行，你们这里根本不具备制鞋需要的条件。再说，我们是照订单生产，时间卡得很紧，这里到最近的机场也有两百公里，运输时间、运输成本都没有优势。冯书记，我刚才说的情况都是真实的，你自己看，这个事情能不能搞？"

冯续来说："目前我们这里的条件确实比较差，不能跟全城比。全城是古代人下南洋的重要商埠，有几百年基础。现在改革开放又早，是先富起来的地方。不过，你放心，我们这里也在发展，特别是我们临水县，你也看到了县委、县政府招商引资的决心和力度，相信我们这里也会很快赶上来的。"

阿龙说："我完全相信。如果不相信，我就不会来了，以后还有机会多方面合作。我们先把宾馆办起来。一旦这里条件具备了，不用你们领导开口说话，我们就会主动上门，说不定还有更多人到临水县办厂。"

冯续来道："可以预期，我们乐见其成。"

关于宾馆选址，阿龙说他和风水大师看过了，觉得上次他选的原机械厂后面那块地很好。风水大师说那里是风水宝地，他就要那块地。

冯续来对江行舟和向海平说："等会儿你们陪阿龙去现场看看，要用多少地，四至到哪里，测算一下地价。我们可以特事特办。毕竟这是我们招商引资第一单生意，搞个开门大吉，零地价出让。我们不要阿龙出地钱，但内部却要算清楚，不能是一笔糊涂账。相关手续怎么办，国土局要拿出一个方案。这个方案要考虑招商引资的整体情况，制定一个完整的政策，不能头痛医头脚痛医脚，初一十五不一样。顾此失彼，事情就不好办了。"

江行舟表示赞同。

向海平说他回去跟陈局长汇报，有什么情况他及时向冯续来汇报。

最后，冯续来对大家说道："这件事是大事。事关全局，我还要向县委书记、县长汇报，估计要把招商引资用地的优惠政策完善后，作为县委、县政府文件出台，必要时还要报送人大审定，防止今后出现反弹。"

宾馆的布局设计，阿龙找人画了一张草图。一座九层主楼；一座四层辅楼；一座十一层的住宅楼，作为酒店职工宿舍；一个比较大的花园作为预留地，准备将来后续发展使用。

冯续来命人把图纸交给规划办审查。

关于宾馆的事情基本搞定，冯续来觉得有些话还应该跟阿龙说清楚。冯续来说："阿龙，首先对你来临水县投资，我们表示欢迎！我们对任何愿意来临水县经商办企业的老板，都热烈欢迎！这是我们县委、县政府的招商引资基本态度。"

阿龙点头道："我明白。"

冯续来接着说："我们双方的基本想法都清楚了，至于用多少地，地块上怎么规划布局，手续怎么办，那都是具体事情，可以随时商量。我要说的是，这些事都定下来以后，你不按协议办，我们怎么办？就是说，如果你违约了怎么办。我们现在要讨论这个问题。"

阿龙听罢急了，说话有点结巴："冯书记，这怎么可能呢？我大老远地跑过来，图什么呀？我要骗你们干吗？"

冯续来笑了笑，说："阿龙，你不用急，我只是说如果。如果发生这样的事，我们怎么办。在商言商，按照商务通行规则，协议中必须要规定违约责任的。不是我对你不信任，绝对不是这个意思。"

阿龙说："书记大人，你说怎么办就怎么办！"

冯续来说："我要派人到你的企业考察，看看你的企业实际经营状况怎么样、有没有投资宾馆的实力、工商信誉怎么样。这些都搞清楚后，我们才能签合作协议。而且该协议必须跟你的企业签，不能跟你个人签。"

阿龙道："好啊，我欢迎你们去我们厂考察。我心里是踏实的，而且我希望冯书记亲自去，我全程陪同您尝尝我们全城特色小吃——安海土笋冻、拳头母。"

冯续来说："既然你同意接受我们考察，那么，县政府安排什么人去，我们再商量。"

招商引资优惠政策关系重大，不能发生颠覆性错误。按照奚书记的意见，还要再等一等，观察观察。有关部门可以先起草方案，然后汇总起来，组织人力论证后，制定临水县招商引资实施办法。可以先试行一段时间，经过修改补充完善后，再出台正式文件。

去全城考察，冯续来想自己带队去。一来这是临水县开展招商引资工作以来的第一个项目。用奚书记的话说，是筑巢引凤的第一棵梧桐树。临水县招商引资，要保证外地老板来了有地方住，有地方吃饭，更有地方玩。因此，这个项目意义非凡，要尽量保证项目成功落地；二是全城是改革开放的前沿，发展得非常好，冯续来想借这个机会，学习全城的经验做法，解放思想，促进工作。奚书记完全支持冯续来的想法，同意他带队考察，洽谈项目。

江行舟、向海平、吴德君是考察组成员。江行舟把去全城考察的事情跟金春生说了。金春生说他老婆生病住院，他实在没办法脱身。

阿龙打电话告诉他爸老郑，做好接待准备。

阿龙的工厂其实不在全城市区，而是在全城市的实虎县。改革开放以后，那里发生了翻天覆地的变化。依托国外市场和雄厚的资金，实虎县的小五金厂、小化工厂，特别是制衣制鞋厂如雨后春笋般遍地开花，地方经济获得了跨越式发展，进入全国百强县榜单。

江行舟一行人在全城国际机场下飞机，老郑早已在机场大厅恭候。阿龙先向老郑介绍了冯续来等人，然后又向冯续来等人介绍老郑。

老郑个头不高，高额头，凹眼，瘦瘦的，显得非常精干。老郑带领大家坐上一辆面包车，并热情地对大家说："大家一路辛苦，我们先到宾馆休息。"

机场离实虎县城区还有一段距离。从车窗望出去，公路两旁到处是工厂，一些村落的房子也非常漂亮，大部分是三四层小洋楼。路上，老郑操着一口闽南普通话，向大家介绍："我们这里过去非常穷，山多，能种粮食的地方少，靠种地养不活一家人。很多男人就到东南亚那些国家打工。只要能挣钱，他们什么活儿都干，然后把赚到的钱寄回来养家糊口。当然，也有些人有能力，碰上好机遇发了财。改革开放以后，因为大部分人都有海外关系，也有点钱，就凑点钱办企业，当小老板啰！”

进入城区，冯续来等人老远就看见一尊巨大的石雕虎昂首挺立，睥睨万方，气势非常。这就是改革开放者的勃发雄姿，也是成功者的气象。

他们入住的宾馆是新建的，五星级。冯续来等人进入宾馆大厅，吴德君把所有人的身份证收齐，交给老郑去前台办入住手续。宾馆大厅十分豪华气派，好像一座宫殿。水晶吊灯从上面坠下来，足有三层楼那么长；旋转楼梯可容纳四五个人并排站立。

冯续来被安排在商务套间，房间有办公桌、小圆桌、沙发，可以开会，可以打牌。其他人每人一间大床房。

老郑把晚饭安排在宾馆餐厅。冯续来说：“我们到外面吃风味小吃。”老郑说：“今晚就在宾馆餐厅凑合一顿，明天我们再到外面吃风味小吃。”

这里是海滨城市，餐桌上的海产品十分丰富。澳龙、鲍鱼、大对虾，还有一些叫不上来名字的海鲜，各种各样的做法，各种各样的餐具，令人目不暇接。

老郑不能喝白酒，让阿龙喝白酒陪客。老郑说他知道临水县人喝酒，特别豪爽，这次一定要喝到尽兴。冯续来和大家都很高兴，喝得有点多。饭后，老郑要安排大家去KTV唱歌。冯续来说：“今天累了，酒也喝多了，不去唱歌了。”

老郑道：“没有事的啦！唱歌就是要有这种状态啦，这样才能发挥好的啦！”

几个人拉拉扯扯，推推搡搡，出了宾馆，进入不远处的一家歌厅。

老郑说他不会唱歌，但必须表现出诚意。他抛砖引玉，唱一首《爱拼才会赢》，献给远道而来的客人。

音乐声响起，老郑便拿起话筒唱歌。别看老郑长得不咋地，歌居然唱得不错。阿龙用闽南语唱了一首大家都听不懂的歌以后，老郑把话筒递给冯续来，冯续来推辞不过，拿起话筒，清清嗓子，唱了一首《老乡》。

《老乡》是一首描写打工人思乡的歌，不知道冯续来怎么学会的。冯续来中气十足，音质浑厚，竟然唱出了摇滚的味道。

阿龙把话筒递给江行舟，江行舟推给向海平。向海平也不客气，就铿锵有力地唱了一首军歌《打靶归来》。吴德君也应付一首。然后，大家又互相敬酒，直至才尽兴而散。

第二天，阿龙在宾馆陪冯续来等人吃早饭。因为头一天晚上睡得迟，冯续来等人快到 8 点钟才到餐厅吃饭。吃过饭，阿龙陪冯续来等人去工厂参观。

阿龙的工厂离宾馆不远，在一个小山脚下，厂名叫“独步鞋业有限公司”。工厂规模比较大，有五六栋厂房；车间里，工人在机器旁紧张工作着，卡车拉货送货，一片繁忙景象。阿龙介绍说，厂里生产自主品牌的旅游鞋，出口到东南亚、欧洲和非洲，一年利润两三千万元，今年可能多一些。现在订单多，产能不足，所以就想再办一个厂子，扩大产能。

老郑带领江行舟一行人在厂区转了一圈。工厂绿化搞得很好，有花坛，有喷泉，像花园一样干净整洁，给人一种非常舒适的感觉。办公楼是一栋三层小楼，底层是库房，二三楼是办公区。董事长办公室在三楼。

阿龙的工厂是典型的家族式企业。老郑是董事长，阿龙是总经理。大家来到老郑的办公室，老郑让大家就座，他准备茶具泡茶。沙发是紫檀木的，清式工艺，雕刻图案繁多而精美。办公室面积五十平方米左右，除沙发外，就是一张大办公桌。沙发中间是一张根雕工艺的工夫茶茶桌，茶叶桶、茶杯、冲茶叶的提梁壶、夹子、镊子，一应俱全。老郑一边给大家泡茶，一边说：“现在国家政策好，支持民营企业发展，贷款、税收都特别优惠。企业有困难，政府立马就帮助解决。现在我们这里的企业负责人只要认真好好干，没有不赚钱的。我们真是赶上好时代了，干什么都赚钱。”

冯续来问老郑下一步的打算。老郑回答说：“原来我准备再找一块地，建个新厂。现在县政府要搞工业园区，不批准工业园区外的工业项目，以致我们只能去工业园区建厂。县政府现在搞了两个工业园区，一个是高新技术开发区，一个是传统产业加工制造区。规划省政府都批了，正在拆迁规划区内的村庄，整理土地，估计年底前就可以入驻。”

说到这里，老郑停顿一下，挨个给大家倒茶，然后接着说道：“现在所有不在规划区内的工厂，要求在五年内分期分批全部搬进工业园区。我们的工厂也是要搬迁的。到那边，环保方面要求也高了，土地利用率要求比较高，车间要求建成六层楼房。这样成本会增加。不过，我们并不反对县政府这样做。这样是可持续发展的，县政府没有后顾之忧了。我想趁这个机会把这个工厂子搬过去，一次到位，规模再扩大一些，产能再增加一些，当然利润就会增加。”

听罢老郑的介绍，冯续来说：“你们县政府是能干大事的，有前瞻性，值得我们学习。”

老郑道：“阿龙要去你们那里搞宾馆，我本来是不支持的，主要是担心他没搞过，怕搞砸了，赔点钱不要紧，影响你们那里的形象就不好了。我看阿龙从你们那里回来以后，信心很足。我想，孩子大了，总要自己闯世界的，不能这也不放心，那也拦着，老是像老母鸡保护鸡崽一样也不行。我就支持他搞呗！资金呢，紧是紧一点，没关系，想想办法，没有什么问题的。冯书记放心好了！”

冯续来问：“我们能看看你们工厂的工商注册资料吗？”

老郑说：“那有什么不可以的？我马上叫人把工商注册资料拿过来。”

老郑打完电话，很快就有人把一大堆工商注册资料交给老郑。老郑接过去，递给冯续来。冯续来递给吴德君，吴德君叫江行舟和向海平一起看。吴德君又提出看公司资产负债表。老郑马上叫人把有关表册拿过来递给吴德君。

吴德君在那边看有关表册，冯续来就跟老郑解释为什么要这样做。老郑说：“我完全理解。真正想办事，就必须认真。你们要是马马虎虎的，我心里就要画问号了。你们为这事大老远地跑一趟，是来办事的，不是来观花看景的。看到你们做事这样认真，我就放心了。阿龙到你们那里，希望你们支持他的工作。”

冯续来说：“阿龙是奔着我们去的，我们肯定会对他负责的。以后他遇到困难就找我们，我们一定尽力帮助他解决。”

老郑父子的工厂搞得真不错，盈利颇丰，经营中规中矩，信誉良好，多次获得政府、协会颁发的奖状和奖杯。

冯续来问老郑，能不能带他们去看看工业园区。老郑说：“工业园区现在正处于建设前期，还看不出什么规模、效果。等工业园区搞好了，专门请你们来参观、指导。”

“我们这次来有两个目的。”冯续来道，“一个是到你们工厂考察，另一个是想参观你们这里的发展成果，开阔眼界，解放思想。”

老郑说："冯书记太客气啦！我们这里这些年确实发展得比较快，不过也是机缘巧合，天时地利人和都赶上了。你们有你们的优势，你们有你们的发展规划，不一定非得和我们这里一样。"

冯续来说："我们大老远地来一趟不容易，去看一看，心愿就了了。等你们的工业园区搞好了，我们再来学习。"

老郑说道："既然冯书记这么心诚，我就带你们去转一圈。"

第十五章

规 划 审 查

江行舟等人离开老郑的办公室，又坐上那辆面包车。老郑坐在副驾驶位子，吩咐驾驶员去西园区。工业园区分东园区和西园区，东园区是高新技术开发区，西园区是传统产业加工制造区。出了市区，宽阔的柏油马路两旁工厂参差错落，村庄零零散散，但行人很少。马路上车辆来来往往，多半是工程车辆。

面包车向前行驶大约十公里，就到了园区施工工地。道路上设了一道钢管焊制的大门，有人戴着红袖章，拿着小红旗检查过往车辆。有一块大牌子，标注警示语——非施工车辆禁止入内。一眼望去，马路尽头灰尘滚滚，看不到什么。

老郑问冯续来："我们还要不要进去？"

冯续来说："算了吧，回去。"

工业园区风貌虽然没有看到，其实也等于看到一样。那种轰轰烈烈的场面，蓬蓬勃勃的氛围，强烈地震撼着江行舟一行人的心灵，感染着他们的情绪。江行舟明显感觉到，有一种无形的热浪迎面扑来，轰轰烈烈惊天动地却又悄无声息如影随形，这是发展的脉动，腾飞的号角。南方的改革开放如火如荼，平常道听途说的，报纸上报道的，电视里播放的，领导再三强调的，都是模糊的、遥远的、不可捉摸的。而今置身其中，才能真真切切地感受这是何等震撼！他们实实在在地感受到南北差距何止云泥之别！他们已经远远落在改革开放大潮的后面了。

此时，江行舟等人才真正理解了奚书记那种看似气急败坏的真正原因。山河巨变，日新月异，如滔滔江水，一日千里，不进则退；时不我待，形势逼人。冯续来感到浑身燥热，把外套也脱了。

老郑安排江行舟等人到小吃一条街吃当地风味小吃，晚上去海鲜楼，叫几个朋友一起玩一玩。

冯续来说："我同意中午吃小吃，但晚上海鲜楼就不去了，我们准备回去了。"

老郑说："你们哪有那么急呀？出来一趟，好好玩两天。明天阿龙陪你们到全城、洋门玩一玩。清源山、南少林、崇武古城都是非常有名的旅游景点，值得一看。"

向海平说："我在福建服过兵役。你们要玩，我可以给你们当导游。"

江行舟是大学中文系毕业生，当然知道南少林。崇武古城，更是大名鼎鼎。他其实非常想去游玩，又怕冯续来不同意，咂咂嘴，把到嘴边的话又咽回去了。

吴德君说："冯书记，我看郑总也是真心实意，我们就多待两天，叫阿龙陪我们玩两天。回去以后，我们多干点活儿就找补回来了。"

冯续来轻咳一声，没说话。吴德君对阿龙说："冯书记同意了，就这样办。"阿龙连说"好的，好的，照办"。

小吃街两旁店铺林立，都是卖小吃的。阿龙带领冯续来等人来到一个门脸稍微大一点的店里。老板认识阿龙，客气地与阿龙打招呼，并递上一根香烟。阿龙伸出一只手晃了晃，说五位，然后径直走到靠窗户的位子坐下。

阿龙告诉冯续来："我叫他们准备几个特色菜，请你们尝尝。"说罢，他从随身带来的包里拿出两瓶五粮液放在桌上。

冯续来说："吃小吃就不喝酒了，晚上再喝。"

阿龙就把酒放回包里。

十几道小吃，有冷有热，有饭有菜。

阿龙逐一介绍，安海土笋冻、全城肉粽、海蛎煎、面线糊、崇武鱼卷、同利肉燕，等等，煎炸烹煮，酸辣咸甜，每道菜都很可口。大家吃得非常开心。特别是安海土笋冻和同利肉燕，味道独特，特别好吃。

阿龙问大家："你们知道安海土笋冻是什么做的吗？"

大家说不知道。

阿龙说："是用海滩上生长的一种像蚯蚓一样的沙虫做的。具体的做法是，先把沙虫的内脏去掉，洗干净后加上特殊的调料熬出汤，冷冻后再切成块。"

冯续来说："要是知道这道菜是蚯蚓做的，我根本吃不下去，现在想吐也吐不出来了。"

阿龙笑道："我就怕你们知道了不敢吃，所以没有事先告诉你们，不过味道还是很不错的。"

江行舟问："同利肉燕用什么做的？"

向海平吃过同利肉燕。他解释说："就是鸡蛋皮包肉馅，上锅蒸的，外形有点像小燕子。我们那里没有这种做法。"

晚上，老郑把冯续来等人带到海滩上的大酒楼吃小海鲜。小海鲜就是那种高档酒楼嫌弃不够高大上，其实又是特别具有地方特色的海产品，如跳跳鱼、海肠子和一些难以捕到的珍稀鱼虾之类。这里是当地懂美食的人才来的地方。

老郑和冯续来已经熟悉了，就像老朋友一样聊家常。菜是老郑亲自到后厨选的。他发现一条刚送来的野生绿石斑鱼，足有两斤重，叫老板烧了。凡是有点特点的海鲜，老郑都点了，又是满满一大桌子。

冯续来等人昨天喝多了，今天没有酒量了。老郑和他的朋友窝里斗。大家尽兴而散，然后回宾馆休息。

关于明天旅游，冯续来说："我本来是不同意的，但你们想玩玩，玩玩就玩玩，也无所谓。不过时间不能过长，两到三天吧。毕竟家里还有很多事情等待我们处理。"

大家点头称是。

玩了两天，江行舟等人就返回临水县了。

临行前，老郑给冯续来一行人各送一双他的工厂生产的旅游鞋留作纪念。冯续来又为奚书记、徐县长各要了一双旅游鞋，说是做宣传。

老郑非常高兴地说，你们要是不嫌弃，每人给老婆也带一双旅游鞋。江行舟等人又为各自的老婆选了一双旅游鞋，个个满载而归。

考察归来，冯续来和江行舟把考察的结果向奚书记和徐县长做了详细汇报，两位领导都很满意。

那天上午，靳院长派人来临水县要补充资料，并说总体规划方案设计得差不多了，估计下个星期能出蓝图。

江行舟给金春生打电话，问他爱人现在的情况怎样，他和冯续来几个人要去医院看望。金春生说："老范昨天已经出院了，在家休息。我已经上班了，等一会儿就去指挥部。"

江行舟来到指挥部，见上班的人不多，觉得现在没有什么事，不用把大家都聚集在一起，等工作展开后再催他们上班也不迟。于是，他就到自己办公室等金春生。

时间不长，金春生来了。他见江行舟的轿车在楼下，就直接来到三楼江行舟办公室。江行舟站起来让座，金春生也不客气，就坐下了。

江行舟说："这次真是不巧，要不是赶上你爱人生病，我们一起去实虎县考察多好啊。"

"以后有机会我再去。"金春生说，"这几天你们出去了，我又在医院，只能抽空来指挥部看看，反正也没有什么大事急事。不过，我们整天不在指挥部，要明确一个人负责维持指挥部的正常工作秩序。"

"是的！"江行舟道，"原来就准备安排一个办公室主任，后来事情多，又不是很急，就没有落实。我看我们是不是商量一下，把办公室主任人选定下来？"

金春生说："中。"

江行舟又问航测的事结束了没有。

金春生答道："我们的协助工作已经结束了，他们还要做后期整理工作，效果图纸、数据资料一起出来，应该快了。"

江行舟又问起临水县建筑设计院的拍卖情况。金春生说："拍卖会已经搞过了。就是大家传的那样，葛雨拍下了。"

"汪杰团队怎么办？"

"他们无所谓。"金春生道，"他们都是技术骨干，正在筹备成立自己的设计院。"

江行舟问："不会影响我们的工作吧？"

“不会。”金春生道，“不但不会影响我们工作，反而会加快进度。他们新成立的设计院，要创品牌，我们委托的项目就是最好的抓手，他们肯定全力以赴。”

江行舟和金春生说话时，汪杰给金春生打来电话说，总平面图出来了，要不要拿来给他们看看。

金春生说他们当然要看。他问江行舟，什么时间去看。江行舟想了一下，叫汪杰准备好，等通知。

江行舟的意思是问一下冯续来，要不要和他们一起去看。

于是，江行舟给冯续来打电话。冯续来说他明天上午到指挥部，让江行舟通知金春生、向海平、吴德君一起去看。

江行舟就让金春生通知汪杰，明天上午 9 点到指挥部来。

利用这段空闲时间，江行舟决定去法院一趟。法院的事情他不能大撒把，看看有没有事情需要他处理。

已经到任的老秦见江行舟来了，赶忙打招呼，然后拿出一堆材料请江行舟签字。江行舟签完字后，问老秦感觉怎么样。老秦说：“感谢领导关心。其实我这么大年纪了，让年轻人坐这个位子更合适。”

江行舟道：“你也知道院里的情况，文院长也是从大局出发，照顾到方方面面，才安排你挑这副担子的。你把分内的工作干好就行了。”

老秦说：“我一定尽力而为。如果我在工作上有错误，请领导批评。”

江行舟道：“我们是多年的老同事，你就不要这么客气了。”

靳院长带着他的团队和临水城区总体规划方案展板来了。冯续来约好奚书记、徐县长以及县四套班子成员，在县委招待所大会议厅观看展板。

一个老师播放幻灯片，同时对片中的图表进行讲解，内容与展板上的差不多。大家对展板似乎更感兴趣，毕竟展板看起来更加直观一些。

根据展板所示，将来的临水县城是一个占地五十平方公里、八十万人口的现代化城市。城区道路五横四纵，功能区主要分为生活区、行政区、工业园区。生活区根据居住人口、道路交通状况，合理配备中小学校、幼儿园、医院、商场、休闲公园、娱乐设施、水电气保障等。行政区将迁到县委大院东边三公里处。工业园区在城区东南方向，在平海高速公路以东，面积二十平方公里。工业园区内又按生产属性细分为若干个功能区。各功能区有总有分，皆有对应图表、数据显示，清清楚楚，明明白白，显示出极高的专业水平。

靳院长说："请各位领导提出宝贵意见，以便我们进一步修改完善。"

各位领导看得很认真，但感觉太过专业，有点似懂非懂，又不好意思问，就互相议论，气氛还挺热烈。

奚书记对靳院长说："城市总体规划时效是二十年，也就是说，这是我们二十年内要实现的目标。确定我们二十年内的目标，要有前瞻性。这个前瞻性不是我们坐在这里拍脑袋想出来的，是要有一定科学依据的。例如人口规模是八十万，现在我们全县人口是一百八十五万，按城市化率百分之六十计算，县城人口应该是一百一十万。对不对，靳院长？"

"对。"靳院长说。

"那么，城区面积也应该相应增加，是不是？"奚书记问道。

靳院长说："奚书记提的问题非常好。我们的思想比较保守，对临水县未来发展趋势估计不足，我们回去修改。"

奚书记说："至于展板上的这些功能分区、道路划分、配套设施，专业性比较强，我们是外行，还是相信你们专家的。请靳院长费心，该怎么改就怎么改，该怎么定就怎么定，时间上抓点紧。总平面图做好以后，还要做局部控制性详规，工作量还是蛮大的。总之，请靳院长辛苦一下。谢谢你们！"

紧锣密鼓中，江行舟已经越发感受到自己肩上担子的分量了。

第十六章
雨季要到了

指挥部的第一炮——自拆自建的准备工作已基本就绪。

总体规划方案初稿已出来，交给县委、县政府领导审定。局部控制性详规出台尚需时日，可以不等，因为对指挥部目前的工作并无多大的影响。准备自拆自建的两个地方，都与总体规划方案相符，均在生活区范围内，商业保障设施不影响总体规划方案意图。

航测工作已经完成，效果图都发过来了。规划区内任何一个地方，都可以清楚查到它的位置，房屋布置、面积大小、周围四至及比邻房屋等情况，拆迁时如果发生矛盾纠纷，查阅航测图，一目了然。

总体规划方案中的两条街的平面图、节点透视图、景观布置图、自建房屋的施工图等，也都齐备了。施工图有几种样式可供选择。施工图包括施工需要的平面、立面、剖面、结构和水电气布置等全套图纸，应该可以满足自建选择的需要。

土地性质转办，县国土局把报批手续早已报上去了。反馈消息表明，最近几天就可以批下来，不影响该地块的使用。

说着说着就到了 6 月中旬，梅雨季节即将到来。

冯续来召集江行舟等人开会，讨论指挥部的当前工作，主要是自拆自建何时开始，如何进行。

这个问题本来不是问题。计划已久，准备充分，万事俱备只欠东风，择日行动，便可马到成功。而现在却成了问题，因为即将进入雨季。如果现在拆迁，指挥部和拆迁户都将陷入两难境地——到处是烂泥水坑、断垣残壁，一片狼藉；拆迁户旧房已拆，新房未建，无以为家，必定怨声载道。

让大家感到为难的是，如果不按计划推进这项工作，领导那里怎么交代？强行推进明显是蛮干，后果严重。冯续来叫大家一个一个地表态，到底是现在就干，还是按下暂停键。

金春生嘴快："肯定不能不顾实际情况蛮干。不顾老百姓死活讨好领导的事我干不了，我坚决不同意现在强行启动自拆自建工作！一定要等到雨季过去后，再开始也不迟。"

江行舟说得比较客观，也比较委婉："当前是雨季，不适合施工，这是常识性问题，只要如实向领导汇报清楚，领导一定会理解、支持的。请冯书记向奚书记和徐县长解释一下。我并不担心领导批评。我们挖空心思推进城市化建设，还不是为老百姓谋划长远利益嘛，现在连他们的现实利益都保不住，还谈什么长远利益？"

江行舟还引用了一段名人的话，把道理讲透："你把未来许给了他们，可你给他们的现在是什么？这个道理，难道奚书记、徐县长不比我们清楚？我觉得目前工作推进问题，不是非黑即白的问题，停下来就什么也干不了了，不是这样的。我想，我们现在还有不少工作可以做。这项工作可以缓一缓，其他工作不能停。"

他还说："原来的准备工作虽说已经做得差不多了，但我觉得还是比较毛糙，需要进一步细化，争取做得更扎实一些、更充分一些，因此也就更有把握一些。这次暂停的时间，我估计需要两到三个月。磨刀不误砍柴工，最近我们好好计划一下，把发动群众的工作挪到现在来做，并分成几个阶段，每个阶段都有明确的阶段任务目标。时间比较充裕，这项工作就可以做得充分一些，原来我们担心的情况也许就被提前消化掉了，将来正式开始，工作难度就会降低，会更顺利一些。这样，我们提前做的工作就不白做。"

大家都觉得江行舟说得比较在理，都同意了江行舟的意见。

冯续来最后总结道："刚才大家都发表了意见，都很好。行舟说的，我完全赞同。我们兴师动众成立这个指挥部，是要搞城市化、搞城区开发建设的。那么，我们做这些工作又是为了什么呢？是为了促进经济发展；促进经济发展又为了什么呢？为了让人民群众过上好日子。让人民群众过上好日子，才是我们现在做这些事情的根本目的所在。任何时候我们不要忘了这个根本，忘了这个根本就意味着背叛。刚才春生说讨好领导，说实在话，我一辈子没讨好过领导。我现在五十多岁了，还想干什么？只想在有生之年干点实事，为老百姓谋点福利，将来临水县老百姓说起我冯某人在任时，还做过点好事，我死也瞑目了！你怎么想的，我不知道，但我可以告诉你，要想升官发财，请你到其他地方去，到我这里就是干事的！要想吃苦，欢迎你来；要想其他的，你就走错地方了，我这里不欢迎你！”

冯续来的一席话，朴实无华，让在座的每一个人都深刻感受到了清风正气。

下一步工作，冯续来叫江行舟和金春生拿出具体实施办法，再来商量。

最后，江行舟又提出安排总公司办公室主任的事。他说这件事以前说过，一直没有落实，大家都很忙，办公室那边没有人照应，比较乱。配一个主任，让他维持办公区正常秩序。各部门有什么事情，也好有人去抓落实。

金春生说：“这件事我跟行舟说过几次。现在，人心比较涣散，工作也没有头绪，更要抓紧时间安排一个人来管这个事。至于人选，我倒是有一个。财政局的秦科就不错。他入职时间虽然不长，但为人挺实在，办事稳当，可以考虑。”

吴德君说：“秦科确实不错，要不然我也不会把他派过来。但是，总公司的主要业务是城市开发建设，他不懂业务，怕不太好办。”

江行舟说：“秦科是我学生。原来我在临水县二中教书时，我做过他班的班主任。他还是比较老实听话的，学习成绩也不错，大学毕业后分配到财政局。他的具体工作表现，德君最清楚；他能不能当这个主任，听德君的意见。”

吴德君说：“我刚才说了，秦科的人品和工作能力都没有问题，完全能胜任。他是不是合适的人选，大家定，我应该避嫌。”

“就这么大点事，还避嫌，避个屁嫌！”冯续来一锤定音，“就这样！行舟跟他谈，叫他好好干。”

江行舟说：“我和德君、春生一起找他谈谈，毕竟情况特殊嘛。”

冯续来说：“中，就这样。”

真正找秦科谈话时，吴德君说他已经单独跟秦科谈过了。财政局有财政局的规矩，指挥部有指挥部的规矩。他只跟秦科说一句话，“干好了一切都好说，干不好回财政局也没有好日子过”。

于是，江行舟就和金春生找秦科谈话。

秦科来到江行舟办公室，看两位领导一本正经地坐在那里，就主动打招呼：“江院长好！金局长好！”

金春生冲秦科笑了笑：“坐吧，不要客气。”

秦科在沙发前坐下。江行舟说：“秦科，过去我们是师生关系，现在又是上下级关系，确实非常巧。我们算是有缘吧！你我离开二中以后，很少见面。我们到指挥部以后，事情太多，也没时间聊聊。今天我和金局长一起，和你好好聊聊。”

金春生说：“江院长今天跟你谈话，是受冯书记委托，你要用心听。”

秦科连忙对江行舟说：“无论你是老师还是院长，都是我的领导。你把我就当作自己的孩子，该批评便批评，该打便打。”

金春生说：“打是不能打，就是自家小孩也不能打。”

江行舟说：“秦科，指挥部、总公司虽然是临时机构，但也担负着重要使命，你也了解指挥部、总公司的情况，我就不多说了。我今天要跟你说的是，关于你在这里的工作安排问题。德君局长可能已经跟你说了，你除了要搞好本职工作以外，还要兼任总公司办公室主任。因为是临时机构，就谈不上什么提拔、什么级别，总公司办公室主任就是临时跑腿的。不过这也有个好处，就是这里工作任务重，情况复杂，能锻炼人，对你今后职场发展有好处。你愿不愿意干？”

秦科当即回答道：“江老师，金局长，你们对我不太了解。我在财政局也好，到这里也好，工作就是工作，不可能挑肥拣瘦，你们安排我干什么，我就干什么。我也知道这个临时跑腿工作也不容易做好，但是工作总得有人做，我一定尽我最大努力做好，尽可能让你们满意。如果发现我做得不到位，你们尽管批评教育。”

江行舟说：“秦科，对于你的工作，我提几条建议：第一，搞好服务。这里几个领导，都是各个部门的当家领导，无论资格，还是能力，他们都非常值得尊敬。不管谁安排你办什么事，你都要尽力去办，还要尽量办好；遇到什么困难，要及时向交办的领导汇报，千万不要自作主张，更不能厚此薄彼，搞亲亲疏疏；第二，做好总公司日常管理工作。我们几个人平时都比较忙，不一定整天都在总公司，但总公司要保持正常工作秩序。你就是总公司常驻大使。每天早上点个名，看看员工到位情况，员工有事还是要请假的，这个规矩我们以后都会讲。情况不清楚的，你可以打电话问我们。总之，要保持总公司正常工作秩序不能乱；第三，要搞好团结。这个很重要。因为总公司成员是从各单位抽调的，过去彼此不是很熟悉，现在在一起工作，还需要一段时间磨合。所以，你遇到事情不要急，要有耐心，要学会做耐心细致的思想政治工作。”

江行舟说完之后，请金春生补充。

金春生道：“江院长刚才说得很全面，我再补充一点。秦科，你还年轻，今后的路还长着呢，要注意多学习。例如，总公司是业务单位，主要工作是城区开发建设。这种工作你过去没有接触过，不懂也很正常。但是现在你到这里来了，你要什么也不懂，什么也不会，总说外行话，短时间人家谅解你，时间长了，你还是什么也不懂，人家就瞧不起你了，你会很难受的。所以，你要多学习。你正好利用这个机会深入学习。多学习一点知识总是好事，艺多不压身。将来就算你不在财政局干了，到其他地方一样有饭吃。”

秦科说：“金局长说得对！今后我一定向各位领导学习，向所有有知识、有能力的人学习，不断提高自己的业务水平，把领导交办的工作干好。”

江行舟和金春生点头称是。几天后，秦科担任城区开发建设总公司办公室主任的事就公示了。

那些日子，江行舟和金春生负责制定自拆自建实施方案。他们叫拆迁办的人利用总体规划方案中的两条街的航测图、现状图，再结合准备实施的自拆自建地域总平面图，测算一下需要拆迁的户数、面积。

拆迁办的预算结果很快报上来。车站市场地块是在原来已有的街道基础上拆建，提档升级，底数比较清楚，一共有商户六十六家，拆迁房屋面积约三千五百平方米。农贸市场地块比较难以精确统计，主要因为周边住户比较分散，以现有农贸市场为中心，以规划的市场街为依据，这个范围内只有商户三十三户，根本撑不起未来的商业街。只能向外延伸一点，范围再扩大一点，接纳的商户会多一点。

拆迁办提出几个方案，供指挥部的领导决策参考。一是向周边延伸二十米，可以再入住商户十五户，向外延伸三十米，可以再入住商户二十八户。在此基础上再向外延伸，可入驻的商户会更多，但拆迁房屋面积暂时不好测算。

江行舟和金春生商量，暂时就按向外延伸三十米统计，那么算下来农贸市场地块可以入驻商户六十一户，车站市场可以入驻六十六户。按设计图，每条街可容纳商户约六十户，大差不离，到时微调。

自拆自建工作拟分五步进行：第一步宣传发动；第二步入户调查；第三步签订拆迁协议；第四部自拆自建；第五步整改微调。

前三步都是基础工作，实实在在的工作是第四步——自拆自建。

第四步是关键，要商户们自己拿出真金白银。再说了，拆房建房对于普通家庭来说，绝对是头等大事。就是想建，也是需要时间做各种准备工作的，难度可想而知，更别说中间还隔着一个雨季。所以，大规模的拆和建最快也要到9月进行。这样一来，总公司需要做的工作安排可以倒推，至少要留一个月以上的时间给准备自拆自建的商户做准备工作。也就是说8月之前，必须把拆迁协议签好。宣传发动、入户调查工作必须在7月底之前完成。

现在是6月中旬，农村“四夏”大忙还没有结束，两个市场地处城乡接合部，大部分商户都有土地，要收，要种，最快也要到6月底才能做自拆自建工作，但那时正好是雨季。江行舟等人认为自拆自建工作从7月开始为宜。一个月完成宣传发动和入户调查工作，下点雨影响不大，时间应该还是比较宽裕的。现在这段时间也有事干，宣传资料还需要撰稿、设计、制作，人员还需要组织培训。这些工作要在6月底前完成。

江行舟把这些想法向冯续来汇报后，冯续来认为可行。于是，江行舟便会同金春生一项一项地落实。

宣传文稿由政府办副主任许小平撰写，金春生进行业务指导，委托广告公司进行策划、设计和制作，包括文字宣传单、展板等。具体工作由秦科负责联系对接落实。

今年的雨季比往年来得早。夏收刚结束，夏种正在进行，雨就开始下起来，连续几天不晴天，刚晴几天又接着下。根据天气预报，今年汛情将比往年严重。

临水县的情况比南方要好一些，雨水没有那么多，也没有那么大，但是从大清河流过来的洪水也造成县域内河水上涨，有些地方也出现了险情。冯续来到防洪排涝第一线去了。临走前，他交代江行舟，自拆自建的工作可以暂停。目前情况复杂，要结合当前主要工作的实际情况，可以缓一缓的工作就先缓一缓。

江行舟安排指挥部的人，二十四小时值班，其他人暂时回原单位工作，等雨季过后再到指挥部上班。

指挥部的工作暂时停摆。

第十七章
往事如烟（1）

江行舟插空回了一趟老家。妹妹小舟过两天就要回去了，他要去看看；母亲的病情怎么样，也要去看看。什么时候拆石膏？要不要请医生再诊断一下？

天气不好，时雨时晴。一路上，部分麦地裸露着白森森的茬口，不知是不是已经种上秋季作物了。部分花木，经过雨水冲刷，显得青翠欲滴。路边沟里满是浑黄的水。

江行舟到老家时，小舟正在陪母亲聊天。母亲坐在藤椅上，脚翘起放在小凳子上。小舟已经穿上短袖 T 恤衫了，更显得妩媚，充满了活力和朝气。

江行舟问小舟什么时候回去。小舟笑着说："你嫌我待得时间长了，想赶我走？我就不走，陪妈过一辈子。"

母亲道："这死丫头净说胡话！你怎么能陪我过一辈子呢？再过两天，你赶快回去上班！"

小舟说："我就不！你们想赶我走，我就不走！"

江行舟道："妈，我们不理她，越说她越人来疯。她爱走不走，随她自己。"

小舟晃着母亲的肩膀说："你管不管呀，这个人怎么这么坏呀！"

江行舟看看母亲的腿，用手轻轻摁一摁，没有出现凹坑，看来肿胀已经消退了。母亲说："我的腿好多了，但离拆石膏的时间还早着呢。没有什么特殊情况，只能这样慢慢养着。"

江行舟说："我中午在家吃饭，现在出去看一看。"

“我也跟你去。”小舟说道。

江行舟说他要到江同舟的花地去看看，让小舟在家陪母亲聊聊天，好好珍惜在家的时间，多陪陪母亲。小舟就咕嘟嘴不讲话。

江行舟走出家门，回头又看了一眼院子里的母亲和小舟，不知怎么的，心里忽地被什么东西撞了一下。他仿佛看见父亲站在院里的那棵枣树下，兄妹几个追打嬉闹，狂喊乱叫。

他快步向屋后走去，任记忆的闸门缓缓升起，历历往事慢慢从眼前划过……

四十六年前，江行舟出生在这个小院子里。

他是江家老大。他父母一辈子生了五个孩子，有一个夭折了，还剩四个，三男一女。老大江行舟，老二江方舟，老三江同舟，老四江小舟。父亲叫江希富，母亲叫胡玉兰。

据说，江家祖上是从山西洪洞县大槐树下移民过来的，真实情况已无从考证。江行舟看过江氏族谱，觉得很多内容不太可信。江行舟小时候见过爷爷，但爷爷去世早，没有什么印象，倒是奶奶活得岁数很大。

江行舟依稀记得，有一次他放学回家，见家里来了很多人，就挤进人群看。原来是他奶奶生病好几天，吃药打针也没见好。有人建议请香头奶奶（巫婆）来看。香头奶奶又是唱又是跳，后来就躺在地上装死，只有眼睛还在眨巴。过了好大一会儿，香头奶奶从地上一跃而起，大叫一声“恶鬼，哪里逃！”然后她便从头发里拔出一根银簪子，往奶奶的眼皮扎去。奶奶一声惨叫，从床上坐起来，眼睛顿时血如泉涌。后来奶奶又活了八年，但眼睛却从那时起失明了，什么都看不见，生活不能自理，只能靠别人照顾。那时的农村，谁家都不富裕，谁家都没有条件把一个盲人照顾得无微不至。奶奶那流血的眼睛和那一声凄厉的惨叫，永远留在了江行舟的记忆里。

父亲兄弟三个，两个在兵荒马乱的年代死了。父亲十七岁那年秋天的一个夜里，被国民党抓了壮丁。解放战争中，他所在的部队起义了，被整体改编成中国人民解放军。后来，他又随部队赴朝鲜作战，在一次战斗中负伤后回国，随后就从部队复员回到家乡做农民。

那时的人们，没有人说自己吃亏了，当兵复员的也不要求政府给自己安排工作或者补偿。英雄就是英雄，该种地还得种地。政府在你家大门旁边挂一个红底金字的木牌子，上面写着“光荣之家”四个字，就是对你的最高奖赏。大队每年给你发一点抚恤金，逢年过节，也会有公社或者大队的干部登门慰问一下，仅此而已。但所有复员军人都觉得，自己的待遇比起牺牲在战场上的战友好多了。他们都很满足，每天高高兴兴地工作、生活。

父亲从部队复员回家后，经媒人介绍，与邻村妇联主任胡玉兰结婚。婚后第二年，他们就有了江行舟，接着又生下江方舟、江同舟，中间夭折了一个男孩，最后是小舟这个老阁丫头，一共是兄妹四人。在那个物资匮乏的年代，把四个孩子养大并且培养成才，父母不知吃了多少苦，实属不易。

父亲因为受过伤，在朝鲜又没有棉衣穿，把脚冻坏了，落下了病根儿，干不了重活儿。生产队队长照顾他，安排他看库房兼喂牛。相对来说，这两样工作都比较轻松，每样工分都不多，但加起来，每天的劳动所得也相当于一个壮劳力的工分。后来，父亲又当选村治保主任，还当过大队长，每年可以拿到一些补助。这样，他的收入就比一般人高一些。

后来，母亲在落实政策时，对照文件，不符合转干条件。当时的小乡只有书记、乡长、财粮委员可以转成国家干部，吃定量，拿工资，其他人不能转。不过，后来凭借老党员身份，母亲每年享受老党员补助费。钱虽不多，但也体现了党和政府对她的关怀，她很满足。

除了洗衣做饭，照顾孩子吃喝拉撒，前些年还有瞎婆婆需要照顾，母亲简直忙得不可开交。即便这样，家里生活仍无法维持，主要是没有其他经济来源。孩子要上学，交学费；买柴米油盐，哪样都花钱。母亲只好养了一头猪，一大群鸡鸭鹅。她把孩子全发动起来，每天放学以后，抓紧时间到地里挖野菜、割猪草，来喂这些能给他们带来收入的家畜家禽。孩子们从小就知道生活艰辛，也潜移默化地培养出一切都靠自己努力、敢打敢拼的性格。

江行舟小时候非常聪明，但性情顽劣，在家里是小大人，在外面是孩子王。家里的事情他想干就干，不想干就指挥弟弟妹妹干，弟弟妹妹不听话就揍他们。他偷空就下河摸鱼，上树掏鸟窝。他晚上带领一帮小伙伴玩挑兵的游戏。小伙伴们分成两队，队长选人打闹一番，失败者仓皇奔逃，胜利者乘胜追击。他不仅永远是一方的队长，更是常胜将军。

但他也有走麦城的时候。有一次，他和几个小伙伴到邻居家偷杏子，恰巧主人回来了，他们趴在树干上大气不敢出。主人看见地上他们脱下的鞋子，再朝树上一看，就大喝一声："下来！"

江行舟吓得从树上直接掉到地上，屁股疼了好几天。

还有那次，他看戏时用砖块砸伤演丑角的演员，害得父亲给丑角演员赔礼道歉，他还被父亲狠狠打了一顿。

江行舟贪玩是贪玩，但是学习却非常认真，成绩从来都名列前茅。他从村小学，直接考上临水县中学初中部，后又升到高中。

日子一天天过去，到了1968年8月，学校通知江行舟去拿毕业证书。江行舟的学生生涯就这样匆匆结束了。他的大学梦，也随风飘散。等待着他的，是茫然的未知。

他前面的路只有一条，就是回乡参加劳动。

城市人下乡叫插队知识青年，江行舟这种农村户口的学生，叫回乡知识青年。生产队长每天会为江行舟安排好一天的劳动任务，早出晚归，日出而作，日落而息，面朝黄土背朝天。没有希冀，没有痛苦，他茫然而又木然地过着每一天。

江行舟不再去想那些不切实际的东西，变得麻木了。现在他最渴望有书看，用书来打发空寂无聊的时间。哪里有书？家里那几本书早被他翻烂了。他向有书人家借，那时农村有藏书的人家少之又少。他有个小学同学，祖上是读书人，还做过大官，家里有不少藏书，他同学曾偷偷拿过几本线装书给他看，一本《儒林外史》，一套《三国演义》。后来被同学父亲发现了，再也不准同学借书给他。他自己也觉得，这些书太珍贵，万一把书弄坏，他也赔不起，也就不再向那个同学借书。

有一次，他无意中发现，在离他家不远的一户人家的家院里，有个收破烂儿的侉子在整理收来的东西。院子里摆满一地破烂儿，大部分是书籍报纸之类，也有碎铜烂铁，缸坛盆罐。这户人家是五保户，家里只有一个老太婆，她把院子租给侉子，侉子给她一点租金。

江行舟便走进院子溜达，看看热闹，并且和侉子打招呼，随便聊聊天。侉子从事收破烂儿工作好多年了，经常来这里。他每次来，就住在老太婆家。江行舟翻看书和报纸，忽然看见一本叫《蚀》的书，是茅盾写的。他拿起来仔细看，舍不得放下。侉子见他喜欢，就说："你要是喜欢，就拿去看吧，一本书值不了几个钱。"

江行舟"嗯"了一声，继续翻找，又发现了一本《安徒生童话》。他这时才对侉子说道："这本书我确实喜欢，但你是小本经营，也不容易。我给你点儿钱，你把书卖给我。你以后要是再收到好书，我都要。你要是不收钱，这两本书我就不要了。"

侉子拗不过，便叫江行舟给他两毛钱，并说一本书一毛钱，以后都是这个价。江行舟非常感谢，就帮侉子整理院子里的破烂儿。两个人一边干活儿，一边聊天，很是开心。

江行舟从这里捡了不少"漏"。尽管这些书不成体系，也未必都是他喜欢的，但有书看总比无所事事好得多。这些书陪伴他度过了那段最难熬的青春时光。

他曾有两次当兵的机会。第一次，有人说他家庭有政治问题，不让他参加体检。他争也没用，吵也没用，根本没有人听他的。第二次，大队倒是让他参加体检，体检也合格，但是政审通不过，原因是他父亲历史上有污点，不能当兵。

江行舟一气之下，就直接去找带兵首长，首长见他不但帅气，还有文化，对他挺满意，想带他走。最后，因为县人武部不敢担责，不愿意签字盖章，最后他还是没走了。

一天，江行舟收到老同学柴雨洗的信。柴雨洗说自己已经被推荐到金陵大学中文系读书了，问江行舟近况怎么样。

江行舟说："祝贺老同学上了大学！我是没有希望了。"

摇头叹息之余，江行舟感到前途一片灰暗。以前他父母几次找人给他说媒，他都拒绝了，现在他表示同意。他几乎没有经过认真挑选，随便就定下对象。对象是邻村的姑娘，叫裴二敏。裴二敏长得也不错，就是没念过书。江行舟说无所谓，有文化有什么用？还不是洗衣做饭、种地带孩子！只要身体没什么毛病就行。

他们相亲后没几天就结婚了。这样的婚姻，完全不是江行舟想要的。他们没有花前月下的浪漫，没有海誓山盟的激情，连一次正儿八经的拉拉手、说句悄悄话都没有，而是像老一辈人那样，简单明了，直奔主题。婚后，裴二敏生下江火。孩子为什么叫江火？张继的《枫桥夜泊》里有句诗，叫作“江枫渔火对愁眠”，正好反映江行舟当时的心境。

江行舟再也不想在村里待下去了。他想离开村子，去看看外面的世界。几经努力，一个亲戚介绍他去县轧花厂做临时工。临时工就临时工，做临时工也去！他义无反顾，打好背包就去了轧花厂。

“李向阳”虽然进了城，但江行舟对自己未来的前途，仍然一无所知。他就像茫茫大海里的一叶扁舟，没有方向，没有目标，身不由己地随风飘荡……

第十八章
往事如烟（2）

王莉至今还记得江行舟进厂时的样子，高高瘦瘦的，上身穿一件白色小褂，下身穿一条黑色“见风抖”（粘胶布）裤子，手里拎着网兜。网兜里放一个瓷盆，瓷盆里放着洗漱用品，还有几本书。那天，她正好下班走到大门口，看到厂里又来了一个新人。

王莉比江行舟早进厂一个月。轧花厂是季节性生产，每年9月到第二年五六月，根据当年棉花下市情况决定。有些人需要早点进厂，做准备工作。

估计是江行舟那个亲戚跟厂长关系比较好，亲戚向厂长介绍了江行舟的情况，厂长见江行舟长得像个文弱书生，干不了扛麻包、开粉碎机这样的重活儿、脏活儿，但厂里除了这些活儿，也没有什么轻活儿，于是就安排江行舟暂时到门卫室值班。

门卫相当于现在的保安。厂里防火防盗抓得紧，门卫三班倒，每班两个人，和江行舟搭档的是戈大爷，叫戈如林，是城里人，正式工，五十多岁，对江行舟很照顾。戈大爷对江行舟说：“你就当是我儿子吧，有事就找我。”

戈大爷在值夜班时，总会从家里带一些好吃的，和江行舟一起吃。冬天冷，江行舟就叫戈大爷在值班室烤火，自己一个人到厂区巡逻。戈大爷给江行舟讲了很多老临水县城里发生的故事，打发漫漫长夜。例如张家老公公爬灰，被儿子发现了，儿子没有打他大（爸），反而把老婆扒光打了一顿，他大悄悄上吊死了；李家老爹死了，埋到地下三天了，老爹托梦给儿子说，自己没有死。儿子带人挖开坟墓一看，老爹果然没死，正在棺材里咳嗽呢！

戈大爷总有讲不完的故事。长夜漫漫，江行舟就是靠听这些真假难辨的民间故事打发时间。

第二年5月，工人要放长假回家，等9月棉花下市再上班。江行舟被厂长留下，到机修班给机器做保养维修工作。

到9月份，江行舟已经是熟练的机修工了，就在机修班上班。这个机修班技术挺强的，不少人以前在南方干过，工种也比较齐全。车、刨、铣、磨，翻砂铸模，什么样的人才都有。厂领导就利用机修班的人才优势，研制出了食品生产用的加工机械，如和面机、切糕机、切菜机等。产品卖给县食品加工厂，价钱还不错。

产品有了销路，还能赚钱，厂长就决定扩大生产规模，于是向上级申请，调进几名工程师，成立了技术科。他们的食品机械产品被省商业厅看中，推荐到其他市县，市场反应很好。

江行舟又被分到技术科，给工程师当助手，负责描图工作。那时候没有电脑，工程师设计的图纸要靠手工用硫酸纸覆盖在白图上描，描好后放在铁皮桶里用氨水熏，然后再放到太阳下面晾晒，所以叫晒图，不仅非常麻烦，效率还非常低。江行舟就干这些描图、晒图的工作。他有空就看机械制图、机械原理之类的书，虚心向工程师们请教。但因为他基础太差，很长时间未入门。颜工程师对他说："技术这东西，就像盖房子，先要打好基础，再一层一层地往上盖。你要想学，先要学习基础理论知识。数学、几何、物理都要学好，然后一步一步地往前走，才能掌握这门学问。"

江行舟知道自己高中没有读完，数理化基础差，学习上还有很长的路要走。

那时候，厂里政工科没有宣传方面人才，经常叫江行舟过去帮忙，写材料，贴大标语。这些活儿，江行舟还是比较擅长的。渐渐地，商业局领导也知道商业机械厂（后来发展壮大了，机修车间变成了商业机械厂）有个江行舟，能说会写。商业局有这方面的工作需要，就把江行舟抽调到局里帮忙。

1976年年初，县里又搞运动，声势比较大，抽调了不少人。大部分是商业系统的部队转业干部，只有江行舟例外。他和这些专案组工作人员编队，到商业系统各下属单位工作。工作组办公室就在商业局院子后面角落里，与王莉家紧挨着。王莉上下班经常看见江行舟，有时他们会打招呼，并没有过多交流。

直到有一天，听说全国恢复高考的消息，江行舟也没有什么反应。他认为这件事跟他没有什么关系，还是整天按时上下班。

一天早上，江行舟正准备上班时，一个叫鲍华的高中同班同学来找他，约他一起复习考大学。江行舟摇摇头说："算了，考大学对我来说无异于痴人说梦，根本不可能。"

"为什么？"鲍华问。

江行舟道："当时我们只读完高一，基础太差了。功课已经撂下十几年了，现在学，时间根本来不及，何况我连学习资料都没有。"

鲍华说："大家情况都是一样的，你不会他也不会，你时间不够他时间也不够。这是一个好机会，不争取一下太可惜了。努力了，即使不成功，将来也不后悔。"

听鲍华这么一说，江行舟感觉似乎有点道理，但还是拿不定主意。直到鲍华把所有学习需要的资料全部找来，他才犹犹豫豫地和鲍华一起复习。鲍华是居民户口，当兵回来安排在城南公园上班。城南公园属于县委办下属单位，离县政府大院不远。公园里面工作人员不多，环境非常好，很安静，适合读书学习。除了江行舟和鲍华，还有两个跟鲍华熟悉的人也一起复习。

经过预考和复试，江行舟考上了金陵师范学院淮阳分院中文系，被耽搁了十二年的大学梦又圆了。来动员他参加高考的鲍华，当时却没考上，隔了半年才考上，但按届算却是 1978 级了，比江行舟晚了一届。中国历史上最为特殊的就是 1977 级和 1978 级大学生，叫"级"而不叫"届"。其余的所有学生，按入学时间定位都叫"届"。

金陵师范学院淮阳分院的校牌挂在淮阳师专旧址大门口。也就是说，淮阳师专升格了。不过只是传说升成本科，并没有下达正式文件，就是校长在全校大会上口头宣布的。那时候百废待兴，好多事情不规范，做了不说，说了不做，也是经常发生的事。领导说了，大家就相信。谁也没想到，这事到江行舟入学一年半后，又突然宣布学校改名字了，叫淮阳师范专科学校。就是说，原来说的本科现在变成专科了，是国务院下发的文件。同学们议论纷纷，群情激愤，都觉得不公平。他们是按本科分数线招来的，怎么说降格就降格了！有人鼓动派代表赴京上访。后来因为对越自卫反击战开始了，国内形势陡然紧张起来，同学们才决定服从大局，极不情愿地接受现实。

他们在校的学习时间也由四年变为三年。实际上，他们只在学校待了两年半，就安排实习了。毕业时也没返校，直接分配，毕业文凭寄到县教育局，自己去取。

那时的淮阳师专，师资大部分是原来各高校在“文革”期间下放到中师或者中学的老师，现在一个个找回来，担任大学老师。其实他们原来在全省乃至全国学术界还是很有些权威性和知名度的。

那时恢复高校招生，全国所有人都没有做好准备。考生是从老三届初、高中毕业生，到1977年的应届毕业生，时间跨度长达十一年，年龄从十几岁到三十几岁，差不多隔了一代人。老三届中不少人都已经结婚生子，拖家带口。但是，一个信念支撑着他们能够互相包容，亲切地坐在一起，坐在一个教室里上课，在一间宿舍里睡觉，不存在年龄、性格、贫富、社会地位、家庭出身和成长经历的差异。他们一起听老师讲课，一起讨论问题，一起去饭堂吃饭，一起去厕所，甘苦与共，休戚相关。

那是一段刻骨铭心、令人难忘的岁月。江行舟和同学们如同“久旱逢甘霖”般，像海绵一样汲取老师传授的知识。

有一天，一个同学白天把被子晾在外面，晚自习后回来，把被子忘记了，就在床上枯坐。直到半夜，同宿舍的另一个同学回来，看见他的被子还晾在外面，才顺手帮他拿回宿舍。

教室是防地震时盖的大草棚，两个班级的学生坐在一个教室。老的老，小的小，乍一看，根本不像同班同学，然而他们却在这里共同度过了三年寒暑，一千个日夜。地震棚门朝北，屋里没有空调，冬天的风像刀子一样，刺透了师生单薄的衣裤，却没有冻凉一颗颗炽热的心。江行舟的腿冻出了关节炎，走路都有点瘸。

一次，王莉和单位几个同事到淮阳办事，顺道去看望江行舟。当他们看到江行舟时，都不敢认了。他头发长得老长没有理，穿衣也邋里邋遢，走路还有点瘸。王莉问江行舟：“你上大学怎么上成这种模样了？”

江行舟不好意思地笑了笑，说：“忙忘了。”

那时的江行舟，真是废寝忘食、一门心思地学习，别的什么也顾不上。对于难能可贵的学习机会，江行舟要把它利用到最大限度。有人说，三年才能改变一个人。的确如此。这三年，江行舟彻底改变了自己。

以前，他看书学习是碎片化的，不成体系。现在他把中国历史、地理、文学、哲学，所有能看到的书都找来看，有的看过不止一遍。各种知识基本融会贯通，对很多历史事件、历史人物都有自己的见解。

那时的文学被禁锢了十几年，一旦提闸放水，文艺作品便如雨后春笋一般，蓬蓬勃勃地发展起来。以《班主任》《伤痕》为代表的伤痕文学兴起，反思那个时代的作品越来越多。江行舟也将他的亲身经历，写成一篇小说，刊登在学校校刊上。

江行舟上大学的第二年春节，大年初二晚上 9 点多钟，母亲跟他说："你马上把你大（爸）用自行车驮到卫生院看看，他说喉咙堵得慌，不好喘气。"

江行舟连忙骑上自行车，驮着父亲，向公社卫生院飞奔。外面还在下雪，地上积雪已经很厚了，自行车轱辘在地上打滑。不过，他什么也顾不上了，心里就一个念头，赶快到卫生院，请医生给父亲看病。

因为是春节放假，整个卫生院只有一名女医生值班。她让江行舟父亲张开嘴，用木片压住舌头仔细看了看，说是急性咽喉炎，已经水肿，很厉害，要外科医生动个小手术。全院只有一个外科医生，她是内科医生，做不了手术。但外科医生住在县城，回家过节去了。

江行舟忙问怎么办。女医生说，她打医疗救护电话看看，能不能请他们派车来，最好带个外科医生。女医生就到院长办公室打医疗救护电话，好一会儿才有人接，却说县医院只有两辆急救车，一辆送病人去省人民医院了，一辆坏了，修理厂没人接活儿，去不了。女医生无奈地对江行舟说："你们抓紧时间去县医院吧，病人不能再拖了。"江行舟二话没说，扶父亲坐上自行车。

雪越下越大，雪花迷住了江行舟的双眼。路被雪覆盖了，他只能凭着记忆，在去县城的路上摇摇晃晃地艰难前行。大概过了二十分钟，他忽然觉得后面晃了一下，自行车车把向上一翘，身后传来"咚"的一声响。他回头一看，父亲从自行车上摔下去，喘不上气，窒息昏迷。江行舟扔下自行车，抱起父亲，着急地大喊"大！大！"

然而，父亲已经没有呼吸了，躺在江行舟的怀里，悄无声息地离开了这个世界，离开了他的孩子们。

多年后，江行舟还一直在想，父亲患的并不是什么不治之症，就是一个小病。就因为地处穷乡僻壤，缺医少药，又没有好的交通工具，一个鲜活的生命就这样被葬送了。如果家离县城近一些，这样的悲剧是完全可以避免的。

亲人离去，然而生活还要继续。办完父亲的丧事，伤心至极的江行舟又回到学校继续读书。

大学毕业后，江行舟被分到临水县第二中学，教初二两个班语文兼初二（1）班班主任，开始了他教书育人的园丁生涯。

这些陈年往事，如果不提，江行舟也就渐渐淡忘了。而每当想起时，他心中又充满了无限温暖和感慨。人，总是要有所经历，才能一步步成长和成熟。在临水县这座小城里，他已经生活和工作了近三十年，他的整个青年时代全都在这里度过的。岁月无情，不知不觉间，他又跨过了“不惑”之年走向“知天命”之年。在今后的日子里，他还能做些什么呢？能否为这座小城留下一些值得回忆的痕迹，并且为自己的人生添上浓墨重彩的一笔，是他必须认真思考和面对的重要问题。

远方不断传来雷电的轰鸣声。他知道，暴风雨就要来了。

第十九章
自拆自建也要细致耐心做工作

自拆自建宣传工作的文字材料已经准备差不多了，重要意义说得非常到位。许小平文字功底确实不错。

江行舟主要强调的是可行性。他认为，必须拿出可以吸引老百姓的政策，能给他们带来哪些实实在在的好处，能让他们心动，他们才有可能掏腰包，才有可能真心真意地配合城建开发指挥部把这件好事干好。否则，光说那些漂亮话，唱高调，对老百姓基本上没有什么好处，到最后还不能兑现承诺，那是要出事的！他对文字做了一些修改后，就交给秦科拿去打印制作。

雨连绵不断地下，农村也经常传来被淹的消息，临水县几条主要河流汛情吃紧。冯续来这阵子大部分时间都在防汛防旱指挥部，城区这边的工作根本顾不上。江行舟只能把自拆自建的准备工作再仔细斟酌一遍，其他的工作也不太好进行。

指挥部的工作基本处于半停滞状态。

青少年活动中心的总平面图设计出来后，靳院长来征求意见，冯续来根本没时间看，主要是奚书记看过后提了一点意见。靳院长就拿回去修改，优化设计。

到 8 月中旬，雨季就算过去了，警报解除，冯续来又回到城建开发指挥部。大家有了主心骨，就开始正常上班。

第一件事就是研究自拆自建行动方案。江行舟把原来的计划和后来的准备情况汇报了一遍，宣传资料已经印好，展板也都制作完成。

城区开发第一炮的自拆自建各项准备工作基本就绪，冯续来决定开始行动。

8月24日下午，在县委招待所会议室召开预备会。冯续来叫许小平通知临水县临城镇的党委书记、城建局局长、公安局副局长、拆迁地块所属辖区派出所所长、村支部书记，还有车站和农贸市场负责人等，都来开会。江行舟、金春生、吴德君和向海平出席会议。

预备会开始之前，冯续来把江行舟等人找来，先商量具体措施。

江行舟详细汇报了这次行动的准备工作情况及行动计划。江行舟讲完后，冯续来让大家发言。大家就七嘴八舌提了些看法、想法，最后形成一致意见。

因为天气等原因，时间比较紧，原来的计划压缩，行动从8月26日开始，先在车站市场宣传发动。第二天只留少部分人在那里继续做宣传工作，大部分人撤到农贸市场地段，进行宣传发动，接着就进行入户调查。考虑到各家情况不同、诉求不同，会浪费一些时间，所以这个阶段工作时间稍微留得长一点。如果时间不够，就加班加点，务必在9月5日之前进入实质性签订拆迁协议阶段。另外还规定，9月5日之前主动签拆迁协议的，每户奖励一万元。

预备会上，冯续来不再客气，显得很严肃，一副公事公办的样子。他说："请大家注意，我们这次搞的自拆自建，是经济行为，更是政治行为。说经济行为，就是建房子嘛！自拆自建的人是受益人。这次自拆自建，他们会从中获得巨大好处。改善了他们的居住环境，提升了他们的居住质量，也解决了长期困扰他们的生计、发展问题，还可能解决了他们想解决而无力解决的其他问题，比如户口问题、家庭矛盾，等等。按照谁受益谁承担的原则，所有这些支出，理所当然地应该由他们承担。但是，考虑到他们的经济承受能力、心理承受能力，县政府会尽量给予他们支持，包括政策优惠，各种生活配套设施。但是我也请你们把我说的话带给他们，不要认为这是天经地义、理所应当的，说不定还有人不满意，认为政府做得还不够，三不足四不足的，说三道四。

"说是政治行为，主要是说我们地方政府、相关部门、县委、县政府决定搞城区开发建设，推动城市化进程，这是关系到我们临水县未来发展的大事情！我们乡政府也好，相关部门也罢，必须清楚地认识到这次自拆自建行动的意义，努力做好本职工作。思想站位必须清楚正确，不要当糊涂官。至于具体分工，是很明确的，不用我多说。具体如何配合，到行动时再说。"

临城镇党委吕书记首先表态。他们对县委、县政府这次行动的安排非常重视，镇政府的三套班子已经研究过了，指派分管城建工作的副书记陆凯具体负责，现场指挥。他们完全服从指挥部领导安排，叫他们干什么就干什么。

陆凯马上站起来，向冯续来举手致敬，意思是“我已经到会，随时听从调遣”。城建局鲁青云局长表态，坚决支持县委、县政府决定，服从冯书记安排。需要多少人，城建局全力以赴；需要他本人上，他就上，决不含糊！公安局副局长表态更简单直接，坚决依法打击破坏、阻挠政府合法施政的行为人和幕后指使者，保护群众维护自身合法权益。

晚上，冯续来招待与会人员。宴会上，他又变回原来的随和热情、平易近人的模样。一个个地敬酒，把大家都捧得高高的。

车站原来在城区里，因为比较嘈杂，影响环境，后来就搬到城乡接合部。北边几个乡镇进城，这里是必经之地，这个车站又是整个城区唯一一个公共汽车站，所以比较繁华。围绕车站，自然形成了一个市场。

从车站到国道大约三百米长的道路两侧，这么多年来，群众自建了不少房子。由于时间跨度大，管理松弛，建房随意性比较大，有些房子建得早，后来改建扩建，房屋结构就比较好，下面经营店铺，上面住人。一般都是两三层，个别也有四层的。有的房子质量差，当初建得什么样，现在还什么样，只是更破了。因为当时没有很好地规划街道，所以街道有的地方比较宽，有的地方比较窄，弯弯曲曲的，车辆进站都不顺畅。

车站多次向交通局提意见，因为县政府没有资金，至今也没有改造。这次就是要把这条街重新规划一下，把车辆通行和市场功能分开。国道到车站的路由交通局负责修建，市场则由原来的商户自拆自建。市场街的规划图纸，汪杰团队早已设计好了。市场街和农贸市场那边一样，商户自己选图纸，如果商户找人设计图纸也可以，但要经过临水县建筑设计院核准后方可施工，不能乱建。

8 月 26 日，天气多云，但非常闷热，狗子们个个无精打采，有的还趴在树荫下，伸长舌头呼呼直喘粗气。

早上 7 点没到，指挥部的人就到了，车辆在路旁一停，大家一哄而上，从车上把宣传板和资料搬下来。放一排桌子，两边放上几把椅子，供商户使用。又接上临时电，装上饮水机。周围的商户凑过来看热闹，好奇地问这问那。工作人员就一一作答。商户们感到惊讶，市场改造，还要他们自拆自建？什么意思？就互相转告。围观的人越来越多，宣传活动就这样开始了。

接着，村组干部和公安局的人也都来了。村组干部就帮助指挥部的人工作，其实，这些村组干部对这些商户也不是很了解。这些商户虽然整天在这里做生意，户口却不一定在这里。按属地管理的原则，当地村组管不到这些人。也不是一点管不到，有些事还是可以管到的，例如计划生育、治安，或者是上级突然安排的某种活动。总之村组干部若有若无，管理力度比较弱。

车站也是如此。村组干部只负责维持秩序，收水电费之类的工作。日常管理的部门很多，例如工商所、卫生管理所等，都管一些，但又不能管到位。所以，要想办成这件事，只有像这样汇聚各方力量，综合施策，综合发力，才能办好。

江行舟是早上 7 点到的。他见宣传工作已经开始了，现场人不少，商户情绪比较高涨，说明商户对这件事还是很关心的。只要商户关心就是好事，要是商户认为无所谓，那就麻烦了。

接着，参加预备会的几个部门领导也先后到场。江行舟就把现场大致情况跟他们说一下，他们见现场情况正常，也就找个理由走了。公安局副局长走了，派出所所长见没有闹事苗头，就留下两个年轻干警，去忙别的事情了。金春生等人都来了，见情况不错，就放下心来。江行舟就叫金春生留下，其余人回去，该干什么就干什么。

冯续来本来说好上午来看看的。江行舟就打电话给他，简单汇报了这里的情况，报个平安。

整个现场井然有序，江行舟就和金春生在咨询台前坐着，看这些商户们都提什么问题。

咨询台比较小，来咨询的商户却很多。江行舟让商户按顺序一个一个说。商户就自觉排队等候。

一个五十多岁的胖男人说，他是开超市的，他的房子就在现在的街道中间位置。根据规划图，他的房子可能拆掉。他的房子前年改建过，花了三万多元，拆了有没有补偿。接待人员回答，自拆自建，自己受益，建房支出自己承担。他又问自己的新房子安排在什么位置。工作人员回答，按现在的位置顺序排列。

下一个是二十多岁的小姑娘。她说自己租别人房子开了个手机维修店。房子要是拆了，租房协议没有到期，怎么办。工作人员答复，可与房主谈，根据协议，要求补偿。如果房主不答应，他们可以协助做房主工作。

第三个是开饭馆的女人。她说她家房子是老房子，至今没有翻修过，比较破旧，自己孩子多，负担重，没有钱重新建新房，问政府能不能贷款支持。

还有人提出，自己父母当初建的房，现在父母去世了，自己嫁到外地，户口不在这里，家里只有她一个人，没有其他兄弟姐妹，能不能建房。

有些问题接待人员可以回答，有的问题没有办法回答。江行舟就叫接待人员把回答不了的问题记下来，回去汇报，待领导开会统一研究以后答复。

开始来咨询的商户比较多，经过解释，商户就说回去跟家里人商量。大部分商户的问题差不多，先来咨询的商户回去就当了传达员，有些商户也就不来咨询了。到了下午，来咨询的商户就很少了。

指挥部的人个个热得浑身大汗。还好，没有太阳晒。江行舟叫人买来西瓜、冰激凌，给大家防暑降温。因为工作比较顺利，天气虽然热，但大家情绪很高。

第二天，这里只留下两个人解答商户的问题，大部分人转移到农贸市场地块。

农贸市场地块情况比较复杂。因为规划后的市场完全不像原来的市场布局。原来的市场是简易的临时性的综合市场，在一个钢架大棚里，用砖和水泥板搭成摊位。商户们多半是附近的农民，有的人就是自产自销，有的人从其他人那里批发一些蔬菜、水果售卖。后来逐渐成了气候，固定摊位多起来，生意也慢慢火爆，从事蔬菜、水果批发的人就多起来。但是，经营场所没有改变，经营环境还是那样，脏、乱、差的问题日益突出。商户之间也经常发生矛盾，纠纷不断。市场和当地村组也进行过干预，但缺少有力的手段；各部门都管，又都不管。这次是个机会，彻底解决所有问题。

这里的情况比起车站市场难度要大。因为这个市场不再保留，全部拆掉，重新规划，重新建设。谁是这次自拆自建的主体？肯定是原来在市场里的经营者，但问题是这些人不一定是附近的人，如果全部让这些人进入新市场，那附近的人想进来怎么办？原来制定方案时，叫拆迁办按规划的市场街外扩三十来，不知现实情况如何，是不是切合实际。江行舟心里没有底。8 月 27 日早上 6 点多，他就来到农贸市场地块转转、看看。市场里早已人声嘈杂。夏天天气热，人们喜欢趁早凉买菜。商贩们天没亮就把一切准备妥当，专等顾客上门。

江行舟目测一下，市场内大概有五六十家商户，大多生意还不错。江行舟在市场外等指挥部工作人员来。不到 7 点钟，指挥部工作人员也就陆陆续续到了。江行舟先给指挥部工作人员开了个小会，通报一下情况。他对指挥部工作人员说："现在这里正是早市时间，商户都在忙，我们现在进去宣传，他们不但没空听我们说，反而引起他们反感，对我们工作不利。我们可以先休息一会儿，等他们忙过这一阵子，差不多了，我们再进去，可能效果会好一点。大家就随便转转吧！"

8 点多钟，市场里的人渐渐少了。商户们有的吃早点，有的拿起香烟抽。有的一家两个人，现在不忙了，就留下一个人支应生意，另一个人去忙别的事了。江行舟见状，就招呼指挥部的人进入市场。

他们在市场主入口处布置展板，放置桌凳等物件。市场的商户看见外面来了这么多人，又搞这么大阵仗，就有人从摊位后面走出来，到展板前看热闹。指挥部工作人员热情招呼他们，并主动讲解展板上的内容。商户们听说这里又要拆又要建，将要有大动作，个个露出十分惊讶的神情，开始问这问那。工作人员就解答他们提出的疑问。

来看展板的人越来越多，有的人拿起资料仔细阅读。有些人识字不多，看不明白，就问同伴，同伴就按照自己理解的意思给他讲。他一时听不明白，就问东问西，问这问那。同伴说不清楚时，就让他问指挥部工作人员。

他们又跑过去问指挥部工作人员。指挥部工作人员就耐心给他们解释。指挥部工作人员有时解释得不到位，江行舟就亲自解释。其中有的问题牵涉到法律政策，江行舟就叫指挥部工作人员，把问题和提问题的人姓名、电话号码记下来，承诺回去商量好后，打电话告诉他。

农贸市场商户的整体反应跟车站市场商户的反应差不多，这件事因为关乎自己切身利益，所以他们比较关心，提了一些具体问题。但是他们还没有经过认真考虑，也没有和家人商议，现在的平静不一定是真实的。江行舟估计，过几天他们再来问，真正的问题才会暴露出来。

晚上，江行舟和金春生一起，向冯续来汇报这两天的工作开展情况。冯续来认为开局不错，下面可以进入第二步——入户调查。

入户调查也是宣传，而且是面对面宣传，有针对性地解答问题、解决问题，不仅时间上更紧凑，效果也会更好。

指挥部的人商量后一致认为，对于商户提出的问题，能当场解答的，就当场解答；不能当场解答的，先记下来，回来再商量；那些不好解答的问题，就集中梳理一下，提交领导决定；对于关系到全县整体战略的问题，可能需要集体研究再作决定。

江行舟决定，明天把指挥部工作人员分成两个组，两个地块一起进行。原来安排协助的单位，要继续来人配合。如果有问题，大家一起商量，互相配合。

从冯续来那里出来，江行舟和金春生就到指挥部办公室，商量分组事宜和明天工作安排。为了工作方便，江行舟提议，他和金春生坐镇指挥，每人负责一个组，有事电话联系，省得来回跑。金春生说，他家距离车站市场近一些，他负责车站市场那个组，江行舟负责农贸市场那个组。

江行舟那个组的组长是房管处的副主任，叫刘媚，女同志，四十来岁，短发，一看就是精明强干的女强人，在基层摸爬滚打练出了刀枪不入的本事。江行舟就和她商量分小组的事。

他们组一共九个人，当地村组干部两个人，派出所两个人，其他部门一个人，房管处四个人。江行舟把九个人分成两个小组，以房管处的人为主，因为他们业务比较熟。每小组一个村组干部，一个民警，留一个人在联系点值守，有事可以互相联系。联系点就设在市场出入口的一家卖干货的小店里。这里生意不是很好，他们商量事情也不会影响商户做生意。

江行舟和刘媚把拆迁办提供的名单一分为二，交给另一个小组长一份，刘媚自己留一份。另一个小组长就是刘媚临时在房管处的人中间指定的，叫陈飞飞，三十多岁的样子。

他们按名单挨家上门做工作。

攻坚的时候终于来到了。

第二十章
自拆自建要解决具体问题

按照规划，后建的农贸市场街，商户们自建的房屋是多功能的，既可以住人，又可以经营，非常方便。但房屋造价也不菲，对商户来说，经济压力也是显而易见的。因此，自拆自建有一定的门槛，商户的经济实力必须作为自拆自建的考察内容。

江行舟分析，现有商户经营项目多为蔬菜、水果、干货、调味品、水产品，有的批发，有的零售。批发需要资金多，也需要一定的人脉关系，否则是很难经营下去的。他认为，要想在这条街上享有自拆自建的权利，必须符合两个基本条件：一是原来市场内的商户，且为附近住户；二是以农副产品批发生意为主，需要有一定的规模和实力。

但这样也会带来一些问题，就是批发生意需要库房、停车场和较大的交易空间。所以，当时汪杰团队设计的时候就考虑了这个问题，每户临街门面房面宽为十米，可以建三间两层，下面做经营场所，二楼可以做库房。如果是鲜活产品，房屋后面是一个进深二十米的场地，可以根据商户需要，建配套用房。至于停车场更不用担心，在主街道和房屋中间留有适当的缓冲区。在停车上下货时，不影响其他商户正常经营。

江行舟和刘媚按照名单找商户谈。他们在第一家就碰到钉子。

这家商户名叫赖五，在市场里经营蔬菜批发生意，生意做得还是可以的。他说自己符合自拆自建的条件，就是房子建的时间不长，拆了没有钱再建。他家里孩子多，负担重。

赖五抱怨道："你们就是吃饱了饭撑的，我在这里经营得好好的，你们又要搞这一出。老百姓赚钱容易吗？反正我没有钱，你们要是不要钱，我同意；要钱就算了。"

江行舟问："你说的'算了'是什么意思？是不是要你自己花钱你就放弃不建了？"

赖五说："不是不建，是你们帮我建，我没钱。"

江行舟在赖五的名字上画了一个红叉。

第二家商户叫老季，卖调味品的，在全城调味品批发商中是挂得上号的。他家住在市场北面，他老婆在市场里照顾生意，他嫌天气热，回家休息。他很会说话，见江行舟和刘媚来了，连忙让座，倒茶，又要切西瓜。江行舟连忙制止，说："你不要张罗了，我们自己带水呢。"

江行舟问老季生意怎样，老季说还可以。现在政府对老百姓很关心，政策也有不少优惠，生意比以前好做一些，生活马马虎虎还过得去。

他们接着就谈到自拆自建的事情。老季说昨天他听说了，这是天大好事，他早就想扩大门面，把生意做大一点，可是不知道手续怎么办。现在好了，这样的好事送上门，真要感谢领导关心！他说罢又要去切西瓜。江行舟说："既然季老板思想通达，我们就不多说了，你抓紧准备建房的钱吧！过几天我们会再来，到时候我们签一个拆迁协议，所有建房手续我们都会帮你办好。"

老季连连拱手作揖说谢谢。

江行舟让刘媚打电话询问那一组情况怎么样。刘媚就打电话问陈飞飞。陈飞飞说："还可以。有一户难缠一点，其他还可以。"

江行舟说："我们过去看看，到底什么情况。"

陈飞飞说他们已经谈完三户了，两户比较支持，同意自拆自建，但是希望政府能帮助他们解决贷款事宜。

有一商户是老太婆，说她儿子在外地工作，孩子要上学了没有人带，想让她带孙子。她担心自己不在家，老头生活上不能自理，生意更是照顾不过来，想不干了，把店盘给别人。

陈飞飞告诉她，她可以与她意愿接手的人商谈，但是接手的人也要符合一定的条件。于是，她就要陈飞飞答应帮她处理好这件事。陈飞飞感到为难。

江行舟就叫陈飞飞答应老太婆，至于价格等条件，还要她自己直接谈。

江行舟又和刘媚一起去谈了几家商户，那些商户的态度基本都还可以，比较支持政府的决策，但也提出了一些问题。最主要的还是资金问题，希望政府能出面协调银行贷款。还有商户提出，在市场里做生意，大家一视同仁，没有谁比谁大，谁比谁小，现在在街上建房，地段不同，直接影响生意。老话说得好，隔一步，千里路。地段非常重要，政府一定要公平，要不好事也能做成坏事。

还有一些商户牵涉到户口问题、建房手续问题、将来经营的税收问题，等等。其中也有个别商户不太讲道理、胡搅蛮缠。江行舟知道，现在才刚刚开始。随着行动的深入开展，遇到的问题会更多、更复杂。反正先这样谈着，要把每个商户都谈一遍，准确把握这些商户的思想状况，以便对症下药。

下午，江行舟给金春生打电话，问他那边的情况。金春生说情况还可以，支持是大多数，问题当然也有，慢慢谈着再说。

江行舟又问有没有个别刺头难缠的。金春生说："哪筐没有几个烂桃？不管他，先管大多数，大多数商户同意，个别商户反对也没有用。把反对的商户放到最后解决。"

江行舟也同意金春生的做法，约定明天继续入户调查。

冯续来给江行舟打电话，明天上午东大靳院长要来解决青少年活动中心图纸交底的事，叫江行舟负责安排接待事宜。

江行舟就给县委招待所魏所长打电话，安排明天下午使用的会议室和住宿吃饭事宜。魏所长说："我一切照办。你今后安排我们做什么事，直接安排就行，不用麻烦冯书记。对你们领导安排的事情，我绝对不会怠慢的。"

江行舟说："那就麻烦魏所长了！"接着他又给金春生打电话，通知他明天下午接待靳院长。

打完电话，江行舟对刘媚说："我明天有事。入户调查的工作继续进行，你要安排好。有什么问题，就给我打电话。"

靳院长这次来，主要是征求青少年活动中心总平面图的意见。这个项目是奚书记提议并关注的事情，已经多次跟冯续来说过。冯续来问奚书记有没有时间参加靳院长主持的图纸意见征求会。

奚书记说："我明天上午要去市里办一件事，争取早点回来。你向靳院长解释一下。你们先开会，先谈。"

冯续来说："好，我知道了，我们等你回来再开会。这个项目是我县多少年来搞的第一个跨世纪大项目，请你一定参加。"

第二天上午 10 点多钟，靳院长一行人直接来到县委招待所。江行舟要给靳院长安排住宿房间。靳院长连忙摆手，说："下午会议结束，我就要连夜返回去。明天我还有一个重大活动。"

江行舟道："你住不住下午再说，中午总是要休息的，先给你安排房间临时休息一下。"

靳院长说这样也行。

这时，冯续来给靳院长打电话："今天是我的群众来信来访接待日，我现在正在信访办接待来访群众，不好提前走。中午下班之前我就过去，陪你们吃工作餐。"

冯续来又给江行舟打电话，要他接待好靳院长。靳院长是个办事的人，时间观念很强。他对江行舟说："先找个会议室，把图纸放下来，下午就不用费事搬来搬去的。"

"中！"江行舟就带领靳院长来到会议室，把图纸、电脑摆放好。

下午 3 点钟，奚书记给冯续来打电话，说他马上往回赶，4 点钟到。冯续来就给靳院长打电话，请他 4 点到会议室。

3 点半左右，江行舟和金春生来到会议室，检查会务准备情况。其实这是正常业务，县委招待所服务员早已驾轻就熟。这种谨慎小心和仔细认真的工作作风，是江行舟在政府办工作时养成的，多年来一直这样做，很少有失误。

冯续来提前十分钟来到会场，接着靳院长也到了，相互聊几句家常话。4 点钟，奚书记准时到达会议室。

"准时"是奚书记一直要求所有下属必须做到的，他自己也是这么做的。他刚到临水县的时候，冯续来还是常务副县长，开县委常委会迟到五分钟，奚书记叫他站着听，说他不守时，不仅浪费了大家的时间，也是对准时参加会议的人不尊重。

奚书记向靳院长挥挥手，算是打招呼。

冯续来说："我们马上开会。请靳院长说说想法，等一下我们再议。"

靳院长说："好，那就我先说。青少年活动中心是公共建筑，又在跨世纪的时间节点上，所以这个建筑要求新颖，有时代感。我们现在设计的建筑，整体呈展开的书卷状，螺旋式上升，中间呈尖塔状。寓意为，中国文化博大精深，青少年蓬勃向上成长。反之，祖国的美好未来，也必须要有今天循序渐进的坚守和努力。建筑高度控制在二十一米，寓意为希望在二十一世纪，努力在二十一世纪。考虑到临水县的经济条件等情况，建筑规模要控制。不搞高大上，而是讲求实际用处，寓意点到为止。建筑装修采用普通材料，不要求高档奢华的花架子。外墙全部用涂料装饰，颜色用乳白和奶黄，清新淡雅。整体造价控制在三千万元以内。"

说罢，靳院长走到总平面图纸旁边，指着图纸给大家解释，哪里是一层，哪里是二层，哪里是三层。中间是五层，一二层面积较大，越往中心楼层越高，建筑面积越小，中间是尖尖的塔顶，类似哥特式尖顶。侧视图看起来非常庄严但不失动感。

靳院长讲完后，请奚书记和各位领导提出宝贵意见。

因为奚书记在场，其他人就不好意思讲话。冯续来见有点冷场，就开了个头，说道："我来提点不成熟看法，供靳院长和各位领导参考。"

冯续来接着说："整体建筑造型非常现代、新颖，令人耳目一新。这方面我是外行，提不出什么意见。我要说的是功能。青少年活动中心要有一些现代场馆，对青少年进行科普教育，能举办一些展览活动，提高青少年对科学、文化知识的兴趣和认知能力。我不知道这些功能有没有，容量够不够。"

靳院长答道："冯书记提的问题非常好。青少年活动中心，顾名思义，核心是'活动'。就是说，这里是青少年开展各种科普和文化教育活动的地方。在这里有明确的功能分区，可以举办不同类型的会议、展览，满足不同活动的需求。"

冯续来点点头，说道："那就中！"

这时，奚书记插话："刚才冯书记提的意见很对，我想补充一点，供靳院长参考。内部功能可以进一步优化，但是受到场地限制，有些大型的展览空间和活动场地还是要考虑的。建议靳院长考虑一下，能不能设计一些露天展台或场地，可以停放火箭、飞机、坦克之类的大型模型，供青少年参观和对青少年进行科普教育。”

靳院长道：“奚书记提的意见很有建设性，这是我们没有想到的。回去我把原来设计的内部功能进一步优化。另外，就是在主体建筑附近设计两三个室外展台，搞成专题或序列，与内部功能相互呼应、协调。”

奚书记又提出：“关于外墙装修和造价控制问题，县财政经费紧张不假，但是这个项目既然做了，也不能太在乎钱，该花的钱还是要花的。例如外装修，是脸面上的事，还是要打扮打扮的。全部用花岗岩、大理石，造价确实太高了，我们也不能死要面子活受罪。就折中一下，局部用大理石或是花岗岩。靳院长，请你们再斟酌一下，看用什么好。我看一二层可以用石材，三楼以上部分用涂料，也多花不了多少钱。”

靳院长说可以，他回去重新设计。

对整体造型大家都很满意，没有提出不同意见。

奚书记对冯续来说：“施工图不久就会出来，你要考虑施工组织问题，谁来施工，本县施工队伍行不行。如果不行，就要考虑找外地施工队伍。找外地施工队伍也有问题，就是造价高，还要现钱，不赊账，比较麻烦。在能保证施工质量的前提下，能找本地的施工队尽量找本地的。至于经费来源，可以发动全县人民集资，老百姓每人十元，财政供养人员每人一百元，以县财政名义出具借条，五年内还清。利息不能不给，但也不能太多。叫财政局筹划一下，拿个意见，我们再商量。这件事就由你负责。该怎么办就怎么办，有困难就找我。”

冯续来把任务分解，吴德君负责筹集经费方案，江行舟和金春生负责物色施工队伍。

金春生说：“本县共有十来家建筑公司，县属大集体企业两家，就是临水建筑一公司、建筑二公司。建筑三公司是临城镇的镇办企业，其余几家都是乡镇办企业。临水建筑一公司是建筑二级资质，其余有的是建筑三级资质，有的没有资质。除临水建筑一公司、临水建筑二公司有些业务，其他企业大部分处在业务停滞状态。”

江行舟问，青少年活动中心这样的建筑，具有什么样资质的建筑公司才可以承建。

金春生回答："按理说，青少年活动中心不是高层建筑，施工要求也不是很高，拥有建筑二级资质的建筑公司应该可以承建。问题是临水建筑一公司、二公司虽说具备承建资质，但是他们以前并没有搞过这样难度的项目，要是让他们承建，从锻炼队伍来说当然是好事，但万一搞砸了，领导会怪罪我们的。"

江行舟说："如果没有零的突破，什么时候这个队伍才能成熟？就像护士打针，所有人都怕她打不好，不给她机会，她什么时候能够成为称职的护士？我觉得应该给临水建筑一公司一个锻炼成长的机会。"

金春生道："那当然好，我肯定是想让临水建筑一公司承建。我们提建议，让冯书记来定。"

江行舟同意。

冯续来说："这个事情不急，到时再商议不迟。"

第二天，入户调查工作继续进行。大部分商户都已经谈过了，只有个别商户因为有事，或有其他特殊情况，没有找到人，需要等一下。

江行舟和金春生商量后，决定下午下班前开个碰头会，商量下一步工作安排。

开会地点就在江行舟办公室。

碰头会上，两个地块临时负责人分别汇报情况，基本上大同小异。

江行舟归纳一下，两个地块的相同情况是，商户认为县政府组织他们自拆自建对他们有好处，同意自拆自建；但他们经济上有困难，希望政府提供贷款支持。

商户提出的问题也不少，归纳起来，主要有：

一、户口问题。夫妻有一方户口不在或都不在经营场所所在地的村组；

二、经营场所产权所有人和实际经营人不一致；

三、新市场排序问题；

四、自拆自建的规划、用地、建房、经营证照审批手续办理；

五、道路、给排水、供电、公厕、垃圾清运等配套问题；

六、原来经营场所面积与新建房屋面积差怎么处理。

这些问题大部分是共性的问题，也是确实存在的问题，必须解决，否则工作无法推进。

冯续来叫江行舟把“那几个家伙”找来商量一下，能解决的问题自己解决，不能解决的问题提交领导研究。

开会地点还是设在江行舟办公室。“那几个家伙”分别是江行舟、金春生、向海平、吴德君、许小平，外加总公司办公室主任秦科。开会前，冯续来把两个工作组负责人也叫来。他们在现场，最了解情况，最有发言权。

江行舟先汇报这几天宣传发动和入户调查阶段性工作情况，认为整体工作还是比较顺利，取得预期效果。说明政府自拆自建的提议没有错。至于遇到的问题，也非常正常。他就把自己梳理好的六个共性问题一一说了一遍。

冯续来说：“问题比较多，也比较重要，一个一个地研究解决，眉毛胡子一把抓不行。”

第一个是户口问题。这个问题政策性非常强，牵涉的人也比较多。这些地方过去属于城乡接合部，户籍管理比较混乱。现在公安部门正在进行户籍制度改革，不断有新文件下达。去年中央下发文件，允许小城镇可以自由落户；今年 7 月，国务院批复公安部，进一步放宽城市户口限制，对于在城市有稳定职业和稳定收入，或已购买房屋，在城市创业的人就可以在城市落户。但这些文件刚下发，还没有完全落地。临水县怎么办，需要县领导决策。

冯续来说：“这个问题我们今天不讨论。记下来，向奚书记、徐县长汇报。”

第二，是经营场所所有权人与实际经营人不一致问题。

冯续来表态：“我们这次主要是搞自拆自建，没有房屋产权就没有处置的基本条件。我们只跟产权人谈，其他人可以和产权人协商。我们可以协助实际经营人做产权人的工作。这种问题不会很多，个别问题个别解决。”

第三，新市场如何排序。商户对这个问题比较关注，因为经商讲究地段、店面朝向这些事情，需要有一个公平合理的处理办法，否则容易引起矛盾。

金春生对这些事情比较在行：“车站市场虽然重建，但是原来顺序还在，可以还按原来顺序排。原来在街道左边的还在街道左边，原来在街道右边的还在街道右边；原来靠近车站的还靠近车站，原来离车站远的现在还远。这是很公平的。本来这次就是在旧址自拆自建，打乱重新划分更容易出问题。现在离车站远的商户当然希望重新划分，但原来靠近车站的商户又不愿意了，凭什么这样划分？”

江行舟说：“车站市场那边情况我不太了解，金局长说得有道理。车站市场那边就按原来顺序安排。农贸市场那边情况跟车站市场不一样。农贸市场的业态，原来是集中在一起的，现在规划的是一条街，所以，必须要重新排出顺序，准确定位每一家商户的位置、朝向，把无序变为有序，要能说出道理，才能实施下去。”

冯续来说：“没有办法的事情最好办。我们老祖宗有现成的智慧——抓阄。这个办法最合理，大家没有谁先谁后，一视同仁。抽到好位置是你手气好，别人只能羡慕，不可能从你手里把这个签子抢去。抽到不好的位置只能认命，怪不得谁。他要是说三道四，大家也不支持他，对不对？”

大家都认为冯续来说的办法好。虽然这是很原始的土办法，但放在这里还真管用。于今之际，也只能采用这个办法。

第四，自拆自建手续办理问题。

江行舟说：“这些问题看起来比较多，也比较琐碎，但只要把原则定下来就好办。比如这些手续谁来办，收不收费，收多少费。”

冯续来道：“这个问题，县委书记县长早就表过态了，指挥部负责办理自拆自建一切手续，不收任何费用。这次搞集中行动，特事特办，下不为例。不用商量，就这么办！”

第五，水电、道路等配套设施问题。

江行舟说：“这个问题牵涉到很多部门，各部门都没有问题，就是需要钱怎么办。这不是小数目，县财政能不能拿得起？”

冯续来道：“原则上和上一个问题一样性质，县财政出钱。公共配套设施，不可能让老百姓出这笔钱。县财政再困难，这笔钱也必须出。”

吴德君说：“冯书记说的道理肯定是对的。说实在话，县财政真的没有这笔钱，但事情还要办，我认为可以吃拼盘——县财政出一点，交通部门向上级部门争取一点，道路建设每年省市都有经费补贴的；还有电力部门，也可以向上级部门争取一点经费。三点加起来，也不少钱。县财政真的不容易，请有关部门领导动动脑筋，想想办法。县财政这边，我该做工作做工作，请冯书记还要跟县委、县政府的领导讲，跟相关部门领导讲。我们共同努力，把这个事情做好。”

冯续来道：“德君说的法子是个法子，确实如此。这些部门一直做门朝里的生意，只想进，不肯出。这次也应该让他们出点血，为城区发展做点贡献。经济发展了，他们也跟着沾光。我去找他们谈！”

第六，经营场所先后面积差异如何处理。

江行舟说：“这个问题家家都有。因为规划后重建的房子面积和样式都是一样的，而自拆自建之前的房子的面积、样式、建筑年代、建筑材质、装潢材质都不同。如果逐一计算，很难算清楚。如果一刀切，对拆除之前的房屋状况不予过问，似乎也不太合理，恐怕有些人会纠缠。”

金春生说：“主要是土地面积前后有差异，确实需要考虑。房子大小、新旧这些问题可以不考虑。因为房子无论先后，产权都是商户的，也是商户自己使用的，别人没有占到他的便宜，好和坏与别人没有关系，所以我们不用管这些事。至于土地面积差异问题，请海平局长派人丈量一下，如果后建房子面积大于原来面积，让他交一点土地使用费，交给村组集体。如果后建房子的面积小于原来房子的面积，原来的那些地还在原来的地方，村组结合实际情况，可以进行适当调换，保持他的土地面积不减少就可以了。”

大家都认为金春生说得有道理，而且简便易行。向海平表示，他回去安排有关科室人员和乡土地所的人，一起去实地看看，做好丈量准备。

最后，冯续来总结：“城区开发建设指挥部的第一仗自拆自建，有了一个良好开端。刚才我们商量的六件事，要想落到实处，还是需要下点功夫的。困难肯定还会有，我们要有思想准备。实际上，我在想，自拆自建这种办法是比较落后的办法，将来可能造成二次拆迁、社会财富浪费。但我们为什么还要这样搞呢？城市化是一场触及人们灵魂的变革，从思想到行为方式，都要发生彻底的改变。不是说在城里有了房子就是城里人了，农民和市民的思想境界存在很大不同，不是一下子就能跨越这个鸿沟的，肯定需要诸多转变条件。我们要尽量提供这些条件，帮助他们跨越这个鸿沟。这需要我们耐心、细致、长期地做工作。

“我们把城区开发建设分三步走，就是要先预热，再加温，才能水到渠成，全面开花，达到目的。第一步就是造造舆论，打打场子，让老百姓知道，县委、县政府要搞城区开发了，已经真刀真枪干起来了。大家要领会县委、县政府领导的意图，下定决心打好第一仗。

“打好这一仗，我有充分的信心。商人是趋利的，自拆自建对他们是有实实在在好处的。原来的房子存在很多问题，他们自己知不知道？知道。现在县政府主动帮他们解除后顾之忧，恐怕他们笑都要笑死了，还会不同意？他们说这不行那不行，不过是想向县政府提点新要求，再多争取一点利益罢了，这就是商人的精明之处。我们对此装作不知道，能给他们办的就给他们办；将来万一二次拆迁，他们算算账，不吃亏，就不会骂我们。”

冯续来说完，露出狡黠的笑容，一副成竹在胸的样子。

他继续说：“在工作中，我们要注意方式方法，尽量照顾商户的切身利益，老百姓的钱来之不易。当然，对个别无理取闹的，阻挠这次行动的，也决不能手软，坚决把这种人的嚣张气焰打下去。至于个别问题，我们个别商量解决。”

第二十一章
宾馆项目落地

阿龙又来了，比上次来好像又胖了一圈。

因为上次冯续来带队去全城考察，双方谈得很好，这次阿龙准备把协议签下来。阿龙说："正式签协议那天，我老爸会来。"

这次，冯续来准备在县委招待所高规格招待阿龙，还阿龙一个人情。其实他就是这么一说，县委招待所能有什么东西称上高档？也就是要个面子而已。不管酒菜如何，气氛还是非常热烈的。参加接待的人，除金春生因为老婆住院没有去，上次去全城考察的人都去了。

席间大家谈起在全城的见闻，受到阿龙父子的盛情接待过程，有说不完的话题。冯续来叫阿龙把图纸和总体方案准备好，明天在一起好好看看。

阿龙说他已准备好了，明天请各位领导审查。

冯续来强调，凡是今天参加接待的人，明天下午要是没有特殊情况，都参加审图。

吴德君说，他明天有重要事情无法参加审图。金春生说："我就知道你肯定有事，滑头鬼一个！"

吴德君说："对不起，我明天真有事。"

冯续来叫江行舟通知规划办派人审图，又问向海平："土地局那边，还要不要派个精通业务的人？"

向海平说："可以。我明天让用地股的和交易中心的人全部参加，先介入，了解情况。"

阿龙的宾馆项目是临水县实行招商引资政策以后第一个落地的，具有开创性和示范性，有哪些优惠条件要兑现？冯续来请示奚书记以后，明确答复阿龙，用地可以和县政府签零地价出让协议，用地人只需支付土地报批费用；项目审批由城区开发指挥部全权负责办理，涉及的规划、立项、施工、环保等，相关部门协助办理，消防手续需要单独办理（审批权在市消防部门）；税收，地税中地方留成部分，按倒二八分，就是政府只收二成。这个优惠政策实施五年，五年后按应收部分减半征收，所有行政性收费全部免收。

阿龙听罢非常高兴，连忙给老郑打电话，报告这个好消息，要老郑赶快过来把协议签完，防止夜长梦多。老郑赶到临水县求见冯续来，说是汇报工作。

冯续来在县委招待所接待老郑父子。凡是去过老郑那里的人，都参加接待，还特别让江行舟通知金春生必须参加，因为下面还有很多事情需要金春生负责。

吃饭前，冯续来问老郑工厂情况怎样。老郑说："开发区那边，已经可以进驻了。有些厂长着急，开始往里搬。我因为今年外销订单多，必须赶在年底前把订单完成。要是完不成，违约金是付不起的。园区那边的厂房，已经着手建了，我打算明年春天搬到新厂。这边老厂就要拆了。虽说政府没有催我们拆，我留着也没什么用，拆了就拆了。"

冯续来向老郑详细介绍了阿龙宾馆项目的相关优惠政策，问老郑有什么想法。

老郑说："阿龙在电话里已经跟我说了，我觉得临水县的领导非常好，思想很开明，也很解放。这些优惠政策的力度确实比较大，对于投资人来说，还是很有诱惑力的。但是宾馆是资金密集型企业，后续投资更多，而且是长期、连续不断地投资。我要和阿龙，还有另外一个合伙人，再好好商量一下，明天就向您汇报。"

冯续来道："这是大事，一定要考虑周到，慎重决策。好，我们喝酒。非常感谢郑总在全城对我们的热情招待！也欢迎郑总来我们临水做客！干杯！"

正如冯续来所说，商人是非常精明的。老郑对这个项目是同意的，对临水县的招商引资优惠条件也很满意，他之所以说要再商量一下，不过是一种装出来的矜持，或者说不想吃相太难看罢了。

第二天签协议。冯续来在县政府会议室安排了一个简单却隆重的仪式，指挥部主要人员都参加，国土局陈局长、财政局刘局长也参加。签字前，徐县长到会议室看望老郑，说了一番感谢鼓励的话。老郑很是感动，紧握徐县长的手说不出话来。

冯续来对老郑说："徐县长马上还要到市里开会，签字仪式他就不参加了。"

徐县长向大家挥挥手，说句大家辛苦了，就离开了会议室。

签字仪式开始，其实也没有什么要说的，就是几句客套话，"欢迎、许愿、希望"等一套话说下来，只有十分钟。老郑发言更简单，相信临水县政府，保证把项目做好！

江行舟代表指挥部表态，坚决按照县委、县政府招商引资政策执行，全力以赴为宾馆项目提供优质服务，让投资人满意。

签字盖章的甲方是城区开发建设指挥部、总公司，冯续来是代表。乙方是老郑的公司，老郑是企业法人代表。随后，城区开发建设指挥部出具一份县政府委托书，即委托城区开发建设指挥部、总公司全权处理城区开发建设事项，对外所签订协议合法有效，如果违约，责任由县政府承担。

这份委托书是非常重要的。因为城区开发建设指挥部是临时机构，不是法人单位，不具备承担民事责任的主体资格。有了县政府这份委托书，城区开发建设指挥部就可以代表政府行使相关权利，协议才能有效。

老郑见冯续来代表县政府签字，认为很正常，但看协议上盖是城区开发建设指挥部的公章，就有点不踏实了，又不好明说。等协议签过之后，冯续来又给了他一张临水县政府的委托书，他仔细看完内容，才放下心来。

签字仪式结束后，老郑说家里还有一摊子事，他不回去不行。剩下的事情，由阿龙继续处理。

剩下的事情，首先是注册公司。阿龙起名叫"临福大酒店管理有限公司"，酒店名字就叫"临福大酒店"，意思是临水和福建两个地方共建的大酒店。冯续来说，可以稍微改一下，叫"福临大酒店"比较好，意思没有变，更加顺口一些。阿龙表示同意。

其次是办理相关手续。阿龙就请江行舟牵头，与各相关部门联系好，他自己去办。如有难办的，江行舟去处理。手续办得很顺利，也很快，阿龙非常满意。

下面就是阿龙自己的事情了，该干什么干什么，于是就各忙各的。

阿龙的事情刚一落停，江行舟马上回到自拆自建地块现场，指挥手下人宣传发动，解难释疑，处理具体问题。

自拆自建商户们提出的问题，冯续来说领导研究过了。奚书记认为，户口问题不是问题，城乡二元管理结构阻碍城市化发展，一定要打破，应当允许农民进城经商办企业、买房子，户口可以迁到他们创业的地方。中央对户籍制度正在采取积极改革措施，我们可以先行先试，探索一条路子，不一定非要等中央政策出台后再干。他说要开个会，大家统一思想，让公安局拿出具体实施办法。至于那些贷款问题、优惠政策问题，奚书记说，要拿出最大诚意，用最优惠办法，把事情办好是原则；事情办不好，说什么也没有用。

江行舟和金春生就按这些意见传达下去，商户们基本接受。

弄来弄去，还是钱的问题不好办。有的人家钱不够，需要贷款。到底能不能贷，不清楚。要是可以贷，资金就有着落；要是不能贷，困难就很大。有的商户因为心有余而力不足，这个事情就办不成。

冯续来叫吴德君找几个银行行长商量一下，看看他们能不能帮这个忙。吴德君说："按道理，这是农行的事，应该找农行，但是我知道农行执行政策很死板，恐怕办不成。中行也可以办，可以先找一下中行行长。"

冯续来道："你说的是蒋梦影啊？我认识她。你先跟她谈谈，看她什么态度。如果有可能，我就去找她，可以请他们银行几个头头吃顿饭。"

吴德君答应："中。"

过了几天，吴德君回话说："蒋行长说要派人实地了解情况再定。到底能不能办，还要看商户具不具备贷款条件。"

冯续来让吴德君这两天盯紧蒋行长，有什么情况及时跟他说。

又过了几天，蒋行长回话说："需要贷款的人，基本条件还可以，每户都有资产。问题在于这些资产无法办抵押。因为这些资产就是现在的房子，这些房子马上又要拆除了，新房子还没有建起来，也不好抵押。请领导看看怎么办才好。"

冯续来就和江行舟、吴德君一起来到蒋行长办公室。蒋行长把信贷科科长叫来，要她汇报一下她们去实地调查的情况。

信贷科科长是个精明干练的小姑娘，她说她们到这两个地方抽样调查。这几个商户反映生意做得还可以，就是存在蒋行长说的那种情况。现在贷款都需要担保，不像以前，要求很严。

冯续来问："这种贷款没有风险呀，为什么不能贷？"

蒋行长道："这笔贷款，我们也认为没有问题，但是实际操作上有困难，手续上过不去。"

冯续来说："我们总不能让活人被尿憋死了吧？请蒋行长想想办法。"

蒋行长思考了一下，对冯续来说道："我们能不能这样，县财政出具担保书，贷款人给财政局出具承诺书，保证房屋产权证办好后，再抵押给银行。贷款人抵押手续办好后，我们再撤销财政的担保书。只有这样变通处理，事情才能办成。"

冯续来问吴德君这个办法行不行。吴德君说："行，有什么不行？我们自己心里有数，没有什么风险。但是以前从来没有人这样办过。财政局刘局长那里，请冯书记跟他打个招呼。他点头我才好办。"

冯续来道："刘局长那里我来说。"

这样，自拆自建的贷款问题就基本上解决了，剩下的就是实施问题。实施中遇到什么问题，就解决什么问题。

农贸市场那边抽签中发现少了一个号。经排查，原来是一户开小饭馆抓阄后，和图纸比对，发现自己未来的房子正好在公厕旁边，一生气就把纸条扔了。大家觉得这个人的做法不可取，但是觉得把小吃店开在公厕旁边，就算没有气味，也影响生意。话又说回来，谁都不愿意在公厕旁边做生意。问题出在公厕位置选得不合适，需要调整。

于是，江行舟跟汪杰联系，请他派人到实地看看，商户的合理要求，把公厕位置改到其他地方；在原来公厕的位置，搞点小花坛之类的东西美化一下。

江杰马上派人前来处理。公厕位置调整后，原来抽到公厕位置的商户依次顺延，大家认为完全合理。那些商户还感谢江行舟为他们解决了这个令所有人头疼的大问题。

农贸市场那边还出现一个捣乱的人，那人就是江行舟入户调查时碰到的赖五。

赖五家在市场规划范围内，具备自拆自建条件。他家房子前年翻建过，面积比较大，装修也比较好。位置在新市场街东边，还是不错的。他提出自己的房子是新建的，拆了不仅可惜，自己还没有钱再建。他要求原来的房子不拆。指挥部工作人员无论如何做工作，他都不答应，直接影响到其他商户，整体工作受阻，无法进行。

江行舟见状，亲自上门做工作。一进门，江行舟一愣，这家女主人就是他母亲住院时，同病房的梅林。梅林见江行舟带一帮子人进来，就知道江行舟是领头的，小跑着迎上去，又是倒茶，又是拿水果。

江行舟说："梅大姐，你坐下，我跟你说两句话。"

梅林拿个凳子坐到江行舟旁边，眼望江行舟的嘴巴，做出十分恭敬的样子。

江行舟就把这次县委、县政府搞自拆自建的意义简单说了一遍，强调这对拆迁的商户是非常幸运的事，他们应该主动配合政府，抓紧时间往前推进。现在正是建房的大好季节，耽误了就是一年。

梅林说："领导啊，不是我们不讲理，我们实在有困难。我们家有两个小孩，都在念书，经济负担比较重。前年修建房子花光了所有积蓄，现在已经没有钱重建。领导能不能照顾一下我们，把我们家的房子保留下来，我们一家人会非常感谢你的。"

江行舟道："梅大姐，你不要难为我。你家的房子，处在新规划街道前端，你家要是不拆，这条街道就没法建。要说困难，哪家没有？集体的事，大家就要克服一下困难，顾全大局。"

梅林只强调自己的困难，江行舟说什么她都不听。江行舟只好让她再考虑一下，下次再谈。

晚上下班以后，江行舟回家吃饭。他正吃着，手机铃声响了，是母亲打来的，语气很急，语速也很快。

江行舟说："妈，你不要急，有话慢慢说。"

母亲轻轻咳嗽一声，放慢语速说："那个叫梅林的，要不是她来找我，她名字我都忘记了。她刚才跑到家里来，送给我两千元钱，说是感谢你照顾她家拆迁。我不收，推来推去的，最后她把钱扔下就跑了，我也追不上，也不知道她是怎么找到我家的。她一走，我就赶忙给你打电话。这笔钱怎么办？”

江行舟说：“你别急，没事，我马上回去。”

对于这类事情，江行舟见得多了，处理起来也很有经验。他首先打电话给冯续来，汇报了这件事。冯续来问江行舟打算怎么办。江行舟说：“这笔钱明天肯定要退给她。关键是这件事怎么办。我们肯定不能答应她的无理要求。我们再做做赖五的思想工作，他实在不拆，只能强制拆除了。”

冯续来说：“好，我知道了。明天我们再好好商量一下，你不要急。”

天黑时，江行舟才到老家。他见母亲一个人坐在屋里的椅子上发呆，灯也没开，于是就顺手把灯打开，然后询问母亲的身体情况。母亲说：“腿上的石膏拆掉以后，现在轻松多了，自己拄着拐杖可以慢慢行走了。同舟两口子还在大棚里忙。同舟也真够辛苦的。”

江行舟道：“做什么事不辛苦？我觉得同舟现在很好，而且会越来越好的，你就放心吧！”

母亲点点头，笑了笑。

江行舟询问梅林送钱的具体情况。母亲说：“梅林是个自来熟，到这里一点也不见外，好像她是家主一样。”

江行舟道：“明天我把钱退给她，叫她以后不要到家里来，没事的。”

母亲把梅林送的钱交给江行舟，说：“你走吧，我没有什么事，不用担心我。同舟会照顾好我的。”

江行舟刚要走，他的儿媳妇——江火老婆刘芬来了。刘芬拎着塑料袋，塑料袋里都是刚摘的新鲜蔬菜。她向江行舟打过招呼，转身就走：“爸，孩子还在家，我要回去。”

江行舟问：“江火呢？”

刘芬说：“跟他那几个狐朋狗友一起瞎混！”

江行舟没说什么。刘芬走后，江行舟也打道回府。路上，江行舟给金春生打电话，说了梅林给他母亲送钱的事。金春生大怒，骂道：“赖五两口子要是不晓好歹，我弄台推土机把他家推平！”

江行舟叫金春生不要生气，没必要跟这种人生气，身正不怕影子斜，我们该怎么办还怎么办。

第二天上午，江行舟到冯续来办公室汇报梅林给他母亲送钱的事，商量处理办法。

冯续来说："我给春生打电话，叫他和你一起去梅林家，把这笔钱退还，再好好教育她。这是行贿，是违法的。有问题可以提，怎么解决可以商量，但违法的事坚决不能干。看她态度，如果她同意拆了，很好；要是她不同意拆，我们再商量怎么办。不要急，做群众工作一定要有耐心，这些人素质就是这样。另外，我叫镇政府领导安排村书记与你们一起去，顺便把那个市场负责人也叫上，人多势众，对她也是有压力的。"

江行舟一帮人来到梅林家。梅林见来了这么多人，心里发慌，脸色就不好看。她不跟江行舟打招呼，坐在椅子上扭过脸去。

江行舟一看梅林这个架势，也就不客气，把装钱的信封从包里拿出来，放到餐桌上，对梅林说："大姐，你点一下，是不是你昨天交给我妈的数目？"

梅林望了望信封，没讲话，也没拿钱，脸色变得更加难看。

金春生说："梅林，这件事你做得不对。你也不打听打听，江院长以前是检察院分管反贪工作的领导，现在是法院专门处理贪污腐败的当家副院长，你说你向他行贿，捧着猪头找错庙门了吧！这件事情其实很简单，你有什么想法只管说。你要是不想跟江院长说，就跟我说。不管你跟谁说，事情还是要依法按章办。"

江行舟站起身说道："梅林，我们认识，也无冤无仇。现在发生这件事情，我也不好再介入你家的事情，我回避一下。你有什么话，就跟金局长说。"

江行舟向金春生和村书记打了个招呼，转身出去了。

江行舟走后，金春生对梅林说："现在江院长走了，我跟你说，你这是行贿，是犯罪——你知不知道？"

梅林呼地站起来，大声吼道："我就犯罪了！要杀要剐，随你们处置！"她说着就要走。

村书记连忙拉住她："大姑不要生气，有话好好说。你把所有人都得罪了，还想不想解决问题啊？"

梅林不坐也不走，还是不讲话。脸色像霜打过的茄子，呈紫灰色。

金春生道："梅林，我跟你说啊，你不要认为我们现在是求你自拆自建。我们好话说了一箩筐，你也不要油盐不进。我们要是强制拆除，不但房子保不住，还让你难堪。"

梅林说："我们老百姓没有那么大脸面，有什么难堪不难堪的？你们想强拆就强拆，你们官家要治我们小老百姓，还不是想怎么整治就怎么整治！"

镇政府的副镇长插话："你要是固执己见，只会你自己吃亏。我们今天这么多人到你家来，够给你面子了。你要是把这个事情撑散了，市场所有人都会骂你。"

梅林还是不松口，一副死猪不怕开水烫的样子。金春生看这样僵持也不是事，就对梅林说："你把你老公喊来，我们一起商量。"

梅林道："他现在在市场正忙着，家里的事我当家，他说什么也没有用！"

金春生对副镇长和村书记说："我回去后，请你们等赖五回来，跟他们一家人好好谈谈。万一法院判决强拆，梅林会后悔的。"

梅林道："我这个人做事从来不后悔！"

金春生走后，村书记和副镇长约好，晚上一起再到梅林家，做赖五的思想工作。

赖五回来后，梅林给他讲了今天的情况。赖五火冒三丈，气冲冲地说道："姓江的敬酒不吃吃罚酒！今天夜里，我就把屎抹到他家门上，出这口恶气！"

梅林问："你就知道发粗劲，抹屎有什么用？"

赖五反问："那怎么办？"

梅林说："今天来那么多人，说明他们害怕了，担心我们不拆。我们就坚决不拆，看他们能把我们怎么样？我就不信，他们还能把我们逮去杀了不成！"

赖五点头称是："对！我们把口封死，看他们能有什么高招！"

晚上，副镇长说他要开会，来不了了，叫村书记自己去找梅林谈，态度可以强硬一点，好好剃剃赖五的秃头。村书记和梅林、赖五自然谈不出什么结果，最后不欢而散。村书记把商谈的情况向副镇长汇报后，副镇长说："明天我们如实向上汇报。"

第二天，冯续来和江行舟、金春生一起商量梅林的事怎么办。江行舟主张采取强硬措施，推掉拉倒，看她能怎么样。金春生也赞成来硬的：“对这种刺儿头，必须给点颜色看看！杀鸡儆猴，打出指挥部的威风来。”

冯续来毕竟是老江湖，在基层工作多年，积累了丰富的群众工作经验。听了江行舟和金春生的汇报，他说：“梅林这种做法，肯定叫人生气。自拆自建本来就是她得到好处，还卖乖。但是，小不忍则乱大谋。这次是自拆自建，在城区开发建设工作中是最容易的，因为大部分商户是发自内心支持的，愿意的，这样的事我们都要来硬的，以后的工作比这个要难多少倍，我们是不是都要动武来硬的？我们肯定还是要以做思想教育工作为主，除非万不得已。少数人闹得不像话，强制一下也是可以的。梅林家的情况，还没到万不得已的地步，我们还要想办法做工作。如果谈到最后，实在不行再动硬的，仁至义尽嘛。”

江行舟沉思一会儿，突然有了主意，对大家说：“可以叫设计院重新设计方案，把现在规划的街道改一下位置，原来是从农贸市场中间出正东，现在把它调到农贸市场北侧出正东，把梅林家撇出去，这样她就着急了。她要是真想建房，肯定要来找我们，事情自然也就好办了。如果她不想建房，我们就假戏真做，按调整后的方案实施。”

金春生说：“要是这样调整，梅林肯定反悔。她反悔后，来找我们，我们同意她按原来方案建房。调整规划后进来的商户怎么办？我们又不能说后规划方案是假的，不让他们进来。”

冯续来说：“无所谓，什么多几户少几户的！他们要想来，就让他来不就成了嘛！跟他们说清楚，想来可以，但顺序就不能讲究了。就这样，行舟，你跟汪杰说吧！”

果然不出所料。梅林见新规划的街道把她家撇出去了，一起被撇出去的还有另外三家。那三家得知是因为梅林不同意拆房子，指挥部没办法才改变规划方案，重新设计新街道，就一起到梅林家讨说法。梅林自知理亏，说好话赔礼道歉也没有用。三家人还要让梅林赔偿经济损失。梅林被三家人缠得没有办法，只得去求村书记说情，承认错误，请求原谅，还想像以前一样，自拆自建。

梅林家的情况汇报到指挥部，大家会意一笑，也就这样作罢，没有人再去说这件事情。

最后，后规划进去的几户全都要建房，指挥部研究后，同意与原来规划自拆自建的商户一起划入农贸市场商业街，顺序就在原来商户的后面。当然，这几户也是抽签排序。

看到这样皆大欢喜的结果，大家都很高兴。

第二十二章
蒋行长请客

自拆自建商户的贷款额度和手续，市分行通过了。蒋行长打电话向冯书记汇报。冯续来很高兴，表示感谢，要请她吃饭。

蒋行长说："为县委、县政府办事是我们分内的工作，谈不上什么感谢。希望冯书记今后多照顾我们银行。要是请客应该我们银行请，请冯书记定时间，把指挥部几个领导都带上。"

冯续来道："谁请无所谓，关键是能和蒋行长聚一聚是一件开心的事。如无特殊情况，时间就定在星期六晚上，地点在县委招待所。"

蒋行长说："星期六晚上，各路神仙都到了县委招待所，我们就不要去凑这个热闹了。我来安排，就在贵宾楼。饭店虽然不大，还是有几个特色菜。你们大领导不要嫌孬。"

冯续来道："谁是大领导，就你是大领导！有钱就是领导。好，指挥部几个人我通知，我们就不客气啦！"

贷款落实下来，江行舟觉得商户基本不会有太大的变化，就和金春生商量，准备签拆迁协议。

具体手续怎么办？例如，商户自拆自建的拆迁协议跟谁签？只能跟指挥部签，实际上是跟城区开发建设总公司签，指挥部是不能签这样经济性质的协议，总公司可以。这个拆迁协议，说到底是指挥部自己把绳子往自己脖子上套，总公司要承担所有责任，帮助商户们做所有事情，都是无偿的、不讲价钱的全方位服务。商户们则享受各种优惠条件和比起自己亲儿子还要贴心的服务。如果说指挥部有权利的话，就是监督商户们按照拆迁协议约定的时间完工，工程质量还要指挥部派工程监理全程跟踪。这实际上还是责任，哪是什么权利？商户们却没有什么义务，房子是他们自己的，拆了的砖瓦还是他们自己的，把房子建起来就行了，别的什么心不用操。凡是为难的事情统统由指挥部想周到、干周到，不满意还可以发点“呲儿”什么的。指挥部的人大抵也就是笑笑就算了。所以，商户们的拆迁协议签得很豪气，大大方方，一个个像归来的王者。

唉，不管怎么说，对于指挥部的人来说，总算完成一件大事，建设开发三部曲唱了第一部曲，大家还是有一种如释重负的感觉。

星期六晚上，在贵宾楼最大的包间里，蒋行长招待以冯续来为首的城区开发建设指挥部一帮人。大家都是熟人，不用拘束。吴德君和蒋行长业务联系比较多，比其他人与蒋行长更熟悉，显得比平时活跃不少，有点“人来疯”的样子。宴会开始前，他居然反客为主，代表蒋行长招呼冯续来等人就座、喝茶、嗑瓜子儿。金春生就说他好像男主人的架势。吴德君还高兴得合不拢嘴。

蒋行长主持，信贷科科长是副主陪，跑前跑后热情地为大家服务。冯续来当然是主宾，江行舟是副主宾，其他人和两个副行长随便坐。

蒋行长说：“我们今天违反县政府规定，没有喝临水大曲，喝我们当地名酒洋河大曲。”

冯续来笑了笑没说话。吴德君说：“蒋行长好不容易请一次客，应该喝茅台。”

蒋行长道：“我们中行穷，喝不起茅台。财政局有钱，什么时候请我们喝茅台？”

吴德君咧开大嘴，笑着说道：“中啊！”

商户们的拆迁协议签订以后，进入实质上的建设阶段，就是拆除原来的房子，按规划重新建新房子。拆怎么拆，建怎么建，要有一套明确的政策指引，否则就要乱。

金春生认为，主要是拆，拆了不怕商户不建。没有谁是傻子。抓拆，就是要快，要统一进行。有人舍不得这些砖瓦废料，慢慢地在那里磨叽，这样肯定不行，时间来不及。秋天能建房的时间很短，准备好就建都有点迟。再耽误一点时间，今年就过去了。所以，要统一组织用推土机、挖掘机协助商户拆除。跟商户讲清楚，顾全大局，争取三五天就把拆除的事情搞定，建房的事情我们不用考虑太多，谁家事情谁家着急，我们着急没有用。

江行舟同意金春生的意见，向冯续来汇报批准后组织实施。具体需要的机械设备，安排拆迁办负责；所需经费，自然是由指挥部承担。吴德君有点抱怨，认为这笔钱应该由商户承担。

冯续来说："这笔钱确实应该由商户承担，但是我们用什么办法一家家收取？他们一见掏钱就往后退，还不知什么时候才能把钱凑齐。等我们把钱收齐，黄花菜都凉了。"

见冯续来这么说，吴德君就不讲话了。

就这样，一分钱不要商户花，还帮商户把旧房子拆了。有些商户还推三阻四，说长道短。指挥部又组织人，挨家挨户做工作，村组干部没日没夜往商户家跑，一个星期才把商户的思想工作做通，同意由指挥部统一组织机械设备，把商户的老房子推掉。废旧材料允许商户自己回收。时间规定两天，时间一到，建筑垃圾全部运走，清空场地。

两个市场地块同时进行，拆迁办派专人负责场地指挥，确保施工安全。拆除工作进行很快，一天时间全部完成。留两天时间，给商户整理清运废料。为此，冯续来专门通知公安局交警大队，进行交通管控，保证商户的车辆行驶安全、通畅。

不少商户有钱，但又怕露富，统计贷款时都说要贷多少，其实真到在贷款协议书上签字时，他们又犹豫了，甚至干脆不贷了。商户这么做，一是担心利息，二是以前没有贷过款，心里不踏实，表示能自己筹款就自己筹款。最后统计下来，真正贷款户还不到原来统计数目一半。

江行舟暗自感叹："这些人平时哭穷，实际上是个埋头橛子！"

建房不可能统一进行，只能哪户准备好了哪户建。指挥部安排建管处派人当工程监理，指导监督施工质量和安全，每天统计汇报进度。

进入施工阶段的商户渐渐多起来，指挥 部第一阶段的自拆自建工作接近尾声。到最后，有几个特殊情况的商户，进度比较慢，个别商户建的房子还烂尾了。

指挥部只能特事特办，重点扶持，拉着他们往前走，确保总体目标实现。

第二十三章

第二步，做样板工程

法院那边的工作，江行舟说是不负责了，也没有真不负责，一些重要的案件他还得回去听汇报。

星期六上午，县政府安排义务劳动，维修乡村道路。江行舟还得回到法院参加劳动。他的劳动任务是分在法院的。

周末义务劳动是县委宣传部倡导的活动，目的是改进机关作风，拉近与人民群众的感情距离。一开始，大家思想上还是有抵触，慢慢也就习惯了，觉得帮老百姓做点力所能及的事情，对自己的身体健康也有好处。

这次法院负责的劳动地段距离农贸市场不远。中间休息时，江行舟走过去看看自拆自建工地，果然是一片热火朝天的场面。工程车来回飞驶，扬起漫天灰尘。不少建筑已经看出房子的模样了，有的建筑还在挖地基。商户们都在自家建房工地上忙碌。江行舟走了一圈，发现还有几家没有动静，就打电话给建管处负责监理的小郑，问怎么回事。小郑说："没问题，他们只是才凑齐钱，开工可能要晚几天。没问题，请领导放心。"

江行舟又强调工程质量和施工安全一定要抓好，不可大意。小郑满口答应。

下午，江行舟到县影剧院听专家教授讲座。今天主讲人是南大申教授，讲授内容是"法制与经济"。

每星期请专家教授开讲座的活动也有大半年了，主讲人有的是省委领导或厅局领导，还有的是专家教授。这些人在本省甚至全国某个领域都是有影响力的权威。他们讲授的内容非常广泛，经济、政治、科技、社会等各个方面都有涉猎。县委办公室要求机关干部全部参加听课，进而解放思想，开阔视野，学习新知识，接受新事物。但也有不少人不爱学习，觉得听这种讲座不如打牌钓鱼舒服，就千方百计地找借口不去。如果碰巧被县委办、纪委督查到，就一定会被通报批评。

江行舟是非常爱学习的人，这些送上门的学习机会他不愿错过，总是排除万难积极参加。确实，听君一席话，胜读十年书。坚持听下来，他觉得自己的知识面拓宽了，原来道听途说、一知半解的东西，搞清楚了来龙去脉，知其然也知其所以然了。今天下午申教授讲法制与经济，正是他目前最需要的知识。所以，他早早就到影剧院坐下来，看下发的讲义。

经济工作要健康有序运行，必须依法依规，按照诚实守信和公平公正原则进行。各种违法犯罪行为，都是对人身权利和财产权利的侵犯、对经济社会的破坏。从根本上来说，打击犯罪就是保护经济建设。申教授从刑法立法原意讲到刑法四条基本原则，联系司法实践，深入浅出地阐述了刑法对于我国改革开放、经济建设的作用和具体实践的意义，获得与会者的热烈响应。江行舟更是被申教授对刑法的深刻理解和独特观点折服，也对申教授精湛的语言表达艺术表示赞许。

星期一上午，江行舟把金春生叫到办公室，商量自拆自建扫尾工作。

金春生说："反正开弓没有回头箭，房子已经拆了，商户们不管怎样，都要想办法把房子建起来，你现在叫他们不建都不可能。就是各家经济条件、组织能力、人手情况不同，建造的速度不一样。有的人就是慢性子，什么条件都具备，他就是在那里慢慢磨。"

江行舟道："我前天去看过，进度还是太慢，就怕春节前不能竣工。"金春生说："大部分商户没有问题，就是怕少数商户拖后腿。我们再派人催办，必要时可以以指挥部名义下催办单，限时完成，否则就处罚。"

江行舟道："我看可以。叫秦科拟一个催办单发下去。光发催办单不行，还要派人去现场催办。"

江行舟还提到配套问题。房子拆除的时候，建筑垃圾有意不运走，就垫在规划道路上做路基，等房子建得差不多的时候，把路铺好。公厕、水电等公共设施，该谁家负责就找谁家，叫他们主动点儿，自家紧着自家的活儿，不要老是等他们催。

金春生说：“这些负责配套的单位多半是条管单位，县政府叫他们办事，他们一看对象，二看心情。官大的自然要听，有的官虽然不大，但在要害部门，他们认为用得着的也会客气点。另外就是看他们高不高兴，高兴的时候就快一点，不高兴就慢一点，甚至拖着不办。他们知道我们拿他们也没办法。”

江行舟点点头，表示有同感：“我们客气点，当催还是要催。要是实在耽误时间，我们就让冯书记尅他们。不过，我们尽量不要这样做，互相关系还是要注意的。”

“我来催。”金春生道。

接着，他们议到自拆自建结束后的指挥部第二步工作，就是自己做样板工程的事。

江行舟说：“恐怕最近就要向冯书记提这件事，要尽早做安排，现在这件事就应该提到日程上。”

金春生说：“抓紧定下方案，选址、征地、设计图纸、组织施工队伍都需要时间。10 月都要过去了，说着说着今年就过去了。要想明年开工，现在就要着手准备。”

冯续来最近有点忙，奚书记让他处理群众信访问题。

这次主要是以前改制不彻底、赶时间，匆匆地把企业改制了。原企业的职工问题没有处理好，留下了很多后遗症。购买企业的老板答应接收原有职工，负责安排他们的生活。企业到手后，老板根本没有兑现承诺，只顾自己赚钱，不管企业原有职工死活。

这些职工就找企业的主管局，企业原来的主管局已经变更好几回了，没有人管他们的事，他们只能不断地上访。

上次因为招商引资，教师上访，奚书记安排冯续来处理。现在又出了这档子事情，奚书记又有点紧张，便又派出冯续来这个“救火队长”救火。

冯续来没有办法，只好带领企业主管局领导，还有购买企业的老板，一起接待这些职工代表，互相谈条件，讨价还价，冯续来从中调停。几轮攻防下来，双方也都没了锐气，就互相让步，大部分人能够达成协议。比如老板拿出一部分钱，为这些职工购买养老保险和医疗保险，再支付一点生活费。这些职工就不再上访。

也有个别老板经济状况不好，或者死抠，舍不得掏钱，就会长期拉锯，今天职工闹一下，他们就安抚一下，没有解决根本问题。有一家企业的问题反反复复久拖不决，县政府以这个企业购买人违约的名义向法院起诉，法院判决解除合同，另行处理。最后，重新挂牌拍卖，所有问题先说清楚再买，就不存在什么遗留问题了。

在冯续来处理这些遗留问题的间隙，江行舟和金春生找到他，汇报最近工作情况和下一步工作打算。冯续来说，扫尾工作，你们就按刚才说的去干。第二步工作计划，他还没有想好，再考虑考虑。你们一起商量好，做一个计划，过两天他抽时间议一议。

实际上，第二步工作就是建条商贸街，或者建个居住小区，没有那么复杂。准备工作也很简单，主要是先选好地块，然后就是征地、拆迁、建房。这些工作，最难的就是拆迁。征地主要涉及乡、村、组的土地补偿问题。但工作对象是村组干部，这些人是不敢跟县政府作对的，思想工作也比较容易做通。拆迁工作，涉及居民个人切身利益，每个人想法都不一样，要求也不一样，表达方式也不一样，所以工作难度最大。

江行舟和金春生就把他们的想法整理好，准备找时间向冯续来汇报。

青少年活动中心图纸设计出来了，奚书记召开会议，决定成立专门班子来抓这件事，要求指挥部全力配合协调。宣传部牛部长牵头，抽调有关部门的人专门做这件事。具体负责此事的是规划办副主任于慧慧，女同志，既干练还长得漂亮。冯续来和牛部长又召集指挥部江行舟等人，和规划办的人一起开联席会议。

牛部长非常客气，说自己对工程建设是外行，奚书记叫他负责青少年活动中心建设，感觉压力很大。但对于做好这件事，他还是有信心的，反正有冯书记统一领导，城区开发建设指挥部做坚强后盾，他做具体事情，希望冯书记不要把他扔下不管。

冯续来说：“奚书记对青少年活动中心这个跨世纪工程非常重视，指派牛部长负总责，非常好。说实在话，指挥部面对城区那么多杂事，很难有时间、有精力把青少年活动中心工程抓透抓好。牛部长年富力强，在做好本职工作前提下，稍微花点力气，这点小事就难不倒牛部长。”

牛部长见冯续来有点往外推脱的意思，连忙说道：“冯书记不要推呀！你这样一说，就是不管我的意思啊！我后背都发凉了。”

冯续来说：“牛部长不要急，我的话还没有说完呢。”

牛部长笑了笑，说道：“你赶快安慰我几句。”

冯续来说：“不是安慰，更不是敷衍，我只说实话。青少年活动中心工程量不大，但是重要性大。作为我们这一届县委、县政府领导班子搞的第一个民心工程，奚书记又这么重视，我们只能搞好，不能搞坏。青少年活动中心项目，其实也在城区建设的范围内。搞得好，牛部长有功劳，我们指挥部也有成绩，实际上是一回事，什么你家我家！我为什么要推？我不应该推，也不会推。”

牛部长说道：“还是冯书记思想境界高。你有这样的认识，我绝对放心。”

冯续来接着说：“青少年活动中心工作的难点，就是在刚开始的时候。规划方面，你们没有问题，有县规划办主任洪泓掌舵呢。规划很重要，一定要把地址选好。我从来不相信迷信，不相信风水那一套，但是，从科学角度来看，选什么样地块很重要。例如交通是不是方便，地势低不低洼，周围环境有没有什么不利影响，这还是从地理位置说的。从经济成本方面考虑，县财政没有钱，奚书记还准备向全县人民借钱，我们要尽可能精打细算，能少花钱的尽量少花。我们不要打肿脸充胖子，高大上的东西，我们现在还玩不起。具体方案，牛部长考察后决定。如果需要我提供意见，我一定知无不言言无不尽。”

牛部长说：“我目前什么情况都还不了解，也提不出什么具体意见。我和洪主任回去后好好商量一下，按冯书记要求办。”

冯续来又对江行舟等人说：“行舟、春生、海平、德君，你们听好了。青少年活动中心，不是与我们无关的项目，而是指挥部分内之事。奚书记让指挥部配合协调，我还要加上两个字，主动配合协调。你们有什么好主意、好办法，就主动提供给牛部长。当然，要是牛部长有什么事找你们，你们更应该责无旁贷，当好参谋助手，决不允许推诿扯皮。”

江行舟等人一起说“坚决照办”。

牛部长走后，冯续来把江行舟等人留下来，商量指挥部工作。

江行舟汇报了这一阶段自拆自建工作情况，提出要做的扫尾工作，主要是催进度，因为已经进入深秋季节，天气慢慢变冷了，冬季施工的工程质量要特别关注。原来定好的公共设施配套，还有不少单位行动迟缓，必须催他们抓紧时间，千万不要影响商户们正常经营。

冯续来说："行舟，你把承担公共配套单位的目前工作进度、存在问题，形成书面文件交给我，我来催。最近我请他们几家头头吃顿饭，联络一下感情。虽说都是公家的事，带感情和不带感情是不一样的，到时候你们都参加。"

"还有件事情要说一下。"江行舟道，"就是商户户籍变更问题。公安局那边的手续倒是没有障碍，就是村组和商户自己拖拖拉拉，到现在还有不少人没有办理户籍变更手续，将来会给地方和派出所管理工作带来麻烦。请冯书记跟临城镇领导说一下，催催这件事，抓紧落实比较好。要是拖下来，以后我们工作组撤了，这件事恐怕就不好办了。这也是对商户们负责，毕竟这是我们答应他们的事。"

下一步工作，江行舟就把他和金春生商量后得出的想法说了一下，主要是选址问题。冯续来一直说三步走，这是第二步。第二步就是指挥部自己开发项目，做样板工程，推动城区开发建设走向社会，把指挥部的品牌打出来。

"说到品牌，我这里插一句。"冯续来说，"做品牌很不容易，也是一门艺术。首先我们要有品牌意识，还要讲究方式方法。其实，我们指挥部也相当于一个公司。开发总公司是名副其实的公司，也要像商业性公司一样，要注意包装、打造自己的品牌，不要认为皇帝女儿不愁嫁。我们马上自己建房，这些房子都是商品，是要卖的。以总公司名义卖，谁来买？老百姓买，老百姓为什么要买我们的房子？我们是谁，老百姓都不知道，凭什么要买我们的房子？这就有个了解和信任的问题。"

听冯续来说到品牌的事，大家就有点上心了；提到总公司要自己建房子销售，就更加重视。从国家干部忽然变身为商人，身份和工作性质的转换，也让大家十分关注。于是大家就集中注意力，继续听冯续来讲下去。

冯续来说："我们注意宣传自己，宣传自己的产品，让老百姓了解我们，了解我们建的房子质量如何好，配套设施如何齐全，小区管理服务如何到位。

这样老百姓才会放心购买我们的房子。这是后话。我这里先打个招呼，以后做事大脑里要有根弦子。”

说了半天，冯续来口干舌燥，喝了大半杯水，才接着往下说：“再说现在，我们第一阶段自拆自建工作马上结束，我们就要考虑，向县委、县政府写个工作总结，报告这一段时间的工作情况，实事求是地说，不要表什么功。这样，领导就知道我们的情况了，以后我们要是有什么地方需要领导支持，领导就会比较放心地支持我们的工作。因为只有领导了解我们的工作情况，才敢支持我们。这就叫会工作。埋头苦干很好，但也很吃亏。”

金春生插上一句：“生姜还是老的辣！”

大家也都表示冯续来说得对，他们不能光埋头拉车，还得抬头看路。冯续来扫了大家一眼，说道：“我就说这几句。行舟，你接着往下说。”

“好的。”江行舟接着说，“第二阶段做样板工程，地址一定要选好。原来冯书记一直想把几个学校连起来，搞文化一条街。我认为这个想法很好。一个城市需要文化载体，我不是说这个文化一条街就是文化，但它是一个载体。这条街市场定位是以销售文化类商品为主。学生用品、文化类礼品消费量肯定不小。现在在集贤街，卖文化用品、礼品的商店不少，家家生意都很红火。我们这条街建好后，到时候搞市场整顿，划行归市，把城区所有文化类商品销售门店全部集中到文化一条街来。同类商品越是集中，销售量越好，这是集群效应。因为消费者在这里可以货比三家，选择性更强，价格也更便宜，商家的生意只会比原来更好。这条街连接四所中小学，文化氛围还是比较浓的，消费人群主要是学生、家长和老师。等以后品牌做出来，来购物消费的人就会越来越多，足可以支撑这个市场良性运转。”

冯续来问：“大家看看行舟想法的可行性怎样？”

“这个地块我太熟悉了，我老家就在临水中学旁边。”金春生说，“那里人流量确实不小。每天早上和晚上上下学时间，家长、学生非常多，道路经常堵塞，要交警疏导。要是从东到西把现在的几所中小学全都连起来，我估计没有两千米，也有一千五百米。作为一条特种产品市场街，应该差不多够用。市场定位为文化类商品销售一条街，还是比较适合的。这类市场在城区还没有形成规模，行舟刚才说的划行归市，这个办法很好，发挥政府引导作用，这双有形的手要发挥作用，配上市场这双无形的手，互相配合，一定可以达到我们预期的目标。我同意文化一条街的方案。”

向海平和吴德君都表示这个方案可行。冯续来说：“既然大家没有不同意见，暂时先定下来，等一下看看其他选点情况再说。”

其他要选什么样的点，大家心里没有底。江行舟就问冯续来，想选什么样的点。

冯续来说：“文化一条街已经有方案了，再选一个小区，这样体量大一点，示范效应会更强一点。你们觉得这个小区要搞多大规模，放在什么地方比较好？”

金春生说：“常规小区建筑面积在二十万平方米比较合适。太大了，管理难度大；太小了，浪费管理资源。具体地块，我认为要到实地考察，不能凭想象。”

冯续来说：“春生说得有道理。大家先在头脑里酝酿酝酿。我们抽时间去城区和周边转转，到现场再议。”

他问大家还有什么事。

江行舟说：“我还有一件小事。”

“什么事？”冯续来问。

江行舟道：“前一阵子，大家都比较辛苦。夏天天气那么热，刮风下雨都没有休息。不少人跟我建议发一点加班费什么的。因为工作忙，又是小事，我就一直没提。今天冯书记在这里，大家也都在，正好商量这件事。”

“这件事就不要商量了。”冯续来道，“我认为大家提的意见是合理的。我们指挥部除了辛苦，还有什么好处？这段时间，大家确实是吃了不少苦，我觉得发点加班费也是应该的。数额也不能太多。县财政还比较穷，意思一下就中。按指挥部花名册，每人五百块钱。”

说着，他转向吴德君：“你从财政局弄点钱过来。要是有困难，需要找谁我去找。”

吴德君说：“我同意发点加班费。没有什么困难，这点小家，我还是可以当的。”

大家给吴德君鼓掌。

第二十四章
选　　址

临近年终时，一天上午，江行舟给阿龙打电话，问宾馆项目进行得怎样了。阿龙说他在老家，过几天就去临水县。宾馆项目的准备工作还在进行中，各项手续准备得差不多了，这次回去就准备开始拆迁，到时请江行舟帮忙。

江行舟说："我全力配合。宾馆项目要抓紧推进，不要前紧后松。"他又问阿龙，"有没有人要在你们项目上挂招商引资单位？"

阿龙说："有。好几家单位要挂，都被金局长挡回去了。这个项目可能算城建局的任务吧。"

江行舟说："我知道了。最近你那边有没有朋友要过来投资办企业？要是有，你就告诉我一声 。"阿龙问什么意思，江行舟就把县法院招商引资任务还没有完成的事说了一下。阿龙说："行。最近我正好在家，我看看有没有人有这样的想法，一有消息我就告诉你。"

青少年活动中心选址工作，牛部长打电话请冯续来把关。他初选了两个地块，不敢擅自做主，请冯续来审定。冯续来不好推辞，就把江行舟、金春生叫上，理由是一人不中二人意，多一个人参谋就多一种选择。

牛部长的车子在前面带路，江行舟等人的车子在后面跟随。牛部长的车子出了城区，一直向南，快接近郊区才停下来。

大家下车后，牛部长指着他身后的地块说："就是这块，是规划办副主任于慧慧推荐的。我查了一下规划，别看现在离老城区远一点，将来这里将是城市中心区。这个地块地势平坦，周围环境很好，前面有一条河，将来可以把水引进来，做成水景，非常漂亮的。”

冯续来仔细打量这个地块，现在是一片农田，水稻刚收割完，露出白花花的茬口。远处有村庄，道路比较通畅。旁边有一条小河，河水倒是干净。如果在这里建青少年活动中心，就是在一张白纸上画图，想画什么样就画什么样。可是建得再漂亮也没有用，谁来？说是规划将来是城市中心，那是多少年之后的事情，现在荒无人烟，势必成了鸡肋。

冯续来没好意思明说，就敷衍几句：“环境确实不错，就是离城区有点远。牛部长，你不是说有两块地嘛，我们去那块地看看，比较一下，再商量。”

第二块地在城区牛行街南边，旁边也有一条河，这两年通过治理，河水水质变好，在环境上应该是加分项。这里的地势比较高，就是居民户数比较多，房屋比较密集，但房子都很破旧。将来拆迁量和资金投入会比较大。两块地相比较，各有优缺点 。牛部长说，他也拿不定主意，请冯书记帮他掌掌眼，拿主意。

“既然牛部长点名叫我说，那我就说说。”冯续来笑道，“我说得不一定对，不对的请牛部长批评。”

牛部长笑着说：“冯书记，你要是打我两下都可以，你说这种话叫我有点承受不起！”

冯续来道：“这两块地比较一下，确实各有利弊。南边那个地块不错，周围没有干扰，一张白纸可以画最新最美的图画，但离城区太远，孩子们怎么去活动啊？是的，将来可能是城市中心，但规划要变成现实，还有个过程。做事有个提前量是对的，但也不能提前太多，提前太多就会与现实脱节。现在我们脚下这块地，无论从哪方面讲都不错，问题就是拆迁工作量大。这区位好，当然住的人就多，很正常。把青少年活动中心建在这里，孩子们来学习、游玩都很方便。拆迁费增加，到底增加多少，洪主任测算一下。两个地块，从经济效益和社会效益两个方面算账，比较一下到底采用那个方案好，权衡利弊后，我们决策才有科学依据。”

“还是冯书记考虑得周到。”牛部长说，“我和洪主任回去好好算算账，然后拿出方案，再向冯书记汇报。”

牛部长要请冯续来和江行舟吃饭。冯续来说：“吃饭就算了，等青少年活动中心奠基典礼时，我们去祝贺。”

在回去的路上，冯续来问大家刚才有没有注意到，就在牛部长选的第一块地的北边，靠近城乡接合部的城关乡一侧，也是农田，有点房屋，但不多。有房屋是好事，说明这个地方适宜居住。这块地要是开发成小区还不错。大家都说：“车子一晃就过去了，你也没有说，我们没有注意看。”

冯续来道：“我们干脆现在就转回去看看，省得下次再来。”

江行舟说：“中。看看也好，一举两得。”

于是，车子又拐了回去。

这是一块连片的稻田，稻茬地里种的小麦已经返青，一片绿茵茵的。

这里是临水县城关乡属地。城关乡紧挨着县城，原来是水患严重的地方，新中国成立后大力兴修水利，根除了水患。二十世纪七十年代，县政府推行旱改水，现在基本种的是水稻和小麦，稻麦两熟，城关乡也就成为临水县的粮仓。在这里，一块连片稻田往往就是几百亩，一些自然村庄散布其中。

冯续来指着不远处的那一片房屋说：“那是城关乡粮管所。当时把它建在这里，主要是考虑农民卖粮食方便，选址的时候我参加了。我当时是城关乡副乡长。这里的老百姓比较听话，相信政府，将来我们的拆迁工作难度相对小一点。当然，难缠的人肯定有。这样的人哪里没有啊？你们好好看看，到底要用多少地。这个地块比较大，给我们的选择空间也大。”

江行舟向周围望望，没有说话。他觉得自己还吃不准，想听听金春生的意见。

金春生看了一圈，说：“这块地本身没话说。地势开阔平坦，周围环境也不错，也有水，基本条件我看可以。这里离老城区也不太远，将来居民买房搬家也方便。我们回去查查规划图，看看这块地将来是什么用途。只要符合规划，这块地就可以建小区。至于小区规模要好好斟酌，不能草率决定。”

冯续来又问江行舟意见如何。

江行舟说：“中，我同意。”

冯续来叫江行舟、金春生回去查规划图，再问问向海平这块地是不是基本农田。要是基本农田就不能动，另外再选。只要不是基本农田就可以用，该报批就报批。

查规划图的结果，该地块是生活区，可以建住宅小区。土地咨询结果，也没有问题，不是基本农田，只是一般农用地。要是想用，只需履行报批手续，省国土厅同意就可以。

江行舟把查询结果报告给冯续来。冯续来让江行舟和金春生组织人手，做出两个地块的开发规划初步方案。

从规划办抽调到指挥部工作的是一个小女孩，复姓东方，名明珠。有人叫她东方，有人叫她明珠。她瘦瘦的，戴眼镜，挺文静。她大学学的是城市规划专业，本可以留在省城工作，她父母非要她回老家工作。她是规划办第一个本科生。在她之前，规划办的人基本都是中专、大专学历。过去，规划办的业务比较少，不太忙，这些人还能应付。

江行舟和金春生把东方喊到办公室，把大致意思说了一下。东方说："住宅小区规划比较容易。只要地块确定下来，我们规划部门就根据国家相关规范要求，对主要技术指标给予约定。如，用地红线、建筑红线、容积率、建筑密度、绿化率、路网、公建等配套。这些指标都有明确要求。设计单位、开发单位必须按这些规划要点去设计和施工，不能有任何突破和超越。这就是规划的刚性所在。"

东方又说，步行街比较复杂。比较有名的步行街有北京的王府井、金陵的湖南路、武汉的江汉路。现在全国不少地方都在建步行街，特色很重要。要根据当地文化基因、消费习惯、消费能力确定。现在我们要搞文化一条街，特色很明显，但是，要尽量避免同质化竞争，可以在设计上加以隔离，给予引导。一条街只能用一条动线，在适当位置向外延伸，使街道成"非"字形结构，在支线街道可以搞其他特色经营，这样可以分解主线的压力，也可以是主线的补充。街道不能太宽，太宽聚不住人气，衰减商业氛围，最多不超过九米。商铺面积大中小搭配，大的可以搞成小综合体，让有实力的商家经营，提高街区的档次和凝聚力。大量的商铺是中小型，这充分考虑商户的购买力，比较切合我们的实际情况。这些都是设计时必须考虑的事。我们规划就是把这些事情做成标准，让设计单位有规范可循。

江行舟道："想不到规划里面还有这么多门道，我又长知识了！我们现在怎么做呢？"

东方说：“现在我们规划部门没有办法单独做事。因为很多事情没有定下来，我们没办法操作，只能等你们把这些主要的事情都定下来，我们才好做具体事情。”

江行舟觉得东方的话还没有说清楚，便抬起头望着东方。

金春生道：“东方的意思，是叫我们领导先商量，把她刚才说的这些大框架定下来，他们规划部门才能做具体的工作。”

“中。”江行舟说，“我们向冯书记汇报。”

第二十五章

制定选址方案要慎重

牛部长把江行舟叫到办公室。他的办公室在冯续来办公室的上层，也就是四楼东头第一间。办公室内部陈设跟冯续来办公室一样，比较简陋。

牛部长个子不高，身材匀称，白净面皮，浑身透着精明。他开门见山地说，找江行舟来，主要是商量一下青少年活动中心的建设问题。

江行舟说："领导有什么事需要我做的，尽管安排就是，千万不要客气。"

牛部长连忙打断他："这不是客气，是工作需要。我们必须很好合作，把领导交给我们的任务完成。"

江行舟点点头，不再说什么。据牛部长介绍的情况来看，江行舟已经感觉到，牛部长已经由旁观者变成当事人，由配角变成主角。

牛部长说："青少年活动中心规划的总体方案出来后，我们一边委托东大设计施工图，一边办理各项前期手续。现在遇到的第一个问题，就是谁是这个项目的投资主体，谁来出这笔钱。中央三令五申，政府不准建设楼堂馆所之类消费型设施，这是红线，不能触碰的。青少年活动中心是社会公益性项目，照理说是可以建的，只要政府不投资就行。所以，这个项目的投资主体需要动脑筋，选一个既有经济实力，又受政府控制的公司。"

江行舟全神贯注地听牛部长介绍情况，因为这个项目牵涉很多问题，比较麻烦。

牛部长继续说道："我请示过奚书记了，他说可以考虑城区开发建设总公司。他要我跟冯书记商量。我把这个想法向冯书记汇报后，冯书记说他同意，要我直接跟你说。”

说到这里，江行舟心里有点犯嘀咕：“我是具体办事的，不是决策人。这么大的事情，他直接跟我说干什么？”

牛部长道：“青少年活动中心的开发主体，由你们城区开发建设总公司承担，并办理建设需要的各种手续，包括将来的资金筹集，估计要向银行贷款。不过你也不用担心，到时候县财政局会出面担保的。”

江行舟问：“什么时候启动？”

“马上。”牛部长说，“我会安排人与你对接的。”

离开牛部长办公室，江行舟立即给冯续来打电话，说了牛部长找他的情况。冯续来说：“我知道，这是一盘整棋，我们必须配合的。今后牛部长安排你的事情一定要办好。我之所以没有跟你打招呼，就是不想让你胸有成竹，变成我掌控一切就不好了。”

江行舟觉得冯续来讲话有点怪怪的，但又觉得领导之间的关系，自己不便猜测。今后自己做事小心些，不要误踩地雷。

文化一条街的建设方案，一直没有时间坐下来商量。冯续来总说自己忙，你们搞个初步方案出来再一起讨论。江行舟就和金春生、东方一起商量方案。这样也好，时间不紧，心里不急，比较从容。

在江行舟办公室，他们拿出一张纸，在上面写写画画。江行舟提问题，东方回答；金春生有时间，有时答。这样断断续续进行了两三天，初步方案终于基本成型。

文化一条街东起临水县中学，西至实验小学，长约一千六百米，中间还有两所小学。街道整体近似直线，因考虑两所小学的融入，中间略微拐了一下，所以变成小 S 形。考虑到商业辐射功能，在主街道两侧，各向两边伸出三条支路，整体街道呈“非”字形，支路延伸至原来的自然道路。主道路宽九米，不设慢车道，商铺门前各留十米宽人行道，在合适地点划出停车位，用于临时停车。商铺为六层商住两用楼，底下两层为商铺，以上为住宅。在东面搞了一个集中商圈，无住宅，三层至五层不等，供较大特色公司选择。类似集中商业业态，在西面也搞了三个，只不过体量比东面的小，以小型、独立商铺为主。

江行舟和金春生仔细算了一下，不清楚的地方就向有关单位询问，最后搞出一个大致方案。据初步测算，文化一条街建筑，商用面积约八万平方米，住宅面积约十五万平方米。拆迁面积按八十米宽、一千六百米长计算，约十三万平方米。砖混建筑按市场价每平方米四百元计算，全部建筑成本约九千万至一亿元。销售收入，商铺按平均价一千五百元计算，可得一亿两千万元。住宅除用于就地安置十万平方米外，可售面积约五万平方米，每平方米按八百元计算，可售收入四千万元。两项销售收入一亿六千万元。成本主要是拆迁、建筑、配套及管理。拆迁采取就地安置办法，拆迁户先临时租房，期限一年半，需要支付一笔临时过渡费。道路绿化、经营管理成本不会太高。建设成本的大头，也就是土地，不需要付钱。因为土地是国有的，所以征地成本可以忽略不计，只需提供报批费用。

总之，这次搞文化一条街不仅不会赔钱，弄好了，县政府还可以赚一点。说实在的，这不是天上掉下来的钱，而是县政府卖地的钱，完全是正当收入。

牛部长派人送来一大摞表格、文书，都是项目审批需要申报的资料。江行舟让来人把资料留下，他马上处理，填好后立刻送过去。

江行舟拿起申报资料，一张一张地看。看完之后，他心头一沉，眉头不由得皱了起来。

这些申报资料，只要他签上字、总公司盖上章，青少年活动中心的所有事情都是他的事、总公司的事。要是总公司真能参与管理，什么事情他都会有数，绝不会弄出大娄子的。现在的问题是，他只是挂名却不参与实际管理，牛部长如何操作，他也不知道，这明显存在漏洞和风险。将来万一出了什么问题，主要责任必定是他和总公司的，他想推也推不掉。

但现在的情况就摆在这里，也不是江行舟怕担担子，有意推卸责任，而是各种情况凑在一起，目前只能先这样做。他也必须积极主动地把这件事情做好，还不能有任何消极怠慢的情绪。

这些申报资料，比较复杂，有的他比较清楚，有的他还不了解。他决定把金春生、向海平和吴德君找来，一起把关，千万不能出现错误操作，那样后果会很严重。

江行舟和金春生三人商量这件事的时候，特地叫秦科也来参加，并让秦科做了详细记录。以后凡是牵涉青少年活动中心项目的事，江行舟尽量和他们一起商量，为自己设置了一道护栏。但很多时候，都是牛部长打电话催办，江行舟只能当场表态，回来再立即落实。青少年活动中心项目，一直在江行舟的忐忑不安中磕磕绊绊向前运行。

文化一条街方案研讨会，除了冯续来和总公司几个领导，还把规划、国土、拆迁、建设等部门的负责人请来。会议地点就设在城建局会议室，城建局鲁青云局长也参加会议。

江行舟详细汇报了他和金春生研究的方案，金春生适当进行补充。冯续来让大家畅所欲言，赞成不赞成都可以说。

规划办主任洪泓认为，在集中教育区内建商业街不符合规划的协调相容原则，学校需要安静的周边环境，这种商业气氛很浓的街道，将产生巨大的噪声污染和灰尘、汽车尾气污染，每天上下学时间也势必造成交通拥堵，造成安全隐患。这些因素都将对教育将产生不良影响，建议另行选择更为合适的地块比较好。

拆迁办主任宇文正则提出，对这一地段拆迁，情况不明，需要进行实地勘测，进行入户调查，详细摸清底数，才能制定拆迁安置方案。还有牵涉具体安置的补偿标准、安置办法，都需要一一详细落实。他还提出，对拆迁的房屋必须进行评估。评估需要有专业资质的第三方实施，这是规定。

吴德君关心钱的问题。要对从拆迁安置到建设的总成本、销售价格彻底进行测算，根据测算后的收支和盈亏情况进行评估，最后再来进行科学决策。

鲁青云提出了施工队伍的组织问题。鉴于本地建筑队伍施工经验不足，资质过低，人员素质参差不齐，且已经承担了青少年活动中心的建筑任务，近期内很难再承担这么大的任务。至于扶持本土企业，锻炼队伍，可以等以后小区建设时再考虑。这次文化一条街比较特殊，建议施工队伍对外招标，最好在全省招标比较好，选择有实力的、资质高的施工队伍。

吴德君说："选择施工队伍时，有一条很重要，施工单位必须同意垫资，主体完工时我们再付款。不能接受这个条件就放弃，这样可以大大减少我们的付款压力。如果能达到这个条件，到那时，我们已经可以对外销售了，资金回笼，我们就没有什么压力。"

向海平说："我们国土局的工作比较好做。等规划办把图纸交给我们，我们就进行面积、价格测算，打好报告，向省厅报批就是了。我们肯定不会拖后腿。”

散会后，冯续来把江行舟等人留下来。

冯续来面色凝重，又轻咳一声，笑了笑说：“刚才规划办洪主任说的意见，让我哭笑不得。他就是一个书呆子。按书本上要求，他说得对不对？对呀！对又有什么用呢？几十年都是这样，安安静静，没有污染，没有干扰，教育搞得怎么样啊？考上清华北大的有几个？我们不能再这样沿着老路走下去了，必须大胆改革，打破这些条条框框限制，坚持搞经济建设。没有经济腾飞，一切都是空谈！”

他喝了一口水，把茶杯朝桌子里边推了推，接着说道：“这个文化一条街的方案，在座的都知道。这不是我们几个人坐在办公室里凭空想出来的，更不是心血来潮拍脑袋拍出来的。我们是经过认真思考、慎重决策的，完全可行的。这个大方案，我们必须坚定信心不动摇。至于具体各项技术指标参数由规划部门仔细斟酌，尽可能做到科学合理。这项工作，行舟和春生跟洪主任谈，注意方法，让他们抓紧时间把我们的原有方案进行修改完善。”

关于拆迁问题，冯续来认为，拆迁办主任宇文正的意见还是有参考价值的，要拆迁办迅速派人跟进，开展工作，搞清情况，摸准底数，制定详细的拆迁安置方案。对于宇文正说的委托第三方拆迁评估公司的问题，冯续来认为要变通处理，既要保证合法合规，又要保护自己的自主权。千万不能把自己的主动权委于外人，造成多花钱、局面失控就不好办了。可以考虑让拆迁办联系一家拆迁评估公司，签一个合作协议，让拆迁评估公司派人参与拆迁评估活动，但决定权必须在指挥部手里的。他让江行舟、金春生找拆迁办的人谈，争取一个星期把方案拿出来。

“至于成本和盈亏核算——”冯续来道，“德君参加。行舟、春生一起搞。这只是大概数字，宜粗不宜细。拿出这个方案来，很有好处——一是我们自己心里有底；二是跟县委领导也好汇报，取得他们支持。”

接着他们又议到小区开发问题。地块上次议过，但没有细化落实。冯续来要求立刻提上工作日程，拿出一个大框架以后立刻研究。

临散会，江行舟跟冯续来说，有事要单独汇报。

江行舟就把青少年活动中心目前的状况说了一下，表示他有点担心，怕会失控出事，他担责任也就罢了，要是给总公司担担子就不好了。

冯续来点点头，拿起茶杯，摇了摇，示意江行舟不要急，也喝口水。江行舟也就拿起茶杯，没有喝又放下了。

冯续来说："我知道这个情况，牛部长都跟我说了。其实奚书记把青少年活动中心这个项目交给牛部长负责，主要是想给牛部长增加一点管理经济工作的历练，今后提拔使用的路子会宽一点。因为牛部长以前没有做过经济工作，一直在办公室、宣传部工作，向上走的路子相对窄一点。奚书记从培养干部的长远目标出发，这样考虑也是对的。"

他还特别告诫江行舟："行舟，我提醒两点，你要注意。第一，跟牛部长接触，你尽量多听少说。牛部长是知识分子，心思细致，想得多一点。你如果说多了，让牛部长产生误解就不好了；第二，牛部长安排在青少年活动中心项目部那个女的，叫什么于慧慧的，你要注意。她可不简单。外界多有议论，与她接触要多留一个心眼儿。"

江行舟说："这个人我见过一次，大眼睛，非常热情。"

冯续来道："我担心牛部长不了解情况，中招就麻烦了。"

"但这种话我也不好说呀！"江行舟道。

冯续来咂咂嘴，又摇摇头，似有难言之隐。

冯续来少见的阴沉脸色，深深印在江行舟的脑海里。

第二十六章 不正常的贷款

有播种就会有收获，招商引资工作没有白做。经过全县上下齐心努力，这个名不见经传的小县、穷县，被推介到安江、福建、广东、上海、北京等经济发达地区和大城市，为那些先富起来又在寻找新的投资方向的人，展示了一条新的发财路径。

这里是改革的先锋，亟待开发的处女地。这里的人们张开双臂，热忱欢迎你去投资创业，帮助你实现理想。有些人抱着看一看、试一试的心理，踏上这块陌生的土地。接着，他们被这里的热情感染，爱上了这片热土。一些小的服务型企业，甚至是小商小贩，也一概受到欢迎，得到支持、扶持。这些人的口碑传播比任何广告作用都要大。后来，一些较大的实体经济老板也来了，在这里建分厂，有的把工厂整体迁过来。

城区开发指挥部是接待单位。不管是哪个部门还是哪个乡镇引来的，都统一到城区开发指挥部办理招商引资手续；需要相关部门办的手续，也是按照城区开发指挥部的要求办理。一时间，城区开发指挥部成了热门单位，天天门庭若市。

江行舟每天都要花费大量时间处理招商引资的事情，原单位的本职工作受到影响。他感到这样工作非常被动，出力不讨好，必须要改变。他把这个想法汇报给冯续来。冯续来说："招商引资是大事情，我们必须努力去办。哪怕对我们正常工作有些影响，也不能推脱。"

江行舟张张嘴，想说还没说呢，冯续来做出制止手势，说："你不用说，你说的是实际情况。你们的工作确实被动，招来的项目你们也弄不清情况，人手也不够，其实你们也没有必要揽这个事，要有专门负责人来处理这些事。我去向奚书记和徐县长汇报，包括招商引资的优惠政策，说法也不一致，需要规范统一口径。估计要集体研究。你先这样干着，等领导确定人选再说。”

阿龙大酒店项目，上个月就已经举行了主楼奠基仪式，奚书记没去，徐县长和冯续来去了。冯续来代表县委、县政府表示祝贺。江行舟和总公司一帮人都在邀请之列。其间，江行舟又提起法院招商引资任务的事，阿龙说他最近比较忙，顾不过来。他最近抽时间联系，尽快落实。

果然，之后没几天，阿龙就给江行舟打电话说，他一个朋友想投资搞一个游乐餐饮项目。他在山东搞了几家类似项目，都很成功。如果临水县政策真的很好，他想在临水县也搞一个。

江行舟问阿龙具体是什么样的项目。阿龙说：“蒙古包式的沉浸式娱乐。”

江行舟又问：“到底是什么样形式？”

阿龙说：“大概就是找一块地，建一批蒙古包，养一些马啊羊啊骆驼什么的，供人们骑、玩，可以在蒙古包里吃饭。这种项目要远离市中心，环境要有点野趣。”

“也要不了多少钱啊。”江行舟说。

阿龙说：“听朋友说，至少也得三五百万元。”

江行舟道：“你朋友什么时候来，我们一起带他到处转转，看看有没有他中意的地方。他要是决定来投资，我们一定搞好服务。”

阿龙说：“这样，我来联系他。一旦他决定过来，我就向你报告。”

“阿龙，你现在也学会打官腔了。”江行舟笑道。

一天下午，冯续来给江行舟打电话：“你通知德君，你们晚上到县委招待所大会议室，参加周末沙龙舞会。”

奚书记调任临水县快两年了，不断想出新花样，把机关干部折腾得不得安宁，大家私下叫苦不迭，却又敢怒不敢言。这种“厌战”情绪，奚书记可能看出来了，也有可能有人跟他说了。他认为确实如此。这两年，全体干部群众都付出了巨大的牺牲，做出了历史性的贡献，应该让大家稍微放松一下，一张一弛，文武之道。他提议，可以组织一个类似国外的沙龙聚会，大家周末在一起唱唱歌，跳跳舞，聊聊天，可以拉近人与人之间的距离，促进彼此的感情，有利于团结。地点就设在县委招待所大会议室。规定县四套班子成员自由参加，部委办局和乡镇主要领导，由县委办统筹安排。还规定，参加者只准带自己家属和单位女同志，不允许带社会上的人。

这样的沙龙，已经举办过好几次了，冯续来很少参加。尽管他会唱歌也会跳舞，但他不喜欢在这么多熟人面前忸怩作态。陆书记倒是喜欢这种场合，几乎场场到，又唱又跳，每场必尽兴。这次，冯续来实在拗不过去，才拉上江行舟和吴德君应付场面。

江行舟稍微提前一点时间进入临时舞厅。原来的桌椅都被堆在后边，两侧放着沙发和小茶几，茶几上摆放着啤酒、饮料和水果。中间空出来做舞池，不是很大。江行舟目测一下，可以容纳二三十个人同时跳舞。音乐悠悠响起，气氛轻松还带着一些神秘。江行舟找一个靠后的位子坐下来，盯着门口，要是吴德君来了，就把他叫过来，也好搭个伴。

不一会儿，人们三三两两而入。奚书记像平时工作一样，严格遵守时间，晚上8点钟准时到达。他穿一件深色半长风衣，配着苗条的小身板，头发在灯光下闪着幽幽的光。他向大家挥挥手，示意舞会开始，音乐声音立刻放大，世界名曲飘在人们的头顶，冲击着人们的耳鼓。人们进入舒服放松状态。

奚书记向大门口张望。这时一个身穿米色晚礼服的年轻女人走过来，伸手拉住奚书记的手，一只手搂住奚书记的腰。奚书记把一只手自然地放在女人的腰上，一只手轻轻拉住女人的手，两人缓步进入舞池，踏着音乐的节奏，跳起“小拉”。整个舞台都被他们照亮，有几个舞蹈爱好者受其感染，进入舞池跳起来。舞会气氛一下子推向高潮。

因为来的人不多，很多座位都是空的。江行舟装作上厕所，找了一圈，终于发现吴德君已经来了，也坐在旁边看热闹。

江行舟在他身边坐下，问道：“你不去跳一曲？”

吴德君摇摇头：“看看热闹挺好，不要出那个风头了。”

这时，陆书记开始唱歌，中气十足，震耳欲聋。跳舞的人只好停下来。陆书记连唱三首不过瘾，还想唱。奚书记笑着说道：“陆书记这个麦霸瘾头真大，能不能歇一歇，让大家再放松放松呢？”

陆书记大笑着说“好，好”，才意犹未尽地放下话筒。

音响师开始播放圆舞曲，奚书记又拉着那个女人优雅地跳起来。江行舟注意到，冯续来始终没有进入舞池，坐在一边与人说话。

江行舟问吴德君：“和奚书记跳舞的那个女人是谁？”

吴德君警惕地扫视一圈，发现没人注意，才小声答道：“李屏屏，省城来支教的老师，能歌善舞，也住在县委招待所，被奚书记请来当舞蹈指导兼舞伴。”

晚上 10 点钟，当萨克斯独奏《回家》的音乐声响起，舞会准时结束，就像开始一样准时。

第二天上班，青少年活动中心项目经理、县规划办副主任于慧慧跨着猫步，风姿绰约地拿着一沓表格来找江行舟。

江行舟心里不太愿意见到于慧慧，总要给她点面子的，也就热情招呼她：“美女有什么吩咐，尽管说。”

于慧慧向江行舟抛了一个媚眼，见江行舟没抬头，就把手里的表格放到桌上，顺势坐在办公桌上，把嘴唇贴在江行舟耳郭上，悄悄说道：“哥，牛部长安排贷一笔款。”

这是一项正常工作。以前青少年活动中心项目已经通过总公司向银行多次贷款，现在要办贷款也很正常。江行舟叫于慧慧把贷款手续给他看看。于慧慧就把桌上的一沓表格推给江行舟。

江行舟拿起表格仔细看起来。于慧慧站起来走到江行舟身后。江行舟连忙叫她坐下。

看完材料，江行舟问：“还有没有了？”

于慧慧说：“表格都在这里。”

江行舟道：“应该还有一份财政局担保说明书，以前都是这样办的。于主任，你应该知道啊。”

于慧慧摇摇头：“表格有问题吗？这是牛部长让我来办的。具体什么情况，你要是不清楚，就请你问问牛部长。”

江行舟皱皱眉头，问道：“这一百万元干什么用的？”

“买装潢材料。”于慧慧回答道。

江行舟问："装潢不是外包了吗？"

"还有一部分材料是甲供的。"于慧慧说。

江行舟便说道："把甲供的合同给我看一下。"

于慧慧的脸色越来越难看，见江行舟还在要这问那，便显得有点不耐烦，说："合同我今天没有带来，改天我送来给江总审查吧！"说着，她把桌上的表格放到包里。

江行舟还想解释，于慧慧屁股一扭就走了，把手足无措的江行舟晾在那里发愣。这就叫怕事有事。他觉得于慧慧肯定有猫腻，但这事是牛部长安排的，他怎么向牛部长解释呢？他想了想："这个女人要是夹带私货，肯定会恶人先告状，牛部长说不定也会相信她的话。她毕竟在牛部长身边工作。"

江行舟感到头皮发麻，但也不能不闻不问，坐以待毙。他想，自己与其被动挨打，不如主动出击。刚才于慧慧说甲供合同没有带来，干脆，现在自己直接上门去取。表面上看，他是主动上门服务，实际上是突击检查。如果于慧慧真有猫腻，马上露馅；如果于慧慧确实没有问题，该怎么办就怎么办。

青少年活动中心的工地上一片繁忙，主体工程早已结束，正在进行内外装修。广场上正在进行铺装，施工车辆来往穿梭。主要工程必须在冬季严寒来临之前结束，否则将影响工程质量。在这之前，江行舟来过几次。他每次来，都看到工程有较大的进展。

江行舟推开经理室房门，于慧慧正在整理桌上的东西。她听见门响，抬起头见是江行舟，先是一愣，马上站起来，脸上绽开两朵桃花，语调轻软甜腻："哟，江总大驾光临，真是蓬荜生辉呀，欢迎欢迎！"

她走到旁边，拿起一个纸杯，放上茶叶，从饮水机里接水。江行舟连忙说："你不要忙，我杯子里有水。"

说罢，他从包里拿出玻璃水杯，示意一下，放在桌上，对于慧慧说："于主任，请坐。"

于慧慧放下纸杯，在自己座位上坐下，说："地方简陋，江总不要见怪。"

江行舟说："反正是临时的，工程结束就拆掉了，何必浪费呢，这样挺好。我刚才看了一下，施工进度超出我的想象——看来今年年底差不多能竣工。"

于慧慧说："应该差不多吧。牛部长整天催，恨不得我们二十四小时不吃饭不睡觉，他才高兴。”她的语气中充满自豪和炫耀。江行舟便顺着她的话头夸了几句。于慧慧非常高兴，刚才紧张的情绪松弛下来。

江行舟不想这样东拉西扯，就言归正传，问于慧慧甲供合同的事。他还解释说：“我知道于主任工作很忙，我正好要到县政府办事，随便过来看看，省得你再来回跑。”

于慧慧脸色沉了一下，马上说：“好，甲供合同在办公室马秘书那里，我去取。”说罢，她便起身出去了。

不一会儿，她回来了，对江行舟说：“马秘书不在办公室，听说他家里有点事。这样，江总，明天我把甲供合同给你送过去。”

江行舟点头说：“好，我就告辞了！”他向于慧慧挥挥手，走出办公室。

江行舟基本上可以断定，这件事情一定有问题。但是有什么样的问题，他一时还猜不出来。

江行舟给金春生打电话，说了这件事，让他了解一下这件事背后到底有什么问题。

金春生说：“好，我找人打听打听。”

江行舟又打电话问东方：“文化一条街的方案进展到什么程度了？”

东方说：“方案正在修改，在规划办内部已经开会讨论两次了。”

江行舟又问：“什么时候能改好？”

东方说：“说不准。反正我们正在加班加点地改！”

江行舟说：“越快越好！”

第二十七章

美 女 诱 惑

阿龙朋友来了。

阿龙直接把他带到江行舟办公室。令江行舟感到很意外，问阿龙怎么不事先打个电话。

阿龙说："我带他到处转转，顺便到你这里看看。你要在，就见见面、聊聊。你要是不在，也没关系，我们再约就是了。他这次是来谈项目的，不会马上就走。"

阿龙朋友看样子跟阿龙差不多，不到三十岁，也穿一件花夹克。虽然天气已经有点冷，但他和阿龙穿得都很少。

阿龙介绍说，他的朋友叫付啸虎，人称"阿虎"。也许是牛羊肉吃多了，阿虎既胖又壮。阿虎不怎么爱说话，大部分想说的话都由阿龙代说。阿龙把阿虎这次来的目的又简单说了一遍，江行舟不断地轻轻点头。

阿龙对江行舟说："我来你这里之前，已经带阿虎到处转了转。江院长，不客气地说，我现在已经是临水通了，城区周边没有我找不到的地方。"

江行舟笑道："好啊，将来可以授予你荣誉市民，条件是要娶我们临水的小姑娘做媳妇。我们这里美女多的是，你要是看中哪一个，我给你当红娘。"

阿龙说："我知道你们这里是美女之乡。我要是相中了，我自己一定能把她搞定。"

"你别吹了！"阿虎说，"那次不是我帮你，你能成功逃掉？"他这句话说得倒是挺流畅，逗得江行舟哈哈大笑。

阿龙说他初步看好通北河南堤下面公路北侧的一片坡地。那里没有村庄，十分开阔平坦，很适合阿虎的项目。有时间请江院长去看看。

江行舟看看表："时间还来得及，我们现在就去看。"

江行舟就坐阿龙的车子，出城一直向东。初冬已至，树叶纷纷掉落，路上已经有人穿羽绒服了。江行舟暗暗感叹，一年就要过去了，自己整天忙忙碌碌，到底为了什么？

车站市场工程完成以后，江行舟还没有来过。他叫阿龙把车子拐到车站市场里转一圈。

阿龙驾车驶入通往市场的路。现在进入车站有专用的道路，非常通畅。市场是单独的街道，连接车站和432省道。原来弯弯曲曲的市场道路现在变直了。两旁的商店鳞次栉比，商品琳琅满目，人流如织，看来生意很不错。江行舟心里不由得生出满满的成就感和自豪感。

他打开车窗，朝道路两旁看，正好被超市老板老朱看到了，大声喊道："这不是江院长嘛，下来坐坐，喝口水呗！"

江行舟叫阿龙停车。他打开车门，来到老朱身边，热情地与老朱握手："朱老板生意怎么样啊？"

老朱抓住江行舟的手不放，连声说："感谢江院长！你们当时帮我们做了一件好事！不好意思，我们这些人没有什么见识，当时还反对，现在想想就脸红。"

江行舟说："只要你们过得好，我们就高兴了。"

老朱热情地邀请江行舟中午在他家吃饭，喝两杯。江行舟说他还有事要办，以后会有机会的。

这时的江行舟，忽然觉得自己和指挥部的同志几十天的辛苦劳累和付出，都是值得的。

阿虎看中的这片开阔地是控制建筑的，所以没有什么建筑，只有一些树，大部分是庄稼。现在庄稼已经收割完了，看起来一马平川。

江行舟心想："这两个人精，居然能找到这样合适的地块，看来不能小看他们了。"

阿龙问江行舟，这个地块怎么样。江行舟说："这块地非常适合阿虎的项目。但我必须跟你们说清楚，这里是河堤，是不准搞永久性建筑的，就是临时建筑也要经过有关部门审批。而且土地只能租用，租金要与村组还有农户谈。我还不知道这其中还有没有别的问题，我先了解一下情况。如果没有什么大的障碍，我们就继续往下进行。万一不行，你们就换一块地方。好地块有的是！”

阿龙和阿虎一起说：“我们听江院长安排。”

阿龙要江行舟和他们一起吃饭。江行舟说下午还有事，再找时间招待阿虎。

阿虎这个项目，江行舟特别上心。文清扬很慎重地把法院招商引资的任务交给他，他准备用阿虎的项目完成法院的招商引资任务。所以，他立刻与临城镇吕书记联系，了解情况。据吕书记说，这块地是藕池村的，具体什么情况他也说不清。他马上派人了解一下情况。

下午，江行舟正在办公室看材料，金春生来了，进门就把门关上，在江行舟办公桌前的椅子上坐下，喝一口水，清清嗓子。江行舟看了看他，问道：“是不是于慧慧真有问题？”

“是。”金春生说，“这个女人是狐狸精。她是中专毕业，又不是学规划专业的。她和县政府原领导人有瓜葛。她就是靠这种手段上位，当上规划办副主任的。”

江行舟说：“对她的过去，我不感兴趣。我就关心她这次到底想干什么。”

“你不要急，听我慢慢说。”金春生道，“你听我说完，自然就知道是怎么回事了。这个于慧慧，是县城人，父亲是厨师，母亲是看自行车摊儿的。她家兄弟姐妹很多，家庭很困难，好不容易供她读了中专，安排在规划办，画画图什么的。后来有一次，城建局搞一次大型宣传活动，于慧慧被县政府一位领导看中，把她提拔为规划办副主任。这次不知她又是怎么活动的，抽调到青少年活动中心项目部，被牛部长看好，让她做项目部经理。”

江行舟忍不住了，催促道：“赶快说重点。”

金春生道：“马上就是重点。于慧慧丈夫在建行工作，现在是建行一个分理处负责人。这个人比较贪，胆子也大。他利用职务便利，帮助别人贷款，私下收取好处。这是小事，他能干出什么出格的事来呢？不过是利用银行管理漏洞，截留储户的存款不上交，私下放贷，全是用假手续，欺骗储户。这次市行搞突击检查，发现了这个巨大漏洞。通过清查，发现他截留储户存款一百多万元。他已经停职了，限他一个星期把这笔钱还上，否则就报警处理。”

江行舟说：“看来于慧慧这次想铤而走险，以青少年活动中心名义贷款，然后给她丈夫堵窟窿。”

“我分析也差不多是这样。”金春生道，“这个情况是我同学告诉我的。我同学老婆在建行工作，建行内部员工都知道，领导不准员工往外说。”

江行舟说：“也不对呀！于慧慧这样做其实是很不理智的，能够得逞的机会很小，我不可能在她手续不全的情况下签字盖章，帮她办成这笔贷款。我估计牛部长不知道这个事。就算她得逞了，牛部长将来一定会知道的，那时她怎么办呢？太疯狂了，不可思议。”

金春生道：“也没有什么不可思议。病急乱投医，她想碰碰运气，万一碰到了，一切问题就都解决了。”

“她能解决什么？”江行舟说，“她老公问题解决了，她就要进去。”

“那也不一定。”金春生道，“这次危机只要能过去，下面的事，于慧慧自有办法搞定。这是她的长项。”说完他哈哈大笑。

江行舟沉默了，他实在笑不出来。

金春生见江行舟面色凝重，就安慰道：“这事她也没有搞成，我估计她不敢再来了。”

江行舟说：“谁知道牛部长会不会发这个菩萨善心啊？要是他出面帮她，我们就会非常被动。”

金春生也感到问题的严重性，但也没有什么好办法，毕竟疏不间亲啊。于慧慧毕竟在牛部长身边工作，一哭二闹三上吊的，牛部长能顶得住吗？目前他们只能等待，走一步说一步。

晚上，江行舟睡得很晚，王莉早已发出轻轻均匀的鼾声。他在想今天白天的事，又觉得烦，不愿去想，但又挥之不去，很晚才睡着。他刚睡着，忽然手机铃声响了。县政府统一规定，领导干部手机必须二十四小时开机。他迷迷糊糊拿过手机看来电号码，是牛部长打来的。他立刻清醒了许多，但声音还是闷闷的。他知道，这个时候牛部长打电话，必定是为了那件事。于是他就多了一个心眼儿，轻轻按下录音键。

牛部长问："江院长在睡觉啊？不好意思，打扰了。"

江行舟连忙说："没事，没事，领导有何吩咐尽管讲。"

牛部长道："我忽然想到一件事，请你明天帮助办一下。"

江行舟问什么事。

牛部长说办一笔贷款，急用。

江行舟说："没有问题，你明天安排人来找我就行。"

牛部长说："那就不耽误你休息了，再见。"

江行舟拿着手机没有挂断。按照礼仪，与长辈或领导通电话，必须等长辈或领导先挂断，自己才能挂断。牛部长说过"再见"以后，没有挂断，江行舟也不好先挂断，手机一直拿在手里。这时，听筒里传出一个女人的声音："来呀，来呀，快一点！"

听筒里马上又传来牛部长的声音："有我老牛在，一切都 OK，怎么样？"

王莉被电话吵醒后，听见江行舟跟牛部长说话，就没有吭声；听到这对狗男女这样无耻，她实在忍不住了。

江行舟连忙示意她不要说话。王莉气哼哼地翻过身，背对着江行舟。江行舟实在听不下去了，就挂断手机。

王莉是一个懂事又不多事的女人，即便有一肚子不高兴，也只是说一句，便自己睡了。江行舟摸摸王莉的脸，见她真睡着了，也就关灯睡下，可他哪里能睡得着！

明天，牛部长一定会派人带着财政局的担保书来找他。手续齐全，他没有理由不办，只能在贷款申请书上签字盖章，贷款也就会汇到于慧慧指定的账户。

江行舟知道，无论于慧慧还是其他人使用这笔贷款，一定是理由充分，手续合法，无懈可击。

江行舟对牛部长感到异常失望，也替他惋惜。这么年轻有为的干部，为什么要这样不自重，亲手断送了自己的大好前途？

江行舟还想到奚书记，坊间也是多有流言，这个那个，有名有姓，甚至时间、地点都是那么清楚，不得不叫人将信将疑。那天周末沙龙，他目睹奚书记面色庄重地搂着美女翩翩起舞的模样，这都是真的吗？如果是真的，那就太可怕了！

江行舟自信自己在廉洁方面是无可挑剔的。在夜深人静的时候，在遇到重大考验的时候，他经常反躬自省，问自己到底是怎样的人。他也无数次回答过这个问题，答案是肯定的。自己并非圣人，天生就有金刚不坏之身。实事求是地说，一切皆为必然。首先是自己自身条件决定，不可否认。其中也有自己对自己严苛的约束成分。当老师之前不谈，想腐败也没有腐败条件；进入机关以后，职务低微，那时的官场风气还是比较好的，干部基本上沿袭过去的革命传统，努力工作，为人民服务，很少考虑自己的利益。

他到检察院工作，检察院风气更正。特别是后来他任分管反贪工作的副检察长以后，更是有了一种自然而然的职业上的自律。面对社会上的吹捧抬举，各种各样的人以各种借口给他送这送那——不过那时候经济条件有限，送实物的比较多，酒、烟、茶，吃的，喝的，偶尔也有送其他东西的，如西服、鞋子等——他基本都是拒收。

拒收是拒收，但他的态度十分诚恳，务必使来人理解，不要弄得来人对他有意见。

对于与案件有关的任何宴请，他一概拒绝，所有礼品礼金全部不收。他这样做，得罪了不少人，有的人意见还相当大。

有一个局长受贿的案子，江行舟大学同学找到他家里，请求对当事人网开一面。

江行舟推心置腹地跟大学同学谈了局长的情况，并强调他一定会实事求是，依法处理。大学同学临走前，把一大把钱扔到桌上，迅速离开。等江行舟收拾好钱，再追出去，大学同学早已没影了。

江行舟当即向检察长汇报了这个情况，检察长问他怎么处理。

江行舟说："退回去，要不大学同学意见太大了。但案件归案件，该怎么处理就这么处理。"

检察长同意江行舟第二天去大学同学工作的城市，当面把钱退给大学同学。

第二天天一亮，江行舟就去了。见到大学同学，场面非常尴尬，但他也没有办法。

后来，大学同学向其他同学说了江行舟很多坏话。江行舟听到了也不做解释，觉得就让他说两句吧，事没办成，出出气也可以。

江行舟给自己设立的底线，就是清清白白做人，认认真真办事。不受贿，不出卖国家的利益。

第二十八章
两个示范工程

关于阿虎项目用地的事，临城镇吕书记回复江行舟，这片河滩地属于藕池村，全部按现行政策承包给个人了。现在不少人不再依靠种地为生，有的出去打工，有的自己做买卖，所以这些人就在承包地上随便栽几棵树，只有少部分人还在上面种庄稼。估计要是有人想租用，他们都会同意的，就是租金需要和具体地块上的承包人商谈，这是他们的权利，村组干部不好代替。村组干部可以先与承包人谈谈，问问承包人有什么想法和要求，下面再谈可能有的放矢，难度会小一些。

江行舟叫阿虎抓紧时间，确定用地范围。第二天，阿虎就把用地范围、具体尺寸画成草图，送给江行舟。项目用地，南北宽约四百米，东西长一千米，用地总面积约六百亩。江行舟联系好吕书记，叫阿虎把草图送过去。

过了四五天，吕书记打电话告诉江行舟，村支部书记听说是招商引资的事，都不敢怠慢。之所以迟几天，是因为找不齐承包人。现在村支部书记找承包人都谈过了，情况已经基本清楚。

这些地不全是藕池村的，藕池村占大部分，还有少部分是夏湾村的。牵涉承包人比较多，不过没有关系，江行舟什么时候有空，吕书记把两个村的村支部书记带到江行舟那里，商量怎么操作。

江行舟对吕书记说：“要是没有什么特殊情况，明天下午 2 点，请你把两个村的村支部书记叫到你那里，我把项目老板带过去。”

吕书记说：“还是我过去吧，让你过来不大好吧！”

“一样的。”江行舟说，“到你那里，老板心里踏实。”

吕书记说：“中！那就明天见。”

这几天，外地来的客商一拨儿接一拨儿，江行舟穷于应付，就打电话给冯续来，抓紧时间解决，这样下去影响工作不算，弄不好还会耽误事情。冯续来说：“我已经向奚书记汇报过，也催过。他们最近也很忙。最近，县委正在酝酿机关作风整顿，要出台一些大的人事制度改革。我再催一催吧！”

江行舟想起文化一条街的事，就打电话问东方，方案什么时候能拿出来。东方说方案基本差不多了，规划办内部已经通过，正在准备汇报。江行舟问具体时间，东方说她正在做一些案头工作，如资料、图表什么的。江行舟说：“反正是待讨论方案，还会修改的，不一定要费太多的事，大家能够听懂就行了。”

东方道：“那我就抓紧时间，争取尽可能快一点，我准备好就向你汇报。”

江行舟知道，知识分子就是这样，做事比较死板，催也没有用。

金春生老婆又病了，他这几天没有来上班。江行舟抽空去医院看望。金春生对此已经习以为常，见到行舟还开玩笑：“那笔贷款听说你给办了，是不是你也上狐狸精的当了？”

江行舟笑了笑，说：“她手续齐全，我有什么理由不给办？”

金春生连连咂嘴，说道：“还不知道将来哪个倒霉鬼，会栽在这个狐狸精手里。”

江行舟说：“你不用操那个心，冤有头债有主，谁的孩子谁领走。不会是你，也不会是我。”

县委果然出台了关于干部人事制度改革的意见，内容比较多，江行舟能记得的是，在原来公推公选基础上进一步完善，加上选拔出来的人选要进行公示。在一定时间内，让人提意见。这在原来的干部人事制度中是没有的，属于制度创新。这个文件出台后，马上引起轰动，上级给予充分肯定，外地不断有人来参观学习。奚书记马上又被推上热搜，不时参加各种座谈会、经验介绍会。

江行舟力推的招商引资分流办法，始终排不上号，他只能全力以赴，苦苦支撑，每天要接待各部门和乡镇招来的投资商。工业的，商业的，农业的，不知凡几。

工业项目，有不少是南方因产业升级进行产业转移的。其中有些是有污染的化工项目。这些项目，县政府要考虑化工生产可能造成的环境污染问题，要还是不要？如果要，如何处置？必须要有一个明确的说法，否则，一批这样的企业就会流失掉。

江行舟的办法是先接收下来，留待统一安排，拖一下时间，等县委、县政府领导决定后处理。

还有一些比较精明的老板，在搞工业项目的同时，要求县委、县政府给予特殊政策，就是要求划一块地搞房地产，且这些地的地价要极其优惠。县委、县政府对投资商的要求基本全部满足，让投资商无偿使用土地。后来这个秘密被其他老板发现，都提出这样的要求。县委、县政府看这样发展下去不行，就开始进行有偿出让土地，但地价非常低，还是协议出让土地。

随着这类项目逐渐增加，地价也就慢慢涨起来。专门开发房地产的老板用地得以逐步规范，开始进行招投标。

在江行舟提出招商引资分流的时候，县委领导之所以没有急于搞分流，是想在运行一段时间，积累更多经验时再进行规范。江行舟没有考虑那么多，但既然县委领导没有安排新的实施办法，他只能自己勉为其难，辛苦一点，也没有好办法。

然而他不管怎样忙，还是和阿龙、阿虎一起到临城镇见了吕书记、两个村支部书记。

江行舟一看两个村支部书记，就是农村那种老实本分的人，不像那种鬼鬼祟祟、当面一套背后一套的滑头鬼，心里就踏实不少。果然，两个村支部书记都认为这是好事，对双方都有好处。至于租金，可以商量。承包人说多少，你们不一定答应；你们认为多少合适，也可以谈，肯定能谈好的。

吕书记说：“请江院长看看，是不是约个时间，让他们双方坐下来商量一下？”

“那太好了！”江行舟说，“请吕书记费心安排，让他们先谈谈。要是谈得拢很好；要是没谈拢，我们再做工作，拉拉弯了，协调一下，尽量促成这件事。我也不瞒你们，这是我们法院的招商引资任务，我责无旁贷，也请吕书记多费心。”

吕书记说：“招商引资，头等大事，都是我们应该做的。我们有什么做得不到的地方，还请江院长多批评。”

阿龙和阿虎与两位村支部书记约好时间、地点后，就和江行舟一起走了。阿龙要请江行舟去饭店吃饭，江行舟说，改天吧，最近他实在太忙了。

经过几轮谈判，阿虎的项目用地终于谈妥。江行舟又找到水利局、堤防管理所，办理了临时建筑审批手续。阿虎承诺不得建设永久性建筑物和构筑物。如果发现，立即拆除，还要罚款。

国家对河道管理是非常严格的。阿虎信誓旦旦地表示，一定做到。其他立项、注册等手续，一般都是江行舟打电话联系好，阿虎再去办，各部门一路绿灯，项目很快落地。

江行舟把阿虎项目落地情况向文清扬做了汇报，文清扬听罢非常高兴，问具体引进多少资金。江行舟说：“表上数字是五百万元。数目不是很大，但项目还是好项目。我叫他们将来把招商引资单位挂在醒目的地方。”

文清扬说：“那就不必了吧！”

“到开业时，请你还有法院的弟兄们撮一顿。”江行舟道。

“好啊！”文清扬说，“也要给你记一功。法院的招商引资任务终于实现了零的突破。不过，你以后还要留心，有合适的项目，再弄一个，为明年做储备。”

“中！”江行舟道，“我留心选一下，下回弄个大一点的。”

文清扬说：“对，弄个大一点的！”

东方打电话说，文化一条街的方案可以汇报了，请江行舟确定时间。江行舟联系金春生，问小区的设计方案做得怎样了。要是做好了，一起汇报。金春生说他马上问一下汪杰。

一会儿，金春生就打电话告诉江行舟，汪杰那边的小区总平面图早就做好了，等领导确认后，他们再进行下一步工作。什么时候汇报，通知他们一声就行，不耽误事。

江行舟跟冯续来联系，问他什么时候有空，把文化一条街的方案和小区总平面图一起定下来。

冯续来说：“眼看到年底了，事情太多，特别是维稳问题比较突出。我们县改革力度大，损害了一部分人的利益，有些人在采取各种形式上访。奚书记感到压力比较大。不管怎么样，也要稳定住局势，特别是年底。现在到春节前是敏感期，我要花相当精力来处理这些烂事。

“文化一条街和小区方案，你们不要等我，我本身也是外行，说也是瞎说。你和春生先看看方案怎么样，要是大方向没有问题，就可以定下来。牵涉到总预算，你们和德君、海平商量，能定就定。实在要等我，我们再约时间，好不好？”

“只能这样。”江行舟说，“这么大的事，肯定要等你拍板的。”

冯续来道：“就这样，你们抓紧时间。”

江行舟叫秦科通知规划办主任洪泓和现代设计院院长汪杰，明天上午到指挥部楼下会议室开会。

江行舟又打电话通知金春生等人。向海平回电话说，他明天要去省厅办事，来不了。金春生和吴德君明天准时参加。

这次洪泓主持制定的文化一条街方案，比较好地体现了规划办的专业水准，比江行舟等人上次做的方案要科学、详细。首先，突出文化内涵，增加了一些具有地方文化特色的设施，如建一个小舞台，在四个功能区节点上，设置民国风情雕塑。原来在规划的一条街附近有一个土地庙，虽然不大，但香火不断，经常有善男信女烧香叩拜。据说这个土地庙已经有一百多年历史了。这次专门从主街道延伸出一条支路，将这个独特的文化资源自然导入主街道，成为文化一条街的有机组成部分，增加了文化氛围。每个节点的建筑，都有独特的特色。

为了保证功能齐全，还在街道后面设置三个机动车停车场。这样可能会增加拆迁量，但功能齐全，保证十年不落后。

在文化一条街与城区主道路交叉的地方，要建三座高大建筑，每栋建筑都要在十层以上，要成为城市的标志性建筑。为防止交叉路口出现四大金刚现象，一定要空一处，让建筑透气。还注意处理好主街道与支路的关系。支路的功能定位，还有主街道与几个学校关系要和谐，避免生硬切割。整体看起来比较顺畅、舒服。比起原方案，拆迁面积增加了几千平方米，但使用功能比较齐全，文化氛围更加浓厚。这些因素又会提高商品房的销售价格。整体利润一时还难以计算出来，还要等拆迁办到现场核实。

听完洪泓的汇报，大家整体感觉还是不错的，也提了一些问题，但都不是实质性的，因为大家都是外行，只能看一些表面的问题。所以，大家的一致意见是，让洪泓回去后，在内部再仔细打磨，进一步修改完善。

汪杰的小区总平面图，实际上是一个设计方案，用图纸形式展示而已。这样也好，看起来比较直观，容易懂。

小区占地二百二十亩，呈长方形。地点就是上次冯续来推荐的地块，大家都有印象。

小区全部是多层住宅楼，布局大同小异。

首先是路网，其次是绿化景观，然后按日照间距、容积率、绿化率要求，合理布置房屋。汪杰说，根据现行建筑规范要求，还可以建楼板结构的房屋。以后再建，必须建砖混结构，这是社会发展必然趋势。我们必须确定这个小区是用楼板结构，还是用砖混结构，否则我们没有办法进行设计。

江行舟问："楼板结构和砖混结构有什么区别呢？"

汪杰道："建筑的牢固程度不一样，造价也不一样，而且差距还比较大。就看甲方怎么选。"

汪杰说的甲方，就是县政府。

江行舟说："要是这样的话，我们今天就不讨论这个问题，等冯书记来再讨论。今天就讨论小区布局，功能设施问题。"

江行舟首先问道路。目前小区与城区的道路交通不是很好，道路比较简陋。如果小区建好后，这条路还没有修好，将直接影响小区居民出行。

汪杰说："理论上是这样，这是你们领导考虑的事。我只能保证小区内的道路，尽可能自然合理，做到人性化设计。不仅是道路，还有水、电，目前还都没有通到这里。如果在小区建好之前，这些问题不能解决，肯定是比较麻烦的事情，直接后果就是房子建好之后没有人买。"

大家见是这种情况，也就不想多说，叫汪杰回去再仔细斟酌修改，等冯续来有空再讨论。

两场汇报会都没有得出最后结论。他们只能等冯续来听过汇报以后再做决定。

第二十九章
敏感的人际关系

到年底了，各级政府都在准备召开人代会和政协会议。县委、县政府的干部进行了一些调整。丁永建进入县委常委，兼县委办主任。牛部长改任常务副县长，新任的宣传部部长来自市委宣传部。还有几个人，调到其他县或市政府相关职能部门工作，也有因各种原因免去职务的。

冯续来给江行舟打电话，他已经和陆书记和丁永建约好，晚上到韩一乐那里小聚。

江行舟问："是给他们祝贺啊？"

冯续来说："什么祝贺不祝贺的，就是在一起玩玩吧。"

江行舟又问："老丁确定能参加吗？我已经很长时间没见到他了。"

"你去他就能去！"

晚上，人都到齐了，先吃饭，后洗澡，接着到休息室休息。

韩一乐是冯续来朋友的外甥，在临水县城里开了个高档洗浴中心。他见冯续来等人洗好了，便问要不要敲背、修脚或是按摩。

冯续来问："你们要不要？"大家说："算了，我们还是说说话，聊聊天吧。"

服务员送来茶水和果盘，就关上门出去了。

冯续来和陆书记聊到最近的市政府、县政府的人事变动，哪些人变动是什么原因，还有哪些人可能会变动。他们聊得眉飞色舞，丁永建听了只是笑，并不插话。直到他们聊不动了，丁永建才问道："你们聊得这么开心啊？"他们笑了笑，说："我们都是道听途说，加上瞎猜，你知道真实情况又不能说，全当茶余酒后的谈资。"丁永建道："我想给两位老大哥提个建议，不一定对。我说得不对的，请你们批评。"

陆书记和冯续来异口同声说道："没事，你只管说。"

丁永建坐直身子，面带微笑，不紧不慢地说道："你们都是奚书记的得力助手，个人感情也很好，工作上对奚书记支持很多。这一点你们自己知道，奚书记也知道。我要说的是，你们两个人关系处得非常好，这是好事，有利于工作配合。但你们不是普通人，普通人处朋友，是自己的事，但你们都是县委副书记，是县委的重要领导，在县领导班子里举足轻重。所以，你们处理私人关系必须注意影响，不能给人造成你们是小团伙的印象，要是那样就不好了。"

"这是从何说起？"陆书记问，"我和冯书记只是工作关系，没搞什么见不得人的事情啊！"

冯续来问丁永建："这是你的看法，还是奚书记的看法？"

丁永建道："这是我个人的看法，我早就想给你们提出来的，一直没找到机会，今天正好说说这个事。我也就是看到了，想到了，我们这种关系，我觉得必须说一下，有则改之无则加勉。"

冯续来轻轻摇摇头："哪座庙里没有屈死鬼啊！天地良心，我和陆书记之间没有任何不可告人的事情，我们就是觉得脾气相投，在一起吃吃饭，喝喝酒，聊聊天，真没有什么团团伙伙的事。"

陆书记不说话，直咂嘴。

丁永建笑了笑，说道："动机是一回事，效果又是一回事，不一定一致。你们都是明白人，肯定理解'高处不胜寒'的处境。领导都是孤独的，难免敏感、猜忌。古往今来，这样的例子还少吗？卧榻之侧，岂容他人酣睡？我今天就是提一下，今后你们注意一点就是了，也不必想得太多。"

冯续来说："反正我们问心无愧！"

丁永建问江行舟："很久没见你，你怎么样啊，应该适应了吧？"

江行舟说："我们这些人很简单，就是每天上班干活儿呗！"

冯续来道："这段时间，多亏行舟在那里支撑。要不然，我就没办法应付了。"

"行舟干活儿是应该的。"陆书记对冯续来说，"但是，你这位主管领导，用人要知道关心人，该为他说话时要说话。行舟的事，你为什么不说话？”

冯续来立刻瞪圆眼睛，把陆书记拉起来：“我什么时候不为行舟说话了？我是有考虑的，只是没对你们讲。”

“那你说说看，你有什么考虑？”陆书记问。

丁永建说：“行舟在冯书记手下，干得也不错，冯书记不可能不为行舟考虑。只不过是机会选择问题。现在不用急，等等再说吧。”

陆书记非逼冯续来说清楚，到底有什么样的考虑。

冯续来道：“这个话我不想当行舟面说，这样有讨好卖人情之嫌。你今天非要我说，那我就说。将来我就朝这个方向努力，万一达不到，你们也不要怪我吹牛。”

江行舟连忙打岔：“算了，冯书记别说了，你的好意我心领了。”

冯续来道：“行舟，你不要管。我是这样考虑的，上次行舟要调市法院任政治部主任，奚书记不同意，其实我也不同意，没意思嘛。要能提拔，县政府也一样提拔。我想还是要干事，先干出成绩来，一切好说话。要是事情干砸了，其他事情就免谈。到现在为止，行舟到指挥部工作将近一年。说老实话，他干得不错，大家都认为他干得不错。奚书记也认可。这就是基础，下面的话就好说了。明年我找个机会先提出来，让行舟到建设局任局长。那是经济部门，以后上升的路子就宽了。行舟现在从法院提职，理由不顺，必须过一下经济部门。其他事以后看情况再说。”

陆书记说：“你这样说，还不是原地踏步嘛！不行，你还是要重新考虑。”

丁永建说：“可以两条腿走路，其他机会也不放过，相机行事。”

“对头！”冯续来道，“相机行事，那是肯定的。我肯定会留心有什么机会，乘机而上。”

江行舟说：“实在不好意思，因为我的事，烦劳大家费心了。”

“不存在费心不费心的事。”陆书记道，“首先你是具备条件的，领导总要用人干事的，用谁不是用？”

第三十章

老二家的烦心事

招商引资工作分流管理办法，县委、县政府进行了研究，决定成立经济开发区管委会，先成立筹备组，等机构健全后再挂牌。今后所有工业项目，一律由经济开发区管委会统一扎口管理。城区开发指挥部先期予以协助。凡是城市开发建设项目，由城区开发建设指挥部负责接待，办理相关手续，并跟踪服务，监督管理。这样，江行舟就把招商引资的最大一副担子卸掉了，身上感到无比轻松。

经济开发区管委会主任由县委常委、常务副县长牛恒新兼任，就是原来的县委宣传部牛部长。工作对接没有障碍，江行舟和牛部长比较熟悉。

冯续来终于挤出时间，听了江行舟等人汇报文化一条街和小区规划、建设方案。他对规划办予以表扬，认为突出了文化特色和内涵，加深了主题挖掘的深度。特别是对土地庙的处理非常有新意，搞民国风情雕塑的创意也很好，建议和文化局、宣传部商量，搞出的东西要有出处，有底蕴，有质量。

冯续来说："至于主街道上的小舞台就不要搞了。太小没意思，太大又占用有效空间，不划算。经济账我们还是要算的。

"我们的'开发建设文化一条街'项目，是自主开发建设，不能不讲经济效益。同样道理，停车场就不要建了。建了要多拆不少房子，加大了拆迁难度和成本。怎么办呢？停车场还是要有的。可以先把主街道适当位置加宽一点，满足临时停车需要，例如商铺上下货，客户来买东西临时停一下就可以。这是临时解决办法，以后还是要建停车场。由谁来建呢，由今后来投资搞房地产开发的开发商来建。你们记住，以后要来文化一条街两边开发房地产的老板，一定要求他们在现在我们准备建停车场的位置建停车场，数目也不是现在的三个，要有发展眼光，到时候可以适当多建一些，满足附近居民停车需要。这么做叫借用外力。开发商赚了钱，也应该回馈社会，为社会做一些贡献，也是应该的。”

大家鼓掌，表示这样太好了，不仅解决了我们财力不足的困难，还把事情办得很完美。

冯续来最后说：“这个项目既是一个经济性项目，更是政治性项目。我们一开始就定下目标，分三步走，这是第二步。当然第三步已经提前走了。第二步最重要，也最难。因为我们手里没有钱，没有钱还要办有钱的事，怎么办？只能千方百计想办法。洪主任回去好好琢磨一下，怎样才能做到既要好，又要马儿不吃草。当然马不吃草是不可能的，但要少吃草，马还不能掉膘。行舟、春生和德君，你们也要配合洪主任。具体方案是技术活儿，我不懂，不能乱说。专业的事，由你们专业人去干，我相信你们能够干好。”

小区方案比较简单。纯技术性的东西大家没有多少意见可提，主要围绕道路、水电配套等问题提了不少意见和建议。他们就是担心配套设施搞不好，直接影响销售。房子要是卖不出去，麻烦可就大了。

冯续来听完大家发言，用笔在桌子上点了点，说：“大家刚才说的都有道理，你们担心的情况也是确实存在的。我觉得，先想到了，把工作做在前面，把大家担心的问题提前都解决了，没有障碍了，事情不就行了嘛！水电问题，我知道，水厂改制以后，接手的老板想对原来的城区管网进行改造，一下子拿不出这么多钱，准备分步实施。我去跟他协调，让他先把我们准备建小区这个地方进行改造。是打井，还是增加管网，再商量。电的事情好解决，每年都有城网改造项目，我可以请供电局把我们这个地方列入城网改造项目。工程开工前，先拉临时电，确保我们施工用电。道路问题更好解决，让交通局按乡村道路改造报方案，争取上级支持一部分资金，剩下的资金我们自己想办法解决。施工期间先不要修正式道路，修一条临时道路，满足施工需要就行。我们修正式道路，工程结束后，道路也被破坏了，还要重新修，浪费。”

大家见冯续来胸有成竹，一项一项安排得头头是道，信心大增。冯续来要汪杰回去，进一步做好深入细致的建筑方案，有什么问题及时联系。

年底事情多。江行舟下午在总公司开了一个内部会，布置年终工作。会议结束，他把办公室的文件材料全部翻出来整理。平时工作太忙，文件都是随手一放，非常乱，秦科帮他整理过几次，但后来又乱了。他根据自己的想法，将这些文件重新归类，放进文件柜或是清理出来，烧掉或交给秦科保管。全部整理好后，已经近凌晨零点了。他关了灯，骑上备用自行车回家。

天气很冷，路上没有行人。路灯像睡着的老人，昏昏黄黄，无精打采。风很大，迎面扑过来，江行舟打了一个寒战，连忙把外套上面的拉链拉好，低下头，迎着风使劲蹬着自行车。

他到家第一眼就看见客厅的灯亮着，仔细一看，王莉坐在那里像泥雕木塑一样。

江行舟想，王莉肯定有事，就随手把门关上，问王莉："这么晚了，你不睡觉干吗呢？"

王莉没有应声。

江行舟又问："闺女睡了没有？"

"睡了。"王莉答道。

江行舟坐到王莉身旁，伸手摸摸王莉的头："怎么了？不舒服？"

王莉一把把江行舟的手挡过去，很不高兴地说："你们江家到底还有多少破事？有事也应该找你这个当家大哥，怎么找我这个外人？"

江行舟一头雾水："到底什么事？我可是什么都不知道，你冲我发火没有道理啊！"

王莉没再说什么。江行舟去厨房倒一杯水递给王莉。王莉端起水杯喝了一口，情绪稳定下来，才说出事情原委——

晚上9点多钟，王莉正把饭端给刚放学回家的江浸月，忽然电话铃声响了，看来电显示，是江行舟二弟江方舟家里的电话号码。江方舟虽然平时很少打电话，王莉还是记住了这个号码。她拿起电话手柄，听到江方舟媳妇姬琳的声音，就很客气地说："姬琳，你好！"

姬琳用鼻子哼了一声。

还没等王莉说第二句，姬琳突然提高嗓门，大声说："这件事你们江家必须负责！"

王莉一听就懵了，但还是压住心里升起来的火气，平和地问：“姬琳，你说的是什么事啊？我怎么听不明白呀！”

姬琳口气更加凶狠：“我家宝宝要是出了什么问题，你们家脱不了干系！”

王莉大概猜到了，是不是她家孩子又离家出走了？这样的事，以前也发生过，但都是五年前的事了。那时孩子正处在叛逆期，现在已经长大成人，当兵都退伍了，怎么还闹这一出？

王莉耐着性子问姬琳：“江宝到哪里去了？因为什么事情？”

姬琳口气仍然强硬：“我要知道他到哪里去了，我还会找你们？什么原因，你要想知道，你去问江宝，我不知道！”

王莉见姬琳无法沟通，就不想跟姬琳说话了，但还是碍于面子应付：“江宝没有来我家，他要是来了我马上告诉你。”

姬琳道：“我不管，你们马上去找，我每隔两个小时打一次电话，直到你们找到他为止。”

对于姬琳的情况，江方舟以前也跟江行舟和王莉说过。姬琳自恃是干部子女，非常傲慢，不晓好歹。在单位人缘比较差，在家和江方舟经常吵架，闹腾得厉害。但是她与江行舟、王莉还保持着比较正常的关系。反正他们平常接触也不多，就这样不好不坏地维持着。这次不知她哪根神经又搭错了，竟然这样歇斯底里，像疯子一样。

放下电话手柄，王莉就开始忙家务，准备等江行舟回来再商议怎么办。谁知，过了一个小时，姬琳又打来电话，问王莉找到江宝没有。王莉实话实说，并说江行舟晚上加班，还没回来。

姬琳马上不高兴了：“孩子不是你们的，你们不心疼。我告诉你，江宝可是你们江家的种，他出任何事情你们都要负责。”

王莉不再说话，也不挂电话。姬琳说完，啪地就把电话挂了。

过了一个小时，姬琳又打来电话，就一句话“江宝呢？”其余就是责问、咒骂。王莉气得想哭，又想揍她，但没有办法，只能干生气。江行舟回来，王莉心里的委屈一下子暴发了。

江行舟安慰王莉：“算了，不要跟这种人一般见识。姬琳本来不是这样的，这次可能真急了。再说，她是弟媳妇，我们作为老大，要包容她一点。”

王莉怒问："我们凭什么必须让着她？"

江行舟说他马上给江方舟打电话。

江行舟拨通江方舟的手机，问江宝找到没有。江方舟说正在找。江行舟便问怎么回事。

"说来话长。"江方舟说，"平时我也不想跟你们说这种糟心事，你们听了也很烦。江宝不是当兵嘛，当了二年兵，也不好好干。现在他退伍回来了，安置办准备把他安置到电信局工作。"

"不错嘛！"江行舟插了一句。

"可是他不干啊！"

"是江宝不干，还是他妈不同意？"江行舟问。

"他们都不同意。"江方舟说，"江宝不想上班，想和朋友开咖啡厅。姬琳也支持。如果江宝不同意安置，可以拿到三万块钱就业补贴；这笔钱要是不够，要我们支持一点。我觉得这简直是胡说八道，就坚决不同意。他们就联合起来跟我闹。我估计这就是姬琳出的狗屎点子，想逼我就范。"

江行舟说："刚才姬琳给王莉打电话，态度很不冷静。"

"她这个人就是这样，想起一出是一出。你们不用理她，我跟她慢慢磨吧。"

王莉问江方舟："我们得罪你老婆，你会不会有意见？"

江方舟道："你们要是能揍她一顿，我还得感谢你们呢！"

江行舟把手机设置飞行模式，王莉关了手机。江行舟觉得这样做似乎也不妥，但又没有更好的办法。

第二天早上，江行舟一看手机，江方舟 5 点 30 分发来信息说，江宝已经找到了，在一个朋友家玩呢。

大家悬着的心终于放下来了。

江行舟叫王莉主动给姬琳打电话，询问江宝的情况。王莉不愿意，叫江行舟打。

江行舟说："我这个大伯子怎么好意思给弟媳打电话？还是你打比较合适。"王莉极不情愿地给姬琳打电话。姬琳心情大好，像什么事情都没有发生一样，非常客气。

王莉应付几句就把电话挂了。

第三十一章
慎重选择设计院

由于昨夜没有休息好，江行舟上班后感觉有点困，于是把门关上，准备眯一会儿。他刚闭上眼，手机铃声就响了，原来是冯续来找他。

江行舟连忙赶到县委大院，进入冯续来办公室。冯续来也不客气，开门见山地说道："这次县委、县政府部委办局班子调整，城建局鲁局长年龄偏大，把他调到县人大，做专职常委。本来想把你弄到城建局任局长，我想这样不行。如果你去城建局，指挥部这一摊子就没有人能管了。叫春生来主持这个大局，他权威性不够。指挥部这边，你知道，文化一条街马上就要拆迁建设，是一场硬仗，一般人干不起来。我想干脆叫春生到城建局过过局长的瘾。反正他年龄也大了，明年等指挥部的事情大头落地，就把你调过去。我知道这样安排对你不公平，但情况摆在这里，没有办法，希望你理解，你再辛苦一年。"

"首先感谢冯书记关心。"江行舟笑了笑，"其实说实在话，提拔不提拔我真无所谓，把领导交办的事情干好就行了。冯书记放心，我不会有什么想法，更不会影响工作的。"

冯续来说："春生以后主要工作就在城建局了。指挥部这边，大事还可以找他；一般事情，你自己看着办就行了。"

江行舟道："你这么说，我还真感觉压力不小。我也把丑话说在前面，我干不好，你处理我的时候要客气点啊！"

冯续来说："指挥部又不只你一个人，还有我呢！有什么困难，我们一起想办法克服。"

江行舟道："有你这个强大后盾，我就放心了。"

金春生在工作变动谈话后，出了县委大院，直接去了江行舟办公室。江行舟见金春生高兴的样子，说道："祝贺你荣升！今后不要把老弟忘了！"

金春生说："见鬼了！我自己也没想到，瞎猫能碰上死老鼠，县委不知怎么看上我了。其实，这个人选应该是你，你哪方面都比我强。"

"你不要胡说八道，县委不会用错人的。"江行舟一边给金春生泡茶，一边说道，"你从事城建工作二十年，精通业务，工作能力非常强，群众基础也非常好，用你是用对人了。不过，你这一走，以后指挥部的工作我就不好干了。我是外行，以前工作主要靠你，以后怎么办？我真发愁。"

金春生说："你也不用发愁，城建那点业务对你来说已经不算什么难事了。再说，我也没到天上去，就在一个县城里，有什么事情招呼一声，还作数！"

江行舟道："这话可是你自己说的！以后指挥部有什么事，我肯定不客气，还要找你支持的。你可不能屁股指挥脑袋，不认娘家人。"

金春生问："你看我是那样的人吗？"

冯续来安排指挥部的人给金春生饯行，大家都很动情。虽然指挥部是临时机构，大家在一起时间也不长，但相处融洽，建立了深厚的友情。特别是江行舟和金春生，每天几乎形影不离。现在又因为工作需要分开了，感情上有点舍不得。其实这也很正常。铁打的营盘流水的兵，能有机会在一起工作就是缘分，且行且珍重吧！

金春生果然说话算话。没等江行舟开口，就主动派一个建管处老工程师鲍俊山来指挥部工作。鲍俊山从事建筑行业三十多年了，有丰富的实践经验，对全县建筑行业情况了如指掌，为人也非常正直，局里上上下下都称他为"鲍工"。江行舟就把鲍俊山当作自己的助手和顾问，有事随时请教。

江行舟给金春生打电话表示感谢。金春生说："实在惭愧，我当逃兵了，现在派个替身给你。这个人不仅业务通情况熟，人也非常实在，你只管放心用。他要是不好用，你找我。"

冯续来催办文化一条街和小区方案，江行舟说还在完善。冯续来说："现在是冬季，没法施工，正好乘这个空当，把施工图纸设计好。"

"时间应该赶得上。"江行舟道。

冯续来又问："你看，汪杰的团队能不能担得起这次的设计任务啊？自拆自建是小把戏，文化一条街的设计是要有品位、有档次的，要能经得起社会评价的。小区二三十万平方米，体量这么大，他们以前没做过。我还是担心他们技术力量薄弱，完成不了这个任务，最后赔了夫人又折兵，弄得我们里外不是人。"

江行舟也认为冯续来的担心有道理，就问冯续来有什么具体想法。冯续来说："你明天上午让汪杰来指挥部，我们开诚布公地把这件事说透。反正大家都是出于公心，都想把事情搞好，没有什么其他恶意。我想汪杰也能理解。"

"我马上通知汪杰。"江行舟道。

江行舟联系好汪杰后，又叫秦科通知东方和鲍工，明天一起参加研讨会。

第二天上午，汪杰提前来到指挥部，江行舟把东方和鲍工叫到自己办公室，等冯续来一到就开始讨论。

冯续来到场后，一眼就认出鲍工，鲍工也认出冯续来。江行舟问冯续来："你们俩什么时候认识的？"

冯续来道："我们搞小城镇建设时，鲍工负责工程质量检查，非常认真负责的。"

鲍工微笑着说："我是按领导的要求办事。"

冯续来坐下后，也没有客气，直奔主题："汪院长，你应该知道，我们城区开发指挥部这次准备搞的文化一条街和小区项目意义重大。它不是简单地建几栋房子、改善一下居民住房条件的问题，它关系到县委、县政府城市化建设的大战略。所以，我们要十分慎重，不允许出现大失误。"

"我知道。"汪杰说，"我们不会随心所欲、马马虎虎的。"

冯续来说："我说的意思是，这两个项目，设计是最重要的环节。蓝图画不好，不可能建出好房子。"

汪杰有点搞不清冯续来的想法，又不好意思问，便一直点头。

冯续来对汪杰说道："你没有明白我的意思。我问你，你的团队要是承担这两个项目的设计任务，有没有困难。"

汪杰说："没有啊！怎么会有问题呢？冯书记是不是担心我们技术力量不够，担不下这个任务？"

“我们确实有点担心。”冯续来道，“你的团队过去没有搞过体量大又比较复杂的工程设计。到底行不行，我们心里没有底。虽然我们注重培养本土技术力量，锻炼本土施工队伍，但也要实事求是，量力而行，不能揠苗助长，更不能打肿脸充胖子。我们必须对这个事情负责，不是看哪个人的情面。”

“冯书记，你说的我都懂。”汪杰说，“都怪我没有向你汇报清楚。我的团队和省城建筑设计院一直保持着良好的合作关系。省城建筑设计院是国家甲级设计院，无论是技术力量还是业绩，都是无可挑剔的。我们已经沟通过了，如果县委、县政府信任我们，把这个项目交给我们设计，我们就和省城建筑设计院共同努力，保质保量保时效，完成领导交给我们的任务！”

“哦，原来是这样！”冯续来说，“至于省城建筑设计院的情况嘛，请你把他们的资料拿来给我们看看。”

汪杰说：“省城建筑设计院的资料在我办公室里，等一会儿我送给你审阅。”

冯续来道：“我就不看了，送给行舟和鲍工看看。要是确实可以，我建议你带领行舟、鲍工到省城建筑设计院看看，和他们聊聊，回来我们再商量。你安排好行程，注意安全，好不好？”

汪杰说：“我马上联系，请裴院长安排。”

说罢，汪杰当着大家的面，与省城建筑设计院裴院长取得联系。裴院长说他出差，明天回来，后天中午在省城建筑设计院等汪杰一行人。

冯续来说：“行舟，你们抓紧时间，快去快回。”

去省城的人，有江行舟和鲍工。江行舟说秦科看家很辛苦，也带他出去放松一下。

大家约好早上 7 点，在平海高速公路入口处会合。到省城三百多公里，四个小时足够了，上午 11 点左右到达。

他们到达省城建筑设计院时，裴院长已在办公室等待他们。

裴院长四十岁上下，精瘦精瘦的，皮肤很白，戴无框眼镜，一副十足的知识分子模样。汪杰向裴院长介绍了江行舟一行人。大家客套一番，然后稍坐一会儿，裴院长看看手表说，时间差不多了，我们先去吃饭，吃过饭我们再聊。江行舟一行人客随主便，跟随裴院长去饭店。饭店离裴院长办公室不远，大家就走过去。

因为下午有事，裴院长安排的几种酒大部分人都没有喝，只有鲍工喝了一杯。他是习惯每天喝两杯酒的，但也只是意思一下。

江行舟一行人饭后到宾馆休息。房间是裴院长提前安排好的。裴院长把他们送到宾馆，约好下午 3 点在会议室等他们。

省城建筑设计院在市区繁华地段的一栋写字楼的 22 楼，占用整个一层。周边都是高楼。大楼里外都是玻璃装饰，采光非常好，光线柔和。整体环境让人感觉舒适放松。江行舟在省城建筑设计院内部转了一圈，大办公室被分隔成一个个小空间，隔间的毛玻璃只有一米多高，员工坐下来互相看不见，站起来则可以看到整个办公室的情况，便于交流联系。

院长办公室比较宽大，有一圈沙发占着很大的位置，看来平时来人不少。

裴院长把江行舟一行人带到会议室。会议室在院长办公室旁边。会议室中间的会议桌上，整齐摆放着一堆证书之类的东西。看来裴院长还真是有心人。

待江行舟一行人坐定后，裴院长就开始介绍。

他说："省城建筑设计院，成立时间不长，只有短短五年，是一个股份合伙制的企业。合伙人有五个，都是业内知名的设计师，有的还兼任大学老师。合伙人共同出资，面向社会招聘设计师。现有中级以上职称的设计师二十六人，高级职称的设计师八人。业务门类齐全，技术力量在全省排名靠前。这几年，我省和全国一样，城市化如火如荼，城市建设催生了一大批建筑施工企业，与此相关的产业也被带动起来。建筑设计行业也得到长足发展。我们看准了这个千载难逢的机遇，成立了省城建筑设计院。我们本着诚实守信原则，以强大的技术支撑，赢得了广大客户的信任，业务量不断增加，业绩越来越辉煌。现在，我们的业务合作伙伴不再局限于本省范围，已经遍布全国各地。等一下请江总看看我们的一些图片和相关资料就清楚了，这比较直观。"

江行舟点点头说："好的。请问裴院长，你们设计院在我们临水县有业务吗？"

裴院长道："临水县我去过，大概情况也知道。你们那里改革力度比较大，发展比较快。听说那里现在正在搞城市化建设，效果还不错。"

江行舟说："我们那里确实是这样的。你有什么想法呢？"

裴院长慢条斯理地说道：“汪杰原来是你们县建筑设计院院长，业务上我们是有联系的。后来你们县建筑设计院改制，汪杰和你们县建筑设计院几个骨干出来自己成立设计院，自己创业。这很好，符合时代要求，我很赞赏他的这种精神。正好赶上机遇了，我们设计院正在实施向外扩张战略，队伍扩张，业务扩张，业绩扩张。队伍扩张有多种形式，其中就有一种‘人员互动，业务挂靠，业绩共享’的模式。我们与汪杰团队合作，就准备采取这种模式。”

“具体怎么操作呢？”江行舟问道。

裴院长说：“汪院长那边，以他们设计院名义在我们设计院入股，可以享受我们业绩的红利，利益均沾，风险共担。他们设计院再对这些股份进行分割。主要技术骨干，人人都有股份，个个身上都有担子。两家设计院的设计师可以相互流动。根据业务需要，他们的设计师可以到我们设计院参加项目设计工作，我们也会不定期地对他们的设计师进行培训，我们的设计师可以到他们设计院指导工作，我们新入职的设计师可以到他们设计院实践锻炼。这样双向交流，有利于设计师的教育培养和使用。业务上，我们可以委托汪院长团队对外承接设计任务，合同可以他们出面签订，也可以我们出面签订，根据具体情况而定。业绩的分配，我们会根据实际贡献大小综合考虑，合理分配利润，各种规定清楚明白，不会产生不愉快的。这就是我们目前的合作状况，向江总如实回报。如果你们信任我们，把文化一条街和住宅小区的设计任务交给我们，我们将非常感谢！我们会尽力为你们提供服务，交一份满意的答卷。江总和我们哪家设计院签合同都行，我们内部的事情好商量，把事情做好是关键。”

江行舟说：“裴院长说得对，其他不重要，设计出高质量方案和施工图纸才是最重要的，其他事情都好商量。”

裴院长对江行舟的话表示认可。

江行舟和鲍工仔细审核了桌子上的证书。设计资质国家甲级，工商注册、税务登记，财务审批手续都一应俱全。各个年度财务报表，连资产负债表都有，这本是企业内部机密，不能轻易示人的，裴院长居然能拿出来，实在是表示了足够的诚意。还有几本装帧精美的设计样本。这些样本足以证明省城建筑设计院的傲人业务水平。

江行舟心里已经认可了这次合作。大家谈完重要事情之后，又聊了一些城市建设的话题。

裴院长说："我们国家改革开放已经二十年了，先是在农村解决了农民的温饱问题和初步发展问题。现在是城市，改革发展非常快，主要是城市化进程在加快。我是从事这一行的，感觉更加强烈。这几年，我们这座城市新建了很多楼房，地标建筑不断被更新。原来最高的建筑是中山饭店，二十四层，是全城地标建筑，多少年都没有被超越。现在最普通的住宅楼也在三十层以上。这个大厦，那个广场，一个比一个高，一个比一个豪华。这些城市建筑提升了城市品位，增加了城市的吸引力。农村劳动力大量向城市转移，成为新城市人。现在的城市化率估计已经达到百分之五十以上了。这个比例的上升速度还在加快。所以我判断，我们这一行未来前景是很光明的！"

江行舟被裴院长的激情感染，站起来表示祝贺。

回来后，江行舟向冯续来汇报了情况。冯续来征询江行舟，委托设计合同能不能签，跟谁签。

江行舟说："根据我掌握的情况，省城建筑设计院还是相当有实力的，他们跟汪杰的合作关系也是比较可信。我们这两个项目委托他们来做，我觉得应该没有问题。至于合同和谁签，要分析一下利弊得失。"

冯续来问："你怎么看？"

江行舟答道："合同和裴院长签，压力在裴院长身上，技术上有保证。但他们业务比较多，不一定能拿出多少人力物力满足我们的项目需要。和汪杰签，压力在汪杰身上。汪杰肯定会不遗余力地把事情做好。需要人，他就会找裴院长要人；需要其他支持，他都会找裴院长解决，不达目的誓不罢休。我们的事情反而更有保证。"

冯续来点点头："有点道理，但对汪杰团队我还是有点担心。"

江行舟道："要不合同和他们两家一起签。合同把他们双方的权利和责任说清楚，这样我们就可以掌握主动权，防范可能出现的风险。"

冯续来说："这样比较稳妥。你先起草合同，可以叫律师把关。你在政法部门工作，知道哪个律师比较好，可以考虑聘请一个法律顾问。以后凡是牵涉这一类的法律问题，都可以找他咨询、起草合同，甚至打官司。我们还是要依法办事。"

江行舟道：“冯书记这个想法非常好！我们从事的毕竟是经济工作，难免会出现经济纠纷，有法律顾问就放心多了。”

江行舟给汪杰打电话，要汪杰和裴院长商量一下合同怎么签。

汪杰答应马上和裴院长联系。

汪杰送来合同初稿，江行舟改了一下，又找了一个熟悉的律师杨帆，让他帮助修改合同。

杨帆原来是司法局直属的律师事务所律师，律师事务所改制后，他和几个志同道合的律师成立了“恢恢律师事务所”，寓意为“天网恢恢疏而不漏”，彰显法律威严。

杨帆认真修改后，把合同样本交给江行舟。江行舟提了一些意见，又交给杨帆修改。来回几趟，合同样本终于敲定。裴院长专程到临水县参加委托设计合同的签字仪式。江行舟设宴招待裴院长一行人，汪杰作陪。大家一回生二回熟，见面就比较随便一些。

江行舟说：这个项目关系重大，请裴院长务必予以重视。

裴院长表示：“一定，一定，我们肯定不会让你们失望的！”

第三十二章
攻坚前的准备工作

冯续来预计的建设开发第二步——做示范样本工程的前期各项工作都准备得差不多了，终于到了要攻坚的时候——拆迁。

江行舟知道，一场硬仗就要开始，考验自己的时候到了！

这与上次自拆自建的拆迁是完全不同的两码事。自拆自建的拆迁，那是商户们为了自己利益而心甘情愿的行为。现在可是政府找上门，要求他们拆。虽然也是为他们好，他们可以得到很大的好处，但毕竟是被动的。有多少人能认清形势，通情达理，主动配合政府行动，心甘情愿地把他们千辛万苦建起来的、可以传之子孙后代的房子轻易拆掉呢？可以想象，难度是相当大，其阻力也将是难以预见的。

江行舟想先了解一下拆迁政策，包括对文化一条街初步摸底的情况，就打电话把拆迁办主任宇文正叫到自己的办公室。

宇文正在一处拆迁工地上。江行舟问他什么时间能过来一趟，来时把文化一条街拆迁材料带过来。宇文正说他上午比较忙，下午才能过去。

下午，宇文正来的时候，一身灰土，进来就找纸巾擦眼镜。他一边擦，一边向江行舟解释："我一直忙到现在，见时间来不及了，就匆匆忙忙赶过来了。"

说完，他又急急忙忙地去卫生间。卫生间里传来一阵冲水声和拍拍打打的声音。过了一会儿，他才出来，变成帅小伙模样。

江行舟倒了一杯水递给他："辛苦了！"

宇文正笑了笑："我已经习惯了。江院长，资料我带来了，要不我先简单汇报一下，让你心里有点数？"

江行舟说"好的"。

据拆迁办对照航测图和入户摸底排查，共需拆迁十三万平方米，其中违章建筑比较多，占三成左右。拆迁大户二百三十八家，至于小户目前还无法详细统计，必须等真正拆迁后才能查清。

江行舟问："大小户是什么意思？"

宇文正解释道，一大家人住在一起，称大户。等到落实安置的时候，需要进行分户。根据家庭人口情况再来商定，分开安置都是小户。"

江行舟又问："你们如何把握标准，会不会失控呢？"

宇文正说："这种情况确实比较复杂。把握不好，还是有空子可钻的。不过我们也有处理这些问题的经验，到时候我们再制定一些可操作的实施办法，尽量避免失误。"

他还说，这次拆迁，最大难点是违章建筑多。当时建房要规划审批，办理房产证手续严格，比较难办。乡、村、组都能磨得动才行，关系差一点都办不下来。所以，很多人家其实是符合规划审批和办证条件的，当时因为畏难没办。这样的违章建筑物数量过大，我们处理起来就比较困难，容易造成群众性事件。

江行舟问这种情况怎么办。

宇文正说："恐怕要研究出可行的方案。让一部分基本符合条件而当时没有办正规审批手续的人补办，应该难度不大。因为建筑物本身是符合条件的，现在我们不去计较他们没有按规定办证的责任就是了。难点是那些具备部分条件，但条件偏软，属于可办可不办的建筑物，怎么处理。这种情况占比比较大，这部分人的问题解决好了，大头就落地了；解决不好，可能就拆不下去。那些确实是不符合条件、私搭乱建的违章建筑，实在没办法照顾的违章建筑，只能强制拆除。法律政策摆在那里，谁也没有办法。"

江行舟问："真没有变通办法了吗？"

宇文正说："如果真想照顾他们，也有办法啊！可以对这些违章建筑采取只补偿不安置的办法处理。补偿他们部分建筑材料费，这样也不违反政策规定，又照顾他们的切身利益，体现政府关怀。”

江行舟点点头：“我知道了。”

宇文正又提到安置方案。这非常重要，一定要切实可行，否则拆迁户不接受，一旦卡壳就被动了。

江行舟说：“你刚才说这么多，我也记不住，一时半会儿也搞不明白。麻烦你把你刚才说的这些问题捋一捋，整理一下，过两天我们再商量。”

宇文正说：“好啊，我先准备，等你通知。”

宇文正走后，江行舟拨通冯续来电话，说有事汇报。

冯续来问什么事，江行舟说是拆迁的事。

冯续来告诉他：“拆迁这事，金春生最在行。他负责拆迁工作多年，还是有点经验的。我给他打电话。”

江行舟说：“你给他打电话是安排工作。我要给他打电话，他也一定会给我面子的，但我就欠他一个人情，他又要我请客。”

冯续来叫江行舟通知金春生、宇文正等人，下午到指挥部办公室开会。

下午，金春生第一个来到江行舟办公室说，他们好多天没有好好聊聊了，他心里空落落的。

金春生的脸色比在指挥部时要润泽多了，可能与心情好有关。江行舟说：“现在你是春风得意呀，好好干，给弟兄们长长脸。”

金春生正色道：“老弟，别人不知道，你还不知道我吗？我都五十岁了，前面还能有什么空间啊？这次县委用我就是天官赐福。我也没有什么野心，能把自己分内工作干好就不错了。”

江行舟说：“怎么干几天就没有了斗志了？不至于啊！你还是应该鼓起勇气，大干一场。”

金春生道：“不管怎么样，干还是要干的，不能装孬。”

他们正聊得开心，宇文正来了，就开始聊拆迁的事。

宇文正说：“金局长是拆迁专家，他指挥我们干就行了。”

金春生道：“我今大严肃地跟你说，指挥部这次拆迁，你必须全力以赴，只能干好，不能干坏。出一点差错，我拿你是问。”

宇文正连连称是：“我哪敢怠慢！金局长放心，江院长和你指哪我们打哪，绝不含糊！”

正说着，冯续来来了，进门直接问道：“拆迁的事，你们考虑得怎么样啦？”

“我来说说吧！”江行舟答道，“文化一条街前期工作基本差不多了，规划搞好以后，现在图纸也已经落实，就是等时间吧。时间到了，图纸就设计好了。然后就是施工的事了。施工前还有一个艰巨任务，就是拆迁。这个任务还是有相当难度的，对于我们是一个考验。”

冯续来问难度在什么地方。

“我说的不一定对。”江行舟说，“等一下请金局长谈，我是外行，先抛砖引玉。我觉得，主要问题是这次拆迁户数量多，群体比较大。以前，全县没有搞过这样大规模的拆迁，拆迁户难免心存疑虑，想不通，有抵触情绪。另一个，就是目前还有些问题，政策界限不清楚，执行起来有困难，需要我们慎重考虑，权衡利弊，出台政策，克服阻力，才能有利于拆迁的推进。现在拆迁的法律依据我看了，文件内容倒是简单，但内涵很丰富，执行起来比较难。我是外行，就是想到一些问题，说出来让大家心里有点数，把困难想得多一点，准备充分一点，防止陷入被动。金局长有丰富的拆迁经验，对此他胸有成竹，请他给大家说说，我们心里就更有底了。”

金春生接过话茬儿说：“江院长刚才分析的情况确实存在，担心也是有根据的。这次文化一条街拆迁，跟上次我们搞的自拆自建拆迁性质完全不同。自拆自建是商户为自己切身利益进行的，是为他们好，这个关系他们都清楚，所以他们都愿意拆迁。虽然有点阻力，但阻力不大。”

说到这里，他看了看冯续来，又看了看大家，见大家都在全神贯注地听，便又接着说道：“这次拆迁，虽说也对拆迁户有好处，大大改善了他们的居住条件。现在他们的居住条件非常差。不知你们到里街背巷看过没有，道路非常狭窄，有的地方连车子都进不去。公共厕所臭气熏天。下雨天，污水到处淌。有的人家，十几口人挤在两间破屋里，进屋连插脚空都没有。就这样的环境和条件，他们觉得就挺好。住惯了，适应了。实际上，其实他们就是麻木了，已经失去感觉了。现在我们帮助他们改善居住条件，让他们搬到楼上，环境好，有厕所，有厨房，非常方便。他们不相信，害怕，不敢去住。这就是刚才江院长说的观念问题。

“要想改变这种根深蒂固的旧观念，不是一下子就能改变的。这两年，县委、县政府大力度改革，群众思想观念已经有了很大改变，但是，一旦牵涉他们切身利益，还是要下大力气才能让他们的观念做到根本改变。不过，这次拆迁也有有利条件，就是这次拆迁从本质上说，是惠民工程，对拆迁户有利。尽管他们一时想不通，只要我们能做艰苦细致的思想工作，诚心也能感动上帝。

“话又说回来，最后就有那几个顽固不化的人不同意，我们还能不办了吗？肯定还要向前推进，大不了强制拆迁，推倒就是了。这个事情，法律也是有规定的。我们法律手续完备，也不怕他们。在具体实施过程中，我们要严格遵守法律法规，遇到什么问题解决什么问题。我们在冯书记的英明、正确领导下，一定能够无往而不胜！”

冯续来知道金春生又拿自己开涮，就笑着说道：“你少给我啰里巴嗦的！这次拆迁，你要全程参与。你们城建局要大力支持！不要认为你不在指挥部，这边的事情你就站二闲，搞不好我跟你劈得！”

金春生笑嘻嘻地说：“当然是冯书记厉害，还不是想劈哪个就劈哪个啊！”

冯续来叫宇文正说说还有哪些具体问题需要研究解决。

宇文正说：“有几个问题现在必须要确定，因为下面就要面对。”

冯续来让他一个一个说。

宇文正道：“第一，安置问题。是进行产权调换还是作价出让？”

“什么叫产权调换，什么叫作价出让？”冯续来问道。

金春生解释道：“产权调换，就是拆迁人要拿房子安置被拆迁人。在被拆迁地块上建房安置是‘就地安置’”，在其他地方安置是‘异地安置’；‘作价出让’就是被拆迁人不要拆迁人安置房子，想拿钱走路。他的房子要按市场价给钱。具体情况还是比较复杂，要评估出现在市场的价格，这叫‘重置价’。就是说，现在如果盖这样的房子要花多少钱，就按这个价钱来算。但是，被拆迁人的房子建起来后，被拆迁人住了多少年了，要进行折旧，就是‘成新’。唉，算了，大概意思就是这样，执行的时候，拆迁办的人都会算。这是技术问题，你们知道就行。

“现在面广量大的是，违章建筑的认定比较难。不是说技术上有什么难度，而是由于历史原因，很多人建房时没有办规划手续。有的人虽然有规划审批手续，但没有办理房产证。情况比较复杂，占比不小。如果严格按照规定来认定违章，牵涉的人太多，产生群体性对抗，拆迁可能进行不下去。如果要开口子，这口子怎么开？不能造成新的不平衡，产生新矛盾。”

金春生道：“违章建筑问题比较普遍，过去建房要求不严，有人去规划办办手续，一些头脑比较清楚的人又办了房产证。但大部分人想建房就建房，如果被查到了，就找关系疏通，补办手续。有的人趁没人发现，小平房几天就盖起来了，时间长了，谁来管呢？反正比较乱，我们要想甄别清楚，不太容易。就算我们能甄别清楚，问题还是解决不了。”

冯续来问为什么解决不了。

金春生道：“大部分人的房子手续都有这样那样问题，我们能不能核定他的房子是违章建筑，不予补偿？要是那样，恐怕我们根本拆不下去。”

冯续来问：“要按你这样说，我们这次拆迁搞不成了？”

金春生道：“不是搞不成。要是政策定错了，就有可能搞不成；政策定对了，一定能搞成。关键是看政策怎么定。”

冯续来问：“你看怎么定政策合理？”

金春生说道：“我们这次搞文化一条街也好，小区也好，目的是什么？不要忘了初衷。我们现在兴师动众，大拆大建，不就是为了让老百姓能改善居住条件，住上好房子，过上好日子嘛！现在遇到考验了，我们就犹豫了；老百姓的利益跟政府的利益发生冲突了，我们就想与民争利，拿文件卡他们，想尽量不让他们得到实惠？”

冯续来连忙说：“我可没有说要卡他们，我只是想合理合法补偿他们。你有什么话就直说，不要拐弯抹角的。”

看来冯续来真的生气了。

金春生笑了笑：“我不是说你想卡拆迁户。我是说我们考虑这个问题，必须把根本立场站稳了，切实做到为拆迁户利益着想，制定有利于他们的政策，这个拆迁工作才能搞好。”

冯续来道，“那你就说说，什么样的政策对拆迁户有利，怎样才能保证拆迁工作顺利进行。”

金春生道："违章建筑的认定，不能教条主义，死啃文件，要考虑到历史遗留问题的特殊性，实事求是人性化解决。放宽政策，对现在所有的建筑物进行一次清底。除用石棉瓦、铁皮搭建的棚舍和不具备居住条件的临时用房外，只要是正常居住的房子，都不算违章建筑，都可以补偿安置。这样我们就可以避免陷入违章建筑认定的窘境，又可以保证拆迁工作顺利进行。其结果无非就是多安置几家拆迁户，多几户人家上楼而已。对于政府而言，这又有什么关系呢？"

听金春生讲罢，冯续来陷入沉思，大家也都不说话。过了一会儿，冯续来才说道："刚才春生说的有一定道理，但是这个问题牵涉方方面面。如果这里开口子，其他地方怎么办？现在开口子，以后怎么办？这些问题我还要再考虑考虑，真要这样办，还要研究。行舟、春生，你们再慎重考虑一下，还有没有更好的办法。这个问题，我们下次再商量。"

散会之后，江行舟心里一直在想："今天这几个人的会场表现有点不太正常。金春生的意见过于偏激，关心群众利益是对的，但政策底线还是必须把握的。如果一味放纵，将造成灾难性后果。但他为什么要提这样的意见呢？是不是想给拆迁办减少压力，屁股指挥脑袋？但这样做势必造成县政府被动，这种利弊关系他应该很清楚，不知他是怎样想的，找机会一定要问问他。"

江行舟觉得，历史遗留问题，应该考虑到当时的特殊情况，予以特殊处理。只有这样，才能客观公正有效地处理问题。但这样放宽政策的边界在哪里？必须找到这个边界。这个边界就是解决问题的抓手。

江行舟陷入苦思冥想之中。

这时，金春生打来电话，问江行舟下班以后干什么。江行舟说没事。金春生说："你要没事，我就找点事给你做。"

江行舟问什么事。金春生说："下班后，你到我家附近的'草低羊肉馆'，我请你吃羊肉。"

江行舟问还有谁。金春生说："我也不是请客，就是我们很长时间没有在一起聊天了。没有什么事，你不要犯职业病，我没有贪污受贿的行为让你查。"

江行舟反问："那你紧张什么？"

两人互嘲一番，哈哈大笑。

金春生从家里拿来一瓶藏了十年的茅台酒，一人一半，谁也不准多，谁也不准少。其实金春生的酒量比江行舟要大一些，他这样安排，就想要江行舟喝得爽爽的。

冷菜就是一个小拼盘，以花生米为主，其他的菜由厨师随便搭配。热菜每人自己点，江行舟点了一盘红烧杂鱼，金春生点了饭店特色菜羊肉火锅，另外再配一个家常豆腐。

金春生说："我跟你解释一下，今天在会上我说的话，你可能不理解。我说真心话，文化一条街的拆迁，我早就在心里盘算着，到底怎么办。有一次我还专门到我弟弟家，想看看里面到底什么情况……"

"你弟弟也住在要拆迁的区域里吗？"江行舟问。

"在附近，不在那个区域里。"金春生说，"你问这话的意思我懂。就算我弟弟住在拆迁区域，我也不可能因为他改变政策。这点觉悟我还是有的。"

江行舟问："你是不是考虑拆迁难度太大，怕拆迁办完不成任务？"

金春生道："这个因素是有一点，但也不是主要的，主要的还是这件事本身情况特殊。如果我不提出来，到时候拆不下去，到那时再回头调整政策就被动了。"

江行舟说："要是这样没有边界也不行啊！"

金春生端起酒杯说："来，喝酒！不要光顾着说话。"

江行舟喝了一口酒，接着刚才的话题往下说："现在要找到解决问题的平衡点，让拆迁户基本满意，大部分人都同意拆，且政府不能陷于被动，以后也没有后遗症。只有这样，我们才能放心。"

金春生说："这个事情，说复杂也复杂，说简单也简单。"

"怎么讲？"江行舟不解地问。

"政策是领导制定的，领导还不是怎么说怎么有理嘛。"

江行舟眼前忽然一亮，觉得金春生虽然说得不对，但思路可以参考。大面积公开调整拆迁政策，肯定有问题，现在不好操作，将来必有后遗症。如果结合现有政策，对产权不明、手续不全、执行有难度的拆迁户，以集体会办的形式，对个案进行处理，针对具体问题商量处理办法，可以有的放矢，切实解决问题。这样，每一户都有每一户的情况，解决这些问题就有很强的针对性，不会造成攀比。如果下面还有类似情况，那也没关系，照此办理就行。就像海洋法系国家的判例法，参照判例执行。会办可以现场进行，也可以集中研究，灵活掌握。

想到这些，江行舟心里激动，举杯喝干杯里的酒，向金春生讲了自己的想法。金春生也觉得这个办法可行，至于能不能解决，怎么解决，则根据实际情况，综合考虑各种可能和不利因素，慎重做出决定，应该是能经得起检验的。

他们最后决定，按照这个思路向冯续来汇报。

第三十三章
《拆迁通告》贴出来了

江行舟和金春生到冯续来办公室的时候，沙发上还坐着一个人，年龄在五十岁上下，黑乎乎的，肚子上像扣了一口铁锅。冯续来介绍说："这是无锡的杨老板，准备到我们这里投资搞板材加工。杨老板是非常有实力的。"

冯续来又向杨老板介绍了江行舟和金春生。

据冯续来说，杨老板原来是生产队长。二十世纪八十年代，南方的乡镇企业搞得非常红火，他被任命为一家电缆厂的厂长。电缆厂发展很快，规模很大，他也成为全省有名的企业家。

杨老板连忙摆手说："哪里，哪里！冯书记过奖。"

冯续来说："杨老板与临水县也是有缘的。六七年前，省委派人到临水县扶贫，杨老板过来帮助我们县办了一个电缆配件厂，不仅提供资金、技术扶持，电缆配件厂生产的全部产品由他们厂收购。但后来我们这边出了问题，把好端端的一个企业搞散了。"

杨老板只是笑，没有说什么。

冯续来继续说道："杨老板这次来，准备搞一个年产十万张板材的工厂。我们原来就熟悉，这次他来找我，是大好事。今天正好你们认识一下。杨老板有什么需要办的，你们帮助办。先不谈分工，招商引资一盘棋。到需要时，我跟牛县长讲。"

江行舟和金春生连忙答应，并对杨老板说："冯书记说过了，你需要我们指挥部做什么，请尽管讲，我们保证全力以赴，搞好服务。"

说罢，他们就与杨老板互相留了电话号码。杨老板站起来要走，冯续来对他说："有事你先去忙，我晚上招待你，你把和你一起来的人都带上。"

杨老板说声"好"就出去办事了。

杨老板走后，江行舟就把他和金春生商量的文化一条街拆迁难题解决办法说了。其重点，就是采取"个案会办"的办法，处理拆迁过程中遇到的具体问题，对症下药，药到病除。这样不需要改变现行政策，不用担心被拆迁人互相攀比等后遗症问题。

冯续来一听，顿时感到精神一振，觉得这个办法有点意思。他咂咂嘴，皱皱眉，说："这个办法可行。昨天春生给我出了道难题，当时我感觉春生瞎胡闹。我自己苦思冥想也没有想出好办法。这下好了，实行这个办法，第一线解决问题，快刀斩乱麻，效率高，还避免了很多矛盾。"

冯续来很少这样夸奖部下，江行舟和金春生都非常高兴。

冯续来又说："这样做，对现场会办的要求就很高了，来不得半点马虎。没有关系，车到山前必有路。我们同心协力，共克时艰。晚上招待杨老板，你们都参加。"

"我晚上参加不了，市局来人检查工作，还要陪他们。"金春生道。

冯续来说："你要有事你就去忙，我和行舟去。"

江行舟开始考虑下一步工作的问题。

拆迁许可证是拆迁办发的，自然没有问题，但一些基本的手续还是要有，也不能不符合规矩，否则就乱套了。万一出事，就不好交代了。规划手续肯定没有问题，因为用地规划许可证是规划办发的，他们完全了解情况。等拆迁办把详细资料弄出来，就可以组织实施。

还有一个大问题，就是谁来具体负责拆迁工作的实施。

拆迁办应该是裁判员，不应该是运动员。即使要他们下场当运动员，他们人手也不够，就十来个人。全县还有其他事情，他们还是要兼顾的。那么谁来负责最合适呢？指挥部的人全部上也不行，还是人手不够。拆迁工作一旦开始，就要一鼓作气拆到底，绝不能拆拆停停，疲疲沓沓，有可能造成半途而废。所以，一定要组织一支特别能战斗的队伍。

江行舟能想到一些单位，随后又一一予以否定。让城建局组织人担此任务，理由比较充分，但从每个单位抽调人，一是影响面较大，还不好统一指挥；从其他单位抽调人，都存在影响抽调人单位工作的问题。江行舟有点拿不准，心想现在还不急，稍后再仔细考虑一下。

宇文正汇报说，拆迁办的实施方案，按江行舟和金春生的意见进行了调整和进一步完善，基本差不多了，就等实施。

汪杰汇报说，裴院长的团队把总平面图设计好了，问什么时间汇报。江行舟叫他等通知。

这段时间，金春生的主要精力放在城建局，除非指挥部有事才来一趟。江行舟觉得指望不上金春生，吴德君、向海平都在忙自己一摊子事，指挥部的事情只能靠他了。通过近一年的实践摸索，虽然他说不上懂行，但也是心中有数，慢慢在干中学，学中干吧，否则又能怎么办呢？他想，不如让秦科来锻炼锻炼，给秦科施加一点压力，有些事情可以安排秦科来干。

江行舟给秦科下达任务，叫他和拆迁办主任宇文正对接，和规划办的东方对接，办理好文化一条街的《拆迁许可证》。具体情况江行舟向秦科介绍了，有什么不清楚的可以问。

秦科说："我马上去和他们对接，办理过程中有什么问题，我再请示你。"

刚进入新的一年，地方各级人代会相继召开，各级领导工作重心便是筹备"两会"，参加"两会"，落实"两会"精神。一句话，原来的正常工作节奏放慢了。

冯续来也是这样。他不负责"两会"筹备工作，但会议还是要参加的。县委书记、县长、县人大常委会主任、县政协主席，受两会影响比较大，冯续来的主要精力还是放在日常工作上。江行舟见缝插针，利用会议中间的间隙，向冯续来汇报指挥部的工作。文化一条街的前期准备工作基本就绪，什么时间开始拆迁要定一下，以便做好准备。拆迁工作的最大难题，由哪个单位担任现场实施的主体。江行舟把他的想法详细做了说明，并强调他没有考虑好哪个单位更合适。

冯续来略做思考，便说："拆迁这个事，让临城镇政府的干部去做。我们这次拆迁，推行城市化，临城镇的干部是责无旁贷的第一责任人，他们就应该承担更多责任。被拆迁地块在他们的地盘上，他们有天时地利人和的优越条件，是其他人和其他单位都无法比拟的。至于人手，他们更有条件，那么多的乡镇机关干部，平时闲得很，这时候就应该让他们表现表现，出出力。要是人手还不够，他们还有村组干部可以抽调。”

江行舟说他们不一定熟悉拆迁业务。

冯续来说：“那好办。让拆迁办的人参加，任务是业务指导，说白了就是负责算账。他们把工作做好了，拆迁办算账，业务把关。各司其职，各负其责。谁出问题追究谁的责任。到时候，看看有没有必要请检察院派人监督，防止有些人见利忘义，违法乱纪。”

在江行舟看来十分难解决的问题，冯续来三下五除二，安排得停停当当，滴水不漏。江行舟不由得从心里佩服冯续来的政治经验丰富，处理问题手段老辣，方方面面考虑周到，让人无可挑剔。

江行舟表示：“冯书记的意见很好，就这么办！什么时候执行，怎么安排，细节由您考虑，我坚决执行。”

“慢！让我算算账。”冯续来稍做思考，对江行舟说道，“从现在到春节，满打满算还有一个月时间。拆迁只要开始就不能停，必须一鼓作气。我估计这么大的工作量，至少需要一个月时间。就算拆迁能够完成，也临近春节了。这个时间点不好。春节是中国人的传统节日，没有极其特殊的情况，是不能干扰的。我们完全没有必要赶这个时间。可以等一等，春节过后立即开始。开始以后，一鼓作气拆完。不过，春节前我们可以出通告，让拆迁户提前做准备。正好在春节期间，让拆迁户一家人在一起商量商量。春节后我们再动手拆的时候，他们会少一些对立情绪，工作又会好做一些。”

江行舟说：“这样好，我回去就考虑如何落实。”

冯续来特别交代江行舟：“临城镇的事情，暂时不跟他们说。我考虑一下，选一个机会，我跟吕书记说。”

回去之后，江行舟就开始收集、整理有关资料，考虑《拆迁通告》的撰写内容和如何与实际工作相衔接的问题。

先期工作是用地问题，必须完善规定的手续。江行舟代表城区开发建设总公司，作为该地块受让人与土地使用权人的代表，与县国土局代表向海平，双方签订土地使用合同。合同约定，用地方式为协议出让，因属于毛地拆迁，土地受让人要承担该地块的拆迁费用，所以，按县政府当时招商引资优惠办法执行，地价为零元。合同还约定，开发人对自己所开发的产品，即所有商品房，自行以市场价销售，自行承担开发的后果。所有经营活动产生的税费，按县政府招商引资优惠政策办理。

秦科向江行舟汇报了拆迁许可证的办理情况。经过拆迁办审查，所有材料均符合条件，已经在内部履行报批手续，城建局已签字同意，不日即可下发证书。江行舟对秦科鼓励一番，秦科自然很高兴。

冯续来召开指挥部会议，把金春生也喊来参加，研究年底工作安排。冯续来对指挥部成立近一年来的工作进行了简单总结，对做出的成绩给予充分肯定，表扬大家为此做出的贡献，鼓励大家继续努力，争取明年做出更大成绩。

冯续来说：“今年是我们县改革力度最大、经济社会发展最快的一年。下一步奚书记将在全县人代会上发出号召，要求全体机关干部和全县人民，以更加务实的精神，更加大胆的改革，争取更大的成就，推动县域经济社会更快发展。具体要做的实事，你们可以找文件看。

“我们有幸加入我们县历史性的改革开放的大潮中来，成为城市化建设的主力军、推动力量。这对我们每一个人来说，都是有意义、有价值的。我们今天所做的一切，若干年后，当我们走在这个城市的每一寸土地上，都会有一种亲切感和自豪感，因为这是我们付出努力和汗水的成果和结晶。我们心里是感到无愧于这块土地的。所以，今天我们必须清醒地认识到，我们现在所做的一切是非常重要的、有价值的，值得我们去为之努力奋斗的！”

冯续来说得很动情，大家也不觉得他唱高调喊口号，发乎情，入乎理，亲切自然，心里暖暖的。

要讲下一步工作，冯续来用手轻轻敲敲桌子，以示重视。

“第一就是文化一条街的拆迁。马上发公告，现在到春节满打满算还有一个月时间。春节后，过了正月十五，立即动手，争取二十天，最多一个月，结束战斗。

“拆迁的同时开始建筑招标。拆迁结束，建筑开始。抓紧时间，明年年底，文化一条街争取投入使用，产生效益，出成果。

“关于拆迁的具体行动安排，行舟、春生，你们再利用春节假期，好好过过细。我最近找过临城镇吕书记，让他心里有个数，紧密配合我们行动。然后，行舟和他对接。年后，春生安排一个拆迁办业务比较好又能说会道的人，给临城镇的工作组办个讲座。春生也可以讲讲。拆迁工作你最熟悉。”

“我来安排，按你指示办！”金春生说。

冯续来笑了笑：“你少给我瞎炫！”

金春生笑了，大家也都跟着笑。

关于小区建设。冯续来说：“我们不能老是说小区小区的，总要起个名字才好。行舟，你是文人，你负责起名字。”

江行舟忙说：“冯书记不要客气，你是秘书出身，也是文人，你起就行。”

金春生跟着起哄，大家也一致推举冯续来。冯续来轻轻点点头，沉思良久后问：“叫‘春风花园’怎么样？”

金春生说：“这个名字有什么寓意，你得说说看，不然我们不好表态。”

冯续来说：“改革像春风一样吹遍中国大地，春风化雨，我们这个小区是改革开放的产物，没有改革的春风，哪有城市化，哪有这个小区？”说到这里，他忽然跑题，“前天，奚书记说要把我们临水人民大干苦干的精神进行总结，把它制成一块大碑，立在平海高速入口处，作为临水县的地标。要求我们提意见。他已经安排县委办和宣传部拿出了一个初稿。你们听听，欢迎提意见。”

金春生说：“你老是卖关子，往下说呀！”

冯续来兴致很高，没有计较金春生的挖苦，继续说道：“‘艰苦奋斗，迎难而上；奋起直追，繁荣富强’。就是这四句。”

大家你看我，我看你，咂咂嘴，心里觉得有话说，但又说不出来。冯续来看看江行舟，问道：“行舟，你觉得怎样？”

这种事，江行舟本不想说，但冯续来既然点他的名了，他就说：“这是我们县大笔杆子写的，我岂敢班门弄斧！”

冯续来说：“智者千虑，必有一失。你说说嘛！”

江行舟说：“那我就瞎说了。”

大家鼓掌，起哄。江行舟说：“对大笔杆子写的话，我不做评论。要是我来写的话，我会这样写：勇于改革，大胆创新；务实苦干，富强文明。”

江行舟解释道："要体现临水精神，体现临水什么样的精神？临水之所以有今天的成就，完全受益于改革开放，所以这种现代精神的源头必须要体现出来；大胆创新，是改革开放的延伸和必然结果；务实苦干，说的是行动层面的事情；最后一句是理想。精神是要有很高境界的，我们苦干是为什么？必须要说清楚，这样才有思想高度。就事论事不行，空对空也不行，最好是既有虚又有实，虚实结合比较好。"

江行舟说完，又补充了一句："各位，我只是胡说八道，说着玩的啊！我不说，你们非要逼我说，大家不要笑话我哟！"

冯续来仔细品味江行舟刚才说的话，微微点点头，说道："有点道理，可以参考。"

刚才开会跑题了，冯续来又接着往下说："拆迁工作一旦开始，我们将面临社会上的各种压力，批评指责肯定有，吵吵闹闹也不会少。还有找关系、送礼说情的，我们都要有所准备。我想，这是一场硬仗，我们一定要打胜，不能失败。我在这里给大家敲警钟，打预防针。如果谁掉链子，守不住底线，出了问题，我不会客气！"

冯续来一脸严肃，大家都能从他的话语里感受到杀气。

由江行舟起草的《拆迁通告》，张贴在文化一条街和春风花园小区拆迁区域的显眼处，立刻引起拆迁户的注意。

在这之前，他们就听说这里要拆迁，但都是传说。现在，《拆迁通告》已经贴在墙上，这是确信无疑的事情了。他们对照《拆迁通告》中划定的范围，看自己家是不是在拆迁范围内，结合拆迁的时间要求和政府安置方案，合计自己的好处和坏处，盘算自己该怎么办。

有的人觉得拆迁对自己有好处。现在的居住条件实在太差，正好可以借机改善一下居住条件，自己就是付出点代价，也是可以接受的；有的人认为自己的房产存在问题，说不定会吃亏，心里便有些忐忑；还有的人搞不清状况，只想随大溜，到时看其他人怎么办，看自己划不划算再说。

亲戚朋友之间开始商量怎么办，拆迁的事情也就在暗中慢慢发酵。一时之间，拆迁成了全城人茶余饭后的热点话题。这个城市真的很小，竟然被两处小小的拆迁搅得波翻浪涌，很多人主动或被动地陷入其中。

从冯续来、江行舟、金春生到指挥部的其他所有人，都成了人们关注的焦点，向他们咨询、了解关于这次拆迁方方面面的情况。

江行舟接到法院文清扬院长电话，也是关于拆迁的。文清扬说，他老家那边一个镇党委书记，姓马，跟他是同学。马书记打电话跟他说，有一个亲戚家也在这次拆迁范围。马书记亲戚打听到拆迁负责人江行舟是临水县法院的，就找到马书记。马书记又找到文清扬，七绕八拐的，弄得文清扬也很为难。

具体情况文清扬也不清楚。到底应该怎么办，马书记亲戚也说不出具体要求。文清扬先把这个事跟江行舟说了，至于能不能办，让江行舟酌情处理。

江行舟简单介绍了拆迁的大致情况，表示一定尽力帮忙。

文清扬还叮嘱江行舟，年终总结大会一定要过来参加。到时领导班子、各庭室小头头，一起聚一聚。江行舟说法院办公室已经发过预备通知了，他到时一定去。

江行舟向冯续来建议，指挥部最近要开一个年终总结会，说说这一年的工作。一年来，大家确实吃了不少苦，做了不少事，会上要说说明年的工作打算，请冯续来做主旨报告。会议结束，全体人员聚餐，暖暖人心。江行舟还建议，能不能发点小福利，奖金还是纪念品都行。

冯续来说："开会我参加，主要是你讲，最后我总结也可以。"

江行舟不好再推辞，要求他讲得不对的地方请冯续来批评指正。冯续来说，他们之间就不要客套了。至于礼品还是奖金，冯续来说，按理说，大家这一年确实辛苦，特别是自拆自建，当时正是夏天，天气那么热，大家没有一句怨言，很好地完成了既定任务。但是指挥部确实没有钱，很难开"要钱发福利"这个口子。冯续来建议以加班费名义，每人发五百块钱。另外，每人再买一件衬衣，但一定向大家讲清楚，这是指挥部的工作服。以后要是有重大活动，需要统一着装。聚餐可以，借此机会，大家在一起交流交流，增加相互之间的感情，增加指挥部的凝聚力。

江行舟说："既然你同意，我就去准备了。"

第三十四章
春节前的事情

临水县法院的年终总结大会如期召开。

江行舟自从调到指挥部以后，回法院的机会很少，就是来了也多半有事，把事情办完就走。他办事也只是和文清扬对接，很少接触其他同事。这次他回到法院开年终会，算是回娘家了。大家一见面，感到非常亲切，有很多聊不完的事，说不完的话。

指挥部的年终总结会，其实就是一个本单位的小型座谈会，地点在一楼会议室。参加会议的人有冯续来、江行舟、金春生、吴德君、向海平、许小平等，其他的都是指挥部工作人员。主席台只有两张桌子，基本上是围坐在一起。通过一年的近距离接触，大家已经没有什么疏离感，像是一家人。

江行舟首先回顾了一年来的工作情况。他说主要做了这样几件事。第一，基本建成了总公司的工作架构，从公司领导到各职能部门，能够适应工作需要，进行有效率的工作；第二，正在逐步实施开发建设三步走计划，完成了自拆自建示范性工程，效果还是比较好的。自主开发文化一条街和春风花园小区前期准备工作基本就绪；第三，招商引资工作已经开了一个好头，形势喜人。他们还为青少年活动中心的建设做了很多辅助工作，使这项民心工程得以顺利进行。

他还对在这些工作推进过程中做出努力和贡献的单位进行表扬，如房管处、拆迁办、规划办，等等。

对于明年的工作安排，江行舟说："开春第一件事，就是文化一条街和春风花园小区的拆迁。这是我们真正自己搞的第一个工程。我们还缺少经验。对于临水县来说，是第一次，产生的震动肯定是巨大的，困难也是很多的，我们必须要有充分的思想准备，准备打一场硬仗。大家知道，拆迁是最难的工作，牵涉几百个家庭的切身利益。被拆迁人难免会与我们发生这样那样的矛盾。我们必须咬紧牙关，迎难而上。拆迁结束以后，就是施工。这是更加艰苦细致的工作。施工队伍选择很重要，牵涉到工程质量。这是百年大计，马虎不得。

“面对面广量大的日常管理工作，我们经验不足，资金不足，人手不足。但困难再多，事情还要干，要干好，没有其他捷径可走，只能靠在座各位，团结一心，克服困难，争取把工作搞好，向县委、县政府交一份满意的答卷。

“这次行动，我们一定能够取得胜利。因为，我们所做的一切，都是为了老百姓谋利益，让他们过好日子。只不过这些事，他们以前没有遇到过，也想不到。现在政府要帮他们做，他们思想上暂时还认识不到这些问题，一时半会儿有可能想不通，想不通就有可能产生对立情绪，不配合我们工作，甚至采取对抗措施。我相信，通过我们耐心的宣传工作和细致的思想工作，大部分人都会认清形势，接受我们的想法、做法。当然，也不排除个别人或极少数人，因为自己的具体要求不能得到满足，就起哄闹事，甚至做出极端的事情。不过，遇到这种情况，我们也不怕，依法依规处理就是了。”

江行舟讲完，就让大家发言，有什么想法和建议都可以讲。

金春生说：“关于文化一条街和春风花园小区拆迁问题，最近社会上议论比较多，我也听到不少不同的声音。有人说政府搞开发，是多此一举，没事找事。还有人说，政府搞开发是想赚钱，是与民争利。这话不是一般人说的，还是有一定社会地位的老干部说的。”

“这些人才是没事找事，吃饱饭撑的！”冯续来接过话茬儿，“这些人平时什么都不干。别人干了，他们就在那里品头论足，当裁判员，当评论员，反正站着说话腰不疼。在他们当政的时候，做了什么造福人民的事？我们根本就不要理他们！要是听了他们种种奇谈怪论，就吓得什么事也不敢干，正好符合他们心意。不管他们怎么说，我们该怎么干还怎么干。”

金春生说：“我还听到一个消息，有个别人正在串联，准备到政府上访，提了不少条意见。”

冯续来道："上访是他们的权利。你有没有听到他们的具体意见是什么？我们可以把这些意见拿来研究一下，看有没有道理。如果真有道理，我们也可以照办。"

"就是听到一些风声，有哪些具体意见我还不清楚。"金春生说。

冯续来道："我们要加强收集这方面的信息，便于主动应对。"

江行舟提醒大家："在座各位耳朵都要放长一点，听到什么消息及时跟我们讲一下。春节期间，亲戚朋友走动的时候，多留个心眼儿，注意这方面信息。"

主席台上开小会，台下的人成了听众。

吴德君和向海平也都说几句跟自己业务有关的事，最后冯续来做总结。冯续来对一年来指挥部的工作给予了充分肯定，通过大家的辛苦努力，才取得骄人成绩。

说着说着，他话锋一转，问大家："我们现在这样埋头苦干，到底为什么？不干行不行？"

大家互相看了看，没有人回答。

冯续来自问自答："我们临水县这两年大胆改革，不断创新，经济社会发展都取得了历史性的成绩。这次搞城市化建设，还是走在全国同类城市的前面。我们是想出风头吗？不是，我们就是想通过我们的努力，改变全县人民的生活，让老百姓过上好日子，这不就是我们共产党人的初心吗？不要什么豪言壮语，实实在在地干就是了。所以，我今天就是想告诉大家，我们现在做的事情，对于全县发展是有重大意义的，我们今天的辛苦是值得的。感谢大家这一年来的努力！"

对于两处拆迁，冯续来说："我仔细想过，这项工作确实比较难做，肯定有阻力。但我们要换位思考，他们祖祖辈辈在这里住了很多年，现在的房子再破，他们能安身立命；你的新房子再好，他们没看见，拆了就无家可归，想想都害怕。他们有这种担心、犹豫是非常正常的。过去从来没有人这样干过，他们这些人能有什么大的见识？没有。所以，我们对拆迁工作要提高认识，带着感情搞拆迁，把拆迁户当成自家人、邻居、亲戚来对待，从他们的角度考虑问题，做耐心、细致、艰苦的思想工作，力争平稳地把这项拆迁任务完成。对于个别无理纠缠的人，该怎么处理就怎么处理，也绝不惯着他们。有人会担心这些人狮子大开口怎么办，不可能无限制、无条件地满足他们提出的所有要求吧？这个问题我也想过，原则底线还是要有的，只要是原则范围内的要求，我们尽可能满足，超过底线的坚决不能答应。在这个过程中，我们也要研究、调整我们的政策，从改革开放和我们县发展的大局出发，实事求是地解决这些问题。这些事情，只能是到时候根据实际情况处理。"

总结会开成了座谈会，座谈会又开成了研讨会。目的只有一个，全力以赴，干好这件前人未曾做过的事业！

春节越来越近了，天也越来越冷。江行舟站在办公室窗前，望着外面灰蒙蒙的天空，稀疏的雪花正随风飞舞，落在房子上、树枝上、地上，地上已经泛白。

他长长地舒了一口气。这一年，他真的太忙了，忘记了时间，忘记了身边很多事情，现在总可以歇歇了。春节毕竟是中国人最重视也最盛大的节日。今年春节自己怎么过呢？把母亲接过来，还是带一家人回去，与一大家人在一起过呢？不知江方舟今年能不能回来过春节。自从上次江宝失踪一直到现在，他都没和江方舟联系过，也不知江方舟现在情况怎么样了。

江行舟忽然有点想这个二弟了。他连忙拨通江方舟电话。江方舟好像还没睡醒，迷迷瞪瞪的，声音里弥漫着懒散。他问江方舟："昨天晚上是不是又熬夜了？要注意休息呀！"

江方舟一听是江行舟的电话，马上精神振奋，声音也立刻变得清亮起来。兄弟俩就聊起了家常。江方舟问母亲身体怎么样。江行舟说："很好，你不用担心。她就是对你放心不下，老问你怎么样，你尽量抽时间给她打个电话。以前我们认为父母啰唆、烦人。现在我们有了孩子，才知道父母对孩子的那份挂念是真的刻骨铭心。"

江方舟说："都是我不好，没有常回家看望母亲，害得母亲和你们为我担心。"

江方舟说了自己的近况。他和姬琳已经离婚了，江宝已经是成年人了，他给江宝买了一套房了，江宝单独住。他把原来的房子给了姬琳。不管怎么样，他们夫妻在一起这么长时间，谁是谁非已经不重要了。

江行舟问：“这么大的事，你为什么不跟我们好好商量一下？”

“还有什么好商量的？”江方舟说，“我和她的婚姻已经走到尽头了，缘分也尽了。我跟你们说，你们又能怎么办？干脆，我自己的事自己解决。”

“你现在就一个人过日子？”

“是啊！一个人过日子也挺好的，自由，轻松多了。”

“单身还是有诸多不便，你想办法再找一个吧！”江行舟道，“你年龄不算大，四十多岁，趁早找一个。拖到年龄大了，就麻烦了。”

江方舟说：“找，估计还是要找的，先放空一下，以后再说。找对象，也要看缘分，有缘人自然会相聚。大哥，你就别操心了。我找到了，请你来港城喝喜酒。”

江行舟又问江方舟今年能不能回老家过春节。江方舟想了一下：“能。我已经好多年没有在老家过年了，很想陪陪母亲。我问问江宝愿不愿意和我一起回去。他要是愿意，我就把他带回去。不管他，他回不回，我都回去。回去之前我和你联系。”

“那好，我跟妈和同舟说一下。”江行舟道。

江行舟又给阿龙打电话，问他和阿虎在哪里过春节。他们要是回老家，他准备给老郑带点土特产。

阿龙说，现在宾馆工地上的事情很多，工人每天都在加班，他应该是回不去了。他已经对老郑说了，到时候让老郑到临水过春节。

腊月二十三，小年，人们开始为春节忙活了，亲戚朋友间也开始频繁走动。在中国这样的乡土社会里，人与人之间是需要感情交流和维系的。这其中真情实感占了很大的比重。平时，大家都在为生计奔波，很少有时间在一起进行感情交流。现在，正好利用春节，互相请吃饭、喝酒、聊天，既弥补了过去一年感情的缺失，又为下一年交往打下基础。

第三十五章

老二回来过春节

江行舟现在不再负责审理案件的工作，思想压力小多了。过去，他逢年过节就为难。面对社会上各种各样的人，邀请吃饭喝酒的，找各种理由送礼的，处理起来非常麻烦。因为他拒不收礼，不知得罪过多少人。现在轻松了，没有人来找他，人际交往就简单多了。但是，凭着职业敏感，他还是提醒自己要注意，防止被别有用心的人利用，守住底线，保持晚节。

丁永建叫他的司机给江行舟送来一箱茅台酒，江行舟没有什么东西回礼，就打电话表示感谢。江行舟把老家亲戚送的两只羊腿送到冯续来家，冯续来当场又送给他一条高级领带。金春生叫司机给江行舟送来一大块猪腿肉。江行舟让司机带回去几条鱼。其他人一一打电话问候，约好春节后聚聚。

除夕前一天，江方舟和江宝回来了。他们坐火车到彭城，江行舟接站。江方舟还是老规矩，带了很多东西，苹果就是满满一大箱。海参、海米、干贝、鱼虾，凡是好带的都带来了。他们肩扛手提，就像两个小商贩。

几年没见过江方舟，他头发竟有些花白，不过精神还好。江宝比江方舟还高，皮肤像江家人，白皙细腻；眼睛不像江方舟眼睛那样大，像他妈妈的眼睛，小而有神。

江行舟拍拍江宝的肩膀，笑笑说："帅哥好！"江宝腼腆地笑了笑，低下头。江方舟说："这孩子不太爱讲话。"

江方舟坐在车里，看着路边风景。寒凝大地，一片萧瑟。一栋栋高楼拔地而起，大城小镇从车窗外划过，不禁感叹道："这几年，家乡变化太大了。"

彭城火车站搬到新址，又大又漂亮。普通公路也变成高速公路，路旁房子也更好看了。

江行舟说，这几年，各地都在搞城市化建设，变化可以说是日新月异。

天色已晚，江行舟把车开到他家，让江方舟父子先在他家住一晚上，明天他们一起回老家看望母亲。

江行舟家的房子原来是县直管公租房，后来房改，他交点钱，获得产权。原来是两上两下四间房，房改后，在院子里的空地上他又建了厨房卫生间。屋顶上安装了太阳能热水器，但效果不是太好，阴天或是天冷就无法洗澡，所以，他就在空隙处搭建了一间小锅炉房，两套设备搭配使用，洗澡就方便多了。

大女儿江漫月今年读大二，已经放假回家，在同学家玩。江行舟叫她早点回来见二叔。

几天前，江行舟就让王莉把书房收拾一下，还专门到家具店买了一张大床，准备给江方舟父子使用。

到家后，王莉正在忙里忙外。她见江方舟和江宝进屋，热情地与他们打招呼。

江行舟把东西简单收拾一下，就回到客厅给江同舟打电话："你二哥父子到了，今天晚上就住在我家，明天回去。你告诉妈一声，叫她不要挂念。"

江行舟打完电话，江方舟说："大哥，你先忙，我出去转转。"

江行舟说："王莉正在做饭，今天我们就在家里吃，一会儿饭菜就好。"

"我想出去看看，很快就回来。"江方舟道。

"快去快回。"

江方舟带上江宝出去了。

餐厅和客厅是连在一起的，平时江行舟一家人吃饭，就在客厅沙发旁边的小方桌上。招待客人时，就要把沙发挪一挪，在方桌上放一个大圆桌面，再放上一个可以转动的圆盘就可以了。今天晚上虽然不是请客，都是自家人，但江方舟已经很长时间没有回来了，算是客人，江宝更是稀客。虽说江宝是江行舟亲侄子，但因为不常在一起，感情上还是比较疏远的，更应该表现得热情一点才是。王莉把做好的菜端上桌，江行舟把酒也倒上了，就等江方舟父子回来吃饭。

江方舟回来后很兴奋，说外面变化实在太大了，几年间一切都变了。最大变化就是人变了。原来的人都是死气沉沉的，现在的人，衣着光鲜，说话也文明多了，精神状态明显不一样。江行舟边喝酒边介绍临水县这几年的变化。江方舟听得津津有味，不时提一些问题，江行舟一一作答。

王莉不时地把菜夹到江宝的碗里，还劝江方舟多吃菜。不知不觉，他们便把一瓶酒喝光了。

王莉叫江行舟不要再喝酒了，吃完饭聊聊天。江行舟于是就不再喝酒，叫王莉盛饭。饭是江方舟最喜欢的炸汤面条，豆芽炸的汤，味道鲜美。江方舟一面吃一面称赞。

饭还没有吃完，江漫月推开门带着一阵风进来了。一件粉色长款羽绒服，衬着江漫月红扑扑的脸，让人感觉她浑身充满青春活力。

江漫月一进门，就热情地与江方舟打招呼，又向江宝挥挥手。

江方舟让江漫月坐下，江漫月就在江行舟旁边坐下。

江方舟问江漫月学习成绩怎么样，精神状态怎么样。江漫月回答说都挺好的。江漫月问江宝："你的咖啡店经营得怎么样？有没有带点什么高档品种让我们这些土包子见识见识啊？"

江宝不好意思地低下头。

江方舟说："现在又改成服装店了。你以后去港城，江宝送你时装。"

江漫月知道江宝经商又失败了，就知趣地说："好啊，江宝到时不要舍不得呀！"

大家都笑起来。

吃过饭以后，王莉带江宝到楼上看电视。江行舟和江方舟弟兄俩在客厅里说话。

兄弟俩对于彼此的大致情况还是了解的，但平常彼此都是报喜不报忧，确实有很多情况的一些细节并不知晓。不管以前的事情清不清楚，这个时候拿出来说说，也觉得很符合场景和感情需要。

说到近况，江方舟说："虽然我离婚了，但是我的事业十得还可以。我原来的单位属于协作委，去年改制，被我买下来了。原来的职工我负责安置。现在除了原来的加油业务，我又搞新能源、废旧塑料加工。这是新兴产业，市政府很支持。”

江行舟说新能源是新兴产业，前景应该不错，但太超前的事情风险也大，要把控好。

提到江宝，兄弟俩就有了共鸣。江行舟想到江火，感到力不从心，像拳头打到棉花上，有力无处使，头疼得很。他们的脸色都变得凝重起来，只喝茶，不讲话。

江浸月放学回来，见江行舟正和客人聊天，就挥挥手，算是打了招呼。江行舟知道江浸月没看清楚江方舟，就叫住她：“你好好看看他是谁！”

江浸月这时才发现客人是江方舟，连忙说：“二叔好！”

江方舟笑笑说：“浸月回来了，高考冲刺了吧？”

江浸月说再熬半年就解放了。

王莉从厨房出来对江浸月说：“饭好了，快去吃吧，吃完饭你再和二叔聊。”

江浸月转身去厨房吃饭。

江行舟说了自己的情况。江方舟说：“还是你们公务员好，总是一副救世主的样子，站着说话腰不疼。多想想老百姓的难处，不要当官老爷。”

“哪里有这种好事？”江行舟道，“我是诚惶诚恐，如履薄冰。”

兄弟俩一直聊到很晚，像要把几十年的话都说完。

他们谈到母亲的身体状况，谈到江同舟一家，还有妹妹小舟。江行舟把自己知道的情况都告诉了江方舟。

江方舟说：“我亏欠母亲和家人太多了。”

第二天早饭后，江行舟陪江方舟父子一起回老家。

虽说是冬天，大地萧瑟，但沿途路边也有不少成片的绿色花地、树林。这是近几年发展起来的绿化苗木基地。不少农民有了商品意识，不种庄稼改种花卉苗木。越是靠近江行舟老家，这些苗木越多，规模越大。

母亲见到江方舟十分高兴，眼睛一直没离开江方舟身上，满眼都是慈爱。江同舟把大家都让到屋里坐下：“我的屋子太小了，我准备今年到镇上买一套楼上楼下的房子。”

大家刚一见面，江同舟就宣布了自己的新年新计划。

江同舟说：“这几年，我做盆景基本上有头绪了，销售情况也不错，价格也有比较大的提升。现在我手里积攒了一点钱，想在镇上买套房子。听说县政府招商引资，有老板到镇上投资搞市场一条街。还听说老板胃口很大，还准备搞钢架大棚出租。到时候看看，要是合适，我就租一个，把我的工作室搬到镇上，在那里做盆景，也在那里销售，方便多了，省得来回跑。”

江同舟说得很兴奋。大家听了，也都为他感到高兴。

江行舟把江方舟带来的特产和自己带给各家的过年礼品分给大家。他让他们先把礼品拿回家，中午一家人到镇上的花香饭店聚餐。

江行舟已经联系好了饭店。江行舟叫江同舟的儿子江渔带江宝去附近随便走走看看，江宝高兴地跟江渔出去了。老家对于江宝来说，真是太陌生了。在他的认知里，这里只不过是他爸爸的老家，跟他没有太大关系。

大部分人都走了，屋里只剩下江行舟、江方舟、江同舟和母亲，大家也是有意给他们留下说话的空间。

江方舟拉住母亲的手，轻轻捏捏她的腿，问：“你的腿现在完全好了吗？”母亲说：“现在已经都好了，自己走路没有什么问题，但同舟非让我拄拐杖。”

江同舟说：“你的腿刚好，还是要注意。”

江行舟说：“同舟叫你拄拐杖，你就先拄着。等你的腿真正好了，自然就不用拄拐杖了。”

江同舟又问：“二哥情况怎样？妈就是担心你，念叨你。说我们几个兄弟姐妹，别人都还好，就是你过得糟心。”

江方舟依旧嘴硬：“我现在很好啊！离了婚，现在轻松了。”

母亲款款说道：“姬琳来过我们家，我看她还是不错的，大家闺秀，很讲道理的，就是脾气大点。谁没有点脾气？你在那里，给她家添不少麻烦。哪家灶头没有烟？夫妻之间闹点矛盾也很正常。现在你满意了吧？你们大人无所谓，谁离了谁也能过日子，孩子最倒霉。江宝怎么办？”

母亲的口气里，既有埋怨，更多的是心疼。江方舟还想解释，江行舟冲他摆摆手，示意他就不要分辩，母亲想说几句就说几句。

江方舟等母亲把话说完了，才说道：“都是我的错！大哥已经说了，让我回去抓紧时间再找一个，这样你就放心了。”

母亲点点头，也没有再说什么。

这时，江渔和江宝头并头、肩并肩进屋，看样子很开心。江宝眉飞色舞地说，三爷做的盆景实在是太漂亮了！

江同舟笑笑说：“你要是看中了，随便拿。”

江宝说：“路太远了，不好带。”

江同舟说：“没事，我托运过去就行了，不用你带的。我平常销售到外地的盆景都是托运的，很方便。没事，你自己选。”

江宝听江同舟这么说，急忙拉着江渔再去看看，好好选选。江渔就和江宝跑出去了。

江行舟道：“要不我们也到同舟的工作室看看，方舟还没有看过呢。”

于是，兄弟三人一起去江同舟的花地和工作室。

江行舟道：“现在孩子大了，有自己的想法，我们不要干涉过多。江漫月去年填志愿，我叫她学医，她根本不听，死活要学电子信息专业。我没有办法，只好随她，将来就业怎么办？”

江方舟说：“到什么时候说什么话，船到桥头自然直。”

“也只能这样了。”江行舟道，“再过两年，她就要参加工作了。孩子大了，我们也老了。这一辈赶一辈的，唉！”

江同舟栽在地上的盆景苗木，基本都是松柏类的，不怕冻。有的上面覆盖着塑料薄膜，有的就这样裸露着。原来的大棚向北边扩了一块，工作室的空间更大了。靠边上新添了两排货架，已经做好的盆景放在一起，还没有做好的半成品放在一起，不再像江行舟上次看到的那样凌乱。

江行舟又想起上次他答应江同舟，为江同舟找一个老师。后来因为他太忙，没有时间安排，便说过年后，他一定记住这件事，一定安排到位。

江同舟说，不要紧，自己每天都在看书学习，遇到同行，也会在一起切磋交流，互相取长补短，共同提高。

中午，江行舟安排一家人在一起吃了一顿团圆饭。这可把孩子们高兴坏了，跑出去又跑进来，这个大人用筷子夹个鸡翅膀，那个家长用手抓了一把圣女果。厉害的孩子直接自己挤到桌边，伸手就拿自己喜欢吃的东西。大人们看了不但不生气，还高兴地鼓励，气氛非常热烈。

江宝始终拉着江渔，哥儿俩好像有说不完的话。江方舟看在眼里，心里很高兴。江宝很少跟谁这么好过。江火离江行舟远远的，只是低头吃菜。刘芬拉着他给江行舟敬酒，他才勉强端起酒杯，象征性地举杯示意。江行舟见状心里很不高兴，但又不便发作，也举杯示意了一下。

江行舟安排明天中午还是一家人，加上王莉和江漫月、江浸月姐妹俩，还在这个饭店，吃团圆饭兼年夜饭。因为晚上母亲要休息，孩子们要睡觉，大家都想看春节晚会。

江行舟晚上一定要回去的，他已经和阿龙联系好，和他们在一起吃年夜饭。老郑昨天就到了，已经给江行舟打过电话。江行舟不想打扰其他人，就联系金春生，问他参不参加除夕的饭局。金春生说可能会迟一点，他要到他母亲那里去一趟，几个兄弟都在那边，他要去点个卯。

江行舟说："我们等你。"

"你们边吃边聊，不用等我。"金春生道。

除夕中午的团圆饭，气氛非常热烈。

江家人已经多年没有这样在一起聚餐了，难得这次除小舟以外，该来的都来了。王莉给母亲留下一千块钱，母亲不要。江行舟好说歹说母亲才收下。其实母亲平常不怎么花钱，只是偶尔给孩子们买点零食。江行舟也知道，这笔钱最后还是花在小孩身上。他又给几个小孩包了红包，作为压岁钱。最后，按江行舟的意思，王莉悄悄给刘芬两千块钱。刘芬不要，王莉说是给孩子的压岁钱，刘芬才收下。

饭后，江方舟说他就不跟江行舟回县城了，晚上要和母亲、江同舟聊天。

晚上，江行舟安排阿龙父子在街上一个小饭馆吃饭。他是这个小饭馆的常客，这里的特色是面食。老板以前在山西开过饭馆，做一手好面食。各种臊子令人眼花缭乱，风味独特。老板也会炒菜，就是不如做面食那么有名气罢了。

除夕年夜饭，这种小饭馆是不营业的。正常情况下，老板这时候早就回家过年了，只因江行舟提前打过招呼，老板才做了特殊安排。

江行舟叫小钟开车把阿龙和老郑接到小饭馆，自己安排上菜。不多一会儿，阿龙和老郑来到饭馆，江行舟让小钟回家。饭后，他们步行去县委招待所，反正也不远。

江行舟在门口迎接恭候。老郑穿着一件亮色羽绒服，精神抖擞地向江行舟走过来。阿龙拎着一个大包，跟在老郑后面。

江行舟和他们一一握手，招呼他们进入小饭馆。江行舟对郑家父子说道："我今天把你们带到这个小饭馆，就是让你们感受一下临水普通人过年的样子。山珍海味你们吃腻了，换换口味。"

"好啊，好啊！"老郑笑着说。

江行舟又给金春生打电话，问他什么时候到。金春生说："你们先吃着，我尽快过去。"

桌上已经摆上一盘花生米，一盘猪耳朵，江行舟就叫老板抓紧时间上热菜。他打开自己带来的五粮液，倒满三杯后，举起酒杯说道："欢迎大小两位郑总！我们能在这里共度春节，非常高兴，值得庆贺。"

老郑很感动，举起酒杯，一饮而尽，说："真是想不到，我们能到临水来投资创业，更想不到能在这里过春节。"

老板炒了几个拿手的家常菜。因为油多、盐多、辣椒多，口味重，显得味道还不错。老郑一边吃，一边夸奖老板手艺不错。老板听了非常高兴，上菜速度更快了。等到金春生来时，他们把一瓶酒早就喝光了。

江行舟打开第二瓶酒，给每个人的酒杯都倒满。老郑说喝多了，不行了。阿龙说："我爸酒量不行，我来敬两位领导、长辈。"他说着站起来，把酒杯里的酒喝得一干二净。金春生先补一杯，然后敬老郑一杯。阿龙敬金春生一杯，最后和江行舟共同喝两杯。

江行舟还要倒酒，金春生说："郑总和阿龙住在县委招待所，喝太多也不好，我们聊聊天吧。"

大家都赞成。江行舟把酒瓶收起来。老板重新换上新茶。

江行舟说："老板因为招待我们，今天才特别开了一席。我们现在就走吧，让老板早点回家过年。这里不像郑总老家，可以有地方娱乐。不过也快了，等阿龙的宾馆开张了，我们就有地方玩了。"

金春生问他们现在去哪里。江行舟说："这里离县委招待所不远，我们刚吃过饭，走路消消食。"

金春生道：“外面太冷了，我们习惯了，无所谓，就怕郑总不适应。”

江行舟看看老郑：“要不我叫车过来接你们？”

老郑说：“没关系。大年夜在街上走走也很有意思。走，没事。”说着他就带头往门外走。江行舟跟老板打完招呼，就和他们一起向县委招待所走去。

大年夜，临水县城的街道冷冷清清，行人很少。偶尔有人，也是行色匆匆。路灯倒是雪亮，惨白地照亮一大片，映得树下一片斑驳。偶尔有鞭炮声响起，烟花的彩色烈焰照亮天空的一角，给寂静的县城增添些许喜庆。

阿龙拎着大包，吃力地跟在后面。阿龙说大包里是老郑从老家带来的土特产，本来准备给江行舟和金春生的，现在先把它带到县委招待所再说。

江行舟打电话让饭馆老板把平时买菜的三轮车开出来，把阿龙先送到县委招待所，其他人步行。

江行舟问老郑：“看到这样的情况，你有什么感想啊？”

老郑咂咂嘴，欲言又止。

江行舟道：“我知道你想说什么，我替你说吧。想不到临水现在还这样落后，你当初要是知道这样，也许就不来投资了。你后悔了，对不对？”

“江总刚才的话，只说对一半。”老郑说，“临水县确实比我们那里落后不少。但是后面的话，江总就猜错了。你根本不了解我们。其实我现在一点也不后悔，反而庆幸我当初做的选择。尽管现在临水县还比较落后，但是临水县已经开始起步了，要后来居上的。我看重的是这里的人，都有一种奋发向上的精神。只要有这种精神，只要坚持不懈努力就一定会有收获。就像那首歌里唱的，爱拼才会赢。临水将来一定会好起来，我坚信这一点！”

大家你一言我一语，气氛很热烈，好像外面不是冬天而是春天了。

第三十六章

小 巷 奇 遇

大年初一，江行舟跟母亲和江方舟说，今天他要和朋友聚会，老家那边就不过去了，明天再去。

江行舟年前就和丁永建约好聚一聚，难得奚书记回省城过年了，丁永建才有时间。江行舟请丁永建一家人到自己家来，丁永建说他时间太紧，说不定奚书记什么时候就回来了。他也没办法一家一家地请，干脆几家人都到饭店去。大家是好朋友，聚一聚，热闹热闹。

江行舟说这样也行。时间就定在大年初一中午，地点淮阳大酒楼。

吃过早饭，江行舟没事，觉得少有的轻松，就走出家门，到大街上溜达。看到家家户户门口都贴着对联，挂着大红灯笼，到处洋溢着节日的喜庆气氛，他忽然想起自己已经很长时间没有看春联了。

江行舟原来有个习惯，每到除夕中午吃完饭以后，他就走街串巷，挨家挨户看春联。

那时候，卖春联的很少，都是自家买红纸写。临水这边，虽然经济比较落后，但文化底蕴深厚，民间有不少“好字手”，书法了得。不过他们平时很少写，只在逢年过节时才露一手。他们自己书写春联，张贴在自家的大门上，有时也会帮亲朋好友书写。不少春联的内容，还是他们自己拟定的，很有水平。所以，对于大学中文系出身、热爱中国古典文学且又喜爱书法的江行舟来说，是一次难得的欣赏春联内容、观摩书法的好机会。只不过近几年工作太忙，他把这个习惯改变了。今天他不但有时间，心情也不错，正好去看看春联。

于是，他就从大街上拐进旁边小巷。他刚走几步，忽然想，既然去看春联，到哪里看都一样，干脆一举两得，到文化一条街那一带转转，既可以看春联，又可以了解一下那里的人现在干什么，也算是调研考察吧。想到这里，他就直奔文化一条街方向。

江行舟家在文化一条街南面，他就向北从小巷穿插过去。大街小巷很是热闹，人们穿着新衣靓服，喜气洋洋，在街上观赏着一年一度的节日风景，步伐是舒缓的，心情是愉悦的。

他穿过的小巷正好经过小土地庙。小土地庙确实小，一个只能容纳十来个人的小院子，三间主屋，两间偏屋。小院子里面的情况，他平时也没进去看过，不知道香火盛不盛。现在，小土地庙院子前面靠墙摆放着一个烧香用的大铁香炉，是自制的简易香炉，上面香烟缭绕。

江行舟站在庙门口，见小院子里人比较多，觉得自己这时候进去显得太唐突，就离开了。他再向前走没有多远，就到文化一条街的拆迁区域了。他放慢脚步，观察周围情况，慢慢欣赏路旁人家门上贴的对联。

这里虽说是老城区，但因为有两所学校，附近的住户也就有比较大的变迁，房子建的时间有长有短，成色有新有旧。大部分是平房，三间主屋，两间偏屋，但都比较旧。少数是楼房，稍微新一点。道路基本是随机的，或宽或窄，大部分是水泥路面，个别地方是砖头铺的。江行舟想，这样的路况夏天应该很糟糕，也真该改变了。改革开放都二十年了，马上进入新世纪，这里还是这种状况，老百姓过得太苦了。

小巷里人不多，有几个老头在一家小卖部门前聊天。一群孩子在奔跑嬉戏，偶有一两个行人经过。家家大门上都贴着大红对联，有的是在商店里买的印刷品，没有什么艺术性，江行舟就略过去，专看那些书写的对联。高手在民间，果然有些对联的字写得很不错。临水是书法之乡，练习书法的人不少。江行舟也很喜欢书法，但没有时间练，偶尔会看看字帖，见到好的书法作品，便会细细品味，辨识其中的奥妙。

山欢水笑，物阜年丰

春在江山上，人入画图中

风和日暖千家乐，燕语莺歌万户春

这样的春联内容，都是老生常谈，年年不变，毫无新意。不过，有的字写得还不错。有些体现职业特点的内容，江行舟觉得挺好。比如“万里春风催桃李，一片丹心育竹松”。江行舟猜想，这可能是老师家；“夜以继日，笑洒热汗千滴；沐雨栉风，喜见广厦万间”，这可能是搞建筑的人家。有一家应该是理发铺子，对联写的是“虽为毫末技艺，却是顶上功夫”。语义双关，将理发匠对自己职业的自豪感以自嘲的口吻说出来，非常形象生动。这是广为流传的段子，但在今天的现实生活中见到，江行舟还是感到特别亲切。

大部分对联的字体是楷书或行书，也能看出书写者练过哪些书法大家的字帖，功底如何。此时，他忽然看到一副用草书字体写的对联，内容虽老套，但字写得还真不错。“客至心常热，人走茶不凉”，姿势开张，长枪大戟，很有黄庭坚的风范。江行舟不禁心生赞叹。

江行舟正津津有味地欣赏对联，忽然被身后的汽笛声吓了一跳。他本能地向后退，转过身一看，是一辆载满黄沙的三轮车从他身边一闪而过。江行舟想，谁家大年初一还搞建筑？他转念又一想，该不会有人想趁春节期间搞突击建房吧？想到这里，他连忙跟随那辆三轮车，向前快步走去。

没走多远，他发现三轮车停在路边的一个小院子门前。

他走到三轮车旁边，装作若无其事地朝院子里望了一眼，院子里有不少人在干活儿。靠西墙的两间房子主体已经砌好，正在进行粉刷。

江行舟记住这家的位置和周围环境特征后就离开了。走不多远，他看见一群小孩在玩耍，就拉住一个七八岁的小男孩问：“小朋友，那边的人家姓什么？”小男孩说：“是我三爷家。”江行舟问：“你三爷叫什么名字？”

小男孩转过身撒腿就跑，一边跑，一边大声喊道：“李三！”

江行舟心想，李三不一定是真名字，有可能是别人经常这么叫，小男孩就以为李三是他三爷的名字。不过没关系，派人一查就知道是谁了。

被这件事情打岔，江行舟看春联的兴致也没有了。他看看表，已经是上午10点钟。中午还要聚会，他就回家了。

丁永建今天安排的聚会，有冯续来夫妻俩、江行舟一家人、吴德君一家人、许小平一家人。许小平现在调任县委办副主任。丁永建事情多，经常不在办公室，大小事情都交给许小平处理。实际上，许小平就相当于县委办主任。今天许小平是来服务的，里里外外招呼，端茶倒水。

江行舟、王莉和两个女儿，早早来到饭店。丁永建和爱人胡医生已经在此等候大家。大家都是朋友，互相非常熟悉，也不用客气。丁永建看看江行舟的两个女儿，已经长成大人，连连感叹："孩子长大了，我们也渐渐老去，人生无常。"

胡医生说："不准胡说八道，四十多岁就老了？我觉得我才十八呢！"

王莉说："你年富力强，正是干事业的最好年龄。"

江行舟说："现在我们谈老还为时过早，但孩子大了也是事实。"

丁永建问江浸月高考准备报什么专业。江浸月说，还没有确定，初步打算报财会专业。这是她妈的意见。她妈说女孩做财务工作挺合适。丁永建问："行舟什么意见？"江行舟说："我觉得女孩做医生挺好的。你看小胡，做医生多好。首先自己知道如何保健，一家人也跟着享受优质的医疗服务。"

胡医生说："做医生是不错，但是比较辛苦，还要终身学习，竞争很激烈的。"

"我爸叫我学医我就没学。"江漫月道。

"行舟到现在还在抱屈。"王莉说，"江漫月没有学医，所以他还想叫江浸月学医。"

丁永建道："现在孩子大了，有自己的主见。我们闭上臭嘴，省心省力不好吗？"

这时冯续来和夫人姚大姐，吴德君和爱人玉梅一起来了。

丁永建问冯续来："怎么就你们大人来了？孩子们不是都回来了吗？"

冯续来说："他们都有自己的狐朋狗友，不管他们，我们玩我们的，老不合少事。"

吴德君说："我家小孩一大早就去他舅奶家了。他们表兄弟愿意在一起玩，随他去吧！"

许小平给每人倒上茶水，几个女人就坐在沙发上，聊她们的家长里短；男人则在一起聊天下大事。

冯续来首开话题，对丁永建说："前天常委会讨论医疗改革，奚书记说要把全县乡镇卫生院全部改制，我觉得还是有问题的。医院是老百姓救命的地方，把它卖给私人，老板肯定认钱不认人，老百姓看病难、看病贵的问题恐怕更严重。"

丁永建说："你说得有道理，但这也是无奈之举。现在全县没有一所卫生院能发全额工资的，拖欠医护人员工资不说了，医疗条件差到什么程度，大家都知道。墙倒屋塌，医疗设备还不知道多少年没有添置过，哪里还能看病？这些问题都指望县政府解决，县政府哪里有钱？反正是个死，与其这样耗下去，不如注入社会资本，还有可能把那些卫生院救活。"

吴德君说："真是左右为难。当前只有改制这条路是活路。与其等死，不如拼一把。"

江行舟也说："活人不能让尿憋死了，还是要往前走。"

冯续来轻轻点点头，大家就不再聊这个话题。

吴德君问丁永建："听说奚书记要调走了，不知是真是假。"

"奚书记被提拔是肯定的，调走也是早晚的事，有什么大惊小怪的！"冯续来道。

丁永建笑了笑，没有回答。他对吴德君说："德君，你好好表现，你马上就应该转正了。"

"我哪天没好好干？提不提拔，都是你们领导的事。"吴德君道。

丁永建看了看江行舟，问道："你怎么样啊？"

"我怎么样，你们知道啊！"江行舟道，"我还是老样子。"

丁永建又看了看冯续来。冯续来说："你不要看我，你抽空跟奚书记吹吹风，行舟的事他打算怎么办。反正我已经跟他说过几次了，关键在他。"

胡医生跑过来问丁永建："你们今天是不是光聊天不吃饭？"

丁永建答道："吃饭！吃完饭再聊。"

于是，丁永建便招呼女人和孩子入座。

丁永建让冯续来主持，冯续来不干，还是让丁永建主持。丁永建说："我主持就我主持。"

待大家入座后，丁永建先来个开场白："一年到头，大家都很忙，好不容易才有机会聚一聚。大家都是多年的老朋友，不要客气，吃好喝好。下面大家共同举杯！”

不用说，宴会气氛肯定不错。觥筹交错，你来我往，不一会儿，男人都喝醉了。女人阻止也没有用。最后她们只好连拖带架，把自己的男人弄回家。

大年初二，江行舟和大女儿江漫月回老家。二女儿江浸月要学习，王莉在家陪着。

天阴沉沉的，风很大。江行舟叫江漫月多穿点衣服，乡下没有暖气。

江同舟家院子里有不少人，大人小孩，吵吵嚷嚷。他们见江行舟来了，就都围上来。胆大的孩子，过来拉住江行舟的手，一点也不怕他。江同舟已经到盆景工作室工作了，江方舟正陪母亲聊天。江行舟问江方舟这几天感觉怎么样。江方舟说：“很好啊！我从小就在这里，有什么不习惯的？等我将来老了，说不定还回来养老呢！”

“好啊！”江行舟说，“我将来退休了，肯定也以老家为主。到时间养养花钓钓鱼，过神仙的日子。你要来更好，我还有个伴。”

江行舟、江方舟又来到江同舟的盆景工作室。江宝和江渔正在兴致勃勃地跟江同舟学习做盆景。江同舟不厌其烦地一边讲，一边做示范。他见江行舟、江方舟来了，就放下手中的活儿。江行舟说：“不要停，你只管讲，我们也学习学习。”

于是，江同舟就接着刚才的话头继续讲解。江行舟和江方舟听了一会儿，没听出什么头绪，就悄悄出去了。

江方舟对江行舟说：“我回来已经四五天了，后天准备回去。”

江行舟道：“你回来一趟不容易，就多住几天吧。”

江方舟说：“不行，我还有很多事要处理。江宝老是游手好闲不行。时间长了，他就废了。”

江行舟道：“人是一定要有事干的，还应该学点真本领，瞎打皮混不行。”

“我在考虑让他干什么合适。”江方舟说，“还有他这种脾气，我就是给他找到工作，他愿意干才行，不愿干也白搭。”

江行舟道：“也不能一味地将就他。他都这么大了，还能不知道你真为他好？”

江方舟说：“我回去再好好考虑一下。”

在老家，江行舟接到金春生电话，说有人向他反映，文化一条街拆迁地块有人连夜突击建房，如果不立即制止，很可能就会“红眼佬看大家”，都跟着效仿，最后形成气候，法不责众，处理起来比较麻烦。

江行舟说：“这个情况我知道。我现在在老家，吃完中午饭就回去。下午我们在指挥部见面，商量这件事怎么处理。”

金春生说行。

吃过午饭，江行舟就匆匆带着江漫月返回县城。他把江漫月送回家，然后来到办公室。

江行舟告诉金春生，昨天他看见一个叫李三的人，正在突击建房。金春生说：“这事不能拖。别人见这样干有利可图，又没有人管，肯定会抱着侥幸心理跟着建。将来就是不算面积也无所谓，得到就得到，得不到就拉倒，碰碰运气。”

江行舟问金春生怎么办。

金春生说：“赶快写一个告示，明令禁止这样做，建了也不算建筑面积，不予安置。所有新建的房子属于违章建筑，要强制拆除。派人在拆迁地域内张贴，还要防止有人故意破坏，把告示悄悄撕掉。要派人巡逻，万一告示被撕掉，立刻补贴。如果有人闹事，跟警方联系，坚决把这种歪风打下去。”

江行舟立刻给秦科打电话，让他安排几个人贴告示。

江行舟立刻把告示写好。秦科来了以后，抄写张贴。江行舟叮嘱秦科，如果有什么情况，立刻电话通知他或者金春生。

江行舟对金春生说：“我们也要抽时间去转转。”

“中！”

这个春节，指挥部的人都没过安稳。

第三十七章

处理历史遗留问题要为老百姓着想

江方舟和江宝回去以后，江行舟收收心，开始考虑上班工作的事。

当务之急，是文化一条街和春风花园小区区域的拆迁工作。春节前拆迁通告已经贴出去了，经过一个春节的酝酿，被拆迁人心里已经有了比较充分的准备，就等政府的人上门了。

通告约定时间是正月十六，春节后上班时间是初六，今天是初五，留给江行舟的准备时间不多了。冯续来安排临城镇政府组织拆迁队伍，到现在还没有和镇党委吕书记接上头。吕书记是不是真正落实了？这支队伍不懂业务不要紧，要是其他方面再有问题，这么大的事情怕是要黄了。所以，江行舟觉得一定要先把吕书记的工作落实到位。他和吕书记谈话之前，要把拆迁办人员培训计划落实到位。什么时间开始，什么时间结束，什么人讲课，讲什么内容，具体要求、培训目标等，他必须搞清楚，做到心中有数。

他打电话给金春生，问他现在干什么。金春生说他在家，问江行舟有什么事。江行舟就说了自己的想法。金春生说：“要不下午 3 点钟，我们一起商量商量？我通知拆迁办的宇文正，一起到指挥部办公室。”

下午 3 点，他们在指挥部办公室商定了拆迁工作组的培训计划。计划决定：江行舟、金春生、宇文正分工负责。拆迁具体业务，就是拆迁房屋性质的界定、价格的评估和计算、安置方案的选择和落实这些事情，由宇文正讲；对拆迁工作组的工作要求、纪律要求，由江行舟讲。金春生主要负责释疑解惑，工作协调。宇文正准备培训资料，江行舟向冯续来汇报并积极与吕书记对接。

冯续来安排正月初六晚上招待吕书记，江行舟和金春生作陪，把宇文正也带上。吕书记把具体负责拆迁工作的副书记也带上。

春节后上班第一天，江行舟给指挥部全体人员开会，安排工作。主要是要求大家做好准备，到时除留少部分人办理正常事情外，主要精力放在拆迁上。大家把手头工作抓紧处理好。

冯续来设宴招待临城镇的吕书记一行人，吕书记带来的是镇政府负责拆迁工作的镇党委副书记陆凯。陆凯五十多岁，微胖，脸色黑里透红。吕书记介绍，陆凯在乡镇工作近三十年，基层工作经验很丰富，搞过小城镇建设，现在在镇政府负责城市建设、拆迁工作。这次文化一条街和春风花园小区区域拆迁，镇里两套班子研究决定，由陆凯同志负责。陆凯跟冯续来、金春生、宇文正都认识，和江行舟不太熟。陆凯跟熟悉的人简单打个招呼，又跟江行舟多寒暄了几句。

陆凯对江行舟说："江院长的大名我早就知道，就是没有对上号。我在乡镇工作时间长，没有机会见到上级领导。"

"陆书记太客气了！"江行舟道，"我们过去工作上没有交集，不熟悉也很正常。这次我们有缘，有机会在一起共同完成县领导交办的拆迁任务，还请陆书记大力支持！"

陆凯连忙说道："哪里，哪里！主要还是听领导安排。我就是干具体工作的，有什么工作，请江院长不要客气，尽管吩咐，我们坚决照办。"

江行舟说："陆书记太客气。有什么事情，我们商量着办。"

冯续来见江行舟说得差不多了，便道："我先说两句。今天请吕书记、陆书记来，就是想让你们和指挥部的人熟悉熟悉，简单说一下文化一条街和春风花园小区区域拆迁的事。大致情况我都跟吕书记说了，吕书记把工作都安排好了。今天陆书记也来了，你们商量一下，约个时间，具体再好好研究两处拆迁工作怎么搞，商量出具体方案，我和吕书记再定一下。"

江行舟说："如果没有什么特殊事情的话，请陆书记明天下午到我们指挥部办公室聊聊这个事。"

陆凯对吕书记说道："我没有什么特殊事情，不知道镇政府有没有什么特殊事情。"

吕书记笑了笑说："镇政府就是有事，也要服从指挥部的安排。陆书记，今后这段时间，你的主要任务就是配合指挥部完成拆迁工作，其他工作都要让路。"

陆凯道："有吕书记这句话，我就知道该怎么办了。我保证把指挥部的拆迁工作当作头等大事来做。"

晚宴开始，大家觥筹交错，尽兴而散。

第二天下午，陆凯准时来到江行舟办公室，和他一起来的还有镇政府的村建办主任陆小兵。

江行舟和宇文正都在办公室，他们简单寒暄几句后便转入正题。

根据陆凯介绍的情况来看，他们对拆迁工作还是比较清楚的。前几年大搞小城镇建设，他当时在乡下一个镇上工作，正好分管村镇建设工作，经历了乡镇街道从拆到建的全过程，对拆迁工作的政策依据和办事流程还是比较清楚的。因为临城镇在县政府所在地，所以没有搞小城镇建设，但镇政府的干部有不少是从乡镇调上来的，原来参加过小城镇建设。吕书记当时也搞过小城镇建设，对拆迁工作并不陌生。

这样一来，江行舟顿时放心不少。有了这样的基础，下面的培训任务就要轻松多了。宇文正给陆凯讲了这次拆迁的基本情况和要求。陆凯说，指挥部下发的拆迁通告他看过了，对具体拆迁地段大体情况也了解。春节前，吕书记就跟他讲过，让他负责带队协助指挥部拆迁，让他做好准备。他在春节期间到这两个地段看过，在里边转了一圈，大致情况有一个感性认识。

江行舟就请陆凯谈谈对两块地段拆迁的基本看法。

陆凯说："根据我对两个地段情况的了解，难度还是有的。中国人历来注重安土重迁。这次拆迁的难点，主要还是群众的思想观念比较保守，宁愿住在祖祖辈辈住惯了的破破烂烂的茅草棚里，也不愿意搬到其他地方住高楼大厦。"

说到这里，他特意看了江行舟一眼，见江行舟全神贯注地听他讲，便接着说道："不过呢，最近几年这种情况有所好转，大部分人受到外面世界影响，观念也在慢慢改变。但这要有个过程。我们还是要做大量的、耐心细致的思想工作，劝说引导。老百姓最讲实际，我们说得再好听也没有用，还是要让他们得到实实在在的好处才行。他们都是城里人，会算账，和乡下农民还有所不同，要有利于他们，工作才能好做。所以，我认为我们先把拆迁的补偿标准和安置方案制定好，这个政策要尽可能切合实际，注重效果，方便操作。”

“陆书记说得有道理。”江行舟道。接着，他就把他们和冯续来商量的计划介绍了一遍，并特别指出，若是拆迁工作开始前就把各方面政策定得死死的，到时候与实际情况发生偏差，调整起来会比较麻烦，也怕与过去的政策产生冲突，因此想采取现场会办的办法解决。

陆凯沉吟半晌才说道：“说老实话，我不赞成会办解决问题的办法。会办其实就是回避矛盾，拖延时间，根本解决不了矛盾。问题拖到最后，还是要解决。迟解决不如早解决。早解决主动，迟解决被动。问题越拖越复杂，解决起来难度越大。”

江行舟问：“你认为应该怎样办才好呢？”

陆凯答道：“我就是瞎说啊！难处无非就是违章建筑确认问题，补偿标准问题。其实也没有什么为难的。县政府出台一些政策，定几条标准，就能全部解决。”

江行舟说：“好，我把你的意见带给冯书记，请他考虑。最后我们还是听领导的。”

对于拆迁工作组的组织，陆凯说：“我已经和吕书记商量了，拆迁不能久拖。我们准备多抽调一些人，集中时间，集中精力，打歼灭战。两处同时进行，争取半个月左右完成主要任务。”

江行舟说：“两处一起搞，就怕人手不够。”他转向宇文正，“拆迁办怎么样？能不能调些人过来？”

宇文正说：“拆迁办总共二十来个人，真正能算账的只有五六个。两边一起干，我怕账算不过来，反而影响工作，欲速则不达。”

陆凯说：“吕书记准备两边一起干。说实话，我也担心。两边拆迁户加起来将近四百户，全面铺开不是人手够不够的问题，我担心出现各种情况，根本应付不了，会出乱子的。最好还是分头进行，先搞一处，集中力量打歼灭战。通过一处摸索经验，再搞第二处就会心里有底，少犯错误。”

江行舟觉得陆凯讲的话还是很有道理的。毕竟他长期在基层工作，比较注重实际，就说：“陆书记说得有道理，到时我们再慎重商量。”

陆凯也表示同意。

至于拆迁工作组人选问题，陆凯问江行舟到底有什么要求。

江行舟说："根据工作量和时间要求，抽调的人不能太少，当然也不需要搞人海战术。队伍要精干，一定要抽调确实能干事的人。考虑到要分组进行，我觉得你们镇政府至少要抽调二十人，加上拆迁办和指挥部的人，就有近三十个人。具体分成几个组，到时根据情况再定。"

陆凯说："我回去把您刚才说的意见向吕书记汇报。上岗培训人员落实以后，看情况再定。"

大体情况确认之后，陆凯就告辞了。

江行舟把他刚才和陆凯的谈话内容在电话里汇报给冯续来。冯续来说："等吕书记回话以后再说。"

江行舟就打电话向金春生通报陆凯提出的建议和意见，问他还有没有什么意见。金春生说："对陆凯提出的意见，我早就提出过，但是冯书记怕这怕那。其实我觉得真没有什么难的。以前的一些历史遗留问题，迟早要解决。早解决早主动。等拖到没有退路时再去解决，必然非常被动。"

江行舟说："这些问题现在还没有定下来，等下次开会的时候我们再提出来，慎重研究，权衡利弊再定。"

"到时你要是不方便提，我来提。"金春生道。

江行舟说："我没有什么不方便的。发现问题，提出问题，才能解决问题，这是对工作负责。我也没有什么歪心思，怕什么！"

金春生又说："关于镇政府抽调人选，以我对他们镇政府一些人的了解，抽调的人我们还是要把好关。不懂业务我不怕，我担心那些心术不正的人浑水摸鱼，到时候瞎弄，影响我们的工作和声誉。"

"我知道。"江行舟说，"等名单报来，我们仔细审一审就是了。"

江行舟打完电话，一抬头，见面前站着一个人，又黑又胖，马上认出他是无锡的杨老板，就是上次在冯续来办公室见到的那个要办木材加工厂，后来不辞而别，有点憨厚的杨老板。

后来，冯续来告诉江行舟，杨老板的名字叫杨土根。

江行舟连忙站起来，说道："杨老板，你什么时候来的？来之前你怎么也不打一个招呼？”

杨土根说他今天刚到。江行舟又问他见没见到冯续来，他说还没有。今天刚上班，他怕冯续来很忙，就直接到江行舟这里来了。

杨土根还主动解释，年前他在冯续来那里，说好准备去找江行舟帮忙的。后来厂里有急事，他就回去了，没有来得及跟江行舟打招呼。

江行舟说：“没有关系，春节前大家都忙。这次你打算怎么办？”

杨土根说：“就是看看地块怎么落实。”

江行舟又问：“项目现在进展到什么程度了？”

杨土根说：“我看好了一块地，适合建厂。我就想问问你，能不能把这块地给我们用，要办哪些手续。”

江行舟问：“你们建厂的资料带来没有？”

杨土根说：“带来了，在我车里。我现在去拿。”

不一会儿，杨土根回来，把一个大包放在茶几上。他把拉链拉开，里面是一沓一沓的文件和图纸。

他从中抽出一沓文件，递给江行舟：“这是我们老家那个电缆厂的文件资料，请江总过目。”

江行舟又问：“有没有关于木材厂的资料？”

杨土根说：“木材厂还没有办呢，哪来的资料！”

江行舟道：“你看这样好不好？这些资料虽然不是木材厂的资料，但是可以证明你确实有办厂的经验和能力。至于木材厂将来需要哪些材料，我们会通知你。你的项目应该由工业园区负责接待处理，但冯书记已经交代过，叫我为你服务，这是没有问题的，全县一盘棋，谁办都一样。”

杨土根点点头：“那就麻烦您了！”

“不必客气。”江行舟道，“请杨老板抓紧准备一份报告，主要两条，一是项目基本情况，就是项目前期的可行性研究报告；二是对县政府有什么要求，包括用地等其他优惠政策。至于最后怎么办，双方还要坐在一起商量。”

杨土根说：“我马上回去准备。”

江行舟问：“要不晚上我们和冯书记小聚一下？”

“不了。”杨土根说，“我现在就赶回去准备资料。冯书记那里我就不去了，稍后我给他打个电话。”

江行舟道：“你也不用太着急，明天回去也不迟。”

杨土根说：“不行，现在刚上班，家里那边还有不少事情要处理。”

阿虎也来到临水县，打电话跟江行舟报告一下情况。江行舟问他的项目进行得怎么样。

阿虎说：“春节前自来水和电都弄好了，都是从车站那边专线接过来的。那几天天气很冷，水厂和供电局的人加班加点，实在不容易，我真的很感谢他们。”

江行舟说：“这样很好。有什么困难你尽管提，我最近很忙，没有去看你，对不住啊！过几天我抽空去看看你。”

“谢谢您的关心！”阿虎说，“现在已经有点样子了。我先搞了一个小食堂，我们工作人员自己做饭吃。厨师是将来的大厨，试用一下，看看他的手艺如何。欢迎你来品尝！”

“好啊！”江行舟说，“改天我过去之前给你打电话。”

阿虎很高兴。

陆凯回复江行舟，“吕书记没有什么意见，一切听领导的”。

江行舟就按陆凯说的汇报给冯续来，问什么时候开会研究。冯续来说他今明两天都有事，暂定后天下午 3 点开会，地点就在指挥部会议室。通知吕书记、陆凯、金春生参加。

说来也真是奇怪。指挥部搞的那个自拆自建项目，居然产生了示范效应。春节期间，烟草局的时局长见到江行舟就问，他们单位搞自拆自建行不行。江行舟觉得这是好事，只要不花县财政的钱，烟草局自己掏钱搞建设，求之不得啊！就说，“这是好事。正好趁这个机会，向上争取资金，改善一下办公条件。你们是第一家，县政府肯定会支持的”。

时局长说：“请江院长帮我们在县政府领导面前争取一下，他们要是同意，我们就向市局打报告。”

江行舟道：“等上班以后，我问问冯书记，再给你答复。”

今天刚上班，时局长就打电话，说他在春节期间，和市局领导吃饭，顺便提到自拆自建的事。市局领导很重视，只要县政府同意，市局便支持，可以向省局申请办公室搬迁。

江行舟告诉他："请你稍微等一下，我尽快向上级请示。"

江行舟马上给冯续来打电话，说了烟草局的事。冯续来说，时局长已经跟他说过这件事，他认为这是好事，但要向奚书记和徐县长请示。他们这么急干吗？叫他们先报一个方案，主要把资金来源说清楚。

江行舟说他马上打电话告诉时局长。

在和吕书记、陆凯开会的时候，冯续来把审计局局长方正义也叫来了，理由是这次拆迁事关重大，不能出一点纰漏，请审计局从头至尾参与，全程把关，一定要确保拆迁工作干干净净，把好事情办好，廉政关更要过。

方正义和大家分别打招呼。这次会议，大家不像平时开会那样懒散随意，都很庄重、严肃。

江行舟首先汇报了他和陆凯初步商量的情况，人员组织、大致工作思路。特别强调了陆凯提出的补偿标准和违章建筑认定问题，应该在工作组进驻前定下来，便于执行；不能等到工作组进驻后，遇到问题再去处理，那样会很被动。

陆凯说："这两个问题，江院长找我的时候我就提出来了。我觉得领导要在工作组进驻之前做好预案，把有关政策制定好，在培训时重点讲清楚。工作组成员对这些政策必须清楚明白，才好正确执行。他们要是糊里糊涂地进驻，工作效果肯定不好。这是我的个人意见，供领导参考。"

金春生接着陆凯的话题说："其实这个事情也没有什么难的，县政府下这么大的决心，搞这么大的动作，肯定要触碰到以前的遗留问题。改革难免要伤筋动骨，县委、县政府制定的政策，没有人会反对的。这是促进社会发展的好事情，我觉得应该支持陆书记的意见。"

冯续来咂咂嘴，皱着眉头说："违章建筑这个事情积弊已久，情况比较复杂，牵涉面也比较广，调整政策当然可以，但如何把握这个度、政府承受能力、社会承受能力、个人承受能力都要考虑。我本来想让工作组先进驻，边摸索情况边总结经验，把问题吃透了再下决心改哪些，不改哪些，不至于走弯路。现在就敲定拆迁政策，我觉得还是带有很大的盲目性。"

大家觉得冯续来说得也有道理，就都不讲话。

江行舟见有点冷场，就说："要不这样，工作组该怎么组织就怎么组织，做好进驻准备。我建议分两步走：第一步，大部队不进去，先派一个小组入户调查，选择一些典型拆迁户了解情况，模拟算账，不签拆迁协议；第二步，情况基本摸清摸透后，我们再来研究怎么办。如果觉得可行，大部队再进去，可以避免错误操作。”

大家觉得这样做比较稳妥，冯续来也表示同意。

接着他们对拆迁相关事项进行讨论，最后商定三条：

一、文化一条街、春风花园小区拆迁工作组，由城区开发指挥部与临城镇政府共同组成。组长江行舟，副组长陆凯、宇文正。陆凯负责组织协调，宇文正负责业务。审计局跟踪监督。城建局提供业务支持，联系人金春生；经费保障负责人吴德君；用地服务负责人向海平。

二、工作组尽快敲定具体实施方案，包括人员组成及分组、工作流程、时间安排、后勤保障、应急措施和工作纪律，然后报县政府领导批准。

三、分两步实施。先搞文化一条街拆迁，视其进展情况，再决定春风花园小区的拆迁时间。

冯续来和吕书记走后，江行舟和陆凯、金春生、宇文正留下来，商量具体工作计划。

江行舟问陆凯拆迁工作组人员落实没有。陆凯说差不多了吧，拆迁地块牵涉到四个居委会，这四个居委会党支部书记一定要参加。他们了解拆迁户的情况，有大量的思想工作要他们去做，别人代替不了。他们每个人再配备一个人协助，这样就有八个人；乡村建设办公室三人，算上陆凯就是四个人，其他人从镇政府的七站八所抽调，保证二十个人。

金春生说：“陆书记，我说句话，你不要生气啊！”

“有什么事，金局长只管说。”陆凯道。

金春生说：“我这个人，说话直来直去，不喜欢拐弯抹角。你们抽调干部时一定要注意，不懂业务很正常，一定不要把那些思想不健康、想趁拆迁机会捞个人好处的家伙弄进来。万一出了问题就麻烦了，大家脸上也不好看。”

陆凯道：“金局长放心，这个问题我心里有数。”

“我也就是给你提个醒，你注意就行了。”金春生说。

江行舟道：“刚才会议决定，要我们落实的具体工作计划比较细，我看我们在一起工作效率不高，应该分一下工，每人负责一块，再整合、修改。凡是牵涉到拆迁具体业务的问题，由宇文正主任负责；凡是牵涉组织协调方面的问题，请陆书记负责；关于工作纪律和监督问题，我负责。两天时间准备，准备好我们就一起商量、汇总，不完善的地方我们再修改。”

大家表示同意。

烟草局办公室搬迁方案报上来了。一份报告，附图纸。烟草局现在的办公区在一条巷子里，进出不方便，且地方太狭小，办公室比较破旧，库房仓容不足，打算搬迁新址建办公楼和仓库。原址上的建筑全部拆除，建一栋住宅楼，用于安置烟草局职工。资金全部自筹，希望县政府批准该项目并划拨土地。所附图纸为拟迁新址建筑总平面图，用地面积为十五亩。

江行舟把烟草局的报告和图纸重新装好，准备送给冯续来。他刚要走，杨土根来了，永远是一种急急忙忙的样子。江行舟让他坐下，他不坐，就站着说话；江行舟要倒水给他，他从包里拿出水杯。

江行舟问：“怎么样，资料都准备好了？”

杨土根答道：“我一个朋友在老家办了一个板材加工厂，我看经济效益挺好，我也想办一个。”

江行舟又问：“你现在的电缆厂怎么办？”

杨土根说：“我那个厂子现在生产销售都比较稳定，由厂长负责，正常运转，没有问题。我在这里办木材加工厂，互相不影响的。”

江行舟道：“那就好。”说罢，他从杨土根拿来的资料中，把可行性报告抽出来看了一下，内容比较专业化，他看不懂，就还给杨土根，“你看好的地块在哪里，要不我们现在到现场看看？”

“好啊！”杨土根说，“请您坐我的车子一起去。”

江行舟和杨土根一起下楼，上了车子，出门一直向南走。车子驶上国道还向南行驶。江行舟感到纳闷，问：“杨老板，你选的地块不在工业园区啊？”

杨土根说：“是啊！工业园区我去看过了，目前那里的交通状况不是太好。我们这个项目，原材料和产品进出的吞吐量是很大的。”

江行舟道：“园区现在刚开始建设，交通状况稍微有点跟不上，但很快就会变好的。”

“以后变好是以后的事情。”杨土根说，“我既然打算做这个项目了，就要快，不能拖。你这边把地块定下来，我就开始落实机器设备。边建设厂房，边培训员工，争取半年后开工投产。”

“能有这么快吗？”

“只要你们这里不耽误，我的计划就不会耽误。”

杨土根看好的地块在离县城二十多公里的镇里，是一片农田。那里交通优势明显，紧靠高速公路出入口，离国道也很近。江行舟又多想一点，就问杨土根：“你这个项目有没有污染？”

杨土根说：“工厂嘛，或多或少都会有一点污染的。锅炉产生的烟尘，将来可以进行净化处理，达到国家排放标准。”

江行舟点点头，说道：“厂子真要是污染严重，就不能在这里建了，要放到有排污条件的专门化工园区。”

杨土根说：“江院长放心，我没必要说假话，因为将来是要见底的，我不会自找麻烦。”

在回去的路上，江行舟在想，杨土根没有什么文化，但做事特别认真，在乡镇企业最早一批吃螃蟹的人中，他靠承包乡镇企业获得第一桶金，后来自己又办工厂，成了农民企业家。除了好的机遇，个人还是有独到之处的。但这些人对事物判断和决策并不是靠理性感知，而是靠经验和直觉，往往带有很大的盲目性。这个项目到底怎么样，不仅关系到他个人投资成败，也关系到临水县招商引资的效果和影响。

江行舟觉得，对这个项目还是应该慎重，不仅是选址问题。他对杨土根说：“杨总，刚才我们看过的那个地块，我觉得不是很理想。你看我们要不要再选一块地，比较一下？”

杨土根道：“工业园区我看过了，觉得不是很理想。看来看去，我还是对那块地比较满意。江院长，你是不是觉得那块地有什么问题？”

江行舟说：“问题嘛，也算不上什么问题，就是工厂离县城这么远，水电配套设施能不能保证，特别是电力供应。那里是农村线路，能不能保证工厂生产需要，我还要咨询供电公司。”

听江行舟这么说，杨土根也沉默了。他原来只考虑到交通方便，农村土地多，可以多要一些，反正用地成本很低，趁这个机会多要一点地，预留发展空间。用水不要紧，自己打自备井就可以，但供电情况还真没有考虑这么细。

江行舟打电话告诉冯续来，无锡的杨土根来了，自己已经陪杨土根看了有关地块，正在往回赶的路上，问冯续来现在有没有时间，杨土根想去他那里。

冯续来说："可以。我现在就在办公室。"

江行舟让司机把车子先开到指挥部办公室，他要把烟草局的报告材料带上，一起向冯续来汇报。

冯续来见到杨土根，非常热情，又是倒茶，又是拿烟。他平常是不抽烟的，很少拿烟招待客人。他从办公桌抽屉里拿出一个灰色塑料袋，从塑料袋里拿出两条软中华烟，递给杨土根，并说这是一个外地战友送给他的，他现在戒烟了，让杨土根拿去抽。

杨土根笑了笑，接过烟放在茶几上，也没有说句谢谢。

当着杨土根的面，江行舟把他带来的资料打开，抽出可行性报告递给冯续来。冯续来接过去放在茶几上，把杨土根的木材加工厂原材料供应、加工工艺、大致生产流程、年均总产量、产品销路、利润情况等，逐一问一遍。杨土根一一作答。看来杨土根还真是准备干了，对建厂流程下了一番功夫，各种情况和数据了如指掌。

说到工厂选址，江行舟把刚才看到的地块情况说了一遍，并把自己的担心说了。一是离城区太远，有诸多不便；二是供水供电很难保证，弄不好会影响工厂正常生产；三是不在工业园区，不利于集中管理和服务；四是这块地有没有什么障碍不清楚，还要进一步咨询国土局。

冯续来说："杨老板准备搞的这个木材加工项目，我个人觉得不错。虽说是传统加工业，但是适应目前形势需要，产品具有前瞻性。目前全国都在搞城市建设，无论建筑施工用的模板，还是用于办公、家庭装潢用的木工板、装饰板，市场需求量都很大，而且会越来越大。这种趋势会延续比较长的时间，利润空间也比较大。我觉得这个项目选得对，我支持杨老板投资。至于县政府的态度，当然是热烈欢迎！我们会尽可能地给予支持，提供方便。"

他对江行舟说："杨老板这个项目，我们一定要服务好，叫杨老板满意。"他又对杨土根说，"这个项目，江总负责到底，你有什么事就找他。你先把用地问题解决，至于具体招商引资手续，以后再办也不迟。地块嘛，你再慎重考虑一下，江总说的情况也要重视。实在不行，你就重新考虑一下。现在工业用地条件比较好，成本很低，县政府给你的优惠条件又非常好。税收地方留成实行五免三减半，这是非常大的优惠。我们也是拿出最大诚意、最大能力，来支持你前来创业。”

杨土根笑道：“是啊，我知道。”

晚上，冯续来设宴招待杨土根，专门打电话把在市技术监督局副局长朱志松也叫来作陪。朱志松原来在乡镇任党委书记，和杨土根很熟悉。杨土根曾经对那里一个乡镇企业进行过对口帮扶，给予过很大的支持。

江行舟又把烟草局搬迁办公地点的事汇报了一下，把烟草局呈送的报告递给冯续来。冯续来简单翻了一下，便说这件事他已经跟奚书记汇报了，奚书记认为是好事情，一举两得。烟草局改善了办公条件，县政府不花钱又改善了城区面貌，应该支持。徐县长也是这个意思。江行舟可以告诉时局长，县政府原则上同意他们办公楼搬迁方案，具体还是要走一下程序，让烟草局给指挥部打报告，由指挥部统一协调办理。无论是用地，还是规划审查、建设工程管理，统一由指挥部协调办理，不要乱。提高办事效率，这是县政府成立指挥部的初衷。

江行舟抽时间把拆迁工作的纪律监督精练成四条：一是自我约束；二是相互监督，规定双人工作制，禁止一个人到拆迁户家谈工作和工作以外的事；三是不准借工作之便谋取私利，收受当事人的礼品、礼金及其他好处；四是组织监督，审计人员全过程参与，全过程监督。所有拆迁协议，必须经审计人员签字方可有效。拆迁工作组领导有权对拆迁工作进行监督管理，发现问题可以依法依纪进行处理，或报有关部门处理。另外，设立群众举报箱，接受群众监督。

陆凯和宇文正把拆迁工作方案写好后，他们和江行舟开碰头会商讨，对其中交叉重复的予以删除，文字上又进行修改完善，这份比较翔实的拆迁工作方案就算完成了。

文化一条街的拆迁工作按计划在正月十六日开始，但现在已经悄无声息地开始了，因为指挥部已经派出四五个人，进行入户调查。

宇文正带领临城镇村镇办陆主任和拆迁办的两个工作人员，按事先排好的名单，一家一家地上门摸底调查。开始，拆迁户并没有注意，直到宇文正等人调查完五六户，拆迁户才意识到拆迁真的开始了。

毕竟这是一个敏感时刻，拆迁户对事关自己切身利益的事情不可能那样麻木，就向被调查过的拆迁户仔细询问拆迁办的人说了什么、你是如何回答的、拆迁办到底要怎么做。被询问的人似乎也说不清楚拆迁办的人要干什么，因为拆迁办的人什么也没说，只是上门了解家里多少人口、住多大房子、房子是什么时间建的、建房有没有手续、对拆迁有什么想法……基本都是常规问题，而且都是拆迁办的人在问，拆迁户在答，所以搞不清楚拆迁办的人真正的意图。

在拆迁户们怀着忐忑不安的心情，还在犹疑纠结的时候，宇文正等人的入户调查工作已经完成了，回来向领导汇报。江行舟约了陆凯和金春生一起听。

入户调查工作共进行五天，走访了二十五户。根据调查情况分类，拆迁地块范围内有机关、企事业单位房屋六处，总面积约两千平方米。其中副食品公司在文化一条街与江海路交叉口位置，这次可能要整体搬迁，工作上有一定难度。其余房屋均为居民自建房。房屋结构大部分为砖木结构，建筑年代比较久远，少量房屋为逐年改扩建的二三层砖混结构的楼房，成色较新。

从拆迁户的建筑手续来看，普遍不完善。很多拆迁户的房屋由于建筑时间过于长久，当初根本没有办过房产证或规划手续。后来改扩建的房屋手续也参差不齐，有的办了，有的没办。由于当时管理混乱，基本上处于无序状态。在被调查的拆迁户中，只有五户有房产证，三户有规划部门发放的证明文件，其余都没有书面批准手续。整体来看私搭乱建情况非常严重，一些困难户家中人多房子少，情况更是糟糕。总之，违章建筑的认定难度较大。

从被调查的拆迁户对拆迁态度来看，大多数人觉得自己居住条件太差，希望通过这次拆迁，改善自己的住房条件。也有不少人说不了解、不知道、吃不准，要等等看，持观望态度。极个别人持反对态度，表示自己坚决不同意拆迁。

宇文正说，以前那些拆迁工作是没有什么问题的，因为政策规定都很清楚，他们只要按照文件执行就行了。但这次拆迁面积大，又在老城区，影响也比较大。根据他们实地调查情况看，这次拆迁最大的难度就在于违章建筑太多，认定困难，不好处理。

江行舟问："我们应该怎么办呢？"

宇文正道："拆迁开始之前，我们必须研究出认定违章建筑的具体规定，以便好执行，否则盲目认定，肯定会出问题。就像把马蜂窝捅了，马蜂一下扑过来，我们再去找防护用具就迟了。"

金春生说："违章建筑多且乱，是历史遗留问题。过去，县政府不重视，职能部门疏于管理，导致监管失控。我们现在不能把这个责任推给老百姓，责任还得县政府承担。"

"县政府怎么承担呢？"江行舟问道。

金春生说："处理历史遗留问题，要结合历史事实去看。当时就是那种情况，现在说什么都没有用。时过境迁，现在就要把这些问题都解决掉，可以定一个时间杠子，在那个时间之前的，就算是合法建筑；在那个时间之后的，再根据情况分别处理。这个时间杠子要定得稍微宽松一点，县政府搞拆迁建设，本质上还不是为老百姓嘛，让老百姓占一点便宜，多一点幸福感不好吗？"

陆凯也赞成金春生的意见，违章建筑要定政策，划杠子，先定而后动。

江行舟把规划办的东方叫来，让宇文正和东方一起，查一下规划部门历年审批居民建房资料，结合拆迁办在城区拆迁工作中掌握的违章建筑情况，搞一个违章建筑分类情况分析。再根据这个分析，制定一个违章建筑认定办法。时间要抓紧，初步方案拿出来后，大家再一起研究。

烟草局办公楼搬迁的信息，不少单位都知道了，知道县政府领导支持这种事，就打起自己单位的主意来。

原来在区划调整之前，很多机关单位都有自己的小金库。他们利用部门职权，收取一些费用，用于补贴办公经费和上下级往来招待。有的还会有些余钱，正好现在有这个机会，改善一下办公条件，从偏僻地点的破陋房屋里搬到好楼房。

打这样主意的领导不少。公安局政委沈知行就找到江行舟，说公安局准备重新找一块地，从原来的办公楼搬出来。原来的办公楼是三十年前建的老房子，现在人手增加了几倍，办公面积却一点没有增加，在外面借房子办公，实在不方便。听说现在县政府同意有条件的机关单位可以搬迁重建，他询问公安局是否符合搬迁重建条件。

江行舟和沈知行很熟悉，就把这个事情目前情况都跟沈知行讲了：“你们公安局的办公条件确实太差了，根本不能满足现在的工作需要。那么多人和车辆在那条小路上跑来跑去，也实在是扰民。应该搬迁，早搬早好。”

沈知行说：“你要是支持，我们就干！”

江行舟道：“我们肯定支持，但你们还是要按程序办。”

沈知行问江行舟要走什么程序。江行舟告诉他：“你们要写一份报告，说明搬迁理由，搬迁计划，重建资金来源更要说清楚，保证不会向县财政要钱。要是向县财政要钱，这件事就免谈。”

沈知行说：“向县财政要钱是不可能的，我们知道。我们资金来源主要是向上级争取。市局早就叫我们搬迁，省厅领导也支持，资金没问题。最后即使有小缺口，我们自己再想想办法。”

江行舟道：“为了表示对县委、县政府领导尊重，你们黄局长又是县委常委，请他跟奚书记、陆书记和冯书记都打一声招呼比较好。我们办事的就会比较踏实。”

根据测算，近十年来，县城经规划办批准的自建房三百五十家，本次拆迁范围内只有十一家，其中办理房产证的却只有六家。大部分都属于私搭乱建，最多有领导批条、村组意见之类的所谓依据。

冯续来向奚书记请示，这些事情应该怎么办。

奚书记说得轻描淡写：“这些陈谷子烂芝麻翻它干吗？发展问题用改革办法解决。历史问题简单处理，宜粗不宜细，宜宽不宜紧。让拆迁户得到实惠，要不我们搞城市建设的意义何在？”

指挥部开会研究落实奚书记关于拆迁工作的指示。有了这把尚方宝剑，大家心里踏实多了，也有了方向。

一、建房五年以上的一律视为合法。依据自报，向邻居和村组干部了解，工作组实地考察，灵活掌握原则。

二、凡是定为违章建筑的，标准从严，须工作组集体会商确定。

三、安置标准适当从严，补偿标准适当从宽。

四、加强现场会办力度，把问题解决在当场，解决在萌芽状态。

有了工作标准和计划，拆迁工作就算有章可循了。

指挥部的人总算是松了一口气。

第三十八章

攻坚战遇阻

文化一条街的拆迁工作正式开始了。

工作组呼呼啦啦一大帮子人，开进了这个区域，挨家挨户谈拆迁的事。这里的居民知道这一天一定会来，但不知道哪天来，现在真的来了，又感到手足无措，心里慌慌的。他们小心应对工作组成员的提问和要求，讲述自己家的情况，提供自己建房的手续，配合工作组成员丈量房屋的面积，从里到外计算装潢材料的品种、数量、价格。

一套程序走下来，这家的补偿金额就算出来了。

这当然是指那些房屋被认定为合法建筑的拆迁户。因为工作组根据县政府文件规定，建筑时间超过五年，即使没有规划批准手续，也被认为是合法建筑，可以正常得到补偿安置。

这是一批比较占便宜的拆迁户。他们的房屋时间长，现在已经很破旧，虽评估单价不高，但也不算低，仔细算算还是划算的。所以这批拆迁户对拆迁的负面反应比较小。有几个拆迁户在工作组进驻当天，就签了补偿安置协议。因为工作组宣布，凡是第一天签拆迁协议的奖励三千元，第二天签拆迁协议的奖励两千五百元，第三天签拆迁协议的奖励两千元，第四天签拆迁协议的奖励一千五百元，第五天签拆迁协议的奖励一千元。这些条件对拆迁户有刺激作用，但不大，真正对拆迁户有诱惑力的是先签拆迁协议可以先选安置房。

安置房就在文化一条街西边，编号为 28 栋至 38 栋的安置楼。这是专门用来安置拆迁户的。工作组成员都带着图纸，拆迁户可以在图纸上选号，由工作组成员记下来，写在拆迁协议里。将来房子建好了，拆迁户选的那套房子就是拆迁户的。

至于拆迁户的房子拆后住到哪里，只能先委屈他们，先借或租一个房子过渡一下。工作组承诺过渡期为一年，最长时间不超过一年半，所以，县政府按一年半支付给拆迁户过渡费。

似乎一切都在预料之中，一切都安排得在情在理。第一天领取奖金的就有十三户。晚上工作组成员回来汇报情况，大家都非常高兴，认为照这样下去，拆迁任务有望提前完成。

第二天，工作组成员刚进入现场，就感到气氛不对。前一天还是非常热闹的小巷，工作组成员到哪家，热情的邻居就会跟到哪家。现在却连一个人影都看不到，许多人家关门上锁，好像都从人间消失了。

工作组成员感到很蹊跷，一夜之间发生这么大的变化，其中必定有鬼。陆凯把文化一条街属地的居委会咸书记找来，问咸书记底发生了什么事情。咸书记对此也是一头雾水，说不出所以然来。咸书记说他昨天感到有点累，吃过晚饭早早就睡了。今天早上他起来到外面转了一圈，也没注意发生什么事情。

陆凯说："昨天我们的工作进行得很顺利，没有发现什么异常情况。一夜之间被拆迁人都没有了，肯定不正常，一定是有人搞串联，造谣破坏，把被拆迁人给忽悠跑了，目的就是想破坏拆迁工作。"

陆凯责令咸书记赶快去查明原因，到底是谁干的事，立刻回来汇报。咸书记答应后跑出去查看。陆凯对宇文正说："大家先不要动，我们到附近看看，摸清情况。"

陆凯和宇文正沿着小巷子往里走，看见一户人家开着院门，就问了一声"有人吗"。他们见没人答应，就走进去。院子不大，三间堂屋，两间西屋，所有屋门都敞开着，就是没见到人。

陆凯又大声问道："有没有人？"

还是没有人答应。

陆凯对宇文正说："看来没有人，我们走吧。"他们正准备走时，从堂屋走出一个老太婆。她看见院子里的陆凯和宇文正，也没有跟他们打招呼，径自到西屋去了。

陆凯对老太婆喊了一声："大娘，你好！"

老太婆还是没答应，从西屋拿东西又回堂屋。

宇文正和陆凯对视一下，宇文正努努嘴。陆凯会意，就走出院门。他们知道，跟这个老太婆无法说清楚，只能再问问其他人。

他们看见两个五六岁小男孩在路边玩。陆凯走到两个小男孩身边，刚想问话，其中一个小男孩喊道："工作组来了，快跑啊！"

两个小孩一下子就不见了。

宇文正和陆凯心里都有一种不祥的预感，都不说话，埋头往前走。前边有一个小商店，他们进去问老板知不知道这里的人都到哪里去了。

老板说他也不清楚，早上小店开门以后，看见不少人来买吃的东西，看样子要到哪里玩或者走亲戚。

陆凯问老板，小店房子是租的还是自家的。老板说房子是租的。陆凯又问房主去向，老板说他和房主不熟。

陆凯对宇文正说："算了，我们也不要打听了，没有用的，我们回去，等咸书记回来就什么都知道了。"

工作组全体成员都站在外面，风很大，天空阴沉沉的，大家冻得瑟瑟发抖。陆凯和宇文正商量一下，叫大家回家等通知。陆凯打电话给咸书记，问查看结果怎么样。咸书记说："我正在了解情况。等情况搞清楚了，我立刻就向你汇报。"

陆凯和宇文正只好回办公室等候咸书记的消息。

直到中午快下班的时候，咸书记才赶到陆凯办公室，汇报他了解到的情况。

原来在这个拆迁地块，住着一户人家，户主叫郇洪，原来做过大队书记，后来年纪大不干了。他有个儿子在邻县任某个局的局长，去年因腐败坐牢了。郇洪对现实社会很不满，经常牢骚满腹。这次他家也要拆迁，他这几天一直找拆迁户谈话，做负面宣传。

陆凯问郇洪想干什么。咸书记说，郇洪对拆迁户说，现在县政府支付的拆迁补偿费太少了，安置还要补差价，不合理，是欺负老百姓。他要求拆迁户团结一心，统一行动，提出"拆一还一，不补差价"的要求。这样的要求对所有拆迁户都有利，拆迁户当然愿意配合他。第一天签过拆迁协议的人都后悔了，想要反悔。

陆凯问郁洪在哪里。

“这个人非常坏。”咸书记说，“非常滑头，很不好对付，一直就是我们这里的不安定因素。他把别人撺掇起来，自己却躲到一边，装作无事大闲人，暗中遥控指挥。听说他到金陵女儿家去了。”

陆凯思考了一下，对咸书记说：“你回去以后，要正面做工作，宣传我们的拆迁政策，打消拆迁户的疑虑。当然，不是叫你一个人去做工作，工作组成员都要去，就是不能让坏人的阴谋得逞。”

陆凯打电话给江行舟，汇报目前工作组面临的情况。江行舟说：“昨天不是还好好的嘛，怎么会出现这么大的反转？这个情况很重要，我马上向冯书记报告，你等我电话。”

江行舟马上给冯续来打电话，转述陆凯汇报的情况。冯续来略做沉思，叫江行舟通知陆凯、宇文正、金春生到他办公室，商量这个事怎么办。

接着，江行舟连续接到不同来源的消息：

郁洪对别人说，他去女儿家了，其实他就住在附近一个朋友家里，通过电话遥控指挥。他具体住在什么地方，谁还不清楚。

还有人说，郁洪正在写告状信，准备拉人联名。目前，替他跑腿的就有好几个人，那几个人又负责和其他拆迁户联系。

江行舟要提供这些消息的人注意继续收集有关郁洪的信息。

金春生也陆续收到不少这方面的消息，内容大同小异。

下午，在冯续来办公室，冯续来问大家对这件事怎么看。

陆凯认为，目前这种情况对拆迁工作非常不利，不能拖，应该速战速决。要尽快找到郁洪，只要做通他的思想工作，其他拆迁户就好办了。

金春生认为，这个头不能开，不能惯着郁洪。个别拆迁户越是这样无理取闹，他们越应该加大工作力度。临城镇政府干部要发动群众，把这些拆迁户全部找回来。干部包户做工作，与奖惩挂钩，限期完成任务。

江行舟说：“目前发生的情况是我们事先没有想到的。工作组进驻之前，没有做细致深入的宣传工作。拆迁的政策、方法都没有向拆迁户讲透，才让别有用心的人钻了空子。反过来看也是好事，我们也不用着急，也不用责怪谁。现在我们可以采取补课的办法，把我们之前没有做好的工作做好。”

冯续来说：“行舟这个思路好，你说说怎么补课。”

江行舟说：“我们可以召开一个拆迁户政策说明会，把准备实施的政策、方法都跟他们讲清楚，让他们畅所欲言。对他们提出的问题，我们现场解答，消除他们的疑虑。”

“人的欲望是无止境的，他们到时还不知道会提出什么过分要求来呢！”陆凯道。

金春生说：“也不是他们提什么我们就答应什么。我们能答应的答应，无理要求坚决不能答应。”

冯续来最后总结：“指挥部抓紧准备开一个全体拆迁户参加的政策说明会。行舟主持，春生主讲。把我们这次拆迁的指导思想、具体政策和我们的基本做法讲清楚。最后留点时间让他们提问题。春生，还有宇文正，你们负责解答。”

金春生问：“我这水平，行吗？”

江行舟道：“你就不要谦虚了，到时我和陆凯书记给你助阵，你就放心吧！”

会议时间定在第三天下午。会场就设在临城镇的小礼堂，那里能坐二百多人，差不多够用了。

这场会议事关自己切身利益，拆迁户自然非常关心，所以会议通知发下去，立刻引起轰动，躲在暗处的人都跑出来了。几乎每家每户都有人来参加，有的一家来了好几口人。小礼堂挤得满满当当，连走廊里都是人。

江行舟主持，金春生坐在中间，陆凯、宇文正坐在旁边。因为金春生长得比较黑，台下有人认得他，大声喊“黑局长”，引得大家一阵哄笑。

时间一到，江行舟宣布会议开始。金春生对拆迁工作非常熟悉，把文化一条街拆迁的原因、意义讲了一通，然后讲拆迁的政策和具体做法。

有人没听清，就在台下大喊：“再说一遍！”

金春生便再说一遍，并且做了解释。

金春生讲完了，江行舟对与会的人说：“大家有什么问题，可以提。”

拆迁户们马上七嘴八舌说起来，根本听不清说什么。江行舟叫他们一个一个地说，但谁也不让谁，还是争先恐后地自说自话，场面乱糟糟的。

江行舟对拆迁户们说："你们七嘴八舌乱糟糟的，我们也听不清楚，没有办法给大家解释问题。这样，我点到谁的名字，谁就提问。其他人不能乱抢话、乱插话，中不中？"

拆迁户们齐声嚷道："中！要是像刚才那样，一辈子也说不清楚！"

于是，指挥部的人和拆迁户开始互动。

问：不同意拆迁，可不可以不搬走?

答：不可以。这次拆迁是经过县政府批准的合法拆迁，拆迁户必须搬走。拆迁户无正当理由拒绝拆迁，县政府可以强行组织拆迁或由人民法院强令拆迁。

问：对补偿价格有异议或对安置房不满意怎么办?

答：可以通过协商的办法解决。协商不成的，可以向县政府提出裁决或向人民法院起诉解决。

问：如果过渡期到了，还没有安置到位怎么办?

答：县政府应当支付延期过渡费。

问：你们说拆一补一，怎么补?

答：就是拆除拆迁户一平方米旧房，县政府应当按同等面积进行补偿和安置，但这种面积是指经过认定的合法建筑面积。

继续问：为什么还要补差价？怎么补?

答：因为被拆除的是旧房，安置的是新房，必然存在价格差异。但要拆迁户补交的这种差价不是真正的市场差价，而是县政府补贴后的差价。拆迁户需要补交的差价，远低于市场实际差价。这是县政府一心为民的体现，所以，拆迁户对于补交差价不应抵制，应该理解执行。

拆迁户们还提了不少自己关心的问题，有的具有普遍性，有的只是个人问题，金春生都细心予以解答。拆迁户们慢慢安静下来，要求发言的人越来越少。

江行舟见无人再提问题，就宣布散会。

这次会议，整体看来效果不错。拆迁户都在议论会议内容，跟自家的情况对号入座，经过议论消化，拆迁户对自家的拆迁安置情况都有了比较清楚地了解。大部分拆迁户解除了疑虑，愿意配合拆迁办的拆迁工作。

拆迁工作重新开始了。

拆迁工作组成员这次再来，明显气氛好了很多，拆迁户对工作组成员没有了敌意，大部分人都在做拆迁准备，收拾东西，委托亲戚朋友帮助寻找新住房。工作组成员上门，拆迁户也比较热情，主动介绍自家的情况，对工作组成员提出的问题客观对待，该争取的争取，争取不到的也能正确对待。就这样，不到一个星期，已签拆迁协议的拆迁户就达到百分之六十。

随着时间推移，拆迁渐渐进入深水区。开始签拆迁协议的，大部分是按现行政策没有违章建筑或违章建筑较少的拆迁户。这些人对拆迁安置政策基本接受，对具体补偿方式和结果也没有太大争议，再加上奖励刺激，这些人很快就签了拆迁协议。对自家拆迁面积被认为部分属于违章建筑的定性心有不甘或存有异议的人，肯定是等等看。他们等什么呢？有的人心存侥幸，想找找人，托托关系，看能不能得到特殊照顾。也有的人想看看政策会不会放宽一点。还有个别人不停地把自家的条件与周围邻居进行比较，看邻居是不是比自家获得更多优惠，到时拿出来说道说道。

总之，拆迁户们越来越精明了，也不是那么好说话了。一句话，工作组的工作越来越不好做了，签拆迁协议的速度变得越来越缓慢。

江行舟这段时间的主要工作就是拆迁。他每天都要到拆迁现场，询问拆迁户有没有困难，有没有问题。在现场遇到的问题，他尽量现场解决，有的问题他不好马上解决的，就召集会办会解决。如果确实关系重大，他请示冯续来。冯续来也会认真听取意见，和大家一起研究解决。这样，大部分问题都在萌芽状态解决了，很少拖拉被耽误的事情。

针对拆迁进度缓慢的问题，江行舟认为是正常现象。越是往后，工作难度越大，要工作组成员有充分的思想准备，准备打持久战、攻坚战。

工作组成员认真分析了目前还没有签拆迁协议的拆迁户情况，决定改变工作方法，改“等人上门”为“服务上门”，主动到还没有签拆迁协议的拆迁户家里，了解他们的想法和要求，尽可能解决他们提出的问题。即使不能解决的，也要实事求是地说明原因，尽可能取得他们谅解。这样，又有一部分拆迁户签了拆迁协议。

还没有签拆迁协议的拆迁户开始感到“压力山大”，面对工作组成员经常登门拜访，感到心烦但又无可奈何，只能重复着自己不签拆迁协议的理由。这些理由，工作组成员已经跟他们讲过好多遍了，哪些是能办的，哪些是不能办的。拆迁户开始动脑筋想办法，各显其能，或软或硬，与工作组成员斗法。

宇文正汇报，副食品公司的拆迁工作也很不顺利。公司经理要价很高，要县政府负责安置全体职工。

江行舟道：“这怎么可能？你去把公司经理找来，我跟他谈。”

公司经理是五十多岁的干瘪小老头。他向江行舟诉苦，公司早就说改制，一直到现在都没有改制，一百多号人吃喝拉撒他怎么管得了？县政府拆迁，不能说把房子拆了，就不管公司这一摊子事了。到时职工去找县政府，他可不管。

公司经理摆出一副撂挑子不干的架势。

江行舟也觉得这不是小事，必须要一揽子解决，不然的话，引起群体性事件就不好了。

他决定向冯续来汇报，对副食品公司的问题予以重视，抓紧时间处理，不能耽误整体工作进度。

冯续来说：“好。我们会抓紧时间研究的，你等我通知。其他拆迁工作，继续向前推进。”

江行舟又接到文清扬电话，还是为上次同学请托的亲戚拆迁的事。

他对文清扬说：“让那个人来找我，看看他有什么要求，然后我再根据具体情况决定怎么解决。”

文清扬说：“我那个同学说，他的亲戚今天下午来看望我，你能不能过来聚一聚？顺便让他跟你汇报情况。”

江行舟问：“这样做不好吧？”

文清扬说：“我已经跟他说了，江院长一定会尽力的。他还要过来，我就不好再推辞了。这样，桥归桥路归路，他要来就让他来，至于事情能不能办，要看情况。能办最好，不能办也没办法，当面解释清楚就行。”

江行舟只好同意。

晚上，江行舟来到宴会地点。大家入座后，文清扬向江行舟介绍了他的老同学——马书记。

马书记站起来和江行舟握握手："江院长，不好意思啊！我小舅子家在文化一条街拆迁范围，请江院长看看能不能关照他一下。"

江行舟笑笑说："马书记客气了！"

于是，马书记就把他小舅子叫过来与江行舟见面。江行舟一看，感觉这个人似乎有点面熟，但又想不起来是谁，就和他握握手，问他叫什么名字。他说他叫李成昆。

江行舟说："请你明天去找我，具体情况我们再商量。"

李成昆点点头："中。"

文清扬叫李成昆坐下吃饭，李成昆却要走。马书记说："他怯官，要走就让他走吧！"

文清扬问马书记："你不也是当官的嘛，他也怕你呀？"

马书记笑笑说："我是家里人。"他冲李成昆挥挥手，李成昆就走了。

文清扬叫服务员上菜，大家就不再谈这个话题，只管喝酒聊天。马书记喝得不少，但临走时还不忘求江行舟给他亲戚帮忙，欢迎江行舟到他那里做客。江行舟没喝多少酒，对马书记笑笑说："不知道我能不能帮上这个忙，但不管怎么样，我一定尽力而为，请马书记放心。"

第二天上午，江行舟到拆迁现场，一眼就看到李成昆，便与他打招呼。

江行舟问李成昆的家住哪儿。李成昆伸手向东边指了一下。

江行舟说："你带我去你家看看，你有什么问题，我们边走边说。"

他们沿着小巷子往东走。拐过一个巷口，是一处开阔地。一条小路延伸到前面一座院子旁边。江行舟觉得这里似曾相识，再仔细打量周边环境，忽然想起来，大年初一自己来过这里。前边那家就是趁放假偷偷突击建房。难道那家就是李成昆家吗？这简直也太巧了啊！

江行舟问李成昆干什么工作。李成昆说："搞建筑，钢筋工。"

江行舟又问他家里几口人。李成昆回答说："六口人，父母，两个孩子。"

他们说着说着就来到院门口。李成昆停下来，说："这里就是我家。家里实在是太挤了，不好意思。"

"没关系。"江行舟说，"拆迁以后，你家人就住好房子了。"

李成昆说："是啊，是啊，我全家人都感谢江院长。"

江行舟道："你要感谢就感谢县政府。我们就是按县政府领导要求做具体工作的。"他说着就走进院子，第一眼就发现刚建的西屋墙上的水泥已经干了，但房子明显是新建的。

"这房子是什么时候建的？"江行舟指着西屋问。

李成昆回答："这房子已经建十几年了，年前刚装修过，所以看起来像新的。"

"你找我有什么要求啊？"江行舟问道。

"就是因为这房子。"李成昆指着西屋说，"工作组的人来看过，认为是新建的，属于违章建筑，不同意补偿安置。"

江行舟问："他们这么说，有什么依据吗？"

李成昆道："他们根据航测图对照出来的。"

江行舟问："你说这房子是十几年前建的，有什么根据吗？"

李成昆道："我们老百姓自己建房哪有什么依据啊，当时政府又没有要求我们办什么手续。"

江行舟说："当时政府规定，居民自建房要办理规划许可证。你有没有规划许可证？"

李成昆道："当时我没办。很多人家都没有办，不止我一家。"

江行舟问李成昆："你有什么想法呢？"

李成昆讷讷说道："我这房子能按正常标准拆迁补偿和安置就行了，不要让我们老百姓吃亏。"

江行舟点点头："我知道了，我要了解一下情况。老李，你一定要相信，我们肯定会实事求是处理的，绝不会让老实人吃亏。"

李成昆连连点头。

江行舟和李成昆握手告别，慢慢向院门口走去，嘴里轻轻念叨"李三，李三"。李成昆开始没注意，后来听清楚了，江行舟嘴里念叨的"李三"，不正是他的"官称"嘛。他在家兄弟排行老三，大家都叫他"李三"。他忙问江行舟："江院长怎么知道我的小名？"

"你小名叫李三？"

“是啊，我们兄弟三个，我是最小的，大家就叫我李三。”

江行舟哈哈大笑，说道：“我听工作组的人说，有个叫李三的，大年初一在家抢建房子，原来就是你呀！”

李成昆愣了一下，一时说不出话来。

江行舟马上给文清扬打电话，汇报了这个情况。他说：“马书记亲戚家的这种情况，实在没有办法照顾。要是这样的房子都不算违章建筑，都能正常补偿安置，还不得天下大乱闹翻天！”

文清扬听罢江行舟的汇报，气呼呼地说道：“太过分了！他以为找熟人就可以胡作非为？不理他！我给老马打电话，问问他这是什么亲戚，这么不懂事！”

江行舟说：“文院长，你也不要生气，社会上这种人多的是。不用管他们做什么，我们只办自己认为该办的，不该办的肯定不能办。”

文清扬表示赞同。

后来，李成昆再也没有来找江行舟。工作组成员到他家时，李成昆接受了工作组成员的认定，突击建的房子不再要求补偿安置。江行舟和陆凯商量，李三家比较困难，可以根据政策予以特殊照顾。

陆凯说，像李三这种情况，按照政策是可以给予照顾的。于是，江行舟安排宇文正与李三签拆迁协议时予以照顾。后来李三知道这个情况后，对江行舟不但没有意见，反而心存感激。

第三十九章

攻 坚 克 难

当最后还剩下不到三十户的时候，拆迁工作基本陷入停顿状态。工作组成员天天上门谈，拆迁户都非常抵触。工作组成员提出再多的理由，到拆迁户这里统统变成了耳边风。拆迁户们只有一句话，“要拆迁可以，但账必须按我们说的算”。

这种拆迁户，在临水地区俗称“虬头”，属于那种不讲道理的难缠人物。他们的算法，就是不谈违章不违章，有多少算多少。补偿标准也要提高，凡是能够起出名字的项目都要补偿。他们明显是想要无赖，向政府施压，捞取额外好处。

江行舟向冯续来汇报，请示怎么办。

冯续来认为，对于这些无理取闹的奸诈之徒，必须给予打击，决不能让这些人得到任何好处。他叫工作组的人打听这些人的家庭社会关系，凡是家里有公务员或者在事业单位工作的，统统报上来，他跟他们单位领导讲清楚，要求单位领导做他们的工作，限期拆迁。否则，给他们放假回家做家里人的思想工作，什么时间做通了，什么时间来上班。

一通工作做下来，果然起到作用，又有十几户签了拆迁协议。最后只剩下十几户油盐不进的“钉子户”了，其中就包括郇洪。

郇洪在拆迁工作开始时就在暗中煽风点火，试图火中取栗，利用拆迁户的力量捞好处。谁知道拆迁工作组没有理他，而是采取发动群众的方式，把他苦心设计的阴谋粉碎了。眼看他能控制的人越来越少，就决定赤膊上阵，和工作组成员正面交锋，稳住剩下那些人的心。

工作组成员又到郁洪家做工作。郁洪不再东躲西藏，也不再躺在床上装病，一大早就穿得整整齐齐，坐在椅子上等待工作组成员。

上门的三个工作组成员，一个是宇文正，一个是陆凯带来的镇政府干部，一个是拆迁办的女干部。

郁洪也不跟他们打招呼，直接问："你们真想拆我家啊？"

宇文正望着郁洪，慢吞吞地说道："我们来你家多少趟了，该说的话我们都说了。你要是还有什么不清楚的，可以问。"

郁洪道："那好，我就问你们，你们凭什么说我的三层楼是违章建筑！"

宇文正说："对照航测图，你的房子就是新建的。"

"我原来的房子就不算了？"郁洪一下子跳起来，几乎是声嘶力竭，冲宇文正喊道，"你们到底讲不讲道理？我好好的房子，你们说没有规划手续是违章建筑，不补偿不安置。我原来的房子已经被拆了，不补偿不安置。你叫我们老百姓到底该怎么办？你说！"

宇文正说："你家的情况，政策上也是有规定的。"

郁洪问："什么规定？"

宇文正说："可以根据实际情况，如果拆迁户没有其他住房，可以参考被拆除房屋面积给予适当安置和补偿。除这里的房子，你还有没有其他住房？"

郁洪道："我只有这一处住房。"

宇文正说："我们会了解清楚的。"

郁洪像遭了霜打的茄子，低头不语。宇文正说："你要不要再考虑考虑，等你考虑好了我们再来。"

郁洪嗫嚅着："不行，不行，绝对不行！"

宇文正等人走后，郁洪整个上午都坐在椅子上唉声叹气，直到中午睡了一觉，才觉得精神好一点。他认为，他不能听工作组的，要是由工作组认定，他就亏大了，必须跟他们搏一搏，说不定还能多得一点好处。他想到这里，就抖擞精神地向外面走去。

有一个外号叫"杠子"的拆迁户，终于被工作组成员的精神感动，在江行舟到现场时，"杠子"把江行舟拉到没有人的屋里，说："江院长，我已经观察好多天了，你在这些人里官最大，说话好像也在情在理。”

江行舟说：“你有什么事，尽管说。”

“杠子”说：“我这个人就是直杠头，人家叫我‘杠子’，你也可以这么叫我。”

江行舟问：“你家为什么到现在还没有拆？”

“杠子”道：“我家没有什么问题，随时都可以签拆迁协议。就是因为我心里气不顺，看不惯这样不公不法的事。”

江行舟问他看到哪些不公不法的事。

“杠子”气呼呼地说道：“我家和邻居姬五家是同一年批的地，一起盖的房，面积一样，连建材和装潢材料都是一起买的，请的是一个工程队。可是这次拆迁，姬五很快就签了拆迁协议，现在都搬走了。我就感到奇怪。到家一算账，我竟然比姬五少了五万多块钱。这里边肯定有问题呀！我肯定不能签这个拆迁协议。直到现在我才知道，原来姬五找关系送了钱，才办得这样顺利的。”

江行舟凭自己多年搞反贪工作的经验，这种事情不像空穴来风，可能会是真的。但真实情况是什么样子，很难搞清楚，证据更不容易搞到。于是他就对“杠子”说：“这种情况，你只是道听途说，无凭无据的，我不能就凭你的一面之词就给姬五定罪呀！”

“杠子”道：“你还要什么证据？你把姬五家的账拿出来，和我家的账比对一下，情况一目了然。”

江行舟说：“即使账目有出入，也有可能算错了，你能定他什么罪？”

“杠子”不再争辩了，停了一会儿，说：“我就不信找不出证据！”他说完就自顾自地走了。

临城镇吕书记向冯续来提出，现在拆迁工作已经接近尾声，镇政府工作很多，想把工作组的人调回去一部分。冯续来征求江行舟意见，江行舟表示同意，留一半人就够用了，其他人可以回镇政府工作。他还向冯续来汇报了“杠子”反映的情况。冯续来说：“这个问题要高度重视，千万不能让一泡鸡屎坏了一缸酱。”

“我来处理吧。”江行舟说。

江行舟叫人把姬五家的拆迁协议拿来，又叫人把“杠子”家初算的方案也拿来。姬五家拆迁协议上是工作组成员陆过签的字，陆过是陆凯的远房侄子、临城镇村镇办主任。还有拆迁办的工作人员韦举也签了字。果然如“杠子”所说，姬五家拆迁补偿费总数比“杠子”家多了五万三千元。难怪“杠子”不服，拒不签拆迁协议。

江行舟去了一趟自己的原单位——临水县检察院，找到检察长，反映姬五家拆迁过程中发生的情况，请求检察长派反贪局介入调查。检察长就把反贪局局长靳东叫来。靳东原来是反贪局副局长，刚升任正局长，是江行舟在检察院工作时的老部下。靳东听了江行舟介绍的情况，问江行舟有什么指示。江行舟说：“我现在在法院，指示不了你，就是请你们查一下临城镇陆过的情况。这个人原来在村镇办工作，认识陆凯后，就一直在陆凯身边工作。看看他有没有什么问题。你可以先找‘杠子’了解情况，拆迁办的韦举也要查一下。”

靳东点头说好。

“杠子”找到江行舟说，他一个亲戚也给工作组的人送钱了。江行舟问送给谁，谁送的。“杠子”说，他亲戚名字叫马武，是姬五的外甥，送两千元钱给工作组一个姓陆的人，姓陆的人也给他照顾了。

江行舟向靳东通报了这个信息。

签过拆迁协议的人陆陆续续地搬走了。江行舟怕夜长梦多，赶快安排拆迁办组织拆除工作。陆凯就主动联系乡下的一个工程队负责房屋拆除工作。工头叫毛丹，这几年一直为陆凯服务。

按常规，这种工程是要进行招标的，但既然陆凯开口了，也不好驳他的面子，江行舟便表示同意，但要求陆凯把条件谈好，签订正规拆迁协议，特别是安全问题必须明确责任，由施工单位自行负责，价格随行就市，必须服从拆迁办指挥，否则让毛丹立马走人。

刚开始签拆迁协议的人不多，搬家的很少，江行舟催促毛丹抓紧进行拆除。毛丹说：“现在拆除可以，但是道路不好，渣土运不出去，最好稍微等一下。等搬家的人多了，拆除工作一鼓作气，连成片，运输也通畅。”江行舟就同意了。

现在拆迁工作已近尾声，大部分签过拆迁协议的人都搬走了，拆除工作也在紧锣密鼓进行中。运渣土的车辆来回穿梭，扬起冲天灰尘。城管局来人协调，要求洒水降尘。江行舟叫拆迁办安排工程队洒水。这样，凡是还没有签拆迁协议的房子，就显得很突兀，非常醒目刺眼。

江行舟叫工作组成员加大力度，分组包户做工作，好不容易又签了三户。剩下的八户，就是软硬不吃，下定决心与工作组对抗到底。为首的是郇洪，其他人都听郇洪的。

江行舟把陆凯、金春生和宇文正找到一起，商量怎么办。大家一致认为，他们的工作已经做到位了，可谓仁至义尽。现在只有一条路，就是强制拆除，没有其他办法。江行舟就向冯续来汇报，请求进行强制拆除。

冯续来也觉得不能向这些无理取闹的人低头，一定要把这股歪风压下去，便同意组织各部门强制拆除。强制拆除要动用公安警力，必须要向奚书记汇报。

江行舟决定在强制拆除之前，通知工作组，他要亲自与剩下的拆迁户谈话，再做最后一次工作，做到真正的仁至义尽。

江行舟首先找到郇洪。郇洪是为首的，工作效果如何，将直接影响其他拆迁户。

郇洪并不回避，接到工作组通知后，就在家坐等江行舟上门。江行舟刚进门，郇洪便先发制人，说道："你们也不要浪费时间，不要再跟我谈什么大道理。我就一句话，按现在的房屋状况给予补偿安置，我二话不说，立马签拆迁协议。你们要说其他的，我谈都不谈，你们想怎样就怎样。老百姓的命不值钱，什么时候拿走都可以。"他摆出一副鱼死网破的架势。

江行舟没有说什么，坐下来看着郇洪。郇洪脸色铁青，把脸扭向一边，不看江行舟。

江行舟不紧不慢地说："郇洪，你要冷静点。你家的情况，我们已经研究过了，可以按照你家原来的房子面积安置。后来的建筑，也可以给予适当的材料费补贴。这是我们给予你的最大照顾了。你要再提无理要求，我们实在办不到。希望你能仔细考虑清楚，再给予我们答复。"

郇洪从鼻子里哼一声，说："谢谢你们的好意。我不用再考虑了，你们滚吧！"

他说着猛地站起来，像疯狗一样大叫，顺手把椅子推倒了。江行舟见实在谈不下去了，就挥挥手，带工作组的人离开郇洪家。

靳东向江行舟汇报了他调查陆过和韦举的情况。陆过在乡下工作期间，利用工作之便收受好处，为他人谋取利益，因受贿金额不大，只给了党政纪处分。这次文化一条街拆迁，他可能故伎重演，和拆迁办的韦举互相勾结，收受请托人送的钱物，为请托人虚增建筑面积，加大补偿标准和金额。

根据江行舟提供的线索，靳东和行贿人姬五、姬五外甥谈过话，他们承认自己向拆迁工作组工作人员行贿的事实。数额均已达到受贿罪的立案标准。靳东已向检察长汇报过，准备对陆过和韦举采取强制措施。检察长叫靳东向江行舟通报一下，听听江行舟的意见。江行舟说，你们依法办事吧，这是他们咎由自取，怪不得别人。谢谢你和检察长的支持!

江行舟稍后向冯续来汇报了陆过和韦举犯罪的情况，检察院已经立案侦查并要对他们采取强制措施。

冯续来说："检察院依法办案，清除害群之马是好事，我完全支持！"

江行舟问："这个案子如果再继续向下查，有可能牵涉陆凯，怎么办？"

冯续来道："不管牵涉谁，坚决一查到底！这些共产党的蠹虫、败类，不值得我们同情！"

江行舟说："我们在内部恐怕要好好讲一讲，给大家敲敲警钟。"

"对！"冯续来说，"借此机会，对我们身边的每一个同志进行一次法制教育。"

当天晚上，陆凯来到江行舟家，面色灰暗，声音嘶哑，眼神游离。江行舟问陆凯什么情况。陆凯说："江院长，我们过去虽然没有机会在一起工作，但通过这一个月拆迁，我非常钦佩你的工作能力和为人风范。"

江行舟道："陆书记不要客气，你有什么事情尽管说。"

陆凯说："既然江院长这么说，我就直说了。"

江行舟点点头。陆凯说："陆过是我本家侄儿，一直在我身边工作，平时我看他还是比较老实的，不知这次因为什么事，他被检察院的人带去了，直接送进看守所。能不能请江院长帮我问问，他到底犯了什么事。如果你能搭把手，请你帮帮忙。"

江行舟道："我已经调任法院两年多了，现在又被县委抽调搞城区开发建设。陆过的情况，我一点也不清楚。不过，我现在在指挥部做事，关心一下身边工作人员也是人之常情。等我了解清楚情况以后告诉你。不过，我先给你打个预防针，像陆过这种情况，检察院直接采取强制措施的并不多。检察院能这样做，最大可能是检察院掌握了陆过的受贿证据，而且数额还不小。”

陆凯一听更着急了，呼吸也急促起来，一把拉住江行舟的手，哀求道：“江院长一定要帮帮忙，一定要帮帮忙。”

江行舟一脸严肃地点点头。陆凯临走时，从包里拿出一沓钱要送给江行舟。江行舟连忙伸手挡住：“陆书记，千万使不得，你赶快把钱收起来。你刚才说的事，我知道该怎么办。”

陆凯跌跌撞撞地走了。

江行舟长长叹了一口气。

这样的场景，他见得多了。多少贪官，不见棺材不掉泪。既知有今日，何必当初？人为财死鸟为食亡，想想这到底何苦啊！他想起《红楼梦》里的《好了歌》：“世人都晓神仙好，唯有金银忘不了……终朝只恨聚无多，及到多时眼闭了……”

花花世界，究竟有几人能看透？

江行舟召集指挥部全体人员开会，把临城镇抽调负责拆迁的人也叫过来。

江行舟讲了陆过和韦举被检察院立案调查的事情，并说：“发生这样的事情，我们感到非常痛心。指挥部每一个人都不愿意看到这种事情发生，都为此感到脸上无光，但又有什么办法呢？只能怪他们自己失去了做人做事的底线，钻到钱眼儿里去了。什么工作纪律，什么国家法律，统统不管了，拿人家钱就给人家办事。他们在我们眼皮底下，公然无故增加房屋面积，提高补偿标准，以此收取好处费，简直胆大包天！现在出问题了，他们被检察院的人带走了，会不会坐牢，我也说不准。这到底怪谁呢，怪不得别人，只能怪他们自己。一失足成千古恨，这时候后悔有用吗？没有用，迟了，好好的前途就这样被自己亲手毁了。这真是一个惨痛的教训，我们全体同志都要引以为戒，守好底线，坚决不要乱伸手、乱要钱，不能再犯他们那样的错误，贻害终身，也毁了家庭。让父母怎么办，让孩子怎么办？”

与会人员从头至尾没有说笑，没有打闹，个个神情肃穆，都在思索这件事情对自己的警示。这件事就发生在自己身边，这两个人昨天还和自己一起到拆迁户家谈话、算账，音容笑貌历历在目。突然，他们就出事了，以后可能再也见不到了。

大家心里想着这件事，心里沉甸甸的，不好受。

强制拆迁的事也定下来了。冯续来说公安局方面由他联系，到时叫公安局组织警力，防范突发的风险。江行舟建议，临城镇抽调的人，包括调回去的人，加上指挥部的人大概有四十人，公安局二十个人，这样就有六十人左右，人手应该差不多够了。江行舟叫宇文正安排拆迁的施工机械和运输车辆，尽量多来一些。

陆凯对江行舟说："到时候我来指挥吧，你就不要冲到第一线了。"

江行舟道："这是指挥部成立以来的第一次重大行动，意义重大，我必须在第一线指挥。"

江行舟让陆凯组织一些女同志，防止有不讲理的女人胡闹。另外，请冯续来安排医务人员参加，防止有人出现伤病情况。

一切都安排妥当，江行舟叫人通知那八户人家，把自家屋里的东西都搬出来。

强制拆除正式开始的时候，江行舟手持喇叭指挥，后面是指挥部、工作组人员，他们事先分成八组，分别进入八户人家。后面是公安局的人和两辆警车，一辆救护车。

有两户家里没有人，但屋里东西差不多搬空了。江行舟叫陆凯安排人寻找这两家人。郁洪在家，工作组的人刚进他家，他一言不发，从地上拾起事先准备好的汽油瓶朝工作组的人身上扔去，又捡起一个汽油瓶，将汽油从自己头上浇下来。他从上衣口袋里掏出打火机，气急败坏地吼道："你们到底答不答应我的要求？要是不答应，我马上点火，和你们同归于尽！"

工作组的几个人吓坏了，其中一个人打电话给江行舟，汇报了这里的情况，要江行舟赶快过来。

江行舟带领公安局的人，赶到郁洪家。

郁洪两眼通红，手持打火机，在那里大呼小叫："不答应就同归于尽！"

江行舟站在郁洪对面。郁洪喝问："江行舟，你到底答不答应？！"

江行舟道："郇洪，你把打火机放下，冷静一点，什么事情都可以商量。"

郇洪说："没有什么可商量的！你就回答我一句话，是同意还是不同意？！"

江行舟还是耐着性子劝说郇洪把打火机放下。郇洪情绪越来越激动，几次要打开打火机。警察也苦苦劝说，郇洪置之不理，双方就这样陷入僵持。终于，郇洪崩溃了，一下子将自己点燃，立刻变成一个火球。

江行舟见状，立刻扑上去，用衣袖扑打郇洪头上的火。两名警察也抓起挂在椅子上的衣服扑打郇洪身上的火，把郇洪身上着火的衣服强行脱下来。郇洪紧闭双眼，瘫成一堆烂泥，任人摆布。一阵折腾，郇洪只是脸上有点轻微烧伤，其他部位并无大碍。

江行舟叫人把郇洪扶到椅子上坐下，倒杯水递给他。他依旧闭着眼，还是那副死猪不怕开水烫的样子。

江行舟仍旧苦口婆心地劝道："你知不知道你已经触犯刑律，要坐牢的！"

郇洪不搭腔。这时，外面挤满了看热闹的人。这些人都是郇洪的邻居，听说郇洪在家和工作组闹事，都过来看看。他们七嘴八舌地劝郇洪赶快把拆迁协议签了，自己命都没有了，还要钱有什么用！郇洪忽然"哇"的一声大哭起来，声嘶力竭地大叫："我现在什么都不要了，你们要拆就拆吧！"他说着往地上一坐，像狼一样嚎起来。

江行舟交代工作组的人，再给郇洪一点时间，让他好好想想。他要是想通了，就签拆迁协议；他要是还不签，就强制拆除。江行舟叫警察保护工作组成员的人身安全，防止再发生意外情况。

江行舟带人到下一家。这户人家屋里没有人。江行舟按事先计划，叫陆凯安排居委会的人组织这一户邻居作为见证人，拆迁办的人登记屋里的物品，并让这些邻居签字确认。每一步都拍照片留存，作为证据。然后推土机直接将房子推倒。后面又拆除一家。随后有两户签了拆迁协议。郇洪最后也把拆迁协议签了。

后续工作由陆凯和宇文正继续跟进。经过几番苦劝，工作组根据具体情况，适当放宽一点政策，最后那几户拆迁户权衡利弊后，还是把拆迁协议签了。

副食品公司的问题，经县委、县政府领导研究，实行改制，全部人员交由商业局负责安置处理。拆迁补偿费作为职工补交养老保险和医疗保险费用。副食品公司的房子该拆除的拆除，余下的资产由商业局处理。

江行舟等人经过近一个多月的苦苦鏖战，终于打胜了这场关键战役，大家觉得终于可以松一口气了。然而事实上，他们接到冯续来的指示，发扬连续作战的作风，一鼓作气，马上开始春风花园小区区域的拆迁工作。

冯续来也给了大家一点安慰，就是给拆迁工作组每人发三百元加班费。

有了文化一条街的拆迁经验，江行舟对下一次拆迁心里更有数了。第一是安排拆迁办的人把拆迁户的底数搞清楚，做一个具体实施计划。计划订好后，再坐下来商量落实的事。

靳东向江行舟汇报，陆过和韦举的案子牵涉到陆凯。他们收受的贿赂，其中一部分送给陆凯。数额目前还没有定。据陆过交代，以前，还有其他人给他送钱，下一步案值还有可能扩大。

江行舟说："我知道了。"

江行舟及时向冯续来汇报了这一情况。冯续来问："既然陆凯有受贿嫌疑，下一步的拆迁工作，他是不是应该回避？"

江行舟说："现在案情还没有公开，具体案情也还不确定，至少暂时还不宜动他。我们就当什么都不知道，正常开展工作，到时候问题真正发生了，我们再换他也不迟。"

冯续来说："行吧，我们该怎么办就怎么办吧，拆迁工作组抓紧时间进驻春风花园小区区域。"

他们又商量了文化一条街拆迁后的建设问题。冯续来叫江行舟抓紧时间，把他们原来商量好的建设方案拿出来再过过细，不必等春风花园小区区域拆迁结束再开始。

第四十章
春风花园小区拆迁

因为这段时间一直忙于拆迁工作，江行舟把几件事都压下来没有处理。他决定趁现在有点空闲，抓紧时间处理一下。

第一是公安局办公楼搬迁的事。公安局政委沈知行打电话催过他两次，说材料已经报给他了，公安局局长跟有关领导都打过招呼了，请江行舟抓紧时间办理。江行舟把沈知行送来的材料找出来看了。公安局打算另外选一块地方建办公楼。原来的地方，因为看守所在那里，暂时没有办法搬迁，就留给看守所和交巡警在那里办公，其余单位全部迁到新址办公。根据目前情况，初步打算建一栋新办公楼和一些辅助用房。大约用地五十亩，向上级争取和部分自筹资金。

江行舟把这些资料整理好，向冯续来请示公安局准备搬迁办公楼的报告如何处理。冯续来的答复很简单，照办，抓紧落实。江行舟说："请你在报告上签字，我便于执行。"

冯续来拿过报告，大笔一挥："同意办理，资金自筹。"

江行舟马上通知沈知行，公安局的报告领导已经批复，抓紧时间来拿。

江行舟安排秦科把公安局的材料全部复印留存，他在材料上注明指挥部受理和处理相关情况。

沈知行很快来到江行舟办公室，接过报告批复，说："谢谢冯书记，也谢谢你！"

江行舟笑笑说："不客气，你们抓紧时间与国土局联系选地皮。"

沈知行说："请你和国土局联系一下。要不劳你大驾陪我去国土局一趟，那里的人我不是太熟。"

江行舟打电话给向海平，说了公安局办公楼搬迁用地的事情。向海平说他在局里，让他们过去。

江行舟和沈知行在国土局见到向海平。向海平看过材料，把用地股的股长彭成功叫来，当着两人的面，叫彭成功抓紧办手续。

向海平对沈知行说："沈政委，我们这里没有什么障碍，具体要哪块地，还要你们自己选。你们选好之后，再到我们这里办理一系列用地手续。因为具体地块性质不同，报批程序、价格都会不同。如果是农用地，还要经过居委会下面的村组同意，手续相对会复杂一些。"

沈知行一听，愣住了，说："这么多手续，看来有一定难度啊！"

"沈政委也不用担心。"向海平说，"我们国土局保证尽力而为，协助你们办好这件事。你回去大胆选地，如果不适合另选就是了，不要紧的。"

沈知行说："那就谢谢向局长啦！我马上回去向我们局长汇报，先去选地。总之，公安局这件事就仰仗向局长和江院长了！"

第二件事就是杨土根的木材加工厂问题。杨土根听从冯续来意见，在开发区选了三百亩地。可能用地数量有点多，开发区不同意，希望杨土根压缩用地、节约用地，不要超过一百五十亩。杨土根找冯续来，冯续来叫他找江行舟协调。

杨土根打电话给江行舟，希望江行舟从中协调。因为那几天江行舟实在分不开身，没有帮杨土根处理，不知道现在进行到哪一步了，就打电话问杨土根。

杨土根说："你最近忙，我就回老家了，情况还是老样子，没有什么进展。要是你们那里实在有困难，我就到其他地方找找，不一定非要到你们那里办厂。"

江行舟说："前几天因为拆迁的事，我确实没时间。你最近有没有时间过来一趟？我陪你到实地看看到底是什么问题。"

杨土根说："那好，我尽快赶过去，到时候找你。"

第三件事，是关于阿虎的。阿虎打了几次电话，请江行舟过去看看他那个项目，尝尝他那里厨师做的菜，帮他把把关。

江行舟打电话给金春生，问他下班以后干什么。金春生说有人请他吃饭。江行舟问谁请他吃饭，金春生说是普通朋友。江行舟说：“那你就推掉吧，你跟我一起到阿虎那里去，尝尝他那里的厨师手艺。”

晚上下班以后，江行舟叫小钟开车，到城建局把金春生接上，来到阿虎项目工地。江行舟好长时间没有过来了，到那儿一看，已经大变样子了。阿虎跑过来，与江行舟和金春生握手，要带他们参观他的办公室。江行舟说：“不急去办公室，我们先四下看看。”

阿虎介绍，主道路已经铺好，等绿化时再栽上几棵树。场地现在清理得差不多了，根据设计图纸微地形都做好了，绿化时再进行美化。主要是栽草皮，做一部分沙丘，要有草原的感觉。在适当地方，建一部分蒙古包。到时候再买一批羊、马、骆驼之类动物，让人们体会一下草原风情，小孩子可以骑马射箭。他还准备购置几辆冲沙吉普车，喜欢刺激的年轻人可以玩冲沙的游戏。蒙古包一部分做餐饮，一部分做客房。餐饮主要是供应以牛羊肉为主的内蒙古特色菜品。总之，要有特色。所以，今天这个厨师就是专业做牛羊肉的，请江行舟尝尝他的厨艺，适不适合临水人的口味。

江行舟说：“我去过内蒙古，也在蒙古包吃过饭，感觉还是不错的。我们这里的人，对那边的情况知道得少，对这种特色游玩加餐饮应该还是能够接受的。不过用一部分蒙古包做客房，一定要慎重，因为到这里来消费的基本都是临水本地人，到此基本就是吃顿饭，带孩子玩一玩，在这里住宿的可能性比较小。而且，客房管理难度也要比餐饮大。这方面你要注意，不要误投资。其他方面我看还可以。”

金春生在工地上转了一圈，回来对阿虎说：“你这里施工管理比较差，建筑材料乱堆乱放。办公室工程质量也不怎么样，我派个人过来，给你具体指导一下。”

“行。”阿虎说，“工程的事我也不懂，有个人帮帮我管理再好不过了。请金局长帮我找一个人，我给他开工资。”

金春生道：“刚才我说的这个人是有工作的，我想让他抽空帮你指导一下。如果你要正式找人当监理，那我就帮你找一个有资质、做事认真负责的人。你可以放心做其他事情，工程这一块你就不用操心了。”

阿虎在刚建好的办公室里临时摆放了一张圆桌。厨师个子不高，四十来岁，圆胖脸，上嘴唇还留着一道浓密的小胡子，乍一看，还真有点像蒙古族人。阿虎让他出来跟两位领导见面，感谢领导赏光。

酒是内蒙古出产的“ 闷倒驴”，还有马奶酒。四个凉菜都是北方特色的牛羊肉，没有蔬菜。热菜还是以牛羊肉为主，烤全羊是在大烤箱里烤好的，加工程序复杂，所以只能提前做好。手抓羊肉、烤羊肉串等十几道菜，基本都是肉和奶制品。论口味确实还是很有内蒙古特色的，大厨手艺也不错。阿虎说：“因为还没有正式营业，所以没有安排敬酒献歌的。欢迎两位领导对菜品提意见。”

金春生说：“师傅手艺不错，确有特色，就是感觉肉太多了，我们这里的人可能吃不惯。是不是要结合我们本地人口味，既体现内蒙古特色，如烤羊之类的，也适当配一些我们这里的家常菜，可能更受欢迎。”

“金局长说得对。”江行舟道，“阿虎，你可以带这位师傅到我们这里的饭店考察一下，选几样菜加到你们的菜谱里。”

“可以，可以。”阿虎说，“我明天就带大师傅去尝尝这里的家常菜，学习学习。”

三人随便喝酒，随意聊天。吃过饭，江行舟和金春生就回去了。

检察院要求陆凯协助调查，保证随叫随到。他心理压力很大，就向吕书记请假。

江行舟准备再抽调人组建春风花园小区区域拆迁工作组时，吕书记向江行舟说明陆凯的情况，要求换一个人带队。

江行舟问吕书记：“你准备换谁？”

“梅镇长。”吕书记说，“他原来是乡下纪检委员，刚升任副镇长。他以前没搞过乡村建设工作，现在让他去锻炼锻炼，反正我们主要是配合指挥部工作，业务不懂慢慢学吧。”

春风花园小区区域拆迁工作组基本上是原班人马，就是临城镇十个人，其中文化一条街区域的居委会书记不来了，换上春风花园小区区域的居委会书记、主任，其余的人还是那些人。经过前一阵子在一起配合工作，建立了感情，大家一见面就感到亲切。

拆迁工作组进驻之前，原城关乡粮管所正面临改制，县政府决定把它撤了，土地资产是国有的，经过法定程序后进行核销，所以粮管所的地块交给指挥部建设春风花园小区。具体手续还是要履行的，由城区开发建设总公司与县政府签订用地协议，实行零地价出让。

即将兴建的春风花园小区那一片的居民，虽说已经划入临城镇，由村改成了居委会，但他们的实际生存状态并没有改变。除一部分头脑灵活的人自己做点生意和外出打工外，许多人还是以种地为生。 这块地是农用地，县政府是要给拆迁户补偿青苗费的。这些手续早已经办好，青苗费也发放到居民手里。这样做，等于拆迁工作已经提前开始。居民既然拿到补偿款，拆迁也就顺理成章了。其实他们也都心知肚明，拆迁是早晚的事。后来听说文化一条街拆迁，便有人去打听那里的政策和做法，然后对照自家情况，心里也大致有了底。

有了文化一条街区域的拆迁经验，江行舟安排工作组进驻后，首先抓宣传发动工作，深入每个拆迁户家中，讲解拆迁政策，帮拆迁户模拟算账，回答他们的问题。一个星期时间，拆迁工作组的人把整个拆迁区域六十多户都跑遍了，对每家每户的情况也基本了解了，对他们的想法也基本掌握。江行舟就让工作组的人正式开始入户调查和签订拆迁协议同时进行。

杨土根回来了。江行舟接到冯续来电话，要他陪杨土根去看地。

工业园区在主城区东南方向，虽然目前真正进驻工业园区的项目还不多，但县政府还是按照规划把水、电、气和通信、宽带通到主要节点，路网也越铺越密。为企业进驻打好基础。江行舟带领杨土根来看地的时候，工业园区内到处都在轰轰烈烈地推进各种配套工程。

杨土根和江行舟的车子在工业园区里转圈子。觉得有点眼缘的地方，杨土根下车在地里走几步。他们从西北到东南走好几公里，也不知道杨土根想要什么样的地块。

江行舟也不便多问，就什么也不说，跟在杨土根后面一块一块地看。当车子快要到工业园区最东面，靠近平海高速公路入口处时，杨土根停下来反复打量。江行舟见状，就问杨土根是不是看中了。

“就是这块地。”杨土根说，“这块地我上次看过，觉得还可以，跟工业园区的人说了，他们听说我要三百亩，嫌我要多了，只同意最多给一百五十亩，我就回去了。我跟冯书记说，我自己办企业，要用多少地我自己还能不清楚？现在可能一下子用不了那么多地，企业是要发展的，要预留发展空间，要不然二期扩大产能怎么办？冯书记叫你帮我，我就回来了。这次要是能办成用地的事，我就投资，要是办不成用的地事就算了。”

“没有问题。”江行舟说，“工业园区刚开始建，这么多的地块随你选，怎么可能一块适合的地块选不到？不可能的。你是不是就看中这块地？要是你真看中，我去找工业园区领导协调。”

杨土根说：“我现在就选这块地，三百亩。”

江行舟问：“现在真实用地是多少？”

杨土根回答：“一期工程要用一百五十亩。考虑到以后的发展空间，再增加一百五十亩。”

江行舟找到工业园区招商引资办公室的人，询问杨土根申请用地的情况。据他们说，杨土根送来的图纸和可行性报告他们仔细看过了，根据初步测算，一期工程用地在一百二十亩左右。即便预留二期工程发展空间，他们觉得再加三十亩就可以了。

江行舟找到冯续来，汇报了杨土根申请用地的情况，并表明杨土根用地确实有点多，预留用地太多了。能不能跟他商量一下，一期用地按他说的一百五十亩，二期发展预留地再增加五十亩，一共二百亩比较合适。

冯续来说：“你不知道，老杨这个人没有文化，做事一根筋。我们不要因为他多用几亩地，把他给惹毛了。他甩膀子走了，导致我们好不容易招来的项目泡汤了。”

江行舟说：“既然这样，我更不敢跟他说了。你跟他的关系比较近，还是请你跟他商量。他要是同意，我帮他跑具体手续。”

“好，我跟他说。”冯续来道。

经过冯续来协调，杨土根同意在工业园区选地二百亩。冯续来又和主管工业园区的牛恒新副县长打了招呼，江行舟帮助杨土根到工业园区办理了项目入驻手续和用地手续。

江行舟接到冯续来电话，有一个常州来的兄弟俩，要来搞房地产开发，让江行舟接待一下。

常州的兄弟俩，老大叫庄胜，老二叫庄贵。江行舟很客气地请他们坐下，一边倒水，一边打量他们。

兄弟俩四十多岁。老大比较胖，脸色白净；老二比较瘦，脸色很黑，但个子却比老大高。江行舟问他们什么时候来的，以前来没来过临水县。

老大可能不太爱说话，老二答道："我们以前没有来过这里，听说以前这里比较落后，现在改革开放力度较大，招商引资政策非常优惠，就过来看看。"

老大说："不是看看，我们想来这里搞房地产开发。"

老二说："对，对，搞房地产开发。"

江行舟问："你们以前搞过房地产开发吗？"

老二说："没有。我们在老家做机械加工。"

老大补充说："我们厂里的很多厂房，都是我们自己建的，对建房我们不外行。"

江行舟说："房地产开发是资金密集型企业，需要很多钱，你们准备好了吗？"

兄弟俩连忙说："准备好了，准备好了！"

江行舟不好意思问他们准备了多少钱，转而问道："你们有没有看中的地块呀？"

老二说："有，有，地块不大，十几亩地。"

江行舟说："在什么地方？"

老二说："在青少年活动中心西边。那里是一块空地，基本不用拆迁。"

江行舟问："你们打算怎么开发，建什么样的房子？"

老二说："住宅。"

老大说："也可以适当建一点门面房。"

江行舟说："这样吧，我先安排规划部门帮你们看看你们的建设方案吧！"

兄弟俩忙说："好，好，感谢江总。"

江行舟叫来东方，对她说："两位庄总想搞房地产开发。他们以前没有搞过，你帮他们拟定一个开发计划。"

东方把庄氏兄弟带到她办公室。

春风花园小区区域的拆迁工作组已经进驻好几天了，还没有签一份拆迁协议。江行舟问宇文正是什么原因。宇文正也说不清楚。据宇文正说，这里的拆迁户都比较老实，不像文化一条街区域的拆迁户，心眼儿多，花样多。工作组的人上门，他们都比较客气，提的问题也都比较客观温和，但要他们在拆迁协议上签字，他们就不说话或是借故走开，一直都是这样，到底是什么原因，说不清楚。

江行舟把梅镇长找来。梅镇长听完江行舟的描述，说："我也感到纳闷，他们没有什么问题，但又不肯签拆迁协议。我问他们，他们说对工作组的人所说事情吃不准，不知水深水浅，害怕上当受骗。"

江行舟一拍屁股说："还不是政策没有宣传到位，对政府不太信得过嘛！"

梅镇长说："恐怕是这样。"

江行舟连忙打电话给金春生。金春生正在开会，把电话给挂了。江行舟估计他有事，等一会儿肯定会打过来的，就把鲍工找来，询问文化一条街施工招标方案准备得怎么样了。鲍工说他还在搜集资料，既然要在全省招标，就尽量把全省比较好的建筑企业找出来。他查了一下最近几年全省建筑企业的业绩情况、信誉情况及企业运营情况。他不想漏掉一个好企业，也不能把表面上好而内部有问题的企业找来，惹出不必要的麻烦。

江行舟认为他说得对，不过要抓紧时间，尽可能早一点出台招标方案，早一点开工建设。

鲍工答应照办。

过了大半个小时，金春生回电话问江行舟有什么事。江行舟讲述了春风花园小区区域拆迁工作陷入僵局的情况，并说："估计他们还是对拆迁政策了解不够，对县政府不太信任，怕受骗上当。"

金春生问："你打算怎么办？"

江行舟说："看来还得请你出马，再召开一次解答会。"

"行！"金春生也不推辞，"服从你安排。"

江行舟说："谢谢老兄。"

金春生笑道："自家兄弟就不要拜年了。你定好时间，提前告诉我。"

江行舟说："我马上和他们商量一下，等会儿就告诉你。"

江行舟把宇文正、梅镇长找来，对他们说：“看来要打破目前僵局，只能再召开一次拆迁户会议。我已经和金春生局长联系过，请他给拆迁户讲一讲拆迁政策，让拆迁户提问题，金局长当面解释。这样做，至少拆迁户对拆迁政策是清楚的，下面就是他们的态度问题。我想，我们还是要做深入细致的思想工作，找一些村组干部带头，先把拆迁协议签了，打消拆迁户的顾虑。”

梅镇长说：“这个工作我来安排。”

春风花园小区区域拆迁户的会议开得比较平稳。金春生把拆迁政策中如何补偿、如何安置、具体标准如何把握，都讲得非常细，重要的地方还反复讲。后来让拆迁户提问题，虽有人提，但提的人不多，问的也基本是刚才金春生反复讲过的问题，所以会议很快就结束了。真正效果怎么样，谁心里也没有底。

会后第三天，终于有一户来签拆迁协议了，还是村委会的会计。他说他想通了，拆迁政策很清楚，不可能因为哪个人想不通就能改变的，大家这样耗着也不是个事，总要有人带头。他不怕拆迁户骂他，签完拆迁协议他还要到安江进货。

有人开头，后面就会有人跟上，开始观望的拆迁户思想就动摇了。当工作组的人再去他们家的时候，他们就提提自己的小要求，工作组的人稍一放松，他们顺水推舟就把拆迁协议签了。

大约一个星期时间，大部分拆迁户把拆迁协议都签了，但到后来，签拆迁协议的速度变慢了，因为有问题、有想法的拆迁户都在后面等着呢！

拆迁户中比较有代表性的意见是，这次拆迁的地块并不是他们唯一的土地，还有其他地块，他们今后还要靠那些土地生活。这次把他们安置上楼了，家里那些农机农具放在哪里，收的粮食在哪里存放，家里的坛坛罐罐怎么办？

农民住了高楼就是市民了吗？祖祖辈辈跟土地的千丝万缕联系，哪能说断就断了？

江行舟觉得，这些问题关系拆迁户的切身利益，是非常实际的，应该给予解决。否则，硬逼着他们签拆迁协议，这些问题还是没有解决。现在装聋作哑把问题拖到将来，将来谁会为他们解决？江行舟思来想去，决定还是要想办法把这个问题解决掉，不把问题留到将来。

经过慎重研究，江行舟等人决定在原来规划的安置房区域内，专门建设储藏室，按成本价销售。每户限购一间，用于存放粮食和杂物。

这样，大部分拆迁户的顾虑解除了，顺利签了拆迁协议。到最后，还是有几个拆迁户，油盐不进，坚决不同意签拆迁协议。做一切工作无效后，工作组只能依法强制拆迁。

到此，春风花园小区区域的拆迁工作宣告结束。

第四十一章
施工队伍招标

在奚书记的强力推进下，临水县的改革不断深入，从经济到社会方方面面，几乎所有领域都涉及了。现在又要乡镇卫生院改制，引起了社会广泛关注。

起因是乡镇卫生院已经难以为继，长年发不出工资，技术人员流失严重。卫生院病房颓败不堪，医疗设备多年未更新。这种局面已经延续了很多年，县财政根本没有能力解决这些问题。怎么办？是继续苟延残喘，还是壮士断腕奋力一搏？奚书记亲自到乡镇卫生院调研，和医生护士座谈，广泛征求业内和社会各界的意见后，召开县委常委会进行决策。

那天，奚书记面色凝重，手指敲着茶几，非常沉重地说道："那还是卫生院吗？还是我们已经改革开放二十年的人民医院吗？我看到都感到脸红！我们这些人应该为此感到惭愧，应该向全县的医护人员道歉，向全县人民道歉！怎么办？这种局面一天也不能维持下去了，必须改变。怎么改变？我们县财政拿不出这些钱，就算能拿出这些钱也没有必要拿，没有内生动力，再多的投入也是无效的。我们要学会用改革的思路解决改革中的问题。我们可以参照企业的改革思路，让有实力、有能力、有理想的人办医院。我们必须向医院注入强大的发展动力，大力度推进医疗卫生行业的前进步伐。"

奚书记的讲话得到全体与会者的一致赞成，县委常委会的意见形成文件，颁发执行。全县所有乡镇卫生院经过招投标程序，都改成民办非企业医院。这种医院虽然是社会资金办的，但是具有社会公益性质，不交税、不分红，所有收益全部用于提高医护人员待遇和医疗条件。

只有各乡镇的防疫保健机构——防保所没有改制，因为它是国家规定的防疫部门，是不能随便乱动的。

县政府抓得最狠、力度最大的工作还是招商引资。招商引资作为干部工作考核的主要内容，规定三个“三分之一”：机关三分之一人员外出招商，三分之一下基层，三分之一留在机关处理事务。后来更是规定，干部可以轮岗创业、在岗兼业；可以自己经商办企业，也可以在企业里兼职、入股；还可以办停薪留职，来去自由。干部的经济观念得到极大的强化，一场声势浩大的全民创业潮在临水大地上如春潮涌动，冲击着每一个干部的心。

金春生约江行舟到他家附近的小饭店吃晚饭，江行舟如约前往。

三杯酒下肚，江行舟就问金春生有什么事。金春生问道：“县委、县政府下发的文件，你看到没有？”

江行舟说：“你是不是指那个关于机关干部经商办企业的规定？”

“对呀，你怎么想的？”金春生问道。

江行舟说：“县委、县政府这次放开的力度太大了，我有点吃不准，会不会过头了呀？”

金春生道：“奚书记是改革家，这样做才是改革家应有的风范。我觉得很好，机关里人浮于事，互相扯皮，效率低下。让他们下基层，去招商引资不是挺好嘛！”

“是啊，是挺好的。”江行舟说，“可是允许干部下海经商办企业，干部都把精力放在赚钱上，机关的事情谁来负责呢？再者说，这样做是违背党的廉洁奉公纪律的。我觉得这次做得有点冒险，只讲经济不讲政治，恐怕会引起争议。”

金春生道：“出台这个政策，县委、县政府领导是经过认真研究的，我想奚书记不会不考虑你说的这些问题。再说了，改革的步子大一点，即使有点过了，但出发点是好的，就允许试错。”

江行舟点点头，又摇摇头，没有再说什么。

金春生道：“我有个想法，请你帮我参谋参谋，看看合不合适。”

江行舟说：“你有什么宏图大计，说来听听。”

金春生端起酒杯喝了一口，望着江行舟，没有说话。

江行舟见状，就说："有话就说，吞吞吐吐干什么？有什么难言之隐？是不是跟小潘弄掰了？"

金春生道："我正儿八经跟你说个事。"

江行舟便不再说话，认真倾听。

金春生说："看到县委、县政府下发的文件，我想得比较多。我也不瞒你，我家经济上还是比较紧张的。老婆常年生病，两个孩子也大了，眼看着要花大笔钱了。我这个脾气，有人送礼又不敢收。这次正好，县委、县政府下发这个文件，我可以搞点投资，合理合法地赚点钱，还不影响我的正常工作。"

"你具体想做什么呢？"江行舟问。

金春生说："其他的事情我也不熟悉，也没有资源。建筑是我的老本行，业务也熟悉。可以选一个信得过的建筑公司，在建筑公司里投一笔钱，算不算股份再谈。算股份就参与分红，不算股份就按借款算利息，利息多少都可以谈。反正现在企业都已经改制了，不牵涉集体资产问题。"

江行舟说："你真的想好了吗？这是大问题，你要慎重决定，不要后悔。"

金春生道："我今天就是征求你的意见，看这件事到底能不能干。"

江行舟说："你刚才说的想法比较合情合理，在现在这种形势下，干也没有什么问题。但你要考虑清楚，一旦做出这样的决定，就会产生很多问题，对你的工作肯定会有影响。再者说，人心隔肚皮，平时无所谓，在金钱面前怎样就难说了。反正我建议你再慎重考虑一下，如果决定干，那就去干。"

金春生就问江行舟想不想参加，如果想参加就跟他一起参加，具体事情由他去办，不用江行舟出面。

江行舟说："对于做生意，我是外行。我到指挥部刚刚接触一点经济方面的工作，自己做生意根本不行。再说了，我在检察院和法院工作时间太长了，思想有点僵化。这次去指挥部，不过是临时调用，说不定哪天就回去了，法院那边的环境也不允许我做生意，没有必要为这种事情增加麻烦。"

金春生道："那我再考虑考虑。"

江行舟说："今天我就不喝酒了，我跟你说说工作上的事情。"

金春生道："你想喝就喝，不想喝就算了。"

江行舟说："两个地块的拆迁工作基本结束了，冯书记要求早点动工。我叫鲍工准备招投标工作，他应该准备得差不多了。你有什么想法？"

金春生道："文化一条街的建筑样式多，特色要求鲜明，地理位置也比较重要，所以，建筑有一定难度，要选好一点的施工队伍。我们县里的建筑公司比起应天南部建筑公司还是有差距的，但是我们又不能把全部工程都包给外地建筑公司。本地施工队伍即使差一点也要用，主要是让他们边干边学，在干中提高。"

江行舟表示同意，问现在本县真正能完成基本工程任务的建筑公司有多少。

金春生说有五六家，主要是建筑一公司和二公司，其他都是乡镇建筑队，最近几年才办的，资质也是后补办的，技术一般，但基本套路都懂。只要看紧点，估计他们完成基本任务还是没有问题的。

江行舟说："这样的话，我们基本可以确定，文化一条街施工，面向全省招标。春风花园小区施工，以本地建筑公司为主，再搭配一些外地建筑公司辅助，给本县建筑公司提供学习和成长的机会。"

金春生道："中，这样很好。"

绿肥红瘦时节，指挥部办公室门前小花园里的空气泛着丝丝甜腻。上午的阳光，柔和地抚摸着文化一条街的建筑模型、展板。小花园中的小路上挤满了来自全省的建筑精英，他们是临水县城区开发建设指挥部邀请来参加文化一条街建筑施工招投标会议的代表。严格地说，这里面还有两个闻讯而来的安江的建筑公司代表，指挥部也给予他们与省内代表同样的待遇。

这次招投标，指挥部做了充分准备。江行舟自然是主角，具体业务城建局牵头组织，审计局、财政局等相关单位把关。

指挥部的会议室有点小，但聚气，二十几位代表坐在一边，江行舟、金春生、吴德君和审计局的代表、汪杰和县招标办的负责人坐在另一边。

江行舟对全体代表的到来表示欢迎，感谢他们参加这次招投标活动。他说："这个项目虽然建筑面积不大，只有二十二万平方米，但这是临水县城市大开发的开篇之作，相信不久还有更多的工程需要大家去做。我们重视老朋友，当然也愿意交新朋友。希望大家能在临水县扎根发财，与临水县一起发展壮大。”

主持人让代表把自己的标书交上来，等待评委评选结果。

专业评委马上打开标书，对照标底各个指标进行比对，选取最符合标底要求的标的公司。

专业评委牵头人是审计局招投标中心主任易彬彬——一个留着短发，着装有点中性的女孩子。她向江行舟等指挥部领导汇报初步审查情况——根据本次招标办法规定，中标以综合评定结果为准，而不是通常的最低价中标。根据投标人的报价、公司实力和信誉，综合考量后评定。

说实在话，这次指挥部发出的招标邀请函比较多，但实际上大部分公司都没有来。应天南部一家公司都没有来，也难怪，应天南部经济发达，对这种“小来兮”工程不感兴趣。应天中部那边倒是来了好几家公司。崇州、广陵、秦州，也有几家公司参与。其实，这几个地方都是比较有名的建筑之乡，建筑是他们的地方特色产业，早已遍布全国各地，打出了美誉度。这次崇州就来了几家公司，广陵也来了三家公司，加上安江的两家公司，也算是济济一堂，热热闹闹。

易彬彬说：“根据投标单位的报价，结合其公司各方面的条件，认为这四家公司可以作为初选的中标人：崇州三建、五建和广陵的建安总公司、鹏程建筑总公司。”

大家对招投标工作都是外行，也说不出建设性意见，就都表示同意。江行舟说：“我基本赞同易主任的意见。我补充一点，就是这次标的二十二万平方米，选四家公司承建，每家五万多平方米，进而避免一家公司任务过重，影响工程进度和工期。如果一家公司工程量太少，外地公司肯定会考虑他们投入的成本，所以选四家的方案我比较赞成。选了崇州两家公司，是不是可以考虑选一家，再补一家安江的公司进去，这样可能会比较平衡一些。”

易彬彬说：“应该可以。崇州的两家公司实力都是非常强的，如果选一家就选崇州三建吧。崇州二建可以在春风花园小区招标时考虑。安江的那家公司我们不是太了解，只能根据他们的报价和现有资料选一家。”她翻了一下材料，“下虞建安公司还可以，要不先定这家吧！”江行舟说行，大家也就表示同意。

再次把代表叫到会议室，宣布中标单位。中标的公司代表当然十分高兴，表示感谢。

江行舟对其他未中标公司的代表说：“我们指挥部开发建设的春风花园小区很快也要招标，欢迎大家再来，我们一起奋斗。”

中标公司代表回去准备，开工时间定在 4 月 18 日上午 10 点 18 分，施工单位必须提前三天报到。

春风花园小区的建筑招投标工作比文化一条街只迟了十五天，主要是本县的几家建筑公司参与投标。上次文化一条街参加招投标的公司，如果这次还来投标，就给他们安排一部分工程，地段都在紧靠路边比较显眼的位置，旨在他们打造形象工程。开工时间暂时没定，准备等文化一条街开工以后看情况而定。

庄氏兄弟的开发项目虽然小，但苍蝇蚊子都是肉，在房地产开发初始阶段，也就不嫌弃了。就按他们的要求批准了项目，按优惠政策，让他们以极低价格拿到一块地，拆迁的人家只有七八户。因为是毛地，地面上的建筑拆迁是由该地块的受让人承担的。没想到，庄氏兄弟竟然拿不出钱，指挥部一再催促，他们拖了两三个月才把拆迁补偿费凑齐，项目才得以开工。他们对建筑公司承建的条件是一般建筑公司难以接受的：一半现金支付，一半以房抵工程款。这是两相情愿的事情，只要双方同意，指挥部也不好干涉。还好，整个项目向前稳步推进，没有再添什么麻烦。

一天，杨土根来找江行舟。江行舟以为他又遇到什么困难，就问什么情况。杨土根说：“我就是好长时间没见到你了，过来坐坐。”

江行舟给杨土根倒茶。杨土根接过茶杯，轻轻尝了一口，问：“这是什么茶？”江行舟说是龙井。杨土根问：“你喜欢喝龙井啊？”

江行舟道：“我不懂茶，放一点茶叶，改改水味。”

杨土根说：“今年的新茶下来了，我给你带来几盒碧螺春，你尝尝味道怎么样。你要是不喜欢，我下次给你换龙井茶。”他说着，从包里拿出两盒包装精美的碧螺春茶叶，放在江行舟面前。

江行舟笑笑说：“杨老板太客气了！工厂现在进展到什么程度了？”

杨土根道：“厂房基本建好了，最近准备安装机器。”

江行舟说：“还挺快的嘛！”

“不快不行啊！搞生产嘛，每个环节必须扣牢的。”杨土根道。

他们正说着话，有人来找江行舟。杨土根说：“江总工作很忙，我就不打扰了。我还有一件事，请你考虑。”

江行舟就问杨土根有什么事情。杨土根说：“听说县委、县政府最近出台文件，干部可以下海经商，这可是大好事啊！”

江行舟问：“是什么样的好事呢？”

杨土根说：“干部都是有本事的人。他们要是经商，肯定能赚钱！你想不想下海呀？”

江行舟摇摇头，说自己没考虑过。

杨土根说：“你要是愿意，可以到我这里来，我这个工厂马上就要投产，我又要顾这里，又要顾家里，实在顾不过来。你要是能到我们厂任厂长，就再好不过了。你放心，工资待遇肯定让你满意，比你们公务员收入要多十倍。”

江行舟道：“经营工厂我是一窍不通啊！我要去当厂长，那是外行领导内行，肯定搞不好的，不是误人子弟嘛！到那时，我们恐怕连朋友都做不成了，你还是另请高明吧！”

杨土根说：“你不要急着答复我，你先好好考虑一下。”

江行舟道：“好，好，我考虑一下。”

杨土根心有不甘，又请冯续来做江行舟的思想工作。

冯续来问江行舟：“杨土根跟你说的事，你怎么想的？”

江行舟就把那天他给杨土根的答复又说了一遍。

冯续来说：“老杨跟我说，要聘请你去他们那里当厂长，说你不同意，要我出面再做做你的思想工作，我也不好拒绝。这个事情是这样，县委、县政府出台允许干部下海经商的文件本身是一个大胆的尝试，本质上与干部廉洁要求是相抵触的。奚书记是改革派，思想比较激进，这个政策将来结果如何，有待时间做结论。我要说的是，现在确实有些人觉得机会难得，是个人发财的好机会。不错，县委、县政府有政策，经商办企业合理合法，赚钱天经地义，谁也不好说什么，这是个人的选择。你刚才已经说了，不想这么做，我完全赞成。这是一次人生观、价值观的取舍，我不能说谁对谁错，还是我刚才说的，交给时间评判。行，这件事就这样，我告诉老杨，叫他另外找人，谁愿意谁去干。”

冯续来又跟江行舟说："关于你的事情，我最近准备再催一催奚书记。他可能到市里任市长。用不了多久，他就会升任市委书记的。这是好事，但我要在他走之前把你的事情解决了，不然以后就难办了。"

江行舟道："感谢冯书记挂念这件事。其实，我真觉得无所谓，能上就上，不能上就算了。凡事不可强求。"

冯续来道："我们都尽力而为吧！"

没想到，几天后，江行舟得到的消息却是另外一种情况。

第四十二章
严格的工程质量管理

那天，丁永建打电话给江行舟，让他晚上下班以后到韩一乐那里去，还不能跟任何人说。

江行舟没有多想，下班就直接去了韩一乐的洗浴中心。韩一乐见到他，笑了笑，就把他带到小包间，说：“江院长，你先休息一下，我先去忙。”

“没关系，我看会儿电视。”江行舟道。

韩一乐出去不一会儿，丁永建就到了。

江行舟问：“还有谁？”

丁永建说：“就我们两个人。”

江行舟“哦”了一声，没有再说什么。丁永建把外套脱下来，挂在衣架上，自己倒了一杯水，仰脖喝下。不等江行舟问，他就说道：“妈的，一下午，光顾着说话，口干舌燥，连口水都没有时间喝。”

江行舟问：“什么事这么忙？”

丁永建说：“我们抓紧时间吃饭，吃完饭我还要到办公室加班。”

江行舟什么也不问，只听丁永建安排。

丁永建说：“人人都想当官，其实这官有什么当头！苦死累死，没有人说你好。背地里互相捣啊戳的，烦死了！有时候我觉得，你这样就很好，整天就知道上班干活儿，下班回家。苦就苦点，累就累点，不用提防明枪暗箭。心里不累，晚上睡觉踏实。”

“我操那心干啥？”江行舟笑道，“机关算尽太聪明，反误了卿卿性命。我们这些在丛林之外的人，不用去操丛林里面那些野兽的心。”

菜很快就上齐了，丁永建叫服务员开了一瓶葡萄酒，他只喝了一点，说还要加班，叫江行舟自己喝。江行舟便喝了一杯。

丁永建说：“行舟，我跟你说件事，你心里要有数。”

“你说。”

丁永建说：“我上次也是在这里，你也在场，我对冯书记、陆书记说，要他们注意，不要整天在一起，否则容易引起奚书记猜忌。我不是瞎说的，那时奚书记已经有所觉察，我意识到了这个问题，善意提醒他们，但他们都没有重视，依旧我行我素。奚书记在县委常委会上谈及关于团结的问题，要光明正大，要团结大多数，反对搞小圈子，搞团团伙伙。这等于是公开化了。我分别提醒他们了，可惜他们不听，还有抵触情绪，认为他们没有任何见不得人的事情，不相信可以调查，可以处理。这是很麻烦的事情，要是真杠起来，他们肯定是要吃亏的。唉，关系再好，话也不能说透，说多了，变成久谏成仇。”

“这种话我也不好说啊！”江行舟道。

“你千万不能说。”丁永建说，“这是保密的事，你就装作什么都不知道，一切都与你无关。其实领导之间的矛盾与我也无关，只因我和冯书记、陆书记关系不错，尽量做弥合工作，实在做不通也没有办法。现在的问题是，你的事情怎么办。你现在在冯书记身边工作，奚书记对你的工作并不了解，最佳捷径就是你像其他人那样，背着冯书记，直接向奚书记汇报各种情况。但你不可能做出这种龌龊之事。现在怎么办？一直这样耗下去，你就可能变成‘大鱼耍水，把小虾米呛死’的小虾米。我的压力太大了，今天找你来，就是想把真实情况都对你说清楚了，让你有个思想准备，再考虑怎么办。”

江行舟道：“你不要有什么压力，我的真实想法，你是知道的，能不能晋升无所谓，做点事才是真的。能晋升固然好，晋升不了就继续干我的老本行。反正情况就摆在这里，我不可能去干那种蝇营狗苟的勾当。为了自己往上爬，踩着朋友肩膀，吃人血馒头，这种事，无论如何我都不会干！”

丁永建说：“如果你是那样的人，早就爬上去了，也不用等到今天。你是精神贵族。就这样吧，观察观察，也许今后会有变化，再说吧！”

“不管怎么说，我还是要感谢你的关心！”江行舟道。

丁永建说："但愿兄弟们都能心想事成。"

"但愿吧！"说罢，江行舟把杯子里的酒一口喝光了。

在开工之前，江行舟还要组织一支强大的工程监理队伍，对四十多万平方米建筑工程进行持续的严格管理。这些人只能在城建局下属单位专业人员中挑选。金春生表示全力以赴，保证完成任务。他推荐监理小组组长由城建局下属的工程监督管理站站长狄伯乐担任。

金春生说狄伯乐是有名的犟精，平时冷着一张脸，只知道工作，不和人来往，业务技术那是没话说的，用这样的人你尽管放心，不会出岔子。

江行舟说："好，我就喜欢和这种懂技术又不肯变通的人打交道。"

金春生说："监理人员至少也要十个。质监站只有二十来个人，有一半不懂技术，还要考虑应付社会上的工作，最多只能抽调六个人。还有两个现在不在质监站工作却懂工程管理的，可以让他们到监理组来。这样还差两个人，要从现代设计院抽调。现代设计院这方面的人才很多，但是要考虑到现在跟过去不一样了，过去县建筑设计院是集体单位，人可以随便抽调。改制以后，他们是民营的，要考虑挣钱养家的问题。不过跟汪杰说一下，请他支援一下，应该也没有问题，这点面子我相信还是有的。让他们抽调两个人到监理组，这两人的工资我们负责，最后再奖励他们单位一点钱。"

江行舟道："那就请你跟汪杰说，其他人请你跟狄站长说。说好了，我们跟这些人见个面。"

金春生说他来安排。

金春生还建议，为了加强质量管理，必须要委托一家信得过的质量检测机构，对工程主要原材料，如钢材、水泥，门窗原材料和成品，进行报检和抽检。报检不合格的材料坚决不准使用，抽检不合格的工程要坚决拆除返工重做，严重的要罚款。

江行舟表示完全赞成。他们决定委托省建筑工程检测中心，负责全部工程的质量检测工作。省检测中心指派蔺工负责，定期或不定期来工地检查。

文化一条街的开工典礼在4月18日上午10点18分进行，奚书记委托徐县长参加剪彩。冯续来做主旨讲演。来宾有市城建局领导、县里四套班子领导，还邀请了东大的靳院长、省城建筑设计院的裴院长。

鞭炮声响彻天地，硝烟在天空中久久不肯散去，要留住改变临水县的历史时刻。各路施工队伍陆续进场，欢笑声夹杂着机器的轰鸣声，从早到晚，回荡在附近居民和来往行人的耳鼓里。

江行舟的工作重心主要放在文化一条街和春风花园小区的建筑施工管理上。他每天都要到两个工地上巡查，监督工程进度和工程质量，不时提醒工人注意施工安全。看着每天楼房在慢慢长高，他就像看着自家的孩子成长一样，心中充满着无限的喜悦。

随着工程向前稳步推进，春风花园小区各项配套工作逐渐提上日程。江行舟叫鲍工列一张配套工程统计表，把需要做的配套工程安排好，以便统筹安排。

室内的配套工程主要是：进户门、房门、窗、卫生洁具。

室外的配套工程主要是：道路、绿化、供水、排水、供电、公厕、垃圾箱等。

江行舟看后，不禁皱起眉头。他是建筑行业门外汉，没想到盖房子还有这么多事，还都不是小事！哪一项拿出来都是一门好生意、好产业。怪不得说城市化带动工业化，带动现代化，此言不虚。但临水县还是一个典型的以农业为主导的地区，商品市场很不发达，这些单子上的产品，临水县不一定都能采购得到。他决定还是听听大家的意见，制定一个整体方案，再向冯续来汇报。

据金春生介绍，配套工程可以采取整体外包的办法，把配套工程分项承包给一个或几个单位承揽；也可以部分对外承包，部分自行施工；还可以采取甲供的办法，乙方只负责施工。

江行舟不太清楚这里面的门道，便问金春生：“哪种方法对甲方最有利呢？”

“这不能一概而论，要看具体情况。”金春生说，“当然，甲方所有工程全部不外包，全部自己采购原材料，自己队伍施工，这是最节省的，别人完全插不上手，钱全部自己赚了。”

江行舟说：“这是不可能的，也太麻烦了。”

金春生说：“所以，我们只能选一些我们自己有条件做的项目，自己做或是甲供；其余项目对外承包，让专业的人去做专业的事，这样我们不仅省事还省钱。”

江行舟表示认可。

他们就按鲍工提供的目录，一项一项地仔细看，看哪一项是指挥部自己有条件做的，哪怕甲供也可以。看来看去，不是这里不合适，就是那里条件还差一点。最后好不容易选了一项，就是窗户可以采取甲供的办法，指挥部既有条件又有可能做好。

首先是窗户的价格比较高，利润也大，总价自然也高，可以自己派人采购，让门窗施工单位只负责加工安装，可以省一笔钱。但是，到底是用塑钢窗还是铝合金窗，还要仔细算算账。

铝合金窗耐用，但造价高；塑钢窗造价低一点，但时间长了会变形。设计图纸上是塑钢窗，是可以变更的。江行舟和金春生觉得还是稍微多花一点钱，不能给住户留下质量隐患，就决定采用用铝合金窗，甲供。

其他配套项目全部对外承包。因为有的项目造价不高，可以采取议标的办法，大一点的项目采取招标的办法，根据情况，灵活掌握。

江行舟将这个计划向冯续来汇报。冯续来同意这个办法，并问江行舟：“绿化工程方案，还没有制定吧？”

“没有。”

冯续来道：“南方林业大学的楚教授对我说，他想打开临水市场。临水的花木产业有一定基础和知名度，要好好引导这个产业发展。园林产业适应城市化要求，是一个很有发展前景的产业，他们愿意为我们的花木产业发展贡献一分力量。这是好事情，我们应该支持。”

“那当然好了，就请你和楚教授联系。”江行舟道，“我们请他过来，还是我们把图纸资料送过去？”

冯续来说：“我和他联系，看情况再说吧！”

工程质量尽管监理很严格，但由于人手不足，还是出了问题。

狄伯乐向江行舟报告，省检测中心对崇州三建公司承建的八号楼的基础层构造柱检测后发现存在质量问题。江行舟问是什么问题。狄伯乐回答：“有一段连系梁混凝土强度不够。”

“严重不严重？”江行舟问道。

狄伯乐说：“因为是基础层，如果混凝土强度不够，上面承压不达标，会导致整体结构不稳定。”

“那怎么办呢？”

狄伯乐说：“办法当然有，省检测中心专家正在制定方案。省检测中心的蔺工说，现在最先进的补强办法是用碳纤维。日本的碳纤维黏合性强，补强的地方比其他地方还要结实。”

江行舟道：“那就用日本碳纤维补强就是了。”

狄伯乐说：“日本碳纤维虽然好，但是价格太高，就怕崇州三建公司不愿意。”

“那也没办法。”江行舟道，“谁叫他们工程质量出问题！这笔钱该花不花，问题怎么解决？”

狄伯乐说：“看看蔺工的修复方案再说吧。”

江行舟交代他：“你抓紧时间与蔺工对接。”

蔺工提出两个修复方案供崇州三建公司选择：一个是传统办法，用钢板加固，造价低，但效果不如用碳纤维好；第二个方法是用碳纤维加固，效果好，但造价比较高。

江行舟问蔺工：“钢板加固能不能达到设计的参数要求？”

蔺工回答：“在没有碳纤维材料之前，通常都采取钢板加固的办法。现在有了碳纤维材料以后，一些大型工程就采用碳纤维了。”

江行舟又问：“你觉得我们这栋楼采用哪种材料加固比较好？”

蔺工说：“都没有问题，就看你们选择。”

江行舟道：“虽然说崇州三建公司承建的工程出了问题，采取补强措施费用也应由他们承担，但是没有必要花的钱还是少花或不花。企业赚钱也不容易，就用钢板加固的办法处理。”

崇州三建公司的项目部经理专门跑来向江行舟检讨，承认并承担施工管理不力的责任，愿意积极配合监理进行整改。

春风花园小区那边，也出现了一次比较严重的质量问题。

一个项目部，用回笼灰粉刷外墙。所谓回笼灰，就是头一天晚上粉刷掉下来的砂灰。这个项目部用回笼灰粉刷外墙，可以节约成本，但砂灰强度降低，外墙皮容易脱落。如果外墙用瓷砖贴面，还会存在安全风险。听了狄伯乐的汇报，江行舟立即打电话给金春生，要他到现场查看。

金春生和江行舟一起查看了现场，施工已经被监理叫停，项目经理在现场等候，低着头，一言不发，任凭大家评论指摘。

狄伯乐指指墙上新抹的水泥，从地上捡起一块小砖块，在墙上划了一下，砂灰纷纷落下来。他们又检查二楼，情况和一楼差不多。这时，工程序时进度已经达到二楼，项目经理为了节省材料，违规使用回笼灰，造成质量隐患。

现在有两种办法处理。一种是就事论事，责令项目经理把外墙粉刷层全部铲掉，重新粉刷；另一种办法是把已经建至二层的建筑砸掉，杜绝质量隐患。江行舟让大家表态。金春生认为，工程刚开始不久，施工队伍比较杂，管理难度大，现在应该抓住这个机会，予以严惩，杀鸡儆猴，减少质量事故发生。

江行舟表示同意。

既然要杀鸡儆猴，当然就要把声势搞得大大的。江行舟联系县电视台进行现场直播。金春生发表讲话，宣布对工程质量问题的处理决定，将有问题的建筑予以拆除。

电视画面里，两台铲车和推土机从旁边开出，伸出钢铁巨臂把问题建筑直接推倒，一阵烟尘冲天而起。项目经理沮丧的眼神，久久留在观众的心目中。

指挥部建的是放心房。不经意间，品牌形象就树立起来了。

第四十三章
配 套 工 程

正所谓有人的地方就有江湖，有江湖的地方就有利益纠葛。江行舟担任指挥部办公室主任和总公司总经理，看似权力不小，实则麻烦更多。无论是拆是建，托关系走后门找他办事的人都很多。而且，但凡能搭上他这层关系的，还都不是一般人。除了工作上的事情令他如履薄冰外，处理这些涉及各方利益和人际关系的事，也令他十分头疼。

说有事就有事。

冯续来的夫人姚大姐跟江行舟说，她表弟想做指挥部内门供应商。江行舟问她表弟是干什么的。她说，她表弟原来在商业部门工作，改制后自己做生意。江行舟问她表弟原来做没做过内门生意。她说，他做过很多生意，什么都能做。

江行舟对她说："你叫他直接来找我吧！"

姚大姐表弟挺精干的，四十多岁，能说会道。他找到江行舟，先自报家门，说他叫向之柱，还主动介绍了他的经商成果。他说他做过服装批发，跑过印刷业务，还与别人合伙搞过建筑，总之什么都干过，什么都能干，言语间充满自信。

江行舟问他知不知道指挥部工程是要招标的。

向之柱说："我知道啊！内门是小项目。我听我表姐说，也可以议标。"

江行舟没有再说什么，叫向之柱把报价和产品介绍拿来，供集体研究讨论。向之柱点点头，说："知道，知道！"然后他就点头哈腰地走了。

江行舟皱皱眉头，没有说什么。他知道姚大姐就是这样的人，凡是她家亲戚的事都是大事，一定要办。至于是不是有难处，她才不管你，那是你的事。冯续来因此批评过她，但她仍旧我行我素。时间长了，冯续来没有好办法，就把握大方向，只要不太过分，就随她折腾，懒得跟她纠缠。

江行舟知道硬顶是不行的，只能在报价上和质量把控上注意，不要让别人说出闲话。要是做得太过分，传出去对冯续来影响不好。江行舟就悄悄地跟几个相关负责人打招呼，把内门的项目交给向之柱，价格按市场公允价格掌握，质量上严格把关。

他也只能做到这样了。

文化一条街建筑施工质量，省检测中心的人把关很严。即便这样，小问题还是不断出现。当然，这些小问题都及时进行处理，没有产生严重问题。

铝合金窗原材料是海螺牌，全国著名品牌。窗户加工厂，江行舟曾亲自考察过，机器是比较先进的，施工条件也不错，老板看上去也是老实人。样品送来检测都是合格的，但在抽检时却发现检材部分不达标，中空玻璃有的漏气。检测报告出来后，江行舟当即把监理组的人找来，商议如何处理。其实不用商议，结果都是一样的，对这批已经安装的窗户全部拆除，对已经制作好但还没有安装的窗户全部进行检测，没有问题可以继续安装，有问题予以报废。项目承包商只能答应照办，监理组跟踪监督，确保处罚实施到位。

金春生打电话给江行舟说，晚上请客，请江行舟作陪。江行舟问客人是谁。金春生说："名人，你来了就知道了。"

金春生请的神秘客人，江行舟到场就认出来了，奚书记的弟弟奚田民。奚田民和奚书记长得一模一样，白白的皮肤，大大的眼睛，脸上也挂着两个眼袋。不过，因为他是农民，所以目光没有奚书记目光深邃犀利，气质上自然也就差了很多。

江行舟在其他人请客的场合和奚田民见过几次面，交谈过几句，没有进行深层次交流。听人说，奚书记对家人要求很严，不准他们到临水县做工程，不准他们为别人介绍生意，更不准他们参与干部人事调动。所以，他们来临水县，奚书记大多是不知道的。

和奚田民一起来的老关，江行舟也认识。老关是崇州三建公司工程部经理、市委书记的姐夫，他主要负责关系协调，催催工程款之类的工作。

奚田民的另一个朋友是临水县当地人，姓何，人称“何老五”，搞建筑的，头脑比较灵活，社会关系网比较密，就是社会上所说的那种玩得转的人。每次奚田民来，都先和何老五联系，何老五负责安排车辆接送，安排吃饭住宿。金春生就是通过何老五认识了奚田民。

金春生征求奚田民意见，还有哪些人他想见的，一起请过来。奚田民说，把财政局吴德君请过来。他这次来，想请吴德君协调朋友的事。金春生又找了几个何老五推荐的人，凑了满满一桌。

江行舟对这种聚会感到很难受。互相不熟悉，没有共同话题，大家以酒为中心，东一榔头西一棒子，打得头晕眼花。好不容易熬到结束，江行舟冲大家挥挥手就回家了。

南林大的楚教授来了。冯续来打电话给江行舟，叫他参加接待工作。楚教授一行几个人，都是南林大的。南林大在临水县有个实验基地，其他人来基地工作，楚教授则是来看绿化景观设计。

楚教授非常年轻，看起来三十多岁，长得俊朗。冯续来介绍说，楚教授是南林大风景园林学院副院长、博士生导师。楚教授谦虚地说：“冯书记过奖了，向冯书记学习！”

冯续来又向楚教授介绍江行舟和金春生。楚教授站起来和江行舟、金春生握手说：“幸会，幸会！”

冯续来当着楚教授的面，简要介绍了一下两处工程建设和需要进行绿化景观设计的情况。江行舟又做了一些补充。

楚教授说：“感谢冯书记对我校的信任。”接着，他对他们学校和学院的情况进行了简单介绍，他们学院在绿化景观方面还是有一定研究的，在全国同行业也占有一席之地，并且介绍了他们主持设计的几个案例，都是非常有名的国家级风景区和自然保护区。

江行舟有点高山仰止的感觉，觉得要是由这样有实力的设计团队来设计，春风花园小区一定会增色不少，但又担心高射炮打蚊子，就问：“我们这次的设计任务体量比较小，请你们设计会不会大材小用，委屈你们？”

楚教授说：“对外承接设计任务，是教学活动的一项内容。研究成果是需要转化的，对学生也是实践机会，不存在大材小用的问题。另外，我跟冯书记说过，你们临水县花木产业已经有一定基础，要好好发展，具有很好的前景，可以利用我校的优势，助你们一臂之力。”

冯续来带头鼓掌，表示感谢。

江行舟和楚教授互相留了电话号码，约好第二天上午联系。

第二天上午，江行舟把相关资料送到楚教授的房间。楚教授大致翻一翻，就放在茶几上，说：“听冯书记说，江总原来是检察院的？”

“原来是，现在调到法院了。”江行舟回答道，“我到指挥部来是临时抽调，外行，没有经验，请楚院长多多指教。”

楚教授说：“江院长就不要客气了！干经济工作挺好的，有成就感。”

江行舟道：“其实干什么都无所谓，把领导交办的工作办好就行了！”

楚教授的同事来找楚教授。江行舟连忙起身告辞，说：“那就麻烦楚教授了！”

楚教授也站起来，说：“资料我带回去看看，有什么问题我们随时联系。”

奚书记终于调走了，一只靴子落地了。毫无悬念，他到市里任市长。不出意外，他任市长几年后就会升任市委书记，以后还会有更大的进步。

更没有悬念的是，徐以宁县长接班任县委书记。

丁永建升任市政府办公室主任，从副处级升为正处级。江行舟自然是提前知道的，丁永建跟他说了，他当然为老朋友高兴。

丁永建说：“你的情况稍微有点复杂。再等等，这里实在不行，就到市里去。我先去探探路，有机会再把你调过去。”

“我无所谓，怎么都行。”江行舟说，“你能进步我就很高兴。”

因为文化一条街内门的质量问题，江行舟和姚大姐发生了不愉快。

姚大姐几乎是强行把内门的项目揽过去。江行舟虽然内心极不情愿，但还是勉强接受了。按理说，她的表弟应该珍惜这个机会，把项目做好，可是他心太贪，竟然将部分门芯用树枝填充，被省检测中心检测出来了。虽然数量不多，但影响恶劣。

检测结果是公开的，大家都知道了。江行舟非常生气，下决心要严肃处理。

姚大姐打电话找江行舟。江行舟又不好不接，只好压下火气，放缓语气，笑着问道："大姐有什么指示啊？"

姚大姐也笑着说："我哪敢对你这个大院长发什么指示，还要请你帮忙帮到底。"

"是不是你表弟的事？"江行舟问道。

"别的还能有什么事！"姚大姐说，"你就高抬贵手，闭闭眼就过去了。老百姓挣点钱不容易。"

江行舟知道，亲情在一些人眼里远远大于道理，甚至大于法律。这样的事，他以前见得太多了。犯再严重的罪，在求情人的嘴里都是小错误，只要检察长、法院院长稍微抬抬手，就可以放他过去。实际上，这是完全不可能的事。

江行舟说："大姐，这件事他做得实在太过分了。现在已经查出来，肯定要处理的，不然交代不过去！"

"不管多少人看着，最后还不是你一句话的事嘛，何况数量也不大。"

"我的大姐啊，这事真的不好办。数量虽然不大，主要是影响不好啊。"

姚大姐见江行舟不答应，觉得江行舟不给她面子，声音也就变大了："那就随你处理吧！"

江行舟拿着手机，愣在那里，半天回不过神来。

江行舟知道，这件事处理不好，会严重影响他和姚大姐的关系，毕竟他们以前在一个单位工作过，是老同事，何况还有冯续来这一层关系。江行舟还知道，冯续来对姚大姐这种无厘头的事，虽然批评过多次，但也没有什么效果，后来也就睁一眼闭一眼，只要不过分，就随她去，图家里清净。

这件事应不应该告诉冯续来？按理说，于公于私都应该跟冯续来说，但如果冯续来知道这件事后，害怕亲戚之间闹矛盾，再带出家庭矛盾，进而不想插手怎么办？如果这样，最好是江行舟自行处理，不要把冯续来拖下水。

江行舟明明知道应该这样做，就是做不到。他觉得必须向冯续来反映这件事，看看冯续来的想法。如果冯续来要他办了他不应该办的事，他即使违心办了，那也是执行领导的命令。要是他仅凭猜测领导意图并主动做出自认为正确的决定，实际上可能是错误的，领导可能会对他更有意见。

江行舟在头脑里反复考虑，还是不知道怎么办。

第四十四章
向局长就这样走了

就在江行舟左右为难的时候，金春生给江行舟打来电话，询问工地上的一件事。

江行舟回答后，顺便就把姚大姐的情况跟金春生说了，表示自己很为难，不知道怎么办。

金春生说："该怎么办就怎么办。"

江行舟道："不行啊，还有冯书记这层关系呢。"

"你要是不好说，我跟冯书记说。"金春生道。

江行舟说："要是你去说，还不如我自己说呢。拐弯抹角的，反而不好。"

金春生道："你跟冯书记说也行，说不定冯书记根本就不知道这件事。"

江行舟说："我自己向冯书记汇报吧！但是这件事怎么处理好呢？"

"最起码这批门要拆除，重新做成合格品。"金春生说，"这样做已经是对姚大姐表弟给予最大限度照顾了。严格地讲，应该按合同把他彻底清理出去，再向他追缴违约金。"

江行舟道："我知道了，看看冯书记怎么说吧。"

江行舟找个机会，向冯续来汇报了这件事。冯续来好像对此并不知情，很是生气。他对江行舟说道："项目当时给他做的时候，我就不同意。后来我考虑，给谁做不是做，就答应他了。哪知道他不知好歹，竟然做出这样的事来！你不要管他，按合同规定，该怎么处理就怎么处理。"

江行舟说："事情已经这样了，你就不要再说他了，说也没有用，反而把亲戚得罪了，弄得姚大姐也不好做人。”

“不好做人是他们自找的！”冯续来气愤地说道。

江行舟问：“你也不要生气。刚才我跟春生商量了一下，你看这件事这么处理行不行？”

冯续来道：“你们看着办，怎么处理我都同意。”

后来，江行舟叫监理组通知姚大姐表弟把已经装上的内门全部拆除，没有安装的内门严格检查和检测，确保工程质量。

江行舟又亲自到冯续来家，向姚大姐检讨自己没有处理好这件事。冯续来当着江行舟的面，批评姚大姐没事找事。姚大姐嘴上说感谢江行舟照顾，心里还是挺不高兴的。江行舟明知道姚大姐不高兴，也只能如此。

阿虎的蒙古包终于开业，江行舟安排人送去花篮表示祝贺，同时安排法院代表与阿虎一起，进行招商引资单位与客商联欢。文清扬带领法院大小领导来到蒙古包，江行舟当向导，带领他们在餐饮游乐场各处转了转。

景观虽然是微缩版的，但确实还像那么回事，真有点内蒙古风情。

一眼望去，草浪滚滚。蒙古包旁，牛羊在悠然吃草，驼队慢悠悠地从沙丘上走来。一群孩子跟在后面追逐嬉闹。大家都觉得很有新鲜感，估计将来生意一定兴隆。

然后，大家到蒙古包里坐下。阿虎安排服务员按照蒙古族人的风俗，给大家上奶茶并敬酒。江行舟向大家介绍蒙古族人敬酒风俗，自己做示范，接过主人敬的酒，客人应该在自己喝酒之前，用手指蘸上酒，向上、向下和向前各弹一下，意思是敬天、敬地、敬先人，然后自己才能把杯中酒喝掉。

蒙古族是好客的民族，关于饮酒的礼仪非常多。进门要喝下马酒，出门要喝上马酒。在酒席上规矩更多，主人会用歌声敬酒，一直喝到客人尽兴为止。烤全羊被隆重抬上来以后，身着蒙古族服装的美丽姑娘来到大家身旁，开始唱祝酒歌，一轮又一轮地唱不同的歌，让大家既高兴又为难，推辞不得，只能一杯一杯喝下姑娘们敬的酒。

各种风味菜品和食品，让大家大饱口福，大开眼界，尽兴而归。

路上，文清扬跟江行舟开玩笑说：“怪不得你不想回法院工作，原来你整天过着神仙一样的日子！”

江行舟说："你只看到猪睡，没看到猪累啊！"

大家一起哈哈大笑起来。

向海平死了！

这个消息，金春生晚上10点多打电话告诉江行舟。江行舟不相信，说："你不要胡说八道。前天上午我带一个老板去国土局办土地出让手续，我还到他办公室坐了几分钟。我们还开了几句玩笑，他挺好的！"

"是真的，我没开玩笑。"金春生道，"今天下午，他到现场检查一个地块丈量情况，忽然就倒在地上不省人事。国土局里的同志把他送到医院，医生说他已经死了，是急性脑出血。"

江行舟说："我知道他血压高，平时吃药控制得不错，这次怎么突然就这样了？这是太意外了，他才多大！"

"五十三，比我大一岁。"金春生说，"真是太可惜了！"

他们约好第二天上午9点钟，一起到向海平家吊唁。

第二天上午，江行舟一行人来到向海平家。向海平的父亲是部队老干部，已经过世。向海平自幼在部队大院长大，后来当兵直至转业回到老家。他爱人原来是小学老师，后随军，最后又随向海平一起回老家。他家就是国土局的职工宿舍。一个小院子，四间平房，非常狭小，五口人住得比较拥挤。

灵堂设在小客厅里，向海平的遗像摆在北墙的桌子上。地上铺着芦席，儿子跪在芦席上，陪吊唁的人向逝者磕头。地上放一个盆，烧着纸钱。

江行舟一行人戴上黑纱，轮流向向海平的遗像鞠躬。现场气氛压抑，悲痛和哀伤揪着每个人的心，同情和安慰在此时显得苍白和多余。他们与向海平的爱人握手，说两句"节哀顺变"后，再也抑制不住眼里的泪水。

冯续来失声痛哭，浑身抽搐，难以自持，连忙掩面大步走出小院。

金春生、江行舟和国土局帮忙的人简单说几句话，了解一下丧事操办的议程，就匆匆告辞。

回去的车上，大家仍没有从悲痛中走出来。每个人都有很多感慨，竟一时无语凝噎。

在向海平的遗体告别仪式上，冯续来介绍向海平的生平。这并不是常规操作，是超常规安排。冯续来提出，向海平因公去世，死在工作岗位上，是城区建设的功臣，应该给予褒奖。他在介绍中用了大量溢美之词，但大家也觉得向海平受之无愧，理所应当。这么做，虽然于事无补，但至少体现了党和政府对这件事的态度，是对逝者的一种安慰。

江行舟亲手写了一副挽幛，来悼念这位曾经的挚友。

挽幛内容是：

想当年，金戈铁马，铸磐石意志；

看如今，龙腾虎跃，炼无私精神。

文化一条街和春风花园小区的建筑工程，整体进度都远慢于合同约定工期。因为进度参差不齐，存在短板效应。合同是同时签的，但随着时间推移，工程进度就拉开了距离。快的主体都完成了，慢的才建到三层。监理跟在施工队队长屁股后面催，效果还是不明显。

江行舟问其原因。监理说，主要是资金问题，资金实力大的公司工程进度就会快一点，有的公司资金实力不行，建筑材料供应不上，有的连工人工资都不能及时发放，直接影响工程进度。崇州三建公司就是典型。

江行舟问："崇州三建公司不是比较有名的建筑企业吗？怎么会存在这个问题？"

"它的确是很好的建筑企业。"监理说，"不过，现在有很多当地小建筑公司挂靠在它的名下，公司收取挂靠管理费，实际运营还是那些小建筑公司。小建筑公司靠崇州三建公司揽活儿，在施工时就会捉襟见肘，资金不足，影响工程进度。他们承建的七至十一号楼就出现了工程进度赶不上的问题，工程质量也一直出问题。归根结底，都是资金问题。"

江行舟叫人把崇州三建公司的项目经理老白找来。

老白来到江行舟办公室，把安全帽摘下来，朝江行舟点点头，用衣袖抹了一下额头上的汗水和灰土，露出乌漆墨黑的脸，乍一看，跟包公差不多。

江行舟本想训斥老白一顿，再看看老白被阳光晒成黑色的脸，如此憔悴不堪，心里产生一丝怜悯。

他朝老白点点头，说："来，坐下歇歇吧！"

老白知道江行舟为什么找他，就像一个犯错的孩子，低着头一声不吭。

江行舟问："白总，工地最近怎么样啊？"

老白嗫嚅半天说不出话来。

江行舟道："你们项目部工程进度，现在已经严重影响整体工程进度，拖了大家后腿，按合同约定要处罚的。"

老白说："我知道，我知道。"

江行舟又问："既然你知道，为什么不采取措施赶上去？"

老白说："不瞒江总，我们现在资金有点问题，正在想办法。"

江行舟道："刚开工不久，你们资金就出现问题，将来怎么办？这个项目你们到底还能不能做了？如果不能做，就赶紧退出，我们另外找其他施工队伍，不能影响我们总体工程进度。"

"我现在也是非常着急。"老白有点着慌，连忙说道，"资金是后方的事，我只负责带人在工地干活儿，所以我比你们更着急。但是我也是干着急，没办法。我知道按合同约定还没到甲方付款时间，你们也不能提前付款给我们，只好请江总通融一下，我这边再跟家里催一催，争取让他们赶快把钱打过来。"

江行舟说："反正合同在那里，我可以再等等。要是实在不行，只能请你们退场，那样你们损失可就大了！"

老白无语，站起身来，拖着沉重的脚步离开了江行舟办公室。

就这样，在推拉挣扎迂回中磕磕绊绊，经过一年多努力，文化一条街和春风花园小区工程施工终于进入扫尾阶段。

第四十五章
女儿的高考志愿

江行舟开始考虑房屋销售问题。

冯续来召开会议，决定成立售房部。吴德君负总责，因为这是一笔巨大收入，理所应当是财政局的事。

财政局原来的正局长晋升副县长，吴德君顺理成章由副转正。还是金春生的路数，指挥部不再另外抽调人，仍由吴德君兼着，反正有事找他，副职要管，正职更要管。具体业务，吴德君指定秦科负责。现在，秦科已经晋升为财政局办公室主任，暂不回去上班，等指挥部工作结束后再说。

销售部具体工作人员，均来自财政局和城建局房管处。办公地点就在文化一条街上选一处合适的地方。江行舟经请示冯续来，决定把指挥部一起搬过来，这样工作方便。

指挥部办公地点选在文化一条街八号楼，地点适中，坐北朝南，两层营业用房，底层可以打通做销售部。二楼有大小十来个房间做办公室，差不多也够用了。因为文化一条街还没有投入使用，指挥部办公室装潢只能特事特办，把八号楼下面支上防护顶棚，在里面装潢施工，抢时间，打时间差，力争售楼部早点运营。

江行舟和吴德君决定先抽调几个业务骨干把售楼部班子搭起来，搞市场调研，到外地学习售楼经验，熟悉操作流程。于是他们就叫秦科组织人员搭班子，出去考察。

城区开发建设逐渐有了热度，无论是指挥部的自拆自建，还是搞的样板工程，都像广告一样，发挥了示范效应。

一些机关和学校，开动脑筋想办法，挖潜力，筹集资金，想改善本单位的办公条件或扩大办公区面积。有的在原址上改建扩建，但多半都另选满意的地点，重新盖楼。

继烟草局、公安局之后，交通局、财政局、税务局、人事局、法院等，都开始另起炉灶，选地建新办公大楼。临水中学和城里几所比较好的中小学，甚至新办的民营小学，也要扩大校园面积，以便扩大招生数量。

江行舟这段时间非常忙，文化一条街和春风花园小区的施工还在进行，他每天都要到工地上看看。倒不是他对监理组不放心，而是养成了习惯，他只有从工地狭窄的钢管架设的通道下和钢材水泥堆边走过，心里才感到踏实。

他每天的大部分时间，都用于接待外地开发商，解答他们的疑问，为他们联系办理各种手续。如果需要，他还要陪他们到实地看项目进展情况，反正天天都有数不清的问题、办不完的事。

江行舟像陀螺一样，从早上高速旋转到晚上。但他并不感到累，浑身像一团燃烧的火焰，充满活力和激情。

但江行舟忽略了一件事，而且是大事，更是不该忽略的事，就是女儿江浸月马上要高考了。学校要求家长和学生商量好填报志愿，可是王莉跟他说过多次，他忙起来就把这件事忘到脑后了。

这天晚上，江行舟仍旧很晚回家。他到家一看，王莉和江浸月坐在客厅里，一脸严肃，看见江行舟进门也没有打招呼，更没有问他吃饭没有。这是过去从来没有出现过的事。江行舟这时才忽然想起江浸月填报志愿的事，连忙自己找台阶下，说："你们都吃过饭了吗？我还没吃饭呢！"

王莉气呼呼地说："你还知道有家啊？你爱上哪去就上哪去！"

江行舟连忙赔笑说："我这几天确实忙，把小月填报志愿的事给忘了。对不起，对不起！现在我马上来办这件事。"

江浸月道："报模拟志愿，今天是最后一天。别人都交了，我们班就我一个人没有交。班主任今天找我了，叫我明天一定把志愿表填好交给他。"

"没问题。"江行舟说，"我们现在就填报，决不能叫江浸月同学为难。你把志愿表拿出来，我看看。"

江浸月把志愿表递给江行舟。王莉说：“你还是先吃饭吧，再急也不能不吃饭。”

江行舟认真仔细研究志愿表。王莉把饭菜端到江行舟面前，又把志愿表拿走，说：“吃饭吧。”

江行舟一边吃饭一边考虑女儿的志愿到底应该怎样填报。

江行舟知道，填报高考志愿主要看学生平时的成绩，必须量体裁衣，好高骛远不行，那只能满足自己一时的虚荣心；一味降低身段也不行，成绩浪费了可惜。江浸月平时学习，因为江行舟总是忙，没有时间管，都是王莉负责。王莉文化程度不高，谈不上学习指导，只是生活上关心而已，所以江浸月学习主要靠自己。江浸月天资一般，还不够刻苦，所以平时学习成绩中等。江行舟根据自己掌握的情况，认为江浸月应该是上二本院校的水平。对于填志愿表来说，这种中等生的志愿表最难填。在这个区间的学生最多，二本院校不少，但良莠不齐，真假难辨，专业更是五花八门，看得人眼花缭乱，摸不清底细。

江行舟吃完饭，问江浸月：“你自己有什么想法？”

江浸月说：“学校和专业那么多，到底是什么状况，我也说不清楚。”

江行舟问：“你喜欢什么专业总该知道吧？”

江浸月答道：“除了医学，其他专业我都可以考虑。”

江行舟问她为什么。她说：“我害怕医院的环境，到处白茫茫的，病人鬼哭狼嚎的，实在吓人。整天跟这些人打交道，我的心情肯定好不了，所以我不想学医。”

江行舟点点头：“既然你不愿意学医，那比较喜欢什么行业呢？你是理科生，财经类也不错，例如财会专业就不错，将来接你妈的班。”

王莉说：“教师最好，一年有寒暑假，将来教育小孩还方便。”

江浸月说：“教师整天跟小孩打交道，烦死人。”

江行舟道：“那你就选财会专业啰？”

江浸月没有说行还是不行，王莉也未置可否。

江行舟说：“那就选财会专业，先把专业定下来，再来选学校。”他把江浸月拿回家的一大摞填志愿表的参考资料拿过来，摆在桌上，一样一样地看。

这些资料，江浸月拿回家好几天了，江行舟根本没有时间看。现在一看，他的头都大了，太多了，也太复杂，眼花缭乱，一时半会儿理不出头绪。

过了一会儿，江浸月开始打哈欠。江行舟对王莉说："老王，你带小月睡觉，我自己再看看。"

从去年开始，全国高校都在扩招，无论是重点高校还是普通高校，都在增加专业，增加招生人数。对考生来说，当然是好事，录取比例提高了，考上大学的机会就增加了，但是择校的难度也增大了。

江行舟想，自己不能这样盲人摸象，乱碰运气，应该找一个业内人士咨询一下，听听他们的意见。

他想到了南林大楚教授。他们虽然接触时间不长，但据他阅人的经验，认为楚教授比较正直，不像那种口是心非、耍心眼儿的人，找楚教授当参谋，应该没有什么问题。

江行舟就拨通了楚教授的手机。楚教授立即接通电话，问："江院长吗？还没睡啊？"

江行舟感到有点惊讶。自从上次见面，他们还没有联系过，楚教授居然对他电话号码这么熟悉，张嘴就说出他的名字，看来楚教授真是聪明人。

江行舟说道："楚教授，不好意思，这么晚了还打扰你。"

楚教授说："没关系，我每天睡觉都比较晚。你有什么事尽管讲，没事的。"

江行舟就把自己女儿高考填报志愿的事说了一遍。

楚教授询问了江浸月的大概情况，然后说道："如果江浸月没有什么特殊要求，就报我们学校吧！我们学校在全国同类大学排名还是不错的，好多专业都是国家重点学科。我们学院的风景园林专业就非常不错，就业前景非常好。要不就让她报我们学校的风景园林专业。"

江行舟说："我现在就跟我女儿说一下，看看她的意见。如果她同意，我马上给你回电话。"

江行舟把他刚才和楚教授交谈的内容向江浸月说了一遍，特别介绍了风景园林专业的情况，认为中国城市化方兴未艾，风景园林专业应运而生，前途无量。江浸月对这个专业知之甚少，但听江行舟这样说，也就同意了。见江浸月同意，江行舟马上给楚教授打电话。

江行舟把江浸月的模拟志愿表填好，装在她的书包里，才洗漱睡觉。

文化一条街和春风花园小区的销售工作进行得并不顺利，根本没有人购买。尽管江行舟等人想尽办法促销，但效果还是不理想。他们当初定价的时候，就考虑到临水县之前并没有大面积的房地产开发，群众对商品房的认知程度不高，还没有认识到住楼房的好处，还不习惯爬高下低，仍觉得住平房方便。这种认知一时半会儿很难改变。

通过考察外地售楼经验，测算建房成本，经过左右衡量，文化一条街住宅销售价定在每平方米八百元，春风花园小区定在每平方米六百元。这样，县政府能够收回开发成本，没有什么利润。土地还没有计算在内，要是土地也计算进去，县政府搞这次开发是亏本的。当然，县政府不仅要算经济账，还要算政治账。因为，这次开发向全县人民展示了县政府推进城市化的决心和能力，也为招商引资赢得了机会。

由于销售不畅，资金难以回笼。江行舟建议，县政府出台激励措施，鼓励机关干部和企事业单位职工买房，单位可以进行适当补贴。这样多管齐下，销售终于有了起色。随着入住的人越来越多，住商品房的好处也逐渐被越来越多的人了解。渐渐的，开始有人主动来看房、买房。后来买房是没有补贴的，一些人后悔自己当初目光短浅，这样千载难逢的好机会白白错过了。

第四十六章
没有不散的宴席

高考结束，江浸月如愿考上了南林大，学习风景园林专业。江行舟带领江浸月，专门去学校向楚教授表示感谢。楚教授说，主要还是江浸月的高考分数超过录取分数线，他只是顺水推舟而已，谈不上帮忙。楚教授又对江浸月说："师傅领进门，修行在个人。你到学校以后要好好学习，将来要考研究生。不能上大学就像很多学生一样，没有了压力，也没有家长监督，一下子放松下来了，放飞自我，白白浪费了四年大好时光。"

"是的，是的！"江行舟和江浸月都点头答应。

楚教授热情招待江行舟父女。

文化一条街和春风花园小区的房子建好了，各种配套设施工程都在紧锣密鼓地进行，指挥部开始考虑拆迁户回迁的事。

拆迁户们从房子被拆那天起，就天天盼星星盼月亮，掰着指头算时间，经常跑到工地看建房进度。现在好不容易盼到了指挥部通知收房了，大多数人高兴之情溢于言表。但有些人却高兴不起来，因为他们暂时还无力补交房屋差价款。

有钱的人自然高高兴兴补交了房屋差价款，拿到钥匙，开始装潢，准备乔迁新居。钱少的人，也在积极想办法，多方努力把钱凑够了，房子也就到手了。

安置房多的人家就犯了难。他们舍不得把到嘴的肥肉吐出去，只能苦苦撑持，哪怕借债也要把房子拿到手。慢慢凑钱，凑够一套收一套。也有的人见筹钱难度太大，干脆对外转让几套房子，获得资金再去收房。总之，回迁户们八仙过海，各显神通，把收房视为人生第一要务。

江行舟对回迁户的回迁工作很重视。这是拆迁成果的重要体现，也是建设的终极目标，老百姓幸福生活的载体。他要求拆迁办把每天回迁收房的情况报给他，他要仔细审读。

随着时间推移，回迁户越来越多，说明安置回迁户工作大头落地，江行舟松了一口气。不过他又一想，就感觉要出问题了。安置一房户的交钱比例明显偏少，随着回迁的人数不断减少，安置一房户不收房的情况越发明显。这是怎么回事呢？

他把宇文正找来，问其原因。宇文正说："没有什么问题。就是这些人没有钱！谁也不能把他们应补交的房款给减免了，让他们慢慢凑钱吧。"

江行舟隐隐觉得这里面还是有问题的。这是一个特殊群体，而且是特困群体。如果忽略他们的实际情况，会产生很大的问题。但会产生什么样的问题，他一时说不清，就打电话给金春生，说了自己的想法，表示应该重视这个事情。

"确实是这样。"金春生说，"这些人基本没文化、没技能，子女多，经历的天灾人祸多。本来他们的住房条件就差，现在眼巴巴指望回迁。现在可以回迁了，又要叫他们交房屋差价款，他们不是不想交，主要是实在拿不出钱。"

金春生还说："你知道有的人这两年过渡期是怎么过的吗？据我所知，有的人租不起房子，就在路边桥头搭一个窝棚，一家老小，春夏秋冬，就挤在那个棚子里。你说都到什么年代了，还有人住这样的窝棚。说老实话，我心里很不是滋味。这是一批老实人，他们听政府的话，政府叫他们把房子拆了就拆了；政府说两年后再搬回来，他们就住上高楼了，他们又相信了。现在两年时间到了，楼也确实建起来了，他们也该回来住高楼了，可是要他们补交房屋差价款才能住楼。他们没有蛮不讲理，胡搅蛮缠，愿意补交。可是他们拿不出钱，所以就住不了楼。江院长，这个事情我们应该帮帮他们。我们不去帮他们，靠他们自己，根本无力解决。"

江行舟道："我今天找你就是要商量解决这个问题的办法，帮他们实实在在解决问题，抓紧时间搬到新房子里去。不能再让他们这样流浪下去了，这是我们义不容辞的责任。”

江行舟提出两个办法：一个是政府层面，要体现对弱势群体的关怀，民政部门和地方政府要给予他们一定的经济支持和补助。但这样并不能真正解决问题，真正解决问题还得靠他们自己。让他们用安置房做抵押，到银行贷款。银行肯定不愿意贷，我们指挥部给银行出具担保函，等房产证办好了交给银行，银行就不存在风险了。让这些需要贷款的人，写下承诺书，用房产证作为贷款抵押物交给银行，具体还款事项由银行跟贷款人办理相关手续。

金春生认为这个办法可行。于是，江行舟便向冯续来汇报。冯续来也觉得这个办法可行，就安排吴德君与银行协调。吴德君依旧找蒋行长，双方一拍即合，一路绿灯，事情进展很顺利。大家如释重负，大大松了一口气。

通过努力，安置一房户问题获得解决，回迁工作向前推进了一大步。

这一年，江行舟一直在忙，忙拆迁，忙卖房，忙着帮各位老板解决五花八门的问题，忙着安置回迁户回迁。他就像个陀螺，整天高速运转，昏天黑地。

不知不觉间，就到了 2001 年年底。江行舟掐指算来，他到指挥部转眼就三年了。白驹过隙，太匆匆。

冯续来要到省城开会，叫江行舟和他一起去。过去，这是常有的事。江行舟没有多想，就上了冯续来的车。

晚饭后，冯续来叫江行舟出去散步。宾馆里很幽静，路灯柔和地照在花坛上，花木虽说都是绿色，却散发着白色的金色的光。天有点阴沉沉的，江行舟感到有点冷，把大衣纽扣扣好。

冯续来清了清嗓子，欲言又止的样子。

江行舟见他有话要讲，就问：“有事啊？”

“有事。”冯续来声音低沉。

江行舟问：“还有什么不好说的吗？”

冯续来道：“还真不好说，我说不出口。”

江行舟问：“我们这种关系，还有什么事不好说吗？”

冯续来道：“行舟，自从你调到指挥部以后，我们一直在一起，天天见面，关系亲如兄弟。你的工作能力、工作业绩大家有目共睹，也都很认可。”

江行舟刚要开口，冯续来摆摆手，说道：“你听我把话说完。”

江行舟就不再吱声。

冯续来接着说道："本来你在法院就应该提拔重用的，到指挥部也有机会提拔，但是阴差阳错，一直没有提起来。这其中原因你也知道，我就不说了。我还是有责任的，没做好工作，没把你安排好。"

"冯书记千万不要这么说。"江行舟道，"之前我就说过，我能不能提拔无所谓，到指挥部工作虽然苦一些，累一些，但实实在在干了一些事情，还是有成就感的。至于个人前途，不过是过眼云烟，真的不算什么。"

冯续来接着说道："你能这么想，我就放心了。我之所以把你叫到这里，就是想跟你说一下，最近县委在研究干部调整的事。"

江行舟没有问，但大概知道肯定与自己有关，而且对自己不利。

冯续来说："徐以宁任县委书记后，提出干部要年轻化，把机关五十岁、乡镇四十八岁以上的正副科级干部统统免职，改为非领导职务。"

冯续来迈着小方步慢慢往前走，半天没讲话。过了好大一会儿，他才说道："我跟徐书记谈过你的问题，看能不能作为特殊情况，把你法院副院长的职务予以保留。徐书记很为难，因为这次调整面太大了，将近四百人，怕一枝动百枝摇，出现连锁反应。我也不好硬顶。所以，看来没有其他办法了，明天就要集体谈话，实际上就是在大会上宣布一下。我不想让你在那种场合感到难堪，所以把你叫到这里说这件事。"

江行舟停下脚步，稍微愣了一下，才说道："我服从领导安排。五十岁的人了，能歇歇也不错。"

江行舟见冯续来的情绪有点激动，便岔开话题，问他有没有到小刚家去。小刚是冯续来的儿子，在省城某个新闻单位工作。冯续来说："还没有，等散会再去。"

他们又海阔天空地聊一些其他事情。他们的心情都不好，闲扯一会儿，就回去睡觉。

第二天，江行舟接连接到电话，知道了这次干部调整的大概情况。此次一共调整了三百八十多名副科级以上干部，其中三分之二是因为年龄问题被一刀切下来的。有个同志比江行舟还小一岁，仅超过"切割线"三天，也被切下来。当然也有不少年纪比较轻的干部被提上去。

金春生也在被切之列。吴德君年纪小，留在原来岗位。

指挥部那边，江行舟的办公室主任也被免掉，接替江行舟的是一个叫李文的人。冯续来找到江行舟，对他说："徐书记叫我找你谈，希望你留在指挥部，职务稍微调整一下，改任常务副总经理。"

江行舟直接回绝："算了，请你代我转告徐书记，谢谢他的好意。指挥部那边，我就不去添乱了。我去了，让别人怎么工作？我先回家休息，以后再说。"

从省城回到临水县的当天下午，江行舟就来到指挥部办公室，收拾自己的东西。他收拾东西的时候，秦科推门进来了。

秦科已经知道指挥部的干部调整情况。他站在那里，默默地看着他曾经的领导在收拾东西，半晌才轻轻叫了一声："老师！"

江行舟抬头一看是秦科，便站起身来，露出笑容："秦科来了？坐吧！"

"不了。"秦科走上前去，帮江行舟往手提纸袋里装东西。

其实，江行舟的指挥部办公室并没有什么私人物品，不过是几本书，还有茶杯茶叶什么的，很简单。

"这都叫什么事？怎么会这样！"尽管秦科的声音很低，但充满着愤怒和不解。他似乎从江行舟的今天看到了自己的明天，内心充满了落寞与无奈。

"没事的，秦科。"江行舟说，"长江后浪推前浪，一代新人换旧人。这是历史发展的规律，谁也阻挡不了。你还年轻，一定要好好干。今后无论遇到什么困难和挫折，都不要灰心丧气。只问耕耘，不问收获，才能问心无愧！"

"感谢老师教诲！学生一定牢记在心！"秦科的眼角已经挂满泪水。

"我走了，你去忙你的。"

"老师，我叫车送你。"

"不必了，我有自行车。"

"我送你。"

到了楼下，江行舟把手提袋挂在自行车把上。秦科接过自行车车把，帮江行舟推着往院外走。

指挥部里的工作人员，没有人知道他们曾经的领导，就这么悄无声息地离开了他曾经殚精竭虑、熬过了多少个不眠之夜的地方。

“回去吧，秦科。”江行舟对秦科说，“还有许多事情等着你去办。”

“不急，我再往前送送你。”

“不了。”江行舟道，“秦科，感谢你来送我。”说罢，他接过秦科手中的车把头，自己推着往前走。

秦科站在那里，目送江行舟远去。一阵冷风吹过，秦科不由自主地打了一个寒战。直到江行舟的身影消逝在马路的尽头，他才艰难地转身。

此时此刻，江行舟忽然想起了一句警世名言。

功名利禄皆幻景，忠臣孝子即神仙。

花花世界，来来往往皆为过客，如此而已。未来的人生道路怎么走，才是自己应该认真考虑的问题……

2023 年 12 月 1 日初稿

2024 年 5 月 28 日修改

花城

下

张兵 著

西苑出版社
XIYUAN PUBLISHING HOUSE
·北 京·

你把美好的未来许给了他们。现在呢，他们得到了什么?

谨以此书，献给那段激情燃烧的岁月!

——作者　题记

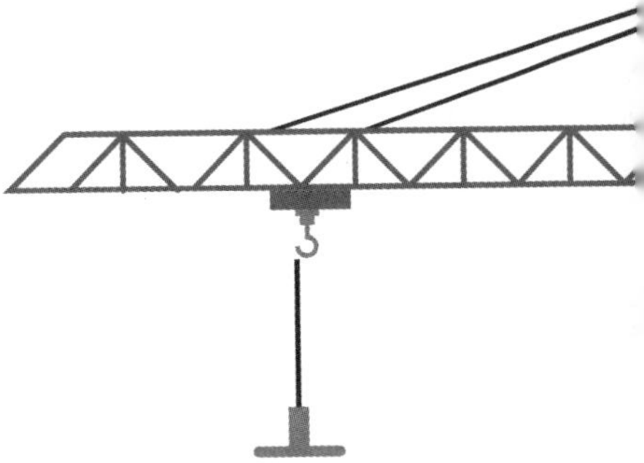

花·城（下）·目录

第一章
下 岗 打 工

和秦科分手后，江行舟推着自行车，慢慢往前走。

他的大脑里有点乱，感觉像坐过山车一样，突然间一个急转弯，接着又是一个急刹车，晃得他头晕。他感到迷茫、失落，甚至不知所措。那种多年来一直激励着他精忠报国、奋勇前行，一心要为人民、为国家建功立业的雄心壮志，忽然间受到了沉重的打击，心中不免产生了一种强烈的挫败感。

他就这么推着自行车走了好长一段路，见到路边有一个小卖铺，便进去买了一包香烟和一个打火机，然后找到一个僻静的地方，坐在路边一块石头上，点燃一支香烟。

刚抽了一口，他便被呛得咳嗽起来。他把香烟拿在手里，看着缕缕青烟在眼前渐渐升起，又缓缓飘散。

他不会抽烟。可是今天，他就是想抽，不会抽也要抽。

大脑里有点空，也有点乱。他始终想不明白，自己几十年的努力和奋斗，最后竟然会是这种结果。

回到家中，妻子王莉见他的气色不好，默默地倒了一杯热茶，放在茶几上，紧紧握住他的手，轻轻说道："喝点水吧！"

江行舟没讲话，也情不自禁地握紧王莉的手。

过了一会儿，他端起茶杯，轻轻吹了吹浮在上面的茶叶，抿了一口，转脸看看王莉，接着又抿了一口茶水，对王莉说："我有点累。"

"累了就休息吧。"

接着，是长时间的沉默。

半晌，他忽然咧开嘴，笑着对王莉说："弄饭吃！"

王莉知道江行舟心里不痛快，但她更相信江行舟是见过大世面、经历过大风浪的人。这个坎，他一定能跨过去。

多年来，江行舟好像整天都有忙不完的事，而且每一件事情都那么重要。她又要上班，又要带孩子，还要做很多家务，简直就是老江家不花钱的老保姆。但她已经习惯了这种生活，心甘情愿地为这个家庭付出，心甘情愿地为江行舟分担很多家事。本来，她很担心江行舟一时半会儿过不去心里那个坎，现在听江行舟主动要求吃饭，心中既感到欣慰，更感到温暖，便对江行舟说道："饭已经蒸上了。今天中午炒尖椒肉丝，还有一个炒老豆腐，中不中？"

"中！"江行舟道，"再来个梅豆烧排骨，西红柿鸡蛋汤！"

"没问题！"王莉问，"你炒还是我炒？"

"我炒！"他站起身，一边往厨房走，一边爆出一句粗口，"妈的！该死屌朝上，不该死翻过来！"

王莉笑了："瞧你，还是大学生呢，净说这种村话！"

"三菜一汤，吃到中央！"江行舟给自己找台阶下，"大学生就不说村话呀？我就说了，看哪个能咬我一口！"

其实，当你既能拿得起、又能放得下的时候，这世上，除了生死，还能有什么大事呢？

江行舟一边系着围裙带子，一边对王莉说道："夫人，不是跟你吹，我炒肉丝的手艺那是一绝！我要称第二，没有人敢说第一！"

王莉已经好长时间没见过江行舟这种天真可爱的状态了。她似乎又看到了二十多年前刚结婚时的江行舟，一种满满的幸福感油然而生。

菜炒好了，王莉盛饭。江行舟问："味道怎样？"

"绝对！"王莉一边吃，一边回应，"比饭店大师傅炒得好吃！"

江行舟拿过一瓶洋河大曲，倒一杯慢慢品尝。

吃完饭，王莉收拾桌子。江行舟对王莉说："你等会儿该上班上班，我睡觉。"

"下午呢？"王莉问。

"出去转转，散闷散闷。"江行舟长长地打了一个哈欠，"妈的！多少年没痛痛快快睡个午觉了！"

正所谓有失必有得。这些天，他虽然仕途受挫，但家里的事情倒挺顺当。

首先是大女儿江漫月大学毕业后，在江行舟一个朋友帮助下，进入上海一家航天科研所，从事她喜欢的技术性工作，后来又到上海交大读研究生。

二女儿江浸月在南林大本科毕业后，接受楚教授的建议，准备考本校的研究生，攻读风景园林专业。楚教授是她的导师。

前些日子，冯续来对于江行舟没有被提拔反倒被免职，感到非常愧疚，觉得很对不起这个老部下。冯续来打电话给江行舟，问他想不想再做点事。

对于冯续来这个人，要说江行舟对他一点看法都没有，也不现实。但江行舟后来也想通了。冯续来本来是好意，想等有机会给江行舟安排更好的职位，没想到人算不如天算，冯续来只能眼睁睁地看着自己的老部下出局。

想通了，江行舟也就释然了。

江行舟对冯续来道："如果有合适的地方，我出去做点事也行。"

"你认识老柴吗？"冯续来问。

"柴总？我认识。"江行舟道，"他是你的老战友嘛！"

"就是他。"冯续来道，"老柴公司还有个邹总，你也认识的。他们在其他地方还有项目，临水这边不常过来，叫我给他们物色一个得力的人，任常务副总经理，主持临水这边的工作。我想来想去，只有你合适，所以就推荐你。他们非常认可你的为人和能力，就同意了。不知你想不想去？"

"难道柴总和邹总不嫌我年龄大了不中用？"江行舟笑着问道。

"五十岁就叫年龄大了？全是瞎开胃！"冯续来道，"你现在正是干事业的好时候，老是在家待着，有什么意思？出来活动活动才好。"

"行，那我就出来活动活动！"

江行舟考虑到自己虽然从法院和城区开发指挥部退下来，整天在家无所事事，实在无聊。如果能有点事情做，也可以充实一下生活，于是便答应了。

柴总和邹总都和江行舟打过交道，非常认可江行舟的为人和能力，便聘请江行舟担任临水永安房地产开发有限公司的常务副总经理，全面负责临水这边的项目。直到江行舟和佟建东、张人杰、华保才合作，承包经营古邑县医院，才辞去那份工作。

开始是佟建东和张人杰在古邑县医院带领一帮人打拼，吃了不少苦，受了不少罪，但由于内部意见不一致，佟建东和张人杰回来另起炉灶，江行舟被派往古邑县医院主持工作。谁知道，江行舟竟然因失眠严重，不得不半路当了逃兵，回到临水，加入佟建东和张人杰的团队。

张人杰和江行舟同龄，部队转业，分配在县公安局，从乡下派出所所长一直干到了县公安局副局长。他分管过刑侦和治安，因为工作关系，江行舟与他联系较多，双方配合比较默契。另外，张人杰的老家和王莉的老家在一个村，可以叙起很多亲戚关系。他们互相还是比较了解的，也比较信任，成为合伙人是很自然的事。

江行舟和佟建东成为合伙人则比较偶然，但在改革之年，一切皆有可能。江行舟和佟建东认识得比较早，时间可以追溯到十五年前。

那时，江行舟的大女儿江漫月还小，经常夜里发烧，还都在夜里11点多钟。一次，江漫月又发烧了，江行舟和王莉把她送到县医院，正好赶上医生护士换班时间，急诊室没有人。江漫月烧得厉害，抽搐。江行舟非常着急，到处找医生，正巧佟建东走过来。江行舟见佟建东穿着白大褂，估计是医生，便拦住佟建东，问哪位医生值班。佟建东问江行舟有什么事，江行舟就讲述江漫月发烧的情况。佟建东说：“走，我去看看。”

佟建东给江漫月测量体温，开单验血，听诊，然后开处方拿药，一直忙到把江漫月的吊瓶挂上才走。就这样，江行舟认识了佟建东。

后来江行舟自己或是家人生病，又多次找过佟建东。一晃十几年过去了，佟建东也从一个普通的内科医生，先后升任内科副主任、主任、副院长。现在他又赶上了好机遇，遇到了好领导，县政府实行公推公选，大胆提拔任用干部，他脱颖而出，成为全院历史上第一位干部职工自己选出来的、县政府领导也认可的医院院长。

奚书记强力推行医疗制度改革，把医院推向市场。

临水县县医院对外公开拍卖是遵照市政府的要求，必须这样做，县政府也没有办法。但是，对于县医院拍卖后的一大批医护人员，特别是一般职工如何安置，县政府领导感到非常为难。如果是佟建东能够把县医院顺利拍到手，县政府可以承诺给予支持，让他把县医院职工问题全部承担，县政府也就卸掉了这个沉重的包袱。在对外公开竞标会上，县委书记专门派常务副县长坐镇指挥，悄悄给佟建东打气，称奚书记交代，他只管大胆举牌，一亿元以内县政府兜底。后来竞争激烈，到一个亿仍没有停下来，对方咬得很紧。常务副县长在竞标现场给县委书记、县长打电话请示，县长让佟建东再举两次牌。就是说，县政府同意再加一百万元，可惜最后还是失败了，被尹士春以一亿零二百万元拍走了。

后来据佟建东说，这次县医院拍卖，他被欺骗了。尹士春也是医生，和佟建东是同事，他们关系不错。尹士春对县医院拍卖的事情很关心，对佟建东竞拍县医院的事情也很热心，经常找佟建东聊这事，表示他坚决支持佟建东把县医院拿下来，坚决不能让县医院落在别人手里。

尹士春还假模假式，认真地帮佟建东分析形势，并积极提出参考意见，帮佟建东出主意。佟建东对尹士春推心置腹，把自己的想法和县政府的打算都毫无保留地告诉了尹士春。让佟建东万万没想到的是，尹士春却与另外一伙人暗中联络，做好了摘牌的全部准备工作。他找佟建东聊，只不过是利用佟建东对他的信任，刺探情报罢了。商场险恶，只有永恒的利益，没有永恒的朋友。事后，佟建东也只能怪自己交友不慎，失去了一次个人发展的大好机会。

再后来，佟建东说起这件事时就比较冷静客观了。他认为，当时如果自己把县医院拍下来，他的路也将走得非常艰难，也不一定能成功。

首先，县医院有一个多亿元的债务，他多少年能够还上？压力太大。另外，他要继续当院长，肯定要把县医院全部人员都留下，一个也不能少。在新的环境条件和经营模式下，能不能挣钱养活这样一大批人，完全是未知数。卖给别人，别人就没有养活职工的义务和压力。尹士春办医院，目的只是赚钱，把他们自己的腰包装满就行了，其他的都是浮云。

塞翁失马，祸福难料。

不过，县政府对佟建东还是不错的。县医院改制后，安排他到县卫生局任副局长。说真的，这样的安排确实不错，县医院按行政级别就是副科级单位，而且是事业性质；卫生局是行政管理部门，副局长是公务员。可是，佟建东不想干，觉得没啥意思，整天跑跑遛遛，上传下达，完全没有自己的主见。不像原来在县医院，一方小天地，他说了算。往大了说，就是有自主权，容易实现个人理想抱负。他是有理想的人，于是就萌生退意。正好，那时招商引资工作受到县政府重视，他就主动要求外出招商。他花了一年多时间，好不容易从安江招来一个搞医疗器械的工厂，进驻园区，完成了任务。

说来也巧，正在这时，他听到一个消息，大感振奋，觉得适合自己的机会终于来了。

中原省古邑县医院由于种种原因，面临破产。古邑县委、县政府决定把医院整体对外承包经营，就是所有权不变，只外包经营权。佟建东觉得自己完全符合承包条件，也有信心、有能力把该医院经营好。但有一条，就是古邑县政府招标条件规定，承包人只能是有较强经济实力的企事业单位，不接受个人承包。佟建东想找人商量商量，这件事情到底能不能干。

佟建东首先找到了张人杰。

张人杰是佟建东的朋友。他和江行舟、金春生一起退居二线的。

佟建东找到张人杰，说了古邑县医院招标的事，问张人杰有没有兴趣和他一起干。张人杰说他不懂医，干不了。佟建东说："你不懂医不要紧，医院管理的事情多的是，你还怕没事干？关键是你愿不愿意去。"

"我目前的处境比较尴尬。"张人杰对佟建东说，"现在县政府出台政策，支持机关干部下海经商办企业，我正在考虑自己马上就要退下来，能找点什么事情做。如果你出来挑头，这件事完全可以试试。我愿意跟你一起，再去干一番事业。"

有了张人杰的认可和支持，佟建东心里踏实不少，于是就开始商量具体事情。

目前最主要的问题，是投标时需要一个有实力的单位出面。找什么单位出面比较好呢？这是个大问题。过去，佟建东在医院上班，张人杰在公安局上班，平时接触商界的人比较少，这方面朋友不多。议过来论过去，他们忽然想到了江行舟。

江行舟虽然从法院和指挥部领导岗位退下来两三年了，由于他的特殊经历，企业界的人脉关系还在，现在又受聘于永安房地产开发公司任常务副总，在商界应该有一些资源。江行舟人品也不错，反正是朋友，大家一起商量商量，说不定可以拉江行舟一起干。

第二章
筹划去外地办医院

2004年冬天的第一场雪，比往年来得更早一些，也更大一些。北风裹着雪霰，将天空搅成一锅粥，电线杆上的电线发出尖锐的啸叫声，令人心悸。路上车辆像被风刮走一样，快速掠过。三三两两的行人也都尽力将头缩进围巾、衣领，快速前行。地下湿滑，行人走路的步态便有些不稳，左右蹒跚而行。

江行舟在永安公司总经理办公室见到裹风带雪的佟建东和张人杰时，十分诧异，连忙把他们让到沙发前坐下，又去倒茶，说先喝口水暖和暖和。

佟建东和张人杰刚才是坐“马自达”过来的。“马自达”俗称“三蹦子”，四处漏风，他们浑身都冻透了。到了空调房间，他们的耳朵和脸马上热乎起来。佟建东的眼镜一冷一热布满薄霜，他拿纸巾擦镜片。下眼睑被镜片压出一个坑，他使劲揉了揉，重新把眼镜戴上。

江行舟看着佟建东和张人杰的狼狈样子，笑着问道：“今天是西北风，怎么把你们吹到我这来了？”

佟建东说：“今天虽然是西北风，但我们给你带来的却是东南风，暖风。”

江行舟问：“你是诸葛亮，会借东风？”

佟建东道：“东风只在你心中，何须去借？”

几句闲话说过，佟建东就把古邑县医院的事对江行舟说了一遍，张人杰又做了一些补充和解释。江行舟听懂了，原来他们是来拉他入伙的。

江行舟觉得他们说的情况如果属实，应该是可以考虑的好事，说不定是个机遇。江行舟说他现在是打工仔，说得好听是常务副总，其实就是寄人篱下，仰人鼻息。他这么大岁数了，不可能一直给人打工，能有机会创业当然是好事，特别是跟他们一起，他更是放心。但不知这个消息的真实性如何。

佟建东说："我是听朋友说的，网上也可以查到。但真要落实，我们还是要亲自去一趟古邑县，了解得更清楚一些，好下决心，也好操作。"

张人杰也认为应该去一趟古邑县，到实地了解第一手信息。

"要去还得快。"佟建东说，"报名截止日期还有四五天时间。光我们去没用，还必须找到一个有实力的企业一起合伙，而且由他们牵头出面报名才行。我们县就这几个好一点的企业，还要和我们关系好才行。所以这个企业要好好物色，不能马虎，万一选错了合伙人，今后就麻烦了。"

江行舟和张人杰对此都表示赞同。

临水县这几年改革开放步子迈得比较大，招商引资引来了不少外地企业，其中有些企业还是不错的，规模、实力应该说还算可以，有一些老板江行舟也认识，但要拉他们合作办企业，特别是管理一家外省的县级医院，还是存在很多不确定性，估计难度不小。江行舟说了自己的分析，张人杰和佟建东也觉得动员外地来的企业老板合伙可能性不大。换位思考，谁都会因诸多难以掌控的问题望而却步。他们觉得还是实际一些，把目光放在本土企业上。

临水县也有一些本土企业，但由于经济基础差，资源、人才缺乏，普遍规模偏小，实力偏弱。有几家现在看起来发展还不错，前景也看好，但真要选作合作伙伴，除了看经济实力，还要看其他方方面面，比如老板的为人、企业是否运行健康、存不存在致命问题和短板。另外，还要看老板与江行舟等人的关系，是不是相互信任，愿不愿意合作。同时，这个老板也要对这个项目感兴趣。

按照这样的条件，三人便按图索骥，逐一排查。首先看企业实力，实力差不多，再看关系与可能性。

江行舟对全县房地产和建筑企业比较了解，他掰着手指头算还是觉得他们实力有限，拿不出手。本地房地产开发都是2000年以后才开始的，肇始于招商引资。有些头脑灵活的，改革开放以后有了点积蓄的人，看到房地产开发的巨大利润空间，开始往房地产上投资。但限于资金实力，搞不了大的项目，就只能打打擦边球，选一些边边角角的小地块，建几栋楼，积累一些资金，再慢慢滚雪球，扩大规模。这其中大部分是建筑企业，因为职业比较相近，这些人搞房地产有些优势。但这批人普遍文化程度低，素质差，没有太大的目标和追求，眼里只有现实利益，不适合做这样带有很大公益性的项目。

三人最后逐渐取得比较一致的看法，认为临水县天路达公司比较理想。

天路达公司是由原来县汽车站改制，对外资产出让，被内部职工购买后成立的一家新公司。公司股东大部分是汽车站原来的干部职工，董事长华保才原来是汽车站的党支部书记，他控股，其余人占小股。短短几年，他们抓住机遇，开拓市场，发展很快，把原来县里几家交通企业都收购或兼并了，企业整体实力在全县交通部门应该是数一数二的。据说，现在他们正在依托交通，对外拓展业务，要把天路达公司做成跨专业、跨地区的综合性大公司，争取五至七年上市。

华保才和江行舟关系比较好，则是缘于十年前汽车站发生的一起贪污案件。

那时，汽车站的总账会计和出纳互相勾结，侵吞汽车站大量资产，又行贿一个主管财务的副站长，把汽车站搞得几乎破产。干部职工对此议论纷纷，华保才站出来，向县检察院报案，请求依法查处。江行舟带领反贪局的人进驻汽车站，明察暗访，在广大干部职工支持下，终于查清了这起贪污受贿窝案串案，帮汽车站挽回经济损失。其间，华保才和江行舟在这场斗争中结下了比较深厚的友谊。后来汽车站改制，华保才准备联合汽车站里的骨干，接手汽车站，还专门征求过江行舟的意见，得到了江行舟的支持。

佟建东和张人杰在工作和社交各种场合和华保才都有交集，说到底，临水县就这么大点儿地方，他们又都是有点头面的人物，投上关系、理上门路其实是很容易的。他俩觉得可以找一下华保才，看看他怎么说。

江行舟见快到下班时间了，说："快下班了，我们先去吃饭。你们平常也不来，难得今天给我这个机会招待你们。"

佟建东说："吃不吃饭无所谓，我想最好现在就去找华保才谈谈。如果他愿意，下午我们就去古邑县；如果他不愿意，我们还有回旋时间。"

于是，江行舟就给华保才打电话，华保才说他正在回家的路上，问江行舟什么事。

江行舟说：“有重要事情找你商量。”

华保才说：“我马上到家，泡好茶等你。”

“好的，我马上到。”

江行舟等人到达华保才家，华保才刚将茶杯放好，茶叶盒还拿在手里。华保才见江行舟等人来了，就放下茶叶盒，和他们一一握手。

江行舟说：“我们都是老朋友了，你不要太客气。我们跟你说句话就走，不耽误你吃饭。”

华保才说：“难得今天贵客盈门，又到饭点，你们无论如何也不能走，等一下我们就到下面小饭店随便吃一点，没有海鲜大餐，喝两杯酒，叙叙旧。平时都靠你们支持我工作，我一直没有机会感谢。”

江行舟就把古邑县医院托管对外招标的事情说了一遍：“我们感觉这是个机遇，不知华总有没有合作的兴趣和可能？”

华保才说：“刚才江院长说的情况，我感到有点突然。经营医院我是外行，可以说是一窍不通。俗话说隔行如隔山，照理说我没有条件参与的。但是江院长、佟院长和张局长今天专门到我这里来说这个事，我就要认真考虑了。不管怎样，无论这件事做与不做，我都要感谢你们在遇到好商机的时候能够想到我！”

江行舟连忙起身说不敢，有福同享吧！

“我还要向三位老弟检讨，平时工作忙，也没有及时跟你们汇报我们公司的情况。”华保才说，“我们公司这几年发展还是比较好的，各项业务都取得了很好的成绩，现在已经成为集团化公司。公司下面有几个业务板块，交通自然是主业，把县里原来几个交通企业整合起来，进行规模化、集约化经营。我们还把县政府的招待所买下来，经过扩建改建，现在整体环境到内部软硬件都有质的提升。”

江行舟问：“新的临水宾馆我们都去过，跟过去政府经营的时候完全不可同日而语。现在是几星级呀？”

华保才答道：“我们是按四星级标准建设的，暂时还没有申报星级，先把事情干起来再说。”

三人都点头称是，说口碑比招牌更重要。

华保才又说："根据我们集团三年规划，我们要抓住当前难得的机遇，实行扩张战略，在巩固老产业的基础上，积极发展新的产业板块，迅速把集团做大做强。"

"太好了！"江行舟说，"古邑县医院的项目，可谓是恰逢其时，可以纳入你们集团的新兴产业板块。"

听江行舟这么说，华保才笑了起来，说道："项目到底行不行，我现在还没有办法判断，但我相信佟院长的职业嗅觉，也相信你们的为人行事。我愿意跟你们一起合作共事。当然，这样决策是不是太草率了？是，正常来说，大项目投资是要进行考察论证的，要经过董事会研究通过的。但这次比较特殊，时间太紧，来不及按正常程序进行，只能特事特办。"

江行舟看看佟建东和张人杰，互相露出会心的微笑。他们没有想到华保才这么快就答应合作。对于华保才的信任，他们也感到沉甸甸的压力。

"既然时间这么紧，机不可失，我们下午就一起去古邑县。"华保才说，"我们抓紧时间把情况搞清楚，迅速决策，不要因为我们动作迟缓贻误战机。至于我们集团的内部程序问题，很好办，只要项目合适，话就好说。"说罢，他看看表，又看看三人，"都快下午 1 点钟了，我建议我们现在到楼下饭店吃点饭，吃过饭就走。你们还要不要回去，准备准备？"

江行舟道："现在是冬天，一两天也不一定要换衣服，洗漱用具宾馆都有，我现在就走没问题。"

"我更没有问题，随时都可以走。"佟建东说，"我现在就给家里打个电话。"

张人杰说，他下午家里有点事，不过电话联系也行。

华保才打电话给司机小马，叫小马马上把车开过来。

第三章

考 察 医 院

吃过午饭，已经是下午 2 点钟左右。那天是阴天，天色有点暗，四个人顶着西北风，一路向西而行。

风的尖厉嘶鸣声从车窗传进来，越发令人感到寒冷。从临水县到古邑县，三百多公里路程，没有高速公路。华保才对各地路况比较了解，对江行舟等人说："这一路的路况不是太好，中间还要从安亭绕道，估计有四个小时车程，到那里估计傍晚六七点钟。路上我们就不休息了。"

"中！没有问题！"大家都同意。

江行舟对司机小马说："那就辛苦小老弟了！"

小马说："没事！你们尽管放心，该睡觉睡觉。"

虽说大家是朋友，都住在一个县城里，但各有各的事业，平时见面机会很少。现在他们近距离坐在一起，就感到很兴奋，天南地北聊起来，哪里还能睡得着？

他们主要聊各自工作、家庭、生活的情况。

华保才说他的经历特别简单，从省交通学校毕业，分配到省交通二公司，当办事员。后来听父母话，调到县交通局上班，县交通局把他作为年轻干部培养，任汽车站党支部书记。谁知，后来发生了这样那样的情况，他就一直干到汽车站改制，换一个身份，就是现在这个样子。

江行舟说："塞翁失马，焉知非福。你没当什么大官，现在发大财，更好。"

华保才笑了笑，说道："情况已经这样了，我只能硬着头皮，带大家一起闯，不能冷了弟兄们的心。至于到底怎样，心到神知吧！”

临水县医院改制的事情影响很大，坊间多有传闻，出现多个版本。华保才说：“县医院改制，把医院卖给私人，说实在话，我还是觉得太可惜了，心里失落感很强。大家对公立医院还是比较信任的，对私立医院不敢信任，怕他们认钱不认人。”

佟建东扶了扶眼镜，轻咳一声，说：“奚书记改革力度大，医院确实也存在这样那样问题，改革也很有必要。至于怎么改，可以根据具体情况处理，一地一策，一院一策，不要搞一刀切。整体看，乡镇卫生院问题大，积重难返，改制也是迫不得已。县政府实在没有能力管起来，只能走向市场，也是没有办法的权宜之计，过渡一下也可以。但是县医院并没有到这种地步。我知道，县医院历年都是盈利的，要不要改制？我认为并没有必要性和紧迫性。再说，全县没有一家公立医院，也是极不正常的。当然，现在医院都已经改制了，说什么都没有意义了。”

张人杰说：“去年县医院拍卖会，县政府怕职工闹事，几次转移会场，最后转到我们公安局大礼堂，外人根本进不去，真正进入会场的只有很少一部分人。这件事我是从头至尾参与的，王局长叫我负责。当时我就在拍卖会现场，全部情况说不定佟院长还没有我清楚。那个姓尹的我不认识。他们有一批人，在后台不断给姓尹的打电话。他们团队的人有几个我也认识。佟院长当时可能都不知道他们是哪些人，后来肯定知道。”

佟建东有点不好意思，用手扶扶眼镜，说：“先前我确实不知道尹士春参与投标。他告诉我说，想去看看热闹，给我当啦啦队，我就信以为真。后来我发现不对劲，他竟然坐在竞标席上，手里还拿着牌子。前面几家很快就退下去了，不再举牌。尹士春却紧紧咬住我。我一举牌，他就跟着举。我这时才知道他是其他竞标团队的。现在回头看，也无所谓了。竞争是正常的，人家也有权利和我们竞争，回头看看，县医院就是给我，我也不一定能经营好。如果我们这次能把古邑县医院项目拿下来，我们自己搞，轻装上阵，更好。”

“我听说，尹士春团队拿下县医院以后，因为利益分配不均，开始闹矛盾了。”华保才说道。

佟建东说：“既然他们把县医院拿下来，我希望他们能全心全意把县医院经营好。真闹起来，他们自己倒霉不要紧，医院职工怎么办？”

张人杰说：“自己做的事自己负责，我们也不必看书淌眼泪，为古人担忧。但愿我们这次古邑县之行能成功。”

大家说说笑笑，时间过得很快，傍晚 6 点半就到达古邑县县城。

冬日天短，天已经完全黑下来。望着昏黄的路灯，映入眼帘的是一片灰暗。都说临水县落后，这里比临水县还落后。没有高楼大厦，没有霓虹灯闪烁，大街上行人稀少，营业的店铺门可罗雀。

是先吃饭，还是先住宿？他们很矛盾。先吃饭，怕吃过饭没地方住宿；先住宿，又怕回来没地方吃饭。

华保才说：“我们还是先找住宿的地方。住宿办好了，再来找地方吃饭。就是找不到饭店，商店总是有的，我们随便买点吃的就行。”

“中，就这样办！”大家一致同意。

他们都是第一次来古邑县，天又黑，也搞不清方向，不知道哪家宾馆比较好。华保才叫小马把车停在路边，下车打听。

小马下车转了一圈，回来说：“红雨宾馆比较好，就在南边。”

“那就去红雨宾馆。”华保才道。

小马掉转车头，向南驶去。果然，在一公里左右路左侧有一栋大楼，楼顶上霓虹灯闪烁，巨大的“红雨宾馆”四个字很扎眼。

车子驶进大门。院子很大，晚上看不清楚，但绿化景观应该做得不错，景观灯、轮廓灯，在高高低低的花木间忽隐忽现。接待大厅宽敞明亮，四个人把身份证凑齐，交给小马，让他去吧台办理入住手续。

过了一会儿，小马把入住手续办好，将房卡交给江行舟等人。华保才住单人商务间，江行舟和张人杰住一间，佟建东和小马住一间。

晚上的古邑县县城其实还是比较热闹，各种小吃店、小吃摊不少，食客也不少。饭店大的不多，大部分是小的，但都有自己的特色。

这里靠近北方，牛羊肉比较多，面食做得也不错。

他们就找了一家不大不小的饭店。胖胖的老板见有客人进来，满面春风地迎上来，推荐说里面有包间。他们这里有新鲜的羊肉，要野味也行，可以马上叫人送来。

五个人随老板来到包间坐下。老板说："你们是看菜单点菜，还是到厨房看现成的菜点？"

华保才问江行舟等人想吃点什么，不要客气。江行舟说："河南的羊肉烩面不错，来点尝尝。"

华保才说："中！我们就吃羊肉烩面。点什么菜？这么晚了，大家也都饿了，喝两杯解解乏。"

小马说："酒已经我带来了！"说着，他从包里把两瓶洋河大曲拿到桌上。

华保才对小马说："你去厨房看看，有什么好吃的只管点，大权交给你。"

吃饱喝足，身上回过暖来，人也有了精神。五个人回到宾馆，就在华保才的房间里商议明天的安排。

佟建东建议，明天他们首先要到县卫生局，了解一下县医院对外托管的政策和条件，有书面材料的话，要来看看。另外，看能不能请他们透露一点现在投标报名情况，做到心中有数。再去看看县医院到底变成什么样子了，实地感受一下，房屋、设备，硬件处于什么水平。还要找医生护士了解一下他们的现状和想法。如果有必要，再走访周边群众。这样一圈转下来，情况就基本清楚了，能不能接手也就清楚了。这样，他们做决策就会比较客观实际，不会出现失误。

佟建东是内行，他的意见，大家都表示同意。

古邑县卫生局离昨天他们吃饭的地方不远。

他们来到古邑县卫生局二楼，进入医政科办公室。刚到上班时间，医政科只有一个抹着血红嘴唇、烫着鸡窝头的小女孩打扫卫生。她看了一眼佟建东等人，又低头擦桌子。

佟建东站在小女孩面前，微微低下头，笑问："请问美女，我们想打听一下县医院托管招标的事情。"

没等佟建东往下说，小女孩抬起头，睁大眼睛说："科长还没有上班。"

佟建东看看张人杰，改口说："既然科长没来，我们就在这等一会儿吧。"

小女孩指指里边："里边坐。"

他们没有在医政科坐等，而是起身回到楼下，顺便熟悉一下周边环境。

快到9点时，人多起来，都拎着包，搞不清是上班的人还是外边来办事的人。江行舟决定，他们到医政科办公室等。

医政科办公室里已经有两个人，看样子也在等科长。他们见到江行舟等人，就再不说话。忽然，有一个人站起来，向门口跑去，说科长来了。江行舟朝门口望了望，果然有一个瘦高个男人走进来。

来人脸色焦黄，睡眼惺忪，一面打着哈欠，一边揉眼，嘴里哼哼着，不知是回答那两个人的问题还是习惯性地应付。

科长进来后，把包里的水杯掏出来，放到桌上，又将包放到柜子里。一套动作连贯顺畅，熟门熟路，自然极了。

既然有人跟科长说话，江行舟等人就只好等待。那两个人弓着腰站在科长身后，咕咕唧唧说了一会儿，科长点点头。一个人从包里拿出一个纸包，塞到科长办公桌抽屉里，完全不考虑有外人在场。科长把抽屉合上，说："你们去吧，等我电话。"

两个人向科长挥挥手就走了。

这时，科长看看江行舟等人，没吱声，起身去饮水机接水。佟建东站起身来，走到科长身边，说："领导好！"

科长哼了一声，问："什么事？"

佟建东就把来意向科长说了一遍。

科长问道："你们想投标？"

佟建东说："如果条件适合，我们准备参与一下。"

科长喝了口水，又朝佟建东看了看，问道："你是干什么的？"

佟建东说他来自临水县，也是医院的医生。张人杰马上补充说："佟院长原来是临水县医院院长，现在县医院改制，他想自己创业。"

科长"哦"了一声，马上热情了很多，要给他们倒水。

佟建东连忙拦住科长："科长不要客气。请问科长贵姓？"

科长说："免贵姓任，我叫任志贵。"

任志贵介绍说："古邑县地处西部地区，经济基础比较差，老百姓也很穷。县政府给县医院投入少，以致县医院的办公条件、医疗设备设施都很落后，医生护士工资很低，有时还不能按时发放，还会扣钱少发。这几年跳槽到外地的医生不少，本地留不住人才，眼看着县医院就要垮了。要是县医院都保不住，老百姓看病怎么办？县委、县政府下决心改变现状，大胆改革，对外招标，请能人，借用外力把县医院搞好，解决全县一百二十万人的就医难题。县委、县政府为民办实事，办好事，我们主管部门最高兴，全力支持，搞好服务工作。你们要是来投标，我们表示热烈欢迎！你们需要我们做什么，尽管说。我们保证提供尽可能好的服务。”

佟建东说：“感谢任科长支持！原来我们只是听说一些情况，至于具体条件要求，不是很清楚。能不能请任科长提供关于这次招投标的材料？”

任志贵听罢，大声喊起来：“小鱼，小鱼！”

刚才反对科长喝酒的小女孩连忙跑过来问：“任科长，什么事？”

“你把县医院托管招投标文件拿过来一份。”任志贵吩咐道。

不一会儿，小鱼就捧着一沓材料递给任志贵。任志贵说：“给客人。”小鱼就把材料递给江行舟。

江行舟站起来，把材料接过去递给佟建东。佟建东翻翻材料，对任志贵说：“材料比较多，我们拿回去看。”

任志贵问：“你们现在要回去啊？”他脸上露出失望的表情。

佟建东说：“我们昨天晚上来的，住在红雨宾馆。”

“好，好！”任志贵脸色马上转暖，说道，“你们拿到宾馆看也好，希望我们能合作成功。有什么事，请你们及时跟我联系。我的电话材料上有。我这几天二十四小时不关机，随时都可以联系。”

在华保才房间，大家轮流看材料。

招标文件主要是六条：

一、县医院是全民所有制事业单位。此次对外出租使用权、经营权，不涉及产权。

二、租赁使用权、经营权十五年，时间以合同签字时间为准。

三、在租赁期内，医院继续享有原来的国家对事业单位管理的政策，县政府将提供力所能及的支持，并给予尽可能的优惠政策，扶持医院发展。

四、租赁期内，承租方要新建一栋九层病房楼，面积不低于一万平方米；每年新增添不低于价值六百万元医疗设备；确保医护人员待遇逐年有所提高，使人才队伍不断壮大。

五、双方共同委托第三方进行财产债务审计。审计结果作为县医院原有资产负债。租赁期内，承租方不得减少或侵占其资产；承租方的合法经营所得归其所有和支配，任何人不得以任何理由侵占和剥夺。县政府将提供政策法律保障。

六、承租方须向县政府交纳五百万元押金，押金在双方正常履行租赁合同后一年内全部退还。

资料显示，县医院现有资产不到八千万元，估计还有水分。负债五千万元，主要是拖欠的药材款、工程款和银行贷款，还有一部分私人借款，其中仅拖欠职工工资款就达一千多万元。基本上是资不抵债，或资产债务相当。当然，这些债务应该是县医院原有的负债，由县政府承担。

他们又算了一下县政府要求的投资额。一栋一万平方米病房楼，含装修费，按每平方米造价一千元算，就是一千万元。医疗设备分年度投入，可以采取分期付款、合作经营等形式，不是很急，压力不大。佟建东认为，经济压力主要在前三年。他进一步分析比较：

古邑县人口一百二十万，比临水县少三分之一，但这里只有一家县医院。

临水县医院每年可支配收入一千五百万元左右，主要用于发放职工工资，医疗设备的更新、增加，扩大医疗用房，改善医疗条件和职工福利待遇。古邑县医院正常年经营收入应该在一千万元左右，但第一年达不到，通过努力，能够达到收支平衡，或略有结余。第二年经营收入争取做到一千八百万元，第三年经营收入会更高。以后没有意外的话，经营收入会逐年增加。

压力主要在前三年，主要又是病房楼付款。如果分期付款，时间拉长一点，压力就会小一些，所以，选择相宜的建筑队伍很重要。

整体算下来，困难主要在前三年甚至五年，都没有什么回报，全部收入都要用于建病房楼、增添医疗设备和给医护人员增加待遇。前期，县政府如果不能兑现承诺，欠债不能及时清偿，会极大干扰承租人的正常经营，造成额外的支出和负担。再说，县医院的现状如此，除了经济状况面临崩溃以外，人才流失，人心思散，各种矛盾已经是积重难返。要想把这样的医院盘活，实在是难上加难，希望渺茫。

江行舟没有说话，佟建东、张人杰低头沉思，华保才紧皱眉头。江行舟等人是外行，吃不准，全指望佟建东拿主意。

佟建东把眼镜摘下来，用衣角擦了擦又戴上，把材料又仔细看了看，沉吟良久，才抬起头说：“我谈谈我个人的看法，供大家参考。根据目前看到的数据，结合县政府的要求，情况还是比较严重的，前景预期并不明朗。当然，我们也有有利条件，例如我们的团队会带来开拓的精神和较为先进的管理理念，又有天路达公司强有力的支持，一定能克服这些困难。从预期来讲，前五年可以收回投资，后十年每年可支配收入一千万元，应该还是可以的。但是风险比较大，我们要评估一下，值不值得去冒这个风险。”

第四章
双向奔赴

听罢佟建东一番分析，江行舟咂咂嘴没说话，张人杰也不吱声，望着佟建东。佟建东说完话，也就不再说什么，听大家发言。

华保才从沙发上站起来，用手捶捶腰：“我觉得这个项目还是可行的，前景预期还是不错的。”

大家听他这么说，感到一愣，都坐直身子听他的高见。

华保才说：“搞医院我是外行，但是隔行不隔理。项目投资主要看回报率，短期项目资金要求数额多且集中，回报时间短，速战速决。长线投资主要看前景，如果预期好，回报稳定可持续，年回报率达到百分之十以上就很不错。这个项目，看我们需要投资多少。县政府要求押金五百万元，这个可以谈，就是不能少，反正一年就返还了，资金成本不高。建病房楼，资金可以分期付款。购买医疗设备，佟院长说可以有多种方法解决，缓解资金压力。至于应急需要的资金数目不确定，没关系，临时需要临时解决，应该有时间筹集的。其余就没有什么太大的资金支出了。

“前期这些资金，我们可以采取多渠道筹集，在座的每人出一部分。股东是必须以现金入股的，这是一定要这样做的。股份制就是这样，我本人也愿意出资，公司不要说占大头，是不是控股，大家再商量。

“前几年虽说我们支出多，但是搞企业，资金都是往前走的，不可能一刀切，可以有一定余地。后十年回报比较稳定，回报率肯定大于百分之十五。这样的回报率，作为一个长期项目投资还是可以的。整体来看，我觉得这个项目还是可以考虑投资的。至于具体条件，我们还可以和县政府谈，把条件谈得对我们更有利一点。”

大家见华保才信心很足的样子，顿时都兴奋起来。佟建东说：“既然华总这么有信心，那我们更有信心！我们再进一步看看，争取把工作做得更深入细致一些。”

江行舟和张人杰也都表示赞成。大家继续讨论，跟县政府谈判的条件和策略，一直讨论到深夜。

第二天一早，佟建东一行人在宾馆吃过饭就驱车去县医院。

县医院在宾馆沿主街道向北大约一公里，一条河的西面，交通状况很好，靠繁华城区有点距离，有点闹中取静的意思。大家觉得县医院的位置不错。

县医院大门朝东，两侧各有一排平房，是一些私人小店。卖小吃的正在收拾早点摊，地上都是污水、厨余垃圾。院子里是医疗用房，大部分是平房，只有一两栋二三层的小楼。平房之间有道路连通，路旁绿化不错，桂花枝繁叶茂，虽然是冬天，但还是绿意盎然。

他们从大门向里走，前面是门诊，都是带走廊的砖瓦平房。内科、外科、儿科、妇产科，门类齐全。门诊的病人不少，有的科室门口还有人排队。就这样的条件，病人还这么多，将来条件改善以后，情况会更好。

后面是病房。有平房，也有楼房。他们到病房里看了看，住院病人也不少，病房基本都是满的。但病房条件比较差，除了卫生不好，病床也很老旧，病人盖的被子五颜六色，看样子都是病人自己带来的。陪护的病人家属的衣物随意乱扔乱放。还有用煤油炉做饭的，病房里充满烟气和饭菜的气味。

他们本来还想找病人聊聊，但又觉得比较唐突。

县医院办公楼是一栋两层灰砖小楼，看着倒是古色古香。他们望了望，没有到楼里边去，就准备往回走。这时佟建东的手机铃声响了，他见是任志贵打来的，便连忙接通说：“哎呀，是任科长啊，你好！”

任志贵也高声答道：“是我！佟院长吗？你们现在在哪里？”

“我们还在你们这里，准备回去，还没有走。”

“哎呀，好在你们还没有走。我们局长听说你们来考察县医院托管的事，想约你们见面谈谈，不知你们有没有时间。”

佟建东问道：“请问局长准备什么时间谈？”

“他说现在也可以，下午也可以，明天他就要去管州开会了。你们决定上午还是下午，我好向他汇报。”

佟建东小声问华保才：“现在还是下午？”华保才小声道：“你刚才说要走，再说下午不好，要不我们现在过去。”

佟建东点点头，对任志贵说：“那就现在吧。”

任志贵说：“好的，请你等我电话。”

江行舟一行人来到卫生局，任志贵已经在楼下等他们。他见佟建东等人从车上下来，连忙迎上前去，满脸堆笑，紧紧握住佟建东的手。任志贵的脸色比昨天好多了，眼皮也没有昨天肿得厉害。任志贵又和华保才握手，问：“那两位老板呢？”

“他们有点事，没来。”佟建东答道。

任志贵说：“樊局长在办公室专门等你们。”说着，他就在前面带路，往楼里走。

其实，江行舟和张人杰就在车上。他们觉得见局长，去那么多人不太好。

一个小时后，佟建东和华保才出来。任志贵还是在前面走，后面跟着一个器宇轩昂、高腔大嗓的高个子男人。这人就是樊局长，名叫樊大同。樊大同把佟建东和华保才送到楼下，握住华保才的手使劲晃了晃，热情地说：“我们欢迎华总和佟院长来我们古邑县创业发财！我一定会把我们刚才的谈话内容向我们分管县长、县长、县委书记汇报。”

华保才笑笑说：“感谢樊局长的热情支持！我们回去以后一定认真研究，尽可能促成这次合作。”

佟建东说：“有什么情况，我们及时沟通。”

回到车上，佟建东和华保才讲了他们刚才与樊大同的谈话情况。看来，县政府对外委托管理县医院的事情比较着急，想把这个包袱尽快甩出去。有些条件他们就可以提，谈判空间还是有的。

“这个家伙比较鬼，刚才还跟我们要小心眼儿。”华保才道，“他说现在有好几家来谈，他们要好中选优，希望我们拿出足够的诚意。其实他在搞心理战，我一眼就看穿了他的心思。看来以后跟这个家伙打交道要多一个心眼儿。”

佟建东说："商场嘛，虚虚实实，真真假假，挖坑设防都很正常。慈不掌兵，义不经商。"

他们觉得再在这里待着已经没有意义，便决定回临水县。一方面等这边消息，一方面华保才还要跟天路达公司高层吹吹风，做做工作。这边要是开出合适条件，他们就要给这边及时回话。

江行舟从古邑县回来以后，每天还是按时到公司上班，处理公司日常事务。

佟建东是古邑县医院项目的牵头人和联系人，回到临水县以后，他发动他的医大同学，寻找了解中原省古邑县医院的人。果然有同学主动介绍，和他同届不同班的一个同学，名字叫支钢，老家是古邑县的。支钢学临床医学专业，现在在同口市人民医院，可能是科主任或是副院长。

佟建东马上联系支钢。

支钢对佟建东很热情，互相聊了一会儿当年在学校的简单情况和各自的现状，觉得互相关系一下子近了很多。后来佟建东说到正题，问支钢知不知道古邑县医院对外委托管理的事情。支钢笑起来，说天下竟然有这样巧的事情！

佟建东忙问什么情况。

支钢说："古邑县是我老家，县医院的事情我当然关心，我也曾帮过他们不少忙，但县医院问题太多，没办法，事已至此，不去说了。县医院实在搞不下去了，县委、县政府曾跟我们医院联系，想请我回去当院长，我没有同意。主要因为那里是我老家，熟人社会很多事情不好办，深不得浅不得。把县医院对外委托经营还是我的主意，这样既能保住国有资产不流失，又能借助外力，把县医院搞活，一举两得。"

佟建东听罢支钢的介绍，说："我想参加竞标，请老同学支持。不知现在报名情况如何。"

"这次县医院委托第三方管理竞标事宜，县政府聘请我当业务主评委。"支钢道，"关于招标进展情况，他们会向我通报。据我所知，参加竞标的人不少，一些小老板，不管是开饭店的，还是包工头，不问青红皂白都来报名，完全是一群没头苍蝇。现在有三四家有实力的，但都不是搞医的，专业不对口。我正愁呢，辛苦折腾一趟，弄个外行来办医院，肯定有问题呀，到时候如何向全县百姓交代？现在好了，你要是来竞标，不管怎么样，比外行要踏实多了。至于你们具体情况怎样，你要把握好。”

佟建东说：“我马上把我们的资料发给你，你帮我们指点指点。”

“指点谈不上，我们共同努力。”支钢说，“只要你们条件具备，我一定实事求是地推荐。当然，决定权最终还是在县委、县政府，你们要跟他们多联系。我相信，县委、县政府一定会从全县经济社会发展大局考虑，支持真正能够把县医院搞好的人来管理县医院。”

“我希望是这样。”佟建东道。

放下电话，佟建东就把天路达公司的简介和自己的个人简历以电子邮件的方式发给支钢。

华保才回到临水县后，召开公司高管吹风会，把古邑县医院的事情向大家公布，仔细分析了项目投资的可行性和存在风险，表明自己对这个项目支持态度。高管们都是华保才多年的老同事、老部下，对华保才一直都很信任和依赖。只要是华保才提出的意见，他们都会表示同意和支持。此次这个项目也是这样。

这次吹风会的结果决定，一切都按程序走，天路达公司高层的思想就算达成了一致，就等佟建东和古邑县委、县政府的消息，随时可以进入实质性工作。

张人杰从古邑县回来后，也开始准备退岗的工作。他找到公安局局长，说了自己家庭困难情况，他爱人糖尿病比较严重，影响到眼睛，视力只有零点二，生活需要他帮助，希望局长给予他照顾。局长听后表示关心，问他需要什么帮助。他说多给他一点时间，帮助爱人做点事情。局长表示完全可以，他要是有事，只管去忙。工作上的事情，不要考虑，以后安排工作的时候会注意，尽可能不给他增加负担。

其实，张人杰心里清楚，现在的局长是市局派来的，和他的关系也不错，但是毕竟是新配合的，还达不到像原局长的亲密程度。他现在的工作岗位弹性很大，领导要是信任，可以安排他做很多重要工作。如果按正常工作安排，他便没有什么实质性工作可做。所以，他觉得比较尴尬，早就想彻底退下来。现在古邑县的项目还可以，他参与做一做，省得他真正退休后无事可做。能不能成功，努力试试吧。现在局长既然同意他自由安排时间，他也就放下心来，耐心等待佟建东的消息。

支钢收到佟建东的电子邮件以后，打电话问樊大同，了解古邑县医院招标报名情况。樊大同回复说，初步进入考察范围的有三家。临水县佟建东算一家，有医院背景，投标公司具体情况不清楚。石庄一家制药企业，是上市公司，实力应该最强，也有意向。还有管州一家，搞宾馆洗浴的，关系比较复杂，口气也比较大，志在必得的样子。

支钢说："没有医疗背景，将来怎么管医院？肯定不行啊！"

樊大同道："老弟不要把话说死，关键是领导的态度。我们搞医的当然希望让专业的人干专业的事，但领导要考虑方方面面的关系。我们意见照提，但最后必须服从领导的决定。"

支钢又问："报名截止时间马上要到了，接下来怎么办？"

"领导的意思是，时间服从质量。"樊局长说，"再等一下，看看还有没有报名的，要求我们组成考察组，到报名单位实地考察，再根据考察情况研究决定。"

支钢将这个情况及时反馈给佟建东，要他们做好接受考察的准备。

佟建东连忙向华保才做了汇报，说他要精心准备一下，请华保才这边也准备一下。

"我们不需要准备。"华保才说，"我们一切都是公开的、正常的，他们随时都可以来看，没有问题。"

佟建东便做自己认为需要的准备。

果然，佟建东接到任志贵的电话通知，古邑县主管卫生工作的副县长要带队到佟建东那里考察，希望佟建东做好接待工作。

佟建东连忙把这个消息告诉华保才。华保才说："好，欢迎他们来！到时候，他们肯定先找你，请你陪他们来我们公司。我马上安排接待工作，再准备一点土特产。这是常规礼节，我们都会办好的。"

"不好意思，叫华总破费了。"

"这是我们自己的事，一家人不说两家话。"

元旦，古邑县考察组却没有放假，来到临水县考察天路达公司和佟建东的情况。

古邑县考察组一行五人，由主管卫生工作的池副县长带队，县卫生局局长樊大同、财政局祝副局长、池副县长跟办秘书小郝、同口市人民医院副院长支钢随行。

佟建东提前在高速出口等候，接到池副县长一行人后，直接来到天路达公司的楼下。

第五章

医院托管的事终于尘埃落定

华保才已经在楼下大厅里等候，佟建东下车跑到考察组前面，向华保才介绍考察组一行人，又向考察组一行人介绍华保才。池副县长非常年轻，西装笔挺，戴一副金边眼镜，看上去特有文人气质。跟办主任介绍池副县长是北大毕业的高才生，还是作家。华保才连忙说："池副县长年轻有为，太了不起了，幸会幸会！"

考察组一行人看看天路达公司的办公大楼，虽说只有六层，但装饰豪华，全玻璃幕墙，乳黄色大理石干挂，大厅红色圆柱十分庄重大气。楼梯宽敞明亮，干净整洁。华保才带领考察组一行人来到会议室。会议桌上摆着鲜花、水果，座位前已经放好茶杯和矿泉水。

华保才谦虚地说："地方窄小，希望大家原谅。"

池副县长向华保才和佟建东介绍他们此行的目的，表示欢迎华保才和佟建东到古邑县投资创业。这次他们受县委、县政府领导指派，来到临水县考察天路达公司和佟建东参与他们县医院对外委托管理的事情，例行公事而已。

华保才和佟建东都表示，非常欢迎各位领导亲自到这里实地了解他们的实力。他们凭实力说话，不会让各位领导为难。真要是条件不够，他们自然无话可说；要是各位领导认为他们符合要求，他们愿意为古邑县医院尽一分力，希望得到各位领导的关心和支持。

池副县长笑笑说，他们一定本着实事求是的原则，把他们了解到的情况如实向县领导汇报。在力所能及的情况下，争取天路达公司和佟院长能够和他们合作共事。

接着，华保才向考察组汇报了天路达公司的简单情况和发展历程，以及未来的发展规划。接着他叫人把天路达公司的相关资料搬到办公桌上，请考察组审阅。

池副县长简单翻了一下资料，就叫樊大同看，他和华保才、佟建东聊天。

池副县长详细介绍了古邑县医院对外委托经营的来龙去脉。

古邑县是经济欠发达的省级贫困县。这些年对卫生事业投入不足，欠债太多，制约了医院的发展。县医院领导班子老化，思想观念保守，管理手段落后，医疗设备陈旧，加上一些领导个人原因，出了一些问题，更加剧了各方面的矛盾。县医院人才本来就不足，又欠发工资，导致人才流失严重，已到崩溃边缘。县委、县政府审时度势，决定大胆改革，采取超常规手段，把县医院对外委托管理，保持国有资产不流失，引进外资，给予优惠政策，不但把县医院救活，还要发展壮大，为全县卫生事业做出应有的贡献。

池副县长还说，刚才看到天路达公司办公大楼，又听了华保才的介绍，感到天路达公司实力雄厚，具有良好的发展前景。如果能有机会与华保才合作将是他们期待的。等一下他们还要和佟建东好好聊一聊。他们之所以看好天路达公司，主要看中的是天路达公司有经济实力，佟建东有管理县医院的经历和能力。这是一个难得的比较完美的组合，他们企盼这个组合在将来的实际管理中发挥充分作用。华保才说，这是肯定的，请领导放心。佟建东也表示自己一定会全力以赴，调动各方面资源，把古邑县医院经营好，绝不会给县委、县政府丢脸。

池副县长笑笑说，我们共同努力，争取实现这个目标。他站起来，与华保才、佟建东握手。三个人都很激动。

资料看过后，樊大同问池副县长要不要再看一看。池副县长说，你们看过就行了，回去再议。樊大同点头说好。

池副县长想请佟建东带他们去临水县医院看看。

佟建东说："县医院改制以后，正在准备征地建新医院，县政府准备把县医院旧址对外出让搞房地产开发，所以比较乱。再说，我现在已经不在县医院了，你们去看似乎也没有什么意义。"

池副县长说："我们既然来了，临水县医院毕竟是佟院长曾经任职过的地方，我们到实地看一下，不一定要解决什么问题，看一下心里有个数，回去好向县领导汇报。"

佟建东听池副县长这么说，只好答应："既然如此，我就带你们去看看。"

华保才对池副县长说："佟院长带你们去，我就不去了。你们看过以后，请直接把车开到临水县宾馆，就是原来的县委招待所，现在转让给我们公司经营，我们对其做了一些更新改造，请池县长赏光多提宝贵意见！"

池副县长笑笑说："好的！那我们就不客气了。谢谢华总！"

晚上招待池副县长等人，华保才想请县政府有关领导作陪。佟建东说："古邑县医院的事情，还不到公开的时候，最好不要惊动外人，引起不必要的麻烦。"

华保才觉得有道理，就向池副县长解释没有请县政府领导作陪的原因，希望池副县长谅解。

晚上，欢迎池副县长等人的宴会只有华保才、佟建东、张人杰和江行舟参加，天路达公司的几位高管作陪。

池副县长说自己酒量不行，意思一下，其他几个人酒量不错，来者不拒。天路达公司里也是卧虎藏龙，高手如云。双方觥筹交错，互相攻防，打成平手。

佟建东没有喝醉，他与支钢约好，宴会结束后，到支钢房间说话。

在支钢房间里，他们说起当年在大学时候的事情，有多少校花多少校草追捧，闹出很多笑话。他们的宿舍不在一栋楼上，因为不熟悉，也许匆匆擦肩而过却互不相识。现在不知不觉时间已经过去了十几年，都已经老了，不由发出白驹过隙的感叹。

他们说着说着就说到这次考察的事。支钢说："这次考察，你们还是有希望的。你们主要优势是经济实力和人才互补。特别是你的县医院院长经历非常有吸引力。我相信，如果古邑县政府领导真想把事情办好，一定会选你们团队。"

佟建东问："其他投标人什么情况？"

支钢答道："具体情况我也不是很清楚。因为有些投标人是直接跟古邑县政府领导谈的，你们这里没有什么其他渠道，直接跟古邑县卫生局谈。所以这次考察，我们接到的任务就是你们一家。”

“怎么搞得这样神秘？”佟建东说，“行就行，不行就算了，无所谓的。”

支钢说：“主要还是县领导着急。不过我听说，石庄制药企业跟县政府领导谈，希望出资整体收购县医院，包括产权。县政府领导不敢答应，双方意见不一致。”

佟建东道：“其实你们的县委书记、县长还是胆子太小。就像我们这里，改制就改制了，一了百了，有多大点事！”

“古邑县毕竟处于西部地区，县委、县政府的领导思想还是比较保守的。”支钢说。

佟建东又问管州那家餐饮公司怎样，支钢说不太清楚，可能都是自己直接和县领导联系。他们毕竟是本地企业，人脉关系比较复杂，能不能成就不知道了。

佟建东见支钢累了，就说：“睡吧，今天太晚了。欢迎你和朋友也好，家人也好，以后来临水县做客！”

支钢说：“只要你还认我这个老校友，我会缠死你。”

考察组成员回去以后，池副县长向县领导汇报了到临水县考察的情况，认为天路达公司的条件比较符合古邑县政府的要求，把县医院交给天路达公司管理比较放心。

到底把县医院交给谁，县委书记和县长却产生了分歧。

石庄制药企业，因为不能获得完整产权，自动放弃。

管州的商贸洗浴企业，虽说规模不小，实力较强，但毕竟没有经营过医院，交给他们来管理，县委书记觉得不放心。他认为，管理医院是一项技术性很强的事情，专业的事情必须交给专业的人来办。天路达公司有佟建东这个专业人士，这个团队就比较理想。他同意把县医院交给天路达公司的团队。

县长却认为，管州的商贸洗浴企业毕竟是本省的企业，让他们来管理县医院，会更认真负责，也更好操控一些。天路达公司，是外省的不说，他们团队虽然有佟建东参与，但毕竟是临时组合，不一定能形成合力，把县医院搞好搞不好也是两可之间。他倾向于把县医院交给管州商贸洗浴企业。

两人意见相左，争执不下。当然，最后还是县委书记把这个事情拍板定下来。县医院对外委托经营的事终于落下帷幕。

不过，县委书记交代，要池副县长跟天路达公司好好谈谈，说清楚，佟建东必须来古邑县医院当院长，至少当五年以上，否则这个事免谈。其他条件按招标文件落实就是。

华保才和佟建东分别接到池副县长秘书电话通知，要他们第二天上午，去古邑县政府见池副县长，谈县医院投标的事。

华保才和佟建东交换了意见，认为池副县长叫他们把公章带上，这件事应该问题不大。

在古邑县政府会议室，华保才、佟建东和江行舟见到了池副县长。

池副县长说："华总、佟院长，我们就开门见山，谈正事。"

华保才点点头说："好，请池县长指示。"

池副县长把古邑县医院对外委托管理的标底揭了，说县委、县政府对县医院的事情作为改革的一项重要举措，本着公开公平公正的原则，面向社会招标竞标，得到省内外各方人士的关注和支持，许多单位和个人积极参与。华保才和佟院长团队凭借实力从中脱颖而出，获得县领导和业务部门一致认可，决定把古邑县医院交给华保才和佟院长团队管理。

华保才站起来说："感谢池副县长和各位领导的关心和支持！"

"华总先不要感谢。"池副县长道，"我们能不能最后签约，还要取决于我们对具体条款的商谈。如果我们能够顺利达成共识，肯定没问题。如果我们达不成共识，这件事成不成就难说了。"

华保才说："池副县长说得有道理。我相信，我们的目标是一致的，没有谈不成的事。"

"但愿如此。"池副县长道。

其实，后来的谈判并没有出现什么意外。有县政府的招标文件做基础，其他细节性增加或删减经过磋商，基本上都获得对方谅解，做出适当调整。

华保才提出，押金五百万元太多，没必要，资金闲置造成浪费，希望县政府少收或不收。县政府经过研究，同意押金减少至三百万元，时间改为半年。大楼也由一万平方米改为八千平方米。

华保才又提出，县医院享受的县政府优惠政策要明确，防止过于笼统模糊，造成以后执行困难，产生争议和矛盾。池副县长把华保才的意见汇报给县委领导。县委领导同意将县政府的关于卫生等事业方面的招商引资优惠政策整理完善，并进行适当补充，写入合同条款。

佟建东提出，卫生人才引进，古邑县政府应当给予特殊鼓励政策，如户口、购房、子女上学等支持政策等。

古邑县委、县政府领导研究后认为，这条建议很好。不仅适用于卫生部门，也适用于全县所有各方面的人才引进。重视人才培养和使用，是县域经济社会发展的根本出路。决定另行专项研究，出台关于人才培养引进、使用的专门政策。

这样，古邑县医院对外委托管理的事情终于尘埃落定。古邑县政府作为甲方，天路达公司和佟建东作为乙方，在合同上签字。

春节前还有很多事情没有做好，暂时交接不了。双方商定，春节后交接。县政府安排审计，春节期间不休息，加班加点，对县医院的资产进行审计。春节一上班就要拿出汇报。天路达公司也派出财务人员参加审计工作。

第六章
一下子还不适应

近几天江行舟和佟建东跑来跑去，看上去干劲不小。但江行舟刚从一线退居二线时，却完全不是这样。

从指挥部办公室回到家的那天，他昏天黑地一口气睡了五六个小时，浑身疲惫不堪。第二天早上，他仍像往常一样，起来刷牙洗脸吃早饭，然后拎起包，急匆匆往外走。王莉正在收拾碗筷，见他要出门，忙问："老江，你到哪里去？"

"上班。"江行舟边走边答应。

"你到哪里上班？"王莉知道江行舟还没有转过弯子来。

江行舟一愣，半晌才反应过来，自己已经退居二线，由法院副院长变成主任科员。指挥部办公室主任和城区开发建设总公司总经理他也不当了，不用到法院和指挥部上班了。他原来坐的那把椅子，已经有新人坐了；他原来管的那些杂七杂八的事，根本不用他操心了。他现在的身份，和街头路边下象棋、打扑克的大爷一样，就是一个普普通通老百姓。除了那份工资，表示着他还是公家的人。

江行舟返身回到房间，把提包挂到门后的衣架上，站也不是坐也不是，不知道干点什么，傻乎乎地望着王莉。

王莉说："你不要多想，这样很好。这么多年，你太辛苦了，歇歇很好。什么事也不要你干，你就在家看看电视、看看书。我去上班，中午你想吃什么，到后面菜场买点回来，我下班回来做。"

“中！”见王莉给出指示，江行舟好像在黑夜中忽然发现了灯塔，一下子找到了前进的方向，心里不禁充实起来。结婚二十多年了，整天早出晚归，忙忙碌碌，对于他来说，家，不过就是一个吃饭和睡觉的地方。直到这时，他才第一次感觉到，眼前这个整天埋头做家务、在单位里埋头工作的人，才是自己生命的最终依靠；这个简朴的小院，才是自己最温暖的生活港湾。想到这里，他平静地对王莉说：“没事，你去上班吧，我先找找感觉。”

王莉说：“你慢慢找，我走了。”

江行舟帮王莉把自行车推出大门，临行时还特别关照一句，“慢点骑，注意安全啊！”

直到王莉的身影消失在转弯处，江行舟才回到院子里，把大门关上，站在院子里发呆。看着眼前这些房子，他感觉很熟悉、很亲切，又很陌生。主屋是两层简易的小楼，九十二平方米。只有三四十平方米的小院子里，他栽了一棵石榴树、一棵葡萄树，搭了一个架子。院子虽小，生活气息却很浓。

原来这里是县政府直管公房，1994 年房改，卖给江行舟。后来孩子大了，要分床，江行舟经过申报，在院子里建了厨房。这一切都是江行舟亲手操持，改建扩建，装修装潢，投入很多心血。但他太忙，每天一大早出去，很晚才回来，正如王莉所说，这里就是他的旅馆饭店。

然而，这里的确是江行舟的家。当他第一次这么仔细打量自己的家，却又是那样陌生，觉得这里像别人的家。

他长长地出了一口气。

他回到屋里，打开电视，选了几个频道，都是一些七七八八的生活类节目，他没有一点兴趣。他平时看电视主要看新闻，其他频道很少看。于是，他把电视关了，来到自己房间，拿起一本书翻了翻，看不进去，又扔了。倒下身子睡觉，可是一点睡意也没有。他又来到客厅，坐在沙发上发呆。

他坐一会儿，又站起来，决定出去转转。

到哪里转转呢？

法院已经很长时间没有去了，去看看那些老同事们，可是他们很忙；到指挥部去，那里的人欢迎自己吗？这样一想，他感到无处可去。他大脑高速旋转，身子却僵在那里，不知道能去哪里。

忽然，江行舟转念一想："买菜！"

"对！买菜！"

王莉交给他的买菜任务还没有完成。想想，这么多年，自己很少做家务事，都是王莉默默承担了全部家务，自己却什么也没有做。现在自己有时间了，可以天天买菜，做家务，让妻子好好歇歇，也让她享受自己丈夫的服务。想到这里，他精神为之一振，找出平时王莉买菜的包，把自行车擦擦灰尘，打打气，就出了门。

天气很冷，但很好，太阳高挂；风很大，吹得到处都是尖厉的螺旋式的刺耳的叫声。江行舟想起小时候看的苏联电影，西伯利亚的白毛风就是这种感觉。

街上行人稀少，菜场里人却不少。因为天冷，人们来买菜也迟。买菜的多半是老头老太，卖菜的都是年轻人。菜市场是简易的，但是在室内，不冷。菜摊摊主站在摊位前，向顾客轻声解释商品，讨价还价，帮顾客把选好的菜装袋、称重、收钱。没有高声叫卖，没有大声喧哗，生意有秩序地按流程进行。江行舟发现，临水县的市民的素质提高了，不经意间变得文明了。

现在反季节蔬菜很多，西红柿、青椒、韭菜娇嫩欲滴，黄瓜、土豆、萝卜都是从大棚里刚采摘的。各种蔬菜品种齐全，琳琅满目。

江行舟平时很少买菜，搞不清要买什么，就拣好看的特新鲜的往袋子里装，有的还没有称重、没有付钱就装到袋子里。老板见江行舟也不像那种浑水摸鱼占便宜的人，就善意提醒。江行舟连忙表示道歉，从袋子里把没有付钱的菜掏出来，让老板过秤。

江行舟发现自己买的都是素菜，没有荤菜，又连忙走到卖鸡鸭鱼肉的摊位。

江行舟知道王莉喜欢吃鱼，就挑了一条野生鳜鱼。他喜欢吃羊肉，就选了一块羊腿肉，准备回去红烧。

他把一大包菜放在自行车后架上，推自行车准备回家，不料怎么推都推不动。他以为自行车出毛病了，便把自行车支起来。他一抬头，看见金春生正拉着自行车后架。

江行舟大笑起来，问道："你老兄也来买菜？"

“我天天来买菜。”金春生笑道，“你来买菜，我还是第一次见。看来你要加入我们这一行了？”

江行舟不好意思地笑了笑，说：“这是必须的。”

金春生也退居二线了。

金春生告诉江行舟，他现在什么事也不干，专心致志地伺候老婆，不让她带着遗憾走。江行舟表示理解、同情，对他这种不离不弃的忠贞表示敬佩。

金春生说：“不管怎么讲，她为我们金家生了一儿一女，把自己身体累垮了，我不能对不起她。在她生命的最后一段时间，我要陪她好好过。”他的声音低沉，眼里闪着泪光。

江行舟叹了一口气，问金春生有什么困难。

“没有什么困难。”金春生说，“我在一个朋友那里投了一笔钱，可以分到一点利润，不多，够补贴家用就行了。”

金春生又问江行舟有什么打算。江行舟说：“我还没有具体想法。有时觉得很失落，不甘心就此沉沦，还想干点事情。有时候又觉得这么多年太累了，看看书，钓钓鱼，也挺好。”

金春生道：“偶尔打打牌、钓钓鱼可以，要是每天都这样无所事事混日子，什么时候是个头？老弟，你比我年轻，你的心思我懂，你是不甘堕落、有社会责任感的人，我觉得你应该出去找点事情做，就这样耗下去，太可惜了。再说，你也会憋出病来的。”

江行舟若有所思，点点头说：“你说得有道理。不过，我还是先休息几天，再考虑考虑。”

中午下班，王莉见江行舟买了这么多菜，很高兴，表扬鼓励一番，对买的太多且又营养成分重复的问题视而不见。江行舟帮助王莉做了一桌丰盛的午餐后，自斟自饮，喝了二两酒。

过了两天，江行舟跟王莉说，他想回老家去看看母亲。王莉说，反正你在家待不住，不如去看看老妈，也散散心。江行舟就到商店买点牛奶和一些母亲喜欢吃的点心。

怎么去呢？是个问题。

江行舟反复考虑，要不要找车子送自己回去。过去回老家，他都是开车去的，现在退二线了，就没有车开了。骑自行车，或坐公交车回去，老家的人怎么看怎么说呢？他的面子往哪放？要是还开车去，就要向别人借车。向谁借呢，又是个问题。

接任江行舟指挥部工作的，是县纪委副书记。他曾跟江行舟说过，“江院长放心，你是城区开发建设指挥部创始人之一，也是城区开发建设总公司第一任总经理，是临水县城区开发建设的有功之臣。城区开发建设总公司永远都是你的家，任何时候你都不要见外。你有什么需要我们去办的事尽管开口吩咐，我们保证照办。如果你要用车，我们随叫随到，绝不含糊”。

江行舟知道这是客气话，不能当真，自己不要找不准自己的位置，做出让人瞧不起的事。法院院长文清扬也跟他说过，“法院才是你真正的家，欢迎你经常回家看看！有什么需要只管说，要用车随时都可以”。

江行舟也是一次也没用过法院的车，办案车辆比较紧张，能不麻烦人家，尽量不给人家添麻烦。

几个朋友都有车，江行舟觉得给他们添麻烦不好。他想来想去，这样不行，那样也不行，干脆自己骑自行车回去算了，反正二十来公里，也不算远。过去自己在临水中学读书，经常骑自行车上学，有时还步行。现在自己身份变了，就不能骑自行车了？想想真是，世界真是变了，一切都变了。

江行舟到院子里看看天空，还好，有点阴，多云。北风刮得紧，正好要向北骑，迎风，怕是不容易。他想了想，还是坐公交车算了，到车站不远，带的东西也不多，用自行车驮到车站，把自行车存放在车站，自己坐车走，晚上回来，再把自行车骑回来。管他别人怎么议论，要那些虚头巴脑的面子有什么用！

决心一下，江行舟马上出发。不到上午 10 点钟，他就坐在老家的老屋里，陪母亲说话了。进村时，一路上见到叔叔大爷，他都很热情地打招呼，没见谁挤眉弄眼瞧不起的表情，看来他自己心虚了。

母亲在院子里这里拾掇拾掇，那里拾掇拾掇，不闲着。她见江行舟一个人回来，手里拎着一大包东西，没有问其他的，只说句“行舟回来了！”

江行舟也看出母亲的眼里满是疑问，没有说什么，就和母亲一起来到屋里，搬把椅子，扶母亲坐下。他把带来的东西放好，问：“同舟呢？”

“在街上。”母亲说，“两口子一大早就到街上的公司去了。现在他们整天忙，见不到人影。”母亲说的街上，就是花湖镇的街上。

江同舟现在开了一家景观艺术公司，主要是盆景制作和销售，自产自销，规模不大，行情还不错。一般情况下，都是夫妻俩打理公司，实在忙不过来，就临时找一两个人帮忙。

公司的办公室是他们去年买的房，在花湖镇。这是新开发的商品房，价格不贵。本来江行舟劝江同舟在文化一条街买房子，政府派购，给政策，允许各单位对买房者补贴。江同舟花不了几个钱，就可以买套门面房，上面买一套住宅。门面房可以做盆景销售门市，人住在上面也很方便。将来孩子上学更有有利条件，周边都是好学校，上学非常近便。

江同舟却有自己的想法和打算。他觉得在花湖镇生活创业，才是自己适合的。他出生在这里，在这里长大，对这里的一草一木都感到亲切，他离不开这里的水土。县城比农村现代化程度高，有很多好条件，但他觉得那是别人的家，再好也不能久居。再说，他搞盆景，花湖镇、余沟村具有得天独厚的条件，这里才是他大显身手的地方。所以，他谢绝了江行舟的好意，在镇上买了一套三层的商品房，一百八十多平方米，下面两层做公司办公室，三层住人。

说是公司，其实是夫妻店。江同舟说先搭一个框架，以后慢慢发展，不要想一口吃成胖子。老家的大棚，左扩右建，经过几年不断改造，原来的塑料钢架大棚，变成了砖墙玻璃顶的盆景制作基地。

江同舟又招了三四个徒弟，都是周边乡邻家的孩子，十五六岁，不肯读书，家长怕他们学坏，就委托江同舟教他们盆景制作手艺，不希望他们成多大的才，就是不想让他们满世界乱跑。江同舟说：“既然你们把孩子交给我，就要服从我的管理。学手艺就要听老师话，好好学习。要是不听话，我随时通知你们把孩子接走。我管严厉了，你们也不能来找我算账。”

家长当然满口答应。

一开始，这帮家伙调皮捣蛋，变着花样捣乱，都被江同舟制服。江同舟又实行奖励政策，做得好的给予奖励。时间一长，孩子的劣性也被慢慢磨没了，逐步适应了盆景制作的学习节奏，每天规规矩矩按时上班，成了守规矩的人。对于孩子的变化，家长感到不可思议，都感谢江同舟对孩子的苦口婆心教育。

江同舟对这些孩子说："你们还是应该回到学校读书，将来考大学，做一个对社会有贡献的人。"

有几个孩子认识到学习的重要性，愿意继续到学校学习。江同舟就叫家长把孩子送到学校继续读书。有两个孩子愿意继续学习做盆景，江同舟就把他们留下。这两个孩子慢慢长大，成了同舟公司的合伙人，好帮手。

江行舟询问母亲的身体情况。母亲说她现在腿脚好利索了，能走得动。她现在就是在家前屋后拾掇拾掇，最多到江同舟盆景工作室打扫卫生。

江行舟说："做点轻微的劳动也好。老年人需要活动活动，但不要做太重的活儿。"

母亲说："知道了。"

江行舟说他到江同舟的盆景房工作室里看看。母亲说，钥匙在桌上。江行舟从桌上拿起钥匙，去了江同舟的盆景房工作室。

他推开盆景房工作室大门，一股热气夹杂着泥土、青草的气味扑面而来。他抬头望望天，一轮艳阳从上面照下来，将屋里涂上金色。

工作室分成南北两个区。

南面是玻璃屋顶，墙上有大窗户，关上大窗户，可以充分利用太阳能提高室内温度，大窗户打开时可以降低温度，完全是自然生态，大大节约了能源。南边大棚里，种着怕冷的花花草草，应该是制作盆景的原料，有的已经开花，有的含苞待放，一股淡淡的清香沁人心脾。北边是一排独立的房间，是盆景制作的工作室，还有仓库。

这些房子有南北两个门，可以从大棚里进出，也可以从北门直接进出，这样进入大棚选料和成品运走就很方便。开在玻璃房里的窗户打开，可以利用大棚里的热量供暖，关上窗户有空调调节温度。两种供暖方式，根据需要，灵活运用。这些都是江同舟自己设计、组织施工的。

江行舟朝工作室里望了望，有人坐在工作台前修剪一盆刺松盆景。他轻轻咳嗽一声。那人抬起头，见到江行舟，忙站起来，问："大爷回来了？"

江行舟问："你是前庄德胜家的小三子吧？"

那个人低头，羞涩地小声说是。江行舟问他大名叫什么。他说："我叫江成龙。"

“乖乖！名字不孬！”江行舟问他，“你怎么不念书，跑来学做盆景？”

“我看见书就发困，想睡觉。”江成龙答道。

“做盆景就不想睡觉了吗？”

江成龙摇摇头，应道：“做盆景很好玩，还能赚钱。”

“那就好好学，争取把手艺学得精一点。”

“哦！”江成龙说，“我听大爷的，好好学，将来赚大钱！”

江行舟就叫他坐下继续做盆景。他回家陪母亲聊天。

母亲问江行舟中午想吃点什么。江行舟说：“擀面条，打荷包蛋，小青菜炸汤。”

母亲问：“你就不能换换花样，吃点别的？”

江行舟道：“我就想吃我妈给我擀的面条，自家鸡下的蛋，比山珍海味都好吃。”

母亲笑笑说：“好，擀面条，打荷包蛋。”

正在这时，江行舟的手机铃声响起，见是冯续来打来的，连忙接听。

“领导好！”江行舟笑笑说。

“在哪里？”冯续来还是那样高声大嗓。

“在老家。”

“什么时候回来？”

“下午回去。你有事啊？”

“永建回来了，指名要见你。”冯续来说，“他现在官做大了，见到他不容易。你抓紧时间回来，晚上到韩乐那里。”

“好，我马上回去。”江行舟道，“我晚上一定到。我确实很久没见他了，还是很想他的。”

冯续来感慨道：“是的。毕竟是多年老朋友了，无论做多大官，还是人嘛！”

江行舟跟母亲说：“我下午还要早一点回去，晚上有事。”

“我们中午饭就早点吃，吃过饭你就走。”母亲道。

“行。”江行舟说，“同舟很忙，我这次就不打扰他了。”

母亲说：“等他晚上回来，我告诉他就行。”

第七章

春节要互相走动

老朋友老地方，熟门熟路。

丁永建比原来瘦了一些，额头已出现细细的皱纹，显得更加老成干练。他比江行舟到得早一些，正和韩乐聊天。江行舟到了，他们互相握握手，寒暄几句。

江行舟坐下，丁永建笑笑说：“我早应该来的，实在走不开。本来今天晚上和奚书记商量事情的，突然省里来领导，他和省领导研究大事，我就抽空回来一趟见你。有些事情我没有做好，要跟你道歉的。”

江行舟知道丁永建说的是工作变动的事。当时，工作变动的事情，冯书记跟他谈完后，他的第一感觉就是这么大的事，怎么没听丁永建吭一声？丁永建肯定知道这事。临水县调整这么多干部，徐以宁不可能不向奚书记汇报，丁永建当然也会知道。丁永建知道后不能直接告诉他，也应该通过什么方法委婉地告诉他，不至于弄得他很被动。丁永建难道会食言而肥吗？三年来，机会还是有的，最后他一事无成，仍是来时的老样子。每遇机会，丁永建总说这样不行，那样不行，再等等。

江行舟又往深一层想，自私是人的本性，谁不为自己？丁永建当然也会为自己，这又有什么错？话又说回来，丁永建对他还是比较关心的，给他提的几次建议也都是对的。这次临水县干部大调整，也许丁永建不知道，也许其中另有隐情。不了解情况，也不能乱猜、乱怪人。现在丁永建能专门找他来说这件事，说明丁永建还是坦诚的，至少态度是令他感到满意的。

“你也不用说道歉不道歉的事。”江行舟说，“你没有提前跟我说这个事，我当时还是有想法的。不过你也许有你的难处，现在这件事已经过去了，无所谓了。我这个人，你是知道的，不太在乎这些事情，能实实在在做点事情就满足了。”

丁永建等江行舟说完，笑道：“你这次工作变动，我确实不知道。等我知道这个情况以后，临水那边已经宣布了。我想事已至此，再说什么也没有用处，一切都无法改变。如果行舟有想法，就让他骂几句出出气。”

江行舟笑笑说：“骂你倒不至于，不高兴还真有。既然是这种情况，就是当时你知道，恐怕也很难改变。”

他们正说着，冯续来进来了，大大咧咧地挥挥手，叫大家坐下说话。韩乐见人已到齐，问冯续来要不要上菜。冯续来说：“上，我们边吃边聊。”

冯续来说：“我刚才进来，听你们说行舟的事。我当时怕他难为情，把他带到省城说这个事。徐书记在这次大调整之前，向我征求意见，我提出能不能以城区开发工作重要为理由，作为特殊情况对行舟予以照顾，暂缓调整。他说这次调整面很大，不能有一个人特殊。如果一个人特殊对待，这车就刹不住。不管是谁，只能一刀切。我又提出，能不能把行舟的副院长免了，保留党组成员，还留在城区开发指挥部。他觉得还是不妥。我看他确实为难，没有再坚持。所以，行舟是受了委屈。行舟要是不来指挥部，还在法院，也早提起来了，现在是想好不得好，弄成现在这个样子！我觉得我对不起行舟。”

“冯书记千万不要这么说。”江行舟笑道，“感谢你们对我的关心支持。不论结果如何，你们都尽力了。我还是那句老话，此生不图能做大官，只要能做大事。不管怎么样，这几年我虽然辛苦一些，但精神上还是感到充实。在街上走走，看看，到处都有自己走过的足迹，还是很欣慰的。”

丁永建笑笑说：“行舟是精神贵族。”

冯续来向丁永建说起自己前几天去找奚书记汇报思想的事。丁永建笑笑说：“你早该这样，奚书记跟你还是老交情，思想交流应该是无障碍的。”

“我这个人，不喜欢找领导舔唇抹嘴的，专拣领导喜欢的话说。”冯续来道，“我只讲做人做事问心无愧，把领导交给我的任务完成就行了。其实我自己知道这样是不行的，但有些事知道做不出，想到做不到。”

江行舟说：“这话是你说的，我就是按你说的话做的。你觉得我这样做，你心里真的没有不舒服吗？”

冯续来哈哈大笑：“人同此心，心同此理。”

三人都笑起来，看破不说破吧！

酒过三巡，菜过五味，觥筹交错时，冯续来问江行舟：“你现在干什么？”

“没干什么。”江行舟说，“在家休息，处于前所未有的放松状态，无比舒畅。”

丁永建道：“纯属言不由衷。你当闲人还高兴？除非太阳从西边出来。”

冯续来说：“你现在休息，实在是为时过早。你还是应该找点事情做。”

“做什么事情呢？”江行舟道，“去学校教书吧，我原来的那点知识早已老化，也忘得差不多了，没有哪所学校会要我。再去哪家单位当秘书，没有哪个领导会要五十岁的老头给他拎包。别的工作我真的不会做。”

“怎么不会？搞开发，当开发商。”丁永建和冯续来几乎异口同声地说。

江行舟道：“搞开发容易，当开发商难，那得有钱才行，而且要有大钱才行。不是在这里说说，吹吹牛就可以的。”

冯续来说：“没有钱没关系，可以先去给别人帮忙，或者入股合作，以后有钱了再自己干。”

“对，这样比较可行。”丁永建说，“一步一步地来，说不定遇到好机会，用不了几年，你就能成为大老板。”

江行舟摇摇头，还是觉得不太靠谱。

丁永建说：“冯书记不是跟很多开发商熟悉嘛，选一个关系好的，人品又不错的，把行舟推荐过去。说实在话，像行舟这样懂得开发业务，又有事业心，还有政府资源的人到哪里去找？他们这些人还没有醒悟过来，要是发现这样的人才，还不是如获至宝。”

“我来办这事。”冯续来说，“让我仔细琢磨一下，看找谁合适。这个人不能乱找，一定要相宜。既要对行舟负责，也要对人家负责。”

江行舟点点头，算是同意试一试，也算是对冯续来和丁永建表示感谢。

2005年的春节马上就要到了。

中原省古邑县医院的项目开始启动。古邑县政府迅速成立审计组，对县医院进行清产核资，搞清底数。同时卫生局组织工作组，对县医院改革进行吹风，实际上是进行动员发动工作。

佟建东打电话跟支钢商量，春节期间要不要向相关领导表示一下。支钢认为，虽然双方还没有正式交接，但合同已经签过了，等于这件事没有悬念了，就是已经成功的事情，所以他觉得佟建东和华保才最好还是过来一趟，看望一些主要领导。

于是，佟建东与华保才商量，决定春节后去一趟古邑县。

对项目实施，佟建东和华保才从古邑县回来，把江行舟和张人杰找来商量，这事已经签了合同，后续工作就要紧锣密鼓跟上。经过大家仔细研究，达成这样几条意见：

第一，项目实行股份制，按股份享有相应权利义务。天路达公司为牵头公司，出资全部股本的百分之五十，法人代表为华保才。参股股东为佟建东、江行舟、张人杰，以及天路达公司股东三人，一共七人，每人股金暂定五十万元。如有需要，可经股东会议决定增资或减资。

第二，推举佟建东为古邑县医院院长，依据与古邑县政府所签合同和天路达公司的授权进行管理。任期暂定五年。其间待遇另行商定。为工作方便，天路达公司将根据需要，指派财务及其他适宜人员协助佟建东工作。待遇由佟建东根据工作需要和实际情况议定。

第三，对古邑县医院财务实行双重管理。正常表报层报的同时，并报天路达公司董事会。除正常支出外，十万元以上的支出，须报经天路达公司董事会审批同意后方可实施。人事等重大事项实施前，也须报经全体股东研究同意方可实施。

佟建东提出，他在古邑县人生地不熟，困难比较多，希望江行舟、张人杰也能一起去。张人杰表示自己现在过去也没有什么问题，单位已经很久没去了，没有什么工作要做。如果真要过去，他可以向局里写个报告，估计局长也会同意的。

江行舟说，他现在给人打工，无所谓的，把工作辞掉就是了。

华保才说："能不能这样，暂时先去两个人，不一定一下子都去，佟院长和张局长先去，看看情况。如果有需要，江院长再去也不迟。说实在话，江院长现在已经有事情做，一下子就辞掉也没有必要。等等看，什么时候需要他什么时候他再去。”

佟建东说：“一下子去那么多人，又是公安局局长，又是法院院长的，那边的人会有心理压力。”

议定方案之后，各自筹钱交股金。

江行舟在永安公司一年佣金十万元，三年三十万元。前年他原来的住房拆迁，他选择放弃安置，赔偿款十二万元。他家里平时还有点积蓄，凑在一起，差不多够了。于是他就叫王莉把钱转到天路达公司账户。

华保才还有一大摊事情需要做，古邑县医院的事情主要由佟建东跟进。

佟建东做出了一个大胆的决定。他向临水县委、县政府打报告，申请辞去卫生局副局长职务，下海创业。临水县委、县政府领导对此很支持，马上同意他停薪留职，批准了他的申请报告。速度之快，超乎想象。

佟建东如释重负，他终于可以合理合法地创业了，不用像前一阶段那样，偷偷摸摸的，像做地下工作。从今以后，他要开始新的生活，到人生地不熟的地方去创业，开辟新战场。他心里对新生活充满向往，同时对未来的不确定性也有一种隐隐的担心。等着他的到底是什么样的命运，不知道。他的担心只是潜在的，所以他可以暂时不用考虑那些担心，集中全部精力去应付迫在眉睫的每一件需要处理的事情。

他约张人杰商量去古邑县以后的工作，详细分析那里可能出现的情况，应该怎样处理。还有如何与天路达公司相处，如何与华保才相处，都是新的课题，需要认真考虑，慎重应对。和合伙人正确相处是事业成功的重要条件，或者说是关键所在，搞不好将直接影响事业成败。

江行舟在永安公司正常上班，临近春节，他和公司副总兼财务负责人、总账会计岳如意商量处理需要打点的关系。

江行舟自然要比其他开发商具有更多的优势。不管是现在的城建部门、国土部门还是其他部门，都有他当年在城区开发指挥部时经常打交道的老朋友，有的还是老部下。江行舟在职时，为人谦和，与下属单位相处的关系比较融洽，人缘不错。虽然他现在下海，不是领导了，但大部分人还会念在过去感情的分上，仍然对他给予尊重。他说的话，他们仍然买账；对他需要办理的事情，他们也会尽量给予方便。当然，他也非常自律，凡是要去找人办的事，全都符合政策，至少是可以通过变通能处理的，不会踩红线，让人家为难。

江行舟和岳副总大致分一下工，每人负责哪几个部门、哪几个人，礼品由岳总负责采购。

江行舟问岳总："春节你在临水过，还是去元州？"

岳总说："我一家三口都在临水，不想来回跑了，就在临水过。"

前些日子，他回元州向柴总汇报工作，顺便回了一趟老家，跟他弟弟讲好了，今年春节就不回去了。

岳总还说："其实春节就是个风俗习惯，日子天天过，在哪里过都一样。元州老家那边，乡土观念不是很强，经商的人多，常年在外，满世界跑，已经习惯了四海为家，一熟三宝。我到临水已经四年多了，这里的人很淳朴，很好相处，我感觉就像在家里一样。特别是认识江总以来，我们还是很投缘，话也讲得来。江总对公司的事情认真负责，与我们元州来的人相处融洽，像一家人一样。大家对江总都表示认可。"

江行舟笑了笑，说道："感谢柴总和邹总这么信任我！也感谢公司各位同事对我的谦让和支持！特别是岳总坚定不移地支持我的工作，积极配合我的工作，在柴总那里经常为我美言。这些事情我都知道，我从内心感谢你。今年春节我们在一起好好聚聚。等我女儿放假回来，请你们一家人去我家认认门。"

听江行舟这么说，岳总很是高兴，连声说"谢谢"。

岳总老婆也在永安公司，没什么文化，给公司当炊事员。人是挺不错的，很随和，看见人就笑。他们只有一个女儿，已经上初中了。小丫头长得像她爸，高高瘦瘦的，眼睛大大的，挺机灵，招人喜欢。

岳总答道："听他说可能要回老家。"

小覃是公司销售部经理，他老婆是公司出纳，跟邹总老家在一起，说起来还是本家侄女，她也是邹总带过来的。他们有一对双胞胎儿子，正在上幼儿园。除了这几个人，公司还有两个年轻的工程师，是工程部的，管工程质量安全。不用问，他们都还没有结婚，肯定是要回老家的。

邹总打电话给江行舟，说他明天要从京城到临水县，有些事情要处理。

第八章
邹总内外兼顾

邹总在京城的项目现在基本正常运转，他的儿子在帮他料理。他来临水县，一是春节前处理一些事情，二是把小覃一家人带回老家过年。同时，对公司员工进行安抚慰问，暖暖人心。他平时很少来的。公司的日常事务，主要靠江行舟和其他几个人负责。

江行舟虽说是被聘用的，打工的，但是他做事认真负责，没有一点敷衍，就像对自己家里的事一样。邹总虽然不常来，但小覃和工程师小吴会经常向他汇报公司的情况。邹总作为公司出资人、合伙人、总经理，不可能真的什么事情也不管。

这么多年，江行舟已经习惯了，干什么事情一是一二是二,一丝不苟。授权范围之内的事情，他该做决定的就做决定；超过权力范围之外的，该请示请示，该汇报汇报，从来都不会狗苟蝇营，挖空心思捞取不义之财。这是他这么多年的职业操守，也是人生信条，始终坚持不动摇。这也正是公司领导和同事信任和尊重他的原因。

邹总瘦了，脸色更加苍白。灰白的头发中，白发增多了，显得更灰，不过精气神还好。腰不弯背不驼，还是保持一副军人姿态。江行舟在办公室见到邹总，笑着迎上前去，和邹总握手。邹总使劲握住江行舟的手。他的手坚硬如铁，把江行舟的手捏得变形了。江行舟疼得叫起来，弯下了腰。邹总笑着说："看来江院长身体真的被掏空了。"

江行舟已经被邹总这样握过几次了。他总是以这种方式来展示他的力量和江行舟的友谊。这也许是他在军旅生活中形成的习惯。

江行舟问邹总："京城的项目怎样啊？"

"正常进行。"邹总说，"现在阿保在那里搞。他上手了，我就放手让他搞。孩子大了，事情总是要交给他们的。不过现在他比以前成熟不少，下次见面，你就会感到他明显进步了。"

"好啊！"江行舟道，"培养人才，就要大胆使用人才，放到实际工作中去锻炼，让他去碰钉子，摔跟头，才能真正长大。光靠大人口头说教是没有用的。"

邹总询问公司最近情况，江行舟就把公司最近几件大的事项汇报了一下。邹总说："情况我都知道了，有你在这里，我放心，你该怎么干还是怎么干，有困难找我。"

江行舟说："该汇报还是要汇报的。桥归桥路归路，关系好，老总信任，我也不能不识抬举，做出不知好歹的事情来。"

邹总道："江院长太客气了！"他笑了笑，接着说道，"我这次来，主要是因为马上要过年了，一些关系该处理还是要处理的。公司里，大家辛辛苦苦忙活一年，我也该来看看大家。柴总事情多，抽不开身，叫我代表他看看大家。另外，我车是空的，正好把小覃一家人带回去。这次我想请冯书记吃顿饭，感谢他对我们公司的关心帮助。"

"其实也无所谓。"江行舟道，"冯书记和柴总是战友，关系挺好的。冯书记作为地方领导，在政策许可的情况下，帮帮忙，说句话，对他来说也是举手之劳的事。当然，你们有机会坐在一起聊聊更好。毕竟人是感情动物。感情也需要不断维护，增添新的内容。"

邹总说他在京城请了一个比较有名的画家画了一幅画，准备送给冯续来。江行舟说："我估计他不一定要。他很热心，乐于助人，但还是很廉洁自律的。"

邹总道："这不是古玩字画，只是当代画家画的画，最多算是比较好的工艺品，不值几个钱的。"

江行舟说："字画这种东西水比较深，根本搞不清楚，我们还是谨慎点为好。不过，你见到他可以说这个事，看他态度再说。"

"我本来打算请你帮我转交给他的，看来是我想得简单了。"邹总道。

江行舟说："我要是跟他说这事，他还不把我骂死啊！"

邹总道："那就我来跟他说，请他吃饭的事请你跟他说，行不行？"

"行！"江行舟说，"只要他有空，应该没问题的。我觉得他因为我的事情，好像欠了你一个人情。"

"江院长此言差矣！"邹总笑道，"应该是我欠他一个人情。他把你这么优秀的人才推荐给我，帮了我一个天大的忙，我感谢他还来不及呢！"

江行舟打电话给冯续来，说邹总从京城专程赶来，想请他聚一聚。

冯续来听说邹总来了，很高兴，说："我好长时间没见到邹总了，很想念。这样，我来招待他。正好，今天晚上我还有一批客人，大家不熟悉，见见面，聊聊就熟悉了，四海之内皆兄弟。"

江行舟告诉邹总。邹总说："恭敬不如从命。"

晚上，客人确实不少，都是从不同地方来的，个个都很热情，争先恐后向冯续来示好。

江行舟见状心里很不舒服，悄悄问冯续来："这些都是些什么人啊？"冯续来小声说："一个在京城工作的老同志介绍过来的，说是要来投资。管他呢，吃饭归吃饭，办事归办事。来的都是客，不能慢待客人。"

邹总中间插空跟冯续来说了送画的事，冯续来果然不要。

第二天，邹总把公司的全体员工召集起来开会。江行舟、岳如意、小覃、邹会计、工程师小沈和小范、岳总老婆米建华、驾驶员成波都参加会议。

邹总昨天晚上睡了一个好觉，脸色比昨天好看一些，多了一些红润，精神也好多了，说话声音也不再虚弱空洞，瓷实了些。

江行舟对全年工作做了简要的总结，做了哪些工作，取得哪些成绩，对工作做了突出贡献的员工进行表扬，几乎是把公司每个人的工作都说了一遍，又都表扬一番。被表扬的人，心里美滋滋的。因为老板平时来得少，对他们的工作情况并不是很清楚，他们希望得到老板的肯定，这关乎他们在公司的存在价值、工资奖金及将来的去留。江行舟当着老板的面表扬自己，对自己在公司的工作给予充分肯定，他们当然很高兴。

邹总听了江行舟的总结，感到心安，表示这里的工作进行得有条不紊。邹总很清楚，公司成绩的取得，靠大家努力是一方面，更重要的是有江行舟起核心作用，是他在组织维系公司的正常工作秩序。没有他的努力，公司在老板长期都不在的时候，还能运转得很好，将是不可思议的。这再次说明，自己当初和柴总对接收江行舟到公司任职是非常英明的决定。

当初冯续来打电话给柴总，向柴总推荐江行舟。虽说柴总是冯续来的老战友，面子是一定要给的，但柴总和江行舟只见过几面，对江行舟的情况知之甚少，所以，柴总对冯续来的推荐表示感谢，但表示还要和合伙人邹总商量一下再给答复。柴总和邹总商量后，邹总简直如获至宝，非常激动，说“有这样的好事！看来冯书记对你这个战友还真是不错，这是对我们最大的支持”。

柴总不解。邹总说：“江行舟在临水县是个举足轻重的人物，在城区开发指挥部是核心，是灵魂，人品好，口碑好，有能力。现在他才五十岁，正是年富力强干事的时候。现在其他开发商对这些事情不太明白，稍微等一下他们回过味来，不知会有多少人来抢他！我敢说，再过几天，你就是找冯书记也没有用，到那时，他早就被人挖走了。冯书记既然把他推荐给我们，这是天大好事，我举双手赞成，你赶快给冯书记回电话。”

柴总给冯续来回电话，表示感谢老战友的关心和支持！对江院长能不嫌我们小公司鄙陋，愿意到我们公司工作，我们表示热烈欢迎和真诚感谢！冯续来听罢，哈哈大笑。

江行舟被永安公司聘为公司常务副总经理，主持日常工作。邹总对江行舟说：“永安公司的事情就全仰仗你了！柴总在安江那边还有自己的企业，摊子大，工作忙。原来一直是我在这里主持工作，维持公司的正常运转。其实，我在老家那边还有一些事情，很难在这里长期驻扎。现在你来了，我如释重负，这里的工作就交给你，我就可以轻松地搞我的那点事情了。”

江行舟原来只知道冯续来和柴总是战友，关系不错，对永安公司的具体情况并不是很清楚。这次他从指挥部退下来，事发突然，思想准备不足，有点手足无措。他在家闲了几天，感到很不适应，浑身酸软无力，就像一辆疾驰的汽车，突然猛刹车，车停了，车身还在抖动。他一直处在工作的快节奏运行中，突然没有事情可做，就像被抽去了骨头。

冯续来安排他到永安公司打工，虽然他不愿意承认，但事实上就是给老板做事，老老实实地把老板交办的任务完成就行了，不存在其他的理想追求。他已经做好就此隐姓埋名、踏踏实实做一点力所能及的实事的打算。现在邹总要他把公司的担子担起来，他觉得非常不妥。倒不是说他担不起这副担子，而是这样做不合规矩。公司是老板的，他是打工的，凭什么对公司负责？他向邹总表示自己保证努力把两位老板交办的事情办好。至于主持公司工作，是绝对不行的。邹总说："江总不要推辞，这是我和柴总经过慎重商量后做出的决定，你尽管大胆地工作，我和柴总保证全力以赴支持你。这里的员工，我一定会交代好，让他们无条件服从你的领导。"

江行舟一再推辞，怎奈邹总主意已定，很难改变。最后，江行舟只好接受，心里暗暗下定决心，努力把公司的事情搞好，千万不能辜负了两位老板的重托。

邹总对公司员工都给予了表扬和鼓励，所以，年终总结就是皆大欢喜。晚上，邹总请大家喝提前过年的年酒。大家都很开心尽兴。

除了吃饭，大家更关心年终奖金的事。谁发多少，其实从来都是不透明的，发多发少全由老板决定，而且这个决定还是暗中操作，就更增加了神秘感。邹总让财务按他所说的数字，到银行提取现金送到办公室。至于怎么发放，就是邹总根据他的标准安排了。

公司里的每一个人，凡是叫到名字的，挨个进入邹总办公室。邹总简单安慰几句，就给他一个装有奖金的信封。因此，每个人的心里都是兴奋的，忐忑的，感激的。这种被要求保密的事情，最后确实能够保密，因为每个人都不想把自己的金额告诉别人，怕说多了，同事嫉妒；说少了，又怕同事瞧不起。

邹总最后把江行舟叫到办公室，笑笑说："江总，非常感谢你这一年的辛苦，为公司做出了很大贡献，我和柴总都很感谢你。"邹总站起身来，很认真地和江行舟握了握手。江行舟也连忙站起来，笑笑说："实在不敢当！我应该感谢你和柴总对我的信任和支持！没有你们的信任和支持，我有再大的本事，也干不成什么事情。我也要感谢公司每一个同事，感谢他们对我工作的支持。工作上我做得不好的地方还有不少，邹总尽管批评，我一定改正。"

邹总说："没有，没有，都很好！你这里要是出了问题，我和柴总哪还能这样安稳自在，早就坐不住了。以后我们还要继续麻烦你把这一摊子管好。你千万不要客气，该管的一定要管。不管是谁，不要考虑谁是我亲戚，谁是柴总派来的。我和柴总派他们来帮我们赚钱的，不是凭什么关系来混日子的，更不是来瞎搞、添麻烦的。”

“邹总言重了。”江行舟说，“他们都很尽心尽力工作的，没有人存心捣乱。”

他们又商量了公司当前的工作，最后邹总提到江行舟奖金的事。江行舟说：“我年薪十万元，比公务员的工资多出好多倍，我很满足，奖金就算了。你给他们多发一点，调动一下他们的积极性就行了。”

“这是两码事。”邹总道，“工资是工资，奖金是奖金。工资是一年工作的正常报酬，奖金是对工作实绩的肯定和物质鼓励。对你的奖金问题，我和柴总商量了，觉得无论给你多少都是理所应当的，都不足以表达对你工作的肯定。”

江行舟被说得更加不好意思，连声说：“邹总太客气，真的无所谓的。”

邹总道：“江总，我们说实话，心情归心情，但奖金毕竟还要定一个数字，要有量化的东西才好实施，对不对？”

江行舟点点头，表示赞同。邹总说：“我和柴总准备给你十万元，作为你今年的奖金。”江行舟一听，连忙说：“不行，不行，太多了！意思一下就行，真是太多了。”邹总朝江行舟摆摆手，说：“这个事就这样定了，出了门就不再说了。”

江行舟还想说，被邹总制止了。

邹总拿出一个纸包，说：“这是招待费，五万元。”

江行舟忙说：“去年你给的招待费还没有用呢，根本不需要专用招待费。平时就是请他们吃个饭、洗个澡什么的，根本花不了多少钱。而且，每次请他们，岳总和小覃都是一起去的，结账都是他们结的，根本不用我花钱。所以，去年你给的招待费基本没有动，我还想什么时候退给你呢，今年你就不要再给了。”

邹总说：“看来江总的思想还是没有转过弯来，还是习惯办公家事情的那一套规矩，清正廉明。我们现在是民营企业，用不着这样正规的，该花的钱还是要花的。”

江行舟说：“我慢慢学习吧！”

邹总也就不再客气，把钱收起来，道：“需要用随时说。”

江行舟点头答应。

第九章
永安公司难处不小

2005 年春节前夕。

江行舟两个女儿都回家过年，一家人真正是心无挂碍，和和美美地在一起度过属于他们自己的难得的美好时光。

江行舟心里明白，这样的日子，过去因为自己忙，女儿们又都在学业上拼搏，没有足够的时间和心情去体验。现在，大女儿江漫月大学毕业，顺利地在上海一家研究所找到了自己喜欢的工作。用她自己的话说，献身伟大的航天事业，感到无比自豪和光荣。她又考上了上海交通大学在职研究生。王莉一直在跟她谈找对象的事，她总是不放在心上，说不急，以事业为重。

王莉说："你也不小了，都二十六了，我像你这么大，都有你了！"

江漫月就揭王莉底牌，说她是一朵鲜花硬插到牛粪上，怨谁呀？

江行舟笑着问道："难道我在你们眼里就是一堆牛粪？你是贬我，还是贬你妈没有眼力？"

王莉斜睨他一眼，说道："当然是我眼光不行。我一个黄花大闺女，偏要找一个二婚老男人，不是眼瞎又是什么？"

这时，江漫月又站在江行舟这边，说："你不是挺喜欢我爸的才华吗？要不是你独具慧眼，你能有今天这样的好日子？"

大家都沉浸在过去那些颠颠簸簸、现在看来却是甜甜蜜蜜的点点滴滴里。

二女儿江浸月从南林大本科毕业，又考上楚教授的研究生，最近心血来潮，跟江行舟说她想成立一个园林绿化公司，主要从事园林设计。江行舟表示反对。江行舟认为，江浸月现在还是学生，学生就要像学生的样子，好好学习专业知识，成立公司是以后的事情。

江浸月表面上听话，其实还是不死心，还想到社会上闯一闯，把学校学的知识运用到实践中去，检验一下自己的能力。放假以后，她一直没闲着，到处打听办公司的相关事宜。江行舟装作没看见，静观事态发展，再作应对。

过年，王莉自然是主力。她也觉得自己当仁不让，并乐此不疲，菜市场、超市一趟一趟地跑，忙着采购各种食材、零食、水果。江行舟也尽量抽空陪她逛市场，帮着拿东西，推购物车，往家里运输。但买对联、贴花挂件、鞭炮这些东西，就是江行舟的活儿了。他觉得终于轮到自己的主场，就认真地选来选去，以示其重要性。

他还和王莉选了准备去岳父家、自己母亲那里和江同舟家的礼物，一一打点停当，疯狂的春节大采购才算告一段落。接下来就是坐下来，精心制作，慢慢享受了。

江行舟是轻松了，可王莉并不轻松，下面都是她的手里的活儿。不过，她并不怕，因为这毕竟是女人天经地义该干的活儿。

江行舟自从退居二线以后，身边的人际关系明显发生了变化，这种感觉很强烈，无法忽视。以前很多关系很好的朋友，一下子就消失了，偶尔见到，也都找一个借口，慌忙逃走。江行舟想想，这也很正常。过去，自己有职有权，受人尊重，也自有人求。现在自己无职无权，再与自己周旋就变得毫无意义，白白浪费时间。想通了也就释然。生活过得清淡一点，不是也很好嘛！今后，随着年纪越来越大，社交圈子将变得越来越小，自己必须要适应。

想到这里，江行舟就有了“老之将至”的紧迫感和恐惧感。自己真的老了吗？没老吗？他经常自己问自己，却无法给出答案。唯一可以肯定的是，自己二线已经三年了，时间是实实在在地过去三年了。不知不觉中，他到永安公司工作已经三年了。

三年，一千多个日日夜夜，就这么无声无息地从他身边溜走了。他不禁想起了朱自清的《匆匆》：

燕子去了，有再来的时候；杨柳枯了，有再青的时候；桃花谢了，有再开的时候。但是，聪明的，你告诉我，我们的日子为什么一去不复返呢？

……

去的尽管去了，来的尽管来着，去来的中间，又怎样地匆匆呢？

……

过去的日子如轻烟却被微风吹散了；如薄雾，被初阳蒸融了；我留着些什么痕迹呢？我何曾留着像游丝样的痕迹呢？

每当想起这些的时候，江行舟总是感到还有许多事情没有来得及去做，总有一种“时不我待”的紧迫感。

那是春节以后，刚上班不久。冯续来把江行舟叫到办公室，告诉他，已经为他物色了一家房地产开发公司，叫永安公司，老板是他战友，叫柴宗逊，安江元州人。柴宗逊非常厉害的，部队转业回家，几年就升任市水利局副局长。元州人精明能干，除了正常上班，柴宗逊还办了个生产保健品的工厂，现在规模很大，成了同行业的龙头企业。后来柴宗逊就辞职专心致志搞企业。现在搞成多元化，房地产占了大头，主要在安江。去年冯续来把柴宗逊拉过来，搞了一块地，就是永安公司的那个项目。柴宗逊没有时间管理，就拉来一个合伙人邹贵生。邹贵生是柴宗逊的部下，也是部队转业到水利局下属单位做一个部门领导，后来被柴宗逊拉过去成了合伙人。

邹贵生自己也有企业，但没有柴宗逊事业做得大，柴宗逊就把临水县这个项目交给邹贵生负责。现在冯续来准备把江行舟推荐给他们，一来给江行舟找个事情做，不能整天在家闲着。二来也为柴宗逊找一个帮手。柴宗逊毕竟是看冯续来的面子才到临水县投资的，冯续来要对他负责。现在江行舟退下来，正好到柴宗逊那里去，既能发挥江行舟的特长，又能帮柴宗逊掌舵，维护永安公司良性运转。一举两得，皆大欢喜。

这个事情，冯续来已经跟江行舟说过好些日子了，不过那只是事先打招呼。具体到哪里，怎么去，要等他考虑成熟，把基础工作做好了再跟江行舟说。现在，冯续来把他的打算和想法都跟江行舟说了，而且，他说他已经跟柴宗逊和邹贵生都说过了，他们表示非常欢迎，已经派邹贵生专门办理这件事。

冯续来说：“我已经和邹总约好，等一下他到我这里来，你们见一面，然后，把你交给他，我的任务就算完成了。对于我来说，一块压在我心头的大石头终于落地了，真有一种如释重负的感觉。”

江行舟觉得，冯续来说的是真心话，他的确觉得自己对不起江行舟，多少次承诺都没有兑现，到头来竹篮打水一场空。虽然主要责任不在他身上，但毕竟是这件事应该办却没有办成，想想还是觉得悻悻的。

其实，江行舟对此还是理解的，这种事情非常复杂，非常微妙，不是一人一事就能决定的。冯续来在这件事上还是积极的，尽力想办成的。就算他没有办成，也不能全怪他，自己也有很大责任。自己为什么就不能随和一点？为什么不能放下身段向领导靠一靠？丁永建都已经直白地跟自己说过了，自己竟还要清高，这能怪谁呢？不过事已至此，过去的就让它过去吧！

江行舟对冯续来的热心推荐表示感谢。他说：“我既然去了就要好好干，尽量叫柴总、邹总满意，不给老领导丢脸。”

他们正说着话，邹贵生到了。冯续来让邹贵生坐下，倒了一杯茶递给他。邹贵生弯弯腰，说谢谢，又朝江行舟笑了笑。冯续来就向江行舟介绍邹贵生，江行舟说他们认识。

冯续来说：“既然你们认识，那我就不介绍了。情况我都已经跟你们说过了，行舟到邹总那里工作，对永安公司绝对是一件大好事。行舟的为人和工作能力，都是有目共睹的，不用我说，邹总应该也知道。他不会吃你们的闲饭。”

“冯书记说笑了！”邹贵生笑着说，“江总到我们那里太屈才了！不是冯书记推荐江总帮忙，我们想都不敢想。委屈江总了！”

江行舟连忙说：“感谢冯书记抬爱！也感谢邹总不嫌我鄙陋收留我。”

大家都高兴地笑起来，气氛非常融洽。

正说着，县委办公室的冯续来跟办主任小叶走进来，对冯续来说：“人到齐了，就等你。”

冯续来站起身来，对江行舟和邹总说：“对不起二位，我还有点事，没办法陪你们了。下次我专门请邹总，行舟作陪。”

邹贵生说：“我安排，请冯书记一定光临！”

冯续来笑了笑就出去了。江行舟和邹贵生去永安公司。

江行舟以新的身份，开始了新的工作。

永安公司股东只有两个人，就是柴宗逊和邹贵生。股份呢，柴宗逊占百分之六十七，邹贵生占百分之三十三，柴宗逊绝对控股。柴宗逊任董事长，邹贵生任总经理。公司小事由邹贵生负责，大事两人一起商量。如果按规定，柴宗逊具有决定权，但事实上柴宗逊相信邹贵生，基本上都是邹贵生说了算。柴宗逊只派了岳如意任公司财务负责人兼总账会计，其余工作人员，都由邹贵生根据工作需要安排。所以永安公司的大部分工作人员，都是邹贵生的亲戚、朋友和关系户介绍来的。他说的话，在永安公司能一声喊到底。

柴宗逊是做大生意的，业务发展重心不在北方，他之所以到临水县投资，只不过是给老战友冯续来一个面子。

2000 年以后，全国城市大开发浪潮涌动，房地产行业开始升温，很多本来是从事其他行业的老板，看到这个千载难逢的机遇，也纷纷转向搞房地产开发，巨量金钱滚滚而来。一时之间，一些在改革开放以后富起来的人，把积累的财富投入到房地产行业。房地产行业成了财富的猎场、富翁的培养皿。至于你能成为大富翁还是小富翁，关键取决于你的手里的钱有多少，钱多成大富翁，钱少成小富翁，完全没有技术含量，只取决于你的本钱多少。

在那个房子绝对是刚需的年代，只要有房子，怎么可能没人买？怎么可能不赚钱？柴宗逊知道，临水县是个特例，房地产行业还处于萌芽状态，招商引资的条件确实具有吸引力。再说，这个事情是老战友冯续来负责，他必须要给冯续来一个面子，投一点钱，搞个项目，派个人去弄弄，至于赚多赚少，他无所谓。

江行舟入职后，就根据情况分析，既然永安公司只是一个项目公司，大概率不会再接着建其他楼盘了。所以，他在这里的使命将是短暂的，但这并不影响他把工作做好。他的信条是问心无愧，认真负责，做好每一件事。

邹贵生以永安公司的名义，发给江行舟一张聘书，聘任他为永安公司常务副总经理。

永安公司召开了全体员工会议，邹贵生隆重介绍了江行舟的身份，极力加以吹捧，弄得江行舟很不好意思。总之，邹贵生就这样把江行舟推出来，放到永安公司掌舵人的位置上，他就实现华丽转身，名正言顺地去搞他自己的项目去了。江行舟只能诚惶诚恐、感恩戴德地接下这副担子，竭尽全力带领这个团队向前艰难跋涉。

按理说，永安公司的地产项目已经进行两年了，是一个比较成熟的项目，只需要按规划、按图纸设计施工，建好房子卖掉就是了，哪还有什么心好操的？但实际上永安公司内部却暗藏不少问题，有的问题甚至比较严重。

邹贵生曾努力过，但没有把问题解决掉。那些问题成为永安公司投资的永安小区项目推进的阻碍。江行舟总结，大概就是拆迁问题、工程问题，还有永安公司内部问题。

拆迁问题。这是房地产开发项目经常遇到的问题，特别是毛地拆迁，更是躲都躲不掉的拦路虎。所谓毛地，就是地面建筑物没有拆除的地块。永安公司来得早，是与县政府签的协议，供地方式是毛地，拆迁由县政府组织，开发商支付拆迁费用，包括拆迁户的安置和补偿费，拆迁办也会象征性收取一点服务费。永安小区项目根据公司计划，十五万平方米分四期开发建设，一期工程已经基本结束，二期工程中的拆迁工作差不多就要结束，处于准备施工阶段。但是一期工程中的拆迁还存在遗留问题，虽然拆迁办做了大量工作，永安公司也做出了很大让步，但那几户人家就是不同意，要价越来越高。

永安公司只好把一期工程的两栋楼缓建，其他六栋按原计划进行。六栋楼早建好了，但因为两栋楼貌似烂尾，形象太差，严重影响了销售。客户到现场一看，到处脏乱差，摇摇头就走了。

二期工程中的拆迁难度更大。拆迁户互相攀比，看一期工程中有人不拆可以坐地起价，就跟着学，拆迁办工作效率显著下降，拆一半留一半。工期又紧，工程部催开工，拆迁又受阻，邹贵生非常着急，却又无能为力。

在二期工程拆迁中有一户非常难缠。这户户主曾经担任过地块上的居委会书记，他弟弟是省政府一个强力部门的厅级领导，人脉关系非常广。他家宅基占地比较多，房子质量也比较好，当然不想拆。就在没有拆迁前，他找关系办了一张建房的规划证，批准他在原房旧基上建三层商住楼。拆迁办的人来谈他家拆迁事宜，他拿出规划证，说他正准备材料建房，他是有合法手续的，根本不理拆迁办的人。无论拆迁办的人怎么做工作，都不起作用。这户成了钉子户，老大难。

江行舟知道，这些问题不解决，后面三期工程、四期工程的问题会越来越多，也会越来越难，必须要攻克这个难关。

江行舟把岳总找来商量。岳总说公司里小覃和工程师小吴具体负责拆迁工作。于是，江行舟把他俩找来，一起商量。

小覃长得很帅，高高的，戴个眼镜，白净面皮，见人一副笑相，给人好相处的感觉。他是学财会的，和他老婆是同学，现在在公司负责销售，老婆是公司出纳。他们有一对双胞胎男孩才上幼儿园。

小吴是刚毕业的大学生，瘦而精，在公司工程部见习。

小覃汇报，一期工程共拆迁三十八户，当时政府支持力度比较大。最后还剩七八家拆不动，冯续来组织人依法强拆。

有一户情况非常特殊，户主叫楼继祖，绰号“楼二狗”，有点智障。他从小父母双亡，一个人到处闲逛，也没有成家，住在生产队的队房里。后来他和一个要饭的女人在一起生活，生了五六个孩子。

楼二狗在食品公司围墙外搭建了一个临时窝棚，全是用路边捡来的废旧材料搭的。他靠从食品公司下水道里捞浮油渣炼油，以炸油条为生。地方政府尽量给予他照顾，但穷坑难填，一直是社会管理的老大难问题。

楼二狗的一窝“鸡”里出了个“凤凰”。她大女儿从小被她姑妈抚养，念到高中毕业。她姑妈死了，她就回来与父母一起住，照顾几个弟弟妹妹，挑起了家里的大梁，全力支撑着这个随时都可能破败的家。

楼二狗本来没有自己的房子，生产队队长看他可怜，把生产队的两间队房给他住。后来生产队没有了，队长年纪大也死了，再无人过问队房的事情。这次拆迁，他拿不出产权的证明，按规定无法进行安置补偿，但考虑到他的实际情况，拆迁办经过请示，同意给予照顾，无偿安置一套一百二十平方米的房子给他。

本来这个方案已经体现政府照顾和开发商同情在里边了。谁知，楼二狗的大女儿带领她父母到拆迁办大闹，说拆迁办欺负穷人，补偿安置远没有达到标准。无论拆迁办的人怎么解释都如对牛弹琴。小姑娘果然得其父母真传，装疯卖傻，撒泼耍赖，写了多封信向上级政府部门投递。省、市相关部门都曾派人来调查，但也都觉得不好处理，最后责成地方政府妥善处理，决不能让矛盾激化，影响安定团结。

地方政府也是左右为难，一再退让。经与各方协调，同意给楼二狗无偿安置两套住宅，再给五万元钱的临时过渡费，保证其拆迁过渡期间生活。即便这样，楼二狗还是不答应，仍然继续上访。事情就这样形成了死结，永安公司无能为力，一期两栋楼房无法施工，严重影响销售。

江行舟陷入沉思，楼二狗的问题是疑难杂症，表面上看起来是拆迁问题，其实是因拆迁暴露出来的民生问题，其中涉及很多部门。问题早已存在，但因为涉及面广，处理难度大，致使这个问题长期掩在那里，以致越来越严重。现在拆迁了，问题终于彻底暴露出来，像一个脓包终于挤破了，红的白的脓血淌了一地。这摊脓血淌在永安公司大门口，永安公司无论如何也推不掉。

第十章

综合施策解决拆迁困难户问题

楼二狗家就在江行舟办公室东边不远处。因为被前面新建的房子挡住了，所以不注意就看不见。其实他家就是被破布、石棉瓦、旧门窗围起来的垃圾场。大冬天的，万国旗一样的彩色塑料纸，在凛冽的寒风里抖动，发出细小却尖厉的响声。

掀开当作大门的破门框，江行舟带头走进楼二狗的家，心里便有一种异样的感觉。这里真是人住的地方？这真是新世纪临水县城的人家？他难以置信，却真真切切地就摆在他眼前。

江行舟打量一下这个破院子，因年久失修，多处已经塌陷，门窗倒是新换的，和院子里的门窗是一路货。院子里到处堆放着捡来的破铜烂铁、缸坛盆罐，大小便随处可见。

江行舟轻轻揭开门帘朝里一看，吓了一跳，原来里面住满了人。有的在睡觉，有的在床铺上爬来爬去，嘴里发出含糊不清的嘶叫声。

江行舟看罢，摇摇头说："我们走吧！"他就带着小覃和岳总回公司。

回到公司，江行舟对小覃和岳总说："你们去忙吧！"他便一个人坐在办公室里发呆。

刚才的这一幕，给江行舟的刺激太大了。

江行舟想起自己小时候，冬天太冷，家里像冰窖一样。晚上他就和一些大人小孩一起，到生产队牛屋去烤火取暖。那时，牛是集体的重要生产资料，需要重点保护，允许饲养员在队房兼牛屋里生火，给牛取暖。一些男人便过来蹭火取暖。牛屋里烟雾缭绕，小麦秸秆的碎屑慢慢燃烧，火焰暗红，烟气里产生大量的一氧化碳，呛得人喘不过气来。有的人却很适应，烤热了前胸再烤后背，听老人说古道今，伸着懒腰一直到深夜。

少年江行舟却受不了烟呛，眼里直流眼泪，不停地咳嗽。虽然他也想听老人讲故事，却抵不住烟雾的袭击，待不了一会儿就跑回家，钻到冰冷刺骨的破被子里，牙齿打战，直到沉沉睡去。

楼二狗住在生产队的队房里。唉，这件事怎么办呢？江行舟有点发愁了，解决当然要解决，这是江行舟必须完成的任务。

但想要解决又谈何容易？他现在无职无权，怎么解决？最多永安公司多放点水，多给楼二狗一些好处，但给多少好处楼二狗能满足，事情就能解决，楼二狗的底线在哪里，谁也不知道。他想，这件事只有找冯续来，请他组织会办，把所有相关方全部找来，一起商量解决办法，各方一起努力才能彻底解决这个老大难问题，一劳永逸地解除套在地方政府和相关部门头上的脏帽子。

冯续来接到江行舟电话，说他在办公室，有事现在就来，等一会他还要开会。现在，冯续来对江行舟的态度比以前客气多了。江行舟觉得，这种相敬如宾的态度也是距离越来越远的表现。先不管他，这件事必须找他！他不是自诩为民请命的清官嘛。

冯续来听完江行舟介绍的情况，半天没有说话。江行舟也不吱声，坐在一边看着冯续来。冯续来端着茶杯走来走去，脸上威严肃穆。好一会儿，他才坐下来，对江行舟说道："楼二狗这个事，是一面镜子，照出我们政府工作多少毛病？至少有十几年了吧！他家这样问题那样问题，多生孩子罚款，在街上摆摊设点，影响市容，脏乱差，谁没看见？也不能说没人管，有人管，但都是假管，管表面，做样子，走过场，应付检查，应付一时。风头过了，这件事就没有人过问了。事情也就拖到今天这个样子。"

"话说回来，我也可以不管。"冯续来继续说道，"关我什么事？影响我什么呢？我也不想升官，不想出名，我揽这个事对我没有任何好处。但是，行舟，我们都是共产党干部，上级把我们派到这里，不就是要我们为老百姓谋福利的吗？如果我也学其他人的样子，也是推来滑去，老百姓真的没有指望了，我们就那么心安理得吗？"

江行舟接过话茬儿，说：“这个事情我也想过，处理难度确实很大，积重难返，不过就这样一直拖下去，拖到什么时候是个头？政府总得花力气解决的。其实，只要领导认真，这个问题还是能够解决的。我找你，基于多种考虑。”

冯续来摆摆手，说道：“行舟，你不用说了，我知道你是怎么想的。这个事我来解决，把有关部门负责人都找来，一起商量，谁都不要推诿扯皮！这次，都给我一样一样落实，一定把这个老大难给彻底解决掉！”

见冯续来说出狠话，江行舟顿时高兴起来，向冯续来竖起大拇指。冯续来这时才笑了笑，说：“你们公司也要做出姿态，多放点血。你要是不好说，我给柴总和邹总打电话。”

江行舟道：“公司那边没有问题，我会跟两位老板汇报清楚的。你只管把临城镇和相关部门的工作做好就行了。”

冯续来说：“你回去等通知。”

江行舟回去之后，也没有跟公司其他人说，坐等冯续来的通知。

果然在第三天下午，江行舟接到县政府办通知，要他明天上午9点，到县政府会议室开会办会。会办事项是永安公司拆迁问题，点名要江行舟参加。江行舟这时才跟岳总和小覃说了这事。他叫小覃跟他一起去参加会议，叫岳总在公司负责日常工作。

会办会来的人不少，江行舟大部分都认识，祝副县长也参加了。祝副县长是分管民政和城管工作的。临城镇吕书记、城建局匡局长、民政局楼局长、城管局局长，居然还有教育局局长、卫生局局长，不知冯续来叫这些人来干什么。

江行舟跟熟悉的局长打招呼。他们大部分人还不知道江行舟现在是永安公司的代表。等到江行舟在会上发言，他们互相打听，才知道江行舟退居二线后，竟然投靠了外地开发商，要明火执仗地发财了！

冯续来主持会议：“今天我和祝副县长受县委书记、县长委托，召开这个会办会，意义重大。大家可以看到，出席会议的人都是各部门的一把手。这种规格，就足以证明今天这个会议不是普通的会议。”

出席会议的人一听冯续来这样严肃地讲话，立刻正襟危坐。

冯续来就从楼二狗家拆迁谈起："他家庭的困苦处境，他带给地方政府和各个管理部门的难题。这种困苦和难题，对于双方都是痛苦的、难以忍受的，却也是无可奈何的。这种相持不下的角力，已经持续太长时间了！我问各位领导，这种局面还要持续多久？我们还有多少理由可以推，可以躲，可以找到许多冠冕堂皇的理由掩饰部门或自己的不作为？可是楼二狗前面的道路在哪里？退路又在何方？确实，这个人现在的问题都是他自己造成的，他有不可推卸的责任。但他是一个正常人吗？不是的。社会很复杂，就有这样的人、这样的事发生在我们身边，我们怎么办？指责有用吗？你生他的气，你能把他捏死吗？我们扪心自问，楼二狗之所以走到今天，我们居委会、镇政府就没有责任吗？他那么多小孩是一天生的吗？他的生活困难谁又真正关心过，帮他解决过？一家人要活下去，他艰难谋生，靠捞食品公司地沟油炸油条，给我们食品卫生、市容市貌管理都带来挑战，你们相关职能部门都管过，管得怎么样呢？不怎么样！多少年还是老样子，并没有根本解决问题。现在他面临拆迁安置，所有历史上积存下来问题全都暴露出来。他家唯一一个思维正常的女儿，现在到处上访，成了我们安定团结的隐患。我们还能再这样拖下去吗？拖不下去了，也到该彻底解决这个问题的时候了。同志们好好想一想，楼二狗要是我们在座哪位的弟兄，你能眼睁睁看着他家变成这样吗？肯定不可能，一定会想方设法帮助他。大富大贵不可能，穷坑难填，但也不至于这样困苦不堪，朝不保夕。

"是的，楼二狗没有这样幸运，没有我们在座的这样当官的亲戚。可是，我们和楼二狗到底是什么关系啊？楼二狗是老百姓，我们又是谁？我们是共产党员，共产党的宗旨是什么？大道理我今天不想讲，你们都知道。我们国家搞改革开放都二三十年了，社会已经发生了翻天覆地的变化，每个人的日子都比以前好过多了。难道说，这改革的春风就吹不到楼二狗家？改革的红利他就不能享受？"

冯续来越说越激动，几次站起来，声音像爆竹一样，震得大家耳鼓发痒。大家互相看看，对一下眼色，都觉得今天冯续来像发神经一样。就这点小事，他这么激动，至于吗？

冯续来猛喝一口水，待怒气稍缓，继续说。

"言归正传，这个事情怎么办？我和祝副县长商量过了，这次请大家来，就是要各负其责，共同努力，彻底地、有效地解决楼二狗的问题，不留任何尾巴和后遗症。具体怎么办，请祝副县长说，如有不同意见大家也可以提。”

祝副县长对大家说：“刚才冯书记都说了，大道理我就不讲了。我就把我和冯书记商量的方案跟大家说一下，看还有没有更好的办法，可以提出来讨论。

“按照属地管理的原则，临城镇应对楼二狗家庭生活负主要责任。具体是指楼二狗不再自谋生路，到街上摆摊设点，影响城市管理。由临城镇政府安排务工项目，使其能够靠工资养活家人。楼二狗老婆可以参照此办法，共同养家糊口。楼二狗的大女儿有一定文化，且有一定社交能力，镇政府可以考虑在居委会给她安排适当的工作。”

这时，临城镇吕书记插话：“楼二狗家的问题，我们临城镇政府负有不可推卸的责任，过去我们工作没有做好，给县政府给有关部门增添了麻烦，我要检讨，对不起！前天，冯书记跟我讲了楼二狗家的问题，我就向冯书记表态。在这里，当着祝副县长的面，我再说一遍，我保证尽全力把楼二狗家的问题解决好，让他们过上正常人的生活，不再给县政府和有关管理部门添麻烦。

“在这里我简单汇报一下具体解决办法。我们准备把楼二狗夫妻俩都安排到我们镇里的敬老院做事。楼二狗老婆精神状态基本正常，就是腿脚不方便，可以在食堂做饭，这个她是在行的。楼二狗脑子有点不灵光，可以看大门，打扫卫生。这样两个人在一起，可以互相照应，两个人的工资也差不多够一家人生活了。

“他那个到处告状的女儿，倒是个人才。她写的那些告状信我看过，文笔还是不错的，又泼辣能干，放到居委会锻炼一下，说不定将来还能干出点样子来。”

冯续来插话：“要是一窝鸡里出个凤凰，这个家庭的命运都会改变了。”

祝副县长接着说：“吕书记把大头工作都解决了，剩下的就好办了。听说楼二狗家孩子中还有学龄儿童失学的，请教育局烦神过问一下，如果确实有，请你们帮助解决。无论如何都要想办法，让这些孩子不要失去读书的机会。”

教育局王局长连忙说：“这是我们的失职，帮助失学儿童返校，是我们教育局的应尽职责。我保证散会以后，立刻派专人去办这件事，我会及时向冯书记和祝副县长汇报结果。”

祝副县长说：“这个事情说起来简单，其实并不简单，因为这些小孩生在这种家庭，生长环境非常不利孩子成长。今天上学，明天又缺课了。成绩跟不上，同学瞧不起，他再来个校园霸凌，老师又气死了。这些问题解决起来非常麻烦，既要学校努力，也要家庭社会都给予支持，各方面形成合力，这个问题才能有好的结果。简简单单安排小孩去上学容易，把孩子教育好不容易。”

听祝副县长说得这么严重，王局长面色凝重：“祝副县长的话我记住了。我回去跟学校好好研究解决办法。我会派专人负责跟踪监督。”

祝副县长给卫生局卫局长的任务就要轻松多了。

祝副县长要卫局长把楼二狗一家人带到医院体检，查出什么病就治什么病，医疗费除按大病统筹，市民医保，能报销的报销，多余的卫生局想办法给处理，不要推诿扯皮。

卫局长说：“现在的医院，日子也不好过，都改制了。县里的大医院情况也不乐观，没有渠道处理。”

祝副县长说：“客观困难就不要说了，所有问题你带回去自己解决，真要有问题你再来找我们。我和冯书记再来想办法。”

冯续来斜睨一眼卫局长，说：“不好解决，是吧？好办，你把难处写成报告，交给我，我去找徐书记批复，都给你解决掉。”

卫局长见自己矫情过头了，冯续来不高兴了，连忙哈哈大笑，说：“我不是这个意思。是有点困难，但是办法也是有的，办法就不跟领导说了，我们自己想办法解决就是了，哪能麻烦领导呢！”

冯续来说：“你具体如何落实，我会派人跟踪监督。我跟各位说清楚，今天会议上布置的任务，只要你接下，就要保证按时按质按量完成。哪位拿出维持会长的本事来忽悠我和祝副县长，一经发现，绝不放过！到时你不要怪我们言之不预。”

卫局长轻咳几声，不再说话。

祝副县长继续说：“城管局负责拆掉楼二狗家在食品公司院墙外私搭乱建的棚子，并打扫干净。具体时间，要等吕书记把工作安排好，通知你们行动再行动。”

城管局朱局长点点头说："保证完成任务！我随时和吕书记保持联系。"

祝副县长说："还有，楼二狗现在住的地方也要清理，还要由你们负责。他们搬家，你们负责帮忙，并且把那个地方彻底清理干净。以后，你们管理的老大难问题就没有了。"

朱局长说："谢谢领导关心。"

祝副县长说："卫生局卫局长，你还有一个任务。"

卫局长立刻坐直腰板，望向祝副县长，不知又有什么任务要摊到自己头上。祝副县长说："请你跟卫生监督部门安排一下，楼二狗家违章建筑拆除后，叫他们负责消毒，彻底消毒，千万不要引起其他疾病影响群众健康。"

卫局长连忙说："没问题，我保证落实到位。"

最重要的事放在最后，就是楼二狗家拆迁安置问题。

祝副县长把大致情况说了一遍，指出问题的焦点和难点："之所以双方长期达不成一致意见，表面上看是因为补偿标准问题，安置面积问题、其实是这一家人的生存问题，到处都是危机，他们活下去的唯一指望就是拆迁，他们当然要死死抓住。他们还有别的解决途径吗？没有，只有这件事，是他们和政府的联系渠道和纽带。他们要想活得更好一点，必须抓住拆迁这件事来和政府谈条件，要价高高的。这样来看，他家的拆迁就不是单纯的拆迁问题，所以我们解决这个问题也就不能就事论事，简单化处理，必须综合治理，调动各方面的积极性，共同努力，解决他家的问题。

"刚才我们已经着手解决这个问题了，而且大部分问题的解决方案已经交给大家了，大家把县政府交办的任务完成，这件事基本就算办好了。在这个基础上，我们再来谈补偿就会容易多了。在这之前，拆迁办已经做了大量工作，开发商已经同意无偿安置他家两套各一百平方米左右的房子，还是已经建好的房子，简单装潢一下就可以住。他原来是不同意的，但是现在情况变了，他家的所有问题都得到圆满解决，他应该满意。特别是他那个女儿还是懂事理的，马上要到镇里工作了，这点道理她应该懂。"

冯续来补充说："江总——"他指着江行舟，"这是永安公司的江总。我刚才忘记给大家介绍了，大家就知道江院长，现在是江总。"

冯续来说着说着就笑起来，大家马上也跟着笑了，七嘴八舌议论起来。有人向江行舟竖大拇指。冯续来摆摆手，示意大家不要讲话，他的话还没有说完。大家就安静地听他讲。他说："江总，你回去跟你们老板讲，今天县政府出大力气，不计成本来解决楼二狗家的拆迁问题，你们应该感谢临城镇领导和为支持拆迁而做出努力和贡献的各部门领导。"

江行舟连忙站起来，向大家鞠躬致意："非常感谢冯书记、祝副县长！感谢吕书记！感谢各位领导对我们公司的大力支持！"

祝副县长布置完任务，说："请冯书记指示，大家鼓掌！"

冯续来轻咳一声，说道："刚才大家可能对我今天说的话感到有点反常，认为我今天发神经，就这么屁大点小事，兴师动众，把大家找来，是不是作秀啊？我开始就说，今天这个会很重要，现在大家知道了，到底重要在哪里了。这是一块试金石，试试我们到底是不是真的为老百姓服务的，是不是把老百姓的事真正当成自己的事来办的。楼二狗就是一棵草、一堆垃圾，谁也不会注意他，谁也不会主动去管他，但全城的老百姓却每天看着他。要是哪一天看不到他那个大棚里冒烟，还要问问什么情况。这就像身上长了个疙瘩，时间长了，适应了，就不觉得痒痒了。其实疙瘩还在，这次我们终于把这个疙瘩切除了，表面看起来是解决了楼二狗一个人的问题，其实不是，是卸掉了我们身上的担子、心里的包袱。这副担子压在我们身上多少年了，心里的包袱背了多少年了，现在这样卸掉了，身上、心里都轻松多了。这到底是帮了谁？你们管理部门，从此也卸掉了负担，老百姓也不投诉你们了，上级也不批评你们了。你们是不是这次行动的受益者啊？

"还有永安公司。大家也许认为他们肯定是这次行动的最大受益者，但是我觉得，他们是受益者，但不是最大受益者，最大受益者是我们全县的老百姓。他们是开发商，房子建好了卖给临水老百姓，楼二狗家的拆迁问题一天不解决，他们一天没法建房子。现在拆迁问题解决了，房子就可以建了，加快了建设速度，就是加快了我们临水城市建设速度，也就是说，我们城市化进程加快了，到底谁是最大受益者？所以，我们看问题不要狭隘，要看到问题实质，抓住要害，效果就会好一点，是不是？"

大家都表示赞同冯续来的观点。

冯续来说："我再补充一点。江总，你们公司再出点血，帮人帮到底，楼二狗家确实非常困难。你们免费帮他家装修一套房子，抓紧把他们安置好，腾出地方，以便抓紧时间建房子，耽误的时间已经够长的了。”

江行舟连忙答应说：“我回去就办！”

这次会议的决定，在冯续来的严厉督导下，很快得到落实。楼二狗住进新房，获得了人生第一份正式工作，拿到了第一笔工资。孩子们各得其所，该上学的上学，该工作的工作。特别让他们高兴的是，大女儿成了临城镇政府职工，楼二狗家终于出了一个能够走到人前的人了，这是楼二狗一家人值得庆祝的事。

永安公司一期工程也得以重新开工建设。

第十一章
女儿要创办园林公司

今年春节，江行舟家有了新变化。

大女儿江漫月大学毕业后，在上海安家。这次回家，她带来了奶奶喜欢的礼品。奶奶自然非常笑得合不拢嘴：“好，好啊，我们江家终于出了人物了，上海人，好，好！”

二女儿江浸月在读研究生期间，有一次回家，突发奇想，向江行舟提出，她要成立一个园林公司，提前熟悉市场，为将来就业打好基础。理由很充分，但可操作性不大。江行舟认为，创业当然是好事，但她还在学习阶段，主要精力应该放在学习上，创业是以后的事。她则认为，凡事预则立不预则废。做事要有规划，提前谋划，提前实施。不能临阵磨枪，临时抱佛脚，耽误大事。

江行舟问她：“成立公司简单，可是一系列问题你考虑没有？”

“我替甲方做事，甲方给我钱，还能有什么问题？”江浸月问道。

江行舟又问：“谁来负责公司运营？你有时间处理公司里的大量日常事务吗？”

江浸月道：“那没关系，到时我找合伙人，让他负责公司运营。”

“合伙人？说得轻快！”江行舟说，“找个合伙人谈何容易？这中间太多问题需要解决，绝不是一句简单的话就能说清楚、解决得了的。再说，公司要开展业务，这些业务从哪里来？是要去花大力气开拓市场的；有了业务，谁来具体做？质量管理怎么办？工程款怎么回收，怎么处理？这些问题你根本就不知道，完全凭空想象。”

江行舟摇了八次头，江浸月第九次说："事情还没做，就一大堆困难，被自己想的问题吓到了。我们能不能先干起来，遇到困难，再想办法去克服，行不行啊？"

江行舟气得七窍生烟，最后叹口气，说："随你的便，你爱干啥就干啥吧，我不管就是了。"

江浸月道："江同志，你这是什么态度啊？不能撂挑子啊！父子同心其利断金啊！态度端正一点好不好？"

她说完，潇洒一笑，也就放下不提。

春节，江浸月回来了，她成立公司的事估计江行舟拖不下去了，反正他采取"拖"字诀，他不主动提这事，看她怎么说。说不定她就是一时心血来潮，五分钟热度；热度过去了，这事也就过去了。

不料，江浸月回来就做王莉的工作，还是坚持成立公司。王莉架不住她口吐莲花，被她忽悠了，两人一起向江行舟进攻。

江行舟还是耐着性子，苦口婆心地给江浸月讲道理，提问题，劝她考虑现实问题，等将来毕业，真要去闯市场，办公司，他一定支持，现在真不是时候。

王莉听江行舟说得有道理，就马上改变态度，又劝江浸月暂时不去操那个瞎心，以后的事以后再说，先把学业搞好。江浸月气得骂王莉是墙头草、叛徒。后来，江漫月听了双方的意见，最后决定，暂不办公司，毕业以后再说。

这事暂时告一段落，大家收收心，准备过年。

其实，江行舟知道江浸月的性格，是很执拗的，完全像个男孩，她认定的事，就会一直向前走，八头牛也拉不回来。这次估计还是这样，即使没有一个人支持，她也会办的，不撞南墙不回头。他就多了个心眼儿，春节回老家，他准备悄悄跟江同舟谈谈，征求一下江同舟的意见。江同舟毕竟在这个行业里，对其中关关寨寨非常清楚。

除夕年夜饭，江行舟提前安排在花湖镇花香大酒店。他告诉江同舟，把全家人都通知到，大人小孩一个不落，全部要到场。

除夕上午9点多钟，江行舟就把一家人叫起来，说要早一点回老家，太迟了不好。江漫月和江浸月还没有睡醒，对早起很是反感，嘴里一直嘟嘟囔囔。

回到老家后，孩子们跟奶奶亲亲热热，小院子里立刻变得热闹起来。

去年，江同舟把原来的老房子拆了，重新盖了五间瓦房，还有厨房、卫生间。江行舟开始是反对的，说："没有必要花这些钱，你已经在镇里买了房子，老家的房子将来可能要放弃了，现在能维持一天是一天，实在不行，维修一下也可以，重新建又要花不少钱。"

"老家的房子，是老根，人不能没有根。"江同舟解释说，"现在我在镇里的房子是用来做公司办公室的，临时住也可以，要是一家人都在那里住还是不行的。我的工作室还在这边。再说，妈在老家住惯了，搬到其他地方恐怕还不适应。老家的房子老化了，所以我把它给拆了，重新盖几间，反正盖平房也花不了多少钱。村里也有人盖楼房，我也想盖楼房。但是又一想，不能把钱全砸在房子上，还要留些钱用于公司经营。以后有条件再盖楼。我先把院子好好搞一下，改善一下环境，让一些客户看看，家也像个家的样子。等到春天，我把盆景搬一些过来，既改善环境，美化庭院，又拓宽了我的场地，到那时你就会说我是对的了。"

江行舟想了想，觉得江同舟说得好像也有道理，考虑得更周到，于是便说道："中！只要你说好就好。只是我没有帮上什么忙。"

江同舟说："不需要你帮忙，需要时我就说了。"

江行舟对江同舟说："我们出去转转。"

江同舟说："外面太冷了，要不到我那个工作室坐坐？"

江行舟说好。

一会儿他们就到了江同舟的工作室。江同舟打开门，一股温热的气浪迎面扑过来，空气特别清新。江行舟觉得肺一下子扩大了一倍，身体都要飘起来了。这个工作室，基本上还是江行舟上次看到的样子。

江行舟问了一下经营情况。江同舟答道："还可以吧！公司业务还行，又招来几个人，都是熟练工。这样我就可以放开手脚了。以前有几个徒弟，虽然开支不大，但能力不行，我手把手教他们，占用了大量时间。现在基本上按正规公司的管理规定运行，按标准，按规矩，重业绩，员工给公司创造业绩多，收入就高，员工积极性也高。我准备到镇里租一个大棚，把工作室和基地都搬过去。现在我在两处做事，来来回回还是不方便，也浪费时间。"

江行舟对此表示赞同："你需要钱跟我说，我可以支持你一些。"

江同舟说："行，如果到时候我需要钱，就跟你说。"

江行舟说："还有个事想跟你商量。"他就把江浸月要办公司的事说了一下，并表明自己的担心。

江同舟说："这是好事啊！小孩有想法，有闯劲很好。不过你的担心也不是多余的。"

江行舟说："你是行里人，对这个行业应该有所了解，这件事到底行不行，你应该有个比较准确的判断。"

江同舟道："大道理我不懂，但是我毕竟是干这一行的，和这一行的人接触也比较多，大致行情我还是有点数的。现在全国都在搞城市开发，房子越建越多，园林绿化行业首先被带动起来。这一行业是很有前途的行业，我看十年二十年都不会疲软。浸月想成立公司，本身没有错。问题是，她现在还是学生，没有时间也没有精力来处理公司繁杂的事务。"

"对啊！"江行舟道，"这就是我所担心的事情。你看怎么办？"

"这样，你先不要表示反对。"江同舟说，"不能打击她的积极性，她实在要办就让她办。你就辛苦点儿，花点时间和精力帮帮她。我再找她谈谈，可以先把公司牌子竖起来，业务不要贪大贪多，主要是摸索经验，打基础，以后有条件再扩大发展。"

江行舟道："你说得很有道理，就照你说的办。"

江同舟说："今天人太多，时间也太紧，反正就这两天，我跟她谈谈。"

"中！"江行舟道，"她们姐妹俩对你还是很尊重的，你的话她能听得进去。"

除夕中午，全家人聚餐。晚饭后，江行舟一家人回到临水。大年初一，江行舟安排饭店，把岳总一家人请来，和自己一家人在一起聚了一下。两家人在一起叙叙家常，谈谈南北方的不同习俗。孩子们很高兴，很快就熟悉起来，开心得不得了，好像是多年的老朋友，尽管她们年龄差距很大。

江行舟和岳总在公司里关系是比较近的，谈得来，公司有什么事情，江行舟总是先跟岳总商量。岳总老婆是农村人，不爱说话，而且方言比较重，说话快了听不懂，她就尽量说得慢一点。

经过这次聚会，江行舟和岳总的关系更近了。

对于交通企业来说，春节是旺季，一年中最忙的时候。华保才几乎一刻也没有休息。他给江行舟打电话：“我本来准备节后到古邑县慰问，现在看来去不了，只好麻烦江院长和佟院长、张局长辛苦一趟。礼品我都安排好了，到时候你们带过去就行了。”

初二，佟建东打电话给江行舟，约好第二天早上 6 点半钟一起去古邑县。

第二天早上 6 点半，江行舟、佟建东、张人杰、天路达公司居经理一行人乘坐别克商务车直奔古邑县。

过了彭城，天上纷纷扬扬飘起了雪花，天与地连成一片，呼呼的风声从车窗外传进来。江行舟不知不觉便睡着了。等到他醒来时，差不多到古邑县了。

现在已经是中午 11 点钟。大家商量，吃过饭再跟支钢联系。饭后，佟建东打电话通知支钢，叫他在家门口等候。

支钢的家，是自建的三层小楼，在一条河边上，风景不错。

佟建东把礼品从车上拿下来，支钢连忙接过，表示感谢，请大家到屋里坐。佟建东说：“我们还是抓紧时间办正事吧。”

按照支钢的安排，他们先见过池副县长。

佟建东说：“大过年的，我们这一大帮子人，到池副县长家里怕是不好吧？”

支钢说：“古邑县这边，春节互相拜年，有人去是高兴的事，没有关系。”

池副县长家也是自建房，和支钢家差不多，装修风格也差不多，豪华是豪华，就是有点土气。

支钢一个人进入客厅向池副县长抱拳施礼：“县长大人新年快乐！”

池副县长笑了笑，说道：“院长好！他们在哪里？”支钢说他们在门口，不好意思进来。

池副县长道：“这有什么啊！我去请。”他到院门口跟佟建东等人一一握手，“赶快请到屋里坐。”

江行舟等人就跟着池副县长进入院子。

院中间是个花园。一棵高大的蜡梅含芯吐蕊正在开放，空气里一股淡淡的清香沁人心脾。

佟建东说：“这棵蜡梅不错，造型奇特，花开得旺盛，香气扑鼻。”

池副县长笑着应道：“我养了好多年了，修剪还是挺费工夫的。”

整个客厅看起来豪华大气，与房子的风格迥异。

待大家坐下后，池副县长说：“县医院正在清产核资，春节也没有停，十几个人在加班，估计再有个把星期就差不多出结果了。我们争取元宵节前把准备工作全部做完，到时我会第一时间通知你们。”

佟建东说：“感谢池副县长关心支持！我们一定会把县医院管理好，不辜负领导信任。”

大家又随便聊了几句后，佟建东说：“大过年的，麻烦领导，实在不好意思，我们就告辞回去了。”

池副县长笑笑说：“佟院长不要客气，把县医院的事情搞好，是我们共同的愿望。现在是春节放假期间，我没有什么事情。你们来一趟不容易，也不要急着回去，晚上我已经安排好了，到时候卫生局樊局长会带你们一起过去，我会在那里等你们。”

佟建东坚持要走。池副县长说：“大过年的，哪有来了就走的道理？”他又对支钢说，“你要把佟院长他们陪好。”

“中！”支钢笑道，“这个事，请您放心！”

见池副县长热情挽留，佟建东不好再推辞，只好说：“我们恭敬不如从命了。我们先到樊局长那里。”

支钢联系卫生局局长樊大同。樊大同带着哭腔向支钢诉苦：“我们这些基层小萝卜头，命真是太苦了！整个春节不是看望病人、慰问老人，就是伺候客人。”

支钢说：“樊局长不要在我们这些连萝卜头也不是的人面前矫情了。你把那些灯红酒绿、夜夜笙歌的好日子都就忘了？那时怎么没见你诉苦啊？”

樊大同哈哈大笑，说：“彼此彼此。”

支钢说：“临水县的客人马上到你办公室。”

“好，好，我在办公室等他们。”

江行舟一行人来到樊大同办公室，今天是樊大同春节值班。

樊大同笑笑说：“县医院资产核算报告出来后，你们就可以接手。你们过来后，我肩上的担子立马减轻一半，要不全压在我一个人肩上。”

佟建东道：“到时候，还要麻烦樊局长多支持、多帮助。我们人生地不熟，困难肯定很多。”

“佟院长放心，”樊大同道，“县医院的事情，不仅是你们的事，更是我们卫生局的事，是我的事，任何时候也变不了的。我也不会把这副担子全推给你们的。你们放心，到时候我们一起努力，共同想办法，把县医院的事情搞好，不能给县领导出难题。”

“对，对，我们一定全力以赴，把我们应该做的事情做好。”佟建东道。

支钢看双方谈得差不多了，就附在樊大同耳边说了几句。

樊大同站起来，和佟建东等人握手。

吃饭尚早，佟建东问支钢还去哪里。支钢说：“还有点时间，我带你们到金星台看看。”

佟建东问金星台是什么来头。

“金星台的来头可太大了！”支钢答道，“传说是老子居住、讲学的地方，孔子向老子问道也在这个地方。”

金星台离县医院并不远，在市中心位置。一个大概有两层楼高的土高台，一条不太宽的小路盘旋而上，直通顶部。高台上是一座宫殿式建筑，黄色的琉璃瓦屋顶，这是皇家的专用色。在过去，一般人是不准用的。但在唐朝，老子被尊为李氏始祖，特批可以用黄色。只有一座大殿，还有几间配套的房子，显然是现代人后建的。

在大殿里，中间是一座老子塑像，正襟危坐，法相庄严。从大殿顶上垂下长长的经幡。地下摆放着一排拜垫，供敬仰者跪拜。像其他道观一样，也有梳着发髻的道士在替人们解签。也许是下午了，游人不多。大家怀着崇敬的心情，带着凝重的神色，仰起头仔细瞻仰这位圣贤的庄严法相。大家没有跪拜，但都在塑像前久久伫立，微闭双目，表示尊重。

江行舟对这些历史文化遗产比较感兴趣，乘着大家闲聊，他到大殿里的其他地方转了一圈，把壁画、雕塑、文字说明大致浏览了一遍，对金星台有了比较全面的了解。

参观完金星台，支钢带他们去酒店办理入住手续。

晚上的宴会，由池副县长主持，樊大同任副主陪，佟建东自然是主客，江行舟、张人杰是副主客。支钢在中间调停，防止有谁喝高了说出不得体的话或做出不得体的事。

俗话说，离家十里路，各地各乡风。古邑县人喝酒的规矩跟临水县人有很大不同。临水县人喝酒的规矩是，敬酒要陪对方一起喝，而且是先喝，先干为敬，每次敬酒都是杯数逢双，取“双喜临门”之意。而古邑县人喝酒的规矩，则是敬酒杯数要逢三，来源是老子《道德经》中“一生二,二生三,三生万物”。敬酒的人要自己先喝三杯，然后敬酒，被敬酒的人自己喝三杯，敬酒的人则不用陪客人喝。

佟建东觉得，这两个地方人喝酒的规矩有很大差别。在临水县，敬酒的人比被敬酒的人喝得多，容易喝醉。在古邑县，敬酒的人喝酒少，喝多的概率很小。为什么会形成这样的规矩呢？佟建东分析认为，是由经济基础和民风决定的。临水县经济基础比古邑县要好，民风没有古邑县淳朴，所以自己多喝点。而古邑县经济基础不如临水县，但民风淳朴，尽量把酒让给客人多喝，那时喝酒是奢侈的。

佟建东成了晚宴的重点人物，池副县长带头敬酒，自喝三杯。佟建东喝三杯，江行舟、张人杰都一起喝三杯。然后樊大同敬、支钢敬。左一轮，右一轮。佟建东还要回敬，来来回回，几个回合下来，佟建东说话都不利索了，站立不稳，脸色发白。支钢见情况不对，连忙打圆场，说大过年的，喝醉了不好，今天就这样，以后有的是机会。池副县长也喝得不少，借机打住。

江行舟一行人回到酒店，一觉睡到天亮。

江行舟去古邑县，江同舟和陈影一起去了江行舟家。王莉和江漫月、江浸月都在家，她们见江同舟来了，都非常热情，端茶倒水，水果瓜子糖都端到桌上。陈影带来一盆比利时杜鹃盆景和几盆时令花卉，都开得缤纷灿烂。放在什么地方，江漫月姐妹俩意见不一，便端来端去，移了几次才算放好。

王莉陪江同舟和陈影聊家常。平时江同舟很少到江行舟家里来，便有些生分。几句客套话过后，竟出现冷场。王莉就叫江浸月和江漫月坐下来说话。江浸月和江漫月来了，气氛立刻活跃起来。江同舟问起她们的情况，江漫月说了她工作的情况，因为航天研究工作涉密，具体情况一语带过。江浸月汇报办公司的情况，请江同舟把把脉。江浸月说："我说也没有用，三爷和我爸是亲兄弟，肯定向着我爸说。"

江同舟笑笑说："你还是他亲闺女呢，他更应该向着你说话才对。"

江浸月问："那这样，三爷能不能保证向理不向人，客观公正说话？"

江同舟笑起来，对江浸月说道："可以，你妈也在这里，可以作证。"

王莉对江浸月说："你爸根本不懂这一行，还是以你三爷说的为准，不听你爸的。"

江同舟道："我知道大哥今天去古邑县了，我们专门挑这个时间来，就是想趁他不在家，和浸月说说这个事。他要在家，说不定要吵起来，更麻烦了。"

浸月问："三爷这样讲，我爸肯定是跟三爷说过了？"

江同舟说是，所以他才来的。

江浸月就把自己想办公司的想法又说了一遍。理由主要有几条：一是不要关起门来死读书，办公司可以把学到的书本知识用到实践中去，加深对书本知识的理解；二是尽早融入社会，熟悉市场经济，为今后创业打下基础。

江同舟道："浸月的想法是好的。你爸跟我说，他并不是反对你成立公司，而是他觉得现在时机不对，创业艰难，创业不成反而耽误了学业。"

"能耽误什么学业？我是研究生，也不是本科生，书本知识没有那么重要，实践更重要，对学习不会产生影响的。"江浸月说。

"一旦成立公司，就有很多事情要做。"江同舟说，"我的公司规模小，但将小比大，道理是一样的。要开拓业务，要做业务，要监督管理业务质量，与甲方的沟通协调，工程款的回收、使用。内部的人员管理、财务管理，都要花精力的。你又不在临水县，怎么处理这些事情？"

江浸月说："这些事情我都考虑过了。公司成立以后，我不忙着扩大业务，先找一个切入点，就是我现在的专业园林设计。这个专业要求严，门槛高，想进入难度大。我先搞起来，试试水，等熟悉了，各方面条件都具备了，再考虑公司发展的问题。我不担心没业务，房地产现在正是大发展时期，市场需求很旺盛，是不愁业务的。至于设计图纸的审批，我有一个小师妹，她是我们学校园林专业大专班毕业的，现在分配在园林处，负责设计图纸审核审批。我向她咨询过，她说按规定，设计是要有资质的，但现在园林设计单位很少，有设计资质的很难找到，叫我找一个有资质的单位挂靠，图纸设计质量则由园林处审查把关。她知道我是园林专业研究生，设计图纸质量应该没有什么大问题。”

听江浸月说得如此清楚明白，好像一切尽在掌握之中。江同舟就提出一些具体实施的问题，业务人员哪里来、资金怎么办。

江浸月说：“我现在有个人选，但我还没有跟他谈，决定公司成立后再谈。资金我是没办法，只能向我爸借，不搞工程，资金需求量不会很大。他要是不借，我再想其他办法。”

江同舟对江浸月感到比较满意，觉得这个孩子，有自己的思想，有主见，考虑问题还是比较实际的，就点点头说：“浸月，你刚才谈的想法我基本认可。具体实施过程中可能还有一些细节需要考虑，你再仔细想想。等你爸回来，我再跟他谈谈，争取他的支持。他支持了，事情就会好办多了。你放心，三爷肯定站在你这边，支持你创业。”

听说江同舟支持自己，江浸月很高兴，笑着说：“谢谢三爷！”

王莉也高兴地说：“你爸就听你三爷的话。”

中午，王莉留江同舟吃饭。江同舟说他马上和陈影到五金店买工具。王莉说吃过饭再去买也不迟。江同舟坚持要走，王莉赶紧收拾一些好吃的，放在纸箱里，让陈影带回去。

江行舟回来以后，王莉把江同舟来访的事告诉他。他见事情已经这样了，就顺水推舟地同意了江浸月在临水县成立一家园林公司，等春节后上班，就带她去工商局注册。

第十二章

这块硬骨头很难啃

在冯续来的大力支持下，各部门费了九牛二虎之力，好不容易才把楼二狗家拆迁的事办好。永安公司停了将近一年的一期工程得以重启，便催促工程队加快施工进度，争取把耽误的时间尽量补回来。

二期工程的拆迁同样存在问题，影响工程进度。大部分人家已经搬走了，还有三户没有搬。其中两户，是扳布（攀比）另外一户姓许的人家，公开扬言，姓许的不搬，他们就不搬！

姓许的叫许文虎，早几年做过村党支部书记，现在年龄大了，不干了。他自称有规划办颁发的规划证，自拆自建的批准手续齐全，坚持要在自己原房旧址建房。他的弟弟是省政府某部门的厅级干部，县政府、市政府都有人为他说话。拆迁办的人多次上门做工作，他谈都不谈，非常蛮横。

江行舟和岳总一起到现场看完后提出，能不能把永安公司的地块通过规划变更，把许家地块划出去，让他自拆自建，大不了就是少了三五分地，省得跟他纠缠，浪费太多时间和精力。岳总说，许家的房子处于二期工程的房子中间，他家要是自己建房，还需要通道出口，到时规划部门可能会提出，要我们给他留出口，我们二期工程的规划就被分割了，影响非常大。

江行舟开始动脑筋，想办法，怎样才能把这根钉子拔掉。

江行舟觉得应该先礼后兵，把工作做到位，如果许文虎继续一意孤行，再考虑下一步工作。

江行舟和岳总来到许家。江行舟在指挥部工作时，因工作关系，和临城镇的不少村书记有过接触。在江行舟的印象中，许文虎个子不高，精瘦，比较狡诈。不过，许文虎能在这种地方做这地头蛇，没有两把刷子怕是做不成。

许文虎打开大门，见是江行舟，愣了一下，马上满脸堆笑，问道："江院长还认识我吗？"江行舟道："认识，认识！我在指挥部工作时，为临水县公安局征地的事还专门找过你，我们配合得很好的。"

许文虎说："对，对，我们还是有缘的。"说罢，他邀请江行舟进屋。江行舟站在院子里，笑着说："我先参观一下许书记的豪宅。"许文虎道："豪宅谈不上，普通老百姓的住房，江院长不要笑话。"

许家的院子确实很大，建设得也不错。虽不是楼房，但大小房子也有十来间，都高高大大的。墙面都进行过装修，或瓷砖贴面，或涂料涂装，显得自然得体，质朴大气。院子里有一个修剪得体、长满绿植的花园，在阳光下各种花竞相开放，空气里满是淡淡的香味。

江行舟问许文虎："这房子，许书记舍不得拆啊？"

许文虎轻轻咳嗽一声："是啊，去年办的手续，准备自拆自建。一来因为重建需要不少钱，二是有点舍不得现在这房子，就拖下来了。江院长，现在你叫我拆迁，我能同意吗？"

许文虎毕竟当过多年村支部书记，是个老江湖，见多识广。他见江行舟和公司的人一起来了，就知道他们干什么来的。于是，他也不绕弯子，开门见山，直奔主题，一下子就把球踢给了江行舟。江行舟见已说到正题，也就不拐弯抹角了："拆迁虽说是政府行为，但也尽量要取得被拆迁人同意。具体条件，双方是可以谈的。"

许文虎见话已经挑明，也就不再遮遮掩掩："江院长今天来，就是为了拆迁的事。我听说，你现在在永安公司高就，我早就想去找你聊聊这个事，又觉得不太妥当。一直犹犹豫豫，下不了决心，就拖下来了。今天正好你来了，我就当你面汇报一下我的思想。我说得不对的，请你批评指正。"

许文虎一番话说得冠冕堂皇，不卑不亢，听上去蛮有水平的。江行舟道："许书记不要客气。今天我和丘总来，就是想听听许书记的意见，有什么问题都可以摊开谈。"

许文虎说："还是请江院长到屋里坐下谈，站着也不好说话啊！"

江行舟就随许文虎来到堂屋客厅坐下。客厅很大，一眼望去，屋里都是红木家具，富丽堂皇。他们在沙发前坐下，许文虎又倒茶又敬烟，十分热情。

许文虎从里间拿出一个精致的盒子，放在茶几上，又从盒子里拿出一个红皮本子，递给江行舟，说："江院长请上眼，这是我家自拆自建的规划证。"

江行舟接过去一看，该证发放时间在永安公司和县政府签协议之前。江行舟笑了笑，说道："许书记是老书记了，做事不会无凭无据的，肯定要把合法手续办好的。"

许文虎笑笑说："那肯定啊，凡事一定要有法律依据，要不就成了无理取闹了。"

江行舟说："永安公司和县政府签协议时间虽然在许书记的规划审批时间之后，但它是政府对城市规划的重大调整，之前的规划肯定要服从后来变更的规划，前文服从后文，这规矩许书记应该知道。"

一听这话，许文虎的脸色变得难看，声音也变大了，说："江院长这话我就不赞同。都是规划部门发的批文，同样具有法律效力。如果规划证批下来我就建，不是早就建好了嘛！"

江行舟说："对呀！许书记当时要是建好了，也就建好了。毕竟现在你不是没有建嘛，拆迁是根据现状进行安置补偿的。"

许文虎急了，大声说道："这太不合理了！有合法批准手续，我什么时候建房并没有硬性规定。"

"是啊，是没规定你一定要在什么时候建好。"江行舟道，"但政府城市建设需要拆迁，就只能根据拆迁时的状况进行安置补偿。即便你当时把房子建好了，现在仍然要拆迁的。幸亏你当时没有建房，没有花那笔冤枉钱，也不需要烦那么多神，费那么多事了。根据现在的房屋状况进行拆迁、安置补偿就是了，你并没有损失什么。"

许文虎被江行舟说到要害，一时反驳不了，又不甘心认输，就说："这肯定不行，我无法接受。你们是开发商，也不是政府搞市政建设，我凭什么要服从你们？"

江行舟见话已经说到这分上，许文虎又着急拉巴的样子，估计一下子也谈不成，就主动留个空子，笑着说："许书记，你也不要着急。这件事是大事，请你再仔细考虑一下，我们以后再慢慢商量。”

许文虎一听，声音立刻放缓，连忙说好。江行舟就告辞回去了。

晚上，吃过晚饭，有人敲门，江行舟把门打开一看，许文虎端着一箱酒站在门口。

许文虎笑着说：“江院长，我就不进去了。”他把酒放在地上，转身就要走。

江行舟连忙拦住许文虎，问道：“许书记，你这是干什么？”

许文虎说：“没什么，送箱酒给你，不成敬意。”他说着一闪身，灵敏得像一条泥鳅，就滑走了。

江行舟追出去，许文虎早就没影了。

江行舟把酒箱搬到屋里一看，是二斤装的茅台，市面上很少，价格应该不菲。他再仔细一看，酒箱上用胶带粘着一个纸袋，纸袋里面装着厚厚一沓钱。

江行舟心里清楚，许文虎送钱送酒，无非是想让江行舟帮他在拆迁过程中多得到一些好处。说白了，就是想让江行舟出卖永安公司利益，达到他的目的。

怎么处理？江行舟几乎不用考虑，这事肯定不能做。这是他一直以来做人的底线。过去当干部有法律和政策管着，贪污受贿不行；现在在商场，在商言商，利益可以最大化，没有那么多禁忌，只要不过分，不违法就可以。但江行舟还是觉得心里的坎过不去，自己受聘于永安公司，就应该对永安公司负责，决不能为了自己个人利益出卖公司利益。

许文虎送来的东西一样也不能收，至于问题怎样处理再商量。

江行舟把王莉从楼上叫下来，把许文虎送礼品的事情说了一遍。王莉说：“这事好办，叫人退给他就是了。我们反正不能要他的礼品。你大惊小怪干什么，我以为什么事呢！”说着，她又上楼去了。

江行舟打电话给岳总，说了许文虎送礼品的事，叫岳总现在把公司的车子开到他家里，把礼品拿到公司，暂时不要声张。岳总马上过来，把礼品搬到公司财务办公室。

第二天上班，江行舟把岳总、小覃叫到办公室，商量这件事怎么处理。当着几个人的面，小覃把纸袋打开，里面是三万元钱。

岳总和小覃不讲话，看着江行舟，等他表态。江行舟对他俩说："这笔钱我肯定不能收，暂时放在岳总那里保管，也不要急于退给他。现在就退给他，他会觉得丢面子，不利于我们解决问题。这样，岳总去他家，就说是我叫你去的，问他拆迁到底有什么具体要求，看他怎么说。不管他说什么，你都不要表态，回来我们再商量怎么办。"

上午快下班的时候，岳总从许文虎家回来，脸色有点苍白，喘气都不太均匀了，看来气得不轻。江行舟问他什么情况。他说："许文虎这个人，太过分了！"江行舟说："你不要生气，慢慢说。"

原来，许文虎见岳总一个人去，很高兴，又听说是江行舟派他去的，心里更有底气，觉得是一个机会。许文虎拿出一万元钱给岳总，说："你们拖家带口的从安江来到这里，也不容易，我略微表示一下，拆迁的事还请岳总关照。"

岳总没有收钱，还是耐住性子跟许文虎谈拆迁的事。许文虎说，他的要求很简单，最好是原房旧基自拆自建。但是他也知道自拆自建比较困难，不太好办。他是通情达理的人，变通处理也可以。

江行舟问："他说怎么变通？"

岳总说："许文虎说，我们可以按原来图纸正常进行建设，在街头路边的地方，给他留五间门面房，从上到下六层，按建筑成本价给他。这样对我们双方都有利。"

说着，岳总从口袋里掏出一万元钱放在桌子上。

江行舟低头不语，岳总还没有从刚才的场景里解脱出来。

过了一会儿，江行舟说："看来这件事情很难办。许文虎现在气焰嚣张，主要是有他弟弟这个靠山，认为自己关系网强大，可以呼风唤雨，为所欲为，所以才提出让我们难以接受的条件。要想拿下这块骨头，看来我们要下一番功夫。这样，我们先走第一步，把他送给我和你的钱、酒退给他，打掉他有内应的幻想，刹一刹他的邪气，然后我们再找他谈一次，看他态度再走第二步。"

江行舟叫岳总和小覃一起去，态度要好一点，话说得客气点，但要表明他们的态度，问题归问题，什么时候都可以谈。

岳总和小覃到许文虎家说明了来意，许文虎脸色很难看，一言不发。二人把话说完就告辞了。许文虎没有送他们出门，看来是真的生气了。

第二天上午，江行舟在办公室正和岳总商量支付一期工程款的事情。工程队好几次催要工程款了，因为工程质量老是出问题，负责质量安全的工程师小周和小吴要求整改，但改了这里，那里又出问题，所以永安公司就把他们的工程款停发了，用这种方法逼他们提高工程质量。现在他们又来要工程款，理由是他们已经按永安公司的要求整改到位了。江行舟叫两个工程师到现场检查，看到底改得怎么样了，如果确实改好了，符合质量要求，工程款就按协议支付给他们；如果仍然没有改好，就继续让他们改，一直到完全改好为止。质量、安全这是两条红线，必须守住，绝对不能含糊。

这时，江行舟的手机铃声响起，一看是冯续来打来的，江行舟忙接听，问首长有何指示。冯续来问："许文虎家拆迁是什么情况？"

江行舟想，可能是许文虎找过冯续来了。于是，他就把许文虎家的情况简单汇报了一遍，然后才说："这家人自恃上面有人，狮子大开口，很难谈得拢。"

冯续来说："昨天晚上许文虎的弟弟许文彪打电话给我，听说县里拆迁的事由我分管的，就希望我实事求是地解决许文虎家拆迁的问题。他把话说得很好听，其实目的很清楚，就是想让我予以照顾。"

江行舟道："这些领导干部其实也很不容易。他亲哥哥找他说话，他又不能不说，说了下面做事就很为难。你看，许文虎提的这些要求，他弟弟其实也不是很清楚，打电话给你，叫你怎么办？说实在话，照顾一点也不是不行，凡事都可以商量的，但不能过分，过分了事情就会走向反面，不好解决。冯书记，你看他提的这些要求，完全是帽大一丈都不止，叫开发商如何答应？开发商也是做生意的，不是做慈善事业的。他这样要求，我觉得太过分了，不可能同意的。"

冯续来咂咂嘴，说道："确实太过分，再说吧。"

不一会儿，拆迁办主任宇文正打电话给江行舟，说刚才冯书记打电话问他许家拆迁情况，他如实向冯续来汇报了，许家要价太高，条件非常苛刻，根本不可能满足。最后实在达不成协议，只能政府裁决或者法院裁定，实行强制拆迁。要是那样的话，许家一点好处也得不到，现在要是坐下来谈，他们再做做工作，让开发商做出让步，许家也能得到点实惠。如果许家一意孤行，到最后鸡飞蛋打，竹篮打水一场空。

江行舟问：“冯书记什么态度？”

宇文正说：“冯书记没说什么，就说他了解情况再说。”

江行舟对宇文正的仗义执言表示感谢。

许文虎家的拆迁陷入僵局，互相都憋着一股劲，都想在僵持中寻找破局的机会。江行舟就把这件事放下，做一期工程施工和二期开工的工作。

永安小区占地十二万平方米，一百八十亩地。按规划设计建筑面积二十四万平方米，除周边沿城区路边设计部分商业门面房，其余均为多层住宅，结构为砖混。施工单位为临水六建公司，老板辛大成，识字不多，但能吃苦，头脑灵活，能说会道，从工地小工做起，做到施工队长，然后自己利用关系接活儿，慢慢积累了点资金。临水六建公司改制时，他凑了笔钱把公司买下来，自己当了老板。

本来永安小区工程是要对外招标的，辛大成托人跟邹总说，这个工程应该由他们公司承建，理由是他们公司就在永安小区地皮上，他们公司也具备施工资质，交给他们公司来做，工程质量不会有任何问题。另外，给他们公司来做，有利于搞好关系，他们公司可以帮永安公司做很多对外协调的事情。如果由其他公司来做，恐怕就会遇到很多麻烦。辛大成的弦外之音是很清楚的，这是地头蛇和强龙的关系，让永安公司自己掂量。邹总是外地人，当然不想得罪地头蛇。在同样的条件下，他们经过权衡，决定把工程承包给临水六建公司。后来在实际施工过程中，临水六建公司的工程质量、安全管理、工期进度都存在问题，永安公司跟踪监督，效果不明显，往往是头痛医头脚痛医脚，基本状况没有根本改变。双方关系也就出现了矛盾，甚至工程款也被延迟支付。

江行舟让小吴把辛大成请到办公室。小吴答应后就去找辛大成。

辛大成和江行舟原来并不认识。江行舟到永安公司任职以后，辛大成到永安公司来过，因为不熟悉，他们简单客气几句就走了。在江行舟印象中，辛大成不像是干泥瓦匠出身的，高个子，瘦瘦的，很精神，戴金边眼镜，说话慢慢吞吞的，挺斯文，看气质倒像是哪个单位的文员。

辛大成来到江行舟办公室，笑笑说：“江总好！”

江行舟站起来与辛大成握手，让他坐到沙发上，自己也到沙发前坐下。

江行舟说：“辛总文质彬彬的，不像是干工程的人。”辛大成笑笑说：“江总不要笑话我，我从小家里穷，没念过几天书。戴眼镜就是装装门面，假斯文。”江行舟笑起来：“辛总倒是幽默得很。”

辛大成说：“江总，你的大名在临水县如雷贯耳，特别是在建筑行业，更是鼎鼎大名。临水今天的城市建设都是你们那批人开的路、打的基础，要不哪有今天这样漂亮？你们那批人，都是临水城市建设的功臣。”

江行舟连忙摆摆手说：“辛总这样说，我可不敢当。县委、县政府要搞城市化建设，一时缺人，把我抽调过去凑数而已。我们那一批人也就是按领导要求做一点具体工作而已，哪里谈得上功不功的！”

几句闲话聊过，江行舟赶快转移话题，说到永安小区工程质量问题，要辛大成讲讲为什么会成这样。辛大成就把整个工程和现在情况慢慢说给江行舟听。

永安小区的工程，是临水六建公司成立以来接手的最大工程，当然想把它做好，但是，临水六建公司规模小，资金不足，人才匮乏，管理跟不上。做具体工作的人素质也不高，质量意识、安全意识都不强，凡事只顾眼前利益，马马虎虎，得过且过，所以老是出问题。他操碎了心，喊破了嗓子，效果还是不理想。他也很着急。这些肯定是他的责任，他向江总检讨，对不起，给江总添麻烦了。

江行舟说：“辛总也不必这样，问题现在摆在那里，是没有办法回避的，关键是如何解决这些问题。”辛大成连连点头说：“江总说得对。”

江行舟道：“我们现在把问题摊在桌面上一个一个解决，怎么样？”

辛大成点头说：“中！听江总的。”

第十三章
过　招

为了解决工程质量问题，江行舟特地把临水六建公司负责人辛大成找来谈话。他对辛大成说：“我们就先说说公司人员配备问题。没有人，什么事情都办不成。辛总，你的助手是谁？”

辛大成说是胡图。江行舟笑起来，说道：“一听这名字就知道有问题，糊涂的人怎么能做好工作？”

辛大成也笑了，说：“就是同音不同字。老胡这个人还是不错的，老实听话，也懂技术，就是领导能力差一点。”

江行舟道：“怎么用人是你自己的事，我只管一条，就是要保证我们这里有什么要求，你必须保证立刻落实到位，无论是技术质量，还是安全检查，或是工期，都必须按要求实施到位，不能再像现在这样拖拖沓沓，阳奉阴违。如果这样，我们就要按协议执行。实在不行，只能请你们离开，我们另行选择其他施工队伍。尽管我们不想这样做，但没有办法。工程质量和安全是我们公司的生命线，我们决不能因为你们的工作懈怠和不负责任，影响我们公司的生命线，除非我不在这里。”

江行舟说得很严肃。辛大成脸色一阵红一阵白，说话也结巴了。后来江行舟才知道，辛大成平时说话比较慢，是因为说得快就结巴。他害怕说快了结巴，就慢点说。辛大成有点急，又结巴了：“我——我——我知道——江，江总，说得——对——我——我——我一定——照——照办。”

江行舟的严肃强硬态度，使辛大成感到从未有过的压力。他清楚自己公司的实力，本来想把永安公司的这单业务作为公司发展的奠基石，赚到人生第一桶金。他希望永安公司不要给他过大压力，凡是得过且过，自己就可以慢慢往前走，逐步度过困难时期，积累资金，集聚实力，不伤筋动骨地就把公司做大做强。江行舟来之前，永安公司多次为工程质量有瑕疵、安全设施不到位、施工工期延误，找过他们公司，邹总还责令他的公司限期整改。他不想投入太多人力物力，就搞拖延战术，想着事缓则圆，答应肯定要答应，态度要好，事情可以慢慢做，时间会把问题自动解决掉。现在江行舟来了，刚才把话都已经挑明了，如果他不能认清形势，还是按老办法，肯定是不行了。江行舟要是真动真格的，他还真就不好办。他也知道错误全部在自己身上，理讲不过去，最后损失只能他担着。

江行舟见辛大成局促不安的样子，心里想，也不要把他抵到南墙上，回不了头，以后事情还指望他去做的，就笑笑说："辛总，我刚才说的话，都是实话。你要仔细想想，永安公司开发这么大的楼盘，投入这么多资金，房子要是因为质量问题卖不出去，或者出了工程事故，影响公司利益，我们老板是不可能答应的，到那时你怎么办？所以，我希望你好好斟酌这些事情的利弊得失。我希望我们合作能够继续进行，共同努力，把永安小区建设好，取得预期效果，这样皆大欢喜多好。如果你有什么困难，只要我能提供帮助的，我一定尽力。"

辛大成听江行舟这样说，又感到有了希望，语速也就放慢一些，说："江总的话我听懂了。情况确实如此，过去我做得很不够！这些问题，我回去马上采取有力措施，尽快融到一笔资金，更新设备。人的问题，更要大刀阔斧进行整顿，花大代价引进一些有真才实学的工程技术人员。我想过了，我们公司这些年都是小打小闹，发展缓慢，主要是我思想保守，不敢进行彻底改革。还像小脚女人走路一样，会毁了公司前途的。我这次一定要下决心解决我公司大方向问题。谢谢江总，要不是你刚才说的这番话提醒了我，我还糊里糊涂的往前混日子。以后，请江总看我的行动。"

江行舟很高兴，说："辛总要能这样想，实在是临水六建公司的福分，也是我们希望看到的变化和结果。"

辛大成临走时，江行舟看见辛大成眼里有泪光闪动。他知道，这次临水六建公司一定会有大变化，双方关系一定会有大的改变。

永安小区二期工程，尽管因为许文虎家拆迁受阻，但大部分签过协议的人家房子都已拆掉。江行舟到工地上转了一圈，永安小区二期工程的范围内，只剩下许家和另外两户房子还竖在那里，其余拆掉的房基都已打扫干净。江行舟让工程师小吴实地查看，许家到底影响哪些地方，哪些地方能建的，做一个方案。江行舟的意思是，能建的先建，一来是赶工期，二是让许文虎产生紧迫感，对下一步谈判有好处。

小吴和小周画了一张图，标出永安小区二期工程要建的房屋位置，把已拆和未拆的房子，用不同颜色注明。许家和另外两家未拆的房子正好在永安小区二期工程中间，周围如果要建房子，把这几户甩出去，有三栋房子不能建。另外，周围建房，这几家人出入不便，安全也有问题。最好还是要等这三户全部拆掉以后再施工比较好。江行舟心里有数了，下决心攻克许家这个顽固堡垒。

江行舟想起前几天冯续来打电话问许文虎家拆迁的事，后来又没有下文了，不知是怎么回事，是不是其中还有什么情况发生。这其中有没有机会可以做工作的？于是他就打电话给冯续来，询问许文虎家拆迁的事怎么办。冯续来说："许文虎把头抬得高高的，根本不听人劝。我都跟许文彪说了，让他做做许文虎的工作，适可而止，我再跟开发商谈谈，照顾一点应该也没有问题，但狮子大开口也不行，太过分就办不下去。后来我看他们兄弟俩没有回话，也就不好再问了。现在我还没有想出好办法。"

江行舟说："双方实在谈不拢，那就强制拆迁，总不能就这样算了吧？"

"强制拆迁我不是没想过。"冯续来说，"强制拆迁，许家人肯定要到处找关系，弄得惊天动地的，最后还不知道什么人会出来说话，到那时我们骑虎难下，就非常被动。我们还是再等一等，看看吧。"

江行舟叹了一口气，只好作罢。

江行舟把许家拆迁进展情况汇报给邹总。邹总听后大骂许文虎仗势欺人，贪得无厌。

江行舟劝道："邹总也不要生气，生气也没有用。现实情况就是这样，我们能有什么好办法呢？再等等吧。"

邹总说："我要打电话给冯书记，不行我就到省里告许文彪。许文彪官再大，也不能胡作非为，难道就没有人管他了吗？”

邹总的话提醒了江行舟，可以借力打力，来一个敲山震虎。他问邹总最近能不能来临水一趟，商量一下许家拆迁的事。邹总说：“只要是公司需要，我随时都可以去。”江行舟说：“那你就来一趟吧！”

第二天下午，邹总就从京城坐飞机回到临水县，见到江行舟，就直接进入正题，商量许家拆迁的事。

隔了一天，江行舟把辛大成找到办公室，了解临水六建公司内部整改的情况。今天的辛大成，看上去容光焕发，头发上的发蜡油光可鉴。江行舟说：“今天辛总满面春风，有什么高兴的事，说出来分享一下。”

辛大成告诉江行舟，那天回去以后，他就连出狠招，招招都打在死穴上。

江行舟觉得很好笑，就问他用了什么狠招。

辛大成夸张地说：“我三顾茅庐，把城建局原副局长鲁仲联请到我们公司做副总经理。他和你一起退居二线的，不过他比你大几岁。好几家建筑企业来找他，他都没去。他这个人比较清高，脾气也怪，一般人他根本瞧不起。另外他身体比较单薄，不想再去吃苦。”

江行舟问他：“鲁仲联为什么偏偏愿意来你这里呢？”

辛大成说：“这就是各有各的道道。我跟他脾气相投，我们经常在一起玩的。我们还是亲戚。他开始也不同意到我这里来的，我去他家好几次，最后他不好意思拒绝，才同意帮我管理公司。”

江行舟说：“过去我和鲁局长在工作上接触很多，改天我请他聊聊，请你作陪。”

辛大成接着说：“鲁局长又向我推荐了一位工程部经理。这个人是鲁局长同学的儿子，大学学的‘工民建’，在南方工作多年，见过世面。”

“还有——”辛大成说，“我下决心融了一笔资，公司添置三台搅拌机，脚手、支架我全部换成钢管，木棒、毛竹不能再用了，成本高还不安全。从永安小区二期工程开始，全部用专用新模板。你马上就会看到我们工地焕然一新！”

听辛大成这么说，江行舟很高兴，说道：“我翘首以待！”

辛大成眉飞色舞地讲永安小区二期工程的计划，江行舟耐心地听他讲，中间也会插上一两句。

这时，小吴走进来，递给江行舟一个文件夹。

江行舟打开文件夹扫了几眼，便把文件夹扣在茶几上，示意辛大成继续往下说。

辛大成眉飞色舞地讲他的二期工程筹备计划，江行舟耐心地听他胡吹乱侃，中间偶尔插一两句。

小吴再次走进来，望着江行舟，欲言又止。

江行舟问小吴："有事儿？"

小吴说："邹总请你过去一趟。"江行舟说："好，我马上去。"他起身对辛大成说，"请你稍微坐一会儿，我去和邹总说句话，马上过来，我们继续聊。"

辛大成说："没事，你先忙，要不我先回去，下次再来。"江行舟说："没事，我很快就回来，我还有些话没说呢！"

辛大成坐等江行舟回来。实在无聊，他就在办公室来回走，仔细观察江行舟办公室里的陈设。

江行舟迟迟不回来，辛大成实在无聊，就坐到沙发上，随手拿起小吴送来的文件翻看。他只看一眼，便像触电一样把文件夹放到茶几上，反复复位，还总觉得不对劲儿。

他紧张地走到办公室门口，向左右看了看，轻轻咳嗽一声，见没有人出来，立即转身坐到沙发上，盯着文件夹看。

他又往办公室门口瞥了几眼，貌似下了很大决心似的，将文件夹拿过来快速扫视一遍后，又把文件夹放回原位，然后起身走到书架前，拿起一本书假装翻阅。

过了好一会儿，江行舟才回来，对辛大成说："哎呀，邹总真是事多，啰里啰唆说个不停，现在要我陪他去见冯书记。辛总，不好意思，今天我们谈不成了，改日再聊吧。"

辛大成连忙说道："你先忙。"

江行舟和邹总来到冯续来办公室。

冯续来问邹总："你说有重要事情跟我说，什么事情，电话里不能说？"

邹总说："我这次在京城，朋友介绍认识了一个在住建部任职的于进中。

冯书记认识他吗？”

冯续来道：“这么大的干部，我哪里认识？你找他干什么？”

邹总说：“出门在外，多个朋友多条路。现在我公司遇到无法解决的难题，准备找他帮忙，我又不敢擅自做主，想请冯书记给参谋一下。”

冯续来问道：“什么事情，还需要我参谋？”

邹总说：“请你看完这封信再说。”

江行舟把一个信封交给冯续来。冯续来把信掏出来细看。他越往后看，表情越严肃。

看完信后，冯续来把信放下，望着邹总一会儿才说道：“邹总，我们是朋友，你和老柴都是奔我来的，我们的感情一直比较近。你们也看得起我，有什么事情都会找我商量，感谢你们对我的信任。这封信是你们公司的机密，我不应该看的。既然我看到了，你们又征求我的看法，那我就说两句，供你们参考。”

邹总正色道：“冯书记直言无妨。我们也是被逼无奈才出此下策。”

“理解，理解。”冯续来说，“拆迁这件事拖得时间太长了，对你们项目影响也比较大。这个事情没有办好，首先我有责任，平时工作太忙，没有顾过来，要向邹总检讨。”

邹总道：“冯书记也有难处，我们都理解。但许家人实在是欺人太甚，兔子急了还咬人呢。”

冯续来说：“按道理，向上级反映情况，这是公民的法定权利，任何人都不能干涉，我也无权干涉。”

邹总道：“这不是干涉，是我们主动请你帮我们想主意。”

冯续来说：“我现在仅以朋友身份提点建议，供你们参考。”

“冯书记请讲。”邹总道。

冯续来说道：“对了招商引资来的老板，我们必须要做到请进来，留得住；帮他们解决所有困难和问题，也是我们应尽的义务。许家拆迁这个事情，我找过许文虎，许文虎听不进劝，要价太高，甚至可以说是无理取闹。”

“许文虎太嚣张！”江行舟说，“他就是仗着他弟弟许文彪的权势，才敢这样胡作非为。”

“行舟的话，有点道理。”冯续来道，“但也不完全是这样。主要是许文虎狗仗人势，其实许文彪未必知情，毕竟没有证据证明许文彪支持许文虎这样漫天要价。”

邹总道：“许文虎曾经当着我的面说过，他弟弟支持他的要求。”

冯续来说：“这个问题我们不争论了，到时候上级来调查，总会弄清楚的。你们又说许文虎找人办假规划证，这些要有确凿的证据才能下结论。”

邹总道：“行啊，省里来人调查，我们会配合调查的，提供证据给他们。”

冯续来说：“我看这样吧，你们也不用着急，反正你们也不在乎这一两天。这封信，暂时不要发，我再和许文虎谈谈，做到仁至义尽。他要是还不听，你们怎么做，我就不管了。你给我一点时间，行不行？”

邹总笑笑说：“冯书记太客气了，我们又要给冯书记添麻烦了。我们暂时什么也不说，什么也不做，等冯书记做完许文虎的思想工作再说。我也向冯书记表个态，一切请冯书记做主，只要是你同意的条件，我们一定照办，绝不含糊。”

冯续来说：“我心里有数，你们等我的消息吧！”

辛大成离开江行舟办公室后，直接去了许文虎家，许家大门关着。自从拆迁以来，许文虎怕有人来找他，经常在家里关上门，一个人抽闷烟。

辛大成打电话给许文虎。许文虎和辛大成有点亲戚关系，辛大成叫许文虎表哥。辛大成说：“我有点事，想和表哥当面说说。”

许文虎说：“我在家，你过来吧！”

辛大成来到许文虎家。许文虎见辛大成神色有点怪异，就问：“表弟有什么事啊？”

辛大成对许文虎说：“表哥，要出大事了！”

许文虎感到诧异，急忙问：“出什么大事啊？”

辛大成把他在江行舟办公室偷看永安公司内部文件的事说了一遍。许文虎问：“你看到什么了，让你这样紧张？”辛大成说：“是永安公司写的告状信，写给省纪委的，反映你家拆迁问题。”

许文虎说：“我家拆迁，难道归省纪委管？乱吃草粮！”

辛大成见许文虎还不明白，就说：“信上说你倚仗文彪二哥的权势，办假规划证，敲诈开发商，影响城市建设。”

“放他娘的屁！”许文虎一听，火冒三丈，跳起来要去找永安公司算账。

辛大成忙把许文虎拦住，说：“表哥，别——别急——听——听我说。我刚才——说——说的——情况——是——是我在江——江行舟那里——偷——偷看——到的——你——你现在去——去找——找他们——他们肯定——肯定不承认——你——你不是——把——把我——卖——卖了吗？”

许文虎坐下来，气呼呼地说：“难道我就这样任他们胡说八道？”

辛大成结结巴巴说道：“具体应该——怎么——处理——我——我不知道——我就是——看——看到这封信——我来——来告诉——你——你看——怎么办？无论如何——你——你不能——把我——我卖了——”

许文虎道：“感谢表弟关心，这件事我会认真处理好的，绝对不会把你说出去的。”

辛大成起身告辞。

许文虎点燃一支烟，吐着烟圈，眯着眼陷入沉思。从刚才辛大成提供的信息看，永安公司真的急眼了。怎么办？理不理他们？他感到为难。不理他们，又怕这事真的影响到许文彪的前途；理他们，自己的利益肯定要受损失。他左右为难，实在难以决策。就这样，他在屋里、院子里不停地转圈子，抽了大半包烟，直到老婆喊他吃中午饭，他都没有拿定主意。

晚上 9 点多钟，许文虎看电视，觉得心里烦，就把电视关了，想睡觉。这时，手机铃声响了，原来是许文彪打来的。

许文虎立刻挺直腰板，按下接听键。许文彪没有说什么，只叫许文虎明天上午上班时间去冯续来办公室。

许文虎问：“他找我干什么？”

许文彪说：“明天你去了就知道了。”

许文彪还叮嘱许文虎，不要把冯续来得罪了，尽可能按照冯续来说的办。

第十四章

施巧计啃下这块硬骨头

许文彪的再三叮嘱，让许文虎感到很诧异，心中暗想：“今天弟弟的态度跟过去比较，实在反常，吞吞吐吐，说半句留半句，不知什么意思。冯续来要找我，能有什么事呢？无非就是拆迁的事，其余自己也没有什么事情要惊动到他这么大的官。”他心里就在盘算，明天这个面怎么见。一直到下半夜，他才迷迷糊糊睡着。

第二天上午，许文虎来到冯续来办公室。冯续来一改往日和蔼可亲的面目，比较冷淡，说：“请坐，许书记。”

许文虎感到冯续来的目光像刀子一样，让他如芒刺在背，小心翼翼地坐在沙发上。

冯续来说：“今天请许书记过来，是谈谈你家拆迁的事。”

许文虎点点头，说：“我知道。”

“你的事情闹大了！”冯续来冷冷地盯着许文虎，“看样子要出事。所以，才请你过来一起商量怎么办。”

许文虎说：“不就是拆迁嘛，还能有什么事闹大了？我想不通。”

冯续来道：“拆迁的事情拖得时间太长了，拆迁办做了很多工作，双方始终达不成协议。”

“冯书记，你可能不知道。”许文虎说，“我有规划证，规划办批准我自拆自建。永安公司搞开发，各人做各人的事，井水不犯河水。这些话，我都反复跟拆迁办的人说了，他们还是来找我，要我拆迁，让开发商建房。我就想不通，到底是谁在胡作非为！”

冯续来见许文虎不但没有认识到问题的严重性，还来劲了，就说：“许书记，不要激动。有理不在声高，咱们慢慢说。”

“听说开发商要到省纪委告状，告我弟弟支持我敲诈开发商，好啊，让他告，公凭文，私凭据，叫他们拿出证据来，没有证据就是诬告。诬告是要坐牢的！”许文虎底气十足，声音洪亮，唾沫星乱飞。

“许书记，不要激动。”冯续来缓声说道，“你既然说到开发商告状的事，我们就谈谈这个事情。确实有这个事，开发商已经跟我说了，写的信也给我看了。本来向上级组织反映情况，是公民的自由，我是无权干涉的，但是他们既然跟我说了，我也就把我的想法跟他们说说。我让他们暂时缓一缓，让我来跟你沟通一下，讲清利害关系，最后看你的态度。如果你同意协调，再谈条件。如果你还是不同意调解，那我也算仁至义尽，他们要告状就去告状，你想怎么干就怎么干。但拆迁这个工作不会停，该怎么进行还得怎么进行，最后结果就顺其自然，该什么样也就什么样吧！随着时间推移，任何事情都会了结的。”

许文虎没有作声，一直听冯续来说。

冯续来问：“许书记，他们告状表面是冲着你弟弟文彪的，但目的还是逼你拆迁，对吧？”

“对啊！我早就看出来，这帮家伙实在是阴险狡诈，可恶得很。”许文虎应道。

冯续来说：“我们分析一下，他们这样做到底能不能达到目的，就是说能不能影响到你弟弟的前途。如果对你弟弟前途没有影响，你可以不用理他们，甚至可以反过来告他们。”

许文虎反问：“他们无凭无据，省纪委就相信他们的一面之词？”

冯续来说：“省纪委不可能相信他们的一面之词，肯定要经过细致深入的调查，最后根据情况，实事求是地处理。”

“我相信省纪委不会随便冤枉好人的。”许文虎道。

冯续来说：“许书记，你在基层工作这么多年，有些情况你应该清楚。一个人在单位、在社会上，都不是孤立存在的，人与人之间肯定有千丝万缕的联系。省纪委如果真要着手调查文彪，就有可能不是就事论事地调查。文彪以前有没有其他事情，在单位有没有对立面，他们会不会在这时候落井下石，乘机咬文彪一口？这些情况，我估计你也不一定清楚。就是文彪也不敢保证自己没有问题。”

冯续来一席话，说得许文虎心惊肉跳，有点坐不住，不知道会弄出多大动静来。他虽然当过村书记，毕竟官职太小，上层的事情他一无所知。这时候，他的内心十分复杂，迫切需要高人指点，才能不至于出现大差错，何况还关系到他弟弟的前程！他眨眨眼睛，等待冯书记的下文。

“人心是复杂的，平时关系不错，遇到问题，就会显出本性。”冯续来继续说道，“开发商的举报信送到省纪委，有两种可能：一种是不查，事情太小，他们事情太多，忙不过来；另一种是举报不断，他们还是要查的。纪委查是关键，至于最后结果，我认为并不重要。现在的干部，谁敢保证自己一点问题都没有？谁也不敢保证。没有大问题，小问题也会有。真查起来，就会拔出萝卜带出泥，最后结果就不好说了。总之，就是最后没有查出你有什么问题，至少你被纪委查过，无法自证清白，你也没办法向每个人解释。文彪还年轻，还想往上走几步。如果他因为拆迁这件事被纪委调查，影响肯定有的。可能是有形的，也可能不知不觉中这件事就黄了，他多年的努力就全打水漂了。”

许文虎听冯续来分析，开始觉得是无稽之谈，听着听着又觉得冯续来说得有点道理，到最后觉得情况一定是这样。他后背就有点发凉，心里的底气像被刺破的气球慢慢地泄了，说话的口气就软了下来。

许文虎道：“你说的情况是有可能的，但也不一定。我总觉得，这事不一定会是这样的结局。”

冯续来问：“你是不是舍不得你那点利益，要拿文彪的前途碰碰运气？我现在也不瞒你说，我昨天晚上和文彪通过电话，把情况都跟他说了。他说在他很小的时候，父亲就去世了，是你靠收破烂、种地，供他上大学。你在他心目中是至高无上的。你说的话，他说坚决照办；哪怕是错了也要办。其实，他对你这次拆迁提的这些要求，是有看法的。但碍于情面，他什么都没有说，继续支持你的要求。现在弄到这种地步，他也没办法，只能随它去吧，他大不了回家种地，也无怨无悔，只当还你的人情。”

听冯续来说到这里，许文虎愣住了，两眼发直，呆呆地望着面前的茶杯，心里像开了锅，往事如云烟一般，在眼前滚过——

那年许文彪得了急性阑尾炎住院，家里没有钱交手术费，他悄悄找关系在医院卖了两次血，才凑够手术费。为了供许文彪上大学，那几年他一家人勒紧裤腰带，省吃俭用，好不容易才供许文彪完成学业。许文彪也是性情中人，知恩图报，对他一家人关心照顾无微不至。他孩子上学遇到困难，许文彪找县领导批条上的好学校。后来孩子大学毕业，也是许文彪给找的工作单位，才有了一份体面的工作、不错的收入。他与邻居发生地界纠纷，也是许文彪找县领导，解决了矛盾。现在遇到拆迁问题，许文彪依旧支持他，他才有这样底气跟拆迁办提要求。原来许文彪心里并不赞成他的要求，完全是为了照顾他的面子。现在该怎么办？真的不计后果，让纪委去查许文彪？

冯续来是何等人物！许文虎这时的心思，他看得明明白白，于是就对许文虎说："文彪对你的感情实在让我感动，他宁愿牺牲自己的前途，也要维护你的利益。我就想问一句，你的利益真的这么重要吗？比文彪的前途还重要吗？"

许文虎沉思良久，神情呆滞。

忽然，许文虎大叫道："冯书记，你什么也不要说了！"他的眼泪如雨点落下来，轻轻地抽泣。

冯续来不讲话，把一张纸巾递给许文虎。许文虎接过纸巾，擦擦眼泪和鼻涕，慢慢缓了口气，说："冯书记，既然事情到了这步田地，我什么也不说了，就是黄金我也不要了！要是因为我拆迁这个事情影响文彪的前途，我就是死了也对不住文彪！他这些年真的不容易。一个老百姓家的孩子，拼死拼活干到今天这个位置，要是为了我这点钱把前途葬送了，实在不值得！我知道钱是好东西，但比钱更重要的，是我们兄弟的骨肉之情。冯书记，我什么也不说了，一切全凭你做主，你说什么就是什么，我完全相信你！"

冯续来正色道："许书记，老哥，我跟你熟悉，我跟文彪的关系，你也是知道的。我今天在这里负责任地说一句，拆迁的事情，你做得真不对。你想，县政府搞城市建设，这么大的阵仗，怎么可能因为你一家而改变？你的规划证真假姑且不管，就是真的，有什么用？难道县政府能支持你自拆自建？招商引资，多大的事啊，你个人能抗拒得了吗？不可能的事。你要是还坚持你的意见，最后县政府只能强制拆迁。到那时，一切都逼到墙角，没有回旋余地，只能公事公办，我就是再倾向你、支持你，还有用吗？没有用了！一切都要按规矩来，你一分钱好处都得不到，最后还得乖乖拆掉。你生气也罢，骂娘也罢，全都没有用了。对不对？是不是这个理？”

许文虎点头称是，心服口服。

冯续来说：“只要你同意双方坐下来谈，事情就好办。开发商那边，我会尽量做工作，让他们多让步，照顾一些。你家宅基地比较大，他们也不吃亏。”

许文虎说：“那就感谢冯书记，烦劳冯书记了！我和文彪感谢你！”

“感谢就不必了。”冯续来笑道，“这件事对于我来说，也是工作，我应该做的。效果怎么样，还难说呢，我尽力吧！”

第三天下午，冯续来召开会办会。内容：永安小区拆迁；地点：许文虎家院子。主持人：冯续来；参加人：拆迁办的人、许文虎、邹贵生、江行舟。

会办会现场，拆迁办的人对许文虎家房屋面积、结构、建房时间、装潢材料、面积、临时建筑面积，所有拆迁补偿要素，都当着大家的面丈量评估，逐一进行汇总。许文虎也据理力争，提出自己加成的理由。拆迁办的人实事求是地进行解释。最后，冯续来表态，尽量向许文虎方面倾斜，让许文虎多得到一些利益。许文虎对结果不太满意，但也提不出更充分的理由，只好认可。

关于安置，拆迁办的人说，可以在永安小区一期已经建好还没有安置或没有售出的房子里立刻予以安置，或在马上施工的二期房子里预选，都是可以的。

许文虎说，还是等二期的房子吧，主要是他在这里住太久了，对这个地方有感情，等段时间没问题。

对于照顾，许文虎提出，他和老婆现在租房开个小超市，地方太小，想借这次拆迁的机会，买两间门面房，自己开个超市，解决将来养老的问题。希望价格能多优惠一点。

这时候邹总站起来说：“许书记刚才已经对他家拆迁补偿和安置方案表示认可，我感到高兴。我们之间关于拆迁的争议也就解决了。我代表我们公司对许书记的支持表示感谢！也感谢冯书记和拆迁办的领导为这次拆迁所做的努力，谢谢你们。对于刚才许书记提出的门面房优惠的事情，我现在就表态，永安小区一期二期门面房许书记随便挑，两间也行，三间也行，每平方米在市场价基础上优惠三折。不知许书记满意不满意？”

许文虎这时也站了起来，说：“对这次拆迁，我考虑问题还是狭隘了，只想着自己的利益，没有考虑永安公司的利益。我要感谢冯书记给了我极大地教育，使我及时回头，没有酿成大错。也要感谢拆迁办为了我家的事情，烦了不少神，跑了不少腿，也受了不少委屈，谢谢你们！至于邹总为了我家的事，更是着急上火，耽误了不少时间，对不起！对于邹总刚才给予我买门面房百分之三十的优惠，我非常感激。门面房是商品，不在安置范围，也就不存在照顾一说。现在邹总同意照顾我，是法外施恩，我只有感谢的份儿，再提出更多要求，那就太过分了。谢谢邹总！”

冯续来见事情基本谈得差不多了，取得了比自己预期还好的效果，就高兴地宣布，会办会结束。

邹总要招待冯续来。冯续来说：“哪能让你招待我？在临水县你是客人，我怎么能让客人招待主人呢？还是我来招待你吧。你这次来，就算是给你接风。请许书记、行舟，还有宇文正作陪。”

第十五章

补收土地出让金

从古邑县回来以后，佟建东和张人杰就开始准备接管医院的工作。他们一起设计了一个详细的实施方案，主要有三部分：第一部分是关于接管团队的人员、分工、待遇和内部管理制度；第二部分是古邑县医院方面需要提供的资料，实际介入管理的前期准备工作；第三是介入管理以后的具体工作计划。这些计划主要由佟建东主导，因为他对医院管理是内行，这些都是他过去多少年从事的工作，把现在的变量加进去考虑就行了。

计划书做好以后，拿给华保才看。华保才对第一条关于管理团队的问题提了一些意见，大家一起商量后再落实。佟建东为古邑县医院院长，张人杰为副院长。待正式接手以后，其他管理人员根据医院实际情况予以配备。佟建东推荐一名总账会计路阳。路阳原来在县人民医院当会计，县人民医院改制以后，他随大部分人一起去了新人民医院，仍干财务工作。因为他与老板在财务管理方面意见不合，总是发生矛盾，便愤而辞职。

路阳是一个懂医院财务，又是正直无私的人，佟建东想把他带到古邑县医院。

华保才对此表示同意，说公司人才虽然很多，但都不懂医院财务，路阳可以用。佟院长要把控好，人过于直爽也有问题，注意用其所长，避其所短。

出纳是华保才推荐的天路达公司会计，叫肖玉仁。另外，华保才还安排天路达公司一个后勤科科长梁忠诚去古邑县医院任后勤科科长。

对佟建东拟定的计划书其他方面，华保才没有提出什么具体意见，原则上同意按计划书实施。华保才认为，计划书只是初步的一个框架，真正工作还是要到交接以后，再根据实际情况调整。华保才叫佟建东与古邑县政府保持联系，问什么时候他们可以过去。佟建东说，他和樊大同和支钢经常联系，一旦有消息，他第一时间向华保才汇报。

佟建东把接管古邑县医院、他和华保才商量的结果都及时告诉了江行舟。江行舟说："有什么需要我做的，随时通知我，不要客气。"

江浸月要办园林公司的事，既然不能改变，江行舟想，那就趁她还没有开学，把相关的事情定下来。

吃过晚饭，江行舟叫江浸月不要上楼，要问她几句话。江浸月一边答应，一边坐在客厅沙发上，打开电视。江行舟说："你把电视先关掉，等一会再看。"

江浸月道："没事，我听着呢！"

江行舟问她："你到底还办不办园林公司？"

"办，谁说不办了？"江浸月答道。

江行舟问："过几天你就要开学了，这些事情谁来做呢？"

"我已经想好了。"江浸月回答，"我有个小师妹，叫耿凌凌，刚毕业，还没有找到工作。我跟她谈过了，让她到我公司来，给她一点股份，做合伙人，可以发一点生活费给她。她同意了，到时候具体手续叫她办就是了。你和我妈都当股东，我当执行董事，我妈当财务负责人。"

"哈哈！"江行舟大笑起来，"这纯粹是家族企业。"

"你笑什么？"江浸月道，"爸，我跟你说，家族企业没有什么不好。安江那边，很多公司一开始的时候，都是家族企业。这样做的好处，是能够节约支出，至少不需要发工资。我这个公司，也先从家族企业开始。等将来企业做大了，再根据情况对外扩张、发展。这是很多企业的成功经验。"

江行舟说："行啊，我一分钱不出，弄个股东当，不错不错。"

江浸月道："谁说让你一分钱不出了？注册资金还指望你出呢！不过，这笔钱只是临时借用一下。公司注册好了，这笔钱就可以使用，不会占用太长时间的。"

江行舟问："就这些了，没有其他的了？"

江浸月道："应该就这些了。我打听过，工商注册手续就是这些。至于具体手续，填表啊，盖章啊，签字啊，那些肯定还是要有的。”

江行舟说：“据我所知，还有资质审查什么的，很严格的。”

“资质审查是园林处的事，与工商注册是两回事。”江浸月胸有成竹，不紧不慢地说道，“这个嘛，下一步再说，到时候我会和他们沟通的，不急。你先把工商注册的事情办好，一步一步地来。”

江行舟点头说：“好，我就等你安排。”

江浸月笑眯眯地说道：“爸，你服从命令听指挥就行。”

过了两天，江行舟忽然接到冯续来电话，通知他明天上午9点钟，到县人大会议室参加一个座谈会，要他带头表态，支持县政府的提议。江行舟问是什么事。冯续来告诉他：“我现在虽然调到县人大了，但是牛县长和徐书记仍然整天盯着我，叫我干这个干那个，生怕我闲着。现在，他们又叫我以县人大名义召开一个座谈会，找开发商们商议，县政府准备让他们补交一点土地出让金。县政府想做事，没有钱，希望开发商支持地方发展。”

冯续来调任县人大常委会主任已经一年多了。奚书记曾经征求过他的意见，问他愿不愿意到市政府任城建局局长。冯续来不愿意去，说自己年纪大了，不想再折腾，在临水县能干就干几年，不行就算了。后来，奚书记就推荐他任县人大常委会主任。级别提了一点，从副处级提成正处级。

到了县人大，本想过轻松生活的冯续来，又被牛县长和徐书记支使来支使去。不是今天派他去参加这个会，就是明天派他去处理那个事，或者派去救火，他反而比过去还忙。不过呢，他也是忙惯了，对此非但没有意见，反而挺高兴，干得还挺带劲，整天像充满气的皮球，跳得老高。

江行舟听明白了，县政府还是想利用冯续来的威信和对开发商的感情，打感情牌，把原来开发商免交的土地出让金，现在补交上。徐书记和牛县长怕开发商有意见，就让冯续来出面，刷刷老脸，为县政府收钱。

既然老领导打电话来找自己，江行舟也不好推脱，便对冯续来说道：“这个事怕是难办。这不是一笔小钱，哪个开发商恐怕都要打怵。不知道你想没想过。”

“我能不想吗？”冯续来说，“现在县里两个主管领导年轻，都想办事，但是县财政的情况你是知道的，没有钱能办什么事？按理说，县政府卖地，土地出让金是一笔大收入。但是前几年我们搞城区大开发，招商引资，出台了一大批优惠政策。土地零地价出让，税收实行五免三减半，这些政策在当时确实起到很大作用，吸引了一大批外地客商到我们这里投资创业，促进了我们县域经济的大发展，城区面貌发生了很大改观。但是，随着时间推移，要想更快发展，我们必须认真回头看看我们过去的发展道路，当时还是目光短浅，急功近利，只看到眼前利益，所制定的政策比较激进。没有充分考虑到可持续性发展，甚至是违背经济规律，连简单再生产都无法维持。后来我们意识到这一点，在具体执行时进行了一些纠正，招商引资工作中就注意到这些问题，例如土地出让金把握一个度，适当收取，开发商还是能够接受的。因为市场不断成熟，房价也在稳步提高，他们还是有钱可赚的，我看后来来的开发商，并没有因为县政府收土地出让金就不来了，说明这个事情我们做得是对的。要不是及时调整，我们县政府可能就失去一个好的机会，县财政会更穷。”

话是这么说，但理不是那个理。江行舟笑着问冯续来：“县政府现在要收回以前的优惠政策，原先不收土地出让金的承诺要作废。这是不是你当初说的秋后算账、关门打狗？”

冯续来道：“此一时彼一时。情况发生变化了，政策当然要适应这种变化，进行必要的适当的调整。”

江行舟沉吟了一会儿，对冯续来说道：“这种理由很牵强，难以服众，开发商接受不了。”

冯续来道：“现在县政府要办事，又缺钱，你说怎么办？”

江行舟说：“肉食者谋之。”

一听这话，冯续来生气了，说：“我看你江行舟还就不得了了！还‘肉食者谋之’，你不是肉食者啊？你现在还领县政府发的工资呢！这些合同，不都是你当时在指挥部时候起草的吗？现在我就把这个任务交给你这个肉食者来谋。你把合同好好看看，找出合适理由，明天在座谈会上说。说不过开发商，我就找你算账！”

江行舟见冯续来要不讲理了，连忙说：“我这不也是为你着想嘛！”

“你就该为我着想！”冯续来道，“其实也不是为我着想，是为临水老百姓着想。这条路打通了，能为县政府增加近亿元收入，功德无量。你赶快去想想办法，如何说服其他开发商，不能做到让他们心服口服，至少也要让他们说不出道不出，把这件事促成。”

江行舟说：“你容我好好想想，我不敢打包票。”

“那你就使劲想！”冯续来道，“想起来就给我打电话，我们再商量。”

“好吧！”江行舟苦着脸应道。

江行舟打开公司文件柜，找出当时县政府和永安公司签订的合同。合同已经泛黄，可见没有人翻过。江行舟仔细阅读合同内容，特别是关于土地出让金的有关条款，说得非常简单，就是一句话——土地出让金暂按每平方米零元收取。“零”字是用钢笔填写的，其余的字是打印的。江行舟记得，合同样本是许小平起草的，江行舟修改过，内容基本上一样，统一格式，各公司略有差异。

江行舟反复端详这两行字，没有更多信息可分析，就是这个“暂”字，似乎有可乘之机。当时用“暂”字，主要是考虑政府做事留点余地，防止发生不测情况。因为当时没有收出让金，所以也没有人提出这个问题。现在如果想翻这个旧案，只能在这个“暂”字上做文章。江行舟想了想，还是觉得理由牵强、单薄，不那么理直气壮，显得县政府理亏又蛮横，影响县政府形象。他觉得还是得找一些更充分的理由和说辞。

他就把公司历年的文件都翻出来，看看有没有可以借来一用的“武器弹药”。

去年省国土资源厅下发的一份关于整顿土地市场的文件，引起了他的注意。该文件中有关于进一步规范收取土地出让金的要求，不准随意定价，随意收取，随意使用。要防止在收取土地出让金过程中出现腐败现象，以所谓招商引资名义减免土地出让金，造成国有资产流失。

该文件还要求各级政府进行认真检查，发现问题，严肃处理云云。

江行舟心里有数了，打电话给冯续来，问他在不在办公室。冯续来说在。江行舟说他马上过去。

江行舟把自己刚才找到的依据拿给冯续来看，把他的想法也说给冯续来参考。

江行舟说：“以上级要求清理土地出让金市场为由，进行自查自纠，然后对开发单位进行逐户摸底回头望，对实行零地价出让的进行测算，补交出让金。在具体实施中就低不就高，适当照顾，减少开发商的对立情绪。”

冯续来仔细看完江行舟拿来的合同和文件，说："我叫国土局再好好找找，看还有没有其他相关文件，尽量多找一些依据，那样也好说一些。"

"还有一个事，我要跟冯书记解释的。"江行舟说，"明天这个座谈会，我最好不参加，即便参加也不能在会上积极发言。要是那样做，我会非常被动，会成为开发商的叛徒，今后在公司里难以立足。"

"也行。"冯续来说道，"你就派其他人代表你参加，会上也不用他发言。到时候，我再叫其他人说说。这个事，不是明天一个会就能解决的，明天只是吹吹风，造造舆论，下面还要做大量的细致工作。剩下的那些具体事，我就不管了，让县政府去管。我就是帮个腔、架个势而已。"

江行舟道："冯书记，你这个腔帮的，可把我坑苦了，弄得我里外不是人！"

冯续来说："这也是形势所迫，不得已而为之。"

后来，县政府专门成立一个办公室，对土地出让金、各部门应收的规费，统一收取，具体由城区开发指挥部牵头负责。城区开发指挥部这时已经不再搞开发，招商引资也有各部门对口负责，不再由指挥部统一扎口。所以，指挥部的职能就是负责规费收取、催缴，后来又演变成政府进行融资的平台——城投公司——县政府的第二财政。再后来，城投公司根据功能不同，又分为两个，这是后话。

"我也没有好办法。你容我想想再说。"江行舟道。

放下电话，江行舟往茶杯里加点热水，一边喝水，一边思考对策。

县政府既然想办这件事情，他就一定会想尽一切办法去办。作为一个开发商，不管他乐意不乐意，硬扛是扛不住的，这笔钱他必须得交。

永安公司要向县政府补交土地出让金，这是一件大事，涉及资金近千万元。这笔钱到底要不要交？交多少？是需要仔细研究的事。江行舟立即向邹总汇报，请他回临水，必要时请柴总一起回来，好好商量商量。

邹总立马回到临水县，召开会议，研究对策。县政府的座谈会是岳总参加的。散会后，他回到永安公司，汇报了会议情况。县政府要求补交土地出让金，征求开发商的意见。说是征求意见，实际上是向开发商吹风。会议上，开发商们议论纷纷，对县政府这样做表示不满，有的人态度恶劣，说话很不好听。

冯续来一再解释，这是上级要求，县政府只能服从，希望开发商理解、支持县政府工作。

江行舟又把刚收到的县政府《关于土地出让金清理工作的通知》递给邹总。为了清理土地出让金，县政府还专门成立了临时机构，组织专人开展这项工作，具体由城区开发指挥部牵头。

文件规定，这次清理工作分为三个阶段：宣传发动；自查自纠；逐户过堂清算，补交出让金。

一头是县政府，一头是自己服务的公司。江行舟感到很为难，不知该为谁说话。

县政府这次搞土地出让金清理，说实在话，江行舟从心里是赞成的，土地是不可再生资源。市场经济条件下，土地也是重要的生产资料，是商品，而且是具有较高价值的商品。土地出让金应该是政府重要的资金筹集渠道。如果土地出让金都不收，政府就筹集不到资金，靠什么去造桥、修路、建公园？靠什么去发展经济？他的基本立场应该站在县政府这边。问题是，当初县政府搞招商引资，作为吸引外商来投资创业的优惠条件，土地出让金实行零地价出让。当时那些来临水县搞房地产开发的老板，就是冲这个条件来的。现在过去几年了，有的楼盘都接近尾盘了，县政府忽然提出要补交土地出让金，等于让开发商把已经吃到肚子里的肉再吐出来，谈何容易？县政府现在的理由说得冠冕堂皇，但是总像是张飞卖肉——硬逼着的呀！不过，也只能如此，其他没有更好的办法。当然，补交土地出让金，开发商凭空受损失，心里有气是肯定的。但又有什么办法呢？县政府行为，不是针对一个公司、一个人，只能服从照办，别的好像也没有更好的办法。

江行舟安慰邹总说："看现在这个势头，找任何人都没有用，县政府都已经下文了，这件事是铁定要办的，我们只能服从，但我们可以看看合同中有没有对我们有利的条款，可以据理力争，多争取一点是一点。"

邹总无奈地点点头说："看来也只能是这样。"

永安公司与县政府签订的合同，实际上是永安公司与城区开发指挥部签订的合同，并附以县政府授权委托书。合同中关于土地出让金的条款，是暂定实行零地价出让。虽说有"暂定"字样，但毕竟没有收，形成事实上的不收。邹总说："现在说这个已经没有意义，再看看其他条款。"

在拆迁的有关条款中，有这样的文字表述："用地红线至建筑红线中间地块上的拆迁费用，可以从上交政府的规费中冲抵。规划道路部分，按此办法执行。”

邹总介绍说：“当时与县政府签协议时，谈到拆迁费用分摊问题，我提出，小区内的规划公用道路和小区实际使用的土地之外用地均为城市公共用地，不应由开发商承担。开发商垫付的拆迁费用，政府应该给予补偿。当时政府领导认为我说得有道理，就加上这一条。因为县政府规费项目比较多，有的交了，有的还没有交，但大部分应该是交了，剩下的分期交的不是很多，整体规费还没有最后清算。现在的土地出让金，其性质应该是属于非税类规费性质，我觉得可以适用这一条款。”

江行舟点点头，说：“我也认为性质基本类似，可以适用这一条款。要不我们自己先测算一下，看看情况再说。”

邹总道：“那就叫岳总把我们拆迁资料找出来看看，两条红线中间到底有多少拆迁面积，可能会有一部分在红线搭界的，尽量从有利方面算。另外，可能还牵涉到拆迁价格计算，到底是以什么样的价格算。”

江行舟说：“我觉得两种办法都可以。一种是以我们小区拆迁安置平均价计算，这是比较合理的。另外就是，如果以全城拆迁平均价计算也可以，但这种计算难度比较大。最后可能还是请拆迁办来算，因为他们是权威部门，他们计算多少就是多少。”

江行舟和邹总分别了解了其他开发商的情况，看来都差不多，心里有意见，但也只能在背后发几句牢骚，并没有哪家开发商敢公开站出来表示反对。自查自纠阶段，大都拖着不报材料。县政府相关部门不断催要，但收效甚微，期限过了，也没有几家报送的，都在互相观望，没有谁想出头。

县政府领导开始着急了，又开了一次土地出让金清理推进会，要求更严，时间要求更紧。提出期限内主动交纳的给予适当减免。否则，将上门强行征收。对于顶着不办的将给予一定处罚。

冯续来知道后，连忙找到牛县长，说：“这样强行征收土地出让金，恐怕会闹出乱子来，直接影响全县招商引资工作。如果开发商集体大逃亡，我们损失就大了！”

牛县长说：“那怎么办？话已经说出去了，也不能再收回来吧？”

第十六章

顺利接管医院

冯续来接着对牛县长说："工作当然还要继续推进，但是要注意方式方法。"

牛县长问冯续来应该怎么办。冯续来说："我们要找几个开发商带头交，利用他们的影响，带动其他开发商，这样他们就是有意见也不会怪到我们身上。"

"老将出马，一个顶俩。"牛县长道，"那就要辛苦冯主任这个老将出马了！"

冯续来笑道："不管怎么样，工作还是要做的。"

冯续来列了一个开发商名单，一个一个地仔细斟酌，看谁能带这个头，主动出来交土地出让金。他看来看去，觉得自己和谁的关系都不错，不少人都求他办过事，帮过忙。本土开发商中，还有亲戚关系。但真要他们主动把真金白银拿出来交给公家，谁也不敢保证他们能服从。

冯续来挠破头皮，还是没有找到突破口，最后想到了江行舟。看江行舟能不能想想办法带个头。虽然他不是开发商，但在永安公司还是说话算数的人。想到这里，冯续来立即给江行舟打电话，让他来一趟。

江行舟听完冯续来的讲述，说："这件事你找我也没有用，你应该找邹总或柴总。你要不给他们打个电话？只要他们同意，我立马安排财务交钱。"

冯续来说："我要是在这个节骨眼儿上找他们，他们又不想交钱，反过来向我发一通牢骚，我连嘴都没法张。"

"那怎么办？"江行舟问。

冯续来道："这件事现在弄得县政府有点骑虎难下，但无论如何不能半途而废，必须要办下去，要不今后县政府还怎么做事？"

江行舟说："你说叫我怎么办吧！"

冯续来道："我想找一个突破口，找两个开发商带头把土地出让金交了，带动其他开发商交钱。现在就是找不到这个带头的。你们那边要是能带个头最好，要是你们那边都不能带头，恐怕找其他人更不易。"

听冯续来这么说，江行舟笑了，说道："要他们带头，必须拿出让他们获得好处的条件来交换。不然的话，他们凭什么带这个头？"

冯续来问江行舟想要什么样的交换条件。江行舟说："例如能设定一些补交出让金的减免条件，使这些交钱的人得到一些回馈。实在不得不交的时候，能少交一些，减少一些损失，他们心里就会好受些。少交等于收入，他们心理平衡。"

"这是个点子。"冯续来说，"这个办法可以试一试。我去跟他们说。"

江行舟不知这个"他们"指的是谁，也就不管了。

国土局又召开了开发商关于土地出让金交纳的具体办法培训会。会上出台了具体实施细则，土地出让金根据土地取得的年限，分档收取，基础价每亩三万元起，土地取得时间越长，土地价格越少；取得时间越晚，则价格越贵。这样，早期到临水县投资的开发商心里要平衡一点。土地还根据区位不同，制定不同价格。交钱时间不同，交纳的出让金也不同，早交可以享受优惠，适当减免。

这些条件出台以后，开发商有的心动了，互相之间打听彼此的想法和打算。又过了几天，终于有人打破僵局，开始交土地出让金了。这个人就是江行舟。

原来，江行舟叫岳总测算的红线范围外拆迁安置和小区内城区公共道路范围内拆迁安置数据已经测算出来了，大约是二百四十六万元。根据县政府下发的土地出让金计算办法，永安公司本次应补交土地出让金五百二十八万元。如果按照合同约定，这部分拆迁成本抵扣土地出让金，那么永安公司本次只需向县政府交纳土地出让金二百八十二万元。因为这种抵扣方法只是江行舟的想法，还没有得到县政府领导的认可。所以，江行舟拟定一份报告，向冯续来汇报这个情况。

江行舟说："你叫我做工作，带头交土地出让金，现在我们公司依据我们和县政府当时签订的合同，应该把双方约定的公共使用土地上的拆迁安置成本予以抵扣。现在的问题是，土地出让金可不可以按照这一条款执行，允许我们这次在补交的土地出让金中抵扣。如果可以抵扣，我们现在就可以按县政府要求，如数补交土地出让金。"

冯续来看完江行舟递给他的合同，说："我看完全可以。原来你们公司和县政府签订的合同是合法有效的，具体条款也是合理的，应该执行。就是当时商定抵扣的是规费，而不是土地出让金。当时还没有土地出让金补交这个事情。按土地出让金性质来说，和规费一样，都属于非税类政府行政收入，应该可以视为同一类型，可以把你们用于公共社会事业的土地拆迁安置费用从这次补交的土地出让金中抵扣。"

"要是这样就中。"江行舟道，"我回去之后，就可以抓紧时间把土地出让金交了，带个好头。"

冯续来说："你暂时不要急着交钱。我现在毕竟到县人大了，做事还是要注意方式方法，不能自作主张。我马上把这件事向牛县长汇报，他要是同意，我立马告诉你，你们就抓紧时间交钱。要不行，我再跟你商量。"

江行舟说："冯书记，我还是听你的，你永远是我尊敬的首长，一句顶一万句！"

永安公司补交土地出让金的行为，在开发商中引起热议。有人说，邹贵生拍马屁，讨好县政府，为的是向县政府要更多好处；也有的说永安公司跟县政府某些领导关系特殊，当初来永安公司投资的时候享受很多特殊优惠政策。表面上看，永安公司吃亏，实际是讨巧……江行舟和邹总也听到了这些议论，也没有办法去向他们一一解释，就装作不知道。

不管怎样，后来开发商们终究还是扭扭捏捏地把该交的钱都交了。

这次县政府搞的土地出让金补交工作，县政府虽然收了一些钱，却受到开发商乃至社会各界人士的一些非议，损失了一些诚信。但好处是，五千多万元收入，使县政府办事有了底气。更重要的是，原来的土地出让金收取金额缺乏统一标准，造成职能部门工作被动，也给后来的开发商造成攀比的口实。这次补交行动以后，就不存在这些问题了，全部统一标准，按区位定价，真正体现了价值和价格统一，也杜绝了滋生腐败的土壤。

至于县政府诚信问题，那是一个系统工程，需要长期用实际行动打造和维护，其中情况很复杂，不能因为一两件具体事情，就说县政府的诚信有问题，还是要具体地看，历史地分析。

元宵节过后，年味儿也就淡了，尽管大门上的大红对联还是崭新的。

正月十六那天，在古邑县医院不远的一个小巷子里，一个农家小院住进了新主人。他们是古邑县医院新当家人。尽管古邑县医院里很多人还不知道这个消息，不过他们很快就会知道，这些来自应天的人，不是客人，而是合法合规的主人。

佟建东带领他的管理团队，住进新租来的房子，组成一个临时“家庭”。他们要在这里工作生活十五年，这是合同上的约定期限，但实际上要工作多长时间就不一定了。他们找了一个女同志，负责给他们做饭、打扫卫生。

自此，佟建东等人在古邑县的新生活就算开始了。

在县医院会议室，双方交接工作正在进行。

会议桌一边坐着佟建东、张人杰、后勤科科长梁忠诚、会计路阳、出纳肖玉仁。对面坐着县卫生局副局长汤民生、县医院代理院长和三个副院长、县医院党支部副书记、县医院工会主席。

池副县长对双方出席人员做了介绍后，说：“今天卫生局樊局长到市里开会，没有来，委托汤局长参加。汤局长本来就在县医院主持工作，一肩挑吧。”

汤局长朝池副县长笑了笑。

池副县长继续说：“今天是古邑县医院重要的日子，是一个里程碑式的日子！因为今天县医院经历了苦痛折磨，终于找到了救星，攀上了高枝，依托应天发达的经济基础和先进的管理理念、管理团队，和我们一起共同努力，克服前进中的困难，把我们县医院建设成一座高标准、现代化的医院，创三级医院，为我们全县人民的健康提供优质的服务。”

佟建东连忙站起来，对大家说：“刚才池副县长的讲话，是对我们的鼓励和鞭策！我们团队这次到古邑县医院工作，是受古邑县委、县政府的委托，感到诚惶诚恐如履薄冰，感到身上担子很重，又感到自己才疏学浅、能力有限，怕工作干不好，辜负了各位领导和同志们的信任。不过我感到欣慰的是，古邑县委、县政府和卫生局领导坚定支持我们，县医院全体同仁愿意和我们一起，不怕吃苦受累，共同守望相助，把县医院搞好。我相信，县医院是我们在座各位的事业，我们一定会像爱护自己身体一样爱护县医院，建设好县医院。”

佟建东的讲话内容虽然不多，但既谦虚又得体，大家又一起鼓掌。

然后，汤局长介绍了古邑县医院的情况，也比较实在、真诚。他说：“古邑县医院的医生护士都是想干事、能干事的，但是，经济不发达严重制约了县医院的发展：资金投入不足，医疗设备落后，技术人才匮乏，长期积累了许多矛盾和问题，积重难返，才把县医院逼到今天这种地步。不过，佟院长来了，全院职工都非常高兴，感谢县委、县政府大胆改革，采取了这种托管的方法，引进资金、人才，帮助县医院摆脱困境，让他们看到了希望。我相信，县医院在佟院长的领导下，在全院职工的共同努力下，未来一定会一片光明！”

汤局长又补充道：“樊局长今天没来，我代表县卫生局领导班子表态，对县医院今后的工作将会一如既往地予以支持，一定按照原来的力度支持到底。我今天正好借这个机会，把县医院院长的大权，正式交给佟院长！”

池副县长站起来带头鼓掌，大家一起站起来鼓掌。

然后，双方在县医院召开全院职工大会，实现无缝对接。

第十七章
永安小区绿化工程

处理完土地出让金的事情，永安公司的邹总说这一阵子太累了，想在临水县休息几天再走。

确实，邹总比上次来又清瘦了不少，脸色灰暗，头发白了许多，也稀疏了许多。邹总说他失眠越来越严重了，在京城找老中医诊治，吃了多少服中药也没有用。这一阵子又有好几天没有睡过一个好觉，整天头脑昏沉沉的，打不起精神，觉得自己就要散架子了。

邹总才四十五岁，除了眼神还是那样犀利，整体看起来已经像一个老人。他像独行侠一样走南闯北，上刀山下火海进油锅，练就了刀枪不入的本领，却也耗干了自己的元气。看到邹总这副模样，江行舟就在想，这种人到底是为了什么？为钱？他们需要多少钱？

江行舟觉得，要是为了钱连命都不要了，完全是舍本逐末，不值得。然而，自己要什么呢？真正的追求又是什么呢？这个看似简单的问题，其实自己也说不清。也许就是那个说不清道不明的东西在冥冥之中支撑着自己，去做那些为了别人、为了社会的大事情；也许就是这种叫“家国情怀”的东西，在给自己注入源源不断的生命动力。这看起来很虚幻缥缈，但又实实在在，每到一个关键节点，这种东西就会显现出它的巨大作用。

江行舟把公司的事情向邹总做了详细汇报。永安小区的工程进展速度比较慢，主要是因为邹总的理念与江行舟的理念不同。按江行舟的想法，利用现在房地产行业正在升温的大好机遇，加快工程进度，加大销售宣传力度，尽快将已经建成的房子销售掉，资金尽早回笼。

邹总觉得，形势越好，越要稳健，以逸待劳，不用加大资金投入，不用大动干戈拆迁，不用辛辛苦苦建房，只需要耐心地等房子涨价就行了。放着省心的事不干，却要去做吃苦不讨好的事，那是傻瓜。江行舟因此也就不再坚持，放慢开发进度，一期一期按部就班建设。这样，公司员工当然欢迎，没有人催他们加班加点干活儿，每天轻松愉快地按时上下班，小日子过得悠闲自在。辛大成也高兴，这正符合他慢慢往前走，稳步发展的思路。不过，这样也有好处，好处就是工作条理性强，有条不紊，做细做实，工作问题少，工程质量有保证。

江行舟就把公司整体情况汇报完毕。邹总重点问了房价的情况。江行舟说，房价现在长得比较快，三期比一期每平方米涨了将近一倍，看趋势，还要涨。

邹总高兴地笑起来："怎么样？趋势在那里，你想不赚钱都难。"

江行舟说："还是邹总见多识广，对形势判断准确。"

邹总道："就这样坚持下去，必要时还可以暂时停止销售。"江行舟问为什么。邹总得意地微微一笑，说道："在营销学上这叫饥饿疗法。我们这个楼盘是比较成熟的楼盘，已经做出了知名度，有了比较大的潜在市场，许多人想买我们的房子，房源越少，大家越想买；买不到就更想买，价格就会上涨。物以稀为贵，是市场基本法则。我这是以逸待劳，坐享其成。"

江行舟不断点头称是，佩服邹总不愧是房地产行业的老手，经验丰富。

辛大成听说邹总来了，连忙跑过来，对邹总点头哈腰，话说得特别流利："欢迎邹总常回家指导我们的工作。"

邹总和他握握手："这是我的家，我当然要常回家看看。听说辛总工作现在大有改观，队伍素质有了很大提高，工程质量提高很多，进度也加快不少，以致我们的房子也好卖了。我为此感到很高兴，祝贺你，也要感谢你！"

辛大成听到邹总表扬自己，受宠若惊，连忙说："向邹总汇报，我们公司这次下了最大决心，使出吃奶力气，让我们公司彻底脱胎换骨，使工程质量和进度有一个质的飞跃。要不也对不起邹总、江总关心鼓——鼓——鼓励！"他一激动，说话又啰嗦、磕巴。

邹总问了一些工程上的事情，辛大成一一如实汇报。他说："小区共四期工程，一期房子卖得差不多了，二期销售情况也很好，三期主体工程全部完工，正在进行内外装饰。四期拆迁工作结束了，施工场地已经清理干净，随时可以开工。我们没有急于开工，主要是执行邹总指示，放缓节奏，稳扎稳打。只要邹总一声令下，我们保证立马行动！"

邹总笑道："好，好，只要我们齐心协力，就一定能够把永安小区建设成临水一流小区。"

辛大成又向邹总提到小区配套问题，水电路自然是跟进的，没有什么问题，但是绿化一直还没有做，等到春天绿化季节，应该把绿化工程完成。现在再不做就迟了。他已经跟江行舟建议过，江行舟说会考虑的，如果要做，他可以帮助推荐绿化施工队伍。

永安小区的绿化问题，江行舟一直放在心里，也一直在做工作。按规划要点，永安小区的绿化率要达到百分之二十八。当初设计施工图时，主要是建筑设计，对于绿化部分，就是设计人员在网上搜一搜，找个大差不离的图案，朝空地一塞，至于真正的绿化还要委托专业设计单位设计。对施工图上的绿化审查，是规划部门负责的，这也是普遍通行做法，只进行程序性审查。绿化的图纸审查和绿化施工检查验收，是园林处的职责范围。

永安小区建设工程进行到三期时，江行舟就考虑到绿化问题，找人设计绿化施工图。当时，临水县还没有一家绿化设计公司，他就叫工程师小吴联系元州的绿化设计单位，看能不能请他们设计。小吴联系到一家园林绿化设计院，也把永安公司的设计资料传给他们。江行舟本想请他们过来一趟，到实地看看地形地貌，这样设计的方案会更符合实际情况。他们说比较忙，路又有点远，不愿意来，就根据传过去的资料，出了一份设计初稿。江行舟交到园林处审查。园林处负责人提了不少意见，主要是整个设计比较粗糙，中心景观平淡，没有新意。所用苗木基本都是南方苗木，与临水县气候不吻合，成活率低。江行舟把园林处的意见传给那个设计院，他们说太忙，这笔业务他们不做了。

江行舟叫小吴再找其他设计院，那些设计院的人不是说忙，就是嫌路远。有一个设计院同意接这笔业务，后来谈到设计费，说每平方米二十元。永安小区建筑面积将近十八万平方米，设计费就要三百六十万。江行舟打听一下价格，园林处说，现在是卖方市场，绿化设计人才比较少，园林设计院很少，所以他们比较牛。听说京城一家设计院，做一个景区设计，设计费要四五千万元。

当时江行舟也想找江浸月设计，但是怕她设计水平不高，也怕公司的人说他以权谋私，所以尽量从外面找人设计。现在看，找江浸月设计也许是可以考虑的选择。

其实江行舟多虑了。江浸月已经注册了自己的园林公司，叫“嘉境景观建设有限公司”。业务范围包括园林景观设计、绿化工程施工、绿化苗木栽培销售。这些业务是需要园林处进行业务资质审批的，除设计资质以外，其他工程类的业务没有太多限制，只要保证施工质量就可以了。江行舟想把永安小区的绿化设计交给江浸月做，还是不太好意思跟邹总说，所以一直没有开口。

辛大成设宴款待邹总，江行舟和岳总、小覃作陪。在饭店吃过饭以后，辛大成问邹总，是去 KTV 唱歌还是去洗浴中心泡澡。邹总说，KTV 太吵了，去洗桑拿吧。

江行舟陪邹总在浴池里泡完澡，又到桑拿房蒸桑拿后，在躺椅上睡着了。

过了一会儿，邹总醒了，伸伸懒腰，又恢复了年富力强的模样，脸上容光焕发。他本来肤色就白，现在是白里透红。精气神也上来了，话也多起来。

邹总问起江行舟两个女儿的情况，江行舟一一作答。

江行舟说大女儿江漫月在魔都航天研究所搞研究工作。

邹总说：“这孩子不错，搞航天的，为国争光，很伟大，江总教子有方。不像我那孩子，不肯读书，只能整天跟在我屁股后面瞎混。”

“邹总太谦虚了！你家海洋也不错的。”江行舟道，“他本科毕业，跟在你后面，不是因为他不优秀，而是你舍不得让他出去闯。你那么大的家业总是要有人继承的，到时交给他，你放心。”

邹总点点头说：“也只能这样，没法子。”

江行舟又说了二女儿江浸月的情况。邹总眼睛一亮，说：“浸月的专业选得不错。现在她又读研究生，将来发展的路径很好。现在全国城市化建设非常火爆，用‘日新月异’来形容一点也不为过，同时带动了一大批相关产业发展，园林绿化首当其冲。园林专业人才社会需求量大，将来就业没有任何压力。她要是自己创业，发展前景非常光明。”

江行舟点头道：“浸月这个专业还是她的导师——楚教授选的，她现在的研究生导师就是楚教授。”

“名师出高徒。”邹总想起一件事，问江行舟，“我们小区绿化工程准备什么时候搞？”

“正在做准备，应该在明年春季施工。”江行舟答道。

邹总又问：“绿化设计搞好没有？”

“还没有。”

“为什么？”

江行舟便说明原因。邹总说：“你这是舍近求远，自己孩子就能干的事，为什么还要去求别人？”

江行舟尴尬地笑了笑，没有讲话。

邹总说：“你是担心公司里有人说你闲话，有私心，占公司便宜？”

江行舟还是笑了笑，没有回答。

邹总说：“古人说，举贤不避亲。绿化这个事情是必须做的，找谁做对我们来说都可以，只要保证质量，价格合理就可以。你家浸月是这个专业的研究生，水平应该是没有问题的。我们这个项目就是住宅小区绿化，也不是风景区、国家重点工程项目，设计大差不离就可以了，价格稍高一点也可以，这毕竟是孩子做的第一单业务、第一件作品。我们作为长辈，也应该给予鼓励。”

江行舟道：“我是担心她没有实践经验，怕设计不好，让邹总为难就没意思了。”

邹总拿起一颗葡萄放到嘴里，说：“没事，你就按我说的办，让浸月抓紧时间设计。你再问问她，要是她有信心、有能力，把施工一起包给她。价钱嘛，你要不好意思谈，让老岳、小覃和你一起谈，大差不离就行，就高不就低。你跟他们说，这是我的意思。”

江行舟还要反驳，邹总摆摆手：“江总，这件事就这样定了，你不要再说了。”

江行舟只能表示感谢。

江浸月听完江行舟告诉她的情况以后，非常高兴，说：“爸，你在我屁股后面好好干，以后我发奖金给你！”

“拉倒吧！”江行舟大笑起来，说，“我要是指望你发奖金，西北风都喝不上！”

这个小区设计图，由江浸月负责，肯定是没问题的。江行舟问她施工怎么办。江浸月说：“不急，可以先答应下来，我来想办法。时间还早着呢，到时我来安排。”

话虽如此说，但江行舟还是觉得不踏实。他的行事风格历来是预则立，提前准备，留有提前量。他考虑江浸月并没有承揽绿化施工的条件。不过对于江浸月来说，这是一个锻炼和实践的机会，放弃有点可惜。江行舟想，让她自己考虑可以，但也不能完全靠她一个人去办，自己可以做一点辅助工作。到时候，万一她的计划实施不下去，自己就可以拿出备用方案，确保万无一失。他决定回一趟老家，和江同舟商量这件事。毕竟江同舟对这方面的情况比较了解，看看他有什么好主意。

第十八章
女儿不幸夭折

秋天，是金黄的季节。玉米、黄豆都已经开始收割，收了的地块虽然还是黄色，却与没有收割的庄稼颜色明显不一样，因此深深浅浅的色差，使田野变得丰富起来。

大地也不全是黄色，还有绿色。

这几年，越来越多的农民开始调整种植结构，降低粮食作物比例，加大经济作物比例。花卉苗木本来就是这里的传统产业，现在城市化的浪潮加速了这些传统产业的复苏和发展，县政府也顺势而为，鼓励和支持这些产业发展，希望把花木产业逐渐做成地方特色产业、支柱产业。

放眼四望，整个大地就像一块调色板，色彩斑斓，令人赏心悦目。江行舟看着路边的风景，感到心旷神怡。家乡变得越来越美了，越来越有吸引力了。

江同舟租的钢架大棚，大约三百平方米，是村支部书记胡岳在租用村民的责任田和自留地上，建成钢架大棚租给花木经营户。江行舟记得，那里好像是大片农田和邻庄靠路的废沟废塘，现在建成了花木市场。

花木市场由一排排钢架大棚组成，棚顶和围墙是透明的彩钢瓦，骨架是钢构件焊成的。钢架大棚面积大小不一，有小农用车、平板车、三轮车在市场里穿梭，也有各种货车进进出出。

江行舟找到八号大棚里的江同舟的新工作室。这里紧邻中间道路，交通倒是方便。

江同舟的新工作室和老家的工作室差不多，就是没有苗木基地，都是做盆景的场地和产品陈列架。

盆景制作车间在靠大棚后面的隔间里，占了大棚面积一半。工具、花盆、铅丝、营养土、肥料整齐摆放在墙角的货架上。半成品放在工作台旁边，以便师傅随时拿取。四五个师傅在制作盆景，没有注意江行舟，于是江行舟就悄悄地退出车间。

在办公室里，江同舟向江行舟详细介绍了大棚租赁的情况，价格、使用面积、用途等。江行舟问："老家的工作室怎么办？重复建设多浪费。"

江同舟道："老家的工作室，离镇上太远，不方便。现在，条件稍微好一点的花木经营户，都在镇上租房或买房，建了网点。镇里的花木市场渐渐成了气候。如果现在我不趁早把工作室搬到镇上，马上就会处于竞争劣势。老家的工作室暂时先放着，下一步如果情况好的话，可以作为一个车间继续使用。现在可以先做苗木基地，也不会浪费。"

兄弟俩闲聊一会儿，江行舟才讲起永安公司小区绿化工程的事，想选一支可靠的施工队伍。他目前没有合适人选，问江同舟有没有合适的人选。

江同舟说，现在搞绿化工程施工的人不少，有的是公司，有的是个人，看施工方有什么样的要求。例如，对工程质量要求严不严，要不要发票，这些都很重要。如果要求不严，也不要发票，就可以找一个施工队做，这样工程造价就会降很多。如果要求高，还要发票，就要找一个正规的绿化公司做，但是造价就会比较高。

江行舟说："我们永安公司比较正规。政府职能部门会去验收工程质量，发票也是一定要的。工程成本都要进行核算，不能造假。"

江同舟道："现在全县园林绿化公司，要数丝路公司最牛。他们公司业务做得很大，县里很多重点工程全是他们承包的。他们跟县委、县政府的领导关系也很好，听说正准备上市。他们老总你认识的。"

"谁？"

"倪东升。"

"原来是他呀。"江行舟道，"我和他是老朋友了。二十年前，他还在多种经营局承包花木公司，被一个人骗走八万块钱货款，警察去了两次，没有抓到骗子。后来他找到检察院。本来该案不是我们受案范围，因为其中涉及骗子向机关工作人员行贿，我们就以行贿罪立案。我亲自带队，倪东升陪同，指认犯罪嫌疑人。我们在那里蹲守了一个星期，终于将嫌疑人抓获，追回了被骗赃款。不过，我们将这个案子的线索移交给当地检察院。倪东升当时确实还是很感谢我们的。这次我不想找他，因为我们的工程毕竟只绿化一个小区，不是什么重要的工程项目，没有必要付出很大的代价找这样的大公司做。另外，我真实想法还是想在我们自己家里排排队，能不能我们自己做。邹总已经同意我安排施工队伍。行舟，你能不能接下这个工程？”

江同舟笑道：“我还真没想过。我平时就是搞搞盆景，绿化工程没有做过，也不懂工程的事。没有这方面的人才、技术，恐怕接不下这个活儿。”

江行舟问：“江火怎样，他能不能接这个活儿？”

江同舟听罢大感意外，以为自己听错了，连忙追问一句：“大哥，你是问江火能不能搞你们小区绿化工程？”

“是啊！”江行舟点点头，“这么多年了，江火还不肯放下对我的怨恨。以前我年轻，就赌着一口气，不理他，在他遇到困难的时候也没有帮他。现在我老了，想想心里也不好受。我想这次我们小区的绿化工程是个契机，我们都来帮帮他，给他一个做事的机会，也给我们父子一个消除隔阂的机会。”

江同舟点点头，表示理解江行舟的想法：“大哥，不管这件事成不成，我都赞成你的这个做法。其实，这么多年，江火心里一直放不下的事就是他妈妈的死。他听信别人的谗言，说他妈妈就是你逼死的。我们都向他说明真相，他都不信，还是相信那些小人的话。现在他岁数也大了，对很多事情也都有了比较成熟的想法，我估计他应该也有所醒悟，但是碍于情面，又放不下架子，还是这样硬撑着。这些年，他也想做点事情，吃了不少苦，受了不少罪，事情没有做起来，钱也没有赚到多少。花木这一块，他也做过。他家里也栽了十几亩地绿化苗木，他也在某个绿化工程公司打过工，当过带工小队长。对于绿化工程，他有点经验，不外行，但是承包工程他没有做过。不过，绿化工程比较简单，只要认真负责，再有人帮他，我觉得应该问题不大。”

听江同舟这么说，江行舟心里也有些明白了，便对江同舟说道：“这个事情，我暂时还不好直接跟江火说。你先跟他谈谈，他要是接受我的意见，我再跟他说。不要太急，欲速则不达。”

“中！”江同舟道，“我找他谈谈。”

“行，我等你消息。”

多年来，儿子江火和父亲江行舟的关系一直不太好，其实是有原因的。

说来话长。二十世纪七十年代初的一个夏天，雨水特别多，大河涨水小河满，大队抽青壮男劳力去大新河大堤上防汛。江行舟也去了，一个星期都没有回家。

庄稼不等人，该侍弄还得侍弄。只要不下雨，生产队就要安排人去地里干活儿。玉米已经吐穗，玉米叶子长得旺，要组织人力把过密的叶子打掉一些，保证玉米地通风透气透光。江行舟的媳妇裴二敏，也被队里安排下地干活儿，随一班妇女去东湖地打玉米叶子。

裴二敏第一胎生了儿子，江行舟当时心情不好，就给儿子取名江火。源自唐代诗人张继《枫桥夜泊》中的“江枫渔火对愁眠”。第二年，裴二敏生下女儿。女儿长得俊，像江行舟，浓眉大眼，爱笑，江行舟非常喜欢，给她起名江花。“日出江花红胜火”，大俗大雅。这时女儿已经一岁了，刚学会走路。江火三岁，两个孩子挨肩儿，江行舟母亲帮着带。

平常，江行舟和裴二敏去生产队干活儿。干活儿中间，裴二敏抽空回家给孩子喂奶。这次因为劳力不足，才叫裴二敏几个正在哺乳期的女人去了足有三里远的东湖。因为路远，中间没有办法回来给孩子喂奶，几个女人都把孩子放在背篓里，背到地里干活儿。

天还没亮她们就往地里赶。早上天气凉快，她们都想趁天凉多干点活儿，等太阳升高，天气太热时就收工回家。在田头排水渠旁边，有两棵大柳树，地上是青草。虽然地上有些小虫子，但孩子在背篓里，还是很安全的。她们就把孩子放在树下，让孩子在背篓里玩。她们不放心，过一会儿就跑过来看看。过了一会儿，孩子们都睡着了，她们就放心干活儿。

忽然，大树下一个女人尖叫起来：“快，快来人！”这些干活儿的女人处在同一块地的不同位置，离得近的听到喊声，急忙跑过来问什么事。接着几个女人一个接一个地叫起来，“裴二敏，快来！你家孩子出事了！”

裴二敏连忙跑到大树下一看，立刻吓得魂飞魄散，飞一样扑向怀抱江花的女人。

那个女人立刻将江花交给裴二敏。江花脸色苍白，满脸污泥，已经没有了气息。裴二敏用衣袖擦去江花脸上的污泥，用嘴去试江花的鼻息。江花闭着眼睛，没有任何反应。裴二敏这时才意识到江花已经死了。可能是江花睡醒了，从背篓里爬出来，顺着土坡滚进排水沟。因为这些天下雨，排水沟里有些水，虽然不多，但也足够把婴儿淹死的。

裴二敏把江花紧紧抱在怀里，将脸紧贴着江花的脸，抚摸江花的手，两眼发直，嘴唇苍白，一句话也说不出。一个有经验的女人让裴二敏把江花倒过来，用手托着江花的肚子，一只手轻轻拍打江花的后背，让她把肚子里的水吐出来。可是江花嘴里只有很少的水，嘴里淌出来一团稀泥巴。看来江花不是被水淹死的，而是被稀泥呛死的。

几个女人胡乱折腾一通，江花仍然没有活过来。有人提议，应该到大队医疗点找赤脚医生胡敏来看看，也许他能有办法把江花救活。

裴二敏抱着江花，像疯了一样跑得飞快，连鞋子跑掉了也不知道。她一口气跑到大队医务室。赤脚医生胡敏来检查完江花的心跳血压，摇摇头，叹口气，对裴二敏说："大姐，孩子不行了，已经没有呼吸、心跳。"

裴二敏像泄了气的皮球，一下子瘫坐在地上，像牛一样哀号。女人们都围上来，安慰裴二敏。可她像一尊泥雕木塑，坐在地上，把脸紧紧贴在江花的小胸脯上，撕心裂肺地号啕大哭。

江行舟母亲赶过来，走到裴二敏身边，轻轻蹲下来，在江花脸上亲了一下，眼泪如断线珍珠滴落下来，叹了一口气，问："二敏，你也太大意了，怎么能出这种事？"

裴二敏见婆婆来了，止住哭声，说："都怪我，我见孩子睡着了，我想让她睡得舒服一点，就把背篓放倒，用小棉被把她垫好才去干活儿的。没想到她睡醒了，从背篓里爬出来，不知怎么爬到排水沟里了。"

江行舟母亲说："孩子太小了，醒了自然要找妈妈。"

裴二敏知道自己酿成大祸，后悔不迭，痛哭不止。江行舟母亲在地上坐了一会儿，站起来对裴二敏说："事已至此，哭也不能把孩子哭回来，我们回家吧。行舟现在不在家，我马上叫人通知他回来。"

裴二敏从地上站起来，抱着江花，跟在江行舟母亲后面。这时，有一个老头对江行舟母亲说："孩子已经死了，把尸体抱到家，对你家人不利。"

江行舟母亲说："我家已经这样了，还能怎样不利？行舟是孩子爸爸，应该看看孩子，不能现在就把她扔了。"

天黑时，江行舟才从大堤上回来，把江花从裴二敏手里接过来，听了听心跳，在江花脸上亲了又亲。他最喜欢的江花死了，像心被摘走了一样。他看看还在发呆的裴二敏，一股怒气直冲脑门，对裴二敏大声吼叫："裴二敏，你真是没有用的人！一个孩子都带不好！别人也带着孩子，怎么她们都没出事，就你出事？！"

裴二敏低着头，一句也不辩解，任江行舟数落。江行舟见裴二敏不说话，更是生气，吼道："你是死人吗？怎么不说话？到底什么情况，你不应该跟我说说吗？"

裴二敏见江行舟真的生气了，吓得更不敢讲话，只是低头抽泣。江行舟更加生气，对着裴二敏骂道："裴二敏，你是死人吗？我怎么和死人在一起？江花死了，你也死了，这日子我也不过了！"他说着抱着江花往外走。

裴二敏见江行舟要把江花抱走，跑到江行舟身边，一把将江花抢过来，紧紧搂在怀里。江行舟怒斥："裴二敏，你懂不懂？她在外面死的，不能放在家里的，我找人把她埋了。孩子也是人，还是入土为安……"

裴二敏摇摇头，说："不，不，我的江花哪里也不去，就跟妈妈在一起……"她说完抱起江花，使劲儿地亲了又亲。

江行舟耐心地解释，裴二敏就是不听。江行舟母亲说："行舟，二敏一下子接受不了突然失去孩子，你就让孩子在家住一晚上，明天再入土吧。"

江行舟点点头。那一夜，一家人都没有睡。裴二敏抱着江花，坐在椅子上一动不动。江行舟母亲端来水，她不喝，拿来饭她也不吃，就这样一直坐到天亮。江行舟躺在床上，睁着眼翻来覆去。他知道，这是一个非常时刻，必须小心度过，弄不好，家里还要出事。他一会儿看看裴二敏，一会儿看看儿子，一直熬到天亮。

第二天一早，裴二敏的母亲、妹妹裴三敏来了。

江行舟母亲跟裴二敏的母亲和裴三敏说："请你们好好劝劝二敏，这事已经这样了，也是命吧，是命我们就得认。现在孩子已经死了，要抓紧时间让她入土。”裴二敏的母亲和裴三敏也认为应该这样，就劝裴二敏想开一点，反正你和行舟还年轻，再生一个吧。裴二敏没有再坚持，把江花交给江行舟。江行舟把装衣服的木箱子腾出来，垫上几件江花的小衣服，把她殓了，埋到江家祖坟旁边。

一连三天，裴二敏不吃不喝，坐在床上发呆。江行舟端水给她，不喝；端来饭，她也不吃，也不和任何人说话。

母亲跟江行舟说，裴二敏怕是要出事，让他看着。江火已经三岁了，对一些事情懵懵懂懂。他听说妹妹被水淹死了，他还不信，妹妹一直在母亲怀里抱着呢。不过后来被父亲抱走以后，就再也没有见到妹妹。他问奶奶，妹妹到哪里去了。奶奶回答，妹妹去了很远的地方。他还是不明白，去了很远的地方就是死了吗？

第十九章
托管医院困难重重

那天下了一天大雨，河水涨了。到了晚上，依旧电闪雷鸣，大雨倾盆。裴二敏还是坐在那里，眼望前方，嘴里喃喃絮语："花花诶，我的花花诶！快到妈这里来哦……"她伸手向空中乱摸。

江行舟三天三夜没有睡，盯着裴二敏。第三天天快亮的时候，他才迷迷糊糊地睡着了。

忽然，江行舟母亲喊："行舟，快去找找二敏！二敏到哪里去了？"

江行舟睁眼一看，床上没有裴二敏，连忙起来，屋里屋外找了一圈，没有找到。他心里"咯噔"一下："坏了！要出事！"

一种不祥的预感立刻涌上他的心头。

这时天已经大亮，他喊来几个人，分头到周边找。过了一会儿，几路寻人的人都回来了，都说没有找到。江行舟慌了，叫大家再去找，找仔细点。

最后他们在村外的小河里找到了裴二敏。

裴二敏泡在水里，身体已经肿胀。

这里是从江行舟家到祖坟茔地的必经之路。可能是裴二敏想来看江花，黑灯瞎火，又几天没吃饭，被电闪雷鸣弄得迷迷糊糊，不小心落水的。小河水不深，但要是倒在水里，一样可以淹死人。

福无双至，祸不单行。江行舟觉得自己真是倒霉透顶，三天之内，自己心爱的江花死了，老婆也死了。令人不解的是，她们都是被水淹死的。难道冥冥之中真有老天安排，让裴二敏和江花在一起，扔下他和江火？

这是江行舟心里永远的痛，永远也无法向任何人说。每当他想起这件事，就感到十分内疚。他当时是急糊涂了，没有问清事情的来龙去脉，就跟裴二敏发脾气，还骂她，在她受伤的心头又撒一把盐。虽然她的死不是他直接导致的，但也不能说他一点责任也没有。江火后来听别人说，是他骂妈妈，妈妈想不开，才投河自尽的。

江行舟向江火解释多次，可是江火就是不相信江行舟的话，认定妈妈的死就是江行舟造成的，导致父子关系裂痕无法弥合。

江同舟告诉江行舟，江火不接受他的恩赐。

江行舟叹口气，说："你看，江火也是三十岁的人了，考虑问题还是这样简单毛糙。他做过很多事情，都没有做成，为什么？就这脾气，就这种思维，他怎么可能做成事情？他实在不愿意就算了，我也没有必要去死皮赖脸求他。"

"要不我再跟他谈谈？"江同舟说，"我让他把他家地里的苗木，凡是成材的，可以用的，都卖给你们公司，这样他也许会同意。实际上他还是抹不开面子。其实，父子之间什么面子不面子的！"

"你再问问他，你来牵这个头，让他做施工队长行不行？"

江同舟说："这个头我恐怕牵不了，我不懂绿化施工，把你们公司的工程干坏了，我们说不清道不明。"

"这事你不要担心。"江行舟道，"江浸月成立了园林公司，主要是做设计，暂时绿化工程还没有做。公司资质全都办好了，拿来就可以用。至于施工，你叫江火去，我派人指导他怎么做，帮他把好质量关。"

江同舟点头答应，再去找江火商谈。

江火强调："我只是三爷安排到永安公司做绿化工程的，只是个带工的。工程款不关我的事，不要找我签字。"

江行舟答应。

在整个绿化施工期间，江行舟很少去工地，怕江火看见他，以致双方尴尬。在施工队收工以后或在施工队上班之前，江行舟几乎每天都要到绿化工地看看。他要是发现什么，立刻打电话给辛大成，让他的朋友过来看看。

辛大成的朋友是一家园林公司老板，他本想承包永安公司绿化工程的，江行舟跟辛大成讲了其中原因，辛大成表示理解，就叫他的朋友安排公司技术员指导江火施工。所以，整个绿化工程做得还是很好的，顺利通过园林处验收。

江火和江行舟冰封三十年的父子关系，自此慢慢缓和。

佟建东到古邑县医院工作，一晃就半年时间了。华保才让他和张人杰一起回来汇报上半年的工作情况。江行舟也被通知参加会议。会议在天路达公司会议室召开，天路达公司的几个领导都参加了。

佟建东瘦了，也黑了，他说这半年把自己半辈子的酒都喝了。天天喝，那里的人都好酒，还都挺能喝。那里喝酒规矩多，根本躲不了。他是求人办事，低三下四地表现，就是当场醉倒了，也不会有人同情他。他的胃整天难受，实在没有办法。

江行舟说：“你天天吃香喝辣的还抱怨，叫我们这些没有酒喝的人情何以堪？”

佟建东说：“等我们以后回来，让你去享受。”

大家几句闲话过后，华保才宣布开会。

佟建东向股东们汇报了这半年的工作情况。

“我们去了以后，没有急着开会、布置工作。因为我们对医院的情况还不了解，怕乱讲话讲不到点子上，效果不好。我和张人杰一起，挨家挨户走访医院各位领导，认真倾听他们的意见和建议。也走访了几个主要科室负责人和部分老干部，才把医院存在的问题搞清楚了。说到底，这些问题产生，主要是思想观念陈旧，管理手段落后，加上经济基础薄弱，设备更新慢，引不进人才，医生护士缺少培训，导致医疗技术跟不上社会发展，老百姓看病难看病贵的问题非常突出，怨气比较大。针对这些问题，我们采取了一系列对策，一路走过来，效果还是很明显的。

“一是清理整顿。发动全院职工讨论，对医院的各项规章制度进行梳理排查，根据实际情况提出整改意见，把一些陈旧落后、不合理、不适用的规章制度全部摒弃。

“二是建章立制。重新制定一套新的规章制度，其中保留了过去一些好的、行之有效的规章制度；又根据新的情况，制定了一些新的规章制度。这些制度是全院职工参与制定的，具有深厚的群众基础，大家执行起来比较自觉。

“三是狠抓落实。这些规章制度出台容易，但重在落实。没有落实，等于什么也没有。我们适当调整领导分工，更加注重人尽其才，使领导班子成员工作更舒心，积极性更高。

“科室也进行调整，分工更加合理，更能发挥职能科室的作用，也让医生专业对口，把医生护士积极性充分调动起来。医护人员的工资待遇，我们也进行了适当调整，提高了标准，体现‘能者多劳，多劳多得’的公平原则。这些情况，我以前都向华总汇报过，也已经落实了。感谢天路达公司在资金方面对我们的大力支持！”

华保才说：“佟院长不要客气，我们是一家人办一家事，是应该的。”

佟建东又接着汇报：“通过我们这段时间的努力，现在古邑县医院已经度过震荡期，进入平稳发展期。当然，这只是万里长征的第一步，以后的路会更长，也需要我们更加努力工作。”

华保才询问古邑县医院下一步的工作打算。

佟建东说：“下半年有几件大事要办，请华总和各位支持。

“第一件大事，建医院综合楼。我们和古邑县政府签订的协议中约定，我们要在三年内建成一座面积不少于八千平方米的综合楼。这个问题，我们议过多次，前期工作也做了一些，有些问题我在这里汇报一下，要是能定就定下来，我们就去抓落实。”

华保才说：“这个问题其实就是落实三方面事情，找哪家设计院设计图纸，找哪家建筑公司施工，资金问题怎么解决。”

“华总说得非常对，就是这三个问题。”佟建东说，“前两个问题是请江院长解决的，请江院长汇报一下。江院长说得比我说得更清楚。”

江行舟说：“佟院长这么客气干吗？什么情况我都对你说了。”

佟建东笑道：“你说吧。”

江行舟说道：“佟院长跟我说，我过去在城区开发建设总公司工作，接触工程这方面人多，叫我帮助物色设计院和施工队伍。我考虑一下，就提出我的建议，供佟院长参考。我现在在这里汇报一下，请大家把把关，看行不行。”

江行舟推荐的就是汪杰团队。他把汪杰团队的基本情况说了一下，因为汪杰团队依托省城建筑设计院的技术，我们这个项目可以指定由省城建筑设计院设计，汪杰团队负责具体实施，这样技术有保证，设计费也可以适当降低。

华保才低头沉思一会儿，说："设计是大事，江院长刚才说的情况还是有优势的，我再咨询一些人。"

"这是应该的。"江行舟道，"因为施工还有段时间，可以缓议，等设计要完成的时候再议也不迟。"

大家都同意。

佟建东接着说："第二件大事，就是要抓紧时间，增添一批医疗设备。以前欠账太多，基本上都是老掉牙的设备，完全不能适应现在的医疗市场需要，亟须更新。"

华保才听到佟建东又要谈钱的事，说："设备更新是必须的，但也要考虑我们的资金投入和经济效益的产出问题。即使非得要投入，也要先急后缓，逐步更新。"

佟建东说："华总说得对，我们也是本着这个原则考虑的。准备今年先采购一台螺旋CT，其他设备都可以缓一缓。"

华保才问需要多少钱。

佟建东说："目前所有大型医疗设备都是从国外进口的。德国和日本比较多，品牌不同，价格也不同。如果华总同意购买，我们就可以进行考察询价。"

华保才皱皱眉头，说："你们先考察，根据考察结果我们再研究。"

佟建东又汇报第三件大事，还是要花钱。就是对医院病房和办公室进行改造。目前的病床东倒西歪，床上的被褥都是病人自己从家里带来的，五颜六色，不成体统，与县医院的身份极不相称。

华保才点点头说："这笔钱必须花，但注意要严格把关，尽量把钱用在刀刃上，不要乱花钱，我们的钱也来之不易。"

佟建东说："我回去之后，让梁科长把具体方案报过来，请华总审查，你同意后我们再实施。"

华保才又问佟建东："那个医疗事故处理得怎么样了？我们赔了多少钱？"

佟建东说："那个老头八十多岁了，有多种基础病。那天他昏迷，送到我们医院，医生全力抢救，最后还是死了。我们医院没有责任，但是死者家属停尸闹事，要求医院赔钱。医院要求做医疗事故鉴定，他们不同意做，只要钱。

他们在医院烧纸，摆放花圈，放鞭炮，把大门堵上，不让车辆进出。更过分的是把骨灰盒放到一个副院长办公桌上多天。我们报告给县卫生局，县卫生局派人做工作也没有效果。警方劝我们花钱消灾，理由是这里就是这样，谁闹得厉害，谁就可以多得到赔偿金，警方也没办法。我们感到十分冤枉，不愿意赔偿，但也没办法，医院不能一直不开门，最后经过多方做工作，我们赔了五万元了事。”

华保才叹口气说：“我当时听说这事，十分气愤，想叫你们一分钱也不赔。你们处在第一线，面对这些巨大压力，确实也不容易。你们说，像古邑县这种外部环境，谁敢去投资？今后我们要注意，医疗事故太伤钱了！”

会后，华保才设宴招待佟建东和张人杰，江行舟作陪。看来这两位在古邑县真是喝伤了，没喝多少就脸色发白，要呕吐的样子。华保才本想发动大家好好慰劳他们，可一看这情况，立刻告诉大家，这一段时间，佟院长和张局长辛苦了，酒就少喝点，回家休息好！大家也就举举杯，示意一下。佟建东和张人杰硬撑着站起来还要敬酒，被华保才制止。

酒宴结束，江行舟把佟建东和张人杰一直送到家。途中，江行舟问他们什么时候回古邑县。佟建东说：“我们这次回来只能待三天，回去还有很多事情马上处理。”江行舟说：“你们回家先休息好，临行前一天晚上我为你们饯行。”

饯行的饭店就在永安公司旁边，饭店不大，干干净净的，也能做几个特色菜。江行舟在楼上挑了一个雅静的房间坐下，就他们三个人，主要是说说话。

佟建东这两天没怎么喝酒，脸色缓过来了，精气神也恢复过来了。

江行舟说：“你们俩随便喝酒，不强迫你们。”张人杰说：“这样最好，但该表达的意思我们还是要表达的。”

佟建东还是习惯性地举起杯敬酒，一想又不对，就自己喝了一杯后，说：“前天会议上有些话不好说，其实我们面临的问题远不止那些。那些都是表面问题，深层次问题是环境。内部、外部环境都不太好。这些问题如果处理不好，可能会直接影响我们整体工作、整体利益。”

张人杰点点头说：“华总派去的那个出纳肖玉仁，经常向华总打小报告，胡编乱造，华总还真相信他。”

佟建东一脸无奈地说：“我们大老远的过去创业，谁不想把事情干好？但是工作中存在这样那样的问题，肯定会有的，我们及时改掉就行了。但肖玉仁不知是怎么想的，当面什么话也不说，背后给华总打电话汇报。肖玉仁说的情况，是他自己想当然的，他对整体情况并不清楚，说的都是他连估计带猜的。这种事情，华总要是及时跟我们核实也好，我们可以解释清楚，有时华总放在心里不说。这样时间长了，我怕会导致华总对我们有误判，甚至猜忌，我们连解释的机会都没有，最后肯定影响我们之间的合作。”

张人杰也有同感：“华总看人看事的能力还是不错的，也不一定就相信肖玉仁的话。但是三人成虎，这种话听多了，也许他就相信了。”

佟建东说：“梁忠诚这个人不错，老实肯干，做事也在行。我经常有意无意地把有些话说给他听。我想通过他，转达给华总，比我直接跟华总说效果要好。”

说到外部环境，佟建东更是愤慨：“那里的官风民风都比较差，主要是官风不好，官风带动民风。我讲一个事，在我们这里绝对不可能发生的。医院门口有一排门面房，原来管理比较乱，我们就把它整理打扫一下，准备对外出租，增加医院收入。药监局一个股长听说了这个事，跑过来跟我们的人说，这些门面房，医院就不要出租了，他来安排。这是很奇怪的事情，不可思议。我们医院的房子要对外出租，关他什么事？我们的房子怎么要他来安排？我说，别理他。谁知道，马上就有人过来递话，说这个人是药监局实权派，我们医院得罪不起的。我们要是不答应，他马上就会给我们小鞋穿，我们损失肯定会更大。我想，还是找他谈谈，给他点好处，息事宁人。我们是来干事的，不是来打码头争地盘的。后来好不容易才协商好，门面房随他挑两间，交他处理，其余我们对外出租。这种事情，在我们这里做梦都不敢想，机关干部能明目张胆地强行索要被管理单位的财物。这种情况我估计也不可能长期持续下去，这种人一定会被法律制裁，没有好下场的。”

张人杰接着说：“县卫生局局长樊大同更浑，上边正常拨款到卫生局，要他签字下发，他公开索要好处费，否则他就把这笔款批给别人。潜规则就是百分之十的好处费。先给他好处费，拨款后到。即便这样，大家也都按这个潜规则办，倒也省心，不需要我们去跑来跑去的，钱到事情也就办了。”

“乖乖！”江行舟听罢感到十分惊讶，怒道，“他的胆子也太他妈大了！这样明目张胆地违法乱纪，就不怕纪委查他？”

张人杰摇摇头：“谁知道呢！”

几天后，华保才打电话给江行舟，商量古邑县医院大楼设计的事。

第二十章
永安公司内部问题

江行舟来到华保才的办公室。

华保才说："江院长，那天我们开会，你提议的那家建筑设计院，原来还是公有体制时我们有过合作，感觉汪杰这个人还是不错的。后来听说改制了，他自己又组建了一家设计院。你那天会上介绍了，我不是很了解，就没有表态。盖大楼毕竟是大事，不能马虎，江院长不要见怪。"

江行舟连忙说："华总慎重对待是对的，医院建楼毕竟是百年大计，我完全理解。"

"我叫人调查了一下，这家设计院还是不错的。"华保才咳嗽了一声，继续说道，"跟他们合作过的单位反映不错，说他们重合同守信用，服务比较周到。技术上有省城建筑设计院保障，体制机制比较灵活。我跟佟院长说一下，没有什么其他意见，我们就把设计交给汪杰团队做。请你和汪杰联系一下，约个时间，我们见个面，把合同主要条款谈一谈，把事情定下来。"

江行舟点点头，道："我回去就和汪杰联系。在你见他之前，我把古邑县医院大楼的情况和要求跟他讲一下，必要时还请佟院长把相关资料传过来，让汪杰团队准备一下，我再定他和你见面的时间。"

华保才说："我等你电话。"

永安公司内部最近发生的一些事，让江行舟感到棘手，不太好处理。

那天上午，岳总见到江行舟，严肃且神秘地说："小覃和他老婆两个人合伙贪污公司购房款，数额可能还不小。”

小覃是永安公司销售部经理，他老婆是出纳。永安公司规定，销售部经理根据市场行情和客户情况，购房价格可以适当给予优惠。永安公司授权他最多下浮百分之三，再多就要江行舟或者是两个老板批准。

这种情况是正常的，但也不是经常发生。小覃为人谨慎低调，兢兢业业，恪尽职守，认真处理每一笔业务。有时他也会遇到一些关系户来买房，无非是永安公司经常打交道的管理部门的人或者是他们的亲戚朋友。他都会根据实际情况，多说好话少放血，优惠幅度灵活掌握，很少有达到百分之三的。最近，岳总发现小覃经常和一些客户神神秘秘的，这些客户的购房价格优惠幅度就会达到百分之二到百分之三。

岳总说他当时看到后也没往心里去，直到前几天，有个熟人来找他买房，提出可不可以优惠百分之三，回扣照规矩办。岳总问什么规矩。那人说，实际上是优惠百分之二,百分之一要回扣给你们经办人。岳总说没有这种事。那人说，他朋友告诉他的，找你们内部人操作一下就行了，买房人享受百分之二优惠，少出钱，你们经办人也可以得点实惠。

岳总悄悄查了一下永安公司最近三个月的销售记录，发现售房数量上升，但优惠购房的人多，优惠幅度也大，基本都是百分之三。他觉得不正常，担心有猫腻。小覃是销售部经理，百分之三优惠权是永安公司授予小覃的，有职务之便。但是小覃平时看上去比较老实，应该不至于做这种事。况且也没有什么证据，不好乱说话。

“这个事情比较麻烦。”江行舟说，“处理内部的事情牵涉面广，我们目前缺少证据。是不是小覃干的，我们还不清楚。即使是他干的，他也会有很多理由辩解，就是关系户来购房，我们也不可能去找那些关系户调查。到最后问题得不到解决，还搞得内部产生矛盾，影响团结。”

“那怎么办？”岳总问，“难道我们就眼睁睁地任他这样干下去？老板以后要是知道了，会怪罪我们的。”

“你不用急。”江行舟安慰岳总，“这件事既然发现了，说明个别贪小便宜的人钻了制度的空子。我们肯定要把这个制度漏洞补上，算是亡羊补牢吧！好在我们发现得早，公司损失不大。”

岳总不死心，问："你打算怎么办？"

江行舟道："我先找小覃谈谈，正面提出问题，从公司销售报表上看，最近优惠购房比较多，优惠幅度也比较大。这样做，虽然销售量有所增加，但整体利润反而下降，要求他调整销售策略，优惠购房策略从严把握，控制优惠幅度。确实关系特殊的，及时跟我说。我这样说，小覃是明白人，知道我这话里的含义，应该会收手。"

"如果他不收手怎么办？"

"他真要那样，我们只好向老板汇报，老板怎么处理就不是我们的事了。"

岳总只好叹了口气，表示同意江行舟的意见。

其实，江行舟知道，岳总提出这个购房优惠的问题，只是表象，深层次原因，还是两个投资人的问题。

永安公司两个投资人柴总和邹总，柴总占大股。邹总是柴总的部下，负责永安公司日常管理运营。但实际上，他们除了临水县这个项目，还都有自己的公司和项目。柴总在老家那边开着一个保健品厂，规模很大，还有房地产公司。他从来不过问临水县方面的事情，除非有事需要他处理。邹总在江行舟入职之前，在临水县管理永安公司日常事务。江行舟入职以后，邹总就去忙自己的事情了。

永安公司人员配备，两个老板商定，柴总只派岳如意担任财务总监兼总账会计，其余人员由邹总根据需要安排。所以，永安公司管理人员都是邹总安排的。因此，永安公司内部就自然形成两个派系。邹总人多，说话自然要硬气些。柴总又不参与日常事务管理，所以岳总就显得很孤立。好在岳总还是比较沉稳的，整天寡言少语，埋头做好本职工作，不掺和永安公司里的闲事。这些情况，江行舟看在眼里，心里有数，处理问题尽量做到公平公正，不偏不倚，努力保持永安公司内部的平衡。

年终发奖金，都是邹总亲自处理，根据每个人在永安公司的表现、工作成绩、业务能力等，发给不同数额的奖金。奖金是现金，邹总把永安公司员工喊到他的办公室，先谈话，主要以表扬为主，再发奖金鼓励。这样一来，员工一年到头的辛苦，老板不仅知道了，还表扬鼓励一番，工作劲头更足了。

发奖金时，员工互相之间都不知道彼此的具体数额，只知道自己发了多少。后来还是慢慢知道了，其实大体上比较均衡，按职务略有区别。岳总知道自己的奖金比小覃少了一大截，就感到很委屈，觉得邹总歧视他、排挤他、孤立他，向柴总诉苦，说自己工作勤勤恳恳任劳任怨，一年到头却落到这样下场，想不干了。柴总安慰他，叫他什么也不要说，安心工作，他的奖金由柴总发放，邹总给多少他就拿多少。这件事虽然是过去了，但他心里的疙瘩却没有解开。这次小覃在销售上搞优惠回扣问题，其实根子还是内部矛盾引起的。江行舟心里清楚，所以叫岳总不要声张。

江行舟把小覃叫到办公室。小覃平常经常到江行舟办公室汇报工作，很正常，这次见江行舟主动叫他去办公室，就猜测是什么事情，自己怎么应对。

江行舟故作轻松地叫小覃坐下，他坐到小覃旁边。

江行舟先问了一些销售上的情况。小覃说最近销售情况还是不错的，小区楼房在外口碑比较好，销售价格上个月向上调了一点。江行舟点点头说："这是好事。不过，我看了一下销售台账，最近优惠购房的比例很高，这是怎么回事？"

小覃愣了一下，扶了一下眼镜，说："这段时间关系户购房比较多，所以优惠比例就高了一点。"

江行舟不动声色地问道："都有哪些关系户？你能不能记得，说给我听听。"

小覃脸红了，嗫嚅着说："时间太长了，我记不清了。"

江行舟道："你去查一查你的小本子，把优惠百分之三的那些人名字告诉我。"

"好的。"小覃说，"我去查查，再向你汇报。"

江行舟看出来，小覃面色发灰，步子发沉，说话底气不足。

下午快下班的时候，邹总给江行舟打来电话。几句客套话过后，邹总就问起江行舟找小覃谈话的事，到底什么情况。

江行舟知道，肯定是小覃打电话找了邹总，于是就跟邹总说："最近有人找我，希望优惠幅度大一点，可以给我回扣。以前从来没有这种情况发生，我就问他怎么个回扣法。那个人说，你们销售部经理优惠三个点，回扣一个点。你权力大，你给我优惠五个点，我给你回扣两个点。我说我考虑考虑，就把他打发走了。我不知道这个事情到底是真是假，所以叫小覃把最近优惠购房的情况查明告诉我，我再根据情况处理。处理前，我肯定要向你汇报的。”

“哦，原来是这样。”邹总说，“小覃已经向我承认拿了回扣，被我骂了一顿。他哭了，说他夫妻在一起工作，收入不高，孩子一天天长大，需要钱，就动起歪脑筋拿了回扣，损害了公司利益。他愿意把拿的回扣全部退出来，请求我不要把他辞退。”

江行舟问邹总：“这件事怎么处理，就看你的意思。目前这件事还没有其他人知道。”

邹总说：“这件事小覃确实做得不对，但他是初犯，数额也不是很大，我想让他把钱退出来，给他一个机会，你批评教育他一下。公司其他人那里就不要再说了，让其他人知道，他还怎么工作？”

江行舟答应按邹总指示办。他和小覃谈了话，小覃痛哭流涕，承认自己财迷心窍，拿了黑心钱，损害了公司利益，对不起老板信任，感谢江总谅解，表示今后一定好好工作，再也不会犯这样的错误了。

江行舟安慰小覃：“现在的年轻人，工作生活压力都很大，但君子爱财取之有道，千万不要为了钱而失去做人的底线。以后人生的路还长着呢，一定要把握好人生方向。这件事情是个教训，以后注意就好了。你好好工作，不要背思想包袱，把工作抓起来，这是我和邹总共同的希望。”

小覃泪眼婆娑，千恩万谢地走了。

江行舟又和岳总谈心，说这件事这样处理挺好。小覃已经认识到自己的错误，并把钱退回，公司没有损失，老板利益没有受到损害。通过这件事，小覃以后也会注意了，不会再发生这样的事了，杜绝了后患。这件事就这样吧，让岳总权当什么都不知道。岳总见好就收，点点头说行。

华保才打电话，问江行舟古邑县医院大楼设计的事怎么样了。江行舟说，基础工作江杰团队已经做了，看华保才什么时候有时间，在一起研究这个事。

华保才说：“这件事要抓紧落实，后面的事还多着呢！我最近几天不太忙，你和汪院长约好就过来，我们一起先聊聊。我们研究得差不多了，再请佟院长回来一起商议，定下来就把合同签了。合同应该由古邑县医院签订，我们可以做担保人。”

下午，江行舟和汪杰来到华保才办公室，双方就古邑县医院大楼的设计有关事项议了一个框架。因为具体要求必须由佟建东决定，江行舟和华保才都说不清。华保才就给佟建东打电话说了情况。佟建东在电话里跟汪杰说了一些要求，要汪杰先去古邑县医院，把地质勘探工作做了，有了地质资料才好进行设计。至于前期工作，他们认为能做的可以先做。

汪杰认为，最近他应该到古邑县医院现场看看，地质勘探肯定要抓紧时间做。华保才说：“委托汪院长设计古邑县医院大楼，可以定下来。至于价格，设计方面要求，你可以和佟院长当面谈。前期工作差不多了，请佟院长回来一趟，我们就敲定合同。”

“好的。”汪杰很高兴，“我与佟院长联系，抓紧时间去一趟古邑县医院，有什么情况再向华总汇报。”

华保才说：“汪院长不必客气。有什么情况，你直接和江院长或者佟院长联系就行，我们都是打一家拳的。”

汪杰笑笑没有说什么。

几天后，汪杰专门去了一趟古邑县医院，并且和佟建东一起回到临水县。他们来到华保才办公室，汇报古邑县医院大楼设计的事情。华保才打电话，叫江行舟一起来听听。

经过大家协商，大楼定名为“古邑县医院综合大楼”。建筑为九层砖混结构，建筑面积八千五百平方米，建筑单价每平方米七百元，不含装潢。具体使用功能，按古邑县医院要求设计，设计时间为三个月。钻探工作委托汪杰团队负责，两项工作可以同时进行。付款时间、节点都做了约定。

再说临水县的永安公司。建筑商辛大成在工程上谨小慎微，努力巴结邹总和江行舟，尽可能把安排的事情做好，取得他们的信任和支持。由于邹总细水长流的策略正好适合辛大成公司成长。

辛大成也慢慢积累了不少资金，就在其他工地接活儿，经济实力也慢慢变得越来越强。

随着永安小区工程建设接近尾声，没有及时支付的前期工程款，积累得比较多，辛大成就找江行舟要工程款。江行舟让财务算了一下账，确实拖欠不少，就安排分期支付。

因为工程款数额比较大，需要邹总签字确认。邹总叫会计暂时停一下，他那边最近有笔款子急需支付。这样，辛大成没有拿到钱，就有点不高兴，对江行舟说了些不好听的话。江行舟批评辛大成，不要乱说话，工程款只是稍微迟几天支付，又不是不给他。

后来辛大成在岳总那里说这事，以为岳总和邹总有矛盾，不会将他的话告诉邹总。其实他想错了，岳总和邹总毕竟是老乡，辛大成算老几？最后邹总知道了，对辛大成不满意，叫工程部好好审核临水六建公司工期有没有超期的，工程质量有没有大的问题，算一下违约金，跟他们交涉。因此工程款就要停止支付。辛大成这下傻眼了，赶紧找江行舟商量怎么办。

江行舟说："我叫你不要急，你偏要急，现在邹总生气了，要查工程违约的事。工程要是没有问题，让他查就是了。你要是不踏实，赶快去找邹总赔礼道歉，说好话，求得他谅解，这事有可能就算了。邹总不一定真要整治你，我感觉他对你还是不错的。再说了，现在工程还没有结束，双方还要继续合作。你们好好谈谈，应该没有什么大问题的。"说完他指指邹总办公室，"邹总刚回来，你赶紧过去！"

辛大成连忙去找邹总。

辛大成被邹总批评一顿，辛大成满口承认自己的错误，请求邹总原谅。本来他们的关系还是可以的，邹总也不再计较，安排财务给辛大成支付了一部分工程款。

第二十一章

医院大楼谁来建

别看辛大成口齿不利落，心眼儿却活络得很。不知他通过什么渠道，听说了古邑县医院要盖大楼，便特意找到江行舟，打听那边建楼的事情。江行舟就把情况跟他说了一遍，图纸设计差不多了，还要报古邑县建设局审核；图纸通过审核以后，就可以找人做预算，对外招标，然后动工。工程队目前还没有定，问他有什么意向。

辛大成说："如果江总看得起我，我当然想承建。不知道甲方具体有什么要求。"江行舟说："暂时还没有商量，根据甲方情况，我估计资金暂时还有些困难，要建筑商先垫资。当然资质、技术力量等常规要求还是有要求的。"

辛大成说："这件事情请江总多多关照，如果有可能，我们就争取一下。这是我们公司走出去的第一步，也是锻炼队伍的机会，不一定要赚多少钱。"江行舟说："好的，我看看什么情况。如果有可能，我再跟你联系。"辛大成表示很感谢。

其实，关于古邑县医院综合大楼的施工队伍，华保才一直在物色。华保才和不少建筑公司老板还是比较熟悉的，这几年临水县搞城市大开发，涌现出一大批建筑商。不少本来是搞其他行业的，看到建筑行业利润高，入行门槛也低，只要有资金就行。不过，真正进入这一行，也不是随便什么人就能赚到钱的，还是要靠各方面的运作。事业做大了的有，做砸了的也有。

华保才找了几个他认为比较信得过的建筑公司老板谈，都没有谈成。公司大的，嫌这个项目体量太小，不到一万平方米，而且还这么远，就婉言谢绝。

公司小的，也考虑路程比较远，成本核算下来利润有限，表示为难。华保才也觉得这个事还是有点难度的，就让佟建东在古邑县考察，如果条件可以的话，建筑公司可以在那边选。佟建东对他说：“我了解一下。对这方面情况我还不清楚。”

华保才说：“临水县这边我也在找人谈，两边同时进行，最后比较一下，看哪家合适就用哪家。”佟建东道：“行，有什么情况我及时向你汇报。”

古邑县比较落后，建筑公司基本没有盖过高层建筑，缺少施工经验。施工队伍虽然素质不高，要价还不低。佟建东谈来谈去，还是觉得不靠谱，就向华保才汇报。

古邑县医院综合大楼工程，经过这样踢了一圈以后，华保才等人对这个工程有了新的认识。这个工程实际上是鸡肋，对建筑公司的吸引力有限。想找个人垫资来搞，更是困难。除非利润放水，才能有点吸引力。华保才和佟建东商量，准备把利润稍微加一点，但也不能加太多，再找人谈，实在不行再说。

华保才又找了两家，仍被婉拒，才给江行舟打电话，叫他来天路达公司商量古邑县医院综合大楼的施工问题。

江行舟听完华保才的介绍，觉得情况确实如此，总共这么点工程量，就算利润再高，路途这么远，人吃马喂，最后是操心劳力，赚钱有限，没有什么意思。但该工程又是一定要做的，而且必须做成优质工程。

江行舟想起辛大成想承接这个工程，但对工程的情况并不清楚。他想跟辛大成谈谈。如果目前这个条件他愿意接受，可以考虑推荐他。因此，江行舟对华保才说：“我先找人接触一下。如果他有意向，再跟你汇报。”事到如今，华保才也松了口，对江行舟说：“你谈的时候，条件可以灵活点儿。”

江行舟打电话让辛大成到他的办公室。辛大成从工地上屁颠颠地跑过来，进门就问：“江总什么事啊？”

江行舟客气地叫他坐下喝口水。辛大成坐下便说：“我刚在工地上检查，发现有个工人没戴安全帽，被我狠狠批了一顿。安全是红线，坚决不能含糊！”

“安全工作一定要常抓不懈，任何时候都马虎不得。”

辛大成马上又说他是如何抓安全生产的。江行舟打断他：“今天找你过来，是想跟你说一件事。”

辛大成马上坐直腰板，问：“什么事啊？好事还是坏事？”

“好事。”

辛大成立刻笑靥如花，急切地问道：“什么好事？快说给我听听。”

江行舟也不跟辛大成绕弯子，把古邑县医院综合大楼施工招标的情况如实跟辛大成都说了。他觉得这件事不应该瞒着辛大成，辛大成将来一定会知道的。如果这样做，他的为人将会受到质疑。

辛大成听完江行舟的介绍，在心里盘算了一下，说：“这个项目确实有点特殊。表面上看，利润还是不低的。但是仔细算算，运营成本太高，特别是垫资，成本又要高出不少。如果是本地工程，我们都有自己的材料供应商，他们可以代垫一些款子。在外地，情况就大不一样了，各种困难都来了。”

江行舟说：“大成，这个事情你要想好了，自己做决定，我不劝你干，也不劝你不干，一切你自己拿主意。你先回去好好算算账，和你们公司的各位领导商量好了，再来告诉我结果。”

两天后，辛大成告诉江行舟，他想来想去，还是决定干。他看好江行舟、华保才和佟建东这个团队，想跟他们一起混，多赚少赚，反正不会亏，就是辛苦点吧。他还提出一个要求，希望能让他在古邑县医院入股。要是答应这个条件，他就接手这个工程。

江行舟笑问辛大成：“你真这样想？不会后悔？”

辛大成结结巴巴地答道：“保——保证！不——不后悔！”

于是，江行舟把辛大成的想法告诉华保才。华保才说：“我知道辛大成这个人，但是没有打过交道。江总看看他人品怎么样？要是他人品没有问题，反正条件摆在这里，他要是认可，我同意交给他做。”

江行舟实话实说：“通过这几年接触，觉得他做事还可以。另外，他现在的实力也比以前大一些，垫资能力还是有的。他做人比较灵活、诚恳。我觉得把这个工程交给他，应该没有什么大问题。施工过程中，只要我们加强监督，把好质量、安全、工期几个关口，应该出不了什么大问题。就是他提出的入股问题，有点奇怪。”

华保才说：“他要入股是好事，让他入股就是了。成为股东，就是一家人。

万一我们资金支付不及时，他也不好说什么。”

江行舟道：“要是这样的话，我就告诉他准备钱入股，另外进行施工准备。”

华保才说：“我还要跟佟院长说一下，看他有没有不同意见。如果他没有意见，就这么办。”

“我等你电话。”江行舟道。

就这样，古邑县医院综合大楼就由辛大成公司承建。打桩包给当地一家公司。打的是夯扩桩，施工机械太过笨重，从临水县运过去成本太高。土建由辛大成公司负责，春节后开始进场施工。工期约定七个月。加上装修装潢，整整一年时间。

一年后，华保才团队交给古邑县政府一栋现代化的医用综合楼，兑现了他们与古邑县政府的承诺，也为古邑县医院注入一股强大的内生动力，推动古邑县医院快速发展。

第二十二章
争议的焦点

江火一直是江行舟心里的痛。江火刚满三岁，母亲就去世了，奶奶一直带着他。那时家里穷，条件差，江行舟又在那年考上大学，读书去了，奶奶苦苦支撑着这个家。三姨很喜欢江火，有时候会把江火带到她家住几天。

江行舟大学毕业后，分配到临水县二中教书。学校没有给江行舟安排房子，江行舟已经和王莉结婚，有了江漫月，在街道上租了两间房子住，非常拥挤，根本没有办法把江火接过来一起住。

江火到了上学的年龄，江行舟已经分到住房，但还是很小，不够住，他就把江火安排在学生宿舍。别看江火年纪小，交际能力还是挺强的，和宿舍里的初中学生关系搞得挺好。

二十世纪八十年代初，改革开放的春风已经从南到北吹遍全国。临水县这个小县城已经感到了温暖。农村全面实行联产承包责任制，土地下户，老百姓种地积极性被充分调动起来，不仅解决了温饱问题，手里还有了积蓄，日子越来越有盼头。

在江火看来，改革开放的最大好处是穿牛仔裤，听港台歌曲，跳迪斯科，留披肩长发，戴墨镜。那是非常酷的事情。在临水县二中，这样打扮的人就多了，街上更多。江火从心里羡慕，就经常一个人跑到街上，看见头发是红色的、绿色的、黄色的，就感到兴奋，尾随其后，观摩他们的走路姿势，学着他们的做派，回来就模仿。江火把大部分精力都放在追求时尚上，学习成绩自然就下来了。

江行舟问江火："为什么你最近学习成绩下来了？"江火低着头，不回答。江行舟就去找江火的班主任。班主任告诉他："江火最近经常逃学，跑到街上玩，恐怕是学坏了。"

无论江行舟怎样问，江火始终没有说出原因，跑到哪里干什么，气得江行舟把江火揍了一顿。江火连一滴眼泪都没掉，背起书包说："我回家，不上学了。"

江行舟求江同舟、求母亲，要他们做做江火的思想工作。

江同舟和江行舟母亲好说歹说，连哄带劝，江火才答应，上学可以，但坚决不去县城的学校，只去村里小学。

村里小学的教学质量太差，在那里读书白白浪费时间，最后江火同意到花湖镇中心小学就读。

江行舟只好找人，将江火转到花湖镇中心小学。

这样一来，江火基本上就脱离了江行舟的视线，也就脱离了江行舟的控制，自己按照自己的兴趣爱好学习生活，自由生长。后来他不仅成为"嬉皮士"，还学会打架。有一次他把一个同学的头打破了，在派出所关了几个小时。

江行舟苦劝江火，江火根本不听，仍我行我素。好不容易熬到初中毕业，江火便不念书了，无论谁劝也没用。他对江同舟和奶奶说："我忍受江行舟已经很久了！他是杀害我妈妈的凶手，是个伪君子！他根本不爱我。我现在已经长大了，可以自食其力，自己赚钱养活自己，不需要江行舟的恩赐和施舍。"

江同舟和江行舟母亲一直担心的话题，今天还是被江火毫不留情地提出来。江同舟对江火说："孩子，你现在也不小了，应该能够分清是非了。你不要听别人传言。你妈的死完全是意外，我们都没有想到会是那样。你妈和你爸关系是很好的。你是他亲生的儿子，他怎么会不爱你呢？"

江火说："三姨跟我说，我妹意外死亡以后，江行舟不但没有安慰我妈一句，反而怪我妈、骂我妈。我妈被江行舟逼得走投无路去找我妹，才被淹死的。对于我妈的死，他负有不可推卸的责任，我永远都不会原谅他的！"

江同舟向江火解释："当时你爸在抢险工地上，没在家。听说你妹意外身亡，当然很着急，说几句过头话也很正常啊！何况他也没说什么过分的话。你三姨根本就不在现场，她说的话你怎么能相信呢？"

尽管江同舟苦口婆心地解释、劝说，江火还是怒气未消。江火愤然说道：“江行舟就是狼心狗肺的人！我妈才死了多长时间，他就和那个狐狸精结婚了。我看到他，就感到恶心！”

无论江同舟怎样解释，江火就是油盐不进，听不进去。反正不念书了，先在家待着吧！江同舟把和江火谈话，一五一十地跟江行舟说了。江行舟深深叹了一口气，说：“事已至此，只能这样了。你让他先跟你学做盆景。要是他能静下心，学门手艺也好，不行再说吧！”

江同舟说：“我再跟他谈谈，还不知道他愿意不愿意呢。”

江火当然不愿意。他好不容易挣脱了镣铐，正是自己放飞自我的好机会，岂能再进笼子？他跟江同舟说：“三叔，你就让我先玩两天吧！我不想玩了，就来找你。”

江同舟感觉硬逼着江火可能会适得其反。江火这样年纪，容易产生逆反心理，不如先顺着他，让他玩几天，然后再慢慢做工作。他要是能念书最好，实在不想念书了，再心平气和地和他商量今后怎么办。

于是，江同舟就跟江火说：“你玩两天可以，但要注意安全，不能干违法乱纪的事。”

“三叔只管放心。”江火道，“我已经十五岁了，知道什么事能干，什么事情不能干。”

“你要是有什么事情，要跟我说。”江同舟说。

江火一边向外走，一边吹着口哨。

跟江火年纪差不多大的孩子都在学校念书，他去找人家玩，人家都不愿意，他就在人家放学以后，把人家约到学校外面，请人家吃喝玩乐。有个叫倪秋的孩子动了心，开始逃学，跟江火到处玩。一次，他们异想天开，想到河南少林寺学武术，没有钱就扒火车，结果被铁路警察送回来了。

倪秋家长知道这是江火出的主意，便找到江行舟，问他怎么办。江行舟只好给倪秋家长赔礼道歉，好话说了一大堆，最后倪秋家长把倪秋转到外地学校。江行舟把江火臭骂一顿，江火根本听不进江行舟讲的大道理，反而认为江行舟想抓住他的小缺点，借题发挥，有意整治他。江行舟气得半死，也没有什么好办法。

江同舟认为江火这样混下去不行，不仅他自己毁了，还要影响到别人，得找点事情让他做。

江行舟本想让江火去工厂学技术，有艺不为穷。他跟江火一说，江火把头摇得像拨浪鼓，说：“太脏了，又累死人，我不干！”江行舟问江火到电影院学放映电影行不行。江火眼里立刻放出光来，说：“这个事情还差不多！我最喜欢看电影了。这样可以天天看电影。”

江行舟道：“放映电影也很辛苦的，都是晚上放映，有时一天放映好几场，也很累人的。你要是决定去，我去找找人。你要是真能去了，就不能像现在这样，愿意干就干，不愿干就不干。”

江火说：“我是自愿去的，君子一言驷马难追，你放心！”

江行舟到处托人，好不容易把江火安排到电影院当放映学徒。果然，江火去了以后，学习技术很快，工作也很认真。电影院的领导对他比较满意。江行舟也就暂时放下心来。

可惜好景不长，改革逐步进入深水区，各行各业都面临转型改制压力。江火跟江行舟说：“形势摆在这里，我再在电影院耗着也没有什么意思。”

江行舟问江火有什么想法。江火说：“现在深圳广州那边，是改革开放前沿，全国很多年轻人都到那里创业。我想去广州找我姑，看能不能找到机会自主创业。”

江行舟听罢，很高兴，心想：“这小子上路子了！”他当即表示支持，“年轻人出去闯闯，见见世面，是好事。你去小姑那里，确实是一个千载难逢的好机会。不过，你的文化底子太薄，现在去那里创业的人都是有文化、有技术、有能力的。你要是决定去，我支持你。你到那里一定要多吃苦，多学习，做事情要多动脑子，有什么事情多问问小姑。”

江火点头答应。江行舟就给小舟打电话，说了江火想去广州创业的事情。小舟说：“好啊，让他来吧！”

江火的确有种，自己买了车票，独自上路了。

江火到广州以后，小舟托朋友给他介绍了几份工作，他都没干几天就不干了。有的是公司把他辞了，并告诉小舟：“你侄儿文化程度低，培训课程听不懂，没办法干活儿。”也有的公司业务多，江火是新人，别人见他不懂业务，有意为难他。没过几天，他实在难受就不去了。

江火要是能吃苦的人，发展机会还是有的，放下身段，从头做起，一步一步就会发展起来。那时去深圳广州的人，没有文化的人多的是，事业做成功的人也不少。关键是江火不是能吃苦的人，也受不得委屈。好不容易混了一年，江火终于明白，这里不是他的天堂，赶紧打道回府。

小舟见江火死活要回老家，只好作罢。她跟江行舟在电话里说明情况。其实，江行舟对此早有思想准备，只能恨铁不成钢！

这次到南方闯荡一趟，对江火思想震动很大。江火看到外面的世界缤纷灿烂却又荆棘丛生；到处都是钱，没有真本事却一分也赚不到。他下决心回到家乡来，寻找机会赚钱，一定要发财致富，活出个样子来给自己看。

理想很丰满，现实很骨感。江火想得很好，但实施起来却非常困难。主要还是江火文化水平低，做不了技术含量高的工作。就是做传统生意，也需要资金、人脉、经验，他一样也没有。所以，他的发财梦也就是个梦。

在花湖镇，很多人从事花木行业。细分来说，又可以分成苗木种植、花木工程、盆景制作销售，后来又增加了花卉销售。

当时江火要想在花湖镇找门路，只能立足于这些行业，找机会入行。江行舟靠工资养家，两个女儿还在读书，根本拿不出多少资金给江火当本钱。江火只能自己想办法，小打小闹，在家里种一点花木，或者为别人做一点辅助工程，赚点辛苦钱。江同舟几次让江火跟他学做盆景，但江火说自己性子急，坐不住。

直到这次永安公司外包绿化工程，江行舟想方设法才让江火一半靠自己，一半靠帮助，赚到人生第一桶金。江行舟叫江同舟跟江火说，这笔钱来之不易，不要随便乱花，要作为做事业的本钱。

古邑县医院经过佟建东等人的辛勤努力，局面有了很大改观。综合大楼拔地而起，全院职工都很高兴。B型超声检测仪买来了，螺旋CT也买来了，病房的设施全部更新换代，医院环境焕然一新。医生护士的待遇也提高了，工作积极性比以前任何时候都要高。医院和县政府、卫生局、药监局等相关管理部门的关系也协调得很好。但华保才对此并不满意，理由是，花钱很多，赚钱有限。他们是搞经营的，图的是利润，没有利润的事尽量少干或不干。因此华保才和佟建东产生了冲突。

佟建东认为，医院不能单纯以赚钱为目的，而是应该以治病救人为宗旨，即使是民营医院也不能把赚钱放在头等位置，把病人当成摇钱树，这样赚的就是黑心钱，偏离了办医院的初衷。当然，办医院也要讲究经济效益，赚合理合法的钱。

现实的情况是，华保才对古邑县医院的开支控制得越来越严，好多在佟建东认为是正常的支出，如按合同约定，药品到该付款的时间了，佟建东已经签过字，到华保才签字的时候，都要卡一下，拖上几天。

有的钱，佟建东认为应该花，但华保才认为不一定要花，可以少花或不花。例如，佟建东提出，随着营业收入增加，可以拿出一部分奖励医生护士。华保才却认为，医生护士的待遇已经比以前提高不少了，他们也应该满足，等以后收入真正增加了，再考虑增加奖金福利，现在毕竟还是创业艰难时期。

肖玉仁在华保才耳边打小报告，说佟建东这个事做得不对，那个事可能有问题。有的事情，华保才会问一下，觉得没什么也就算了。也有的事情，华保才还不便核实，心里存疑，时间一长，他对佟建东的信任度就降低了。所以，他渐渐对佟建东说的话多了一分疑虑、想办的事情多了一层怀疑，好多事情因此闹得磕磕绊绊。

佟建东渐渐产生去意。

第二年下半年，古邑县医院综合大楼主体建好，正在进行装饰装修。

辛大成拉着江行舟来到古邑县，说是请江行舟参观古邑县医院综合大楼，实际上是想向江行舟炫耀他的成绩。晚上，江行舟和辛大成住在宾馆。佟建东和张人杰陪伴。佟建东介绍医院的情况，说医院现在看起来是一派歌舞升平的样子，其实潜在的危机还是有的。如果处理不好，有可能产生颠覆性后果，把目前的大好形势破坏掉。

辛大成现在也是古邑县医院股东了，很关心医院的事情。他听了佟建东的话，连忙问怎么回事。江行舟当然也想知道具体情况。佟建东说，现在医院医生的待遇比原来确实提高了不少，但是随着医院发展，总收入也在增加，这些都是明面上的事，医生们都知道，人心哪有满足的，当然还想水涨船高，希望医院能再提高自己的奖金福利。按理说，应该满足医生们的要求，但要把握节奏和尺度，不能搞分光吃尽。医院还要发展，股东利益也需要考虑。他跟医生讲道理，他们大部分人还是通情达理的，也觉得只要大家共同努力，把医院的事情做好，牛奶会有的，面包也会有的。但也有少数人私心比较重，坚持认为，医院是医生的医院，没有医生，哪有医院？所以医生的利益应该首先考虑。医生有了积极性，医院收入就会增加，医院才能搞好。希望医院领导在医院收入增加的同时，增加医生的收入。这些人还在其他医生中间游说，鼓动其他医生一起向医院领导提意见。有一些医生为了自己的利益，也就跟着起哄。

江行舟说："这个问题还是挺难解决的，事关医生的切身利益。但是医生的这些要求是满足不了的。他们今天满足，明天可能又不满足，我们不可能保证他们永远满足！"

"是这样。"佟建东说，"但是我们也要相信医生，毕竟他们还是知识分子，基本道理还是懂得的，不可能无止境地提要求。个别人也不可能左右大家。我觉得这件事应该客观看待，医生的要求有一定合理性，医院收入确实增加了，医生的功劳当然是主要的，适当给予一些奖励也是可以的，不一定非得很多。"

江行舟道："知识分子的要求不仅是经济上的，尊重也很重要。"

"是的。"佟建东说，"医院对医生是很重视的，这方面没有什么问题。"

江行舟又问："奖金问题怎么解决呢？"

佟建东轻轻叹口气："我向华总汇报了，在保证全院收支平衡基础上，适当向医生倾斜一些。华总认为现在医院职工的收入已经提高不少，暂时不考虑给医生提高奖金的问题，等以后看情况再说。"

江行舟道："也就是说，这个事情暂时被搁置了。时间长了，恐怕医生会生事。"

佟建东点点头："古邑县医院是县级医院，不能跟省城大医院比，主要是医生老家在这里，对家乡还有些感情。另外，主要还是靠待遇留人，如果收入还可以，他们就会继续留在这里。如果待遇过低，他们就会到他们认为有发展前途的医院去，特别是年轻医生。还有一个我最担心的事情，就是他们出去自己办医院。现在办民营医院很容易，我已经发现有这样的苗头。一旦他们从我们医院拉走部分业务骨干，对我们冲击会很大。"

“既然看到这种潜在危机，就要采取对策，想办法保证医生队伍稳定。”江行舟道。

佟建东说：“光靠说好话、讲大道理肯定不行。人都是很现实的，还得实实在在给他们提高待遇才管用。”

江行舟道：“也只能这么办。”

佟建东面色凝重，叹了一口气：“这必须得华总同意才行，花钱要他批准。”

江行舟道：“我回去找华总聊聊，追求经济效益是对的，但也不能固执僵化，一定要分清轻重缓急，千万不能舍本逐末，因小失大。”

张人杰在旁边听着，不讲话，对现在已经发生的事情和将来可能会发生的事情不置可否。

辛大成也没有说话。但他知道，事情有点复杂，预感将要有事情发生。

第二十三章
佟建东辞职

江行舟回到临水县第二天，就急吼吼地跑到华保才那里谈古邑县医院的事。不料华保才对这个话题根本不感兴趣。江行舟见他只是打哈哈，就知道他不想听，急忙刹住话头，问华保才那边是不是出了什么问题。

华保才说：“江总，我们都是多年的老朋友，包括佟院长、张院长，我们关系都很好，要不我们也不可能一起到古邑县投资搞医院。佟院长这个人是很优秀的，科班出身，三十几岁就当县医院院长。懂业务，会管理。正因为这样，我们才派他去古邑县医院做院长。但是，他到现在思想观念还没有转变过来，还是过去办公立医院那样，处处讲社会责任、社会效益，以病人为中心、以医生为中心。这些都没有错，医院应该为病人服务。但是不要忘了，我们办医院的目的，还是要赚钱，经济效益才是我们的中心，其他的都要服从这个中心。

“不赚钱，大老远的我们跑去干什么？我们思想境界还没有那么高。我们是搞企业的，必须想方设法赚钱。佟院长总是认识不到这一点。我和他说过多少次，他的思想就是转不过弯来。我这里有具体数据，这两年经营医院花了多少钱？当然，该花的钱一定要花，但是能省的钱也一定要省。

“提高医生待遇这件事，他跟我说过多少次，我都没有同意。为什么？医生也是人，人的欲望是无止境的，他今天提这个要求，我们答应了，他很满意。过几天，说不定他又要提那个要求，我们能不能还满足他？要是我们还满足他的要求，以后恐怕他会有更多、更高的要求，一直到我们实在满足不了为止。那样，矛盾就会产生。如果在开始，我们就控制他们的欲望，不轻易答应他们的要求，他们就不会轻易提出其他要求。当然，也不能全部不答应，偶尔也可以有选择性地答应一些，不要把关系搞僵。这就是我工作多年摸索出来的经验。就像喂老鹰一样，不能让它吃饱，吃饱了它就会飞走了，或者不干活儿了。”

说到这里，华保才看着江行舟，脸上露出一丝狡黠的笑。

江行舟感到华保才真把医院当成赚钱的企业来做了，这样肯定会出问题的。佟建东绝对不会接受这样的观点。他们在管理理念和经营方向上已经出现根本性分歧。

医院将来向何处去，江行舟感到危机正在到来。

该来的事情还是会来的。佟建东向华保才提出辞职，华保才表示同意。

这件事发生得突然，其实也是必然。他们分道扬镳只是时间迟早的事。这次辞职事件的导火索，还是因为有一批医生准备跳槽，出去创办一所专科医院。

牵头的是县医院骨科主任林才。他在县医院工作多年，是技术骨干，在医院里有一定的号召力。这次他拉拢十来个医生，准备办一所骨伤科医院，据说已经准备得差不多了。林才跟佟建东关系不错，就把他的计划告诉了佟建东。他承认，佟建东入职以后，医院面貌一新，大家看到了希望。但他们都是四五十岁的人，家里上有老下有小，生活也都不容易，希望医院能够在发展的同时，考虑他们这些业务骨干的特殊情况，给予特殊照顾。他听说股东内部思想不统一，就想自己出去搞医院，自己辛苦点，省得求哥拜姐的。

佟建东当然极力挽留，问他们能不能不走。林才说，大家想出去自己办医院，无非就是想提高生活待遇，创业又谈何容易？只要古邑县医院能给他们增加奖金福利，他们又何必去冒险？

佟建东问他们有什么具体想法，尽可以提，他一定提交董事会研究，尽可能满足他们的要求。毕竟县医院是大家搞起来的，还是有感情的。林才点头承认，但没有说出具体数字。

为了这件事，佟建东专门回了一趟临水县，向华保才汇报。华保才面色平静地听完来龙去脉，然后望着佟建东说：“你这是在逼宫啊！医院是不是离开这几个人就办不成了？”

佟建东解释说：“医院现在虽然比以前有了很大发展，但是各方面基础都很薄弱，需要稳定的环境。如果现在这批业务骨干都走了，对医院的打击是非常大的，直接影响医院内部的人心稳定和外部的形象。每个技术骨干都有自己固定的客户群。这批人走了，他的客户群也会跟着走，将直接影响医院的就诊量，收入将会直线下降。”

华保才道：“我们可以面向全省、全国招聘医生，只要钱花到位，好医生有的是。”

佟建东说：“再好的医生也要本土化，建立口碑，都需要时间。这个时间成本，我们很难承担得起。”

华保才道：“如果我们现在退一步，同意林才等人的要求，其他主任、医生，也会提出这样那样的要求，我们是不是也要答应？如果我们不答应，他们是不是也要离职？前面的钱白花了，目的还是没有达到，我们不是傻瓜嘛！”

佟建东说：“这次准备离职的这些人，基本都是科室主任和学科带头人。如果这批人不走了，就没有人有这种号召力，拉不动其他人。”

华保才问：“给他们多少钱才满意？”

佟建东回答道：“具体数字他们没说，我估计四五十万元就差不多了。”

一听佟建东要四五十万元，华保才一下子就火了，脸色铁青，说道：“这不是彻头彻尾的敲诈吗？我们的钱是山上淌来的？还是天上掉下来的？这笔钱绝对不能给！他们要走就让他们走好了！”

“华总不要生气。”佟建东见华保才真的生气了，就说，“这些人还是有书生气的，做事也想不到那么复杂。”

华保才沉吟半晌，面色渐渐和蔼，对佟建东说：“佟院长，有句话我一直堵在心里，就是没好意思说，今天我不说不行了。”

佟建东道：“华总有什么话尽管说，不要客气。”

华保才说：“佟院长，我一直都很佩服你，三十多岁就出任县医院院长，为人又很谦虚，在全县威望是很高的。”

佟建东连忙说：“华总过奖了。我身上还有很多缺点，还请华总批评指正。”

华保才继续说道："我们之间的关系也是很好的，应该说不比亲兄弟差，对吧？要不然也不可能走到一起，跑到古邑县办医院。"

"是的。"佟建东道，"没有华总支持，古邑县医院我们是拿不下来的。"

华保才说："这两年，你和张人杰在前线吃了不少苦，受了不少罪，取得了很大成绩，这些我们都看在眼里。我们全体股东都感谢你们。"

佟建东道："我们吃点苦、受点累也是应该的。我们工作还存在很多缺点错误，希望华总多多批评指正。"

"批评也说不上，我想把我真心话说出来，供你参考。"华保才说。

"华总请讲。"

华保才喝了口水，冲佟建东笑了笑，说道："那我可就说了，你不要生气啊！"

佟建东也笑了笑，道："这是哪里话，我生什么气啊！"

华保才说："佟院长应该感觉到我对医院的工作有阻力，特别是在花钱方面，你觉得应该花，到我这里就会被卡住。即使最后我批了，也是困难重重，对不对？"

"华总把关是对的，也是正常的。"佟建东道。

"我是有意这样做的。"华保才说，"你是从公立医院出来的。现在我们搞的是民营管理模式，我估计你一下子还不适应，就有意让你逐步适应市场经济管理的要求。我们通过一年多的磨合，情况比开始好了很多。但是，我觉得你的思想观念还是没有完全转过来，还是公立医院的管理思维和管理模式，考虑社会效益较多，照顾医生护士利益，而忽视了我们投资人的利益。所以，单看医院财务报表，收入确实不少，但真正到我们手里的利润并不多。如果不是我严格把关，利润可能更少，甚至全部被花掉，我们投资人白辛苦。那我们累死累活为了什么呢？我们不是去搞慈善的，是去赚钱的。你把我们去办医院的根本目的都忘掉了。这就是我压在心里很长时间的肺腑之言。我今天当着你的面说出来，也很想听听你对这个问题的看法。"

听完华保才的话，佟建东面色凝重，缓缓说道："我非常感谢华总能开诚布公地向我说出肺腑之言，更感谢华总对我的信任。"

华保才道："信任是应该的，真诚也是应该的。"

佟建东继续说道："我自己工作没有干好，给华总添了不少麻烦。但我是学医的，后来一直在医院工作。我所接受的教育和工作实践，都要求我必须首先考虑救死扶伤，为病人服务。医者仁心不是一句空话，是做医生的良心和道德底线。至于赚钱，公立医院政府也不是全包的，只是补贴而已，医院还是要创收的，赚钱很正常，但那也是有规矩的，不能损害病人的利益，不能违反社会公序良俗。简单地说，就是君子爱财取之有道，不能赚不义之财。我们现在这种经营模式，当然更要讲经济效益，更要想方设法增加收入。这没有什么问题，但道理还是一样的，要有底线。医院和普通企业是不同的，必须要讲究社会效益，救死扶伤，实行人道主义，不能损害病人的利益。如果我们眼里只有赚钱，最后肯定要出问题的。"

华保才听完佟建东给自己讲的这些大道理，有点不高兴，脸色变灰："佟院长说的这些道理都对，也确实应该这样做。但是如何处理好大道理和赚钱的关系，就考验佟院长的智慧了。我是搞企业的，更关心赚钱。"

佟建东是知识分子，一直从事医疗卫生这项特殊工作，有自己的道德观和价值观，相比于华保才，他身上的铜臭味要少得多。他见华保才三句话不离赚钱，话里话外都有教训自己的意思，便很不高兴，脸色青灰。

他看了看华保才，轻咳一声，说道："看来我的思想跟不上华总的要求。再这样下去，肯定会影响医院的工作，也影响股东赚钱，我只能选择辞职，请华总另请高明，找一个能够理解华总意图、真正贯彻华总指示，为股东带来高效益的人。"

佟建东提出辞职，华保才没有感到诧异，甚至不感到意外，好像一切尽在他的掌握之中。他缓缓说道："佟院长不要感情用事，工作上出现问题很正常，改了就行了，不一定非要辞职。"

"华总，我辞职不是感情用事。"佟建东很诚恳地说道，"因为目前出现的情况，不是工作方法问题，而是管理理念和做人底线问题。你作为投资人，追求经济效益，谋求利益最大化也没有错。我们都没有退让空间，所以我只能辞职。"

华保才耸耸肩，轻咳一声，用低沉的声音说道："佟院长，这实在是我想不到的。那次我们 起到古邑县谈县医院这个项目，就像昨天一样。本想我们一起努力，把这个项目做好，给大家做成一个事业，也赚一点钱。没想到，还不到两年，我们就要分开了，真的很对不起你，但也没办法。对于我来说，做这个决定非常难，但又不得不做这个决定。我必须对这个项目负责，对全体股东负责，只能请佟院长谅解。”

佟建东勉强笑了笑，说道：“华总不用客气。在这种情况下，我们分手，不是因为个人之间的恩怨矛盾，都是出于公心，都想把事情办好。我们只是观念不同，管理方法不同，互相理解吧。华总放心，以后我就是不当这个院长，我还是股东，我们还是朋友。只要医院有什么事情需要我做的，我责无旁贷。”

华保才道：“对佟院长的高风亮节，我自然完全相信，以后也少不了请你帮忙。关于你辞职的事情，比较突然，我也没有思想准备，还没有考虑接替你的人选。不知你有没有合适的人选推荐给我们。”

佟建东说：“以前我没有想过这个问题。接替我的人选还是请华总自己慎重考虑吧！”

“还有一个事。”华保才说，“就是你辞职的说法不对。你还不能辞职。我们跟古邑县政府的合同上有明确约定，古邑县医院院长必须是佟建东。如果你现在辞职，古邑县政府就可以告我们违约。所以，你即便离职了，也只能以其他理由不上班，院长的身份还是不能变。这一点，我们必须保持口径一致。对内对外，一定不能说漏嘴。”

“可以。”佟建东点点头，“我就先挂名吧！”

华保才让佟建东先回古邑县医院主持工作，等这边事情安排妥当了，再宣布这件事。

第二十四章
江行舟到医院主持工作

江行舟怎么也没想到，华保才要他接替佟建东，主持古邑县医院的全面工作。

他对佟建东要辞职的事是知道的，佟建东已经告诉了他，但接替人选是谁，佟建东不知道。在江行舟的潜意识里，觉得华保才是刚愎自用的人，对佟建东不按照他的意志行事很不高兴，最后逼佟建东辞职。这个接替人选，华保才一定会指派他的心腹、他信得过的人。

其实，这次把佟建东撤回来，接替他的不是江行舟一个人，而是三个人。江行舟只是主持工作，因为院长还是佟建东，不能随便动。为了加强古邑县医院的工作，华保才又指派天路达公司一个叫叶敬奎的副总协助江行舟工作。考虑到江行舟和叶敬奎都不懂医，又专门聘请一个叫桂大强的人管业务。

桂大强原来在临水县中医院任副院长，后来辞职下海到外地办医院，不是很成功，想回临水县办医院。这个消息被华保才知道后，就高薪把他挖过来。这样，华保才觉得管理团队比原来大大增强了。

这是一揽子解决方案。华保才信心十足，和每个人谈话时，都豪情满怀地鼓励他们好好干，古邑县医院前途一片光明。叶敬奎和桂大强拍着胸脯表示一定不辜负华总信任，坚决执行华总指示，不折不扣完成华总交办的任务。

江行舟和华保才的谈话是坦诚的，深入的。

华保才心平气和地向江行舟详细解释了佟建东辞职的经过和自己对这件事的看法，表示自己也是左右为难。佟建东是难得的医院管理人才，但是在他们这种体制下却变成了前进的阻力。他们是要赚钱的，怎么办？他作为公司董事长，不能感情用事，必须对公司负责，为股东负责，为股东创造更多经济效益。他只能选择放弃佟建东，重新考虑医院的领导人选。

华保才说得很诚恳，眼里甚至闪过一丝泪花。江行舟感到他说的是真心话。资本是逐利的，残酷的，没有任何温情，没有任何退让。市场就是一把刀，把任何道理和感情全都剁得稀碎。

江行舟深深叹了一口气，面色凝重，对华保才说："这太可惜了，我们失去了一个不可多得的院长。我们今后的路将会走得无比艰难。"

华保才皱了一下眉头，说："是啊，实在没有办法，再难走的路我们也要走下去。"

江行舟道："华总，说实在话，你安排我去接替佟院长，我感到非常意外，我不懂医疗行业，外行管理内行，肯定是管不好的。"

"这个你不用担心。"华保才说，"桂大强懂业务。再说了，医院也有几个副院长，他们都懂业务。"

"话是这么说。"江行舟摇摇头，"只是我们管理团队的成分太复杂了，内部统一思想都是比较困难的事，更不要说干事情。"

华保才的脸色变得越来越难看，不想把这个话题谈下去："江院长，你看你要是过去，家里还有没有什么困难？"

江行舟道："要说困难，谁家没有困难？毕竟离家几百公里，也不是去一天两天。但是，工作需要，就必须克服困难，服从工作需要，这点道理我还是知道的。华总不用担心。既然华总决定要我去，我服从安排。到那里以后，我一定会尽心尽力把医院的工作做好，不负华总重托。如果我有什么缺点错误，希望华总也不要客气，尽管批评。"

华保才的脸色恢复了正常，笑了笑："那很好，我让桂院长和叶敬奎先过去，你把永安公司的工作辞了，还要办交接手续，是需要几天时间的。等你把这些事情都处理好再过去也不迟。不过，对不起，江院长，在那边的工资，可能没有你在永安公司的多。没办法，情况就是这样，希望江院长理解。不过，我们将来把医院办好了，收入肯定也不错。凡事有得必有失。"

"这倒没什么。"江行舟轻描淡写地说，"我也不可能在永安公司那里干一辈子，离开也是迟早的事。”

邹总得知江行舟要辞职，感到非常吃惊。长期失眠而苍白的脸，因激动而平添了几分红润。他怕自己听错了，又问了一句，“江总，你真的要辞职？”

江行舟点点头：“实在对不起邹总和柴总。”

邹总说：“江总是不是觉得在我这里待遇低了？要是这个原因很好办，可以提高嘛！只要江总提，什么事情都可以商量。”

江行舟连忙解释道：“邹总，我在这里工作已经四年了，你对我非常信任，工资待遇我都很满意，真的。我非常感谢邹总，也感谢柴总和公司各位同仁对我的支持和包容。我这次之所以辞职，是因为我和几个朋友在外地搞了个医院。”

邹总说：“这件事我知道，那里不是佟院长负责嘛，让你去干什么？你又不懂医。”

江行舟道：“我也没想到董事会要我去。现在，我们内部发生了一些矛盾，佟院长不去了，没有合适人选，叫我去主持工作。我是股东，也没有办法推脱，只能搬块砖头当板凳，去救场子，等以后有合适人选再说。”

邹总叹了一口气，说：“江总，看来我实在留不住你了。自从你到永安公司以后，我就解放了，柴总也解放了，把公司的大小事情都甩给你，我们安心地忙我们自己的二亩三分自留地。你把公司当成自己的家，全心全意为公司谋利益。拆迁、土地出让金等这些事情，都是你搞定的，为永安公司解决了很多难题。你真是永安公司的福将。谢谢你，江总！”

江行舟连忙站起来：“邹总千万不要这么说，我到永安公司这几年，非常舒心。大家在一起工作，像一家人一样，关系非常融洽。我所做的事情，都是按照邹总的要求做的，工作中肯定还存在很多问题和缺点，也感谢你和柴总的理解和包容！”

邹总的情绪渐渐平复下来，对江行舟说：“还有一件事，今天要把它做了，也到该做的时候了。”

江行舟问什么事。邹总说：“你稍等一下，我出去一会儿就回来。”

过了一会儿，邹总回来了，接着说道：“江总还记得前年县政府要求房地产企业补交土地出让金的事吗？”

“记得，怎么啦？邹总怎么想起这件事？”江行舟问道。

邹总说：“我们当时拿出依据，和县政府算账，你还去找了有关领导，据理力争，县政府后来同意把我们拆迁等合理部分减除将近三百万元。我和柴总商量，拿出二十万元奖励你。这笔钱当时也拿出来了，准备给你了，后来我又多了一个心眼儿，担心县政府变卦，也想考验你一下，看你人品到底怎么样，就没给你，也没跟你说这个事。现在我准备把这个迟到的奖励发给你。我给迟了，对不起江总。”

江行舟连忙推辞，说：“这件事，我个人没有什么功劳，县政府也是按章办事，我不能要这笔钱。”

邹总道：“江总就不要推辞了，这是对你工作的肯定，也是我和柴总对你的感谢，你尽管收下好了。你不要嫌少，我们的一点心意而已。”

这时，岳总拎着一个包进来，交给邹总，和江行舟打个招呼就出去了。江行舟只好表示感谢，把钱收下。其实，江行舟此时很缺钱，他入股古邑县医院的股金还是凑出来的。增资的二十万元，他当初还是用自己家的房子做抵押，在银行贷了二十万元。现在正好拿这笔钱还银行的贷款。

佟建东辞职，张人杰也提出辞职。他们和桂大强、叶敬奎见面以后，做了简单的工作交接。佟建东向他们介绍了医院的目前情况，又召开了院务会，把医院中层以上干部集中起来，宣布天路达公司人员调整的决定，向大家介绍了桂大强和叶敬奎，解释了江行舟暂时未到任的原因。对他在医院工作期间的工作失误、错误表示道歉，希望大家谅解，他因个人原因离开工作岗位，但仍会把心留在这里，继续关心医院的发展，尽可能为医院做出有益贡献。

佟建东的讲话受到全体与会人员认可，大家热烈鼓掌。有人还站起来喊口号：“佟院长不要走！佟院长是好人！”

会场秩序一度失控。佟建东站起来向大家鞠躬致谢，连说“谢谢大家！谢谢大家！”会场慢慢恢复了平静。后面桂大强说些什么，大家已经不愿意听了。

佟建东和张人杰从古邑县回来的当天晚上，江行舟在饭店为他们接风。酒菜上来了，但三人情绪不高，不想吃也不想喝。江行舟做东，就劝他俩慢慢喝，慢慢聊。

两年过去了，这中间发生了很多事。佟建东和张人杰，满怀希望和豪情，到那个陌生的地方创业，含辛茹苦，夙兴夜寐，事业已经有了很大起色。谁知兄弟阋墙，最后功败垂成，含恨败走麦城。心里有多委屈，他们也无法对别人说。

江行舟只能安慰他们："算了，既然如此，就让他表演吧，你们已经辛苦了两年，成绩有目共睹，现在正好休息一下，再考虑做其他事情，说不定'有心栽花花不开，无意插柳柳成荫'呢！"

佟建东苦笑着说："有时候我觉得阿Q精神也有好处，至少能暂时忘掉痛苦。其实，这也没有什么，人和人的想法哪能一样？创业艰难，做事有挫折也很正常。至于说到以后，我还没有考虑这个问题。等这件事过去后，我和张局长再坐下来考虑，有什么思路我们再一起商量。华总既然叫你去，你就去，好好干。我们都不在那里，其实你的工作环境还是不宽松的。反正你经验丰富，相信你一定能力挽狂澜。我们等你的好消息。"

江行舟笑了笑，他知道佟建东说这话的意思，便说道："你们这次回来的原因比较清楚，无非是你们没有按华总意思办事，华总想更换自己人。但我也不是华总的人，跟他的关系肯定不如跟你们近。这一点，华总一定很清楚。但华总还要派我去，我一直想不透这是为什么。"

"这个问题很好理解。"张人杰说，"华保才把我和佟院长撤回来，全部换上他们公司的人，他会担心我们说他心胸狭窄，不能容人，把我们排挤走了。现在他把你派去，是做给别人看的，表示他是从大局出发，没有个人情绪。其实，你过去又有什么用？你不懂医，没有搞过医院，人生地不熟。现在他又派叶敬奎和桂大强过去，表面上让你主持工作，什么事你能做得了主？说到底，就是聋子的耳朵——摆设罢了。这就是一场戏，用不了多久，华保才就会找个理由让你回来。你不信就等着瞧！"

"也不一定，反正华保才叫你去你就去。"佟建东笑着对江行舟道，"你先干着再说。既然干，就要想办法干好，我们都希望医院能够发展好。"

江行舟低头沉思，认为张人杰的分析有一定道理，便对他们说道："不管华总怎么想，我既然去了，就一定尽我所能把工作干好。这不全是为华总一个人，而是为全体股东。"

说罢，江行舟端起酒杯："来，为我们共同的事业，我们干一杯！"

佟建东和张人杰举起杯，一口干了。

江行舟要他们介绍古邑县医院的情况，指导自己过去怎么办。

佟建东款款说道："院里现在的情况，表面上看起来很好，新门诊大楼启用了，环境很漂亮，职工待遇也有所提高，积极性高涨。但是，有些潜在的问题也必须重视，切实解决，要不将来会很麻烦。"

江行舟叫他说详细些。

佟建东说："主要有几个方面的问题，我也没有梳理好，你要注意理顺——第一，医疗骨干队伍的培养和建设，这是医院最重要的事情。医院没有好医生，就是没有灵魂的躯壳。这个问题必须时刻放在心上，注意吸纳人才，培养人才，用好人才。有一支优秀的专业人才队伍，医院才会受到全县人民欢迎。这次，十几个业务骨干出去自己办医院，其实很正常，将来还会有人走，也会有人进来，但能留住的人才，我们一定要尽力挽留；实在留不住，只能尊重他们的意见，我们今后还要见面，还可能互相合作，都没有什么关系。我之所以和华总因为这件事闹得不愉快，主要是观念不同。我不同意把医院完全市场化，只谈赚钱，不管老百姓死活。你今后一定要注意，尽你所能，不能赚黑心钱，这样会把医院毁掉的。"

江行舟道："我的话到底能值几个钱，我也不知道。反正我会尽力而为的。"

"第二，目前医院管理团队没有形成核心，三驾马车而已。天路达公司派去的人，聘来管业务的桂大强，医院几个领导班子成员，再加上你，不知道你算哪家的。谁说了算？平时怎么决策？我和张局长在那里的时候，不管怎么说，还是听我的。哪怕我说得不对，张局长至多是提提意见，还不至于不听。你这次去，说是让你主持工作，你觉得你能不能主持得了？这个问题，现在应该是个严重的问题，你要好好考虑怎么处理。"

江行舟点点头。

佟建东说："第三，就是协调好外部关系。照理说，这方面你比我们强。我之所以说这个问题，主要是你对那里的风俗民情不了解，我给你提个醒。"

江行舟望着佟建东，等他继续说下去。

佟建东说：“特别要注意搞好医院与县卫生局的关系。目前樊大同对我们还是不错的。这次医疗骨干辞职以后，医院技术力量明显不足，我去找樊大同，请他帮我们从县中医院和其他医院借调几个科主任，关键时候帮我们解了燃眉之急。当然，这件事只是给我们一些时间，我们自己的技术力量还要靠我们自己培养。所以，对于樊大同，我们还是感谢的。当然，人之常情我们也必须懂，该表示也要表示，不能不食人间烟火。”

江行舟摇摇头，叹口气，什么也没有说。

第二十五章
治理医院动了谁的奶酪

王莉发自内心地不想让江行舟去古邑县工作，毕竟江行舟已经五十多岁了，跑那么远去吃辛受苦，她着实舍不得，但也没有强烈反对。这么多年来，家里的大小事情，都是江行舟做主。她从来都听江行舟的，也习惯了。这次她虽然嘴上说了几句，江行舟解释几句，也就过去了，该帮着打点行装打点行装。

华保才派来的车子到江行舟家门口后，江行舟拎着行李箱就走了。

王莉站在那里发呆，竟忘了回家。

在新家——一栋三层楼，一个小院子——底层的客厅里，叶敬奎迎接江行舟的到来。

叶敬奎四十来岁，身材高挑匀称，皮肤白皙，一双大眼睛顾盼生辉，一副风流倜傥的模样。他见江行舟从大门口进来，连忙跑过去，伸出手，大声说道："欢迎江总！听说你要来，我专门在这里等候，其他人都上班去了。"

江行舟和叶敬奎握手。叶敬奎说："我现在带你去宿舍，把东西放下来再聊。"

说着，他让驾驶员把江行舟的行李箱拎到二楼大厅。他带着江行舟来到二楼，说受这里条件所限，大家都住在一起，比较拥挤；如果江总住不惯，他可以另外想办法。江行舟说："没事的。大家住在一起挺好，济济一堂，亲密无间，工作生活都方便。"

叶敬奎把江行舟带到南边靠东头第一间房。

江行舟看了一眼房间，十几平方米，陈设也很简单，一张床、一个简易衣橱、一张桌子、两把椅子和一个放杂物的柜子。

江行舟对叶敬奎说：“现在距离吃中饭还有一个多小时，我们到医院看看吧。”

“江总一路车马劳顿，要不就先休息一下，下午再去医院也不迟。”叶敬奎道。

江行舟说：“反正我在这里也没有什么事，就到医院看看吧。听说路不远，我们就走过去吧！”

“也中！”叶敬奎说，“江总实在想去，我叫驾驶员送你过去。”

江行舟到医院一看，果然耳目一新。综合楼涂成乳灰色，庄重典雅，像鹤立鸡群，非常显眼。原来到处乱搭乱建、破破烂烂的棚子没有了，老房子都装饰一新，和综合楼一样的颜色，非常和谐。原来的桂花树都做成小花坛，配上其他花草，生机盎然。院内的道路重新规划重建，主道路宽敞通畅，支路阡陌连通，曲折有致。

门口有保安，车辆停放有序。院子里人来人往，看样子病人不少。一路看过去，叶敬奎一路介绍，如数家珍，好像工作都是他干的。江行舟不时点头表示赞许。这两年，佟建东和张人杰真是干得不错，可惜他们没能坚持到底。江行舟想到自己的使命艰巨，但面对如此局面，不知道为什么，心里还是有一丝隐隐的担忧。

他到底担忧什么呢？

桂大强上午给病人做手术，刚下手术台，听叶敬奎说江行舟已经到医院来了，赶忙把衣服换了，下楼时正好碰到准备上楼的江行舟。

他们是老熟人了，现在又变成同事，真是世事难料。他乡遇故知，二人见面后非常激动，两只手紧紧握在一起。他们寒暄几句后，一起去了行政办公楼。

行政办公楼是一栋三层小楼。

江行舟的办公室就是佟建东的办公室，在桂大强办公室隔壁。桂大强办公室的陈设很简陋，一张桌子，一把椅子，桌子上有一台电脑。旁边有两张简易人造革面的沙发和一个小茶几。桌子后面有一个铁皮文件柜。

桂大强招呼江行舟和叶敬奎坐下。叶敬奎说："桂院长，江总，你们老朋友好好聊聊，我还有点事，就不陪你们了。"他说完挥挥手走了。

桂大强快五十岁了，戴着一副无框眼镜，面色微黄，可能经常做手术，腰有些佝偻，说话轻言慢语。

他主动向江行舟介绍自己这些年的经历："我原来在临水县中医院做副院长。五年前，我的一个大学同班同学，在西部一个地级市任卫生局局长，他动员我去那里承包一所二级医院。那个医院因管理不善面临倒闭。市委市政府决定对外招揽人才，允许医院实行商业化运营，承包费定得很低，而且可以分期交纳。我去了一趟，觉得医院基本条件还可以，承包条件也不错，就同意了。我和两个帮手把那个医院承包下来。经过两三年苦战，已经扭亏为盈，产生效益，我们当然很高兴，认为前景一片光明。不料市领导班子成员变动，新任领导对我们承包医院不认可，觉得方向有问题，要纠偏，不让我们承包了，还把卫生局局长也调整了。没办法，我们只能打道回府。那几年，我多多少少也赚一点，没有白去。我本来想自己办一所民营医院，不知华总怎么知道了，找到我，要我到古邑县医院来，帮他管理业务，还同意我入股。我想这样也好，比自己办医院要省心省力，就来了。"

因为这几年桂大强不在临水县，对江行舟的情况不是很清楚，江行舟就把自己的近况也简要介绍了一下。

江行舟说："想不到我们在这里遇到，还成为同事，希望桂院长今后多多支持我的工作。我不懂业务，一切都要仰仗桂院长支持。"

桂大强说："江总放心，一切你尽管做主，我只负责医疗业务，别的我不管。"

江行舟说："有什么事情，我们一起商量。"

下午，江行舟去县卫生局，拜会樊大同。

樊大同非常热情地欢迎江行舟到来，高度评价天路达公司注资古邑县医院以后，对医院的发展起到的极大推动作用，这是对卫生局工作的最大支持。非常感谢你们！佟院长很不错，他们工作配合很好，可惜他回去了。江总原来在检察院和法院工作过，懂法律依法办事，这是好事，他们政府部门工作也要依法执政。今后还要请江总在这方面多多指导。

江行舟连忙说："樊局长说笑了！我以前在政法单位工作，现在身份已经转换，搞市场经济，来到古邑县医院工作，以后还要请樊局长对我们医院工作多指导、多支持！"

"我们现在是一家人。"樊大同大笑道，"一家人不说两家话。江总说得对，我们应该互相支持。对县医院，我们一直都摆在头版头条，坚决支持。江总来了，我们一如既往地大力支持，绝不含糊。"

下午，江行舟找到总账会计路阳，了解医院财务运行状况。

路阳很精明，也懂得医院财务管理，佟建东对他比较了解，也比较信任。

路阳对江行舟说："原来是佟院长管财务，大的收支都要通过华总同意。这样互相监督其实也很好，防止财务出现漏洞。现在佟院长走了，华总没有明确谁来管财务，叶敬奎比你早来几天，他就自己主动管后勤和财务。这样就比较乱，我们财务人员也无所适从，不知道该怎么办。前天，叶敬奎叫我向天路达公司汇五十万元。这笔钱本来是准备付给药厂的购药款。这样一来，购药款就要延期支付，必然会影响医院信誉。"

"我知道了。"江行舟道。

江行舟回忆了一下，这次华保才叫他到古邑县医院主持工作，并没有提到领导具体分工问题。他当时也没有问。看来华总并不是疏忽，而是已经安排好每个人的工作。

桂大强自然是管医疗业务，叶敬奎说是协助江行舟工作，却没有说具体做什么。叶敬奎主动管财务和药品采购，一定是华保才跟他说过，要不然他不敢安排路阳汇款。只是华保才还没有跟江行舟说而已。华保才为什么没有说？难道在等什么机会再说吗？江行舟有点猜不透。不过，这个问题是无法回避的，必须明确。因为只有分工明确，才好明确责任。

于是，江行舟就给华保才打电话，汇报一下他到岗情况。华保才安慰他几句，说不要急，工作慢慢来。

江行舟问华保才："关于桂院长、叶总和我的工作分工如何安排，请华总明示。"

华保才说："你是总负责，你安排就行。"

"这是大事，请华总明确一下比较好。"

“分工就要发挥各自特长，做到人尽其才，物尽其用。”华保才说，“桂院长肯定要管医疗业务。叶敬奎不懂医疗，就让他负责后勤、财务，还有药品采购。但是，他们分管归分管，还是都要在你领导下进行，有事向你请示汇报。你是主持全面工作的，不能有一点点含糊。”

江行舟说：“行，我就按华总的指示贯彻执行。”

果然不出所料，江行舟只是一个稻草人，用来平衡华保才与佟建东、张人杰中间矛盾的砝码。他名义上主政，实际上权力完全被架空。若是真出了问题，他还要当替罪羊。

江行舟感到头脑一阵晕眩，一种被出卖、被算计和被欺骗的感觉像一块石头砸在心窝，麻酥酥地痛。在他看来，古邑县医院不过是一个医疗单位，却被生生搞成了自己早已厌恶透顶的角斗场。这种感觉现在他还不能说，不能有所显露，仍要装作一切都很正常，并且还要装成指挥若定的样子。尽管桂大强和叶敬奎会认为他是白痴，表面上对他唯命是从，也是在戏耍他而已。

吃过晚饭，江行舟装作什么事也没有，把桂大强和叶敬奎叫到自己房间，平静地宣布了华保才安排的分工情况，谦虚地表示自己是外行，以后还要靠两位多多支持。桂大强和叶敬奎都表示一定服从他的指挥，共同努力，把古邑县医院经营好，绝不辜负华总的信任和各位股东的殷切希望。

他们分析了医院的情况，提出工作意见，逐步取得共识，并落实到个人。

江行舟最近的时间内主要是了解情况，和医院几位副院长、主要科室主任聊天，增进彼此感情。开始，他们互相不熟悉，说的都是场面上的客套话。由于江行舟胸怀坦荡，说话比较直，大家也就慢慢接受了他，愿意把自己的事、医院的事，向他表明看法。他也会主动谈及自己对医院一些事情的看法或想法，这样就拉近了他和大家的感情，逐步融入这个群体之中，成为这个大家庭的一员。

因为江行舟没有负责医院的具体事务性工作，平常不是很忙。除了县政府和卫生局开会，大量时间由自己支配。他经常到各科室了解医护人员的工作情况，有什么困难和问题，及时发现，及时解决。有的不能当时解决的，他和相关领导商量或开会研究解决。所以，他反而比较轻松，工作效率也很高。

药品采购和回扣问题，江行舟没有立即着手解决。他觉得这个问题比较复杂，关乎全局，解决难度很大。

江行舟不止一次在门诊碰到一些可疑的人。他们不像病人，身上背着一个小包，和医生神神秘秘地说话。他早就听说过所谓的“医药代表”到医院推销药品、医生拿回扣的事情。这些人可能就是“医药代表”，向医生推销药品。

开始的时候，江行舟没有太在意，看得多了，觉得问题比较严重，需要想办法解决。他给佟建东打电话，了解这方面的情况，寻求解决办法。佟建东说这是所有医院普遍存在的问题，长期困扰着每家医院的领导。这种现象的存在，会滋生腐败，影响医院内部团结，产生一系列问题。

江行舟问他：“难道我们就这样任其发展，把医院搞乱吗？”佟建东说：“我们只要管好我们自己的事，就能防范不良后果发生。”

“我们应该怎么办呢？”

佟建东告诉江行舟，他在古邑县医院工作的时候，医院成立药事委员会，他做主任，副院长、药材科科长、设备科科长等任委员，所有新特药、设备、耗材采购，药事委员会成员统一意见以后才能够进入程序，谈价核价。最后定价时，还要通过药事委员会讨论决定。这种集体决策，相对合理，权力寻租空间小，但也不能保证一点漏洞都没有。那些供应商会挖空心思钻空子，寻找意志薄弱者做代理人。他在任时，因为他懂得这些问题出在什么地方，采取针对性措施，没有发生什么大的问题。他回来以后，药事委员会没有负责人，这样就有了漏洞，什么牛鬼蛇神都出来了。

江行舟道：“那就是说，首先要恢复药事委员会，由桂院长负责，他懂行。”

“也只能这样。”佟建东说，“至于具体措施，让药事委员会集体讨论决定，你负责监督。”

过了两天，江行舟就把准备恢复药事委员会的想法跟桂大强沟通，征求意见。桂大强对药品采购方面的情况非常了解，深知其中危害，但他还没有想到成立药事委员会的高招，认为这个办法好，集体决策，避免工作上的漏洞，保证药品和设备的性能和价格合理，也防止个人做主，产生腐败。只是他在这方面没有什么经验，恐怕难以胜任。江行舟说："桂院长不要客气，现在我们这个管理团队中，只有你懂得这些专业知识，我和叶总都不懂。我再跟叶总说一下，然后开院务会，定下来就执行。"

叶敬奎听说要恢复药事委员会，当时就变了脸色，说："根本没有这个必要。这样每进一种药，每买一种设备都要集体研究，我们还怎么办事？还有什么效率？"

江行舟没有想到叶敬奎会是这种态度，看来自己踢到暗桩上了。他曾听说，叶敬奎跟药材科科长柳媚关系特殊，两个人经常在一起吃吃喝喝，打打闹闹。江行舟认为叶敬奎分管药品采购，和部门负责人接触多一点也很正常，不一定有什么问题。现在看来他还是想得太简单了。恢复药事委员会，可能触动了他们的利益，动了他们的奶酪，所以叶敬奎才这样气急败坏。

江行舟没有生气，耐着性子向叶敬奎解释为什么要这样做的原因。他说："药事委员会是佟院长在任时成立的，起到了很好的作用。最近，我发现院里药品管理上有点乱，想把药事委员会恢复起来。这样做完全是为了工作。实践证明，这样做对医院的工作有好处，对股东利益也有好处。"

叶敬奎气呼呼地说道："佟院长定的规矩，他都走了，为什么还要恢复？江总，你不会是感情用事吧？"

江行舟正色道："这件事我和桂院长商量过了，他也认为恢复药事委员会，对医院运营和发展都极其有利。星期五我们开院长办公会，研究恢复药事委员会的事情，你有什么意见可以在会上提出来，大家研究。到底要不要恢复，看大家意见。"

江行舟立刻给华保才打电话，汇报关于恢复药事委员会的想法。华保才是聪明人，立刻就明白这是堵塞制度漏洞，表示坚决支持。

有了华保才的尚方宝剑，星期五的院长办公会上，江行舟说经过华总同意，宣布恢复医院药事委员会，主任由桂院长兼任，叶敬奎为副主任，他担任监督。其他副院长、药材科科长、设备科科长都是委员。大家要认真负责，从医院整体利益出发，切实维护医院利益，把好关，负好责。他又宣布了几条纪律，如果有人私自接受供货商的财物，出卖医院利益，将视情况处理，勿谓言之不预。

叶敬奎自始至终一言不发，脸色铁青。他恨江行舟断了自己的财路，但又不好发作。

恢复药事委员会以后，医院里的“医药代表”不见了身影。所有药品、医疗设备和耗材的采购，都按照既定程序进行，很多担心的问题都得以避免。江行舟感到心里稍安。尽管这次他得罪了叶敬奎，那也没办法，以后慢慢修复关系吧。

他又和桂大强商量，为医院未来发展考虑，制订招揽人才、培养人才的计划，报给华保才决定。过了很长时间，也没有得到华保才的回复。

有一次，江行舟回家，见到华保才，当面问起关于人才计划的事。华保才说：“培养人才，使用人才，是长期工作。考虑到我们目前的经济实力，还不能完全实施，只能根据情况分步实施。”

江行舟一听就明白了。说到底，华保才还是不愿意花钱。江行舟也就没有再催这件事。慢慢来就慢慢来吧，他要想在这里工作，就得适应这里的环境，适应华保才的工作思路。

一晃过去了半年，江行舟已经基本适应了这样的工作节奏，以为自己可以这样风平浪静地工作。不料，树欲静而风不止，一场突如其来的医疗事故打碎了他的梦，逼得他不得不走麦城。

当地一个女人疤痕子宫大出血，送到医院抢救，没救过来死了。病人家属来医院闹事，要求医院赔偿。

这种事本来是常见的事，只要双方申请进行医疗鉴定，如果医院有责任，该赔多少赔多少。不料这家人非常不讲道理，在医院烧纸放鞭炮，用高音喇叭播放哀乐，闹得不可开交。医院报警，警察来了也阻止不了。他们根本不想做医疗鉴定，只想要钱。最可恨的是，这本来是医院业务上的事，却指名道姓要江行舟接待。

江行舟接待他们时，他们就是一句话，什么时候给钱！

江行舟准备解释，还没有开口，他们就大骂江行舟是混蛋，吃里爬外的孬种！

江行舟感觉不对，好像有人在背后出谋划策，专门针对他。他怀疑是叶敬奎，但他转念一想，他和叶敬奎的那点小矛盾，按理说叶敬奎不至于这么干。

这家人派人盯住江行舟，连厕所都不让去。江行舟拿出手机打电话，手机也被他们夺下来摔坏了。

江行舟被他们用车拉到一个地方，关到一个房子里。两个看守人，一高一矮，一个胖，一个瘦，都是二十几岁的样子。江行舟问他们到底想干什么。瘦子说："我们就是要赔偿款。"

江行舟道："医疗事故赔偿不是说赔就赔的，要经过医疗鉴定，确定责任后需要赔才能赔。就是赔，也是医院赔，不是我个人赔。"

"我们不管那些，只管要钱。"胖子说，"我们知道你是当家人，你只要答应赔我们一百万元钱，我们立马放你走。不答应，你哪里也不能去。"

江行舟告诉他们："这种事是要各位领导集体研究决定的，不是我想赔多少就赔多少。"

"你别跟我扯！"胖子说，"你们内部有人告诉我们，这件事必须找你，找其他人都没用。你识相点儿，赶紧把字签了，我们不伤和气。你要是不识相，自找难堪，就别怪我们了！"

江行舟义正词严地告诉他们："你们这是非法拘禁，是犯罪行为，是要坐牢的。"

他们根本不听江行舟的话，硬逼着江行舟签字。

江行舟知道，这个字自己根本不能签，就是签了也没有用，只能变成大家的笑料。所以，他们无论怎样逼迫，江行舟就是不签字。双方就这么耗着。江行舟是高血压患者，现在感到头晕，来得匆忙，没有带药，提出要回去吃药，并表示对于他们提的要求，自己回去马上研究讨论。

胖子到药店买来降压药，给江行舟吃。江行舟看看说明书，就按说明书上的剂量服用，尽管这种降压药他从来没有吃过。也许是心理压力大，吃了药，头还是晕乎乎的。他也不敢再加大剂量服用。他毕竟不是医生，不能随便乱吃药。

看守江行舟的两个人没打他，也没骂他，还拿包子给他吃。他一口也吃不下。屋里没有床，只有一张破桌和几条板凳。他坐在板凳上，耐心地跟两个人讲道理。

胖子听烦了，对江行舟说："你不要跟我们讲这些大道理，没有用，我们就是拿钱办事，负责看守你，叫你签字批钱，别的我们不管。”

江行舟道：“你们真是太傻了！你们这样做根本不可能拿到钱，最后还要坐牢的。”

双方一直耗到第三天，江行舟已经处于半昏迷状态。

忽然“轰隆”一声巨响，大门被撞开，一大批人冲进来。

第二十六章
谋划自主创业

冲进屋子里这批人是警察，来解救江行舟。警察冲进屋里后，三下五除二，把两个看守人按倒在地，铐上手铐带走了。江行舟被人抬到救护车上，去了县医院。

江行舟直接住进单人病房，进行各项检查，所幸身体并无大碍。医院从领导到职工都来看望江行舟，对江行舟为了维护医院利益而受到伤害表示同情和赞誉，对犯罪分子的残忍表示愤慨。江行舟对大家的盛情表示感谢，说自己所做的一切都是自己应该做的。

叶敬奎坐在病床前，情绪激动，一副义愤填膺的模样，强烈谴责犯罪分子，说一定要让他们付出代价。他告诉江行舟，据犯罪分子交代，医院有人参与这件事，一定要查出来，将他绳之以法。

江行舟语重心长地对叶敬奎说：“叶总，我们都是一家人，何必煮豆燃萁，互相伤害？请你跟公安局办案的人说，这个人就不要查了。警力是宝贵资源，不要浪费在这些小事上。”

叶敬奎愣了一下，见江行舟并没有开玩笑的意思，就竖起大拇指：“江总真是大人有大量。我一定把你的话转告给警方。”

通过这件事，江行舟思前想后，感慨良多。

自己一生做事，光明磊落。过去在体制内，克己奉公，无私无畏，虽不敢说做了多少惊天动地的事情，但也算尽心尽力，没有辜负领导对自己的信任，把领导交给自己的任务都圆满完成了。退居二线以后，为老板打工，凡事都为老板利益考虑，尽力把老板交给自己的事情办好。现在自己和朋友们一起创业，自己还是恪尽职守，为股东谋利益。自己怎么也想不到人心难测，居然发生这样背后下黑手的事。

这究竟为什么？到底为什么？江行舟百思不得其解，心里像塞了一团稻草，乱哄哄、麻酥酥地难受。他躺在病床上，双眼失神地望着天花板。他失眠了，整天昏昏沉沉，饭也吃不下，很快消瘦下去。

自从发生这件事以后，华保才几乎天天打电话询问江行舟的身体情况。江行舟如实向华保才讲了自己的情况。华保才说："要不你干脆回家休息一段时间，毕竟在家里心情不一样。"

"也好。"江行舟说，"我回去休息一阵子，好了再来。我在这边，也不能上班，还给大家添麻烦。"

于是，江行舟结束了这段短暂的创业之路，灰溜溜地回到那个想起来就感到温馨的家。

佟建东和张人杰从古邑县回来后，很快调整好情绪，考虑下一步到底怎么办。既然已经走上了创业这条路，就不能因为遇到一点挫折而放弃。道不同不相为谋，自己干自己的事情罢了。

他们都是第一次下海创业，遭遇挫折是很正常的。问题在于他们要总结经验，吸取教训。古邑县医院的失败，让他们明白了一个道理，合伙做事可以，但选择合伙人非常重要。

华保才既然如此自信，天路达公司也是有实力的公司，就让他们自己去干好了。希望他们能搞好，搞好了对佟建东和张人杰都有好处。何况眼不见心不烦，随他们折腾吧。

佟建东和张人杰根据自身条件，还想办医院。佟建东办医院可以说是驾轻就熟，运营上肯定没问题。但办医院不是一件轻而易举的事情，首先要有一大笔资金，建大楼，买设备，更重要的是要有一支技术精良的医生队伍。钱从哪里来？人从哪里来？

临水县医院改制以后，全县的卫生改革进入深水区。虽然县医院变成民营的，县政府还是从大局考虑，继续给予很大的支持，把它从原来的主城区迁出，划拨了一块很大的地方，让其重新建设，维持其全县医疗中心地位。尽管股东之间因为利益发生了矛盾和纠纷，但医院还是由原来的二级医院，升为三级医院，为全县百姓的健康事业发挥了很大的作用。

县中医院也改制了，改为全院职工持股。最后，只剩下疾控中心和妇幼保健所等极少数医疗单位保留国有性质，其余都变成了民办非企业医院或纯民营医院。

佟建东决定，还是考察目前已经在办的医院究竟办得怎样，其中经验是什么，教训又是什么，现在的医疗市场究竟有多大，必须进行可行性研究。把这些事情搞清楚，才能决定办还是不办。

佟建东和张人杰骑着自行车，到全城大小医院仔细察看门诊、住院病人情况，病房、医疗设备状况。碰到熟悉的医生，他们就说来看亲戚。

不到一个星期，他们把全城十几家稍微有点规模的医院，包括专科门诊都考察一遍。然后，佟建东又有选择地给一些医院领导打电话，了解他们实际经营状况。

佟建东对目前全县医疗版图有了一个比较清晰的了解。

佟建东认为，现在临水县的医疗市场正处在动荡期，捷足先登的几家，属于初创期，还没有形成气候。医疗版图布局远未完成。临水县将近二百万人口，医疗市场很大，还有很大布局空间。自己要是出面，成立一家二级医院是完全有可能的。现在的两家大医院的医疗骨干纷纷离职，只要工作做到位，有些人是可以争取过来的。这点自信，佟建东还是有的。最大的困难还是资金。一笔几千万元的巨额投资，谁愿意来投？张人杰和佟建东最近一直在思考如何解决这个问题。

华保才的经济实力肯定是没问题的，但在临水县搞医院，不知他愿不愿意，特别是经历古邑县医院这一场风波，他到底会怎么想，不得而知。从感情上说，佟建东和张人杰实在不想再觍着脸去求他，跟他合作太累了。再说，天路达公司投资控股，华保才还是那样独断专行、刚愎自用，医院根本没有办法正常经营。

临水县的有钱人，扳着手指头数也数得过来，无非就是搞建筑的，搞房地产的，都是最近几年才入行的，赚点小钱也都投在新项目上，他们就是想投资也拿不出多余的钱。

江行舟从古邑县回来休假，佟建东和张人杰设宴招待他。三个人边喝酒边聊天，各自谈了自己的近况。江行舟觉得自己基本适应了古邑县的环境，医院情况还算稳定。

江行舟问佟建东："你们的项目考察得怎么样？有没有眉目？"

佟建东说："专业的人做专业的事，不熟悉的行业是不能做的。我和张局长商量，还是准备办医院。"

江行舟表示赞同，问他有什么具体想法。

佟建东就把自己和张人杰对临水县医疗市场调研的情况简要说了一遍，认为现在在临水县办一家二级医院还是完全可行的。招聘医疗技术骨干应该问题不大，主要是资金需要量大，难以筹集。

江行舟问到底需要多少资金。佟建东说，他没有仔细算过，但有大概数目。主要是地皮钱，医疗用地是政府划拨的，价格很低，大概一亩三四万元，按五十亩算，二百万元。不能像古邑县医院那样，只建一栋综合楼，至少要建一栋病房楼，一栋门诊楼，加上一些辅助用房，两万五千到三万平方米，才能满足基本需要。

江行舟说："把地留足就行了。先考虑前期需要，能够满足基本运营就行。按古邑县医院综合大楼的造价测算，包括装修装潢在内，每平方米按一千元计算，基建成本就要两千五百万至三千万元。医疗设备要等大楼建好以后购买，可以暂不考虑。建楼也可以采取分期付款的办法，延缓付款进度，减少资金压力。这些办法可以想，但是必须要有实实在在的出处，不能空中楼阁。要是不能落地，那就麻烦了。关键时刻资金链断裂，那就前功尽弃，彻底完蛋，这是万万不可做的事。说到底，资金必须落到实处，否则就不要干，这是底线。"

江行舟停顿几秒钟，说："找投资人其实并不难。"

听江行舟这样说，佟建东和张人杰同时一愣，都望着江行舟，等他的下文。

江行舟说："我的意思是说，我们要找投资人，必须想清楚一些问题。"

佟建东问什么问题。

江行舟说："投资人是要对医院控股的，以后医院如何管理，如何运营？"

佟建东答道："按照《中华人民共和国公司法》，出资人当董事长，医院院长负责医院管理运营，没有什么问题。”

“理论上是这样。”江行舟道，“但实际上不一定行得通。你们想想古邑县医院，想想天路达公司，教训还不深刻吗？难道你们还想重蹈覆辙吗？”

“那怎么办？”佟建东说，“我们自己又拿不出那么多钱，没有办法才去找合作伙伴。我们自己要是有钱，自己干当然好。”

“现在找合作伙伴，等于把机会拱手送给了一个不相干的人。”江行舟道，“这是两难的事，我们应该仔细权衡利弊后，再谈如何努力的事。资本是逐利的，只不过现在是信息不对称，有资本实力的人很多，要是他们知道我们有这么好的条件，一定会争相投资。与他们合作，我们就变成了打工者，完全失去了我们创业的初衷。为自己做一番事业，为临水县人民做一些贡献，也就变成了一句可笑的豪言壮语。”

“这个道理我们都懂，但是钱的问题怎么解决是关键。”佟建东说。

江行舟道：“把这个道理搞清楚了，方向就有了，不要去找投资人、合伙人，而是去找钱。”

“找钱？”佟建东说道，“你说说找钱怎么找！”

江行舟说：“我们自己没有钱不假，但可以参考元州模式，抱团取暖，找一些亲戚朋友凑钱，集中财力办大事，有利益大家共享。我们自己是投资人，也是医院管理者，这样可以实现利益最大化，同时实现社会效益最大化。既有动力，也有压力，这样一定能搞好医院。”

“这是个点子。”佟建东点点头，“道理是对的，但实施起来恐怕还是很难。因为我们的亲戚朋友中没有有钱人，就算他们手里有点钱，也不一定愿意投到医院上。”

“我反正是这样想的。”江行舟道，“你们再考虑一下，觉得可行就试试，要是行不通再说。”

佟建东说：“我们先按照这个方案，找一些人聊聊，试试看。如果效果好，我们就这样干，不行再说。”

张人杰道：“不试试怎么知道中不中？”

有些事情就是这样，本来觉得很难，真正办起来的时候，并没有那么难，甚至很容易，出乎原来的想象。

佟建东去了一趟金陵，见一个当时他在县人民医院任院长时的医疗设备供应商周光明。周光明为人非常豪爽，做生意也是规规矩矩，从来都是按章办事。他们比较投缘，成了朋友。佟建东从县人民医院院长位子退下来，周光明还专门来看望他。

周光明见到佟建东，连忙迎上前握手，又仔细看看佟建东的脸，说："建东辛苦了，也老了。"

佟建东笑着说："都往五十去了，怎能不老？不过，你还是风姿绰约，英俊潇洒。"其实周光明比佟建东大四五岁，看上去比佟建东还年轻。

佟建东主动说明自己这次来找周光明的目的，是想邀请周光明到临水县参与办医院。待佟建东介绍完相关情况，周光明又问了一些他想知道的情况，佟建东都一一作答。

周光明说："临水县那边的情况我是知道的，临水县的医改，在全国引起很大反响。我们搞这一行的，感受更明显一些。现在不管怎么说，医疗市场还是在扩大、在发展，老百姓的健康能得到更好的保证，是好事。如果能够有机会，去分一杯羹也很好。特别是你牵头，我更应该支持。你知道，我没有时间过多参与那里的具体事务，但我可以投一笔钱，你替我代持。我只能投两三百万元，你不要嫌少。"

佟建东见周光明如此爽快，胸口悬着的石头落地了，高兴地说："感谢你的支持！具体怎么办，我们还要仔细研究。我这次来主要是探探路子。你要是同意的话，我回去以后，就进入筹备环节。还有一点，我们那里对招商引资工作特别重视，对于办医院有很多优惠政策。"

"行啊！"周光明道，"我把我的想法告诉你了。具体怎么做，你自己把握，我尽量按你说的办。"

佟建东在周光明那里住了一个晚上，第二天回来就把这个好消息告诉张人杰。张人杰当然也感到高兴。这是他们筹到的第一笔款，有两三百万元垫底，下面再做其他人的工作就有了底气。

佟建东又打电话给江行舟，江行舟已经回古邑县医院上班了。江行舟听到这个消息也很高兴，并说他最近也在想办法筹钱。

其实，江行舟的资金已经有了眉目。他给邹总打电话，说他和佟建东、张人杰准备在临水县办医院，问邹总愿不愿意参与。邹总说：“你们办医院，我肯定支持。佟院长牵头办医院，应该会办好的，何况还有你参与！这个团队是优秀团队，相信你们一定会成功！”

但邹总又说，他现在的产业布局已经基本确定，不想再做大幅度调整。在临水县的项目已经接近尾声，他和柴总已经商量过了，不打算再投新项目。所以，他不准备参与医院的投资，希望江行舟理解。

江行舟说：“我当然理解。投资要考虑方方面面的事情，肯定不能随便乱投资。”

“不过——”邹总又说，“如果你们在资金上有困难，我可以支持一点，算是借款。”

“如果能得到邹总的支持，对于我来说，你就是雪中送炭，我现在正为投资款发愁呢！”江行舟道。

邹总问：“你需要多少钱？”

江行舟答道：“目前还只是设想，具体数字还没有测算出来。不过不会很多，我估计每个人两三百万元差不多。因为我们都没有钱，只能量体裁衣，慢慢向前走。”

邹总说：“要是太多我也有困难。要是两三百万元，我帮你解决，到时候你提前告诉我就行了。”

得到邹总的承诺，江行舟心里踏实多了。

张人杰挖空心思，到处筹钱，又和亲戚商量合股投资，东挪西凑，也筹了二百万元。

第二十七章
考察市场筹集资金

佟建东把他在临水县人民医院的几间门面房卖了。这些房子是临水县人民医院响应临水县委、县政府号召，扩大经营面积建的商品房，面向全院职工销售，结果没有人买。他不得不带头认购二百多平方米，租给别人经营。现在他需要钱，只能拿出一部分对外出售。现在的房价比当时涨了不少，也算是塞翁失马。

江行舟又拉辛大成入伙，佟建东和张人杰也同意，觉得辛大成还不错。辛大成自愿入股一百万元。这样凑起来，资金已经达到一千万元，可以进行务实操作了。

江行舟被佟建东约回来，还是在上次那家小饭店里，佟建东点了几个菜，从家里带来两瓶五粮液，三人边吃边聊。

佟建东和张人杰把各自筹款情况说了一遍。江行舟说："看来我们的创业计划已经有了很大进展。为你们取得的成果干一杯！"说着，他就一口把杯中酒干了。佟建东和张人杰也把杯中酒干了。

"看来我要努力了。"江行舟道，"不能因为我把大事给耽误了。"他把自己给邹总打电话的情况说了一遍，并说这件事情已经过去好多天了，不知邹总说过的话现在还算不算数。

佟建东说："那还不简单，你现在就给他打电话。"

江行舟看看手表，拨通邹总手机。邹总那边好像人比较多，比较吵，江行舟就挂断了。

不一会儿，邹总又把电话打过来：“刚才我在路上散步，比较吵，现在安静了。江总，你有什么事？”

江行舟就把上次他跟邹总说办医院的事又说了一遍。邹总问江行舟：“是不是现在要用钱？”

“是的。”江行舟说，“我现在和佟院长在一起。他已经开始筹款，并且有了一些眉目，问我怎么样。我想看看你那边是不是方便……”

江行舟借钱的话还没有说出口，邹总就说：“我上次不是跟你说过嘛，明天我叫公司准备二百万元，你去找财务办手续就行了。”

江行舟道：“现在我就是先把事情落实。等需要钱的时候，我再跟你说。”

邹总说：“到时候告诉我就行。”

“谢谢邹总！”

江行舟的资金也算落实了。

大家讨论下面怎么实施，佟建东说先到民政局登记审批。

江行舟问佟建东：“办企业不是先到工商部门注册登记嘛，怎么先去民政局呢？”

佟建东解释说：“医院有不同的性质。公立医院是事业单位，也有的是纯民间资本的私立医院，还有一部分属于特殊主体，叫民办非企业，也就是社会力量投资办的非营利性医院，这种医院不以营利为目的。”

江行舟道：“不以营利为目的，我们办医院意义何在？我们本来就没有钱，现在到处借钱办医院，到头来医院不盈利，我们拿什么还钱？我们图的又是什么？”

佟建东说：“你别着急，听我把话说完，究竟怎么办还要商量。”

“我不是着急，而是不明白。”

佟建东慢慢道来：“现在办纯民营医院条件要求非常高，土地是要出让的，像企业一样要交税。而民办非企业的医院，享受很多优惠政策。土地可以划拨，价格很低，虽然赚的钱不能分红，但也有很多办法变通，不至于让出资人吃亏。同时国家在政策上给予很多支持，旨在扶持医院发展。办医院的社会效益不用说是非常大的。一家二级医院，可以解决几百人的就业问题，每年为数万人提供医疗服务。还有，可以拉动药品、医疗设备等生产销售，整个供应链都会产生很大的经济效益和社会效益，对国家和社会无疑是一件好事。”

江行舟说：“对国家社会有利的事情，我们当然愿意干。不管怎么说，我们还都是国家干部，拿政府的工资，这点阶级觉悟和社会责任感我们还是有的。问题是，不解决投资回报问题，就算我们一百个愿意也办不好这件事。”

佟建东对于办医院几乎是本能的想法，就是考虑能用什么办法把医院办起来，对于盈利的问题想得比较少。现在江行舟提出这个问题，确实必须要有解决的办法。如果考虑不周，可能影响这个事情是否成功。但他一下子还没有想好，就没有再说什么。

张人杰对这个问题以前也没想过，只是相信佟建东。另外，他看古邑县医院可以光明正大地赚钱，理直气壮地把钱拿走，就认为医院是可以盈利的，并不知道还有民办非企业医院不能盈利一说。现在看来自己草率了，没有搞清楚一些基本的问题，就盲目决策。对于这个问题怎么解决，他也是心中无数，也就不说话。

大家一时无语，就一边喝酒一边闲聊。

江行舟看看两个人，说：“对于医院，我说实在话，我真的不是很清楚，倒是我这几年搞房地产开发有点体会。我们不要把自己的思维仅仅局限在医院这一个点上，可以打开思路，向外拓展，就会有一个新的出路。”

佟建东说：“你不要卖关子，有话直说！”

江行舟说：“我说的也不是什么绝招，就是办医院不赚钱，是社会公益事业，能够体现我们的高尚境界，但赚不到钱，我们也高尚不了。如果我们再选一个赚钱的事情来干，以丰补歉，用赚来的钱做公益，不就是两全其美嘛！”

张人杰问：“天下还有这样的好事？”

江行舟道：“房地产开发就是现在最赚钱的事！”

佟建东和张人杰听江行舟这样说，眼前一亮，觉得靠谱，都点点头道：“你接着说。”

江行舟继续说道：“2000年前后，全国城市化进入高潮，所有城市都在大规模扩建，拉开了房地产大开发的序幕，现在更是如火如荼进行中。临水县比全国要早一点开始，现在已经进入高潮期。一个个楼盘如雨后春笋般出现，用日新月异形容也不为过。所以，现在投资房地产正是好时候，一定能够赚大钱。”

“对！我们两个项目可以并轨，同时进行！”佟建东和张人杰几乎异口同声地赞成。

“房地产开发是短线项目。”江行舟说，“只要资金没有问题，一年就可以见效益，三年就可以收盘。医院是长效投资，那就慢慢搞吧。这样长短线结合，以短线养长线，争取实现双线胜利。”

三人很快达成共识。

江行舟说：“首先要成立一个公司，进行公司化运作，不能单靠我们三个人。无论什么项目，都是要有公司法人才好推进。”

佟建东说：“那是当然，我们要抓紧时间考虑公司框架。”

江行舟对佟建东说：“佟院长，你和金陵周光明联系，如果我们去工商部门办理注册登记，还得请他来临水一趟。”

“行，我和他联系。”

江行舟说：“我们先把大事定下来，至于细节，佟院长，张局长，你们再仔细考虑一下。我得抓紧时间回到古邑县医院，要不华总又不高兴了。”

佟建东叫江行舟回去和支钢联系，现在古邑县医院医疗技术力量严重不足，请支钢帮助搞个对口支援，缓解目前的压力。

江行舟点点头：“中！请你给支钢打个电话，因为这些具体细节比较复杂，我不一定能说清楚。”

佟建东说：“我跟他说，你负责催他就行。”

一个多月以后，“天厦投资有限公司”在临水县工商局登记注册，经营范围为房地产开发销售、医院建设经营等。公司董事长周光明，股东佟建东、江行舟、张人杰、辛大成。注册资金一千万元。

第二十八章
“三合一”项目获得支持

江行舟、佟建东、张人杰经过仔细琢磨，反复商量，拟定的方案是“三合一”——三个项目合成一个项目，统一设计、统一施工，分别处理或使用。具体来说，就是医院、依托医院具有养老功能的公寓房、住宅小区，三位一体。

他们原先的计划是建一个医院加住宅小区，后来佟建东看到社会将要逐步进入老龄化的报道，说目前六十岁以上的人口已经达到两亿多，随着时间推移，老龄化的步伐将进一步加快。他觉得，老龄化必然催生以老龄人口为对象的社会服务需求，是一个巨大的商机。他们可以依托医院，在医院旁边建几栋老年公寓，配齐功能，可以居住养老，医院为其提供全方位的健康服务。

佟建东的提议得到大家的赞同。方案确定以后，就是要写成书面报告，送县政府领导批复；县政府领导批复以后，再到相关部门办理具体手续。

江行舟驾轻就熟，很快写好报告。佟建东带着报告去找县委书记宋铎。

佟建东拿着报告，心里直打鼓，不知道宋书记会不会支持这件事，自己应该如何说服宋书记。

佟建东进入办公室，宋书记站起来热情地让座。

宋书记问：“你什么时候从古邑县回来的？听说你在那里搞医院，怎么样啊？”

佟建东不好意思地笑了笑，说：“我从古邑县回来一段时间了，也不好意思向宋书记汇报。”

宋书记问：“不去古邑县了？什么情况？”

佟建东就把古邑县医院的情况简单汇报了一下："到外地创业有诸多不便，我这次回来就不去古邑县了。"

"回来好！"宋书记说，"你是人才，回到家乡可以更好地发挥你的聪明才智。现在你有什么打算？"

佟建东说："我这次来就是想向宋书记汇报我的想法，请宋书记支持。"

"你说说看。"宋书记说。

佟建东把报告递给宋书记。宋书记看完报告后扶扶眼镜，说："这个想法很好，项目选得不错，我看可以。我们还是需要医院的。老年公寓的想法很有创意，老龄化是必然趋势，这是一个大产业。你的报告放在这里，我会尽快批复。祝你们成功！有什么困难，你尽管来找我。"

两天后，县政府办公室打电话给佟建东，要他去拿文件。

这个项目得到县委、县政府所有领导支持，他们接下来的工作就是去相关部门办理相关手续。

到工商部门注册，需要公司名称。他们商量一下，起了个名字叫"天厦投资有限公司"，注册资金一千万元。

佟建东和张人杰一趟一趟地在各个部门之间来回跑，都是骑自行车，效率不高，还影响形象。江行舟建议买辆车，不是攀比，主要是方便工作。于是佟建东和张人杰商量，决定买一辆上海大众产的桑塔纳。价格不高，开出去也不是很寒酸，比较适合。

这样，公司框架就算搭起来了，可以进行实际业务操作了。

经营这个项目，首先是选好地块。这是项目成败的关键，也是该项目的特殊需要决定的。

创办医院，要考虑全城医院的布局，与目前现有几家医院的距离，特别是县城里两家大医院的距离不能太近，还要考虑将来的医院门诊量、便民和医院的收入等因素。

作为住宅小区，靠近医院，本身就是一个卖点，还要考虑到小区周边各种配套设施，如学校、商场、交通等，尽可能齐全。这些公共设施越是靠近城市中心越齐全，所以，住宅小区位置靠近城市中心比较好。

至于老年公寓，是附属于医院的，可以不必考虑选址问题。

江行舟从古邑县回来，他们三个人专门到规划办查阅临水县城区规划图。江行舟把自己要选的地块要求跟现在已经是规划办副主任的东方讲了。东方向他推荐了一个地块。

东方说："这块地现在离老城区比较远，你们会担心将来人气不足。其实，这里是将来的城市中心区域，交通不用说，非常方便，四通八达。县政府会向这里加大配套力度，你们的医院建在这里，学校已经布点，大的商业网点到时候自然会到这里来。"

江行舟问："这个周期大概多长时间？要是建设周期太长，我们也等不起，提前量要有，但也不能太长。"

"三年，甚至不到三年。"东方说，"那时，这里就会初见成效，五年必定大见成效。你们的项目建设也需要两年，与我们规划建设周期是基本吻合的。有一定的提前量是好事情。要不，等发展起来了，大家都来参与竞争，机会也就失去了。"

江行舟道："你的建议有道理。但这毕竟是大事情，我们还要回去好好商量一下，决定以后我马上来找你。"

临走，东方送给江行舟一份城区规划图，让他们带回去仔细比较，慎重考虑。

回到办公室后，三人把规划图放在会议桌上，仔细研究起来，还拿出直尺计算各个医院之间的距离。看来看去，他们觉得东方的意见还是很有参考价值的。她所选的地方在城区主干道江海路上，离两家大医院相距四五公里，离老城区四公里左右。这里位于整个规划图的中心位置，将来是城市的区域中心，各种配套设施政府会想办法逐步配齐的。现在的荒凉只是暂时的，这也许正是它的潜在的商机。三人一致同意，就按东方的提议选址。至于具体要多少地，怎么供地，江行舟也不是很清楚，毕竟他离开指挥部已经这么长时间了，一切都在变化中。他打电话给东方，说了他们的意见，问东方下一步怎么办。

东方告诉江行舟："现在跟你在指挥部带领我们干的时候完全不一样，规范多了，手续也比较繁杂。但是招商引资的主基调还没有变。要是招商引资项目，各部门还是很重视的，手续虽然比较多，但难度不大，就是要一个一个部门落实。”

江行舟说：“工作有了规范是好事情，大家都按章办事，避免很多问题发生。没有关系，我们按规定办就是了。”

东方说：“我按你们给领导的报告内容，先做一个规划要点，把你们的意思变成图表和文字，做好草案给你们看看，你们有什么修改或补充，我们再修改完善。规划要点出来以后，你们再去国土局商量用地的事。”

县国土局要向省国土厅报批用地指标，批下来以后才能进行出让或者划拨。

过了几天，东方把规划方案做好。

经过几轮讨论，规划的轮廓逐渐清晰，江行舟等人对公司的目标更加明确，下一步的工作重点也就清楚了。

江行舟找东方再次进行确认，进一步把整个规划整理一遍，直到毫无悬念为止。

东方做好了正式规划要点，按规划办内部程序进行讨论、审查，最后通过，形成正式文件出台。

江行舟拿到正式的规划要点，对东方表示感谢。东方连忙说：“江院长千万不要客气。过去你对我们年轻人非常支持，我们的进步离不开你的帮助和培养。我应该感谢你。今后你有什么需要，只管吩咐，我一定会尽力的。”

这么多年过去了，人虽走，茶未凉。江行舟被东方的话感动了，心中十分温暖。

江行舟把规划要点交给佟建东，就回古邑县了。佟建东和张人杰负责办理国土局的审批手续。

佟建东找到国土局副局长佟彤。佟彤很能干，做事雷厉风行，说话快人快语。因为都姓佟，佟建东比佟彤要大几岁，佟彤称佟建东是本家老大。

到了佟彤办公室，佟建东还没有开口，佟彤就问：“老大是不是来问你们项目用地的事情？”

佟建东感到奇怪，反问她：“你是怎么知道的？”

佟彤说：“我怎么不知道？你们给县领导打的报告批件都转给相关部门了，牵涉到国土局供地，我当然知道了。老大的事情，我也应该关心才对。”

佟建东笑道："对不起，老妹。这种事情我是第一次办，不知道规矩，没有及时向老妹汇报，请老妹原谅。"

佟彤笑了笑："不知者不怪，这次我就原谅你了。不过用地规矩我可是要告诉你。"

佟建东笑道："愿听教诲。"

佟彤告诉他："用地审批手续比较严格，国土局内部就有几个部门把关，地籍调查、用地审查审批，还要报省国土厅审批。好在你们所用这块地是商业用地，可以直接挂牌出让。另外，我们现在用地政策已经变了，要求土地使用更加公平公开公正，用地要对外进行招标，竞价拍卖。很多地方都已经实行了，我们这里暂时还没有实行，还可以进行协议出让。我估计以后这样的机会不多了，你们抓紧办吧！"

另外，佟彤还问佟建东："是毛地出让，还是净地出让？"

"什么是毛地，什么是净地？"佟建东问道。

佟彤解释说："毛地就是政府提供地块，地面上的所有建筑物、构筑物都由用地人承担拆除费用。净地就是政府提供没有任何障碍的地块给用地人，地块上的建筑物都由政府负责拆除。毛地与净地的用地成本是不一样的。净地成本高，出让价自然高。"

佟建东问："我们可以自行选择供地方式吗？"

佟彤回答："理论上说可以，但是实际上县政府供应净地的条件还达不到。县政府没有钱先建好安置房给拆迁户周转，所以基本上还是毛地出让。这样操作，对你们是有利的。拆迁时，县拆迁办会帮助你们做具体工作。"

佟建东说："既然这样，那就越快越好！"

佟彤笑道："趋势虽然如此，但政策也不会变得这么快。你放心，至少你这个项目还不会变的。"

从国土局出来，佟建东叫驾驶员把车开到项目地块。

车子出城向南，过了环城路，道路变窄，路况也不好了。在项目地块上，是成片的庄稼。

佟建东对张人杰说："看来拆迁任务不大，拆迁成本不会很高，这是好事。"

张人杰咂咂嘴，欲言又止。

佟建东问：“你看出什么问题了吗？”

张人杰反问：“人气不足，到时候没有人怎么办？”

佟建东道：“我也担心这个问题。不过我还是相信东方，她不会骗我们。”

张人杰说：“她有可能过于相信政府的能力，判断错误。要是那样的话，我们可能就要被耽搁一段时间。”

“我想，最坏的情况就是再拖几年。”佟建东道，“如果不要这块地，另外好地又在哪里？我看我们还是坚定信心，就这样干！”

第二十九章
良好的人脉关系推动项目进展

丁永建回来了，临水县人大常委会主任冯续来主持招待，在阿龙的福临大酒店。冯续来问丁永建想见谁，把他们找来。丁永建说："不要惊动县委、县政府的领导，不少朋友都很长时间没有见过面了，我们就是朋友聚会聊天。"于是他就说了几个人的名字，其中就有江行舟、金春生和韩乐。

冯续来打电话给江行舟，说丁永建回来了，晚上到福临大酒店福州厅聚餐。江行舟并不想去。尽管丁永建是县长，他们还是经常联系的。今天老领导亲自打电话，他没有办法拒绝，便回答说："照办！谢谢领导关心。"

江行舟在镜子前照了照，自己瘦了很多，也老了很多，显得疲劳和憔悴。头发也长了，白发很多。他赶快到经常去的理发店理发、染发后，再照照镜子，虽然还是精气神不足，但好多了。他提醒自己，一定要打起十二分精神，像原来一样，不要让他们感觉自己不行了。

丁永建见到江行舟，就发出惊叹："行舟，你怎么弄成这个样子了？是不是身体出了什么毛病？"

冯续来也仔细打量江行舟，咂咂嘴，关心地问："抓紧时间找医生看看。"

其他几个人也都问这问那，表示关切。江行舟装作若无其事地说："我找医生看过了，可能是更年期综合征，睡眠不好。"

"个日嘴的！男人也有更年期，头一回听说，还这样厉害！"冯续来打趣道。

丁永建对冯续来说："昨天下午，我在市里开会，看到你了。本来想留你喝两杯的。后来人多，我再找你就找不到了。”

冯续来说道：“我和宋书记散会就回来了。”

来聚餐的人彼此都熟悉，互相打招呼后，冯续来宣布酒宴开始：“今天丁县长回来，召集老朋友相聚，大家不要客气。”他说着举起酒杯，吆喝大家干杯。

好不容易熬到酒宴结束，江行舟与众人告别。

王莉见江行舟一身酒气，但脸色红润不少，精气神也好了许多，就对他说：“你就应该多出去走动，不要老是窝在家里，现在这样不是挺好嘛！”

其实，王莉平时对江行舟整天在外面应酬，不管家里的事，还是很反感的，经常絮絮叨叨地劝他注意身体。他也习惯了，随口支应几句就过去了。但自从这次他生病以后，性情大变，变得孤僻，整天板着脸，王莉故意找他说话，他总是有一搭无一搭地应付。王莉知道他不想说话，便默默地把家里的事担下来，让他休息。但是今天看他情绪还好，就和他说起女儿江浸月的事。

几天前，江浸月说想回来看望生病的江行舟，同时商量研究生毕业以后的工作问题。

江行舟说：“如果她为了看望我，就不要回来。她马上就要毕业了，不知道论文答辩进行得怎样了。至于毕业以后就业问题，暂时还不急，先了解一下政策，看看有哪几个就业方向，理一理思路。上次连海（王莉妹妹老公）说，市里有引进人才计划，研究生可以直接选拔进入公务员队伍。我再问问他，把细节了解清楚，也可以作为一个选项。”

“行。”王莉说，“我打电话给浸月，让她不要回来，专心准备论文答辩。”

这次佟建东等人准备房地产开发用地八十亩，医院用地五十亩。医院用地是根据国家政策实行划拨的，每亩三万元。房地产开发用地实行市场价，毛地每亩八万元。据国土局的人说，国家已经发文，所有房地产开发用地都要面向社会，公开挂牌竞价拍卖或与政府签订协议出让。这种协议出让用地方式是暂时的，以后可能取消，一律实行招拍挂，土地出让阳光操作，防止腐败发生。这次对他们这块地仍然实行协议出让，在省国土厅批下来以后，县政府要与用地单位签订土地使用协议。

佟建东在电话里与周光明联系好，与县政府签协议时，请他来签。他是公司董事长、法定代表人、投资人，是责无旁贷的乙方代表，这个协议他来签合情合理。周光明满口答应。

双方签过协议后，按协议要求，佟建东安排会计向县政府指定的账户汇入土地出让金。国土局派人到现场，指认用地面积、红线边界，打上石灰桩，这块地就是天厦投资有限公司的了。

下面就是按照房地产开发的一套流程往下走。江行舟熟悉房地产开发流程，对于需要找哪些部门，办哪些手续，他心里一清二楚。

第一件事情自然是拆迁。因为这块地是按毛地出让的，拆迁是受让人自己的事，安置补偿的钱，自然由受让人出。按规定，县拆迁办承担拆迁的具体执行职责，所以必须要去县拆迁办办理拆迁许可证。过去，江行舟在指挥部，只要他说一声，拆迁办立即照办，而且尽心尽力办好。现在情况不同了，他的身份已经不是拆迁办的上级领导，而是有求于拆迁办的普通开发商、房屋拆迁人。

江行舟知道，原来的拆迁办主任宇文正现在是城建局副局长，分管拆迁工作。拆迁办主任是一个从乡镇调上来的年轻人，叫鲁光。江行舟和鲁光不太熟悉，就打电话给宇文正，说了自己项目的情况。还没等他说具体想法，宇文正立刻说："江院长，你不说我也知道，你和佟院长搞房地产开发，地已经批下来了，马上就要拆迁。"

"哦？"江行舟几乎被惊到了，"你怎么什么都知道啊！"

"你们都是临水县的名人，何况还有老首长在里边，我当然特别关心。"宇文正答道。

江行舟见宇文正这样热情，就不客气地说明自己的情况和项目情况，问拆迁工作下一步怎么办。宇文正说："现在拆迁比起过去有了不少变化，无非是流程更加严格一些、麻烦一些，从根本上说，没有什么实质性区别。这些事情你都不用考虑，到时候我会把一切都安排好，不用你烦心。"

"那就麻烦你了。"江行舟道，"现在的拆迁办主任鲁光是刚调来的，我跟他不熟悉。我能不能请你出面，把他请出来认识一下，大家以后还要一起配合工作，不能总是把你整天牵着。一些具体事情，我直接找鲁光就行了，这样你也解脱了。”

宇文正说：“这样也好，拆迁工作很麻烦。顺利的话，很快就能结束；要是遇到几个难缠的，要拖多长时间也说不定。另外，我每天杂七杂八的事情比较多，说不定也顾不过来，让鲁光和你熟悉一下也好，具体事情叫他办。”

江行舟说：“你看什么时间合适，我来安排，我们喝两杯。”

宇文正说：“还是我来安排吧，不能让你破费。”

“不就是吃顿饭嘛，你就不要客气了！”

“恭敬不如从命。我和鲁光联系，定下时间我就告诉你。”

“好的。”

宇文正对江行舟颇有好感。在指挥部工作期间，江行舟一身正气，两袖清风，总是身先士卒，行为表率。现在江行舟已经离开领导岗位了，他觉得自己应该帮帮江行舟，毕竟下海创业不容易。所以，江行舟找他时，他决定帮助江行舟把拆迁的事情搞好，尽可能缩短时间，减少开支。

他向鲁光交代，天厦投资有限公司拆迁的事情，一定要重视。你要把主要精力放在这个项目上，不允许出任何纰漏。

鲁光点头答应：“你怎么说我就怎么办。”

宇文正又跟鲁光说了江行舟请他们吃饭的事：“我已经答应江院长，这个星期六晚上没有特殊情况，我们一起过去。”

鲁光又是连连点头。

周六晚上，江行舟、佟建东和张人杰早早就到了饭店，一边打“掼蛋”，一边等宇文正。

宇文正和鲁光一起来了。宇文正还是那样健康彪悍，器宇轩昂。他和江行舟握手时，悄悄地在江行舟耳边说了句“首长瘦了”。

江行舟听罢似乎想哭，强行忍住了，告诫自己千万不要失态，做出平时那种大大方方的样子，潇洒一点。

鲁光很年轻，个子不高，瘦瘦的，小鼻子小眼睛，看起来很精干。

江行舟招呼大家坐下，问宇文正还有谁没到。宇文正说：“都是你的老部下，都是你愿意见的人。具体是谁保密，给你一个惊喜。”

江行舟笑起来，说：“宇文局长这样说，我还真想看看到底是谁！”

江行舟的话还没有落音，外面传来一串银铃般的笑声：“江院长好！”伴随着笑声，从门口进来两位打扮时髦的年轻女人，一个是规划办副主任东方。东方前来，江行舟并不感到意外。因为前段时间，为了项目的事，他没少麻烦东方。他跟东方说过要请她吃饭，但被她拒绝。现在她能来，肯定是宇文正做了工作。东方一身淡绿色晚装，还涂了口红，本来就高挑的个子又穿着高跟鞋，更显得亭亭玉立。

和东方一起来的人是房管处副主任刘媚。这是江行舟没有想到的。他在指挥部搞自拆自建时和刘媚合作过，感觉她挺能干的，有工作能力。后来虽然他们见过几次，也是打个招呼而已，没有更多接触。她这次能来，不知为何。

刘媚上身穿着一件粉红外套，显得很扎眼，气质也很不错。江行舟笑容可掬地走上前向她们挥挥手，算是打了招呼。

江行舟说：“今天我请大家来，主要是我们很长时间没有见面了，我想见见大家，叙叙旧，希望大家不要见外。”

东方道：“要是见外，我和刘媚今天就不来了。江院长又没有叫我们来，我们其实是不速之客。”

江行舟连忙解释说：“我是不知道你们现在的情况，不敢随便打扰！”

“我是开玩笑的，江院长不要介意。”东方说，“我听宇文局长说江院长要请客，我连呃嗝都没打就答应了，这叫闻风而动。”

江行舟又不好意思了：“我感谢大家一片盛情，给我面子，谢谢你们！”他举起酒杯，“为了我们的友谊干杯！”

大家也都举杯把酒干了。

江行舟本是性情中人，更何况是故人相见！他此刻面色红润，精气神也好了很多，几杯酒下肚，感觉没有病了。

土地落实以后，江行舟提出要合理安排工作环节，做到环环相扣，抓紧时间，缩短建设周期，争取获得最大效益。他建议拆迁和设计施工图纸同时进行。因为拆迁结束就要施工，施工图如果跟不上，就会影响工程进度。

佟建东让江行舟根据经验，对本项目做一个计划，尽可能详细一点，然后按照这个计划分步实施。

“中！”江行舟说，“有一个情况我觉得要提出来。我过去在城区开发指挥部干过几天，对房地产开发有一点经验。但是这些经验都是在特定条件下积累的，现在的情况和过去相比，已经发生很大变化。公共资源已经没有了，还剩下一点过去留下的感情。感情是非常脆弱的。有事找他们帮忙，他们要是看在过去的感情分上帮我们一把当然很好，我们应该感谢他们。他们要是公事公办，我们也不能说他们不对，世态炎凉嘛，我们也要有充分的思想准备，尽可能按规定办事，减少不必要的麻烦，不要干扰他们正常工作。这样大家都互相体谅，事情就会好办一些。即使我们遇到困难需要找他们，也要注意不能踩红线。原则范围内的，或者政策边缘的，一定要把实际情况跟他们讲清楚，他们根据情况，能帮就帮，实在不能帮也不要为难他们。还有一条，我们找他们办事，千万不要用金钱开路，那样做就是害人害己。我们这个团队很特殊，不能犯这样的错误。我们宁可不赚钱，也不能丢掉做人的底线，让人戳脊梁骨。”

佟建东和张人杰都认同江行舟的观点。

江行舟说：“我还想推荐一个人。”

佟建东问：“谁？”

“金春生。”

“这个人我熟悉。”佟建东道，“他女儿在县人民医院，他老婆身体不好，现在还在县人民医院做透析。”

张人杰说：“这个人不错。”

江行舟说：“我对搞房地产开发只是一知半解。完全按我的想法去做，我担心会因为经验不足、信息不对称，导致决策失误，造成不可挽回的损失。金春生一辈子从事市政建设，非常熟悉这方面的业务，考虑问题也很细心周到。他的缺点就是性格比较直，说话会得罪人。”

“这有什么关系！”佟建东说，“我最害怕那些笑里藏刀的人。心直口快最好，大不了争论几句，没有关系。”

张人杰问江行舟具体有什么想法。

江行舟说：“我想找他谈谈，看能不能请他给我们当顾问、做参谋，指导我们的工作。他要是想入股也可以。要是让他全身心地在我们项目上工作肯定不行的，但他也不是一点时间也没有。我们请他常来看看，制订计划，帮我们参谋，到工地上发现什么问题跟我们说，不要他整天坐班。”

张人杰和佟建东都表示同意。

第二天，江行舟把金春生约到一个小饭店，一边喝酒一边闲聊。

金春生衣着陈旧，身上散发出一股油煎火燎、葱韭芥蒜味儿。他可能经常在家不出门，衣服也懒得换，完全不像在城建局当局长的样子。

江行舟心里揪得慌，勉强装出不在意的样子，问道：“最近怎么样？还好吧？”

金春生笑道：“还活着。”

江行舟问他老婆病情如何。

金春生说：“好不了也死不了。一个星期，三天到医院做透析，其他时间就在家里躺着。我看她整天躺在床上也不行，每天用轮椅把她推出来晒太阳。她胃口不好，我就尽量做一些合她口味的东西给她吃。时间就这样一天天打发了。”

说话时，他脸上呈现出一种习惯后的平和和淡然。

江行舟说道：“老兄真是一个楷模！嫂子生病这些年，都是你一个人照顾她。说句难听的，要是换一个人，她早就走了。”

“摊上了，没办法。”金春生说道，“她毕竟跟我夫妻一场，为我生儿育女，我不能在她生病的时候把她扔了。这是做人的基本原则。”

江行舟又问他原来入股的事，现在怎么样。

金春生说：“我原来入股一个朋友的建筑公司，我也很少过问，公司经营状况不是很好，反正本钱早就收回来了。至于分红，他们给多少我就拿多少，不给就算了，有他也过年，没他也过年。”

江行舟又问他在其他地方还有没有投资。

金春生摇摇头：“我没有什么闲钱，没有什么投资。”

江行舟就把他和佟建东、张人杰最近搞的项目跟金春生说了一遍。

金春生说：“很好。一个是这项目好，二是你们人品好。你们合作，项目肯定会成功。”

江行舟趁热打铁，问金春生有没有兴趣参加。

金春生喝了一口酒，摇摇头：“我的情况你也看到了，不是我不看好这个项目。原因呢，一是我心有余而力不足，没有钱投资；二是我没有时间参与工作。谢谢老弟的好意！”

江行舟说：“没有钱不要紧，出人也行。”

金春生说：“人也出不了，我哪有时间！”

“你看这样行不行？”江行舟说，“聘请你给我们当顾问，给我们出主意、指导工作。不用你整天去公司，有事的时候，我们跟你联系，请你把把关。平时没事时，你抽空到工地上转转，发现什么问题告诉我们，我们去处理，不用你出面的。”

金春生沉思一会儿，点点头说，“只要不去坐班，时间让我自由支配，我应该可以。但是我把丑话说在前面，我已经很长时间没有接触业务了，对于一些新东西可能不太了解，我说的话仅供你们参考。”

江行舟说：“我们遇事一起商量，又不是让你一个人做决策。只要你答应去就行。”

金春生点点头，说：“谢谢江院长！也谢谢建东和人杰！”

他们慢慢喝，慢慢聊，一直到很晚。

第三十章
市场营销主要靠市场经验

江同舟的儿子江潮这次回家，是因为他还有一年就要大学毕业了。学校要他把就业计划报上去，学校提供尽可能的服务。

江潮回来，就是想征求父母和大伯江行舟的意见，特别是江行舟的意见。江行舟接到江潮的电话，说他中午到临水，准备先到江行舟家，有事情要商量。江行舟就安排王莉买菜，准备招待江潮。

江同舟有三个孩子。老大是女儿，叫江曼姝；老二是男孩，叫江渔；江潮是老三。江潮比江浸月小三岁。江渔、江曼姝由陈影妈妈带大，直到江渔出生后，江同舟才把江曼姝接回来。

江曼姝野惯了，对读书不感兴趣，对盆景倒是兴趣十足，经常跑到江同舟的工作室，一边看一边摆弄，居然无师自通，把做盆景的技术都学会了，做出的东西像模像样的。江同舟见状心里既高兴又不安。高兴的是女儿可以接班，不安的是女儿这么小，不肯好好读书，将来会被社会淘汰的。思前想后，他决定还是要逼着女儿去读书，至于女儿长大了从事什么职业，那是以后的事。

于是，他和陈影商量，一致决定要花力气纠正江曼姝的野性子，每天盯着她写作业，仔细检查。他们还和学校老师经常联系，了解她在学校的情况。这样严防死守到三年级（在二年级时她实在跟不上课留了一级），她过去那些做作业拖拉、上课不注意听老师讲课、做小动作、和同学打架这些毛病都慢慢改掉了。

后来，江曼姝学习自觉性大大提高，到中学居然成为班里的尖子生，考上了农学院，学植保专业。这些都是她自己决定的。她的理想就是要成为园艺专家。

江潮是个好孩子，在学校勤奋好学，学习成绩也一直排名靠前，高考时考上了省里一所211大学，所学专业是市场营销。他还有一年就要毕业了，到底是考研还是就业，拿不定主意，决定回来跟江行舟商量，希望江行舟能给他一些好建议。江同舟夫妇毕竟见识有限，提不出什么建设性意见。

江潮直接来到江行舟家，拎着大包小裹，都是给江行舟夫妇买的礼物，有吃的，也有用的。自从上大学以后，他还是第一次到江行舟家来。

王莉见江潮买这么多东西，埋怨道："你买这么多东西干什么？你还没有工作，哪有钱？"江潮说："我好几年没有到大妈家来了，总不能空着手吧！都是一些不值钱的小礼品，是我孝敬二老的一点心意。"

王莉倒杯茶水端给江潮。江潮坐在沙发上，闻着厨房里飘来的阵阵饭菜的香气。王莉在客厅和厨房之间来回跑，又要照顾江潮，又要顾厨房里的饭菜。江潮说："大妈，你忙你的，不要管我了。"

王莉在厨房答应："好，喝水你自己倒。"

江行舟回来了。江潮赶忙站起身打招呼："大爷回来了。"

在临水县，人们通常称和父亲一辈的男子叫"爷"，而不是"伯伯、叔叔"。

江潮见江行舟脸色灰暗，精气神不太好，就关心地问江行舟最近是不是身体不好。江行舟淡淡地说一句"最近睡眠不好"就岔开话题，问江潮有没有回家看父母。江潮说："还没有，等吃过饭我就回去。"

江潮还是不放心江行舟的身体，又问他有没有看医生，医生怎么说。江行舟说："医生说可能是更年期综合征，过了这个年龄段就好了，不要紧的。"江潮说："这也要注意。调节好情绪，多休息，身体是最重要的。"

江行舟点点头说："我知道，没有什么大事。你回去不要告诉家里人，特别是你奶奶。她年纪大了，白让他们担心，没有必要。"

"我知道。"江潮点点头。

江行舟问江潮："你怎么有时间回来了？"

江潮说："这几天学校开运动会，我没有比赛项目，就抽空回来一趟。我这次回来还有一件事要办。”

江潮说他明年就要毕业了，何去何从，现在就要定下来，早做准备，不能等。

江行舟说：“凡事预则立不预则废，早做筹划是对的。至于考研还是就业，主要看你对自己今后的人生规划，订立什么目标。”

江潮道：“我就是拿不定主意，才回来征求你的意见。”

江行舟说：“你先说说你的想法。”

“我本意想考研。”江潮道，“现在大学扩招很厉害，每年都有上千万大学生毕业，就业势必越来越难，企事业单位对学历要求势必越来越高，仅有本科学历是不够的，硕士研究生将会越来越多。所以，我必须未雨绸缪，早点拿到硕士研究生学历，然后再去就业，这样可能会占得一点先机。另一方面，又考虑到等我明年毕业再去读三年研究生，担心四年以后就业压力更大，那时候硕士研究生说不定还不如现在本科生容易就业。”

江行舟沉思半晌，没有说话。这时，王莉说吃饭了，有事吃完饭再说。江行舟站起来，准备去厨房端菜。江潮早已跑过去，又是擦桌子，又是摆碗筷。江行舟到房间里拿出一瓶五粮液，又到厨房拿来酒杯，给江潮一个，自己面前放一个。菜上齐了，江行舟叫王莉坐下。王莉说：“你们先吃，我还做一个菜，马上就好。”

“那我们就先吃吧。”江行舟对江潮说，“你大妈马上就来，反正她不喝酒。”

等王莉坐下来，江行舟接着刚才的话题说：“你的专业是市场营销，是一个面向社会的专业，这几年各大学都赶热门开了这门课，毕业生就业形势看好。但据我分析，市场需求马上饱和。市场营销主要靠市场经验，用不了那些高深的理论，纸上谈兵没有什么用处。我觉得，你趁现在就业形势好，赶快找一家大公司学习实践，好好锻炼自己。读不读研以后再说。”

江潮端起酒杯，站起来向江行舟敬酒：“大爷刚才分析得确实有道理，我还是先就业吧。抢占先机很重要，至少可以先拿几年工资。”

“我刚才说的只是我的看法。”江行舟道，“你的具体情况我不是很了解，说得不一定对。你自己再根据实际情况，慎重考虑成熟再定。一旦定下来，就不要轻易改变，坚定地走下去。至于去什么样的公司，到什么地方比较好，你要充分考虑自己的条件和可行性，既不要好高骛远，也不能妄自菲薄。总之，到经济发达的地方去，到大公司去，那里发展机会多，只要你肯努力，就一定会成功。”

江潮说：“我回去再好好咨询一下，看看我的师哥师姐们干得怎么样，征求他们的意见，然后再决定如何办。”

下午，江潮坐公共汽车回老家去了。

就在江潮回学校的当天中午，江行舟的母亲、江同舟、陈影一起到江行舟家里看望江行舟。

江行舟还是装出若无其事的样子，把母亲搀扶到屋里坐下。母亲仔细端详着江行舟的面容，看着看着就流下了泪水：“行舟，你怎么瘦成这样了？还不让江潮回去说。有什么过不去的火焰山？说出来全家人一起帮你扛。”

江行舟勉强挤出笑容，说：“妈，同舟，陈影，你们不用担心，我就是最近睡眠不太好，没有别的问题。”

“都变成这样了，还说没有问题！”母亲擦着眼角的泪水，声音有点哽咽，“江潮说你得的是什么期什么征，我也不懂，严不严重？”

江行舟说：“更年期综合征。女人会得，男人也会得。就是年龄大了，身体会有反应的。不过有人反应轻一点，有人反应重一点。我的反应重一点，不要紧，过一阵子就会好的。你不用担心。”

江行舟又问母亲的身体最近怎样，江同舟的生意怎样，他们回答都好。谈到江潮的就业问题，江同舟说：“他明年就要毕业了，回来看看我们，回去准备毕业论文，打听就业的事。我们也不懂这些，叫他跟你说说，叫你帮他拿主意。他说已经跟你谈过了，他知道该怎么办。”

江同舟接着说到老二江渔：“这个孩子老实，没念过什么书，就跟我学做盆景。三个孩子也不能都走了，留一个在家里也很好。”

王莉提前下班回家，和江行舟陪母亲一行人到家门口小饭店吃便饭。

吃过饭，江行舟和王莉要留母亲住几天，但母亲坚持回去。江行舟就打电话给司机小陈，让他把母亲送到老家。

拆迁资料准备好以后，报到拆迁办，很快就批下来，颁发了《拆迁许可证》。拆迁办在拆迁区域内张贴“拆迁通告”，告知所有被拆迁人知晓。

据拆迁办统计，包括医院用地在内，一共拆迁三十六户（不含小户）。因为这里是农村，大部分房屋都是砖木结构的平房，只有三户是砖混结构的三层小楼，拆迁成本不高。

但有一个特殊情况，就是这里原来是棉花原种场，住着一些农场职工。后来农场解散了，大部分人都搬到县城，还有少数人住在这里，或是房子给亲戚居住。这些人原来是一个单位的，比较抱团，拆迁又是共同利益，所以拆迁时有点难度。其余是一些普通居民，住得比较分散，有问题也是个别问题，形不成群体意见。

拆迁办派人入户调查以后，情况基本清楚，大部分人在这个鬼地方已经住够了，巴不得早点搬走，拆迁是他们一直非常企盼的事。但是他们经济条件都比较差，要求提高拆迁补偿标准。拆迁办明确告诉他们，拆迁标准是县政府统一制定的，不可能随便提高，但是哪家有困难，可以给予适当照顾，具体情况具体对待。

说起这个鬼地方，还真是“鬼”地方。

在这块地的靠西头，有一个很大的乱葬岗，大大小小几十个坟墓，阴森恐怖。拆迁办在正式进驻之前，先发布迁坟通告，限定时间予以搬迁，超过期限不搬迁就认定是无主坟墓，强行移除。后来，大部分坟墓都迁走了。少数没有迁移的坟墓，就地推平，后来施工时又一次被清除了。

拆迁办果然很重视这块地的拆迁工作，其实是宇文正在帮忙，江行舟心里很清楚。拆迁办派出比较强的队伍，希望通过加大工作力度，尽快完成拆迁任务。

在拆迁策略上，他们认为农场职工比较集中，户数多，应作为工作重点突破。

通过了解，农场职工中有位老场长，姓安，已经七十多岁了，在这些人中是个领头的。这个人比较尖刻，难讲话。但要是把他的工作做通了，其他人都会跟着走；他要是不点头，这批人谁也不走。拆迁办把他们了解到的情况通报给江行舟，问江行舟能不能找到合适的人做老安的思想工作。

江行舟就问佟建东、张人杰，认不认识老安，认不认识老安的亲戚朋友。佟建东说：“老安的二儿子跟我是同学，我们的关系还可以。他现在在发改局任办公室主任。我可以和他谈谈，请他帮我们做做老安的思想工作。”

佟建东找到老安儿子安主任。安主任对佟建东说：“我爸脾气比较犟，难沟通。就是对我们自家兄弟姐妹，他也不留情面，想打就打，想骂就骂。我知道拆迁这个事，他也跟我说过，不答应他的条件，绝对不会搬家。既然老同学来找我，县里的情况我也清楚，我应该支持你们。我去做做他的工作。至于他听不听，我实在不敢保证。”

两天后，安主任给佟建东回话：“我和我爸谈得不理想，他把我给赶出来了。他说我是叛徒，胳膊肘往外拐，他的事不要我管。不好意思，我没有完成任务。”

佟建东安慰他说：“谢谢你的支持！看看吧，有什么情况我再跟你通报。”

佟建东把安家的情况跟江行舟和张人杰讲了，也找不到更合适的人做老安的思想工作。于是，江行舟把这个情况跟宇文正和鲁光讲了。

宇文正说：“先把老安的事放一放，晾一晾他，做其他人工作，适当的时候再来尅他！”

第三十一章
“疯 子”帮 忙

见老安的思想工作一时半会儿做不通，拆迁办便改变策略，先从散户做起。散户的诉求不同，想法也不一样，比较容易做工作。

拆迁办来了十几个人，分组包户，整天在拆迁户家苦口婆心做耐心细致的工作，终于有两户户主同意签字。

这两户户主是兄弟俩，他们早已在外面买了房，这里只是老宅。他们在外地做生意，孩子要上学，实在不想在这里耗着。拆迁工作组酌情给他们照顾，他们见自己不吃亏，就把协议签了。

撕开了口子，下面的事情就好办了。拆迁工作组趁热打铁，又与几家签了协议。

农场的职工中有人着急了。本来他们指望老安带头为他们争取点利益。现在看，拆迁办工作组根本没把老安当回事，也就悄悄到拆迁工作组打听消息，了解自己家的拆迁账目怎么算，算好账又想再看看。

有些农场户动摇了，老安和他们吵起来了，几乎要动手。老安大骂想签协议的几个人是孬种，说自己这么大年纪，顶住各种压力，不就是为了给他们争取更大的好处嘛，他们倒好，偷偷摸摸讨好拆迁工作组的人。那几个思想动摇的人马上又改变主意，拆迁工作陷于停滞状态。更有甚者，在拆迁工作组车上抹人便，留下一张纸条，上面写着“拆迁办滚蛋”。

拆迁工作组的人立刻报警，派出所民警到现场勘查。纸条上的字是打印的，一时之间很难查到。但是大便还是容易查到的，因为不可能是外边的人干的，只能是目前还没有拆迁的这些人中的一个或几个人干的，旨在发泄心中不满。

民警在这些人家屋后的厕所里转了一圈，马上就找到行为人了。

原来，这件事是一个叫石兰的精神不正常的女人干的。民警在巡查各家厕所的时候，石兰还在她家厕所里用粪勺撩屎。她见民警来了，“嘿嘿”地笑。女民警上前问她：“好玩不好玩？”石兰说：“好玩。”说着，她就要用粪勺撩屎往女民警身上泼。

女民警立刻制止住石兰，和颜悦色地问：“汽车上的屎是不是你抹的？”石兰点点头：“好玩，好玩！”她说着就要走。女民警拦住她问：“谁叫你干的？”石兰不回答，拖着粪勺一瘸一拐地走了，嘴里唠叨着“好玩”。

民警分析案情，认为石兰肯定是往拆迁工作组车上抹屎的人，但她是精神病患者，肯定是背后有人指使她这样干的。是谁呢？通过排查，石兰的丈夫叫吴发天，是个头脑简单、四肢发达的家伙，四十多岁了还没有找到老婆。石兰是精神病患者，离家出走，被吴发天留下做老婆，跟他生了两个孩子。据查，吴发天是老安的小跟班，这件事会不会与老安有关系？但是没有证据。所长决定找吴发天谈话，从他口中找到幕后指使人。

在派出所，吴发天一推六二五，什么事情都不知道。民警把他留置了二十四小时，派人去找线索。通过熟人，民警终于拿到第一手证据。原来是老安叫吴发天干的，目的是给拆迁工作组施加压力，提高谈判价码。老安说，石兰神经不好，警察拿她没有办法。

民警在吴发天家发现打印好的纸条，纸张、内容和贴在拆迁工作组车上的一模一样。

民警把纸条拿给吴发天看，问他纸条哪来的。吴发天低下头不讲话。民警告诉他：“你这是犯罪行为，是要坐牢的。”

听说要坐牢，吴发天急了，忙把全部责任推给老安，说纸条是老安给他的，向拆迁工作组车上抹屎也是老安出的主意。

民警把老安找来。在证据面前，老安只好老老实实承认错误，说自己受党教育多年，现在为自己的一点蝇头小利犯下如此错误，对不起党，对不起人民。希望看在他年龄大、思想糊涂的分上，给他一条出路。他保证积极协助拆迁工作组的人，做好农场职工的思想工作。民警让他写下悔过书。派出所所长说："这是一个刑事犯罪问题，我们也不敢把你放了，还要请示县局领导决定。"

派出所所长出去打电话请示，过了一会儿回来对老安说："局长说，你年纪大了，先放你出去，看你表现。如果你确实有悔过表现，可以从轻处理。"

老安鼻涕一把眼泪一把地走了。

果然，老安在农场职工中还是有一些影响力的，他带头把协议签了，又做通其他人的思想工作，大部分人都把协议签了。最后剩下那三栋小楼房主，不肯签协议，要求提高补偿标准。

拆迁办的人就跟江行舟商量，反正只剩三户了，如果稍微优惠一点，估计很快就能拿下来。如果他们不同意，就继续做工作，只不过时间要拖长一些。江行舟就和佟建东商量，同意拆迁办给予三户适当的优惠。

这样，拆迁工作就算结束了。用时两个半月，确实是够快的。

其间，老安闹了这么一出，坏事变成好事，真是塞翁失马。最后，江行舟请宇文正出面，隆重招待拆迁办所有参加拆迁工作的同志。

在拆迁工作还没有开始的时候，江行舟就提出合理安排工序，好多工作可以齐头并进，提高工作效率，增加经济效益。如拆迁工作可以和设计图纸一起进行，互不干扰。江行舟推荐汪杰的团队，因为古邑县医院的大楼也是汪杰团队设计的，互相已经熟悉。佟建东和张人杰也同意找汪杰聊聊。

汪杰接到江行舟的电话，非常高兴，连忙跑到江行舟办公室。

江行舟问汪杰："设计院业务还好吗？"

汪杰答道："感谢江院长在我们最困难的时候帮助我们，我们永远都要感谢江院长。现在我们设计院发展得很好，已经有三十多个工程师，其中高级工程师三个，中级工程师十几个，技术力量还是可以的。一般的建筑，我们都可以自行设计。除非有特殊要求的建筑，我们会请省城建筑设计院帮助。"

江行舟谈完自己手上项目的情况，问汪杰有没有兴趣再次合作。汪杰当然愿意，笑着对江行舟说："还是老首长关心我们，有好项目总是想着我们。能跟江院长再度合作，我求之不得。"

江行舟说："住宅还是你们设计院自己搞，医院嘛，我想请省城建筑设计院设计比较好。”他说得这样直白，怕汪杰心里不舒服，就解释说，“汪院长，我这样说，没有不相信你们设计院的意思，因为我了解你们和省城建筑设计院的合作机制，对外保持一致，只是内部分工不同而已。”

汪杰说：“江院长多虑了，你要是不相信我们设计院，不可能把这个项目交给我们做。我回去跟裴院长联系，保证把这个项目交给技术力量最强的团队负责，一定会让江院长满意的。”

江行舟道：“我把规划要点给你，用地红线图也给你，你再到现场看看，感受一下周边环境。另外，关于地质勘探，还是老办法，请你们一起搞。现在拆迁工作马上开始，如果钻孔位置有房屋，告诉我们，能调整的自行调整，不能调整的先空一下。待我们把那里的房子拆掉后，你们再钻探。”

汪杰说：“有什么情况我及时向你汇报。”

设计图纸的事情敲定以后，江行舟等人商量，这个医院和这个小区不能老是说这个项目什么的，很拗口，指代不明，必须起一个合适的名字。名不正则言不顺，言不顺则事不成。大家在一起研究一下，小区叫什么名称为好。江行舟起名叫“安如小区”，还是和“天厦”的名字一样，出自杜甫的《茅屋为秋风所破歌》。旨在要建成高质量的房子，像山一样结实、耐住，和天厦投资有限公司名称相呼应，相得益彰。

医院名称，大家叫佟建东起。佟建东推辞说：“我只会看病，没有文采。还是江院长起吧！”

江行舟还是叫佟建东起名。这个医院建起来，他就是院长，名字当然应该由他来起。

佟建东推辞不过，拍着脑袋想半天，说了几个全国著名的大医院名称，觉得虽然很好，但抄袭总归不好，还是自己起名比较好。最后江行舟提议：“医者仁心，我们是医院，医生要有一颗仁慈之心，有大爱之心，济世救民。可以叫‘仁心医院’‘济世医院’或者‘大爱医院’。”

佟建东说：“‘济世’很好。但对我们来说，口气太大了。‘大爱’也不错，但是内容太宽泛，缺少针对性。还是‘仁心’比较贴切，这是从医者的职业要求，就叫‘仁心医院’吧。”

张人杰也表示赞同。

佟建东接到华保才打来的电话，说很长时间没见了，请你们三人明天晚上到他那里聚一聚。

佟建东放下电话，就问江行舟和张人杰，华保才请他们吃饭是什么意思。张人杰说："我估计他听到我们要搞房地产、医院，应该有点想法吧。"

"他想入股吗？"江行舟问道。

佟建东说："他要是提出这样的要求，我们就比较麻烦。我们在古邑县医院已经有了教训。他很强势，又刚愎自用。他如果入股，还是那样霸道，我们辛辛苦苦搞的项目又要倒霉了。最好是他不入股，我们各搞各的最好。"

张人杰道："如果他提出入股，我们不能驳他的面子，同意他以个人身份入股，不要以公司名义入股。那样，即使他入股也没有什么问题。只要他不控股，有事大家一起商量，意见不统一投票解决，按《中华人民共和国公司法》来办。"

"对！"佟建东道，"他不提我们也不提。他要是提出来，我们就这样回答他，给足他面子。"

江行舟担心华保才试探他是不是装病。如果他身体无大碍，是不是还想叫他去古邑县。

佟建东说："也不排除这种可能性。只要你自己不想去，他也不可能强行叫你去。"

华保才在最大的包间"天路达"等候。佟建东等人在迎宾员带领下直达包间，华保才见佟建东来了，站起来打招呼。

华保才说："既然佟院长、江院长和张局长都来了，我们就吃饭吧！"

服务员把椅子重新摆好，华保才示意三人坐下。

华保才说："我们都是老朋友了，也是同事，一家人，平时大家都很忙，难得在一起聚聚。今天我请佟院长、江院长和张局长小聚，希望大家喝得开心！"说完，他举起酒杯，"干杯！"

华保才利用大家相互敬酒的间隙，问佟建东："听说你们现在准备大干，一下子搞两个项目，又是房地产开发，又是搞医院，真是大手笔，不简单。我为你们感到自豪，祝贺你们！"

佟建东站起来，示意江行舟、张人杰也站起来。他说："感谢华总的关心！

因为项目刚刚启动，事情多，还没来得及向华总汇报，请华总谅解。来，我们三人敬华总一杯！”

华保才也站起来，举杯把酒干了。江行舟微蹙双眉，只喝了一点，就把杯子放下。

华保才问道：“江院长怎么不喝了？要是身体不舒服就别喝，身体要紧。”

江行舟说：“实在对不起华总！我回来以后，睡眠情况好一点，但还是感到浑身难受，疲劳，提不起精神，基本不能喝酒。等我身体好了，我请华总喝酒。”

华保才笑了笑，说道：“钱财乃是身外之物，身体才是最重要的。你们放心，古邑县医院那边，梁院长干得不错，虽然他比不上佟院长，反正能够应付。我们公司派出强大的团队支持，没有什么问题。叶敬奎被我换掉了，我本来指望他在那里坐镇的，谁知他烂泥糊不上墙，整天搞女人、捞钱，医院里的人对他都有意见，我就把他撤了。”

华保才可能是真生气了，脸色铁青，语气冷硬。

佟建东举起酒杯说：“华总，我们不说这些不愉快的事，喝酒！”

华保才举起杯，把杯里的酒喝干。

推杯换盏，觥筹交错，大家都喝得高了。

这次聚会中，华保才从始至终都没有提到入股的事。

第三十二章

抓图纸设计和聘用工程部经理

房地产开发手续繁杂，要经过很多部门审批。

江行舟原来在指挥部时，干什么都没有先例可循，一切都是开创性的，很多事情都由城区开发指挥部代职代行，程序非常简单，基本上都不收钱。

六七年后的今天，县政府对房地产开发已经实行精细化管理，手续和管理像蛛网一样越织越密，有的部门要过几次关，而且收费也在增加。江行舟等人也只能按部就班，一关一关地过。

用地是第一关，这一关算是过了。

第二关是立项，发改委办理，也比较容易过。他们巴不得立项的人越多越好。他们的要求条件很低，主要工作是填表，说明什么项目，投资多少钱，谁来出资。只要是自筹资金，不要县政府掏钱，项目立刻就批，效率奇高。

第三关是规划。规划要发两次规划证。第一次是用地的规划许可证，这一关也差不多过了，该做的事情都做了，该交的资料都交了，就是规划许可证还没有下来。这一关顺利，主要功劳是东方的。还有一次，是在图纸审查以后，各样规费交清，颁发建设工程规划许可证。

第四关是工程施工许可证。由建设局下属建设工程管理处审查办理。

第五关是绿化图纸审查、验收。这是城建局的园林处负责的。按规划要点要求，小区绿化率是百分之三十。江行舟想到时候跟佟建东和张人杰研究，把绿化工程施工给江火做。

在江行舟内心深处，始终觉得对不起江火。他平时对江火的关心太少了。

要是这次能把这个项目的绿化工程给江火做，也算是一种补偿吧。

第六关是各种配套关，水、电、路、排水、厕所等，每个小项其实都是一道关，都存在工程施工和验收的问题，少一样都不行。

第七关是消防关。这一关看似简单，其实最难过。消防图纸的审查和验收是武警部队的专门人员负责的，要求比较严格，甚至是苛刻，有的项目多次整改都通不过。消防的要求经常改变，主要是越改越严。这次刚按要求改好，中间突然又改了规定，不得不按新规定再做。

最后一关是综合验收，由建设局牵头，上述部门派人参加，一项一项审查。不过，前期工作都做好了，最后的总验收也不会有大问题。如果前期工作做得不到位，而是投机取巧过关的，这次就有可能露馅，某项就可能重新返工，再次验收。

县政府还规定，房子工程形象进度做到第三层，就可以到建设局房管处办理商品房预售许可证。就是说，到那个环节，开发商就可以卖房子，开始回笼资金了。

饭要一口一口地吃，事要一件一件地做，关要一关一关地过。节奏快慢全凭自己把握。

汪杰联系江行舟，说图纸初步设计已经成型，希望他们到他的设计院来看看，商量一下，提提意见。

汪杰是国家注册建筑工程师，安如小区和仁心医院两个项目就是汪杰亲自设计的总平面图、建筑单体平、立、剖面图。汪杰说在现代一些经典户型中挑选了一部分，又根据本土情况进行了修改。

江行舟马上打电话给金春生，请他一起到汪杰的设计院审图。金春生问什么时间去，江行舟便问他什么时候有空。金春生说："上午老婆要做透析，去不了。下午时间都可以机动，我安排其他人帮我照料一下她。反正她躺在床上，没有什么事情。"

"那就明天下午 3 点，我们直接到汪杰的设计院。"江行舟接着又和汪杰、佟建东和张人杰约好时间、地点。

汪杰的设计院发展得很好。有个开发商用房子抵了设计费，价格便宜。汪杰嫌小，又把相连的几间都买下来，共有八百多平方米。他还把设计院的名称也改了，过去叫“时代设计院”，现在叫“新时代设计院”。

汪杰的办公室很宽大，一张四米多长的老板桌，一圈真皮沙发配上红木家具，看起来富丽堂皇。

汪杰对他们的到来表示热烈欢迎。有个小女孩进来倒水。汪杰介绍，她是董工，东南大学建筑学专业高才生。江行舟说：“靳院长的高足，失敬！”

董工冲江行舟笑了笑，问道：“这位老板认识靳院长？”

江行舟说：“我和他是老朋友了。你下次见到他，请代我问好！”

汪杰拿出小区和医院总平面图。整个地形呈矩形，医院在左下角，也是矩形，小区就成了手枪形。医院正立面对着江海路。退二十米红线后，是门诊楼和病房楼侧立面。门诊楼大厅是突出的半球形吻接一条直线，是各诊室外墙。门诊楼四层，顶部有造型构架。病房楼十一层，在门诊楼和病房楼中间有造型架横跨。病房楼西侧连着南北向两栋老年公寓。几栋楼围合成一个院子，里面是绿化用地，并可作为预留发展空间。因为小区楼房是多层，很难搞出新花样，基本上就是兵营式排列。

初步测算，医院门诊楼、病房楼加上老年公寓，总建筑面积三万平方米，没有突破规划要点容积率 2.0 的规定。小区建筑面积六万八千五百平方米，也没有突破规划容积率 1.5 的规定。

汪杰先介绍总平面图的设计构思：“这块地比较规整，设计空间大，我想保证医院在上海路上的立面效果，尽可能加大门诊楼的横切长度，但也要考虑小区主大门的立面效果。门诊楼是公共建筑，立面可以做一些美化处理，所以做成半球形，也是考虑增加立面效果。其他建筑都受到使用功能限制，主要考虑的是使用方便，最大限度地增加使用面积。”

经过汪杰解释，大家基本上接受了汪杰的设计。金春生提出，小区南面是建设预留地，县政府还要对外出售，不能使用，其余三面都可以考虑作为营业用房。因为现在营业房售价大大超过住宅房售价，增加营业面积就等于增加收入。

汪杰说这个问题他还没有认真考虑，只是按照小区配套商业考虑了临街部分底层房屋作为营业用房，大部分作为储藏室或车库。可以把小区临街底层全部作为营业用房，满足商户经营需求。

金春生还提出，两栋建筑之间如果可以连起来，就尽可能连起来，作为商业用房。

汪杰说："这么设计有点难度，规划要点上虽然没有禁止这样做，我们自己也要考虑防火间距。"

"你再看看。"金春生说，"能这样做我们不做是傻子，不能这样做我们要硬做就是二百五。"

厚厚一沓户型图，大家轮流传看。这些户型大部分都是汪杰在网上找的，也有在经典户型基础上修改的。主打户型面积在一百平方米至一百二十平方米，一百平方米以下或多于一百二十平方米以上的也有一些，不是很多。大家一边看一边讨论，慢慢统一了思想，形成了比较一致的意见，挑出十来个户型，让汪杰进行深化设计。

其中一百二十八平方米、室内带小错层的户型最受推崇。汪杰说这种户型可以适当多一点，但是客户群不一样，还是要注意户型多样性，供不同客户选择。

大家决定让汪杰按照这个初步方案进行设计。

汪杰说："正式图纸出来后，还要请你们过来会审一次。我建议你们几位领导，抓紧时间把工程部架子搭起来，或者找一个准备做工程部经理的人，从设计就开始介入，这样我们也好直接沟通，不要老是麻烦你们几位领导。"

"汪院长说得对。"江行舟说，"我们回去就抓紧时间考虑工程部经理人选的事。不过，我们这几个人跟建筑行业的人接触不多，汪院长可以帮我们推荐一下。"

"我推荐不合适，还是请你们抓紧时间考虑。"汪杰说，"这几年大开发，建筑行业发展很快，学校毕业的专业人才很多，他们在外地经过实践锻炼，已经成长起来。你们可以打开思路，不一定非得在年纪大、有经验的人中找。现在，四十岁左右的建筑工程师有的是。不过这些人的报酬也相对要高一些。"

江行舟道："一分钱一分货。只要确实有真才实学，报酬多一点也是应该的。"

后来，经过多方查访，江行舟终于物色到一个合适人选鲍业盛。他是临水县人，后来考上林州建工学院，毕业后分配到林州市建筑设计院。两年后，他跳槽到林州市建筑总公司负责施工。现在他是林州市建筑总公司技术科工程师，业务骨干。他是城建局工程师鲍俊山的侄儿。金春生也是通过鲍俊山找到鲍业盛的。

江行舟了解到，鲍业盛今年四十二岁，结过婚但没有孩子，去年和老婆离婚，不想在林州干了，想回来创业。

江行舟劝鲍业盛最好还是先到他们那里过渡一下，等熟悉情况后再自己干。

鲍业盛也不客气，直接提到待遇问题。江行舟说："我们保证不会比你原单位给得少，根据你的业绩还可能增加。"

"我在原单位连工资带各种福利，每年不少于二十万元。"鲍业盛道。

江行舟说："因为我们是股份制企业，我还要和其他股东商量一下。你还有没有其他要求吗？"

鲍业盛说："我在临水县城有房子，不用考虑住房问题。"

江行舟说："我们定下来就给你打电话。"

江行舟把鲍业盛的情况跟佟建东和张人杰说了，商量怎么办。

按照临水县建筑市场情况，请一个工程部经理，一年最多十万元。鲍业盛要价二十万元，数额有点大。关键是他们对鲍业盛都不了解，技术怎么样，为人怎么样都不清楚，要是请错了人，对他们来说，造成的损失不堪设想 。

江行舟说："那天汪杰不肯向我们推荐工程部经理人选，但又指了个方向，我们根据这个方向才找到鲍业盛。我再问问汪杰，看他怎么说。"

汪杰见江行舟又来找他，忙问什么事。江行舟说："我们找了一圈，也没找到合适人选，想请你为我们推荐。我们还是相信你的，叫我来找你。"

汪杰说："我在临水县中学读书时有一个同班同学，和我一起考上林州建工学院建筑学专业。毕业后，他被分配到林州市建筑设计院，我被分配到临水县建筑设计院。他嫌林州市建筑设计院太刻板枯燥，便调到林州市建筑总公司负责施工管理工作。"

江行舟问："他是不是叫鲍业盛？"

"是的。"汪杰大吃一惊，愕然地问，"你认识鲍业盛？"

江行舟笑道："有人向我们推荐过他，他还和我通过电话。"

“你们谈得怎么样？”

“我们对他的情况不了解，所以——”

“鲍业盛的业务能力很强，施工现场管理能力也绝对没有问题，你们尽管放心聘用。他的为人也非常不错，就是脾气比较犟，敢讲真话，批评人不留情面。有的人会认为他不好相处。”

“如果汪院长了解鲍业盛，我回去跟他们说说，抓紧时间把工程部经理人选定下来。”

汪杰说：“你们还是再了解一下鲍业盛，不要急于做决定。”

江行舟说：“我知道了。”

江行舟等人商量后，让江行舟和鲍业盛再联系一下，看他能不能回来一趟，见面聊聊，再做决定也不迟。

鲍业盛回到临水县，汪杰把他带到天厦投资有限公司。

鲍业盛在南方时间长了，也极像南方人，虽说经常在外面跑工地，但也不黑。他个子不高，目光极具穿透力，处处透着精明强干。

闲聊中，鲍业盛说他在林州工作十几年了，那里的施工管理非常科学严谨。上班时点名，各工种凭工号牌进场施工，每人都配对讲机，便于随时检查进度质量。工地是封闭的，不准闲杂人员进出。施工环境也好，都是在施工前就把道路修好，施工现场干干净净。临水县经济基础比较薄弱，城市建设起步晚，施工工艺很落后，基本上还是靠面对面管理，效率很低。

江行舟说：“鲍工说的情况我也知道。有一次，我到上海一个朋友那里，他也是搞建筑的，带我参观施工工地。那里到处像花园一样，根本就不像施工工地。但是我们要立足县情，现在还学不起先进的东西。”

“我知道。”鲍业盛说，“有些不用花很多钱就能办的事情，是可以效仿的，例如可以买一部分对讲机，不能每个工人都配备，班组长配备即可。我们工程部随时去检查，房子一天天高起来，根本就看不到人。有对讲机协助，他们感到害怕，不敢吊诡。”

“这个办法好，花钱不多，效果好，可以一试。”江行舟道。

经过互相深入交谈，彼此加深了解，他们对鲍业盛基本上予以认可。他们简单议了一下，决定聘用鲍业盛为公司工程部经理，年薪二十万元。

晚上，江行舟等人招待鲍业盛，金春生作陪。江行舟给汪杰打电话，把他和鲍业盛谈话的内容跟汪杰说了一遍。汪杰说："鲍业盛入职以后，你们对他有什么意见不便说的，我来跟他说。"

江行舟道："那倒也不必，我们既然是一家人，有什么事当面说出来就行了。"

鲍业盛入职以后，主要和汪杰对接，对设计师进行跟踪监督。他是国家注册结构工程师，更关注建筑的内在质量，尽量做到最优化，能省则省。在保证工程质量的前提下，尽量节约原材料。在使用功能上，参考金春生的建议，对临街的建筑底层，尽量做成商业用房。

鲍业盛建议抓紧时间把施工围墙建起来，把简易道路用建筑垃圾（拆迁时预留）铺好，不要影响施工。江行舟把这些工作交给辛大成。

项目筹建时，辛大成已经找过江行舟，请求入股。他还是那套话，想跟江行舟等人一起干。江行舟没有答应也没有回绝。江行舟知道，永安小区的资金早已回笼，古邑县医院综合大楼的工程款大部分支付给辛大成了，辛大成手里有点钱，就同意他入股。

第三十三章
做好施工准备

江行舟让鲍业盛把拉围墙和铺道的费用做出初步预算。虽然大家关系不错，但做生意还是要有一个明确的标准，供大家执行。千万不能一路“好好好”，羞羞答答，稀里糊涂，到最后弄得双方心里都不舒坦。

鲍业盛按照林州标准做的预算，取费标准比较高。江行舟跟金春生联系，请他在临水县找一家造价公司审核一下，按临水县的通行取费标准执行。

这是临时性工程，建设任务完成时，围墙还是要拆掉的。临时道路将来就是正式道路的基础，不会全浪费掉。所以，选择临时工程的施工人，要找一个负责任的人。江行舟向辛大成交代，围墙砖砌体不要用水泥，道路要充分压实。价格按照造价公司提供的标准执行，辛大成表示同意。

建设规划许可证办下来以后，就面临开工建设。施工队伍提上日程，土建工程公司、监理公司、造价公司，都要抓紧时间定下来。

江行舟等人开会，商量下一步的工作安排。

佟建东提出：“现在三个人共商共议，看样子比较好，但随着事情越来越多，谁都负责，肯定会存在各种负面的影响。”

江行舟说：“你有什么好办法，说出来我们听听。”

佟建东道：“我们要有个大致的分工。例如，江院长经过城区开发锻炼，参与了房地产开发的全过程，可以负责施工管理。以后凡是施工方面的事情都向你汇报，由你决定。你要是觉得需要与我们商量就提出来，不需要与我们商量的事，你就大胆决定。张局长在部队搞过施工，做事比较细心，就分管房屋销售和财务。至于每笔支出，还是要我们共同签字才能报销，财务公开。我过去在县医院，经手盖过几栋房子，对建筑有些了解，但不是很懂。我还是管医院这一块，因为现在医院还没有建起来，可能事情不多。在建设期间，我就要考虑医院房子的使用功能，施工质量。更重要的是要考虑医院所需的人才在哪里，现在我就要做工作，物色医生。我们必须做好调研工作，准确掌握一些关键人物的思想脉搏，做细致深入的工作，以诚感人，以事业招人，还要以待遇留人。这个工作现在就要开始做，不能再拖了。”

江行舟和张人杰都认为佟建东说得有道理。由于医院还没有成立，暂时由天厦投资有限公司代为建设，分开做账，以便将来医院独立时给医院职工一个清清楚楚、公平合理的交代。

至于当前工作，江行舟提出承包土建工程面临两种选择。一是辛大成还用不用。辛大成是公司股东不说，在永安公司和江行舟合作过，建古邑县医院综合大楼和江行舟、佟建东也合作过。现在又叫他来做围墙、修临时路道，如果土建工程让别人总承包，他心里肯定有意见。但是他的公司资金实力、技术实力、管理实力还是有限的。如果采取对外招标，凭实力说话，选真正综合实力比较强的大公司来承建，肯定各方面都放心。他要是能中标当然很好，即使中不了标，他也无话可说。不过，这样做有好处，但也有坏处。

佟建东问江行舟有什么坏处。

江行舟说：“大公司管理成本高，收费肯定高，工程款也是到了付款节点必须付款，基本没有什么商量余地。如果我们资金一时跟不上，就会很为难。辛大成公司就没有这些问题，收费低，凡事都好商量。这两种选择各有利弊，看我们究竟如何考虑。”

张人杰说：“既然是这样，我们可以实行双轨制，小区工程交给辛大成。医院工程单独招标，或者议标。找一家外地好的建筑公司，尽可能按照统一标准执行。万一他们不答应，价格就稍微调高一点。”

“这样也好。”江行舟说，“我先跟辛大成聊聊。医院这边，佟院长再打听打听，张局长和我也可以帮助了解情况。等差不多时，我们再坐下来商量。”

辛大成性情温和，好说话，见江行舟让他总承包小区建筑工程，高兴得连声说“谢谢”。江行舟说：“我们只是先聊聊，还没有定下来。等施工许可证办下来，手续齐全我们再签协议。”

辛大成笑道：“我晓得！你们怎么——说，我们就——怎么办，你尽管放心。”

其实，江行舟知道现在县政府对房地产开发是积极支持的，只要把施工规划手续办好，该交的规费都交了，就可以开始施工，不一定要等到施工许可证办好再进场施工。

江行舟见施工图全部都搞好了，内部已经会审通过，特别是经过鲍业盛反复琢磨修改后，就将全套图纸送规划办审批。

过这一关至少得一个来月，如果规划办提出的修改意见比较多，时间会更长一点。江行舟请东方催一催。

江行舟打算在规划办图纸审过后，立刻就把规费交了，然后到城建局建设工程管理处办理施工许可证，同时做好开工准备。这些环节扣紧了，工期至少可以缩短一个多月。

近来江行舟身体状况虽然有所好转，但也是靠毅力坚持每天按时上下班，处理大量的工作上的事。有时他心里很烦躁，想发火，就强压下去。

其他人只是觉得江行舟没有休息好，比较疲劳而已，并看不出他有什么病。他曾问过医生，他是不是患上抑郁症。医生说，这是焦虑症状，还不能诊断是焦虑症，指征还达不到。

江行舟有时又想，是不是焦虑症无所谓，丘吉尔还得过抑郁症。丘吉尔在“二战”中还不是照样指挥盟军，进行艰苦卓绝的斗争，打败希特勒，取得“二战”的胜利？丘吉尔甚至幽默地称抑郁症是“黑狗”，讨厌地整天跟着他。医生没有确诊自己患有焦虑症，自己就别跟别人说自己是焦虑症患者了，还是装得跟健康人一样，每天坚持正常工作。

规划办两次退改图纸，他们按要求改好再报，最后通过。江行舟让财务把规费交了，领到了建设工程规划证。接着他就向建设局建管处申请办理施工许可证。

辛大成早就准备好了，江行舟依旧不放心，叫辛大成把施工方案包括施工负责人名单报上来。鲍业盛提出，天厦投资有限公司的工程部负责人人选也要抓紧落实，至少还要两至三人，一个负责安全，一个负责水电，土建最好再加一个。

江行舟说："安全工程师不能只负责安全，还要兼顾其他工作。我们不是大公司，只能一人身兼多职，分工有所侧重，以某一项工作为主，其他工作也要做，实行一岗多责。"

"那就把土建工程师拿掉。"鲍业盛说，"叫他们兼管土建。干我们这一行的，土建是基本功，应该没有问题。"

江行舟让鲍业盛物色安全工程师和水电工程师。鲍业盛说："我刚来，对这里的人还不熟。"江行舟道："你可以请你叔叔鲍工推荐。"

江行舟知道，干建筑这一行，讲究师徒传承关系，师徒在一起干事心齐，管理上比较省事，所以，他叫鲍业盛找鲍工推荐。鲍工推荐的人，一定会听从鲍业盛指挥。

监理工作非常重要，监理公司也需要马上落实。江行舟就让金春生推荐一家监理公司。经过谈判，该监理公司派出两个人，参加日常的工程管理工作，检查、验收工程质量时必须参加，其余时间保证一个人正常值班。这样就可以节省费用，工作也不会耽误。

公司办公楼在拆迁时就留好了，就是三栋小楼中的一栋，紧靠江海路，两百多平方米，作为临时办公区足够用了。

办公楼一楼作为售楼部，找人做了小区模型，放几张沙发，做一个吧台，墙上再贴上一些广告、户型图；二楼是经理办公室和会议室；三楼是财务室和工程部。

小区建筑面积八万平方米，共二十二栋多层建筑，可以居住七百户。医院一栋门诊楼，一栋病房楼，共三万五千平方米，建成后可以收治住院病人五百人。

江行舟的二弟江方舟打来电话说，想把母亲接到他那里。他觉得自己年轻时就离家了，亏欠母亲很多，现在不弥补恐怕以后没有机会了。

江方舟自从离婚以后，心情一直不好，也很少跟江行舟联系，过了好几年才慢慢缓过来。最近他找了一个对象，是护士，年纪比较轻，丧偶，带一个女孩。他们结婚后才跟江行舟在电话里说了一下。他们在一起生活一段时间，磨合得还可以。

江行舟为此回了一趟老家，把江方舟的意思跟江同舟说了。江同舟说："这要看妈的意思，我估计妈不一定愿意去。"

江行舟道："既然方舟说了，我们就要把他的心意告诉妈，妈去与不去另说。最起码我们要把方舟的话带到，总之这是做儿子的一片心意。"

江同舟说："你去跟妈说吧。"

江行舟和江同舟回到家，江行舟仔细打量母亲。七十多年的风霜，在她脸上刻下了纵横交错的皱纹，将她的头发染成了白色，腰也有些弯了。只有眼神还是那么温和慈祥。他想到自己其实跟江方舟一样，也没有在母亲身前尽过什么孝道，不禁在心底里生出一股愧意。一大家人，只有江同舟从小到大伺候母亲。兄弟姊妹中，能真正对母亲做到心中无愧的，只有没念书的江同舟。

母亲见江行舟发愣，就问他是不是有什么事。

江行舟就把江方舟打电话的事说了一遍。

母亲摇摇头说："我这么大年纪了，在这里住惯了，哪里也不想去。到他那里，那里的方言也听不懂，海鲜也吃不惯。再说了，他刚成家，我去添什么乱！"

江行舟说："妈，这是方舟的一片心意，你最好去几天，看看大海，散散心。海鲜吃不惯，各种蔬菜瓜果多的是，鸡鱼肉蛋和我们这里一样的，你不要发愁吃饭问题，方舟会安排好的。你看情况决定，愿意住就多住几天，不愿意住就回来。"

母亲还是怕这怕那，找各种理由推脱。江同舟说："妈实在不愿意去就算了。大哥，你打电话给二哥，解释清楚就行了。"

江行舟道："让妈再考虑考虑。她要是愿意去最好；她实在不愿意去，我再回方舟的话也不迟。"

其实，江同舟不想让母亲去。他不是指望母亲帮他照看家，主要是这些年都习惯了，每天看到母亲健健康康的，心里才踏实。一天看不到母亲，他心里就空落落的。他不是不相信江方舟，而是莫名其妙地觉得母亲到江方舟那里一定会受委屈，尽管他也知道这是不可能的。

晚上，江方舟打电话给江行舟。江行舟就把母亲的话复述一遍，也把江同舟的意见说了。江方舟说：“看来还是我当面跟妈说吧。明天我开车回去，把妈接过来。”

江行舟说：“情况就是这样，你看着办。”

第三十四章
开　工　了

江行舟来到工地，临时道路正在铺设。辛大成在现场检查，见到江行舟，连忙跑过去，点头哈腰地说道："欢迎江总来检查指导！你看看我们还有哪里没有做好的，只管批评，我们马上改正！"

江行舟笑笑说："辛总辛苦了。"

"领导辛苦。"

他们交流一下工程进度计划后，江行舟叫辛大成抓紧时间准备施工前的工作，准备随时进场。辛大成说："我们早已准备好了，随时听从领导调遣！"

根据新时代设计院钻探资料分析，住宅小区土质比较好，可以采用平板基础，就是说不需要打桩，在平地上开挖地槽，做基础就行。这比起打桩基础，要节约资金也节约时间。

住宅小区的施工队长，也就是项目经理，是江行舟和金春生审核选拔的，有较为丰富的施工经验，资金实力也可以。因为在支付工程款之前，需要项目经理自己先行垫付一部分资金，没有经济实力是不行的。更为重要的是，项目经理在做人方面一定要诚实守信，否则其他条件再好也不考虑。

医院那边，是佟建东挑选的广陵建安总公司。他们在近五六年内，一直在临水县承揽建筑工程，已经承担几个小区的建筑安装施工。佟建东听其他人介绍过，又亲自到他们施工的小区现场察看，还到物业部门了解他们的工程返修率高不高，业主反映怎么样。

广陵建安总公司的杨总倒也实在，对佟建东说："要是佟院长信得过我们，再次给我们为临水县建设做贡献的机会，我们将非常感激。至于我们公司技术力量和资金实力，佟院长可以自己去了解，不需要我自己说。至于管理，也请佟院长放心，医院用房跟商品房不一样，要求比较高，我们一定加派能力强的人做项目经理。至于佟院长担心收费高的问题，根本不存在，我们统一执行市里的市场指导价，个别指导价目录上没有的，按临水县市场价执行。”

杨总的一番话，打消了佟建东的疑虑，基本认可了广陵建安总公司，就跟杨总说：“你等我消息吧，我们还要研究一下。”

佟建东把广陵建安总公司的情况向江行舟和张人杰通报后，江行舟说：“广陵建安总公司杨总还是不错的，医院工程包给他没有问题。”

张人杰道：“既然你们都说杨总没问题，那就没有问题，交给他干就是了。就有一条，他必须服从我们工程部统一指挥。”

“还有，就是和辛大成公司的关系要定位好。”江行舟指出，“因为医院现在还没有单独立户，由天厦投资有限公司代为承建，但是以后医院肯定独立核算的，从一开始就要分开记账，千万不能记混了。施工期间，管理一定要统一，不能出现两张皮现象。”

“行！”佟建东赞成，张人杰也表示同意。

一切准备就绪，奠基仪式择日举行。

一个春风拂面的日子，大地从严寒的桎梏下挣脱出来，浑身披着灿烂的金光，带着斑斓的花冠。奠基仪式由江行舟主持。县人大常委会主任冯续来作为特邀嘉宾，健步走上临时搭起来的小舞台，发表了热情洋溢的即兴讲话。

他回顾了临水县最近几年取得的城市化建设巨大成就，城区面貌日新月异，一栋栋高楼拔地而起，一批批农民迁入城市生活，人们的生活理念和工作方式发生了质的改变。江行舟、佟建东、张人杰敢于下海创业，他为他们这种大无畏的精神感到骄傲，安如小区建成后，可以解决近千户人的居住问题，为他们提供安居乐业的居所。特别值得一提的是，他们还搞了一个为全县人民提供健康服务的二级医院，填补县卫生设施不足的缺陷。这也是他们对县委、县政府大搞经济建设号召的有力响应，祝他们事业成功，取得更加辉煌的成绩！

冯续来充满激情的讲话，受到所有与会人员高度赞誉，一起热烈鼓掌。

真正的建设开始了，天厦投资有限公司全体人员都投入到繁忙的工作中。

江方舟已经多年没有回来了。他见到满头白发、佝偻身躯的母亲，不禁悲从中来，一下子跪在母亲面前，叫一声“妈”，眼泪如雨点落下。

母亲见江方舟也老了，头发花白，再看一眼他身后的媳妇徐丽娟花容月貌，清新可人，心里有悲有喜，忙把江方舟拉起来，指指旁边的椅子说：“方舟回来就好，小徐也坐下说话。”

母亲拉住小徐的手，深情地望着徐丽娟，笑得灿烂如花。

江方舟就向母亲介绍徐丽娟的情况。徐丽娟比他小八岁，是港城市医院的护士，老家在容城，家里还有父母和一个弟弟。

母亲一边听江方舟介绍徐丽娟的情况，一边打量徐丽娟。徐丽娟不讲话只是笑，母亲也不讲话，只是笑。

江行舟对江方舟和江同舟说：“让小徐和母亲讲讲话，我们出去走走。”

兄弟三人出门后，江同舟说：“二哥还没有到我的工作室看过，我带你去看看。”

江同舟介绍说，镇里已经没有人种庄稼了，全都种植绿化苗木，这里已经是全国有名的“花木之乡”。村民靠种花养草，早已脱贫致富了。

江方舟感慨道：“真好啊！将来等我老了，回来养老。”

在江同舟的盆景制作工作室，江方舟更是大开眼界。各式各样的盆景，看得江方舟眼花缭乱，只知道说“不错，好”。

等江方舟平静下来，江行舟问他：“你这次来，是不是还想把妈接到港城去？”

“我这次回来办两件事。”江方舟说，“一件是把徐丽娟带回家，让妈和你们看看；第二件是把妈接到我那里生活一段时间。她要是适应，就在那里一直住下去，我给她养老送终。我想过，妈快八十岁了，都是你们照顾，我还没有伺候她一天。这是我的遗憾，我想找机会弥补一下。要是妈真的不适应，随她。你们要是想她，可以常去看她。”

江行舟说：“我还是那句话，随妈自己选择，你不要太勉强。”

江同舟没有说什么。

兄弟三人回到家，老远就听到母亲和三个儿媳妇哈哈大笑的声音。

江行舟问："妈，方舟这次准备接你去他那里住几天，你想不想去？"

母亲笑了笑，没有说去，也没有说不去。江方舟劝道："去吧，妈！我带你去看看大海。我们那边好玩的地方多着呢！港城苹果、山阳梨、海参扇贝大虾米，你随便吃。"

母亲还是笑而不答。

王莉说："小徐已经把妈的思想工作做通了，方舟就不用宣传你的人间仙境了，妈愿意跟你们去港城。"

"唉！这真是神了。"江方舟说，"我还一直担心做不通妈的思想工作呢，所以把小徐带来，心想也许妈看小徐的面子，能跟我回去，果然不出所料！妈真是给小徐面子。"他说着，当着大家的面，在徐丽娟脸上亲了一口，引得大家哈哈大笑。

既然母亲同意跟江方舟去，大家也就不再纠结，帮助母亲收拾行装。江方舟说："带几件换洗的衣服，其余的东西什么也不用带，到我那里买就是了。"

母亲还是舍不得这个，舍不得那个，装了一大箱子。江行舟、江同舟都看出来，母亲是想常住了，又不好说什么。

第二天，江方舟和母亲走后，每个人还是各就各位，干自己的事。

江行舟规定，每星期五下午召开工程例会。本公司工程部全体人员，临水六建公司工程部经理及各分包的楼栋施工负责人，包括医院项目经理、监理公司驻现场负责人、辛大成和监理公司负责人一起参加。

会议由江行舟主持并讲话。几句客套话说过，江行舟直奔主题，要求所有参与本次工程施工单位的相关负责人，必须统一思想，统一指挥，统一行动。

江行舟对工程的具体要求只有三项：质量、工期、安全。

质量是生命线，质量至上，不能有一丝一毫差错！工程部对施工中的每个细节都不准放过，把带病的工程交给业主，就是犯罪行为。

江行舟举了一个偷工减料的例子，但没在这次会上点名。这个家伙在建房时，晚上把白天扎好的钢筋笼从准备第二天浇筑的墙上拆下来，藏起来，第二天天不亮就把墙浇筑好，里面连一根钢筋都没有。你们说说看，这个家伙胆子有多大，你们谁敢这样做？没有圈梁直接砌墙，这样的房子会不会倒掉？要砸死人的。

与会人员中有人知道这件事，就在下边议论。江行舟接着说，这个家伙后来想起来也后怕，每到刮风下雨时，他都睡不着觉，担心房子倒塌砸死人。

安全是底线，没有安全，一切免谈。出了事故，轻则赔钱，重则坐牢。安全的事情要天天讲、时时抓，一刻也不能放松。

还有工期问题，合同上写得很清楚，二百八十天，时间到，不能完工，是要支付违约金的。我们要细化，把工期分成几个阶段，阶段任务没有完成的要处罚。

会议气氛极为严肃，大家都战战兢兢。

江行舟叫鲍业盛买来一些对讲机，发给项目经理。

工程进入紧张的施工阶段。江行舟每天至少到工地上检查一遍，发现问题及时改正，以致整个工程有条不紊地进行。

随着工程进展，工程款支付问题就提到议事日程上来。

天厦投资有限公司注册资金一千万元是足额的，后来有一些亲戚朋友和关系户申请入股。江行舟等人觉得吸收部分人入股比较好，没有还款压力，无非是分红少一些，就同意那些人入股。那些人又注资将近八百万元。这样，天厦投资有限公司总股本有一千八百万元。土地出让金、土地划拨费、规费已经支出五百九十五万元。

根据合同约定，第一次工程款支付在工程形象进度达到三层后支付六百万元，公司账上的资金足以支付第一次工程款。工程形象进度达到三层就可以办理房屋预售许可证，房子可以销售，资金就可以回笼，资金紧张状况就可以逐步缓解。

俗话说，酒好不怕巷子深，皇帝女儿不愁嫁。这句话在现代社会早已过时了，再好的商品也要包装、宣传、做广告。在竞争激烈的市场，商品质量好只是一方面，广告宣传也要跟上才行。

张人杰已经物色好一个广告公司。说是公司，其实就是夫妻店。张人杰认为，广告公司牌子大，但是收费也高。他找的这个人，大学学的是市场营销专业，毕业后在知名房地产公司干过一段时间，后来自己出来单干了。

他不想成立广告公司，那样费用支出要高很多。不如他带着老婆单干，赚多少算多少。

他叫游自强，他老婆叫胡丽娜，和游自强是同学。游自强做过好多楼盘的广告，销售都很好。张人杰调查过，游自强做过广告的楼盘，反映都不错。张人杰和游自强聊过，游自强对临水县的房地产市场非常了解，对销售有自己独到的见解。张人杰深以为然，问游自强怎么收费。游自强说："按照销售收入的百分之一提成，售房款进入公司账户再结算，卖不掉一分钱不收。"

张人杰认为百分之一提成太高，他们销售收入可能达到一亿元，仅提成就是一百万元，太多了。

游自强问张人杰："你认为多少合适？"

张人杰道："千分之五还差不多。"

游自强说："千分之五太少。"

经过一番讨价还价，最后双方达成协议，收费按销售收入千分之八收取。每季度结一次账。所有宣传费用由天厦投资有限公司承担。

江行舟和佟建东对此没有意见，张人杰便和游自强筹备售楼部，准备报批预售许可证手续。

游自强提议要做一个沙盘，放在售楼部。张人杰问哪里可以做。游自强说临水县有人会做，就是质量稍微差一些。张人杰叫游自强联系做沙盘的人。

那个人很快就过来了。张人杰一看，那个人以前曾因为打架，被他处罚过。那个人一看是张人杰，脸一下子就红了。张人杰笑笑说："原来是李三啊，李老板好！"

李三红着脸说道："张局不要拿我说笑了。我现在改正了，再也不打仗了。"

张人杰道："你那时还小，当时社会风气也不好，现在走正道就行了。"

游自强见李三与张局长熟悉，就对李三说："张局准备做个沙盘，你说一下什么价位，什么时候能做好。"

李三说道："既然是张局的事，我就当自己的事来办，只收工本费，我保证不赚一分钱！”

张人杰笑道：“不赚钱不行，少赚一点就行了。抓紧时间，工艺做得细一点。”

“张局只管放心！”李三点头哈腰笑着说，“这件事就交给我吧，保证的的当当！以后还有什么我能干的事，张局尽管吩咐。”

第三十五章

关键时刻还要靠领导支持

建设规划证办下来以后，应该抓紧时间去办施工许可证，拿到施工许可证以后再开始施工，这是正常工作流程。江行舟听说，现在很多小区都是抢时间争进度，一边办施工许可证一边施工。缩短工期等于提升经济效益，他决定也这样干。

于是，他叫鲍业盛一边办施工许可证一边组织施工。施工进行得很顺利，可办施工许可证却遇到了麻烦。城建局的建筑安装工程管理处要求很严，认为安如小区无证施工违规，要求停工整顿。

鲍业盛向江行舟汇报："建管处说我们施工许可证还没有办好就擅自施工，违反相关规定，要我们待施工许可证办好后再施工。"

江行舟问："其他小区不也是没有施工许可证就开始施工的嘛，怎么到我们这里就不行了？"

鲍业盛说："大概因人而异吧！"

江行舟问建管处主任是谁。鲍业盛说："田成贵。从乡镇调过来没有多长时间。我估计，他想拿我们这个项目立威。"

江行舟点点头，叫鲍业盛去忙。

田成贵是何方神圣？江行舟思索一番，没有印象，就打电话给张人杰，问他认不认识田成贵。张人杰想了一会儿，说道："他好像是从竖沟乡副乡长调任城建局党委委员兼建管处主任，我跟他不熟。我可以让竖沟乡派出所韩所长出面，请他攒个饭局，大家认识一下，看看这件事怎么办。"

“好！”江行舟说，“你抓紧时间办，我这边暂时稳住，施工不能停。”

第三天正好是星期六。韩所长约好田成贵后告诉张人杰，张人杰联系好饭店。江行舟跟佟建东赴约。

张人杰主持，田成贵主宾，韩所长副主宾。喝酒时，张人杰没有提到施工许可证的事。田成贵却说：“几位领导可能不知道，县政府主要领导对建设系统管理混乱状态很不满，下决心整顿，便把我调过来，明确要求我逐步恢复正常工作秩序，不能再这样乱下去了。”

江行舟表示非常赞同县政府整顿目前建设系统的乱象，恢复正常工作秩序。

田成贵对江行舟说：“我刚到建设系统，对这里的业务还不熟悉，可能有冲撞的地方，希望老领导谅解。”

江行舟道：“我当然理解。我们只是效仿前边的人，可不可以下不为例？”

“这件事能不能这样做？”田成贵说，“我把话已经说出去了，还是要兑现的，你们还是要先停一下，施工许可证手续我们抓紧时间办，尽量缩短停工时间。我知道，停工会对你们造成一定损失，但县政府领导的要求也要满足，希望老领导支持我这个小辈的工作。来，我敬老领导一杯！”他说罢站起来，把杯中酒一饮而尽。

既然话都说到这分上，下面就不再说这个话题。大家只是喝酒，谈些天气问题和国际问题。

其间，佟建东也没有闲着，独自对全县医院进行调研。

从2000年临水县开始对卫生系统进行市场化改革，乡镇卫生院和县属公立医院全部改制。从经营状况来看，大部分医院经过震荡、改组甚至重建，基本都步入正轨。医院的整体环境得到彻底改造，医疗设备得到更新，医生护士的待遇也有较大提高，工作积极性有所上升。

县城里两家公立医院分化改组后，涅槃重生，获得了长足的发展。原县人民医院搬迁到新区，面积扩大好几倍，几年时间就由二级甲等医院变成三级医院。县中医院具有得天独厚的地理优势，加上各种政策扶持，大量引进人才，并购了几家乡镇卫生院，组建医联体，规模庞大，实力很快就超过县人民医院，向三级医院冲刺。

县城还有三四家后组建的综合医院、一些规模比较小的专科医院，发展得也不错，这些医院的技术骨干基本都来自原县人民医院和原县中医院。以这部分医疗骨干为主体，出台优惠政策，面向全省、全国招聘专业人才。现在的规模、实力虽然不能与两家大医院比，但通过几年努力，发展成二级医院完全有可能的。

佟建东分析，目前国家出台很多政策，支持民营医院发展，也确实有不少医院办得很好。他认为，现在还是办医院的有利窗口期，只要抓住有利时机，凭他在卫生系统的影响力和号召力，一定可以把医院办起来，一定会办得很好。

佟建东认为，现在仁心医院刚开始建设，到仁心医院土建完成，加上装潢、安装医疗设备，还要有一年多时间，很多机会就可能浪费掉。他们应该利用这段时间，先把仁心医院的架子搭起来，把旗号打出来，业务开展起来。等仁心医院房子建好了，再搬过去，这样过渡非常自然。

江行舟和张人杰也觉得这个想法很好，应该把时间充分利用起来。江行舟建议佟建东找一家小型民营医院合作，让他们把名字改成“仁心医院”。

“完全可以。”佟建东说，“仁济医院已经办好几年了，主要技术骨干是原县人民医院出来的，跟我关系都很好。”

张人杰问：“仁济医院好像一直默默无闻，看样子经营得不怎么样啊，是不是有什么问题？”

佟建东说：“其实仁济医院的基础条件还是不错的，就是内部不团结，没有凝聚力。谁说了都算，谁说了都不算。如果他们照这样发展下去，肯定要散伙。如果我们把仁济医院并购过来，对他们是有利的。好处是明摆着的，他们也都不傻，会看不到这一点？”

江行舟对佟建东说：“既然这样，你可以找他们聊聊，看看他们有没有这个想法。要是他们愿意接受并购，我们再谈条件。”

仁济医院成立三年了。院长颜为民，原县人民医院内科副主任。原县人民医院改制后，他和另外几个医生成立了“仁济医院”。

随着业务不断扩大，来看病的人越来越多，原来租的地方不够用了，颜为民就把旁边的房子租下来，增加了骨科和妇产科，以致几个条件差不多的医生都想当两个科的科主任。颜为民无法决定，让职工无记名投票，结果弄得不欢而散，还气走了一个妇产科医生。不过骨科和妇产科业务照常开展，就是把骨科的业务放在外科，把妇产科业务放在内科。这样做，导致人与人之间的关系变得更为复杂，十几个医疗骨干形成几个小团伙，有人要向东，有人要向西，搞得颜为民整天陷在鸡毛蒜皮的小事中。仁济医院内耗非常严重，根本谈不上发展，能维持日常运转已是不易。

佟建东把颜为民约到一个小饭店里。颜为民比较内向，看起来有点木讷。

当佟建东问起仁济医院现状，颜为民摇摇头，长叹了一口气，说："完蛋了，马上就要完蛋了！"

一听这话，佟建东心中一阵窃喜，但却做出不解的样子，问道："不会吧？你们不是干得好好的嘛，怎么会完蛋呢？"

颜为民把杯里的酒喝了，摇摇头："不说了，说起来就气得我肝痛。这群人都他妈混蛋！"

佟建东举起酒杯说："不谈扫兴的事情了。来，喝酒！"

佟建东不再提这些事，只聊以前在县人民医院他们相处的往事。

颜为民酒量不大，几杯酒下肚，脸色像大红布一样。佟建东说："我们不喝酒了，聊聊别的事情。"

颜为民说话都不太利索了："不行，一定要喝酒！今天老领导请我喝酒，是看得起我！我一定要——要喝——喝得——得一醉方休。我不是孬种——"

见颜为民已经醉了，佟建东赶忙不让他喝了。

颜为民喝了几口水，稍微歇一会儿，情绪才稳定下来："我不怕老领导笑话，这个医院我真的办不下去了，整天鬼吵屌，窝里斗。你说这还是干事的吗？我承认我低能，管不住他们，可这是我自己的事，我想不管也不行啊！"

佟建东道："你该管还得管，事情总是要有人做的，再重的担子也要有人担的。你要是不想干，就让给想干的人去干。"

颜为民说："我不是看不起那几个家伙，撒泡尿照照他们的影子，谁是那块料？"

佟建东说："颜院长，还是等你回去商量一下，我们再继续聊吧。"

颜为民见佟建东已经去吧台结账，才摇摇晃晃地走出饭店。

佟建东把颜为民送到家。

安如小区的房子销售情况开始还不错，看房子的人还真不少，有购买意向的人也不少，但真正购买的人却不多。

游自强说："这种情况很正常。我之所以敢接这个楼盘，因为我相信这个楼盘具有良好的前景。目前还没有炒起来，主要是因为周边的几个小区没有建好，人气不足。稍微等一下，等对门海通花园小区和南边的富丽华小区建起来，特别是海通花园西北角的大润发超市营业，第二实验小学招生，加上医院建起来，销售情况就会大大改观。我们现在的销售策略是低开高走，价格慢慢就会涨起来的。"

江行舟问："为什么是低开高走，不能高开低走？"

"不是说不能高开低走。"游自强道，"有的楼盘可以实行高开低走，那要有个前提，就是你必须确定你的楼盘是市场稀缺产品，价格即使定得高也不愁卖不掉，而且价格还会涨。这样就会有风险，因为买涨不买跌是人们普遍消费心理，如果一旦销售遇冷，越是降价越不好销售。所以，为了保险起见，开发商还是普遍采取低开高走的销售策略。"

游自强说得没错。果然，随着周边小区和超市拔地而起，环境发生了很大变化，成交客户也逐渐多起来。

游自强建议房价每平方米提价二百元后，来买房的人反而多起来。有些人消息很灵通，这边涨价，第二天他们就跑过来交定金，好像再不下手，就又要涨价了。

很快，他们又发现一个奇怪的现象，就是普通住宅销售很好，但老年公寓基本无人问津。

张人杰认为是宣传工作做得不到位，要求游自强加大对老年公寓的宣传力度。他们在售楼部门前做一个特大广告牌，又印了三千张宣传单，雇人到城区和乡下发放，效果还是不好。他们又在公交车上做广告，还是没有人购买。

张人杰召集大家开会，商量对策。

游自强认为，老年公寓既没有人租，也没有人买，不是宣传不到位的问题，主要是产品生不逢时。像这样的公寓房，确实有很多优势，例如离医院非常近，老年人看病比较方便，设计也非常人性化。但是，一套老年公寓十几万元，还没有产权，一般人家也买不起；就是有人买得起，也不一定愿意为家里老人买这样的房子养老。现在的社会，普遍重视小的，轻视老的，给孩子买什么都舍得，而对老人就不一定那么重视了。租，人家更不愿意。租金高不说，还牵涉很多管理问题，互相影响的问题一大堆，很难解决。

江行舟说："看来是我们开始定位时就错了。我们认为老龄化是社会趋势，老年公寓是新事物，我们提前预测到这样的趋势，把老年公寓这个新产品做出来，以为一定会受到老年人欢迎。谁知道我们忽略了经济基础比较薄弱和人们重小轻老的消费心理，犯了想当然的错误，看来还得考虑其他办法。"

张人杰道："不知道能不能把两栋老年公寓从医院用地划出去，我们补交土地出让金，由划拨改为出让，把老年公寓作为普通商品房销售。"

江行舟说："这个办法是能够解决问题，可是难度太大。县政府不可能随便变更规划和土地出让方式的。"

游自强说："如果把老年公寓改成普通住宅，销售不成问题。"

佟建东一直没有讲话，过了一会儿才干咳一声，好像下了很大决心似的："这样，请江院长把我们刚才说的情况，整理成一份报告，请求县政府变更规划，把老年公寓用地由划拨改为出让，把土地出让金算一下，与划拨相比，县政府要多收多少钱。从这个角度来说，县政府也有理由批复。报告打印好交给我，我再厚着脸皮请宋书记支持，实在不行再说吧。"

宋书记接过佟建东递来的老年公寓用地变更报告认真看一遍。佟建东脸上火辣辣的，觉得很不好意思。宋书记把老年公寓用地变更报告放下，笑着说："医院快建好了？速度还是蛮快的嘛。什么时候开业，我去给你们剪彩。"

佟建东见宋书记态度温和，就直接说道："我们遇到点困难。老年公寓这块，我们对形势判断不准，资金回笼困难，可能会影响医院的进展。"

"没有关系。"宋书记说，"谁也不是神仙，都能未卜先知。不要紧，办法你们不是想出来了嘛，就按你们的办法办。你这个报告我马上批复，医院抓紧建设，好事要办好。"

佟建东万万没想到，宋书记竟然能如此急人所难，连连点头道："感谢宋书记支持！”

宋书记笑道：“我支持你们办事业，又不是支持你们干坏事。”

佟建东把这个消息告诉江行舟和张人杰，三个人都从心眼儿里感激宋书记，也下定决心，一定要把好事办好，不辜负领导的大力支持。

两天后，佟建东接到国土局负责人的电话，要他到国土局去拿县领导批示的文件。国土局负责人办事速度非常快，立马落实宋书记批示，派人到现场进行测绘。国土局走完内部程序，佟建东又到国土局把医院划拨的十五亩土地改为出让的批文拿回来，补交了土地出让金。

两栋老年公寓重新进入市场，重新定价，公开对外出售。销售虽不火爆，但因为户型设计得好，作为普通商品房价格不高，慢慢就销售完了。

随着房子销售进度加快，张人杰听从游自强的建议，调整了几次房价，比开盘价增长了百分之五十。

仁心医院的门诊楼和病房楼也相继建好了，进入装修阶段。

佟建东和颜为民的合作也谈成了，名称由“仁济医院”改为“仁心医院”。

第三十六章

打时间差的并购

那天，颜为民喝醉了，第二天打电话给佟建东，问：“昨天你跟我说什么事？我记不清楚了。”

“真的假的？”佟建东笑问。

“真的。”颜为民说，“我真喝醉了，只记得你跟我说医院合作的事。究竟什么情况，我真的不记得了。”

佟建东见颜为民真的想不起来了，就把昨天自己说的话复述了一遍。颜为民说：“对，对，我想起来了！你叫我回来跟那几个家伙说说，看他们什么态度。老领导，我跟你说，不管他们同意不同意，反正我要跟你合作。”

佟建东道：“现在的问题是，他们全部同意才能合作。”

颜为民说：“我一定做他们的思想工作，争取他们同意。”

医院这种单位，就像一个家庭，各家家风不一样，每个人想问题的角度也不一样。颜为民提出跟仁心医院合作的问题，八个人有六个人说是好事，两个人说不了解情况，要考虑一下。其他人意见也不一致。其中有个张医生问：“仁心医院在哪里？八字还没见一撇呢，谈什么合作？”

颜为民道：“仁心医院的新楼马上就要建好了，三万平方米，明摆着是二级医院的规模。等他们把新楼建好，你想合作？做梦吧！正因为他们现在还没有筹备好，才想用我们的牌子先把业务开展起来，加快申报二级医院的进度。这就是我们的价值所在。过了这个窗口期，你送上门看看人家要不要你？”

张医生说：“这明摆着是大鱼吃小鱼，我们的好处在哪里？我们辛辛苦苦干了这些年，最后成果被他们一口吞下去了，弄得我们两手空空，太亏了。”

“张医生的话我赞成。”颜为民点点头，继续说道，“只有对双方都有利，才能合作共赢。如果只对一方有利，对另一方没有好处，他们凭什么要这样做？我看合作不合作这事不需要讨论，就讨论我们应该提出什么条件。条件相宜，我们就合作；不相宜，我们就不合作。”

大家都说：“对，我们必须争取最有利的条件，不行就不合作。”

颜为民让大家一个一个地说，他拿个小本子记下。归纳起来，有这么几条：

一、仁济医院的个人股份怎么算？增值部分怎么算？医院的无形资产怎么算？

二、医护人员的工资待遇怎么办？

三、合并后的医院对仁济医院这些创始人有没有特殊安排？

四、合并后，仁济医院资产怎么处理？

颜为民把小本子合上，说道：“大家提的意见都很好，都是大家关心的实际问题。不过，我们都是知识分子，讲话要讲道理，不能乱提意见。佟院长那边也有一个团队，我们提出的问题如果不合理，会被他们耻笑，问题还得不到解决。对大家刚才提的意见，我发表点看法，不对的地方大家可以批评。

“第一个问题，股份问题是一定要提的。在座的人，有投资二十万元的，也有投资十万元的，这些钱已经用于购买设备和各种支出。这笔账不管怎么算，总之要合情合理。至于资产增值，什么地方增值？增值多少？这个问题还是说得具体一点。

“第二条，医护人员待遇问题。我们办医院，不就是想提高个人生活幸福指数嘛。我想，医院合并后医护人员的待遇不能低于现在的标准。这是最起码的条件，要能提高一点更好。

“第三条，有人想当官是不是？反正我当普通医生就很好。我把自己的业务搞好，造福社会，就不错。我建议这一条取消。

“第四条，合并后的医院资产问题，跟第一条内容重复，两条合并成一条。其实就是医院的股份、资产和医生护士的待遇问题。我认为，合并的目的，要使我们受益，不能叫我们吃亏。”

李医生站起来说："颜院长是好人，但脸皮薄，过去和佟院长又是上下级关系。你和佟院长谈判，许多话你不好意思说，不如请朱院长和你一起找佟院长谈。一人不中二人意，两个人反而好说话。"

"这个意见很好。"颜为民说，"我正愁这些话怎么跟佟院长说呢！请朱院长跟我一起去找佟院长。朱院长跟佟院长没在一起工作过，彼此不熟悉，好说话。"

朱院长站起来连连摆手："我不去。公事公办，有什么不好说的。"

大家一起鼓掌，支持朱院长去。

颜为民说："就这样吧，我和朱院长明天就去找佟院长，谈判结果我们第一时间向大家汇报。"

颜为民和佟建东约在蓝岸咖啡店见面。

佟建东和张人杰也来了。

大家见面，客气地打招呼后，每人随便点了一杯咖啡。

佟建东说："看样子，我们上次说的话题有进展了。"

颜为民就把他们开会商讨的结果说了一遍。归根结底就是两个问题，一是股份或者资产问题；二是医护人员的待遇问题。

佟建东说，"这两个问题确实涉及医护人员的切身利益，也是必须解决的问题。因为我不知道你们的心理预期是什么，所以我现在也不好回答。你们最好能提出具体条件，我们根据具体条件来谈，才会更有针对性，也更切合实际。"

颜院长看看朱院长，说："我们还没有成型的意见。"他把仁济医院职工提出的四个问题讲述一遍后，又补充道，"我认为主要是一些基本原则问题。"

"什么样的原则问题？"佟建东问。

"合作共赢。"颜为民说，"合作的结果要对双方都有利，不能只对一方有利，这样的合作才能长远，才能成功。"

"颜院长——"佟建东道，"你刚才说的原则问题，我现在就可以答复你。你们的要求是合理的，我们完全可以接受。你们回去以后，把所有固定资产和流动资产统一登记造册，我们一起清点核对，签字确认。至于如何处理，我们再商量。关于股份问题，因为我们这边框架还没有搭起来，股份怎么分配，怎么注资，既然你们加入这个团队，就一视同仁，同等对待。现在谈以前的股份没有什么意义，增值也不好说，有形资产多少，无形资产多少，如何评估，都说不清楚。不过这些都无所谓，都可以变成量化的东西。还有一些投资款，被医院正常花掉了，如果统计下来，总资产少于总投入，那就换一种算法，现有资产只统计不计算，只计算总投资，然后再适当补偿。这样就可以保证投资人不吃亏。你们回去核算一下，哪种方法对你们有利我们就采用哪种。”

颜为民对朱院长说道：“我觉得佟院长的建议很好，我们回去和大家商量一下，再回复佟院长吧。”

朱院长点点头：“应该没问题。”

佟建东道：“那就这样，我等你们电话。”

颜为民说：“我尽快给你回复。”

谁知道，颜为民的话说得太满了，也太大了。就在他和朱院长与佟建东谈判的时候，仁济医院里却闹出乱子。

第三十七章

小区绿化工程交给江火做

仁济医院里有一个医生叫吴亮，也在原县人民医院工作过，因为喝酒赌钱，出了医疗事故，被佟建东处理过，对佟建东一直耿耿于怀。

吴亮不想到佟建东手下工作，但又没有拿得出手的理由，散会以后找到跟他臭味相投的“麻友”万南和酒友“喝不倒”商量。

吴亮说：“我们现在自己创业，干得好好的，颜为民半夜吹喇叭——哪里响（想）起来的！要搞什么合作，结果我们这条小鱼还不是被佟建东那条大鱼吃掉？我们到佟建东那里算什么，屁也不是！我坚决反对合并。你们觉得怎么样？”

万南没有什么头脑，吴亮说什么他都说好：“我也不同意合并。”

“喝不倒”昨天喝多了，现在还没有清醒。他听见吴亮说不同意，马上也说不同意。

吴亮让他们去联系其他人，力争让尽可能多的人反对，让颜为民的如意算盘落空。

晚上，仁济医院召开全体职工大会，颜为民把自己、朱院长与佟建东的会谈内容说了一遍，叫全体职工表态。

朱院长进一步补充道：“我们要抓紧时间把账算出来，看哪种方法对我们有利，我们就实施哪种方法。佟建东的态度还是比较诚恳的。”

吴亮突然站起来，大声嚷道：“我不同意合并！两家实力不对等，合并就是大鱼吃小鱼，说得再好听也没有用。”

颜为民见吴亮公开反对合作，就很生气，问吴亮："你反对合并，为什么昨天会上不提出来？你不同意合并，有什么理由说出来，让大家听听。"

吴亮气喘吁吁地说："佟建东口口声声说要算账，有的账好算，有的账不好算。"

"什么账不好算？"颜为民问。

吴亮说："这几年我们为了经营好医院，操心劳力的账怎么算？入股资金我是借来的，利息怎么算？我们自己经营，我们是主人，到那里就变成用人，这笔账又怎么算？"

万南和"喝不倒"随声附和："我也不同意合并！"

台下的人交头接耳议论，会场秩序大乱。

颜为民站起来大声说："大家安静！听我说。有不同意见可以提，一个一个地说。吴亮说完没有？没说完可以继续说。"

吴亮说："我说完了。"

颜为民道："吴亮刚才说的话，有的有道理，有的没有道理。例如，借钱的利息问题可能是真实发生的，我们看看还有哪些情况，合并在一起，再来商量怎么解决。其余的话就没有什么道理。"

吴亮马上站起来，口气非常强硬，问道："我哪句话没有道理？"

颜为民说："操心劳力的问题就没有道理。只要做事情，哪有不操心的？你说合并后，我们就由主人变成用人，这句话就不对。你给谁当用人？你现在是主人，将来还是主人，没有人剥夺你主人的身份，除非你自己甘愿做用人。"

吴亮指着颜为民的鼻子问："你说，谁甘愿做用人？"

众人见吴亮要动手，马上有人把吴亮拉出去。吴亮拼命挣扎，还要往上冲。万南和"喝不倒"乘机起哄，会议开不下去了。

朱院长宣布："暂时休会。"

颜为民气得呼呼直喘，脸色铁青。

回到颜为民办公室，朱院长感到很奇怪："吴亮到底为什么要在会场发难？"颜为民说："我也没想到他会这样，跟精神病一样，不可理喻。他根本不是提意见，而是想把这件事搅黄了。万南和'喝不倒'就是受吴亮挑唆，跟着瞎起哄。"

朱院长问："我们可以先不理他们，但是这件事怎么办？"

颜为民说："我们该怎么办就怎么办！谁不同意，谁就退股滚蛋。明天你就组织人清点资产，抓紧拿出方案。我相信大多数人还是通晓事理的。"

在朱院长组织人清算资产的时候，吴亮和万南几次来窥探情况。朱院长大大方方地告诉他俩："你们想看什么就看什么。"

核算以后，果然是资产小于投资。这样也好，省得为计算资产费脑筋。就按佟建东说的办法，在投资额上加合理补偿就是了。至于这种补偿数额是多少，他们跟佟建东商量，只要双方能够接受就行。

颜为民跟佟建东交换意见以后，佟建东答应，仁济医院已经运行四年，投资按银行同期贷款利息上浮一点，按月息一分计算，每个股东股本金上浮将近百分之五十。佟建东提出这些钱先支付一半，另一半作为下一步入股的股金。

江行舟和张人杰都同意佟建东的方案。

佟建东说："这笔支出是额外支出，资金可能要另想办法。不过你们不用担心，县里的小额贷款公司可以贷款给我们，用土地证担保，可以贷款三百万元。"

江行舟说："安如小区的给水、排水、强电、弱电、道路、绿化、公厕、物管用房，陆陆续续都要用钱。卖房子可以筹集一些资金，但销售才开始，我怕来不及。如果贷款利息比较低，可以借来用。"

既然说到安如小区配套设施问题，江行舟就把绿化工程准备交给江火做的想法说出来。佟建东说："给谁做不是做？既然江火有这个条件，让他来做就是了。"张人杰也表示同意。

安如小区建设牵动很多人的心，特别是想从中谋利的人，一直关注着天厦投资有限公司的一举一动。他们听说安如小区要搞配套工程，立刻闻风而动，托各种关系找到江行舟。

江行舟提出安如小区配套工程必须由三个股东共同决定。要求他们先到鲍业盛那里报名，由鲍业盛初审施工资质、过去业绩、资金状况、信誉。这些都没有问题，鲍业盛再把情况汇报给江行舟，江行舟再召集股东共同研究。

对于安如小区的配套工程，江行舟做出以下规定。

合同统一制作，分工种填写，然后签字盖章，各工种按顺序分别进场。各工种有时发生争场地抢时间的问题，鲍业盛和江行舟就到现场处理，进行调节，保证各工种施工正常进行。

对于施工质量，江行舟叫监理和工程部人员排班监督，随时保证施工监督到位。工程款也是按照合同约定支付。对于因为工程质量不行被责令返工的工种，做出处罚。

安如小区配套工程现场，车水马龙，非常热闹，有条不紊地进行施工。

绿化工程是最后进行的。因为只有其他配套工程基本完成以后，绿化工作才能开始。另外，绿化工程还讲究季节。春秋两季是实施绿化工程最适合的季节，苗木成活率高，效果好。

江行舟打电话给江火，江火听说要他来做江行舟开发的安如小区绿化工程，心里还是有点纠结，既想做又不想爽快答应，就没有明确态度。

见江火半死不活的态度，江行舟本想发火，转念一想，不要再把已经很脆弱的父子关系搞僵了，就耐着性子对江火说："江浸月早就设计好图纸了，园林处已经审过，你什么时间过来把合同签了，再把图纸拿回去好好看看，做好准备工作。一旦其他配套工程基本完成，我就通知你进场。我估计应该在九十月份开始施工。一旦开始施工，你就要抓紧时间，争取一个月之内完成。之后还要进行维护，质保期两年。所以，质保金要到两年以后才能给你，这是行规。"

江火说："我知道了。"

江火是江行舟心里永远的痛。江火很聪明，就是做事不认真，见异思迁，没有恒心，这山望着那山高。看别人做什么发财，他就去做什么，最后扔下一地鸡毛，到头来一事无成。直到江行舟把永安小区的绿化工程交给他做，在江同舟的扶持下，他才正儿八经地做起绿化工程，算是有了正行正业。

安如小区的绿化工程设计图，江行舟叫江浸月吃点苦，加个班，尽快设计出来，然后交给江火施工。

江浸月听说让江火负责施工，马上不开心，说："我现在没有时间设计那玩意儿，你找别人吧。"

江行舟知道江浸月不高兴是因为江火，就说："叫别人设计也可以，但设计费就没你的了。”听到有设计费，江浸月马上来了精神，问设计费是多少。江行舟道：“这个再谈。”江浸月说：“好吧，我就吃点苦，加个班。”

安如小区的绿化方案，参考的是设计界流行的日式枯山水，像河却没有水，这条“小河”蜿蜒在小区道路旁、楼道边，沿途风光无限，花团锦簇，绿树成荫。各个景观节点上，都会有各种风格的小桥、花径、景观门。亭台楼阁错落有致地点缀其间，使人如入仙境。

现在的绿化苗木品种也多样化，不像过去单调得只有本地几个耐寒的树种。香樟经过驯化，变成使用最多的行道树种；广玉兰高大的躯干、硕大的花朵也是人们喜爱的品种；马褂木是刚从外地引进的树种，就被江浸月用上了。本地买不到马褂木，江火专门去了一趟福建买一批。

绿植栽种，从高大的乔木到大大小小的灌木，最后是地被植物，组成五彩缤纷的色带、花径、花圃、花园。早晚在这里散步遛弯，令人心旷神怡，流连忘返。

金秋十月，对一般人来说是秋高气爽、瓜果飘香，一年中最好的季节。但对那些栽花种草的工人来说，却是另外一种感受。骄阳似火，烈日当空，他们浑身湿透，有高大的树木却不能乘凉，有柔软的草坪却不能坐在上面休息，只想抓紧时间完成一天的任务，下班时拿到一天的劳动报酬。

从安如小区绿化工程施工开始，江行舟就随时到工地检查，发现问题，立刻纠正。他偶尔遇见江火，基本权当彼此是空气，各走各的路。

江行舟心里有数，江火心里的坚冰已经开始融化。

东方打电话给江行舟，说是辞行。江行舟问她要到哪里去。

东方说：“ 我老公已经调到市里好几年了，孩子马上要上幼儿园，我调到市规划办，下个星期就去上班。”

江行舟心里“咯噔”一下，像掉进深潭一样。他跟东方之间只是工作关系，并没有过多的接触。但好像又不完全是如此，心里似乎多了一层模模糊糊的异样感觉。说是爱，又不像，自己是小老头，她是如花似玉的少妇。不要把她对自己的尊重当成爱的表达，变成一个令人不齿的笑话。要说她对自己没有一点喜欢的意思，为什么要向自己辞行？

江行舟对东方说：“恭喜你到市里高就！一家人在一起很好。我给你饯行。”

“饯行就不必了吧，太俗套。”东方笑笑说，“你定个时间，我们到茶吧喝杯茶不是挺好嘛！”

“你什么时候有空？”江行舟问。

东方说：“我这几天没有什么事，随时都可以。”

江行舟心里很不愿意这样安排。要是被熟人撞见，还不知产生什么流言。但是，他又希望和东方在一起，哪怕什么也不说，也是高兴的事。于是他便鼓起勇气说：“你等我电话。”

“好啊，我等你电话。”

这几年，临水县县城里新开的咖啡厅、茶馆不少。平时，江行舟很少去那些地方。他开车在城区到处转，考察这些地方怎么样。他觉得他们见面的茶馆一定不能离她家太近，要是被她家人碰到就难堪了；但又不能离她家太远，太远了她去又不方便。

最后，江行舟发现离东方家小区不远处，有一个叫“无为”的茶吧，门脸不是很大，外面大橱窗里是临摹王羲之的《兰亭序》，配一幅淡墨山水画，有几分禅意。他停好车，走进店内，有服务员穿着唐装迎过来，向他颔首，问道：“客官好，请问您几位？”

江行舟道：“我先来看看。要是合适，我就会把客人带过来。”

服务员马上在前面带路。

茶吧里面别有洞天。一排排装饰典雅的房间错落排列。因为是上午，客人不多。江行舟觉得环境还不错，就打电话给东方，说他物色了一家茶吧。东方问叫什么名字，好像她对这些地方很熟悉。江行舟说，叫“无为茶吧”。东方说：“我知道那地方，离我家不远。你不要走，我马上到。”

江行舟对服务员说：“找个安静的房间。”

服务员立刻把江行舟带到最里边的房间。

江行舟打电话给东方，告诉她房间号。

江行舟对年轻女人有恐惧症。尽管他有很多机会和漂亮的女人亲近，但他心里一直有个底线，就是不能玷污了自己的身份。

他太爱惜自己的羽毛了。他对东方只是有一些朦朦胧胧的好感，觉得她身上有一种特别的东西让他很欣赏。他说不出这种好感究竟来自哪里，就是觉得跟她在一起，心里放松、愉悦。

第三十八章
不 是 恋 情

当东方穿着一袭淡紫色连衣裙出现在房间门口时，江行舟还是像被“电”到了。现在已是深秋，东方却穿得如此清凉，色彩也是这样光彩夺目，难道她真的是“女为悦己者容”？

江行舟连忙站起来，跟东方打招呼，故作很平静的样子，叫东方坐下。

东方在江行舟对面坐下来，身上的香水味淡淡地飘进江行舟的鼻孔。他问东方：“你喝什么茶？”

东方说：“金骏眉吧！带点金红色的。”

江行舟告诉服务员，上点水果、瓜子，泡一壶金骏眉。

服务员答应说：“马上来。”

江行舟问东方：“你穿得这么少，不冷吗？”

“心里有团火，自然就不冷。”东方说。

江行舟故作惊讶地问：“生谁的气吗？”

东方微微一笑，盯着江行舟又问：“有火就是生气啊？你这语文老师怎么当的？”

江行舟害怕东方就这个话题往深处说，自己很难回答，急忙岔开话题：“这次你怎么走得这么匆忙？之前我没有听你说过呀！”

“这有什么好说的？”东方笑了笑，“一切都是顺其自然。该来就来，该走就走。”

江行舟轻声说道：“今天你说话怎么像个哲学家，让人猜不透！”

“你不用猜，没有什么深意。”东方说，“我今天见你，就是想把我们的之间关系说透，以后好相处。”

“我们的关系并没有什么特殊之处，有什么需要说透的呢？”江行舟问。

东方道：“你既然不愿意说，我来说。其实，你对我有好感。因为我是女人，对于感情还是比较敏感的。同样，我对你除了尊重，还有一分爱。有人说，男人和女人不可能有纯粹的友谊，其实不对，我一直默默地爱着你。我知道你也喜欢我，但我们都是成年人，不可能失去理性，做出荒唐的事情，成为别人茶余饭后的谈资笑料。现实像一条河一座山，挡在我们中间无法逾越。”

江行舟安静地坐在那里，但心中的那股激流在奔涌。

东方继续娓娓说道：“君生我未生，我生君已老。失之交臂，也是遗憾。我们现在这样也挺好，在心里爱着另一个人，默默地祝他幸福，不用整天提心吊胆克服各种阻碍，硬要见面幽会。”

江行舟默默地倾听着东方对他的深情，不知说什么好。

江行舟暗暗提醒自己，千万要冷静，应该制止她这种危险的想法！自己不能帮助她，但也绝不能害了她。

“东方！”江行舟说道，“我非常感谢你能这样看得起我！我其实非常平庸，不值得你这样对我。你还年轻，未来的路还很长。我确实很喜欢你，但那不是男女之间的爱。我喜欢你的单纯质朴，有学识，有能力。我们有很多共同的话题，在一起聊得来。我们都有家庭，应该珍惜它，不能毁了它。到新单位以后，你要好好工作。你的未来一片光明。我永远祝你事业有成、生活幸福。”

东方道：“大哥，请你允许我这样叫你，我以后就叫你大哥。”

“我本来就是你大哥。”江行舟笑着说。

东方接着说：“我今天毫不避讳，直抒胸臆，就是想把我埋藏在心里的感情说出来，让你知道我的心思。我今天说出来，心里也就平静了，以后我们就以兄妹相处。”

“好啊！有这样漂亮的妹妹，是我的光彩，更是我的荣幸！”

江行舟叫东方吃点水果，喝茶。东方才放松心情，开始喝茶。他们开始聊一些各自的生活、工作，气氛也变得轻松、热烈。

中午，他们就在房间点了两套简餐，江行舟还点了一瓶红酒，两个人慢慢喝，慢慢聊，直到很晚才各自回家。

在闲聊时，东方向江行舟透露了一个信息，在他们小区南侧的地块，县政府准备下期挂牌对外出让，规划要点正在搞，不久后县政府公示。江行舟说：“这块地与我们项目地界相连，把这块地拿下来对我们意义重大，可以连片开发，小区面积扩大，规模效应就有了。有多少亩地？”

东方回答：“我记得是八十多亩。不过，这次是公开挂牌竞价拍卖，不准再搞协议出让。”

上班后，江行舟把这个消息告诉了佟建东和张人杰。他们也觉得应该把这块地拿下来。

他们一边了解这方面的信息，一方面筹款，做好拿地准备。

仁济医院的事情经过几个回合谈判，最后双方达成一致意见，仁济医院和仁心医院合并，名称变更成“临水县仁心医院”。原仁济医院除吴亮自动退股外，其他人员转为仁心医院员工。仁心医院拿出一笔钱，还给原仁济医院股东，这些人还留一部分钱作为股金，以后跟其他新股东一样，时间差利息照算。

随着医务人员越来越多，考虑到医院发展，他们决定在原仁济医院规模上再扩大一倍，供后入职员工有足够的办公空间。因此，佟建东的主要精力就转移到招聘医护人员上了。

由于佟建东在医疗卫生界的影响力巨大，有很多原县人民医院的医生护士，纷纷投奔仁心医院，来到佟建东麾下。佟建东本着宁缺毋滥的原则，把住进人入口关，决不许滥竽充数的人混进来。

就在仁心医院与仁济医院合并的过渡期内，医院门诊楼、病房楼相继竣工。为了赶时间，匆匆装潢，没有搞工程综合验收，也没有搞消防验收，就投入使用，为后来的发展留下隐患。

从医院开始建设到正式开业，前前后后只用了一年半时间，速度之快，实在少有。佟建东按照医生情况，开设了八个科室，内科、普外科、儿科、骨科、五官科、影像科、医政科、护理部。根据职称、年资和技术水平，任命各科室主任、副主任。

关于医生入股问题，佟建东提出，只有医护人员才能入股，其他后勤、行政人员一律不得入股。为了吸纳人才，留住人才，他把有限的资源用到医护人员身上。天厦投资有限公司拿出一部分资金，赠送给医护人员。佟建东的意见是，医院设计总股本一千五百万元，医院占百分之六十，天厦投资有限公司占百分之四十，医护人员只需交纳应交股金的一半 ，另外一半由天厦投资有限公司赠送。

医护人员入股数额根据职务、职称，分为五档，即院长、副院长入股二十万元，个人交十万元，另十万元由天厦投资有限公司赠送。常规民办非企业是不分红的，但大家提出如果有机会分红就要分红。如果分红，则按二十万元股金分红。主任、副主任可以入股十五万元，即个人交七万五千元，分红时按十五万元股金分红，以下依次类推。

先入职的医护人员个个有份。后入职的医护人员有意见，思想不稳。佟建东又提出，增加总股本金至一千八百万元。新增加的三百万元，主要面向后入职的医护人员。这样，天厦投资有限公司在总股本中的比例就降至三分之一。

张人杰提出，他和江行舟也应该享受创始人待遇，和院长一样。佟建东认为医院不能有非卫技人员入股。张人杰和江行舟认为他们是医院的创始人，理所当然地可以入股医院。要是连入股都不能，他们还不如不办这个医院。但佟建东仍坚持他的观点。

张人杰和江行舟觉得再坚持下去，可能就要陷入僵局。他们心里尽管不服气，但为了大局考虑，不想把大事耽误了。他们把自己该办的事请办好，算是对社会的贡献吧!

安如小区南侧的土地终于有了确切的消息。县政府这次推出七块地，面向社会公开挂牌竞价拍卖。

江行舟到国土局要来投标文件，文件中有规划要点、用地红线图和报名表等。在报名须知中规定，K6 宗地报名人要交纳二百万元保证金才能取得报名资格。如果竞买成交，在成交之日还要交纳五百万元首付款，余款在成交后六十日交清。

江行舟一看，最起码得先准备七百万元才能报名，资金压力还是不小的。

他到财务部查了一下账，账上还有四百万元，交纳报名费没问题。因为每天都要卖房子，是有收入的。尽管财务部每天也有支出，但毕竟是进得多，支出少，先把名报上再说。

他叫财务人员按投标文件上提供的国土局账号，将二百万元报名费汇过去，又亲自把报名表送到国土局，顺便了解报名情况。

有熟人告诉他，因为现在实行公开挂牌竞价拍卖，有人钻空子，选几块地报名。他们的目的不是买地，而是“抬标”，从中渔利，乘机敲诈真正的买地人。你要是给他钱，他们就举一次牌或者不举牌；你要是不给他们好处费，他们就拼命往上抬价，让你花冤枉钱。

江行舟不敢相信现在还有这样的事，但这事确实正在发生。他回去跟张人杰说了这个情况。张人杰说：“我知道这事，因为我们上次是协议拿地，所以没有遇到这种事。现在协议用地全部取消，一律公开挂牌，竞价拍卖，就有人想出这个主意捞钱。行行有弊，弊弊有私。这种事情，少不了内鬼作祟，内外勾结，合伙作案。我们这次看来也要有所准备。”

江行舟问：“我们要是不理他们会怎样？”

“不理他们也可以。”张人杰说，“但他们一定会把价格往上抬，叫我们多花冤枉钱。”

江行舟轻轻摇摇头，不再吱声。

公开拍卖土地那天，江行舟和张人杰按时来到招投标中心。见到熟人，江行舟就和他们打招呼，问他们要买哪块地，他们支支吾吾不肯说。

这时，有一个人走到张人杰旁边拉了一把。张人杰会意，跟那个人向卫生间方向走去。过了一会儿，张人杰回来，脸红红的，一句话也不说。江行舟估计刚才那个人就是黄牛，找张人杰谈价钱。

张人杰和江行舟进入大厅，在稍微偏一点的位置坐下。张人杰小声说：“刚才那个人就是找我谈价钱的。”江行舟问道：“你不说我也猜到了。他是什么人？”

“混社会的，以前被我处理过。”

“他想干什么？”

“他还能干什么？”

“他要多少钱？”

“他说要一百万元，保证没有人和我们抬价。”

“你答应了？”

“没有。我说十万元，他说不行。他们人多，分不过来。我说最多二十万元，不要就算了。他同意了，还说是看在我的面子才要这么少。好像我占了他便宜似的，真他妈活见鬼！”

“你真打算给他钱？”

张人杰摇摇头：“怎么可能！我假意答应，先稳住他，然后通知公安局经侦支队派警察过来盯着他。”

江行舟冲张人杰竖起大拇指。

果然，在K6地块拍卖时，只有一个人举一次牌，在底价上每亩加了两万元，总价高出底价一百七十万元。如果再有人举一次举牌，总价又得多出一百七十万元。

可能是那个人感觉张人杰和公安局经侦支队的警察很熟悉，即便没有得到任何好处，他也没有从中添乱，以致江行舟以理想的价格拍下K6地块。

江行舟在拍卖土地成交确认书上签字，明天把首付款交了，这块地就是他们的了。

第二天正好是星期天。天厦投资有限公司账户上有三百万元，还差二百万元，贷款肯定来不及了，只能找人拆借。

佟建东打电话给老朋友陈铭，借二百万元急用。陈铭是当地房地产开发商中实力最雄厚的，和佟建东是铁哥们儿。陈铭问借这么多钱干吗。佟建东告诉他，买了一块地，下星期一就用钱。

陈铭说：“借钱没问题，你写借据给我就行。明天是星期天，银行不上班，办不了。”

佟建东说：“那就下星期一办。”

安如小区二期工程用地到手以后，一切都按照一期的模样自然向下延续，江行舟已经驾轻就熟。拆迁工作找宇文正，宇文正优先安排人员，不到两个月就拆成平地。

图纸设计更是一帆风顺。汪杰按照一期风格，保留了受欢迎的经典户型，再加上一些改进的户型，在市场上更是适销对路，广受欢迎。

施工队伍，经过一期试用，江行舟跟辛大成挨个挑选，留下几个技术好又听话的；又从社会上挑选一批好的，充实到施工队伍里去。

这次施工，江行舟感到压力大大减轻。他抽空学习驾驶技术，两个月后顺利拿到驾照。

医院开业以后，一切都步入正轨，成立了医院董事会、监事会、院委会。佟建东是董事长兼院长，江行舟和张人杰是董事会成员。医院凡是进人用人、大型医疗设备采购、大笔经费支出等，都要拿到董事会上讨论。

医院管理模式还像公立医院一样管理。所有大事都是民主决策，阳光操作。职工干劲十足，第二年就申报二级医院。因为仁心医院是在仁济医院基础上建立的医院，所以，时间是从仁济医院成立算起，大大缩短了申报二级医院的周期。

第三十九章
转让一块地

安如小区二期刚开盘，经济危机就来了。房子卖不动，资金就紧张，工程基本停摆，项目经理催要工程款，导致公司资金链出现问题。江行舟和张人杰只能跟项目经理好说歹说，大气候影响，国家已经在救市了，困难总会过去的，大家再坚持一下。

项目经理也是没有办法，自己暗暗发脾气，因为材料商缠着他们。房地产行业就像多米诺骨牌，一个倒了，在这个行业里的牌都会倒。

这几天，跳楼和跑路的老板也时有耳闻，都是因为公司资金链断了，被逼债，难以面对家人和朋友，走上了绝路。江行舟等人也一直想办法筹款，支付项目经理工程款，还有其他该付的款项。银行不贷款，借也没地方借。遇到同样的问题，各有各的难处，谁也不见得比谁好过。

到了第四年，古邑县医院转让给当地的房地产开发商，虽然中间有点小曲折，但总的来说，还算比较顺利。

华保才让天路达公司财务把股东投资款加上增值，一起分给当初入股的人。这笔投资终于尘埃落定，其中诸多艰辛，一言难尽。

所幸这次投资没有失败，前后四年多时间，赚的红利基本跟投资额差不多，等于是二分利的借款，说多不多，说少不少。在庆功宴上，大家都感谢华保才领导有方。

由于国家采取大力度救市措施，拉动整个经济链条，实体经济也逐步转降为升，国民经济摆脱困境，蓬勃发展。国民经济主要支撑点的房地产很快解冻，再次充满活力。安如小区因社会大气候疲软，也因社会大气候坚挺。

房地产商就是这样，上一个楼盘还没有建完，就要做下一个楼盘的准备，首先是土地储备。江行舟等人开始考虑下一个楼盘的筹备工作。

现在的临水县早已今非昔比，城区建设如火如荼，新小区如雨后春笋般出现，不知不觉中楼房变高了，变美丽了，天际线不再像那样低矮平直。现在城区有数十家楼盘已经建成或在建，不知道多少人在关注县政府推出的新地块。土地价格一路飙升，一亩地地价就达到一百多万元，而且还在涨。普通一块地都要价几千万元，甚至上亿元。像天厦投资有限公司开始那样小打小闹的时代结束了，真正拼实力的时候到来了。

江行舟和张人杰始终关注着城区房地产的新动向，了解县政府推出的每一块地，最后都摇头叹气，失望离开。现在想找一块又好又便宜的地块，实在是太难了。

他们又关注周边省市有没有相宜的地块。每听到一点有价值的信息，他们都要仔细琢磨。如果觉得值得一看，他们就去实地考察。这样看来看去，他们就把临水县周边的市县跑遍了，没有一块地是相宜的。

时间很快就到了 2009 年。江行舟等人还是没有找到适合开发的地块。安如小区楼盘接近尾声，也积累了一些资金，要抓紧时间落实地块。越是往后拖，地价涨得越高，拿地的难度越来越大。

真是踏破铁鞋无觅处，得来全不费工夫。江行舟一次和朋友聚会，无意中听到有一块地，是安江龙游人买的，准备搞房地产开发，但是又不会开发，地块已经空置三年，国土局催他们抓紧时间动工，否则就要罚款。他们现在想把那块地卖掉。江行舟眼前一亮，就问那块地在哪里，开发商怎么联系。那个人说他是听一个亲戚说的。

那个人很热心，立即给亲戚打电话，询问大致情况。

第二天上班，江行舟就把这条信息跟张人杰说了，张人杰要江行舟马上联系。信息果然属实，对方见有人主动联系，很高兴，说他只是一个跑腿的，江行舟要是真有意买那块地，他就联系老板具体商谈。

江行舟对那个人说："我们当然想买，你抓紧时间联系老板。"

过了一会儿，那个人打来电话："我们宋老板现在很忙，赶不过来。他说你们要是有意，就过去与他面谈。”

江行舟跟张人杰商量：“看样子，这个老板比较狡猾，害怕我们骗他。要不我们就去一趟。”

佟建东认为这件事比较靠谱，可以去一趟。

江行舟给宋老板打电话，说了自己的情况，问他这块地是不是真的想卖。

宋老板说：“当时几个朋友一起去临水县玩，临时决定买块地。真正落实时，他们又不想干了。就这样拖了几年，你们那边国土局打电话给我，说土地拿到手后，超过两年不动工就要罚款，再不动工就要收回。所以我就打算把地卖掉。你们要是有意向，就过来一趟，我们面谈。因为我现在生产任务重，外贸订单不能耽误工期。”

江行舟说：“好，我们明天就过去。”

宋老板道：“我等你们。”

轿车出了临水县县城，一直向南。现在是秋天，遍地金黄。稻子已经开始收割，收割机、汽车在地里奔驰穿梭，到处是一片丰收景象。沿途是丘陵地带，有山，但山不高；有水，水常绿。

江行舟和张人杰坐在轿车里，看着两边风景，不禁高兴地唱起来。这段时间，他们太压抑了，现在终于松了一口气。江行舟说：“以后我们也要找一个地方，远离繁华，种点蔬菜，养几只鸡，挖一个鱼塘。学习陶渊明，采菊东篱下，悠然见南山，过神仙过的日子。”

张人杰说：“我原来也有这种想法，但是实行起来很难，主要是心静不下来。”

他们已经和宋老板约好，在龙游宾馆见面。当江行舟等人到达龙游宾馆时，宋老板已经在大厅等候。

宋老板不到五十岁，瘦瘦的，手里拎着一个包。他见到从大门口进来的江行舟，马上迎上去，问道：“请问你是从临水县来的江总吗？”

“我是。你是宋总吗？”江行舟问。

他们握手后，江行舟向宋老板介绍了张人杰。

宋老板说：“你们住的房间，我已经订好了。”说着，他将房卡交给江行舟，“你们先到房间洗漱，然后到餐厅吃饭。”

餐厅在一楼，是个包间，不大，但挺雅致的。

龙游县不靠海，餐桌上却摆满对虾、鲍鱼、石斑鱼、生蚝，看来宋老板也是真心招待他们。

江行舟问宋老板："您去临水县是哪一年？"

"三年前。"宋老板说，"我们听说临水县欢迎外地客商投资，我们就去了。我是搞机械加工的，做外贸订单。我本来想在那里建个分厂。听朋友说，搞房地产利润比搞实业高得多，地价特别便宜，一亩地才十万块钱。我一激动，就把那块地买下来。后来真正落实时，我才感到非常困难。那块地拆迁任务非常重，凭我们的力量，根本办不了这个事，于是就拖着。我这里还有一大摊事情，分不开身。你们那边国土局催过几次，叫我抓紧时间开工，要是不开工，就要罚款，还要收回使用权。我想把那些地卖掉算了，就委托小华帮我联系买主。我们有缘，来，干一杯。"

大家就聊起家长里短。

宋老板说："你们那里的麻雀都能喝二两酒。我们这里也有能喝酒的，但大部分人习惯喝黄酒。老百姓家家都会做黄酒。每年到冬天，各家就把米淘干净，加上酒曲，放到缸里发酵，到春节就能喝了。"

"我原来在过永安公司干过。"江行舟说，"永安公司的老板和员工都是元州人，带过去很多黄酒，甜中带酸，很好喝。"

宋老板问江行舟："你说的是不是元州的柴总和邹总？"

"是的！您认识他俩？"江行舟问道。

"认识！"宋老板说，"他们的公司做得很大，已经上市了。我和他们关系还挺好的。江总要不要去看看柴总和邹总？"

江行舟说："这次没有时间，下次我专门来看他们。"

吃完饭，宋老板要江行舟等人休息。江行舟说不累，先把事情说一说吧，明天他们还要回去。

宋老板说："你们大老远跑一趟，应该到龙游石窟看看。"

江行舟道："我知道龙游石窟，号称'世界第八大奇迹'。上次我来龙游准备去看的，听说正在装修，没去成。明天看时间安排吧！"

宋老板把江行舟等人带到咖啡厅。

宋老板说："我不知小华给你们讲没讲那块地的具体情况。"

江行舟说："小华什么都没说，只是叫我们跟你谈。"

宋老板说："这个事情我想抓紧时间了结，只要不亏本就行。土地价格还是买来的价格，十万元一亩毛地，建设按县政府的规划要点办。你们要是有关系，也可以改变规划要点，那就不是我的事情了。至于国土局那里怎么处理，你们去协调。"

江行舟道："宋总非常直爽，说得也很有道理，我们基本接受。就是县国土局处罚的事，有没有下过处罚单？说没说要罚多少钱？"

宋老板说去年好像接到过一张什么单子，具体情况他记不清了。

江行舟说："那块地最大的问题是拆迁。因为那块地上的建筑物非常密集，而且都是楼房，拆迁难度大，拆迁成本高，利润薄。按理说，土地价格是不能再少了，我们也不好意思要求您降价。我听说国土局要处罚三百万元，已经下发处罚单。这笔罚款您能不能承担点？您要是能承担点，我看我们这笔生意就能成功。"

"我这个人性子直，说话不拐弯子。"宋老板说，"这笔罚款，我们两家各承担一半。"

宋总打开手提包，拿出一沓材料，递给江行舟。江行舟接过一看，原来是项目的资料，主要是土地取得的手续以及公司注册的名单，银行开户卡等。工商注册上表明，公司法人代表、执行董事是宋广德，注册资金一千万元。

江行舟用临水方言问张人杰："这事怎弄？"

张人杰说："没怎弄，随他不溜！"

江行舟对宋老板说："我们刚才说的是临水县土话，意思是这件事怎么办。他说没有办法，只能同意。"

宋总哈哈大笑："好啊，既然你们同意，我们就可以草拟协议书。我文化程度不高，要烦劳你们二位辛苦。"

江行舟说："我们合伙人还有一个没有来，等一会儿我们还要跟他通通气，估计问题不大。如果他那里没有问题，我就起草协议文本，明天上午请你过目，需要修改的地方再调整。真正签字时，还请宋老板到临水县去一趟，办公室里的东西还要清点一下。我们还要到国土局咨询，看看要不要你在协议书上签字。”

宋老板点头同意，然后到酒店里找人把资料复印一份，供江行舟写协议时参考。

宋老板走后，江行舟打电话给佟建东，把双方商谈的情况讲述一遍，问佟建东意见如何。佟建东说：“最大好处是毛地拆迁，虽然拆迁成本高，但是资金压力小，适合我们的情况。我同意。”

协议是按照股权出让方式写的。这样，土地随着公司过户而自然转移。这样的好处是不要交税，只需到工商部门办理注册变更登记就行。简单快捷，没有后遗症。协议比较简单，江行舟很快就写好了。宋老板看后稍微修改一下，就基本定稿了。

第四十章
医 院 扩 容

回到临水县，江行舟就到国土局咨询这块地买卖的事宜。国土局负责人告诉他，可以买卖，但不动产买卖必须经国土局相关部门同意，并且要履行土地使用变更手续。

关于土地超过时限未使用的问题，国土局负责人称处罚决定书已经下发，当然要执行，不过与买方无关。

江行舟问："能不能减轻处罚？"

国土局负责人说："正常情况下是不可以的，除非县领导同意免除。"

江行舟一想，要是宋书记在任就好了，可惜他已经到市里任市委副书记了，不能为了这点小事麻烦他。江行舟等人商量后，决定支付一百五十万元罚款。

江行舟打电话给宋总，约他过来签协议。宋老板答应马上过来。协议签订后，这块一百二十亩地就是天厦投资有限公司的了。

医院那边的发展，也是非常顺利，慕名而来的医生越来越多，医护人员年薪越来越高。骨科、消化科、五官科，发展成全县乃至全市的特色科室，科室负责人变成学科带头人，被选为学科专业委员会副主委。

佟建东提出再建一栋病房楼。他在院务会上提出，从医院发展情况来看，形势很好，但是病房床位不足，门诊地方太小，都需要马上扩容。他建议门诊楼向上加盖一层，再建一栋十二层的病房楼。他们原来请天厦投资有限公司代建医院的钱基本还清了，手里还有点钱，要抓住目前的大好时机进行扩容，否则过了这个窗口期，他们就会后悔的。

经过大家热烈讨论，一致同意佟建东的意见。佟建东笑着对江行舟说："这件事还要麻烦老兄，能者多劳嘛。"

江行舟道："医院里的人才多着呢！我老了，应该让位年轻人。"

佟建东还是要江行舟牵头，医院后勤科跟办服务。江行舟知道，这件事还得他负责，也就点点头说："小事我跑，大事你亲自上。"

首先是报县规划办进行方案审批。原来东方在任时，她马上就会有回应。现在她走了，江行舟只能去找规划办主任。规划办主任冷静，人如其名，慢性子。

冷主任见江行舟进来，没有打招呼，继续和坐在他办公桌对面的人说话。江行舟就坐在旁边椅子上等待。过一会儿，和冷主任说话的人走了，冷主任才扫了一眼江行舟，还是没有说话，低头翻看桌子上的文件。

江行舟连忙走过去，说："冷主任好！"

冷主任哼了一声，算是打过招呼了。江行舟在冷主任办公桌对面椅子上坐下自报家门，说他是仁心医院的，来报送一份材料。

冷主任慢吞吞地问道："你不是天厦投资有限公司的吗？"

原来他认识江行舟。

江行舟说："对，我是天厦投资有限公司的，帮医院跑腿。"

冷主任的"肉夹眼"白了江行舟一下，问："材料呢？"

江行舟赶紧把手里的材料交给冷主任。冷主任接过材料看了一遍，高喊一声："小高！"

冷主任声如巨雷，把江行舟吓了一跳。这时，从外面进来一个小个子年轻人，问："主任什么事？"

"叫庄美眉来一下。"

小个子连忙跑出去。不一会儿，进来一个花枝招展的年轻女人，身上香水味扑鼻。

冷主任把江行舟送来的材料递给庄美眉，说："这是仁心医院送来的材料，你拿去审核一下，看能不能建。抓紧时间，听到没？"

庄美眉拿着材料，屁股一扭一扭地走了。江行舟不知道下面自己该怎么办，就坐在那里，呆若木鸡地等冷主任发话。冷主任可能意识到江行舟在等他进一步指示，就对江行舟说："你快去找她，以后你们有事就跟她联系。"

江行舟找到庄美眉的工位。庄美眉主动对江行舟说："你们的材料放在我这里，我抽时间看看，什么情况我会告诉你。"

回去之后，江行舟把他在规划办的经历告诉了佟建东，抱怨道："现在的规划办都是什么人！"

佟建东笑笑说："我知道冷静，外号叫'半死'。他就那样，遭雷劈步子都不会乱。但是他精通业务，办事能力强。领导就喜欢这样的人，把关严，不出事。"

宋老板在临水县注册的公司叫"应天宏图房地产开发有限公司"，简称"宏图公司"。开发楼盘在安如小区西边一公里的位置，还属于主城区，但是周边公共配套设施少，因离一所学校比较近，属于学区房。

第一件事是联系拆迁。江行舟找到宇文正。宇文正说："现在拆迁跟过去比大不一样。现在都是大兵团作战，一个拆迁任务下来，全县抽调人员组成一个团队，由一名领导带队，主要成员以临水县的镇、村、组干部为主，全县各机关、事业单位抽调人员。这些人基本上常年搞拆迁工作。所以他们精通拆迁政策。拆迁办主要负责业务把关，工作组谈得差不多了，我们负责算账、签协议。这样我们没有压力，反而轻松，很好。"

"现在拆迁找谁呢？"江行舟问。

"找县领导。"宇文正说，"现在分管拆近工作的县领导叫时更新，他同时兼任临水镇党委书记。现在拆迁任务很重，排队都排到明年下半年了。"

江行舟说："请你想想办法，争取往前排。"

江行舟把宇文正所述跟佟建东和张人杰说了。张人杰说："我弟弟跟时更新关系比较好，我问问我弟弟。"

原来，张人杰弟弟和时更新是中学同学，经常在一起玩。张人杰跟弟弟说了拆迁的事。弟弟说："我跟他说说看。"

时更新听完张人杰弟弟的诉求，说："既然是几位老领导的事，还有你在中间，我肯定要办。我跟宇文正商量一下，尽可能往前排。到真正拆迁的时候，我调集最强的队伍来办这件事，我保证这事的当（稳妥）！"

宇文正告诉江行舟："时更新承诺，你们的楼盘拆迁工作要特事特办，尽可能往前排。我排了一下，正在进行的，肯定要把它做到结束；凡是没有开始的，一律往后排，先搞你们这个项目。估计就算这样安排也要等两个月时间，你们做好准备吧！"

就在等待拆迁排档期的时候，江行舟经常插空去规划办，联系仁心医院门诊楼扩建和新建病房楼的事。

一次，庄美眉对他说："门诊楼四层上面加建一层，这是谁给你们出的主意？简直就是馊主意！"

江行舟忙问有什么问题。

庄美眉说，门诊楼本来就是四层楼的基础，要加一层，基础支撑不了。要是当初设计五层基础，建四层，现在加盖变成五层，那就没问题。现在这样搞四加一，找谁都没有用。

江行舟没有话说了，就问病房楼能不能建。

庄美眉说："我算了一下容积率，应该没有问题，但是两栋楼间日照间距，我还要到实地测量一下，要是够用很好，要是不够用就得减层。至于减多少，要根据实际距离测算，能建多少层就建多少层。"

他又问庄美眉什么时间去医院看看，要不要他派车接她。

庄美眉说："就这一两天吧。不用你派车接我，我自己去。"

"中！"江行舟说，"你来之前打电话，我在门口等你。"

江行舟把他和庄美眉商谈的结果告诉了佟建东。佟建东听罢皱了皱眉头，咂咂嘴说："这怎么办？门诊楼实在太拥挤了，不加一层不行啊！"

"当初我就建议门诊楼建六层，你说够用，现在后悔了吧？"张人杰抱怨道。

佟建东说："我的思想还是太保守了，没想到医院会发展这么快，房子不够用了。不过不能加盖是庄美眉说的，冷主任还没有表态，我们要不找冷主任试试吧。"

江行舟说冷主任阴阳怪气的，很难打交道。佟建东说："我找一个人跟他说说。"

过了两天，庄美眉带人来到仁心医院进行实地测量，江行舟陪同。庄美眉换了一身工装，朴素多了，看起来也没有那么扎眼了。江行舟问测量结果怎样。庄美眉说："回去计算后才能知道，你稍等几天。"

又过了两天，庄美眉打电话告诉江行舟："病房楼日照间距分析没有问题，可以建十二层。"江行舟问下面程序怎么走。庄美眉说："领导决定以后，我再跟你说。"

冷主任的回复跟庄美眉的意见一样。门诊楼不能加盖，病房楼可以建。佟建东还不死心，想找更大领导公关。

江行舟悄悄打电话给东方，问仁心医院门诊楼加盖的事，请她出主意。

东方说："门诊楼确实不可能加盖，但可以变通处理。比如在四层用轻质材料搭建临时建筑，规划办可能会同意。因为是临时建筑，使用时间只有一年，最多两年。"

江行舟把东方出的主意告诉佟建东。佟建东按照临时建筑的方案报送规划办。果然，冷主任同意仁心医院在门诊楼上加盖一层，使用时间两年。

方案批下来以后，实施就简单了。江行舟找汪杰设计病房楼，安排原来建设门诊楼的广陵建安总公司再次施工。因为他们对仁心医院门诊楼的情况比较了解，避免误伤房屋结构。

汪杰团队把设计图设计出来以后，按程序报审，接着开始施工。谁也没有想到，安如小区的居民联合起来阻挠医院建病房楼。其实病房楼在小区北侧，与他们的楼房还有很大距离。病房楼住的是病人，不可能对他们产生干扰。

仁心医院开始施工时，就有安如小区的人围观，有人说三道四，后来围观的人多了，闲话就多了，仁心医院的领导就派人向他们解释，并且把县政府有关部门的批准建设的手续给他们看，没有用。

佟建东得知，有人暗中鼓动安如小区居民闹事，要仁心医院赔偿居民。仁心医院当然不愿意花这笔冤枉钱，坚持继续施工。

几十个安如小区居民，排成人墙不让施工。仁心医院的领导没有办法，只能报警。警察到达现场，听取双方的意见，又查看了仁心医院的批建手续，认定仁心医院施工手续齐全，可以继续施工；安如小区居民无端闹事，必须立刻撤离现场。如果不听劝阻，继续无理纠缠，影响正常施工秩序，警方将依法办事。

安如小区居民受别有用心的人蛊惑，妄想白得一笔外快。现在他们见警方介入，他们别说拿不到钱，说不定还要吃官司，便灰溜溜地离开了。

江浸月毕业以后，导师建议她继续读博，她自己也想干脆把该读的书都读完算了。江行舟不同意，认为女孩子的青春耽误不起，她应该先工作，然后成家。到那时候，她要是还想读博，再去读也不迟。王莉赞成江行舟的意见。她只好照办。

在择业的时候，江浸月有三种选择：第一种是留校当助教。她认为教书生活太刻板，没意思；第二种是入职建筑设计院，做设计师；第三种，市里出台吸引人才新政策，硕士研究生以上学历可以直接进机关当公务员。

江浸月性格豪爽，像男孩子，从政还是有优势的。王莉的妹夫在市委机关工作，由他联系，把江浸月安排在园林局做局长助理，还做本专业的事。江浸月觉得很好，很快适应了工作。没多长时间，赶上园林局和住建局合并，她被任命为住建局局长助理。

又过了一年，临水县委为培养女干部，把她派到乡镇参选副镇长。其间，她和中学同学结婚，生下一个男孩子，生活比较顺心。唯一的困难就是夫妻两地分居，江浸月又要工作，又要照顾孩子。王莉只好办理退休手续，帮江浸月带孩子。

江行舟没办法跟王莉一起生活。这样一来，一家人不得不在多处生活。江漫月也不错，在研究所谈了个对象，婚后生个男孩子。

第四十一章

怪 事 不 怪

拆迁的时间终于敲定，元旦以后拆迁工作组进驻，全力以赴，争取春节前拆完。全县抽调五十人，每组三至四人，主力队员是临城镇的村组干部，其余是从全县各乡镇和机关抽调的常年搞拆迁的干部。带队的是临城镇党委副书记尚云雷。

拆迁公告几天前就贴出去了，被拆迁人早有思想准备。

拆迁工作组进驻前三天，成果显著，每天都有十几户签拆迁协议。第四天以后，一天只有三五户签拆迁协议。拆迁工作组开会，各小组汇报情况，认为这是很正常的现象。前几天，签拆迁协议的是村组干部，他们要带头，同时还得到奖励。被拆迁人有一个思想转变过程。

其间，也发生了几件事，令江行舟和张人杰心里不舒服。

第一件事，一个拆迁工作组成员徇私舞弊，把被拆迁人的普通住宅私自改成经营用房，以致被拆迁人多获利几十万元。江行舟发现后，向尚云雷反映这件事。尚云雷只是把徇私舞弊的拆迁工作组成员调离拆迁工作组，其他事情不了了之。 张三伙同某个拆迁工作组成员伪造拆迁协议，要求天厦投资有限公司给予张三补偿。天厦投资有限公司不认可张三伪造的拆迁协议，张三托关系向天厦投资有限公司施压未果后，到临水县法院起诉天厦投资有限公司。临水县法院主审此案的法官未经详细调查，便判天厦投资有限公司败诉。

天厦投资有限公司上诉到市中级法院。市中级法院负责该案的法官经过多方走访、核查，查明张三伙同某个拆迁工作成员伪造拆迁协议的真相，矫正了临水县法院的审判结果。

第三件事，有一个被拆迁人得到三套住宅补偿后，仍不满足，还提出种种无理要求，屡次到天厦投资有限公司胡闹。拆迁工作组成员多次劝导，他都拒不接受，还到省信访办拉横幅喊冤，闹得非常厉害。后来经县法院、市中院、省高院审判，他败诉后才不了了之。

不管怎样，拆迁工作终于结束了，下面就是开工建设的事情。江行舟把这个新开发的小区取名“朝晖”，名称出自范仲淹的名作《岳阳楼记》。

朝晖小区工程仍然采取总承包的办法，辛大成牵头，组成一个工作管理班子，派一个副经理当工程部经理，委派两个工程师负责土木工程和水电工程，工程部经理兼任安全工程师。

项目经理则由双方沟通遴选。安如小区的三四个项目经理保留下来，又换了四五个。这种更换很正常，有的是甲方不认可的，也有项目经理自己不愿意干的，总之，是双向选择。整体看来，项目经理的素质有所提升，经济实力有所增强。

令江行舟没有想到的是，有个项目经理居然在他的眼皮底下，把工程款卷跑了，导致公司损失一百多万元。

这个项目经理叫吴良兴，是熟人推荐过来的。据说是资深项目经理，经济实力也可以。他四十多岁，看上去挺老实，比较内向。江行舟也没有对他深入了解。

吴良兴有赌博的恶习，可能欠了不少赌债，就把应该发给各工种工人的工资都还了赌债。表面上看，他每天都在勤勤恳恳工作，也没有什么反常情况。直到工地停工，工人找不到他，工程部才向江行舟汇报。

鲍业盛、辛大成也都不知道这件事。

辛大成把负责现场管理的副经理兼工程部经理找来。在辛大成和江行舟一再逼问下，他才说出实情。他一直劝吴良兴不要再赌了，抓紧时间把挪用的钱补上。

“我，我——”气得辛大成打了副经理一个耳光。副经理低下头，装死狗。

江行舟叫会计和项目部对账，再叫辛大成召集工人开会，告诉工人照常上班，一切损失由公司承担。

经过仔细核对，吴良兴一共挪用各工种工人工资二十五万元，拖欠各材料供应商材料款八十六万元。

辛大成带人到吴良兴家一看，大门敞开，一个人也没有，屋里东西都搬空了。

江行舟和张人杰商量后，决定向警方报案，请警方帮助查找吴良兴。携款外逃，数额巨大，已经构成犯罪，应该全国通缉。警方答应立案侦查。

江行舟跟辛大成商量怎么善后。

辛大成承认他负有管理责任，但这是吴良兴个人犯罪，后果应该由吴良兴承担。江行舟见辛大成推卸责任，就说他们先不要谈责任，当务之急是把拖欠工人的工资发了，材料商的材料款要等一等。更重要的是要找一个人接替吴良兴做项目经理，看来只能让副经理顶上来，要不现在的半拉子工程，没有办法委托别人。

辛大成不吭声。

江行舟发火了，说："要不就你来干。"

辛大成死活不开口。

江行舟说："辛总，要不这样，我们先给你支付二十万元钱补发工人工资，不得用于其他地方。你把工资单拿来让我看看，你抓紧时间复工。"

辛大成见江行舟发火，特别是看到了补贴款，才勉强同意接手吴良兴负责的项目。

第四十二章
父子心中的坚冰慢慢融化

一天，江行舟在朝晖小区巡查各种配套工程情况。道路、给排水已经做好，网络监控线路正在布设，消防工程还在施工。江行舟拿着一根小铁棍，随机撬开窨井盖查看雨污分流工程有没有偷工减料。

这时，他发现江火也在朝晖小区里转悠，就问江火绿化苗木准备得怎么样了。绿化是季节性很强的工作，时机一定要把握好。江火说："我就是来看看我们什么时候能够进场。"

"好好干！"江行舟点点头，"你回去抓紧时间准备。"

江火到底是年龄大了，也开始懂事了。现在的江火，不再像过去那样，一副破罐子破摔的样子，处处与江行舟为敌。现在他和那些狐朋狗友接触也少了，心思都放在家庭和公司业务上。

江行舟跟江浸月商量过，江浸月没有时间打理公司的事，江行舟也不想管公司的事，便把公司过户给江火。江火为执行董事，江行舟在公司保留监事职位，以便了解公司情况，必要时可以帮助江火克服困难。江火从心里不愿意让江行舟插手公司的事，但又没有理由拒绝。

江火与江行舟的隔阂，就是因为江火小时候听三姨说，他妈就是他爸害死的。他妹妹太小，他妈只能把她带着到地里干活。他妹妹当时睡着了，他妈就把他妹妹放在地头睡觉。谁知道，他妹妹睡醒了，爬着去找妈妈，结果掉到地头沟里淹死了。他妈对此又疼又后悔，责怪自己太大意，哭得死去活来。他爸居然像凶神一样责怪、打骂他妈。他妈本来心里就难过，哭得要死要活的，几天不吃不喝，精神恍惚。在下暴雨的夜晚，他妈冲出去找他妹妹，结果掉到河里淹死了。他爸与他妈一点感情都没有，他爸是一个十分冷血的人，他永远都不要相信他爸。

等江火稍微长大一些，问奶奶："我妈到底是怎么死的？"

奶奶说："掉进河里淹死的。"

江火又问他妈为什么会掉到河里。

奶奶见江火还小，就说："等你长大就知道了。"

江火认为肯定是江行舟做了什么丑恶的事，奶奶才不肯讲述他妈的死因。就这样，一颗怨恨的种子，深深地埋在了他幼小的心灵里。

江火听信三姨的话，终于毁了自己。三姨做梦也没有想到，是她对江行舟的仇恨，毁了江火的前途。

江火后来拒绝江行舟的帮助，在社会上乱闯，最后一事无成。直到他承包永安公司的绿化工程，才认识到自己的渺小和微不足道，没有江行舟的帮助，他什么也做不了。碍于情面，他虽然嘴上还是那样硬，但内心觉得，江行舟还是关心他的，希望他过得好。江行舟对他的这种帮助也是无私的。于是，他心里多年积下的怨恨开始慢慢化解。

现在，江行舟又把江浸月的公司转让给他，使他凭空得到一个成熟的绿化公司。他决心做出点样子，证明给江行舟看，也证明给自己和所有人看！

其实，江火很后悔自己小时候不读书，现在做事处处被动。所以，他下决心好好学习，便买来一些绿化之类的书籍看，慢慢走入正道了。

江行舟看在眼里，心里感到些许安慰。

江行舟本来就不是商人，对经商不感兴趣，哪怕是从政，也改变不了他骨子里的传统文人属性。所以，时间一长，他就萌生去意。可以说，下海经商非他所愿，是当时县政府的政策把他从勤勤恳恳、任劳任怨的工作状态中摇醒，又一把推向五里雾中。

退居二线后，他曾感到迷茫、愤懑，不知道自己应该去何方。整天窝在家里买菜做饭，他觉得实在无聊；他又不想像某些人那样，钓鱼、打牌、玩鸟，或者和朋友一起喝酒、唱歌、跳舞，虚度余生大好时光。

江行舟实在难以适应这种毫无意义的生活状态，后来冯续来把他推荐给柴总和邹总，实际上就是为房地产公司老板打工。虽然说隔行如隔山，但从业务本质上来讲，他还是从事管理工作，算是重操旧业，完全能够胜任新工作。尽管他的工作能力和工作业绩完全对得起老板给他的那份工资，但从心底来说，这种半主半仆的生活，让他始终有一种寄人篱下的感觉。

他始终觉得，这种工作跟过去体制内工作的性质不一样。

那时，他是主人的感觉，做什么事情都是全心全意地干，吃再多的苦也不觉得苦，因为有理想和信念支撑着他。他相信自己会精神饱满地干到退休。

后来佟建东和张人杰来找他——去古邑县承包医院，他欣然同意。因为那是自己创业，能够实现自己的理想，做真正的自己。可是因为内部外部各种矛盾，最后草草收场，他还当了逃兵。

从古邑县回来，他搞房产地开发、搞医院，才是真正意义上的自己创业。尽管他身体还没有完全康复，也咬着牙和佟建东、张人杰没日没夜地干。辛勤的汗水终于浇开幸福的花朵，事业获得成功，也获得社会认可。他为此感到欣慰。

与此同时，他也看到了事情的另一面。房地产开发头绪繁多，困难很大，做什么事情都不容易。他从中又看到，开发商建造了大量房子，解决了很多人的住房问题，客观上为城市化、为社会做出贡献的同时，也用种种手段向社会攫取利益，其中有些手段是不光彩的。

对于这些，江行舟看不惯，对他的良心是一种打击，也是一种煎熬。他不想再这样煎熬下去了，想早点抽身离去。随着时间推移，他的这种感觉越来越强烈。

一天，江行舟端着茶杯，来到张人杰办公室。见张人杰在翻看报纸，好像没有什么事，他就问道："朝晖小区这个项目差不多了，下面怎么办？要不要再去找一块地？"

张人杰放下报纸，看了看江行舟："现在拿地成本太高了，我听说这次县政府拍卖土地，场面十分火爆，一亩地都炒到两百万元了。没有几亿元资本就别想拿到土地。"

江行舟说："房地产开发越来越热，房价越来越高，现在老百姓买房更难了。我听说现在农村小姑娘谈对象，彩礼要新三大件——房子、汽车和银行卡。而且，房子还要学区房，一次性付款，不能分期付款；银行卡里必须要有几十万元存款。这些彩礼一般人家根本出不起。”

张人杰摇摇头：“这也太过分了。”

江行舟见张人杰也有了畏难情绪，就趁热打铁地说：“我不想干了，赚几个小钱，够吃够穿就行了。”

张人杰家里人丁繁盛，孩子多，于是说道：“我能多苦几年就多苦几年，给下一代打下物质基础，他们就会少奋斗几年。”

江行舟道：“儿孙自有儿孙福，莫为儿孙做马牛。该谁享福，谁就该受罪。儿孙有料，你不给他留一分钱，他照样活得很好。要是儿孙没料，你给他再多的财产也没有用。我们何必操那个不必要的心！各人有各人的命，为谁辛苦为谁甜？反正我想不干了。”

张人杰搞不清楚江行舟今天说这番话到底是什么意思，就模棱两可地说：“谁不想休息？也不是谁想休息就能休息的！”

朝晖小区有四百多个地下车位，销售出现了问题。当初没有考虑周到，将地下车位和地上楼层连通，与一层捆绑销售。地下车位有单独出入口，单独销售。因为地面可以自由停放车辆，所以地下车位虽然搞得很漂亮，但买的人很少。

江行舟和张人杰认为，解决这个问题的关键在于物业把地面能不能停放车辆管起来。物业提出一大堆问题，根本一条就是要钱，要增加监控设备和电子道闸，要求给值班人员发放加班费。

他们只能照办，结果成效不大。该给钱给钱，该不做事还是不做事，车位仍然不好卖。最后改成给销售员提成，就是每销售一个车位，按销售总额提成百分之十，这样还是没有大的改观。

江行舟和张人杰对此束手无策，只能就这样慢慢耗着，顺其自然，等私家车多了，地面上实在停不下了，那时有可能地下车位销售会好一点。

一天下午刚上班，张人杰推开江行舟办公室的门，问：“你忙不忙？”

江行舟答道：“我没有什么大事，怎么了？”

张人杰说：“你要是没有事，跟我到招投标大厅看看。今天下午 3 点钟，国土局要拍卖一批地。”

江行舟看看手表，已经下午 2 点半了，就说：“迟了吧？”

“没事，我们马上就走。”张人杰说罢转身就走。江行舟只好跟在张人杰后面走。

招投标大厅里坐满了人，拍卖会已经开始了。拍卖员站在台上，手里拿着一个木槌大声喊道：“GP5 号地块，这位先生出价两亿四千万元，还有没有出价了？”

下面没有人举牌，拍卖员大声喊道：“两亿四千万元第一遍！”

停了一会儿，台下还是没有人回应，拍卖员又喊：“两亿四千万元第二遍！”

这时，台下有人举了一下牌。拍卖员看了一眼，说道：“这位先生出价两亿六千万元。还有没有人出价了？！”

台下再无人举牌。拍卖员连喊三遍后，宣布 GP5 号地块归那位先生，请那位先生到台侧签署土地成交确认书。

江行舟看了一下，GP5 号地块在城南新区，是学区房区位，总共八十亩，平均每亩三百二十五万元。

拍卖员又开始拍卖 GP6 号地块。

江行舟拉了拉张人杰：“算了，我们买不起。”

张人杰站起身向台上又看了一眼，就被江行舟拉走了。

张人杰对江行舟说：“地价这么贵，说明有人买，看来房价还要涨。”

“再涨，老百姓真的买不起了。”江行舟道，“你看，这楼面价达到每平方米五六千元，房价至少要卖一万元以上。临水县的老百姓还没有达到这么高的消费水平。”

张人杰说：“只要有人建，就会有人买，你别不信。”

江行舟道：“不是我信不信的问题，而是老百姓能不能买得起的问题。”

张人杰不说话了。

第四十三章
读书写字才是文人本色

为了打发时间，江行舟决定把荒废多年的书法重新拾起来。于是，他到新华书店买了几本字帖，又去文具店买来宣纸、毛笔、墨水、砚台、笔洗、笔架、镇纸，又买了一大摞毛边纸作为练习纸。

江行舟喜欢草书，字帖里就有一本王羲之的《草诀歌》，就从这里开始练习。他在网上搜索到书法方面的教程《中国书法》，共六集，把中国书法史讲得很全面，很透彻，使他对中国书法有了全面的了解和全新的认识。

他又在网上看了刘洪彪的讲座《草书四十二讲》、张旭光的讲座《行书三十二讲》。

一番入门级的学习，江行舟对中国书法有了一个比较完整的认识。过去他也练过书法，没有按照字帖练，就是信手瞎写，其实就是涂鸦。现在通过正规学习，他才知道学习书法一定要从学习古人书法经典作品开始，每天不间断地临摹。

他叫木工用一整张木工板打造了一张书法桌，铺上白色毛毡，放在办公室一角，一有时间就练。他还在墙上钉上几排钉子，钉子之间用细钢丝连起来，穿上小塑料夹。凡是他自认为写得好的作品，就把它夹起来挂在墙上，细细观摩，下次再有更满意的作品，就把前几天的作品换掉。

常换常新，江行舟的书法技艺也在慢慢长进。

除了书法，江行舟还喜欢看书。他看的书很杂，文学、历史、地理、哲学，《二十五史》《资治通鉴》《中国通史》《世界通史》《中国哲学史》都读过。

特别是文学书籍读得很多，包括《红与黑》《 战争与和平》等世界名著，中国小说读得更多，现当代著名作家的代表作，他几乎全部读过。

他曾经说过，在过去最想读书的时候，没有书读；在最缺钱的时候，买的书最多；现在有了钱，却很少买书，也很少读书。他打算把丢掉多年的读书习惯重新捡起来。想买什么书就买什么书，想看什么书就看什么书。他到邮局订阅了几份小说、散文类的杂志，使自己能够看到最新的、紧贴时代脉搏的作品，保持与时俱进的活力。

这样，江行舟每天除了处理公司里的事务，就是读书写字，生活过得很充实。

张人杰还在关心土地的事。县政府最近又推出哪几块地，价格多少，被谁买去了；这是一家什么样的公司，有什么背景，他都打听得清清楚楚。但是，联系到自身实际情况，他就哑口无言了。价格太高，他们根本无力承受，只能叹一口气了事。

江行舟早已厌倦了那样的生活模式，听到这些消息，也没有什么感觉，因为他的心思已经不在这上面了。

一天，张人杰对江行舟说，他的一个亲戚前天回来，提到彭城市沛泽县那边的政策很宽松，有点像临水县前几年的样子，大搞招商引资，土地价格比较便宜。江行舟问他亲戚是干什么的。他说他亲戚原来在临水中学做老师，后来到沛泽县办学校，办得很好，赚了不少钱。

江行舟见张人杰兴致很高，也不好说什么，就对他说："先看看佟院长有什么意见。"

张人杰跟佟建东一说，佟建东说可以去看看，说不定瞎猫碰上死老鼠。

于是三人直奔沛泽县。

现在正是初冬，由于起得早，天还没亮，车里开了暖气，三人都很兴奋，天南地北地吹牛，一路笑声不断。

太阳升起，天高云淡，大地涂上一层金色。路边枯草上的白色霜花被晒成水滴，清澈地挂在草叶上，摇摇欲滴。

车子直接开到沛泽县双语学校。张人杰的亲戚黄校长在办公室已等候多时了。

黄校长很年轻，戴一副近视眼镜，文质彬彬的样子。张人杰向黄校长介绍了江行舟和佟建东。黄校长客气地说："你们都是临水县的老领导，欢迎你们莅临指导！"

江行舟道："黄校长就不用客气了。你什么时候来到这里的？"

"1999 年。"黄校长慢条斯理地说，"当时临水县很多人出来办学校，我们几个人经朋友介绍来到这里，没想到还真就搞成功了。"

江行舟冲黄校长点点头："来这里开发房地产的人多不多？"

黄校长说："也不少，但没有去临水县的人多。"

江行舟又问地价房价、老百姓收入情况。

黄校长说："现在时间不早了，我们先去吃饭，吃完饭我们再慢慢聊。"

酒足饭饱之后，黄校长带领张人杰一行人在城区转了一圈。江行舟对沛泽县城区有了一个基本印象。他们回到办公室，黄校长找来学校的后勤主任。

后勤主任是本地人，对沛泽县拆迁情况比较了解。黄校长请后勤主任给江行舟三人介绍一下情况。如果他们感兴趣，黄校长可以联系沛泽县国土局或者建设局的负责人。

张人杰说："听完后勤主任介绍的情况再议。"

后勤主任介绍说，沛泽县改革步伐比较小，起步比较晚，不过也在慢慢变化。现在全县共有房地产公司二十多家，有本土的开发商，也有招商引资来的外地开发商。县政府招商引资力度正在逐步加大。因为起步晚，现在房价不高，地价也不贵。

江行舟问地价多少钱一亩。

后勤主任说："二十来万元。"

江行舟听说一亩地二十来万元，觉得太便宜了，便问道："怎么会这么便宜？"

后勤主任说："加上拆迁费用就多了。"

江行舟见还是毛地拆迁，就摇摇头说道："原来是毛地。毛地二十多万元就算高的了。县政府对拆迁有什么要求？"

"拆一补一，找差价。"后勤主任怕江行舟听不懂，又解释道，"就是拆老百姓一平方米旧房，开发商就得安置老百姓一平方米新房。旧房便宜，新房贵，老百姓要给开发商补差价，还是比较公平合理的。"

"拆迁力度大不大？"江行舟又问。

后勤主任说："县政府原来拆迁力度挺大的。县政府还派人到你们那里学习过，警车、救护车、铲车都上。后来出了一件事，负面影响挺大的，导致现在拆迁速度比较慢。"

后勤主任走后，黄校长出去办事，张人杰等人便商量下一步怎么办。

江行舟说："毛地价格比较贵，最主要的是拆迁拆不动，要是几年拆不掉，还不把人耗死！"

张人杰说："这只是后勤主任介绍的情况，不一定准确。我们既然来了，就到拆迁办看看，听听主管领导怎么说。"

佟建东同意到拆迁办咨询。

拆迁办主任有事不在，他们见到一个副主任。

副主任见江行舟等人是来开发房地产的，更加谦虚谨慎："我们县政府对招商引资非常重视，尤其对房地产开发商，就像对待上帝一样敬重，提供一切服务。只要你们把地买到手，拆迁工作立刻跟上。我们拆迁办保证全力以赴，绝不含糊。"

江行舟笑着问道："一般来说，拆迁工作从开始到结束，需要多长时间？"

副主任说："地块不大的，拆迁量也不大的，一般也就是两三个月。地块大的时间就要稍长一些。"

江行舟又问："除了毛地，有没有净地出让？"

"暂时还没有。"副主任摇摇头，"不过县政府已经想办法搞拆迁安置小区。等安置小区建成以后，县政府就可以提供净地了，现在只能提供毛地。其实你们应该抓紧时间，趁毛地供应还没有终止时，赶快拿地，毛地比净地划算多了。你们想想，县政府拆迁成本肯定比你们自己拆迁要高，对不对？"

江行舟点点头："理论上是这样。"

副主任坚持说："实际上就是这样。"

江行舟不想跟他辩论，起身告辞。

副主任气喘吁吁地站起来送行："欢迎你们来投资，我们保证服务到位！"

在车上，江行舟对张人杰道："看来拆迁还是有问题，不要看副主任言之凿凿，其实他没有底气保证拆迁时间。"

张人杰还是有点不死心，说："不知这个副主任说的话是真是假，要是他真能在两三个月内拆完，效率还算比较高的。”

佟建东说：“拆迁不确定性太多。地块不一样，被拆迁人不一样，结果也就不一样，要看运气。”

“我们不能把命赌在运气上。”江行舟道。

他们回去后，因为事情多，主意没有拿定，这件事就没有人再提。

江行舟每天上班第一件事就是练习书法，认真临摹字帖，自我欣赏。有事他就去办事，没有事就看书，生活很充实。

一天，一个亲戚来找江行舟，看到墙上挂满江行舟的临摹作品，惊讶地说，字写得不错，功夫见长啊！

见有人夸奖，江行舟也很高兴，说他现在事情不多，练习书法是为彻底赋闲做准备。

这个亲戚叫苏伟，是国家级书协会员，从事室内装潢设计工作，顺带培训小孩子练习书法。因为他主攻苏东坡的书法，而且博采众家之长，形成了自己的独特风格。因此，江行舟拿出宣纸，请他写一幅字。

苏伟也不客气，拿起笔，稍做沉思，写了一副中堂。内容是宋代大学问家张载的“横渠四句”：为天地立心，为生民立命，为往圣继绝学，为万世开太平。

这是行书字体，苏东坡的书法风格明显，写得端庄稳重，足见功底深厚。

苏伟说：“这次我没有带印章，下次补上。”

既然老师上门，江行舟不想错过机会，提出一大堆书法问题。苏伟一一解答。

江行舟问：“学书法应该从楷书学起，还是从篆书学起，还是什么都可以入门？”

“从什么字体开始学无所谓。”苏伟答道，“如你喜欢草书，就从草书开始练习。殊途同归。要想写出成就，就不可能仅学习一种字体，更不可能只学一个人的字体，而是要观摩、临摹很多人的书法作品，博取众家之长。还要从这些浩繁的书法经典中走出来，形成自己的风格。否则，你学得再多，也永远跟在古人后面，只能是古人的影子，没有用的。”

江行舟说：“我写字只是个人爱好而已，根本成不了什么书法家。我每天写写字，只为打发时间。”

“既然开始学了，何不认真一点？”苏伟道，“我看你书法天赋很好。怀素的《自叙帖》，你临摹得很有味道。你可以试试这种办法。第一遍实临，按字帖一字一字按部就班地写，写得越像越好。第二遍背临，就是不看字帖，凭记忆临摹。当然，不可能记得那么准，写出来像的少，不像的多，也没有关系，再实临，再背临。这样循环往复几遍，到你自己觉得临摹得差不多的时候，再把字帖放到一边，根据自己的学习体会，加上自己理解，不要求跟原帖一样，自己创造性地写出来，既有原帖的味道，也有你个人的风格。这样长期坚持，必定大有益处。”

苏伟这番话，令江行舟茅塞顿开。原来他就是盲人骑瞎马，没有科学性，在荒野上乱跑。看来，做什么事情都要讲究方法，方法对了事半功倍；方法不对，事倍功半。

苏伟还对江行舟说：“不要关起门来自己练，要走出去，多和其他人交流，切磋技艺，很有好处的。闭门造车，一定孤陋寡闻。临水县是全国知名的书法之乡，中书协会员十几个，有些人你都认识。你们经常走动走动，对你学习书法有好处。”

江行舟答应：“好，我们约一个时间，你牵个头，请你们书法界的朋友聚一聚。”

“没问题！”苏伟说道，“你定时间，我约他们。”

第四十四章
写　小　说

一天，江同舟打电话给江行舟，说他送到常州参加全国比赛的盆景，获得银奖。回到临水县后，县政府又给他一万元奖金。

江行舟听了很高兴，鼓励江同舟继续努力，争取更大的成就。江同舟说："我现在正在打造我自己的品牌，做出具有地方特色的盆景，争取自创流派。"

江行舟觉得江同舟有志向是好的，但志向也太大了一些。自创流派？谈何容易！全国从事盆景的人多了去了，谁不想独树一帜？不过，气可鼓而不可泄，还是得鼓励他好好干。

江行舟问："我要不要也给你一些奖励？"

江同舟反问："你能给我什么奖励？"

"叫你好好干，就是最大的奖励。"

"谢谢大哥的奖励！"

兄弟俩哈哈大笑。

归根结底，江行舟不想干房地产的原因，是因为他觉得房地产就像毒品，说起来很可怕，吃了会上瘾。如果戒了，对它的回忆是灰色的，搞不清它到底是什么东西，好坏难以区分。

他想退出房地产行业，安安静静地生活，把过去的爱好再捡起来，做自己真正想做的事。如果有灵感，可以写写小说、散文。他对小说比较喜欢，以前，他在生产队参加劳动时，就发表过一篇短篇小说。

后来他在大学期间，在校刊上也发表过两篇短篇小说。大学毕业以后，他为五斗米折腰，整天俗务缠身，再也没有写过小说。

他还有早上散步的习惯，基本走固定的路线。从小区大门向南不远，就是环城河，河边是景观步道，大约三公里。河边树木成荫，花香鸟语，小径高高低低穿行其间。每隔一段路，不是亭榭楼阁，就是亲水平台。在水叠石垒砌的岸边，一些钓鱼爱好者隐身在飘飘的柳枝下，全神贯注地注视着水面变化，随时准备提起鱼竿。一些喜欢养鸟的人聚在一起，把鸟笼挂在树上，让鸟欢快地歌唱。鸟主人则像新生儿的母亲欣赏婴儿咿呀学语一样，陶醉在他们的宠物简单而复杂的鸣叫声中。

江行舟在河边步道上漫步，深深呼吸着清新的空气。清洁工人撑着小船在河里用网兜打捞漂在河面上的塑料袋和其他杂物，惊动正在河里游弋的水鸭子，隐身在树丛里的白鹭也飞走了。

看着眼前这幅图景，他常常情不自禁地感到心旷神怡。一次，他头脑里突然出现这样一幅画面——一个老人撑着小船在河里捞垃圾，一个年轻人在岸上景观步道上扫垃圾，垃圾被风吹到河里，老人又把落入河里的垃圾捞出来。

江行舟觉得这个场景写下来就是一篇好的短篇小说。他很兴奋，连忙结束晨练，回到办公室，打开电脑，文思泉涌，一挥而就，一篇小说就写好了。题目就叫《打扫与打捞》。

该小说描写在美丽乡村建设中，村里搞特色旅游“桃花节”。游客走后，垃圾遍地，村里组织村民打扫卫生。父亲撑船打捞河里垃圾，儿子在岸上打扫垃圾。儿子为了让父亲多劳多得，有意将岸上的垃圾扫到河里，让父亲捞，以此多得奖金。晚上儿子向父亲炫耀自己的功劳，父亲大骂儿子不知好歹，为了自己捞好处，损坏集体利益，要将自己多得的奖金送给村主任。结果在送奖金回来的路上，父亲失足落水而亡。

小说用三千字刻画了两代人思想观念的差别、碰撞，歌颂了诚实守信的中国优良传统，也抨击了以自我为中心的利己主义思想。

小说写好了，他觉得还是青涩，需要时间沉淀，等以后多写几篇再投稿。

张人杰想买地的想法一直很强烈，但一时半会儿却无法实现。临水县地价太高，他们的财力有限，到外地开发也不容易。他听风追影去过好几个地方，都碰了一鼻子灰，最后信心受挫，慢慢淡了这个念头。

仁心医院当年抄近路，借仁济医院的壳，成立一年后就向市卫生局申报二级医院，经过验收整改，第三年就申报成功，成为临水县第三家二级医院。知名度提高了，可以做更多的治疗，收费标准也适当提高。医护人员的待遇也得到较大的改善，积极性空前高涨。佟建东在医院的威信也增加了，几乎是一言九鼎。

江行舟每天处理公司里琐碎的事情，大问题没有，小麻烦不断。业主们陆陆续续入住，他没有大的工作压力，但有些小麻烦处理起来也挺烦人的。

现在城区的住宅小区越来越多，小区管理中的矛盾也越来越多。为此，县政府专门成立了小区管理指挥部，组织一套班子，处理小区的交付和管理问题。虽说是临时机构，但权力很大，抽调的人都是各单位里的闲人。这些人现在有了专职，就很认真地去做，比在原单位工作还认真。

物业管理用房，按规定是建筑总面积的千分之三，主要是解决大门口值班和物业办公问题，用不了这么多房子。江行舟和物业管理公司商量，本着实事求是的原则，满足基本需要就行。物业公司已同意，但报到小区指挥部，却要求一平方米也不能少。公司办公楼，本来打算租售给物业公司做小区生活服务中心，小区指挥部非要划出一半给物业公司做办公室。小区指挥部的人拿着钢卷尺实地丈量，一寸也不能少，要江行舟派人立刻用砖头砌成隔墙。这样不三不四的房子，物业公司无法入住，江行舟也没办法卖或租。最后，整栋小楼荒废了，无法使用。后来江行舟和物业公司商量，私下达成协议，共同对外出租给一所幼儿园，租金按面积比例分摊，才勉强把这个问题解决。

在工作之余，江行舟每天都要练一两个小时书法。他先练《草诀歌》，再练《自叙帖》。《自叙帖》是怀素的代表作，也是书法史上最著名的草书经典。在唐代，怀素与张旭齐名，并称“颠张狂素”。其书法如“骤雨旋风，声势满堂”“忽然绝叫三五声，满壁纵横千万字”。怀素狂草虽率意颠逸，千变万化，终不离魏晋法度。

他按照苏伟的建议，认真研读字帖，细心揣摩，再仔细临摹，慢慢地心有所得，笔下就有了神采。他在手机上、电脑上搜索各种各样的书法讲座，或者书法家现场书写的影像资料，整天揣摩，书法水平大有长进。除此之外，他还经常和临水县书法界名气比较大的书法家聚会，切磋技艺，慢慢地进入了这个小圈子。

江行舟意识到，这些比较成功的书法家，虽然每个人擅长字体不同，但都有自己独特的风格，有独特的辨识度。他们的书法功底来自年深日久的历练。所以，他要想把字写好，必须下苦功夫，花大力气。世界上没有谁会轻而易举成功。他开始大量读帖，临摹篆隶草行楷各种字体。扩大视野，熟悉书法经典作品，提高思想境界。

首先是做文化人，才能成为书法家。胸无点墨是不可能写出好字的。书法家首先是文化人。还有，要做一个品格高尚的人。历史上有过典型事例。宋代“苏黄米蔡”书法四大家的蔡，本来是指蔡京，因为蔡京为官不端，名声太臭，被后人换成蔡襄。所以，练书法，根本上来说，就是修炼人品人格，做一个有格调、有情怀的人。他若是还像以前那样，整天想着做生意赚钱，心浮气躁，想在书法上取得成就是不可能的。

公司里的事情不多，江行舟自己开车回老家。

自从母亲去了江方舟家以后，他回老家的次数就少了。母亲在老家的时候，他每个星期都回去看望，不然就觉得好像有什么事情没做一样。现在母亲走了，他心里自然就没有那种感觉了。母亲在，家就在。母亲不在，去弟弟家就是走亲戚。

他打电话问江同舟在什么地方，江同舟说他在老家工作室。他就把车一直开到江同舟的工作室门口。突然，一条狗从里面蹿出来，把他吓了一跳。江同舟从屋里走出来，对着狗吆喝一声，狗摇摇尾巴向江同舟跑过去。江同舟说：“看来你很久没来了，连大黄都不认识你了。”

江行舟问：“你什么时候养起狗来了？”

江同舟指着狗说，它是一个朋友送的阿拉斯加犬，性格温和，不咬人。他在狗头上抚摸，狗紧紧依偎在他身边。

进入工作室，江行舟感到既熟悉又陌生，感觉哪里好像变样了，就问工作室布局改变的原因。

江同舟说：“现在互联网发达，一切业务都可以在互联网上进行。我们卖盆景，既可以在线下实体店卖，也可以在淘宝、天猫、拼多多上卖。现在有人专门开网店销售花木，生意非常火爆。”

“我也听说了。”江行舟道，“没想到线上销售模式这么快就传到这里。我以前总认为农村落后，现在我的观念也要更新了。有了互联网，城市农村都一样了。”

江同舟还告诉江行舟：“江火现在除了做绿化工程，家里还开了一个网店，专门销售绿化苗木，效益很好。”

江行舟跟江火的关系比以前缓和了很多，但还是不能像正常父子那样亲密。他问江火生意怎么样。江同舟说：“听说还可以。我自己也忙，很少见到他。他现在应该很好。你给他一个公司，还支持他做业务，他除了好好干，还能想什么！”

江行舟道：“我就怕他见异思迁，到最后什么事也搞不成。”

江同舟说：“我最近找他谈谈。他家两个孩子都念书，需要用钱了，他不使劲挣钱怎么办？”

江行舟说：“两个孩子的学习成绩还可以，江火满足他们上学花的钱应该没问题，不过这不仅仅是花钱的问题。”

“两个孩子还是比较懂事的，他妈平时管得严。”江同舟道。

江行舟又问江同舟的近况怎么样。江同舟说：“盆景这一块行情很好，现在人们对生活品质要求越来越高，盆景行情也会越来越好。我上次参加全国盆景大赛，获得第二名，还要继续努力。我想自己摸索，总结各种流派的特点，做出自己的特色，争取自成一派。我知道实现这个目标很难，但朝着这个目标努力，总比没有努力方向强。”

江同舟告诉江行舟：“我想把这个工作室改造成直播间，随时在网上售卖盆景。”

江行舟说他想到老宅看看。

江同舟说：“妈去二哥家以后，老宅长期没有人住，霉味儿特别重。”

江行舟戴上口罩，走进老宅。屋里积满灰尘，有股霉味儿。他打了一个喷嚏，就退到院子里。老宅五间主屋，两间西屋，红砖墙，黑瓦。东边草棚堆放杂物。小鸡圈都塌了。江行舟想，将来自己不做事了，回来养老也不错。

江行舟现在的业余生活很充实，每天写字练书法，时有书友来往，自得其乐。有时，他会邀请书友到他办公室来玩，大家无拘无束，开开心心，以致他的小日子过得很滋润。

除了练习书法，他大部分时间还是看书。学后知不足。他看的书越多，越感到内心空虚，知识匮乏。他在网上买了一批书，兴之所至，随便翻阅，不成体系，但聚沙成塔，集腋成裘，心里慢慢充实起来。

江行舟岳母生病住院后，病情加重，转到省人民医院，全身各种检查都做遍了，还是搞不清病因。就在她感到医治无望回家的时候，省人民医院医生打电话告知她的病因时，她已经去世了。

根据这件事，江行舟写了短篇小说《期待》。描述一个人生病以后，对医院、医生的期待，医生对病人配合的期待，病人家属对治疗效果的期待，细腻地娓娓道来，写得生动形象，十分感人。他把稿子给朋友老关看。老关当过报社总编，觉得写得不错，建议找地方发表。

朋友告诉江行舟，现在县里有个文艺刊物叫《石榴花》，主编是县委宣传部新闻科苏科长。

江行舟把《期待》的电子版发给苏科长。几个月后，《期待》便刊登在《石榴花》上。

第四十五章
医 院 改 制

时光在不知不觉间匆匆流逝，转眼就到了 2019 年年底。江行舟早已退休，接近“奔七”的年龄了。

他现在很少邀请书友来玩，对别人的邀请也尽量推辞。当然，该去的他还是要去的。例如，县委宣传部苏科长打电话邀请他去苏科长老家指导工作，他就欣然答应。

苏科长的老家，在离临水县县城大概十公里的郊区。他父母都搬到城里，老家的房子就空着。

前几年，苏科长突发奇想，要在老家建设一个文化大院，把废弃的老屋改造成图书室和书法绘画活动室，组织一些志愿者举行各种讲座，教课培训；文艺爱好者来这里开展各种文艺活动，丰富乡亲的文化生活。

星期天上午 9 点，江行舟开车来到苏科长老家的文化大院。院门口有一道景观墙，月白色的大理石面板上刻着“苏庄文化大院”。字体端庄古朴，透出深厚的书法功底。

原来的小四合院经过重新装修，整洁美观，墙面上的淡青色涂料，显得典雅庄重。

苏科长见江行舟来了，过来握手：“请江院长多提宝贵意见！”

苏科长还告诉江行舟，只要周末不加班，他都回来。看着这些东西，他心里非常舒服。今天，他还特地请书法老师苏伟教授书法。

江行舟说：“我要是知道他来，我就和他一起来了。”

正说着，苏伟一行人到了。这些人都是书法界的高手。

苏科长嫌他家地方小了，就把隔壁没人住的空屋借来做培训教室。江行舟和苏伟等人来到隔壁。

三间亮堂堂的教室，坐着十几个小朋友，课桌上摆放着毛毡和笔墨纸砚。

苏科长说："请小朋友全体起立，大声说'老师好'。"

小朋友们全都站起来，高声喊道："老师好！"

苏伟连忙大声说道："同学们好！"

苏科长叫小朋友们坐好，认真听老师讲课。

小朋友们坐得毕恭毕敬。苏伟安排赵老师讲"书谱"。大家就到苏科长家去了。

苏科长一直在忙着做饭。虽然他做不出饭店那些花样，但都很实在，四大盘端上来，满满一桌，大家吃得很开心。

江行舟问苏科长，在文化大院吃饭怎么收费，要不要他支持一下。

苏科长笑笑说："都是自己家里的土特产，花不了几个钱。"江行舟说："偶尔一两次可以免费，要是长时间都免费，你可受不了，得想想其他办法。"苏科长摇摇头说："到时候再说吧！"

医院那边面临一个大机遇，佟建东、江行舟和张人杰商量如何应对。佟建东的意思是，民营医院最终要让位于公立医院。这是大趋势，不可抗拒。他们应该未雨绸缪，进行再次改革，按照县政府规定规范经营，搞小而专、小而精的专科医院，作为公立医院的延伸和补充。

江行舟问："到底怎么办？"

佟建东说："目前有一个机会，看我们要不要做。"

佟建东介绍，仁心医院在对外融资过程中与大鹏集团接触过。他们最近在收购民营医院，他们董事长问他有没有合作意向，他说可以谈谈。大概情况是这样，大鹏集团收购仁心医院百分之百的股权，价格大概是现有资产的十倍。收购后的医院全体医护人员全部留用，待遇不低于现在。

江行舟说："有一句话，我压在心里一直没有说出来。"

"今天你就说出来让我们听听。"佟建东道。

江行舟严肃地说道："我个人认为，对仁心医院的投资，是一次失败的投资。"

佟建东忙问："为什么这么说？"

"我们投资这么多钱，民办非企业，不能分红。十几年中我们什么也没有得到，这是不是无效投资？对我们来说，有什么意义？"江行舟问道。

"你不能这样理解。"佟建东笑着说，"我们为社会办了一件功德无量的好事，党和人民会记住我们的。"

张人杰笑道："投资、经营医院，本来就属于服务社会事业的行为。我们这次投资，就权当为了推动社会医疗事业发展做贡献吧。行舟，你就别追问意义了。"

江行舟立即纠正道："这个道理，我还是懂的；我是老党员了，这点觉悟还是有的。"

佟建东说："我们啊，觉悟肯定要有，但钱也要赚。仁心医院肯定能赚钱，就看我们想不想赚了。"

江行舟反问："我们放着现成的盈利机会不要，白白让它失去啊？"

张人杰接过话茬儿："要是真有这么高的市盈率，我们当然愿意，毕竟这是一个翻本的机会。"

于是，大家决定与大鹏集团合作。

佟建东向大鹏集团代表付颖表示愿意合作。其实，大鹏集团对于仁心医院的经营状况很清楚。该医院每年都在盈利，属于优质资产。

尽管大家都很熟悉，但真正谈判时，还是一是一、二是二。

首先，大鹏集团派来一支审计团队，对仁心医院资产进行审计，做市场净值调查。市场净值调查结束以后，双方谈具体条款。接着大鹏集团法务部门草拟一份转让所有权的协议。

佟建东看得很吃力，江行舟和张人杰对于民商法学并不懂，只好请教专家，才磕磕绊绊勉强搞懂协议内容。

江行舟这一阵子身体很不舒服，有时夜里睡不好觉。他一直暗自强撑着，尽量不吃药，用意志抵抗病魔的侵扰。他觉得每天都很难受，又不得不像正常人一样，处理公司和医院的事务。张人杰和佟建东知道江行舟睡眠不好，有思想压力，也都劝他休息，但他不肯。

他还是每天坚持练习书法、读书、写文章，想用这些事情转移疾病带来的痛苦。

就在江行舟在病痛中煎熬的时候，儿子江火被警方抓走了！

第四十六章

江火出事了

江火被捕的消息，是江同舟打电话告诉江行舟的，说是江火卖假树苗被人举报。

江行舟一听就明白了。最近几年，老家那边苗木形成产业链，生意特别火爆，就有一些不法之人，动起歪脑筋，以次充好，以假充真，坑害消费者。客户误买了假苗木，该开花时不开花，该结果时不结果，死亡率特别高。如果发现不及时，会导致客户一两年甚至三年颗粒无收，损失惨重。江火肯定是动起了歪心思，做了坑害客户的勾当。

为了维护临水县来之不易的花木行业声誉，促进花木产业健康发展，县政府组织专项行动，对这种违法犯罪进行专项打击，然而却屡禁不止，甚至因为互联网进入苗木产业，方便经营的同时，也给这些不法之徒提供可乘之机，在网上大肆兜售假冒伪劣苗木、种子。

这些违法犯罪分子，为了逃避打击，一个人注册了好多个网店，给警方查处工作带来很大麻烦。

疫情期间，临水县警方组织了一场代号为“霹雳行动”的打击制售伪劣苗木的专项行动。以雷霆万钧之势，对这个黑色产业链进行毁灭性打击，抓获了一大批违法犯罪分子。

江火做苗木生意，近两年又扩大业务范围，开了一家网店，生意做得还不错。由于江行舟平时又不太关注江火的事情，多半是通过江同舟间接管理。不知道江火从什么时候做起了贩卖假苗木的生意，案值究竟是多少。

江行舟问江同舟："江火什么时候开始做制假售假生意的？你知不知道？"

江同舟急得眼泪都下来了，说："我一直跟江火强调，千万不能做那些伤天害理的事情，离那些坏人远点。他不听我的话，经常跟大疤、二狗一起赌钱。我就知道他们在一起没有好事，果然是干坏事了。"

江行舟见江同舟也不了解情况，就把电话挂了，向张人杰了解情况。

不一会儿，张人杰告诉江行舟："这次行动是县政府统一组织的，抓捕几十个制假售假的人。具体案情他目前还不清楚，还要等几天才能知道。"

江行舟马上打电话叮嘱江同舟："江火的事情，不要跟妈和方舟讲。白让他们操心，解决不了问题。"

中午回家，江行舟把江火的事情告诉了王莉。王莉也很着急，叫他赶紧想办法。

江行舟的心情很复杂。一方面是生气，气的是江火不让他省心，弄出这么一档子事，丢人现眼；另一方面是急，江火毕竟是他的亲生儿子，如今去坐牢了，他能不急吗？还有一点，让他感到为难的是，江火跟他的关系不冷不热，这次不管他怎么做，江火都不会满意，最后还是要怪到他头上。

江火媳妇刘芬来了，头发凌乱，眼睛通红，身上的衣服也是皱皱巴巴的，鞋子上沾满泥土。

江行舟感觉刘芬也老了，完全是一副农村黄脸婆的模样。不管怎么说，江行舟作为公爹，看到刘芬的狼狈样子，心里不禁涌起一股怜悯之情。

江行舟叫刘芬不要着急，先说说具体情况。刘芬便讲述了江火被捕的始末。

江火自从接手江浸月的公司以后，就像变了一个人，整天忙着跑业务、做工程，虽说没赚到大钱，一年也有二三十万元收入，他们很满足。大闺女江滟滟去年考上大学，儿子江海涛明年也要考大学。虽然一家人都看到了希望，但经济压力也开始增大。今年开春，江火鬼迷心窍，跟二狗、大疤赌钱。刘芬劝江火不要跟他们玩。他们都是不学好的二流子，整天到处闲逛，不是赌钱就是嫖娼，听说还吸毒，什么坏事都敢做。后来江火见二狗、大疤卖假苗木赚到不少钱，也暗地里做起假苗木的生意。

江行舟对刘芬说："现在你就不要抱怨江火了。你先回家，什么话也不要说。"

过了一个多星期，张人杰告诉江行舟："看来情况不乐观。目前发现江火作案两起，数额不大，每起案值三四万元。按照法律规定，已经构成销售伪劣苗木罪。"

江行舟沉思不语。

张人杰说："江火要想从宽处理，只有从认罪态度上做文章。江火要认罪，还有赔偿受害人损失，取得受害人谅解。这是法定的从宽条件，没有其他什么好办法。"

江行舟说："我估计江火会认罪的。赔偿受害人怎么赔？江火在里面关着呢，我也不知道谁是受害人啊！"

张人杰说："寻找受害人容易。警方巴不得钝化社会矛盾，减轻社会危害性。你去做被害人工作，警方肯定同意，会把受害人的联系方式给你的。"

江行舟道："看来这件事只有我去做了。我不想做也得做。请你帮我咨询一下怎么操作。"

江行舟从警方获得了江火案件受害人的联系方式。两个受害人，一个是西蜀松州曲比阿柱，一个是甘南武威白干。据警方办案人员讲，曲比阿柱联系不上。白干是苗木贩子，经常来临水县，可能联系上。

江行舟分别给两个受害人打电话，果然只联系到白干。白干听说江行舟要赔偿，说了两句话就把电话挂了，可能是害怕报复。

江行舟马上发一条短信给白干，内容是："白老板你好！我是江火的父亲江行舟。江火做了对不起你的事，我诚恳地向你道歉，请你原谅。他给你造成的损失，由我负责全部赔偿。我希望和你面谈。"

白干没有回复短信，江行舟觉得这件事不太正常。按理说，他被骗，有人主动赔偿，这是巴不得的好事，他竟然玩失踪了。

白干的葫芦里卖的是什么药？江行舟百思不得其解。

过了两天，江行舟一个远房侄儿江若水来找江行舟。江若水也是做苗木生意的。

江行舟问："若水来干什么？"

江若水回答："我到城里办事，顺便来看看你。"

江行舟问他生意怎样，他爸身体怎样。

闲聊几句后，见江行舟要走，江若水连忙说："有人托我给你带句话。"

江行舟问："谁托你的？"

"名字挺奇怪的。"江若水说，"外地人，叫白干。"

江行舟说："我不认识他，他给我带什么话？"

"他说是江火的事。"江若水说，"他说他是受害人，你要赔偿他，他要价四十万元。"

江行舟打量江若水，笑笑说："大侄子出息了，现在可以当说客了，不错，不错。你能不能告诉我，这四十万元赔偿款是怎么算出来的呢？"

江若水说："具体情况我也说不清楚，我就是替白干给你带句话。你要问四十万元赔偿款是怎么算出来的，只能问他。"

江行舟冷笑道："我已经了解清楚了。这批山楂苗，价值三万八千元。白干是苗木贩子，苗木有问题，他不可能不知道。他看出假货当时不挑明，半个月后拍下苗木枯死的视频找江火索赔。江火承认苗木半真半假，只肯赔一半。他不干，就把江火举报了。若水，我跟你说实话，江火卖假苗木，赔偿受害人是应该的，但一定要实事求是，不能帽大一尺，甚至带有敲诈性质。我不能支持违法，对吧？"

江若水头上开始冒汗，一个劲地说"是"。

江行舟说："若水，你还是把好事做到底。请你告诉白干，山楂苗三万八千元，加上损失，假一赔二，共七万六千元，加上他来往吃饭住宿，再加上两万元，一共九万六千元。另外，给你四千块钱辛苦费，一共十万元，行不行？不行就算了，我不协调了，该怎么办就怎么办。不过，我也可以去他那里，看看那里人对他做过的事是什么态度。"

江若水汗流浃背地走了。

最后，白干收下江行舟的赔偿金，写下谅解书，交给办案民警。

联系不上曲比阿柱怎么办？江行舟拿不定主意。看来他想取得谅解书，只能去一趟松州。

王莉说："你身体不好，年纪也大了，一个人去那种地方，我实在不放心。"

江行舟前思后想，决定找一个律师，陪他去一趟松州，反正江火的案件也要聘请律师的。

打定主意后，他就找到一个叫季长林的律师。季长林曾经是他的学生，现在是一家律师事务所的合伙人，名气蛮大的。

江行舟让季长林把委托代理人手续办好，去看守所探视江火，把案情吃透。

江行舟和季长林乘飞机到西蜀机场，又转乘去北昌的飞机。他们到达北昌已经是晚上 7 点多钟，天已经黑了。酒店是季长林在网上订好的。入住酒店后，他们准备出去吃点饭。

江行舟说："我们出去吃点特色小吃。"

"好啊！"季长林说，"我到一个地方，一定要尝尝当地美食。"

华灯初上，北昌的夜晚比白天还要美。

他们在宾馆门口看了一下，向左灯光稀疏，向右灯火辉煌。他们决定向右走，繁华的地方必然有好吃的。

他们边看街景边聊天。

前面不远处是一条小吃街，他们拐进去，发现里面有不少小吃店。

来到一家小吃店门口，江行舟问季长林："我们进去看看怎么样？"

季长林说："一切全凭老师做主。"

第四十七章
松 州 之 行

第二天早上，江行舟和季长林乘坐出租车，直奔美谷县。

美谷县县城建在半山腰上，很小，一眼就能望到头。

他们改乘一辆黄色大众出租车去沙堀乡。

沿途风景确实不错。虽说是秋天，但这里仍是夏天模样，树木郁郁葱葱，一些不知名的野花散落在路旁。

沙堀乡政府坐落在山脚下。这里只有一条小街，江行舟觉得这里像他小时候老家乡政府所在地。

这里虽然偏僻，人却不少，市场也很繁荣。

司机没去过塔哈村，探明行进路线后，才让江行舟二人上车。

路变窄了，局部路段有些破损。

路边有一排房子，一个老太婆坐在门前小凳子上做针线活儿。司机停下车，想问问情况。老太婆年纪大了，被太阳晒得有点迷糊。司机走到她面前大声喊时，她才睁开昏花的眼睛，盯着司机看。

司机失望地回到车上，告诉江行舟："老太婆耳背，什么都听不见。我们到前面问问其他人。"

前面不远处有个小超市，紧挨着路边。司机和季长林走进小超市。季长林买了包烟。付钱时，季长林问老板："请问曲比阿柱家怎么走？"

老板仔细打量季长林，没吱声。司机连忙上前说："大哥不要见怪，这位老板从应天来的，想找阿柱（阿柱是曲比阿柱的汉族名字）谈生意。"

老板严肃地问："是不是做葡萄苗生意？"

"正是葡萄苗生意，请问你怎么知道？"江行舟问道。

"不仅我知道，大家都知道。阿柱被应天人骗了，连乡长都知道。"老板眼睛瞪得很大，口气凶凶的，好像是遇到了仇人。

"你们刚才一进来我就怀疑你们，你们打听阿柱，我就断定你们是为这件事来的。"老板的口气缓和一些。

江行舟怎么也没想到，这件事竟然有这么大的影响。看来他这次来对了，至少还有一个改正错误的机会。

他诚恳地对老板说："实在对不起，我们做了错事，这次来就是来向阿柱赔礼道歉的，并赔偿他的损失。"他说罢向老板深深鞠了一躬。

老板见江行舟态度诚恳，就递过板凳让他坐下。

老板看着江行舟和季长林，慢悠悠地说道："你们也不要怪阿柱。他阿爸死时他才四五岁。他阿妈一个人拖着四个孩子，好不容易将他们拉扯大。他三个姐姐都出嫁了，也都不富裕。有一个姐姐嫁到了昭远县……"

江行舟不想聊这个话题，就问老板："阿柱家现在怎么样？他平时都干什么？"

老板说："这几年政府精准扶贫，阿柱家是建卡立档户，让他贷款养羊。去年他贷款准备栽葡萄，没想到发生这件事。等这件事处理好了，有钱了，他就可以重建房子，把他妈安顿好，他到乡里的企业上班。上班的事，村里的阿旺主任都跟乡长说好了，乡长同意的。"

"现在阿柱在不在家？我们想见见他，和他谈谈这件事怎么处理。"江行舟道。

"他应该在家吧，我没见他出去。"老板犹豫着说。

"请问他家怎么走？"江行舟问。

老板把江行舟带到房子后面，告诉江行舟去阿柱家怎么走。

江行舟刚上车，老板又折返回来，对江行舟说："要是说不通阿柱，你们就去找阿旺主任。"

按照老板指的路，江行舟三人来到阿柱家。

阿柱家的房子是土坯房，年久失修，破败凋零。阿柱不在家，他们看见田里好像有人干活儿，司机就朝那人走过去。

司机回来说，干活儿的人是阿柱的阿妈，阿柱到乡里买农具了，中午才能回来。

江行舟觉得在这里傻等也不是个事，还不如按照商店老板的建议，请阿旺主任出面协调。

司机把车一直开到村委会门前的小广场上。

小广场上停着一辆黑色大众轿车、一辆白色面包车。屋里人说话的声音很大，但不知道说什么。司机说："我去看看什么情况。"

很快，司机回来说："阿旺主任正在开会，叫我们稍等。"然后，他把江行舟、季长林带到会议室。

一会儿，从外面进来一男一女。男的五十多岁，穿着夹克衫，很普通的农民打扮；女的很年轻，虽然没有刻意打扮，却浑身透出一股贵气。

江行舟判断男的就是阿旺主任，马上站起来。

阿旺主任走过来与江行舟和季长林握手："欢迎从应天来的客人。"

阿旺主任介绍女的："她是我们村的第一书记梅丽。大学生，公务员，在我们这里挂职锻炼。她工作能力强，我们配合得很好。"

江行舟主动做自我介绍："我叫江行舟，从应天省临水县来的。"他接着就把他来此的目的说了一遍。他的语速缓慢，态度诚恳，表示愿意赔偿阿柱的一切损失，接受阿旺主任、梅书记处理。

梅书记看了阿旺主任一眼，没有讲话。

阿旺主任面色凝重，但语速比较平缓："江同志，我也不知道该称呼你什么，叫同志亲切。"

季长林插话："他是我们那里法院原副院长。"

"失敬！"阿旺主任笑了笑，马上一本正经地说道，"江院长，这件事情是我们没有想到的，也可以说是不该发生的。江火做得确实太过分了！要是江火本人来，我也会批评他的。不过，这件事也不是你做的，你不用道歉。我们就事论事，商量一下怎么处理就可以了。事情已经发生了，就要实事求是地处理好。"

"是的！"江行舟连忙说，"道歉是我代表我家孩子道歉。他应该道歉，我也应该道歉，我没有把我家孩子教育好，以致他做出如此不法之事。你们怎么批评也不为过。”

阿旺主任说：“阿柱，也就是曲比阿柱。我们这里人都有两个名字，一个是彝族名字，一个是汉族名字。曲比阿柱的汉族名字叫阿柱。你们就叫他阿柱好了。”

江行舟点点头：“好。”

阿旺主任说：“阿柱确实不容易。政府精准扶贫，乡里、村里都关心他，给他贷款栽种葡萄脱贫，想不到最后变成这样。我们都无法理解，应天是天堂一样的好地方，应天人为什么还要做这样的事？”

江行舟连声说“对不起”。

阿旺主任继续说：“我们这里现在还很穷，这是历史原因和自然条件决定的，并不是我们懒、笨。我相信，再过几年，这里一定会变样子的，也欢迎你们来这里投资办企业，帮这里早日像你们那里一样富裕美好！”

江行舟说：“五十六个民族是一家，致富的道路上一个也不能落下。”

“我们还是来谈谈阿柱的事吧！”阿旺主任正色道，“不知江院长有什么具体打算，你先说出来让我们听听，我帮你出个主意。毕竟这件事最终还要阿柱同意才行。”

江行舟望着阿旺主任和梅书记，说道：“二位领导，我先汇报一下我的想法，不一定对，最后请二位领导定夺。”

阿旺主任说：“你不用客气，我们一起商量着办。”

江行舟道：“这个事情我开始不知道，我要是知道了，就不会出这种事。我后来了解到的情况是，事情发生后，阿柱向江火索要赔偿，江火先是答应赔一半，理由是苗木半真半假。这是江火的歪理邪说。即便这样，阿柱也答应了，可是江火又反悔了。阿柱去临水县的时候，江火躲起来不见阿柱。阿柱千里迢迢地去临水县，人都见不到，能不着急嘛，他没办法就报了警。不瞒两位领导，刚才我们去过阿柱家了，阿柱到乡里买农具，中午才能回来，我们才来到这里。阿柱家确实太穷了，让我更感到江火对不起阿柱。其实，这件事的处理办法很简单，第一，苗木钱一分不少全部要赔；第二，所造成的损失估个价，全赔；第三，精神损失也要赔。”

阿旺主任问梅书记："你看要不要把阿柱找来？"

梅书记应道："他是当事人，必须要到场。我马上派人把他找来。"她说着起身出去，马上就又回来了。

待梅书记坐好，阿旺主任说："梅书记，要不我先谈谈我的看法，等一下你再指示？"

梅书记说："你请讲。"

阿旺主任说："这件事本来就是合同纠纷，我们又不好过问，也不应该过问。不过，既然江院长请求我们介入，我们是奉命行事，没有行政干预吧？哈哈！"

江行舟忙说："是我们请你们帮忙的，你千万不要误会，我绝对没有其他意思。你们为此事费心劳力，我非常感谢！"

阿旺主任接着说道："话说回来，这件事不仅对你们双方有影响，对我们脱贫工作也有影响。这次江院长亲自来，说实在话，我还是挺感动的。我想你们有这样的态度，这件事肯定能处理好。"

他把脸转向梅书记，说道："梅书记要是没意见，我们共同做阿柱的思想工作好不好？"

梅书记说："我没意见。刚才江院长高风亮节，即便阿柱有天大的委屈也该化解了。"

这时，有人来找阿旺主任。阿旺主任说："我去处理一件事情，梅书记陪江院长聊。"

梅书记满口答应后，对江行舟说："江院长，阿柱可能晚一些回来。我带你们到周边看看风景，这里的风景还是不错的。"

梅书记带领江行舟、季长林来到村委会后边。

这里是一片树林，放眼四望，远山环抱，岑峦起伏。天空碧蓝如洗，淡淡的白云衬得阳光万道，以致身边万物都变得明亮起来。

江行舟感到浑身有无限的力量往上涌，就问梅书记："你们这里其实挺好的，怎么会这么穷呢？"

梅书记望着远方，说："原因很多，历史的、现实的、主观的、客观的，很多经验教训可以总结。现在通过我们共同努力，已经有了很大变化。假以时日，我们这里也会像你们那里一样，变得富饶美丽。我虽然是来挂职锻炼的，但我不打算走了，要把我的青春奉献给松州。”

江行舟受到感染，问梅书记：“你们没有招商引资吗？我怎么没有见到什么项目？”

梅书记答道：“我们一直在搞招商引资，也有很多项目落地，不过外商比较少，我们还要继续努力。致富奔小康是一场持久战、攻坚战。只要我们持之以恒地努力，一定会达到目的的。”

江行舟说：“我相信这里有阿旺主任和梅书记这样的带头人，干群齐心协力，一定能够富起来的。”

江行舟觉得自己亏欠这里，只有为这里做点事，心里才能好受一些，于是对梅书记说：“如果你有招商引资的资料，能不能给我一份？如果有合适的项目，我可以介绍给我的朋友。他们要是有兴趣，说不定就能到这里投资办企业。”

梅书记立刻来了兴致：“好啊，谢谢江院长。招商引资的资料在我办公室，等一会儿我拿给你，请你回去给我们好好宣传宣传。要是真能成功的话，我一定感谢你的关心和支持！”

梅书记接到电话通知，阿柱回来了。

第四十八章
救　　赎

听说阿柱回来了，梅书记和江行舟、季长林一起回到村委会会议室。

阿旺主任还是坐在原来的位子上，沙发拐角处坐着一个黑黑瘦瘦的年轻人。江行舟估计他是阿柱。阿柱见到陌生人，赶紧低下头，两只手不停地搓着。

梅书记介绍说："他就是阿柱。阿柱，这是从应天来的客人。"

阿柱没有抬头，也没有打招呼，脸上一副不高兴的样子。

"阿柱，我们彝家人就是这么对待客人的吗？别没礼貌，快跟客人打个招呼。"阿旺主任笑眯眯地对阿柱说。

阿柱很不情愿地站起来，冲江行舟和季长林点点头，嘴里哼哼唧唧说了句什么，就算打过招呼了。

阿旺主任对江行舟说，"阿柱这孩子还是不错的，老老实实，不会说什么甜言蜜语，江院长不要见怪。"

江行舟说："没事，孩子还小。他不高兴可以理解，任何人遇到这种事也不可能高兴的。"他说罢转过脸对阿柱说，"对不起，阿柱！请你原谅。"

阿柱仍旧低头不语。

阿旺主任说："刚才我在电话里把情况都跟阿柱说了，他还是有点情绪，不想来。但桥归桥路归路，有问题还是要解决的。刚才江院长提出的解决方案，我觉得没有什么问题。购买苗木款三万八千元，阿柱和表哥去应天的各项开销费用三千五百元，两项共计四万一千五百元。这个数字你们能不能定下来？要是能定下来，我们再讨论损失问题。”

江行舟道：“我没问题。”

阿柱没有说话。阿旺主任问阿柱到底同意不同意，阿柱还是不说话。阿旺主任就把阿柱叫出去，让江行舟稍等。

一会儿，阿旺主任和阿柱进来坐下。阿旺主任说阿柱已经同意了，下面讨论损失问题。

阿旺主任问阿柱：“那些葡萄苗子怎么样了？是不是都死了，还是没全死？”

阿柱这时才开口说话：“大部分死了，成活的也是东一棵西一棵的，因为问题没有处理好，我也就没去管它们。反正今年那块地我也没种什么，荒着。”

阿旺主任问阿柱，那块地原来种什么。阿柱说种玉米，也种过土豆。

阿旺主任又问阿柱：“种玉米或土豆一年能收入多少钱？”

阿柱回答：“那块地十二亩。一亩地一年能收入一千五百元。”

阿旺主任说：“那就是一年收入一万八千元，去年和今年一共损失三万六千元。加上购买假苗木的损失四万一千五百元，总共七万七千五百元，零头就算了，按七万七千元计算。其他的，阿柱还有没有要补充的？”

阿柱说：“我刚才说的都是实话，但也是一面之词。江老板要是不相信，就请他到地里看看。赔偿的事我没有什么意见，只要江老板同意就行。”

阿柱老实巴交的几句话，让江行舟觉得阿柱太忠厚了。来此之前，江行舟还担心被骗、被抢、挨打，已经做了最坏的打算，谁知道竟是这样的结局。

阿柱这么穷，受了这么大的委屈，也没有任性胡为。他为了自证清白，还邀请江行舟去地里察看，太让江行舟感动了！

江行舟忽然觉得，一个人的品质高贵与否，真与身份、地位、贫富等身外的东西无关。在诚实厚道的阿柱、阿旺主任和梅书记面前，他觉得那些往往自以为高人一等的聪明人是多么渺小、龌龊！

江行舟面色凝重，语气平缓地说道：“我说说我这次来这里的感想。因为我的孩子做出如此不堪的事情，给阿柱造成严重的经济损失和精神负担，实在对不起！我代表我全家人向阿柱表示道歉！”他说着站起来向阿柱鞠了一躬。

阿柱不知道怎么办是好，也连忙站起来，学着江行舟的样子，向江行舟鞠了一个躬。

阿旺主任叫大家不要客气。

江行舟继续说："我觉得，刚才计算的赔偿款还是没有到位，还有精神损失费没有计算。因为这件事确实给阿柱带来很大的精神压力，不赔偿是说不过去的。"

阿柱连忙摆手，推辞不受："这种来历不明的钱，我阿妈不会同意要的。"

江行舟说："这怎么是来历不明的钱呢？这是法律规定的，我应该赔的。"

阿旺主任说："精神损失费也不好算啊！江院长，你说说看。"

江行舟道："精神损失费确实不好计算，我们就不要细算了，十万元精神损失费，行不行？如果你们觉得不够，我还可以再加。"

阿旺主任摇摇头说："不行，太多了！"

梅书记也说太多了。

阿柱态度坚决："这笔钱我真的不能要，我——我——"说着，他的眼泪都快下来了。

一个要给，一个不要，双方僵持住了。大家都看着阿旺主任。阿旺主任点燃一支烟，轻轻咳了一声，对阿柱说："你也不要固执，江院长是一片诚心，精神损失费是法律允许收取的。你不要这笔钱，是你自己的事，你不要有什么思想负担。我和梅书记可以为你作证，不是你讹诈他们。你妈那里我去跟她说，你就不用管了。"

阿柱低下头不吱声。

梅书记把脸转向阿旺主任，忽闪着大眼睛说："阿爹，江院长的心意我们可以领，但数额确实有点大。"

阿旺主任点点头，把烟蒂在烟灰缸里按灭："我正在考虑收多少钱合适呢！"

江行舟道："就这样吧，你们就不要客气了。"

阿旺主任把梅书记和阿柱叫出去商量。不一会儿，阿旺主任和梅书记回来了，阿柱没有回来。

阿旺主任说："江院长，首先我们要感谢你的慷慨，这笔精神损失费我没有想到你能主动赔付，让我们觉得不能理直气壮地收取了。"

江行舟想解释，阿旺主任摆手制止说："江院长的意思我明白，我也毫不怀疑你的诚意。这样吧，我和梅书记的意思是尽量把这件事做得完美一点，双方都能愉快地接受。阿柱家的情况，你们都看到了，他确实需要帮助。我们想帮他，但能力有限，请你理解。你能不能把这笔钱作为扶贫款，用来支持兄弟民族脱贫致富？我们这里经常收到来自全国各地的扶贫支援款，这样我们就不会拒绝，阿柱也能接受。至于数额多少为宜，我们再商量。"

江行舟表示同意。

他们经过商量，赔偿款定为七万五千元，扶贫支援款十万元，共十七万五千元。

阿旺主任对江行舟说："刚才那个方案，阿柱回去跟他阿妈商量。因为具体数额没有定，梅书记已经打电话通知阿柱，阿柱很快就会回来。请你稍等。"

江行舟点点头，喝了一口水，仔细打量面前精明干练的阿旺主任。他中等个子，稍显瘦弱，穿灰色夹克，皮肤黑里透红，整个人显得很稳重干练。通过处理刚才的事情，这位乡村振兴带头人的执行政策水平、工作能力和个人魅力，令江行舟刮目相看。江行舟坚信，在这样的优秀干部带领下，这里的百姓致富奔小康一定能够加速实现。

江行舟见阿旺主任点火抽烟，就抽空闲聊："主任有没有去过应天？"

阿旺主任笑笑说："我很早以前去过东华村，是县政府组织的，其他地方没去过。"

江行舟说："应天好地方很多，欢迎主任方便时过去看看。"

阿旺主任笑着说："那是当然啰！你们真好，从小就生活在那里，我们非常羡慕。"

梅书记和阿柱来了，阿柱还是低头默默地坐着。

梅书记说："阿柱已经跟他阿妈说过了，这么解决没有问题。"

江行舟把钱汇入村委会的账户，再由村委会转给阿柱。

季长林把写好的谅解协议书请阿旺主任看了一下，阿旺主任和阿柱签字确认。

这时已经是下午 2 点钟了，大家都饿了。

江行舟说："我非常感谢阿柱对江火的谅解，更感谢阿旺主任和梅书记的辛勤工作！附近有没有饭店？我向大家表达我的一点心意，希望大家能给我这个机会。”

梅书记道：“我们这里好多人家一天只吃两顿饭，不过我们村委会的人吃三顿饭。阿爹早就安排好了，食堂加了两个菜。江院长不要嫌饭菜简陋，随便吃一点，就算是体验生活。阿柱也不要走，跟我们一起吃吧！”

到了这个时候，江行舟只能恭敬不如从命了。在去食堂之前，梅书记从办公室拿来一袋招商引资的宣传资料交给江行舟。江行舟从中抽出一本，封面是一群穿着彝族服装跳舞的美女。江行舟赞叹道：“美谷县果然名不虚传，出美女耶！”

梅书记十分骄傲地说：“那是当然。”

这顿工作餐，江行舟觉得是世上最好的美食。现在他还经常回味那个烧鸡的味道。

江同舟这几年一心一意地做盆景，整天琢磨怎样做得好看，什么样的盆景能卖出好价钱。他在网上搜集各种流派的精品，仔细研究，反复推敲，临摹学习，渐渐有了心得。

他觉得各种流派盆景作品，其实是大同小异。一种流派就是把某一个特点加以突出，逐渐形成大家的共识、认可，渐成流派。他觉得临水县盆景还是有独特之处的，他也可以在这些特点之中进行取舍，将其优点放大，使其特色更加突出，也许可以自成一派。想到这里，他就废寝忘食钻研起来。他的作品要想开宗立派，可不是靠他自己努力就能搞成功的，需要许多人的共同努力，并且还要持之以恒，经过长时间打磨，才能逐步成型，获得世人认可。

江同舟找到县盆景协会会长胡玉成。胡玉成是花湖镇人，也是搞盆景的，对盆景还是有一定研究的，他的盆景经常在全国盆景展上获奖。他听完江同舟的介绍，摇摇头说：“开宗立派谈何容易？中国盆景八大流派已经存在上百年，在业界早已成为共识。你我这种入门级的普通人口出狂言想要自创一派，不要给别人送笑话。”

江同舟说：“一切事情都是人做出来的，流派也是创出来的。我们只要努力，就一定会有所成就。”

胡玉成还是摇头。

江同舟是性子执拗的人，你越说他不行，他就越要干出点样子给你看看。原来他自卑，不想抛头露面，很少参加各种评比展览活动。现在他想开了，自己想干的事情自己努力，不想指望谁。他走出去，和一些盆景手艺好的人切磋，还把他的工作室作为研究中心，大家经常聚在一起切磋技艺。

由于城市化拉动，花湖镇的花木产业由特色产业变成主打产业，带动周边乡镇都经营花木，渐渐成了临水县的支柱产业。临水县有四十万人从事花木产业，栽花种草的土地达到六十万亩。最近几年，网络销售异军突起，给传统销售安上了翅膀，全县有四万多家网店，仅花湖镇就有两万多家，年销售额达到一百多亿元，成为全国唯一一个以花木产业为主导的国家级农业产业园，省级电商示范基地。

花湖镇是全国评选出的“淘宝镇”。县政府总结这种变化为六大转型：“苗木向鲜花、种植向园艺、绿色向彩色、地栽向盆景、线下向线上、卖产品向卖风景转型。”手机成了“新农具”、流量成了“新农资”、直播成了“新农活儿”。花湖镇成了“明星小镇”。

最近一段时间，江行舟诸事不顺。医院改制进退两难，他不知该如何是好。

江行舟夜里睡不着，胡思乱想，焦躁不安；白天浑身难受，什么也不想干。他强打精神，写字练书法、看书。他订了几份杂志，主要是小说之类。只有读小说的时刻，他的心才是宁静的，沉浸在艺术海洋里，排除人世间一切烦恼。

王莉劝他想开点儿，钱是身外之物，不要为这些事把自己身体搞坏了，不值得。

江行舟当然明白这些道理，但他怎么也说服不了自己，心里感觉窝囊，不甘心，不服输，觉得有一股气理不顺。时间长了，变成条件反射，一想到这些事，他心里的憋屈就充满胸膛，各种不舒服的感觉都来了，而且挥之不去。

江火的事情更让他烦心、恼火、头疼。本来他们的父子关系就不融洽，靠他勉强维持，才维持不远不近，不亲不疏的关系。

他想尽量做到一个父亲该有的样子，但江火总是对他不冷不热，不即不离。这对父子像打游击战一样，始终保持着一段距离。

当初江火做什么，江行舟是一点也不知道；江火平时表现得怎样，江行舟只是凭感觉、靠猜想，真正如何，并不知情。直到这次江火犯罪，他才如梦初醒，后悔不迭。

他只能亡羊补牢，在法律许可范围内，做一点力所能及的事情，替江火向被害人赔偿损失，争取被害人谅解，取得从宽处理的条件。不远千里地低声下气地求人，是他有生以来第一次。

对于这次松州之行，江行舟也觉得有收获。他亲眼看到江火造成被害人受到的损失，对受害人的经历感同身受，认为赔偿是完全应该的。

他没有感到委屈、后悔，而是庆幸自己做出了正确的决定。他回来后，当起松州的义务宣传员，动员更多的人关心贫困地区人们的生活和发展。

这几年，要说令他高兴的事也不是没有。大女儿江漫月工作很努力，职称已是副总工，已是单位挑大梁的角色。

二女儿江浸月作为引进人才，在市里干得很好，已经升任区住建局副局长，前途无量。她工作学习两不误，取得了博士学位。老公是她中学同学，现在是金陵一所 211 大学的教授。

江浸月遇到一个实际困难，就是孩子大了，要上学了，夫妻分居两地的问题必须解决。江浸月向她的导师寻求帮助，导师说根据她的条件，可以回母校干教职，可以聘副教授。她左右为难，最后还是服从孩子上学需要，回到母校教书。她从真砍实杀的一线工作到了纸上谈兵的二线，心里有一百个不甘，也只能化为一声慨叹。

不过也巧，这对于江同舟倒是一个机会。江浸月教授的专业课里有一门叫《盆景流派的演变和未来发展》，江同舟就向江浸月请教，虚心当起学生。江浸月也不客气，把自己的课件发给江同舟。课件内容丰富，例证翔实，从盆景的产生、发展，到流派的出现，竞争及未来的趋势，讲得非常透彻。江同舟看过之后，才知道盆景里还有这么多学问，盆景流派那么复杂、深奥，自己一时头脑发热，轻而易举地就想自己创立流派，真是不知天高地厚，实在是无知狂妄；他才知道胡玉成为什么对他创立流派是那种态度，看来胡玉成还是比他懂得多一点。

江浸月见江同舟打退堂鼓，就鼓励他说，流派都是人创造的，有志者事竟成，只要心中有目标，朝那个方向努力，就有可能成功。即使最后不成功，自己也不会后悔，毕竟自己至少努力过。努力总会有成果，对盆景作品的理解不一样，做出来的盆景作品所呈现的气势也是不一样的。他可以努力一下，不要在乎结果，过程同样重要。

被江浸月鼓励后，江同舟信心又足了，干劲又上来了，依旧想努力闯一闯。

第四十九章
建文化大院

医院改制的事情终于有了眉目。县政府主要领导担心医院一旦改成纯民营医院，县政府对它就不好掌控了，担心遇到大灾大疫或是特殊情况，关键时候不听指挥。

佟建东因此向县政府写下承诺书，这个纠结了他们三人两年多的老大难问题，终于迎刃而解。

其他事情都好办了，安排人照规定办就是了。

大鹏集团代表武志军见条件成熟，开始按协议付款。

仁心医院股东高兴得手舞足蹈。

仁心医院建院十几年，他们一分红利都没有分过，现在终于见到回报了。

江行舟也开始盘算如何使用这笔钱。以后他不做事情了，大笔收入没有了，最后的这笔收入一定要用好。他这些年搞房地产开发也赚了一些钱，这些钱要用在合适的地方，不能随便乱花。

首先是养老钱。他不指望孩子帮他养老。现在，孩子无论男女都不可能在老人身边，孩子还有自己的事情要做，还有自己一家人要照顾，要忙工作，哪还有时间和精力放到老人身上？这不是孝顺不孝顺的问题，而是孩子的精力、财力允不允许的问题。

江行舟早就考虑好了，养老还得靠自己。现在他们夫妻俩身体健康，可以互相扶持，实在没办法了，再让孩子帮一把。所以，他们的养老钱是必须留足的，不能早早就将家里的财权交给孩子。

根据自己现有的经济状况，他计算了一下，又和王莉商量，首先把养老钱留出来。余下来的钱是分给两个孩子，还是做什么，他还没有考虑好。他不想投资了。他觉得，自己已经从商场退步抽身，就不再去蹚商场的浑水了。那么，他还能做点什么有意义的事情呢？他想把这笔钱回馈社会，做对社会有益的事情。过去占用了很多社会资源，不能对社会全是索取，也应该有所回报，家国情怀是一个读书人应该有的。至于如何回报社会，具体做什么，他要考虑好。他想到捐赠，支持西部老少边穷地区教育，但这点钱也解决不了什么问题，用来帮助贫困大学生，具体落实起来比较难，跟踪更难。他左思右想，还是拿不定主意。

江行舟打电话给苏科长，约他到江行舟的工作室见面。

苏科长听说江行舟要做公益事业，便说这种事情既好办又难办。

江行舟说："你在这方面有经验，见多识广，请你帮我参谋一下。"

"我也没有什么经验。"苏科长说，"我没有钱搞慈善，即便搞那个文化大院，也是利用老家的旧房子，花很少的钱为家乡做点事。你是有钱人，做什么事情才算有意义，我也说不清。不过花钱搞公益，不管怎么搞，都是好事情。你老家是花木之乡，可以在这上面动动脑筋，看能不能搞点公益项目。"

江行舟道："老家的人到底需要什么，我能为他们做什么，我也不是很清楚。我再跟他们聊聊。我觉得文化大院这个形式很好，可以容纳很多东西。帮助老家人，我觉得应该在文化上着手。江火就是没文化，不懂法，受眼前利益诱惑，不计后果，才走上错误道路的。"

苏科长说："文化大院确实是一种好形式，现阶段也是繁荣农村文化生活、建设美丽乡村的最佳时期。我创立的文化大院，就是因地制宜，因陋就简，还处在低水平的初级阶段。你的经济条件比较好，起点可以高一点，规范化一点。"

江行舟道："我的初步打算，就按办文化大院的路子走，项目包容性大，什么项目都可以往里装，可以满足农民的各种实际需要。"

苏科长认为此举可行。

苏科长走后，江行舟马上跟江同舟联系。江同舟说他在镇上办公室。江行舟就开车来到江同舟的办公室。

江同舟正在谈生意，他就到花木市场转一转。

江同舟送走客户，才把江行舟找回来。

江行舟问江同舟的生意怎样。

“很好！”江同舟说，“我们的盆景市场反应很好，供不应求。我成立公司以后，盆景由工人做，我主要负责联系业务，处理生意上的事情。”

“业务做大了，但你的技术千万不能丢掉。”江行舟道，“有时间还是要自己做。曲不离口，拳不离手，技术这东西，久练久熟，长时间不练就丢掉了。你创建流派的事怎样了？”

江同舟说：“我的手艺没有荒疏，我只做精品。流派的事情，我一直在努力。流派是要一代人甚至几代人共同努力才能成功的。”

听江同舟这样说，江行舟很高兴。上次江同舟讲到创建流派，好像是轻而易举的事情。江行舟这次来，明显感觉到他对这件事有了新的认识，脚踏实地从基础做起，慢慢向目标迈进。行则必达，有志者事竟成，总有一天他会到达目的地。作为哥哥，真心希望他能早一天站在领奖台上，实现个人的理想。

江行舟把自己的来意毫无保留地告诉了江同舟，要江同舟帮他出主意，看看这里的人都有什么诉求。

江同舟笑着说：“一个人一个诉求，甚至还不止一个诉求。他们想要的东西太多了，你都能满足？”

江行舟说：“我的意思是，他们在生产销售上到底还有什么困难，需要政府或者其他人提供什么样的帮助。”

江同舟道：“不管做哪一行，都存在信息问题。例如我今年应该种多少亩苗木，什么品种的苗木，什么地方需要什么苗木，然后按计划栽种，避免盲目决策。否则栽种出来的苗木不适销，造成客户需要的苗木我们没有，我们有的苗木客户又不需要，造成极大的浪费，直接影响农户收入。要是有人及时提供这些信息，对农户的苗木生产销售将起到非常大的指导作用。对经营其他项目的人，例如我们做盆景的，也是一样的道理，信息闭塞肯定会影响生产销售。”

“政府不帮助农户提供信息服务？”江行舟问。

“帮是帮了。”江同舟说，“政府利用大数据公布一些全国各地的苗木生产购销情况，但是信息不准。数据采集渠道有问题，有人按照政府提供的信息操作，都失败了。这样的信息要想准确及时，非要花大力气到市场上实地采集，时间性很强，要想做好不容易。”

江行舟决定形成一个比较成熟的方案再说。大方向基本确定，下面就是他如何操作的问题了。

江火的案子终于有了眉目。本来案值不是很大，江火认罪态度又好，主动帮助受害人挽回经济损失，并得到受害人谅解。检察院建议刑期一年，缓刑一年，罚金一万元。法院开庭审理，采纳了检察院的意见，判一缓一，加罚金一万元。

江行舟没去法庭旁听，江同舟、刘芬去了。在法庭上，江火痛哭流涕，非常后悔自己的行为给受害人造成巨大损失，给家人带来痛苦，给社会带来危害，并诚恳地向受害人道歉，表示他以后一定要遵纪守法，诚信经营，好好做人。

江火从看守所回来以后，和刘芬一起来到江行舟家，向江行舟做检讨：“这么多年来，我鬼迷心窍，一直对爸爸有误解，不理解爸爸对我的关心和照顾，反而专门气爸爸，实在是不应该！希望爸爸能原谅我。我今后一定要争气，好好做人，把家庭的担子担起来，少让爸爸操心。”

江行舟把纸巾递给江火，心里又难过又高兴。江火终于懂得了做人的道理，虽然代价有点高。

江行舟鼓励江火要堂堂正正做人，规规矩矩做事。君子爱财取之有道，他小时候没有好好读书，文化水平低，懂得的知识太少，今后要多多学习，增长知识，守法经营。不要跟那些乱七八糟的人一起混，多向好人学习，把家里的事情做好，不要让媳妇担惊受怕。孩子长大了，要很好培养。

刘芬说：“两个孩子现在都很好。江滟滟在学校表现很好，已经入了党。江海涛学习成绩很好，明年也能考上大学。”

“好啊！”江行舟道，“我们老江家后继有人了。你俩好好培养孩子，经济上有困难不要紧，跟我说。”

江火和刘芬齐声说：“我们暂时不需要，等需要的时候我们再来找你。”

江行舟留他们在家里吃饭。自此，冰冻了几十年的父子矛盾终于化解，父子的心里都有说不出的高兴。

结束了生意场上那些乱七八糟的事情，家庭关系也得以理顺，江行舟从此斩断一切来自外界的纷争和干扰，可以无拘无束自由自在地生活。在今后的日子里，他要做点自己喜欢做的事情、有意义的事情。想到这里，他就想高歌一曲，把这么多年的所有不愉快扔到九霄云外。

江行舟准备在老家搞文化大院的设想，首先得到了王莉的支持。她认为只要江行舟不再折腾，身体好好的，干什么都行。江浸月和江漫月一致表示支持，认为老爸自己赚的钱自己可以做主，不需要征求她们的意见。

江行舟征求江方舟的意见。江方舟也支持江行舟这样做，认为应该回馈社会，不能太自私。江方舟还提出，他也要做一些力所能及的事情。

妹妹小舟对江行舟的高风亮节行为表示支持，并表示她也要参与，有什么需要她做的，她都愿意做。

得到全家人的支持，江行舟的意志更加坚定，开始着手筹划实施。

首先要建设一个活动场所。老家的房子太破，院子也太小。如果把文化大院设在这里，一定要把老房子拆掉，重新建设。重新建设的地皮，需要跟村委会协商，征得村委会同意，估计还要向镇政府有关部门报备，办正规手续，不能违法用地。

江行舟在老家房子周围仔细勘察了一遍，这里环境很好，离老家房子不远就有一条小河，河水清如碧玉；大部分地方都是苗木，绿树成荫，姹紫嫣红，风景宜人。

他打算把文化大院地址就选在这里。

文化大院经营范围还要征求苏科长的意见。如果苏科长同意两个文化大院资源共享就完美了。江行舟甚至想，如果这种模式好，还会有其他志同道合的人效仿，将会变成慈善联合体，社会效益就可观了。

他打电话给苏科长，谈了自己的想法。苏科长表示，他整天处理单位的事，根本抽不出时间管理文化大院，江行舟参与进来，负责两个文化大院的日常管理工作，互相取长补短，可以最大限度发挥文化大院的使用功能。

文化大院自然要突出文化。第一个板块是文化宣传，写作、唱歌、舞蹈、体育、书法、绘画；第二个板块是法制宣传，可以搞法制宣传和法律咨询。江行舟觉得自己虽然懂一点法律知识，但已经无法满足村民的需求，到时候请县政府公检法部门的人及律师来讲课，以案释法，还可以聘请公益性法律顾问，常年提供法律咨询服务，解答村民的各种法律方面的问题。

第三个板块就是生产经营。主要做业务咨询，可以聘请一些顾问。这些人可以是高校、科研单位的专家学者，也可以是当地有丰富经验的花木经营者。把这些人建立档案，分专业登记，村民遇到什么问题，可以向这些人请教。信息收集也可以归入这一类。

江行舟打算利用江方舟、江小舟、江浸月在不同城市工作的优势，在他们所在城市设立信息采集点，让他们定时采集绿化苗木信息，反馈到文化大院，文化大院安排专人负责采集、分析这些信息，提供给需要这些信息的农户。这些信息都是经过真实市场调研得到的，真实反映那里的市场需求，一定可以指导农户的购销活动。以后，这一类的信息网点还会增加，密度还会加大，对市场的指导作用也会越来越大。

对于这个方案，苏科长觉得可行，实施中如果有什么问题，及时调整即可。

江行舟说："具体实施方案还需要领导审批，请你跟县委宣传部部长报告一下，获得他的支持。"

苏科长说："这个意见很好，我马上去找县委宣传部部长。"

接下来就是落实地块。江行舟带上钢卷尺回家，叫江火帮忙，把老家的宅基地丈量一遍。江同舟家，包括江火家的宅基地不足一亩，看来肯定不够用，需要向外扩展。好在老宅后面是自家自留地，现在种植苗木，只要村委会同意就可以使用。

江行舟和苏科长一起去找镇党委李书记，汇报文化大院的计划，争取李书记支持。

苏科长说："李书记就是县委宣传部原副部长，我们很熟。"

李书记热情接待苏科长、江行舟。

苏科长向李书记讲了江行舟准备回老家建文化大院的事情。李书记听罢高兴地笑起来，说："这是好事情，感谢江院长对家乡的支持，我代表镇党委镇政府表示欢迎和感谢！你们有什么困难和问题尽管讲，我们保证服务到位。"

江行舟说：“创建这个文化大院，还需要建设一栋房子，要用地。现在合适的地块倒是有，但我不知道要履行什么手续，交多少费用。”

李书记说：“这是一项公益事业，是造福乡梓的好事，好事一定要办好。我马上安排土地所的人落实。我会跟村委会负责人讲清楚，对这个项目一定要全力以赴支持，以好事要办好的原则，尽快出结果。”

江行舟起身说道：“非常感谢你的支持！用地的问题定下来，下面的工作我才敢安排。至于要用多少地，我还要请新时代设计院的人到现场勘查，根据设计需要才能确定用地数量。那时我再向你汇报。”

“也好！”李书记说，“你有什么困难只管提，没有问题的。”

回到县城，江行舟马上找到汪杰，说了自己的想法和要求。他们约好时间，一起去现场勘查。

按照江行舟的设想，文化大院为三层楼，底楼做大厅，作为演讲、开会、拍卖会场所。二楼为多个功能厅，三楼为居住、招待区。

这个方案因为江同舟的意见进行了修改。江同舟提出，盆景协会需要办公室和展示场地，二楼根本不够用，于是将多功能厅扩大，变成二三楼都是多功能厅，生活区改到四层。

汪杰设计好草图征求江行舟意见。江行舟仔细看了一遍，觉得还不错，现代式，局部五层，下面四层功能是按江行舟要求做的。第五层实际上是一个观景平台和屋顶花园。整栋楼建筑面积一千六百平方米，总造价二百八十万元。

建筑施工是委托辛大成负责的。因为这是江行舟个人搞的公益项目，辛大成很慷慨，只收工本费，不赚钱，也不搭钱，让江行舟节省了四十万元。

关于运营经费，江行舟准备拿出二百万元。江方舟自愿参与，让他也出一部分钱，多少随他。在镇民政部门设立一个基金，和民政部门共同管理。基金每年赚的利息用在文化大院运营上，估计可能不够，还要想办法补贴。例如，可以规定，凡是使用文化大院做公益事业不收费；凡是用于商业行为，一律收取一定数量的费用，收取的费用全部用于文化大院支出。

江同舟没有白费心血。他的研究成果，在年底获得了县政府颁发的农业创新奖，相当于官方变相承认了他的盆景流派。江方舟给江行舟打电话，他愿意出资二百万元给基金会，委托江行舟管理。江行舟要他在文化大院开业的时候回来一趟，把母亲也带回来。

秋高气爽，蓝天白云，大地色彩斑斓。

枫叶红了，一片枫林就是一片晚霞。银杏叶子黄了，一片银杏林就是一座金山。花湖镇到处都是绿海、金山，深红浅绿，斑斑驳驳，景色诱人。

江行舟的文化大院建好了，今天就要开业。江浸月要在这里讲公开课，内容是《苗木产业的未来与展望》。

镇政府组织全镇苗木大户前来旁听。

在讲课之前，还有一个仪式。江行舟邀请县委常委、宣传部部长讲话。他的老领导冯续来作为特邀嘉宾发表祝词。他的老朋友金春生、吴德君、佟建东、张人杰、华保才、辛大成等悉数到场。

丁永建也发来贺电。

江行舟像个新郎官，跑前跑后，送往迎来。他从来没有像今天这样无拘无束、身心自由。

客人们来了，礼花爆响，满天五彩缤纷。

江行舟陶醉了。

2023 年 12 月 8 日初　稿

2024 年 3 月 25 日第二稿

2024 年 5 月 28 日修　改

写在后面的话

我的家乡是全国著名的花木之乡，全县种植六十多万亩花卉，花木从业人员四十万，销售花木的网店四万多家，是全国知名的淘宝乡镇。好多乡镇的大部分土地不再种庄稼，而是栽花种草。县域内，具有一定规模的花木公司有数十家，大型、特大型花木交易市场近十家。县域花木年销售产值一百多亿元。

花木成为我县特色产业、支柱产业。

花木产业在家乡县域内的一些乡镇具有悠久的历史，但原来农民只喜欢栽花种草，偶有交易，属于自然经济。花木真正发展成为产业是改革开放以后的事，从开始用大提包拎到城市偷偷售卖到逐步形成产业，源自城市化建设的巨大推动力。

自二十世纪末，城市化大幕徐徐拉开，城市不断向外扩张、向上野蛮生长。各个城市的各种社区、公园纷纷涌现，园林绿化行业应运而生，进而催生了花木产业。在这样的背景下，我县的花木产业乘着这股东风，获得快速发展。

家乡镇党委黄书记这样对我说，家乡花木产业更新迭代，已经到了4.0版。比起过去，现在实现了六大转型、三大变化：苗木向鲜花、种植向园艺、绿色向彩色、地栽向盆景、线下向线上、卖产品向卖风景转型；手机变成新农具、流量变成新农资、直播变成新农活。新农村比城市还要美，新农民比城市人活得更滋润。

黄书记希望我用手中的笔，把家乡的变化写出来，把家乡的美传出去。我想了一会儿，最后点头同意。尽管我的文笔还很青涩，但也愿意努力一次，为家乡献上我的一分绵薄之力。

创作任务应承下来，我如何完成，则大费周章。就事论事写一篇报道就行，但那样的文章太多了，无须我去写。我要写就要写得深入一些，存世时间长久一些，于是选择用小说这种体裁体现。至于小说的背景，我选取城市化建设。花木产业深深植根于城市化，城市是花木的广阔市场，只有城市巨大的市场，才能容纳同样巨大的花木产业。花木美化了城市，城市促进了花木产业发展，两者是高度统一的命运共同体。这样就有了《花 · 城》这本书能够立足的逻辑依据。一城一乡，两条主线互相缠绕，互相支撑，相辅相成，相得益彰。

至于小说中的人物、事件，按照源于生活高于生活的创作原则加以编排，使每个人物都依照各自性格和成长经历的内在逻辑走向结局。

感谢大家对本书给予的关心支持！本书是虚构的文艺作品，如有雷同，纯属巧合，请予以理解、谅解。

张　兵

2024 年 8 月 10 日